L'été de Léna

À Maïa, vive l'été avec Nonna
à la Tranche-sur-Mer!
M.

À ma toute petite cousine Lena
et ses parents Florence et Julien.
M. P.

www.flammarion-jeunesse.fr

Éditions Flammarion – 87, quai Panhard-et-Levassor – 75647 Paris Cedex 13
ISBN : 9782080279262 – N° d'édition : L.01EJEN002038.N001
Dépôt légal : juin 2022
Imprimé en Espagne par Liberdúplex – avril 2022
Loi n° 49-956 du 16 juillet 1949 sur les publications destinées à la jeunesse.

L'été de Léna

Texte de
Magdalena

Illustrations de
Marie Paruit

CASTOR POCHE

Carte
Léna
Pépé
Mémé

Je joue pour bien lire

1 J'écris le é.

2 J'entoure les É / é / é.

É é à è e

è é E À é

3 Le bouquet des syllabes.

Lis les syllabes

à voix haute.

4 **Regarde** chaque dessin.

Dis le mot à voix haute.

Entends-tu le son [é]

au début, au milieu

ou à la fin du mot ?

a. 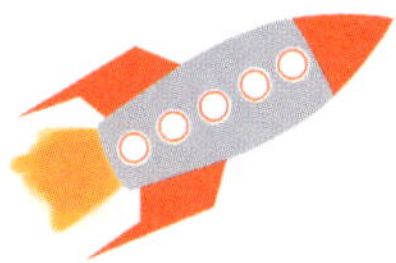

c. 

b. 

d. 

e. 

Réponses : a. à la fin ; b. au début ; c. au début ; d. à la fin ; e. au début et au milieu.

C’est l’été,

Léna va chez Mémé

et Pépé.

Les journées sont

bien occupées !

Le matin,

Léna fait du vélo.

Au milieu des champs

de blé, elle dépasse Mémé.

« Je pédale vite ! »

crie Léna.

Le midi,

Pépé prépare une purée.

« Céleri ou épinards ?

– Pitié, pas de légumes ! »

dit Léna.

L'après-midi, Léna joue

à côté du canapé.

Elle dit :

« Je suis cachée !

– Je t'ai trouvée ! »

répond Mémé.

Dehors, Léna cherche

des petits trésors.

Dans l'allée,

elle trouve un hérisson.

À la nuit tombée,

Léna regarde les étoiles.

Elle s'écrie :

« Oh, une fusée !

– C'est une étoile filante »,

répond Pépé.

Le samedi, au marché,

Pépé boit un café

avec Mémé.

Léna mange

son gâteau préféré.

« Il est tout doré ! »

Carte

Les jours de pluie,

Mémé allume la télé.

Léna regarde

un dessin animé.

Le temps a passé,

l'été est terminé.

« C'est bientôt la rentrée !

dit Mémé.

– Déjà l'école ! » dit Léna.

Demain, c'est le départ.

« Tu t'es bien amusée ? »

demande Pépé.

Léna répond :

« J'ai adoré cet été ! »

Je joue pour bien comprendre

1 **Remets** les images dans l'ordre.

a.

b.

c.

Réponse : b, a, c.

2 **Trouve** l'image qui correspond à la réponse.

a. Avec qui Léna fait du vélo ?

 ou 

b. Que trouve Léna dans le jardin ?

 ou 

Réponses : a. Mémé ; b. un hérisson.

Retrouve les histoires de **Je rentre en CP** pour apprendre à déchiffrer de nouveaux sons.

L'anniversaire de Max

Lili et la souris

Un bisou pour Nour

Sacha joue à cache-cache

Zoé fait du vélo

Jules au musée

Le ballon de Manon

La danse d'Antoine

Éloi joue dans les bois

Rose et le roi Médor

Le jardin de Gabin

En classe, Sara!

L'été de Léna

Abel se baigne

Découvre la collection **Je suis en CP** pour continuer ton apprentissage de la lecture.

NIVEAU
1
Je commence
à lire

C'est la rentrée !

Dispute à la récré

Le nouveau

C'est l'automne !

Alerte aux poux !

La fête
à la cantine

Journée
à la ferme

Un chien
à l'école

Il neige !

Noël à l'école !

Jaloux !

La galette
des reines

Toute l'actualité de la collection, les astuces de Magdalena et plein d'autres surprises sur **www.jesuisencp.fr**

WACHAU
WALDVIERTEL · WEINVIERTEL

BARBARA REITER | MICHAEL WISTUBA

Hintergründe & Infos 12

Alle Wanderungen sind mittels GPS kartiert. Waypoint-Dateien zum Downloaden unter: www.michael-mueller-verlag.de/gps

Über die Autoren

Barbara Reiter, studierte Juristin, und Michael Wistuba, promovierter Bauingenieur, beide Jahrgang 1971, recherchierten für dieses Buch sozusagen vor ihrer Haustüre. Sie sind in Niederösterreich geboren und aufgewachsen, zurzeit leben und arbeiten sie in Wien und in Braunschweig.

Mit dem grünen Blatt haben unsere Autoren Betriebe hervorgehoben, die sich bemühen, regionalen und nachhaltig erzeugten Produkten den Vorzug zu geben.

Zeichenerklärung für die Karten und Pläne

Bundesstraße	Berggipfel	Kloster	Information
Hauptstraße	Felsen	Schloss/Burg	Post
Landstraße	Aussichtspunkt	Burgruine	Parkplatz
Fahrweg	Turm	Kirche	Taxistandplatz
Fußweg	Sendemast	Sehenswürdigkeit	Flughafen
Wanderung (mit GPS-Punkt)	Hütte	Museum	Bushaltestelle
Fußgängerzone	Weinstock	Krankenhaus	Fahrradweg
B 3 Straßennummer	Wasserkraftwerk	Geldautomat	Sportplatz

Kartenverzeichnis

Alles im Kasten

Wohin in der Wachau, im Wal

1 Wachau und Nibelungengau → S. 60

Die Welterberegion Wachau, das 30 km lange Durchbruchstal der Donau zwischen den Barockklöstern Melk und Göttweig, lockt mit pittoresken Winzerorten inmitten sonnenverwöhnter Weinterrassen, mit malerischen Burgruinen, wie jene von Dürnstein und Aggstein, und mit gemütlichen Heurigenlokalen, in denen Österreichs beste Weine aufgetischt werden. Am schönsten erlebt man die Region auf dem Ausflugsschiff, strampelnd auf dem Donauradweg oder als Wanderer auf dem aussichtsreichen Welterbesteig. Sanfthügeliger Auftakt ist der westlich gelegene Nibelungengau.

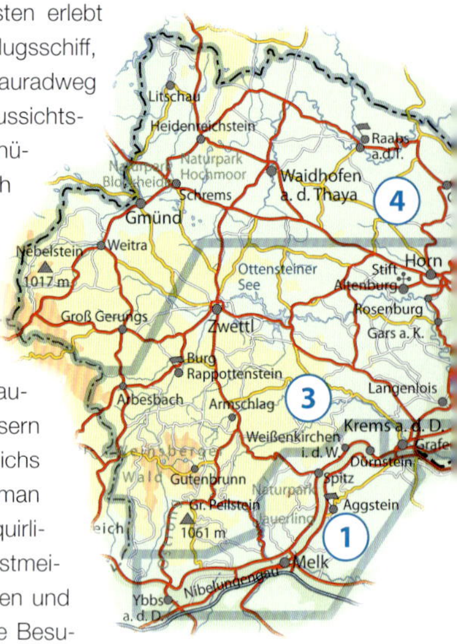

2 Krems und der Wagram → S. 118

Die Wein- und Kulturstadt Krems an der Donau ist das östliche Tor zur Wachau und mit ihren verwinkelten Gassen, den lauschigen Plätzen, prächtigen Bürgerhäusern und alten Kirchen eine Perle unter Österreichs historischen Städten. Kurzum ein Ort, den man gesehen haben muss. Dazu kommen eine quirlige Einkaufsmeile und die renommierte Kunstmeile Krems, die mit interessanten Ausstellungen und spannender zeitgenössischer Architektur die Besucher anzieht. Östlich von Krems prägen weitläufige Weingärten den Hügelzug des Wagram, der einst Nordufer der Donau war.

3 Kamptal, mittleres und südliches Waldviertel → S. 136

Von der Donau führen die Flusstäler von Kamp, Krems und Ysper nordwärts hinauf ins Waldviertel. Sie bieten Abwechslung pur: von lieblichen Rebenlandschaften im Süden über steile, bewaldete Flussufer bis zur weiten, einsamen Granithochebene in der Mitte des Waldviertels. Unterwegs faszinieren das einzigartige Loisium in Langenlois, die großartigen Stifte Altenburg und Zwettl, Schloss Rosenburg, die Burg Rappottenstein und zahllose Naturdenkmäler wie die Ysperklamm. Nicht zu vergessen die romantischen Badeplätze und Wanderwege am Kamp und an den Kampseen.

nd Weinviertel?

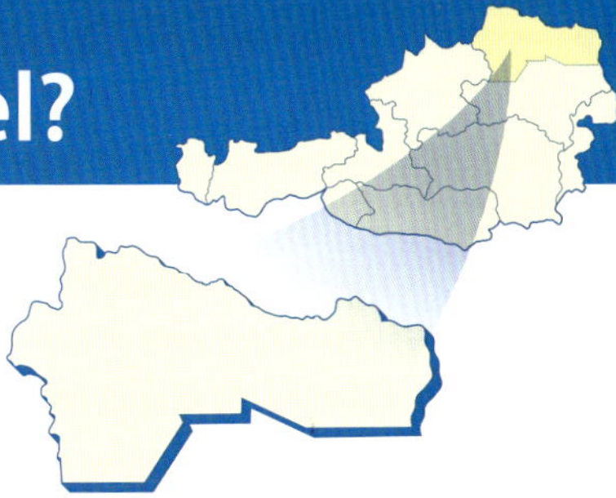

4 Oberes Waldviertel → S. 196

Tiefgrüne Wälder, Hunderte Teiche und ursprüngliche Hochmoore, haushohe Granitblöcke (manch einer lässt sich als „Wackelstein" auch bewegen) und flache Gipfel, die bis zu 1000 m erreichen – im Norden, an der Grenze zu Tschechien, beeindruckt das Waldviertel mit Ursprünglichkeit und einer naturbelassenen Landschaft, die zum Wandern und Radfahren einlädt. Dazwischen locken verträumte alte Städtchen wie Weitra, Gmünd und Litschau und entlang der Thaya eine Kette an sehenswerten Burgen. Und dazu kommt noch ganz im Nordosten Österreichs kleinster Nationalpark rund um das wildromantische Thayatal.

5 Weinviertel → S. 238

Die Heimat des Grünen Veltliners ist eine weite, sanft gewellte Weinlandschaft, die mit ihrem regenarmen Klima und den urigen Heurigenlokalen immer schon Ausflügler aus dem nahen Wien anlockte. Es lohnt sich, länger zu bleiben: etwa in der Weinstadt Retz, die ein unterirdisches Weinkellerlabyrinth besitzt, im Pulkautal inmitten idyllischer Kellergassen oder in Laa wegen seiner modernen Therme. Auch nicht versäumen darf man die Stadt Eggenburg, die aussichtsreichen Burgfelsen von Falkenstein und Staatz und das Museumsdorf Niedersulz. Wer es sportlich liebt, dem bietet die Region ein 1600 km langes Radwegenetz.

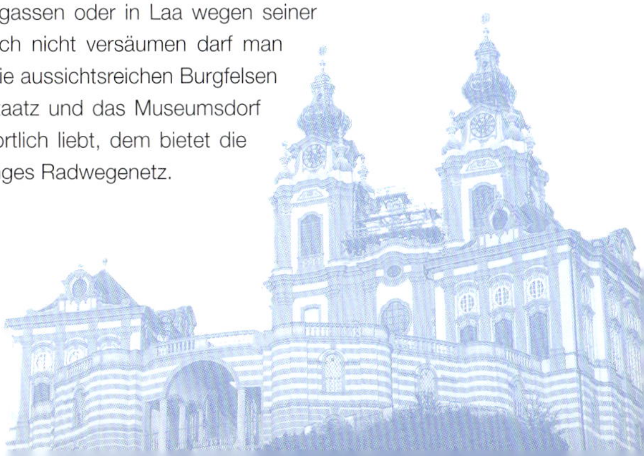

Rebenlandschaft im Pulkautal

Die Region im Überblick

Wanderlust von den Rebgärten der Wachau und des Weinviertels …

Land für Genießer

Prachtvolle Klosteranlagen, Burgen, Schlösser, unberührte Flusstäler, einsame Wälder und weite Ausblicke ins Land, romantische Kellergassen, Wirtshausküche, feine Weine … – selten sind Erlebnis und Genuss so einfach und auf so kurzen Wegen zu vereinen wie hier.

Die Wachau, das Waldviertel und das Weinviertel liegen im Nordosten Österreichs, zwischen Donau, Tschechien und der Slowakei – nur einen Steinwurf von Wien entfernt und weit abseits der Tiroler Alpen. Die Region gehört nicht nur zum historischen Kernland von Österreich, was bis heute Hunderte von Burgen, Burgruinen und Kirchen in einer Dichte bezeugen, die in Europa ihresgleichen sucht, sie zeichnet sich auch durch eine bemerkenswerte Vielfalt unterschiedlicher Kulturlandschaften aus, von mediterran anmutenden Rebhängen bis zu herb-rauen Hochebenen, von dichten grünen Wäldern bis zu weiten Feld- und Ackerflächen.

Die **Wachau**, die zum Welterbe der UNESCO zählt, und der westlich gelegene **Nibelungengau** sind schon lange ein touristisches Ziel. Auf wenigen Kilometern bieten diese Abschnitte des Donautals eine dichte Abfolge an Sehenswürdigkeiten: Prachtvolle Barockklöster, mittelalterliche Burgruinen, malerische Winzerdörfer in der von Weinreben übersäten Terrassenlandschaft und immer wieder traumhafte Panoramablicke von erhabenen Plätzen über der Donau. An diesen erfreuen sich auch die Wanderer am *Welterbesteig*, der auf 180 km Länge die Wachau umrundet. Ebenso reizvoll ist die Aussicht vom Donauschiff aus, und wer sein Fahrrad mit an Bord nimmt, kann auf dem beliebten Donauradweg wieder an den Ausgangspunkt zurückstrampeln.

Und überall lässt es sich herrlich einkehren – ob im Genusstempel oder im gemütlichen Heurigenlokal, wo man sich den Wachauer Wein und eine zünftige Jause

… bis zu den Wäldern und Hochmooren im Waldviertel

schmecken lässt. Am östlichen Ende der Wachau liegt **Krems an der Donau.** Die quirlige Wein- und Kulturstadt mit ihren beiden Altstadtteilen, ihren unterhaltsamen Museen und ihren vorzüglichen kulinarischen Adressen hat nicht einmal 25.000 Einwohner und ist dennoch die größte Stadt der Region.

Wer Krems und das Donautal nach Norden verlässt, gelangt über romantische Flusstäler hinauf ins **Waldviertel**. Letzte Ausläufer der Rebenlandschaft gibt es im unteren **Kremstal** und im unteren **Kamptal**, das schon zu Zeiten der Monarchie eine beliebte Sommerfrische war. Weiter nördlich wechselt das Landschaftsbild, man gelangt hinauf auf die wellige, weite Granit-Hochebene des Waldviertels. Es ist ein Naturparadies mit einsamen Wäldern und sattgrünen Wiesen, mit kühlen, sauberen Gewässern und unzähligen moorigen Teichen, mit verschlafenen Dörfern und „einschichtigen" (österr. für einsam gelegenen) Bauerngehöften. Und dazwischen liegen die Markenzeichen des Waldviertels: sagenumwobene tonnenschwere Felsblöcke, einzeln hingestreut, zu Steinburgen aufgetürmt, wackelnd, mit schalenförmigen Vertiefungen oder Rinnen. Wanderwege erschließen wildromantische Schluchten, anspruchsvolle Mountainbikerouten begeistern die Radsportfreunde.

Die National- und Naturparks im nördlichen **Oberen Waldviertel** verwöhnen geballt mit landschaftlichen Reizen: Hier gibt es die spektakulärsten Wackelsteine, die größten Hochmoore und die malerischsten Durchbruchstäler, wie jenes an der *Thaya*, dem jahrhundertealten und von einer Kette an Burgen befestigten Grenzfluss zu Böhmen. Sport- und Körperbewusste suchen den Weg ins Waldviertel wegen der modernen Kurzentren, die sich das gesundheitsfördernde Reizklima und die heilsame Ruhe zunutze machen. Golfer finden im weiten Hochland einige der schönsten Anlagen Österreichs und Genussmenschen kommen wegen der Waldviertler Küche rund um Karpfen, Erdäpfel (Kartoffeln) und Mohn.

Das **Weinviertel** östlich des Waldviertels fällt sanft in Hügeln und Mulden zur Pannonischen Tiefebene hin ab. Es ist – wie der Name verrät – vom Wein geprägt: Seine sanfte Landschaft ist von Weingärten durchzogen, die Weinanbaufläche die größte in ganz Österreich und nur hier erhält der Grüne Veltliner seinen einzigartigen Charakter. Die Weinkeller und ihre Aneinanderreihung zu idyllischen Kellergassen prägen die Region; ihre „Heurigen" lockten immer schon Ausflügler ins Land, doch es lohnt sich, hier länger zu verweilen.

Wo der Wein wohnt – die Kellergasse

Eines der typischen Phänomene des Weinviertels sind die sogenannten Kellergassen. Diese gibt es nur in Ostösterreich, Südmähren und Westungarn, aber nirgendwo in so großer Zahl wie im niederösterreichischen Weinviertel – an die 1100 sollen es sein. Meist liegen sie außerhalb der Ortschaften, an den Hängen von Weingärten, entlang von Hohlwegen, zu Kellervierteln gruppiert oder um Kellerberge gewunden. Es sind unbewohnte, in die Reblandschaft geduckte Dörfer mit bis zu 400 meist weiß getünchten, rauchfanglosen Häusern in ländlich naiver Zweckarchitektur, mitunter 200 bis 300 Jahre alt. Die Kellergassen dienen der Produktion und der Lagerung von Wein. Über der Erde sieht man nur die Presshäuser, in denen sich Weinpresse, Tröge und Maischbottich befinden. Vom Presshaus nach unten führt eine steile Treppe durch den Kellerhals ins eigentliche Herzstück, den dunklen Weinkeller, wo Fässer und Flaschen ganzjährig bei konstant 10–12 °C Temperatur lagern. Von außen sind diese Kellerröhren nur an Luftlöchern im Erdboden zu erahnen. Nur in wenigen dieser Presshäuser wird heute noch Wein gepresst, viele wurden in Heurigenlokale und Koststuben umgewandelt, ganze Kellerensembles wurden revitalisiert und bieten heute einen stimmungsvollen Rahmen für die Weinviertler Kellergassenfeste.

Natur- und Kulturlandschaften

Die geologisch älteste Region ist das **Waldviertel**. Es ist als Teil der Böhmischen Masse ein Rumpfgebirge, nämlich der Rest des 300 Millionen Jahre alten, einst himalajahohen *Variszischen Gebirges.* Von den Bergen blieb eine bis 1000 m hohe Hochfläche aus den harten Urgesteinen Granit und Gneis. Wind und Wetter formten sie zu abgerundeten, haushohen Felsblöcken (Wollsackverwitterung). Restlinge werden sie auch genannt – Findlinge, d. h. vom Gletscher hierher verfrachtete Steine, wie häufig zu lesen ist, sind sie aber nicht. Typisch für die Böhmische Masse sind weite Fichten- und Birkenwälder, auf deren Böden Heidelbeeren wuchern, und Hochmoore, die als Biotope für Birkhahn, Moorfrosch, Wollgräser und den fleischfressenden Sonnentau geschützt sind. Zu den Mooren gesellen sich an die 1000 im Mittelalter angelegte Karpfenteiche. Forstwirtschaft und Fischzucht spielen daher eine bedeutende Rolle. In der Landwirtschaft setzt man vorwiegend auf Ackerbau, der biologische Anbau ist weiter auf dem Vormarsch. Auf den Feldern gedeihen Erdäpfel (Kartoffeln) sowie Roggen und Braugerste für die regionalen Brauereien und Raps und Mais für die Biogasproduktion. Daneben setzt man auf Sonderkulturen wie Mohn, Heilkräuter, Gewürzpflanzen und Flachs; wer im Sommer kommt, kann sich an ihren blühenden Feldern erfreuen. In das Urgestein tief eingegraben haben sich die Waldviertler Flüsse, der Kamp und die Thaya, die an der Grenze zu Tschechien eines der schönsten Durchbruchstäler Mitteleuropas schuf. Wegen sei-

ner seltenen Tier- und Pflanzenwelt (u. a. Fischotter, Apollofalter, Schwertlilie) wurde es zum Nationalpark erklärt.
Im Süden fällt die Böhmische Masse des Waldviertels zur viel jüngeren Molassezone hin ab, die als Schutt bei der Alpenfaltung vor rund 70 Mio. Jahren abgelagert wurde. Vor etwa 11 Mio. Jahren grub sich dann die Urdonau in die weiche Molasse ein. Bei Melk knickte sie plötzlich nach Norden und wählte – vermutlich durch Störungslinien verleitet – den Weg durch das Urgestein des Waldviertels. Sie trennte so den Dunkelsteinerwald von der Böhmischen Masse und hinterließ dazwischen das Durchbruchstal der **Wachau**. Deren typische Terrassenlandschaft ist ein Werk der Menschen, die hier schon seit 1500 Jahren Wein anbauen. Auf Trockenrasen, die aus gerodeten Wäldern entstanden sind, gedeihen Wildrosen, Wacholder und Anemonen. Mit Glück erblickt man die schillernde Smaragdeidechse und die Gottesanbeterin beim Sonnenbad.
Der von der Donau nach Norden verlaufende Rücken des *Manhartsbergs* (536 m) trennt das Waldviertel vom östlich gelegenen **Weinviertel**. Dieses liegt rund 300 m tiefer und war vor 25 Millionen Jahren noch vollständig von einem Ozean bedeckt. Als sich dieses Urmeer zurückzog, hinterließ es fruchtbare Sedimentböden, auf denen sich vor zwei Millionen Jahren eine bis zu 40 m dicke Schicht eiszeitlichen Lehmstaubs (Löss) ablagerte, der von den Gletschermoränen hergeblasen wurde. Dieser Boden eignet sich besonders zum Anbau von Wein, Getreide, Zuckerrüben, Sonnenblumen, Kürbis und Spargel und für den Bau der Kelleranlagen, die fast mühelos in den weichen Lössboden gegraben wurden. Waldgebiete findet man im Weinviertel nur selten, die wenigen bestehen aus Eichen und Buchen. Üppige Auenwälder gibt es an den Grenzflüssen im Osten, an der Thaya und der March.

Wirtschaft

Flächenmäßig spielt die Landwirtschaft eine große Rolle, die regionale Vermarktung ihrer Produkte (bis Wien) wird stark gefördert. Wichtig ist der Wein- und Obstanbau, dessen größte Anbauflächen im Weinviertel, in der Wachau und im Kamptal zu finden sind, sowie die Fischzucht im Waldviertel. Die Industrie ist von kleinen und mittelständischen Unternehmen geprägt. Im Waldviertel konzentrieren sich die Betriebe (Natursteinindustrie, Feinmechanik, Holzverarbeitung, Fertighausbau, Gebäudeautomation) auf den Nordwesten (Gmünd, Schrems) und den Südosten (um Krems). Im Weinviertel dominieren die Metallverarbeitung und die Nahrungsmittelindustrie (Kartoffeln, Zucker, Zitronensäure). Der Fremdenverkehr ist für die Wachau eine bedeutende Einkommensquelle. Im Waldviertel bringt der Gesundheitstourismus das meiste Geld, und das Weinviertel profitiert vor allem vom Ausflugsverkehr.

Klima und Reisezeit

Das Tal der **Wachau** ist nach Norden durch das Waldviertel geschützt. Der Wind entlang der Donau vertreibt die Wolken und sorgt so für Sonnenschein, dessen Strahlen vom Strom auf die Hänge reflektiert werden. Das milde Klima lässt den Frühling früher Einzug halten und ist verantwortlich für die herausragende Qualität der Obst- und Weinkulturen. Ideale Reisezeit ist ab April, wenn die Marillenbäume blühen und die Schiffe ihren Betrieb aufnehmen. Heiße Sommertemperaturen von über 30 °C sind keine Seltenheit, und bis in den Spätherbst wird an den

Goldener Herbst in Weißenkirchen in der Wachau

Uferwegen hemdsärmelig Rad gefahren. Der trockene Herbst bis Ende Oktober ist die zweite Hochsaison. Ausflügler, Wanderer und Radfahrer lassen die warmen Tage beim Heurigen ausklingen und genießen die bunt verfärbte Rebenlandschaft.

Das gemäßigte Reizklima des höher gelegenen **Waldviertels** ist durch kühleres Wetter geprägt. Während der Sommermonate lockt es mit trockenem, niederschlagsarmem Wetter zum Bad in den kühlen Seen und mit frischer, gesunder Luft zum Wandern in den dichten Wäldern. Seit langem ist es Anziehungspunkt für alle, die der städtischen Hitze entkommen wollen. Den Sommern stehen frostige Winter mit geringer Schneehöhe, aber lange geschlossener Schneedecke gegenüber. Das schätzen vor allem Langläufer, die in der kalten Jahreszeit aus dem Nebelmeer des Donautals fliehen.

Im **Weinviertel** ist es heiß und trocken. Vor allem das Retzer Land zählt zu den niederschlagsärmsten Gebieten Österreichs. Das kontinentale, pannonische Klima beschert schwüle Sommer und kalte, niederschlagsarme Winter. Der Frühling währt nur kurz, lang hingegen dauert der Herbst, der meist trocken und schön ist. Der Weinherbst von August bis Ende Oktober ist die beste Reisezeit, wenn Kellergassen- und Weinfeste stattfinden und die Rebgärten rot und golden leuchten.

Wachau, Waldviertel, Weinviertel auf einen Blick

Fläche: rund 7800 km^2

Einwohner: knapp 490.000, das entspricht 62 pro km^2. Die meisten leben in dörflichen Siedlungen und Kleinstädten mit rund 10.000 Einwohnern.

Größte Stadt: Krems an der Donau (23.900 Einwohner)

Verwaltung: Waldviertel und Weinviertel sind zwei der vier Regionen, in die Niederösterreich, das flächenmäßig größte österreichische Bundesland, geografisch aufgeteilt ist, wobei die Wachau zum Waldviertel zählt. Verwaltungstechnisch hat die Einteilung in „Viertel" seit 1867 keine Bedeutung mehr. Seitdem ist Niederösterreich in 21 (ab 2017: 20) Bezirke gegliedert, deren Namen sich – auf zwei Buchstaben verkürzt – an den Autokennzeichen wiederfinden. Hauptstadt Niederösterreichs ist seit 1986 das zentral gelegene St. Pölten (52.000 Einwohner). Die Landesfarben sind Blau-Gelb.

Geschichte

Von den Anfängen bis zu den Römern

Das Donautal, das südliche Wald- und das Weinviertel gehören zu den ältesten Siedlungsgebieten Österreichs. Schon in der **Altsteinzeit** – von 100.000–6000 v. Chr. – streiften Mammutjäger durch das Land. Sie fanden Unterschlupf in Höhlen, wo sie in Form von Faustkeilen und Klingen Spuren hinterließen. Die bedeutendsten altsteinzeitlichen Werkzeuge (70.000 v. Chr.) wurden in der Gudenushöhle im Kremstal entdeckt, am Kremser Wachtberg legte man ein 32.000 Jahre altes, altsteinzeitliches Grab mit Skeletten von zwei Säuglingen („Zwillinge vom Wachtberg") frei. Seit der **Jungsteinzeit** (6000–2200 v. Chr.) waren die Menschen sesshaft und lebten von Ackerbau und Viehzucht. Dicht besiedelt war damals das Weinviertel von den Leiser Bergen über Poysdorf bis zur March. In diese Zeit werden die monumentalen Kreisgrabenanlagen datiert. Von der Hügelgräberkultur der **Älteren Eisenzeit** (750–400 v. Chr.) blieb etwa in Großmugl ein 16 m hoher Tumulus erhalten.

Römische Mauerreste in Mautern an der Donau

Um 400 v. Chr. breitete sich von Westen her die **Jüngere Eisenzeit** (La-Tène-Zeit) nach Ostösterreich aus. Träger dieser Kultur waren die Kelten, die sich entlang der Donau und im Weinviertel ansiedelten. Zahlreiche Orts- und Flussnamen (z. B. Kamp, Ybbs) gehen auf sie zurück. Unter der Führung des keltischen Stamms der Noriker entstand ab dem 2. Jh. v. Chr. das Königreich *Noricum*, das sich von den Karnischen Alpen im Süden bis an die Donau erstreckte und enge Handels- und Militärbeziehungen zu Rom pflegte. Die **Römer** annektierten es 15 v. Chr. und machten es 40 n. Chr. zur Provinz *Noricum*. Zur Sicherung der Nordgrenze des Römischen Reiches, des *Donaulimes*, entstand am südlichen Donauufer eine Reihe von Militärlagern und Kastellen – u. a. *Arelape* (Pöchlarn) und *Favianis* (Mautern).

Germaneneinfälle und Völkerwanderung

Nördlich des Donaulimes verdrängten ab dem 1. Jahrhundert n. Chr. die germanischen **Markomannen** und Quaden die hier ansässigen keltischen Boier, deren Name in „Böhmen" weiterlebt. 167 gelang den Germanen erstmals die Überschreitung der Donau und ein Vorstoß bis Oberitalien. Die Römer wehrten sich in den verlustreichen sogenannten *Markomannenkriegen* (167–180), die Kaiser Marc Aurel anführte. Um 430 – die Völkerwanderung hatte nun voll eingesetzt – durchstreiften *Hunnen* plündernd das Land, 490 setzten sich die *Langobarden* im Weinviertel fest. Noch vor dem Jahr 500 zogen sich die Römer endgültig von der Donau zurück. Im 6. Jahrhundert besiedelten **Bajuwaren** von Westen her den Donauraum, wo sie sich mit den dort verbliebenen Langobarden vermischten. Aus dem Norden und Osten wanderten von den Awaren unterworfene **slawische Stämme** in das Waldviertel und das Weinviertel ein. Zahlreiche Orte und Gewässer erinnern mit ihren slawischen Namen(steilen) daran.

Nachdem *Karl der Große* 788 die Bajuwaren in sein fränkisches Reich eingegliedert und bis zum Jahr 796 die Awaren unterworfen hatte, errichtete er zum Schutz der neu gewonnenen Gebiete eine **karolingische** Mark, deren Verwaltung er bayerisch-fränkischen Klöstern und Adelsfamilien übertrug. Bald aber gingen Teile der Mark an das Mährerreich verloren, das sich um 830 im Thaya-March-Gebiet gebildet hatte. Dieses Reich wurde 906 von den Ungarn (Magyaren) erobert, die ein Jahr später auch dem bayerischen Heer in der Gegend des heutigen Bratislava eine vernichtende Niederlage bereiteten und auf ihrem Expansionszug gegen Westen erst 955 in der **Schlacht auf dem Lechfeld** bei Augsburg durch den späteren römisch-deutschen Kaiser *Otto I., den Großen,* gestoppt wurden. Die *Ostmark (Marcha orientalis)* im Donauraum zwischen Enns, Wienerwald und Wagram wurde wieder hergestellt. Zum Markgrafen ernannt wurde 976 der Babenberger Luitpold I. (Leopold), dessen Familie das Amt die folgenden 270 Jahre innehaben sollte.

Zeit der Babenberger

Die Babenberger Markgrafen begannen von Melk aus die dünn besiedelte *Marcha orientalis*, die seit 996 **Ostarrichi** hieß, zu erweitern und zu kolonisieren. Dazu ließen sie großflächige Rodungen im unwirtlichen, von Bären und Wölfen besiedelten Nordwald *(Silva nortica)* im Bereich des heutigen Waldviertels vornehmen. Daran erinnern noch heute Ortsnamen auf -schlag und -reith.

Markgraf Leopold II. (1075–95) verlegte seine Residenz von Melk weiter ostwärts nach Gars am Kamp. Dort kam *Leopold III.*, der Heilige (1095–1136) und heutige Landespatron von Niederösterreich, zur Welt. Unter ihm erlebte das Land einen großen Aufschwung. Er heiratete die staufische Kaisertochter, erreichte damit Einfluss im Reich und holte die sächsischen **Kuenringer** als Ministerialen ins Land. Sie halfen entscheidend bei der Kolonisierung des Wald- und Weinviertels, beherrschten von ihren Burgen Aggstein und Dürnstein aus die Wachau und gründeten Städte und Klöster, darunter Zwettl, Gmünd, Weitra, Geras und Altenburg. 1113 verlegte Leopold III. seinen Sitz donauabwärts nach Klosterneuburg bei Wien.

Unter *Heinrich II. Jasomirgott* (1141–77) wurde 1156 in der Urkunde „Privilegium minus" die Markgrafschaft der Babenberger zum **Herzogtum** erhoben. Wien war fortan ihr Zentrum. *Leopold V.* (1177–94) nahm 1191 am 3. Kreuzzug teil und geriet dabei in Konflikt mit dem englischen König Richard I. Löwenherz, den er in Wien gefangennehmen und auf der Kuenringerburg Dürnstein in der Wachau einsperren ließ (→ S. 101). Zum Schutz der 1182 durch Kaiser Friedrich Barbarossa festgelegten Grenze zu Böhmen und Mähren entstanden zahlreiche Burgen entlang der Thaya und des Kamptals.

Eine wirtschaftliche und kulturelle Blütezeit brachte die Herrschaft *Leopolds VI.* (1198–1230), der Städte und Klöster gründete und seinen Hof zu einem Zentrum des Minnesangs um Walther von der Vogelweide und Neidhardt von Reuental machte. Durch Erbschaft gelangte er an das Wappen der Grafen Wildberg-Hohenburg, ein rot-weiß-roter Bindenschild, der bis heute im österreichischen Staatswappen enthalten ist. Die friedvolle Zeit war mit seinem Sohn *Friedrich dem Streitbaren* (1230–46), dem letzten Babenberger, vorüber. Seinen Namen hatte er nicht von ungefähr, ständig war er in Konflikte verwickelt. Kurz nach seinem Antritt erfolgte der Aufstand der Kuenringer. Diese, namentlich die Brüder Hadmar III. und Heinrich I., waren unter Leopold VI. zu den höchsten Beamten im Herzogtum aufgestiegen und fürchteten nun den Verlust ihrer Rechte. Sie bemächtigten sich der Babenbergerburgen, unterschätzten aber den jungen Herzog, der mit Gewalt zurückschlug und die Kuenringerburgen, u. a. Aggstein und Zwettl, zerstören ließ. 1235 erhob sich der unzufriedene Adel des Landes, dessen wirtschaftliche Rechte Friedrich eingeschränkt hatte. Bald darauf musste der Herzog Angriffe der Böhmen, Ungarn und Mongolen abwehren. So kam auch sein Ende: 1246 fiel er in einer Schlacht gegen die Ungarn an der Leitha. Das Erbe der Babenberger geriet unter direkte Reichsverwaltung.

Beginn der Habsburgerherrschaft

Die herrschaftslose Zeit nutzten die österreichischen Hochadeligen, die Kuenringer, Hardegger, Maissauer und Schaunberger, und setzten 1251 Markgraf *Ottokar II. Přemysl*, den späteren böhmischen König, als Herzog ein. Dieser heiratete 1252 Margarethe, die über vierzigjährige Schwester des letzten Babenbergers, wodurch er einen Erbfolgeanspruch besaß. Weil Margarethe keine Kinder mehr bekommen konnte, ließ er sich 1261 von ihr scheiden und verbannte sie auf Schloss Krumau ins Waldviertel. Ottokar baute eine effiziente Verwaltung auf und teilte das Land in vier Viertel. 1273 bewarb er sich vergeblich um das Amt des römisch-deutschen Kaisers, das dem Nordschweizer Grafen *Rudolf von Habsburg* zuteil wurde. Diesem verweigerte Ottokar die Huldigung, worauf über ihn die Reichsacht verhängt wurde. 1276 eroberte Rudolf Wien, 1278 kam es zur entscheidenden **Schlacht auf dem Marchfeld** zwischen Dürnkrut und Jedenspeigen (Weinviertel).

Ottokar kontra Rudolf – Schauplatz der Schlacht auf dem Marchfeld (1278)

Rudolf siegte und Ottokar wurde von persönlichen Feinden erschlagen. Damit begann die 640 Jahre dauernde *Habsburgerherrschaft* in Österreich. In ihren ersten Jahrzehnten konzentrierten sie sich auf die Festigung ihres Gebiets (Stadtrechte für Eggenburg, Korneuburg u. a.) und entmachteten die opponierenden Kuenringer.

Zwischen 1425 und 1430 verwüsteten **Hussiten** das nördliche Wald- und Weinviertel und Teile der Wachau. Die Hussiten waren religiös-nationalistische Anhänger des tschechischen Reformers *Jan Hus* (1370–1415), der lange vor Luther die verweltlichte Kirche und den Ablasshandel bekämpft hatte und trotz Zusicherung freien Geleits auf dem Konzil von Konstanz 1415 auf dem Scheiterhaufen verbrannt worden war. 1440 kam Friedrich, der spätere *Kaiser Friedrich III.* (1452–93), an die Macht, dem bald ein mächtiger Gegner gegenüberstand. Der ungarische König *Matthias Corvinus*, seit 1469 auch böhmischer König, begehrte ebenfalls die österreichische Königswürde, seit 1477 fiel er mehrmals in Österreich ein. Friedrich ließ das Land befestigen, dennoch eroberte Matthias nach 1482 Stockerau, Korneuburg, Retz und das Kamptal bis Zwettl. 1485 zog er in Wien ein und residierte hier bis zu seinem Tod 1490. Friedrichs Sohn *Maximilian I.* (1486–1519) gelang es, die österreichischen Länder zurückzuerobern. Durch seine Heirat mit Maria von Burgund, die spätere Ehe seines Sohnes mit der Alleinerbin Spaniens und die Doppelhochzeit seiner Enkel mit den Thronfolgern Ungarns und Böhmens legte er den Grundstein für den Aufstieg der Habsburger zur europäischen Großmacht. Parallel dazu zeichnete sich ein neues Problem ab, die Expansion des Osmanischen Reichs gen Westen. 1529 fielen die **Osmanen** unter Sultan *Süleyman II.* erstmals ein. Mit einer Flotte von 400 Schiffen drangen sie auf der Donau bis Wien vor. Plündernde Reitertrupps kamen bis in die Wachau und ins südliche Waldviertel. Zwar gelang die Abwehr der Osmanen auf Wien vorerst, aber die Türkengefahr war die nächsten 150 Jahre ständig präsent.

Reformation und Gegenreformation

Die durch *Martin Luther* ab 1517 verbreiteten reformatorischen Ideen drangen rasch in die habsburgischen Länder vor und stießen auf großen Anklang. Die Wachauer und Waldviertler Burgen der Puchheimer, Pollheimer, Landauer, Kuefsteiner u. a. entwickelten sich zu Stützpunkten des **Protestantismus**. Zentren waren die Rosenburg als Sitz der protestantischen Stände und Horn, das 1570 gänzlich reformiert war. Durch die ständige Türkengefahr war *Kaiser Maximilian II.* (1564–76) auf die Steuereinnahmen des protestantischen Adels angewiesen und gewährte im Gegenzug religiöse Freiheiten. Die Adeligen wälzten die finanziellen Lasten auf ihre bäuerlichen Untertanen ab, indem sie die Fron- und Zehentleistungen maßlos erhöhten. So kam es zu den Bauernaufständen von 1595/96, die von kaiserlichen Truppen grausam niedergeschlagen wurden.

Als sich *Kaiser Matthias* (1608–19) weigerte, die religiösen Privilegien der protestantischen Stände zu bestätigen, schlossen sich 166 Adelige zum *Horner Bund* zusammen, drohten mit Gegenwehr und erzwangen so Zugeständnisse. Sie vereinigten sich später mit den böhmischen Aufständischen, die 1618/19 – zu Beginn des Dreißigjährigen Krieges – durch das Wald- und Weinviertel gegen Wien zogen. Eine Einnahme der Stadt gelang ihnen jedoch nicht. Die Niederlage 1620 in der **Schlacht am Weißen Berg** bei Prag besiegelte das Schicksal der österreichischen Protestanten endgültig.

Der eben erst angetretene *Kaiser Ferdinand II.* (1619–37) setzte die **Gegenreformation** gewaltsam durch, in kürzester Zeit war das ganze Land wieder katholisch.

Maßgebliche Unterstützung leisteten dabei die ins Land gerufenen Orden der Jesuiten und Piaristen, die in Krems und in Horn Kollegien gründeten. Mit der Durchsetzung der Gegenreformation entwickelte sich auch der **Absolutismus**. Die Stände verloren an Macht, Kaiser und Hochadel herrschten weitgehend allein. In der letzten Phase des **Dreißigjährigen Krieges** kam es nochmals zu Kämpfen im Land. Die Schweden unter General Torstenson drangen ab 1643 von Norden her Richtung Wien vor und hinterließen eine Spur der Verwüstung. Die Klöster Geras und Altenburg sowie zahlreiche Schlösser wurden niedergebrannt, Krems und Stein kapitulierten, Korneuburg ergab sich kampflos. Trotz viertägiger Belagerung im Frühjahr 1645 konnte Wien nicht eingenommen werden. Einige der bekanntesten Burgen im Weinviertel und im Umkreis der Donau (Dürnstein, Senftenberg, Falkenstein, Staatz) „verdanken" ihr Ruinendasein schwedischen Truppen. Kaum war der Dreißigjährige Krieg zu Ende, kam 1683 das nächste Unheil: Die Osmanen standen – diesmal unter *Großwesir Kara Mustafa* – vor den Toren Wiens. Am Wagram und im südlichen Weinviertel hatten die Verteidiger, kaiserliche Truppen unter Herzog Karl von Lothringen und Entsatzheere um den polnischen König Jan Sobieski, ihre Lager errichtet. Gemeinsam gelang es ihnen, die Eroberung Wiens abzuwenden und die Osmanen in die Flucht zu schlagen. Endgültig gebannt wurde die Gefahr erst mit den Schlachten 1687 bei Mohács, 1697 bei Zenta und 1717 in Belgrad, aus denen *Prinz Eugen von Savoyen* als siegreicher Feldherr zurückkehrte.

Erbfolgekriege und das Zeitalter Maria Theresias

Die Rekatholisierung, der Absolutismus und die erfolgreiche Abwehr der Türken führten Ende des 17. Jahrhunderts zu einer Epoche des Aufschwungs. Erste Manufakturbetriebe, Holzsägen, Papiermühlen und Hammerwerke wurden in Betrieb genommen, im oberen Waldviertel wurde das Tuchmachergewerbe aus Böhmen und Mähren eingeführt. Ein massiver Bauboom setzte ein. Überall im Land, insbesondere in der Wachau und im Waldviertel, wurden prachtvolle Klosteranlagen und Kirchen im neuen Barockstil errichtet.

Nach dem Aussterben der spanischen Habsburger brach 1701 der **Spanische Erbfolgekrieg** aus. Karl aus der österreichischen Linie ließ sich 1703 zum spanischen König Karl III. wählen, musste aber nach langen Kriegsjahren 1714 – mittlerweile zu Kaiser Karl VI. avanciert – auf diesen Thron verzichten. Er widmete sich fortan der internationalen Anerkennung der *Pragmatischen Sanktion,* einer Urkunde, in der die österreichischen Erblande als unteilbar und untrennbar festgeschrieben und die Thronfolge seiner Tochter *Maria Theresia* (1740–80) gesichert werden sollten. Dennoch kam es nach seinem Tod 1740 zum **Österreichischen Erbfolgekrieg**, in dessen Verlauf französische, bayerische und sächsische Truppen das Waldviertel streiften. Maria Theresia gelang es, ihr Erbe durchzusetzen, mit Ausnahme Schlesiens, das an Friedrich von Preußen verlorenging. Während ihrer 40 Jahre dauernden Herrschaft gebar sie 16 Kinder und setzte tiefgreifende Reformen im Sinne des *aufgeklärten Absolutismus* durch: Die Verwaltung wurde zentralisiert, das Wegenetz für Straßen- und Schiffsverkehr ausgebaut, die gefährlichen Stromschnellen in der Donau beseitigt, das Strafrecht reformiert, die Folter verboten, die Steuerfreiheit des Adels aufgehoben und die allgemeine Schulpflicht eingeführt. Maria Theresias Sohn *Joseph II.* vollendete nach ihrem Tod 1780 das Reformprogramm. Er schaffte die Leibeigenschaft der Bauern ab, gewährte mit dem Toleranzpatent den Protestanten freie Religionsausübung, errichtete erste Krankenhäuser und wandte sich gegen die Auswüchse des Barockkatholizismus. So reduzierte er die Zahl der Kerzen in den Kirchen, verkürzte Anzahl und Dauer von Wallfahrten, schrieb einen wiederverwendbaren Klappsarg für Begräbnisse vor und löste mehr als 700 Klöster, die er für entbehrlich hielt, auf. Opfer des „Klostersturms" waren Aggsbach, Dürnstein, Säusenstein, Krems, Langenlois, Imbach und Pernegg. Einige seiner radikalen Maßnahmen musste er bzw. sein Bruder und Nachfolger *Leopold II.* (1790–92) allerdings wieder zurücknehmen.

Franzosenkriege und Wiener Kongress

In die Kriege (die sog. Koalitionskriege) zwischen dem revolutionären Frankreich und den Monarchien Europas war Österreich ab 1792 verwickelt. Zahlreiche Gebiete gingen verloren. Vom *Reichsdeputationshauptschluss* von 1803, mit dem alle geistlichen Fürstentümer aufgehoben und das Kirchengut säkularisiert, also enteignet wurde, waren auch die geistlichen Besitztümer in der Wachau betroffen. Zur folgenschwersten Auseinandersetzung geriet der **Dritte Koalitionskrieg** 1805/06, in dem Österreichs wichtigste Verbündete England und Russland waren. Napoleons Truppen drangen entlang der Donau von Süddeutschland in Richtung Wien vor. Am 11. November 1805 kam es westlich von Krems zur **Schlacht bei Loiben** zwischen Österreichern, Russen und Franzosen, die mit der Niederlage der Angreifer endete. Ein großes Denkmal erinnert dort an dieses Ereignis. Doch Napoleons Truppen waren nur kurz aufgehalten und konnten zwei Tage später Wien einnehmen. Bei dem Versuch, das Bündnis zwischen Österreichern und Russen in der **Schlacht bei Hollabrunn und Schöngrabern** zu verhindern, scheiterten die Franzosen zunächst, doch besiegten sie bald danach, nämlich im Dezember 1805, in der **Dreikaiserschlacht** in Austerlitz bei Brünn die Heere des römisch-deutschen *Kaisers Franz II.* und des russischen Zaren Alexander I. Der *Friede von Pressburg* 1805 beendete den Krieg – Kaiser Franz musste die römisch-deutsche Kaiserkrone ablegen. Er blieb als *Franz I.* Kaiser von Österreich, einen Titel, den er zwei Jahre zuvor angenommen hatte.

Franzosendenkmal bei Loiben

Um verlorene Gebiete zurückzugewinnen, begann Österreich im April 1809 einen Feldzug gegen Napoleon. Dessen Truppen gelang aber ein schneller Vorstoß, und einen Monat später konnten sie Wien ein weiteres Mal besetzen. Als sie Richtung Norden vordringen wollten, gelang Erzherzog Karl in der **Schlacht von Aspern** am Stadtrand von Wien im Mai 1809 der erste Sieg über das Heer Napoleons. Die Freude währte nicht lange, denn schon im Juli siegten die Franzosen unweit davon in der **Schlacht bei Deutsch-Wagram**. Weitere schwere Gefechte im Gebiet des Weinviertels (Hollabrunn, Poysdorf u. a.) folgten. Im Oktober 1809 musste Österreich den *Frieden von Schönbrunn* schließen und verlor damit seine Stellung als Großmacht. Doch auch Napoleons Höhenflug ging bald zu Ende. Nach seinem gescheiterten Russlandfeldzug unterlag er den verbündeten Truppen aus Österreich, Preußen und Russland in der *Völkerschlacht bei Leipzig* im Oktober 1813. Beim **Wiener Kongress** 1814/15 kam es zu einer Neuordnung Europas, mit der de facto die alten, vorrevolutionären Verhältnisse wieder hergestellt wurden.

Industrialisierung, Revolution und Kaiser Franz Joseph

Nach dem Ende der Napoleonischen Kriege entwickelte sich in der ersten Hälfte des 19. Jahrhunderts allmählich die industrielle Revolution. Die Dampfmaschine wurde seit 1817 zum Antrieb von Schiffen auf der Donau eingesetzt, 1829 die *Donaudampfschiffahrtsgesellschaft* gegründet. 1839 erreichte die **Kaiser-Ferdinands-Nordbahn** ab Wien durch das Weinviertel die mährische Stadt Brünn. In den textilverarbeitenden Betrieben des Waldviertels hielten Mitte des 19. Jh. der mechanische Webstuhl und die industrielle Produktion Einzug. Die sozialen Folgen der Industrialisierung waren Ausbeutung und Verarmung der lohnabhängigen Arbeitermassen. Auch das Bürgertum war unzufrieden, denn es blieb trotz wachsender wirtschaftlicher Bedeutung von einer Beteiligung am politischen Leben ausgeschlossen. Unter dem Einfluss der französischen Februarrevolution 1848 kam es auch in Wien zur **Revolution**, die im Oktober von kaiserlichen Truppen blutig niedergeworfen wurde. *Kaiser Ferdinand I.* (1835–48) musste dennoch abdanken und sein Neffe *Franz Joseph I.* übernahm die Regierung.

1866 kam es zum Krieg mit Preußen um die Vorherrschaft in den deutschen Ländern. In der **Schlacht bei Königgrätz** erlitten die Österreicher eine empfindliche Niederlage gegen die preußische Armee, die ihnen in Ausrüstung und Strategie haushoch überlegen war. Österreich zog seine Truppen zurück, die Preußen rückten über das Wald- und Weinviertel gegen Wien vor. Der *Friede von Prag* 1866 beendete den Krieg: Österreich hatte nun keinen Einfluss mehr auf die Bildung des deutschen Nationalstaats. Innenpolitisch führte die Niederlage 1867 zum politischen Ausgleich mit Ungarn, das ein selbstständiger Reichsteil der Monarchie wurde (Beginn der Doppelmonarchie), sowie zum Durchbruch des **Liberalismus** mit einer ersten konstitutionellen Verfassung. Die folgenden Jahrzehnte bis zum Ersten Weltkrieg waren einerseits geprägt vom immer größer werdenden Nationalitätenproblem des Vielvölkerreiches, andererseits erfreute sich die Wirtschaft an zahlreichen Großprojekten: Ab 1870 begann man in der Umgebung Wiens mit der Regulierung der Donau, deren Hochwässer und Eisstöße zuvor große Verwüstungen angerichtet hatten. Der Ausbau des Eisenbahnnetzes wurde fortgesetzt: Seit 1872 verband die **Kaiser Franz-Josefs-Bahn** Wien und Prag, und die **Kamptalbahn** erschloss ab 1889 Teile des südlichen Waldviertels für die Sommerfrische-Touristen.

Weil der Liberalismus in der Bauernschaft zur Verschuldung ländlicher Betriebe geführt hatte, bildeten sich Interessengemeinschaften, Kreditgenossenschaften und Bauernvereine. Gegen den Liberalismus kämpfte auch der Waldviertler Gutsbesitzer

Georg Ritter von Schönerer (1842–1921), der 1879 Führer der deutschnationalen Bewegung wurde. Seine antiklerikalen und radikalen antisemitischen Ideen beeinflussten später den jungen Adolf Hitler. Verschiedene Gruppierungen innerhalb der Arbeiterbewegung vereinigten sich 1888 zur *Sozialdemokratischen Partei Österreichs.* Auf ihren massiven Druck hin wurde in der Wahlrechtsreform von 1907 das **allgemeine Wahlrecht** für Männer eingeführt, 1919 erhielten es auch die Frauen.

Erster Weltkrieg, Zweiter Weltkrieg

Nachdem Rudolf, der einzige Sohn von Kaiser Franz Joseph I. und Sisi, 1889 Selbstmord begangen hatte, wurde der kaiserliche Neffe *Franz Ferdinand* (1863–1914) zum Thronfolger bestimmt. 1900 heiratete er die als nicht standesgemäß erachtete Gräfin *Sophie Chotek.* 1914 wurden beide von serbischen Nationalisten bei einem offiziellen Besuch in Sarajewo ermordet und in aller Stille auf ihrem privaten Wohnsitz in Artstetten (Nibelungengau) bestattet. Mangels offizieller Begräbnisfeier kam es nicht zu einem „Gipfeltreffen" der Mächte, das unter Umständen eine diplomatische Lösung der Krise ermöglicht hätte. Stattdessen erklärte Österreich-Ungarn Serbien den Krieg, was den **Ersten Weltkrieg** in Gang setzte. Nach dem Zusammenbruch der Habsburgermonarchie verzichtete *Kaiser Karl I.,* der 1916 seinem Großonkel Franz Joseph auf den Thron gefolgt war, 1918 auf die Regierung. 1919 wurde er ins Exil geschickt, nur drei Jahre später verstarb er auf Madeira. 2004 wurde er von Papst Johannes Paul II. seliggesprochen.

Österreich war seit 1918 **Republik** und wurde im *Friedensvertrag von Saint-Germain* 1919 auf die deutschsprachigen Teile der früheren habsburgischen Monarchie beschränkt, Südtirol fiel an Italien, südmährische Gebiete gingen an die Tschechoslowakei und die Stadt Gmünd im Waldviertel wurde zweigeteilt. Die Kosten des Krieges, die hohe Inflation, steigende Arbeitslosigkeit und Hungersnöte führten zu tief greifenden sozialen und wirtschaftlichen Problemen, die durch politische Gegensätze verstärkt wurden. Linksradikale und rechtsextreme Gruppen erstarkten, Parteien gründeten bewaffnete Wehrverbände und die Nationalsozialisten lieferten großdeutsche Anschlussparolen. 1933 installierte Bundeskanzler *Engelbert Dollfuß* in einem Staatsstreich einen **austrofaschistischen Ständestaat**, um die Situation zu beruhigen und Österreichs Unabhängigkeit zu bewahren. Nationalsozialistische Putschisten ermordeten ihn im Juli 1934 in seinen Amtsräumen. Auf deutschen Druck hin wurden nun Nationalsozialisten in die Regierung aufgenommen. Am 12. März 1938 marschierten Hitlers Truppen in Österreich ein, einen Tag später war der „**Anschluss**" an das nationalsozialistische Deutsche Reich, den auch viele Österreicher begrüßten, vollzogen. Österreich wurde zur „Ostmark" und in Gaue unterteilt, das Land um Wien „Niederdonau" genannt. Großbetriebe, wie Werften oder Erdöl- und Erdgasunternehmen, wurden zum „deutschen Eigentum" erklärt, das Bundesheer der deutschen Wehrmacht unterstellt, ein großer Truppenübungsplatz im Waldviertel geschaffen, Klöster (Altenburg, Klosterneuburg, Göttweig) aufgehoben und südmährische Gebiete an Niederdonau angegliedert. Die Verfolgung und Vertreibung von Juden nahm ihren Lauf.

Im **Zweiten Weltkrieg** 1939–45 kämpften Österreicher Seite an Seite mit den Deutschen. Ab 1943 griffen amerikanische Bomber den Osten Österreichs an, bevorzugte Ziele waren Industrie- und Erdölförderanlagen, Transporteinrichtungen und Wohnsiedlungen. Seit dem Frühjahr 1945 drangen Sowjettruppen über Ungarn ein und eroberten den Ostteil des Landes. Nach Kriegsende wurde die Republik Österreich wiedererrichtet und das ganze Land kam für zehn Jahre unter

Schloss Grafenegg – die Spuren der Besatzungszeit sind längst beseitigt

Besatzung durch die Siegermächte. Im Osten Österreichs stationiert waren die sowjetischen Truppen, die ihre Kommandanturen in Schlössern wie Grafenegg, Schallaburg und Loosdorf ein- und dabei viel Schaden anrichteten.

Vom Staatsvertrag zum grenzenlosen Europa

1955 wurde mit der Unterzeichnung des Staatsvertrages die volle Souveränität Österreichs wieder hergestellt, die Besatzungstruppen verließen das Land. Die 1950er und 1960er Jahre standen im Zeichen des **Wiederaufbaus** des schwer zerstörten Landes. Kriegsschäden wurden beseitigt, das erste Donaukraftwerk in Persenbeug (1959) und die Staumauern im Kamptal gebaut, Schul- und Wohnanlagen errichtet, Klöster, Schlösser und Burgen revitalisiert, die Industrie ausgebaut und die Erdgas- und Erdölförderung im südlichen Weinviertel maximal ausgeschöpft. In der Wachau wurde der Tourismus wieder angekurbelt. Heimatfilme wie *Hofrat Geiger* (1947) und sein Remake in Farbe (1961) prägten mit dem Mariandl-Lied für Jahrzehnte das Image der Region. Nebenbei halfen sie mit, das nationale Bewusstsein zu heben. Das nördliche Waldviertel und das Weinviertel hingegen blieben durch ihre ostblocknahe Lage abgeschnitten und wirtschaftlich benachteiligt.

An der Donau entstanden weitere Flusskraftwerke, darunter 1982 jenes bei Melk. Nicht gebaut wurden nach massiven Protesten die Staudämme bei Dürnstein in der Wachau. 1986 erhielt das Bundesland Niederösterreich mit St. Pölten eine eigene Landeshauptstadt. Mit dem Fall des Eisernen Vorhangs 1989 an den Grenzen zur damaligen Tschechoslowakei war die jahrzehntelange Lage des Waldviertels und des Weinviertels im „toten Winkel“ Europas beendet. Österreichs **Beitritt zur Europäischen Union** erfolgte 1995. Im Jahr 2000 wurde das Durchbruchstal der Thaya an der Grenze zu Tschechien zum Nationalpark Thayatal erklärt. Im selben Jahr fand die Wachau Aufnahme in das Weltkulturerbe der UNESCO. Durch die EU-Osterweiterung 2004 rückte die Region ins Zentrum der Europäischen Union, Handel und Wirtschaft profitieren davon in großem Ausmaß.

Architektur und Kunst

Urgeschichte und Frühgeschichte

Steinzeit, Bronzezeit, Eisenzeit: Die frühesten Spuren künstlerischen Schaffens in Österreich wurden in der Wachau entdeckt – es sind zwei berühmte altsteinzeitliche Statuetten: Die nur 7,2 Zentimeter große und 36.000 Jahre alte *Fanny vom Galgenberg* aus Stratzing bei Krems und die 29.500 Jahre alte, 11 cm große, wesentlich beleibtere *Venus von Willendorf.* Die beiden Steinfiguren können im Venus-Kabinett im Naturhistorischen Museum (NHM) in Wien besichtigt werden. Rund 23.000 Jahre jünger sind die 25 cm große, tönerne *Venus von Eggendorf,* die bei Maissau geborgen wurde und in den Museen der Stadt Horn gezeigt wird, sowie die 13 cm hohe, im Urgeschichtemuseum in *Asparn an der Zaya* präsentierte *Venus von Falkenstein*; beide stammen sie aus der Jungsteinzeit.

Römerzeit und Völkerwanderung: Von den Römern in der Wachau blieben am südlichen Donauufer Mauerreste von Wachtürmen, Kastellen und Straßenfragmente; sie sollen Teil des geplanten UNESCO-Welterbes „Donaulimes" werden (www.limes-oesterreich.at). Grabbeigaben und Schmuck werden im Römermuseum *Mautern* und im Stadtmuseum *Pöchlarn* gezeigt. Teile einer um 800 n. Chr. angelegten frühchristlichen Slawensiedlung wurden in *Gars-Thunau* ausgegraben bzw. rekonstruiert.

Monströse Replik der Venus von Willendorf

Romanik

Die frühromanischen Klosterkirchen des 11./12. Jahrhunderts, wie Melk und Göttweig, gingen durch spätere Um- und Neubauten verloren. Erhalten ist aber der Kapitelsaal des Stiftes *Zwettl* (1180); der schöne Kreuzgang ebendort markiert schon den Übergang zur Gotik (1210–40).

Ein Juwel der Romanik ist die Burgkirche in *Oberranna* mit Krypta, zwei Querschiffen und einem Westchor. Romanische Bauteile blieben vorwiegend in Pfarrkirchen erhalten, wie in der Propsteikirche in *Zwettl,* der Michaelskirche in *Pulkau,* der Gertrudiskirche in *Gars,* in den Kirchen von *Michelstetten, Spital bei Weitra* und *Alt-Weitra.* Zahlreich sind auch die **Rundkarner**, Beinhäuser, die zur Aufbewahrung exhumierter Gebeine gebaut wurden (z. B.

Hadersdorf, Zwettl, Hardegg, Kühnring, Burgschleinitz, Pulkau, Mistelbach). Bestes Beispiel für einen romanischen Profanbau ist die eindrucksvolle *Burg Rappottenstein* (um 1170). Berühmt ist der reiche **Skulpturenschmuck** an der Apsis der *Pfarrkirche von Schöngrabern* (um 1230).

Romanische Reliefs in Schöngrabern

Gotik

Ende des 13. Jahrhunderts hatte sich der gotische Stil in der Region voll entfaltet und blieb bis zur Mitte des 16. Jh. beherrschend. Nach der dreischiffigen Basilika setzte sich der Typus der Hallenkirche mit gleich hohen Schiffen durch. Erste Beispiele sind die Dominikanerkirchen von *Imbach* (1285) und *Retz* (1295). Ab 1343 entstand die Stiftskirche von *Zwettl;* die Bettelordenskirchen in *Krems* und *Stein* erhielten zur selben Zeit gotische Hallenchöre. 1392 entstand die langgestreckte, einschiffige Kartäuserkirche von *Aggsbach.* Die Spätgotik des 15. Jh. und frühen 16. Jh. brachte immer dekorativere Formen des Kreuzrippengewölbes hervor. Eine besondere Rolle spielte dabei die Dombauhütte von St. Stephan in Wien, deren Einfluss an der eleganten Stephanskirche in *Eggenburg* und der prächtigen Piaristenkirche in *Krems* zu sehen ist. Schöne Hallen- und Staffelkirchen des 15. Jh. sind die Pfarrkirchen in *Spitz, Litschau, Pöggstall, Schönbach, Mistelbach, St. Wolfgang bei Weitra* und *Ybbs.* Einen beachtenswerten spätgotischen Chor besitzen jene in *Weißenkirchen, Pöchlarn, Mauer* und *Horn.* Die genannten Gotteshäuser verfügen meist auch über fantasievoll gearbeitete Kanzeln und Sakramentshäuschen. Zu den besten gotischen Profanbauten zählen die Gozzoburg in *Krems* und Burg *Heidenreichstein.*

Die Jahre 1480 bis 1520 waren die Blütezeit holzgeschnitzter großer **Flügelaltäre**, von denen einzigartig prachtvolle Exemplare in *Pulkau, Mauer bei Melk, Maria Laach* und *Schönbach* zu bestaunen sind.

Renaissance

Das veränderte Weltbild nach dem Ende des Mittelalters führte zum Erstarken der Stände, die einsetzende Reformation stürzte die katholische Kirche in eine tiefe Krise. Der Sakralbau kam fast völlig zum Erliegen, vorherrschend wurden die höfische und die bürgerliche Architektur. Aus mittelalterlichen Wehrbauten entstanden Ende des 16. Jahrhunderts prächtige Schlösser wie die *Rosenburg, Greillenstein, Weitra* und die *Schallaburg,* die mit ihrem Arkadenhof zu den bedeutendsten Renaissancebauten Österreichs zählt. Der neue Wohlstand der Städte zeigte sich in monumentalen Bürgerbauten (u. a. Teisenhoferhof in *Weißenkirchen*) und an reich geschmückten Fassaden. Dafür wandte man häufig die neue Technik des **Sgraffito** an (→ Kastentext). Interessante Einzelwerke der Renaissance sind das Rondell in *Pöggstall* (1535), das Kuefstein-Hochgrab (1607) in *Maria Laach* und das Portal der Stiftskirche *Geras*, das schon dem Manierismus, dem Übergangsstil zum Barock, zuzuzählen ist.

Sgraffito in Weitra

Sgraffito – Fassadenschmuck der Renaissance

Der Name dieser aus Italien stammenden Technik ist abgeleitet vom italienischen *graffiare* – „kratzen". Auf einen schwarz- oder brauntonigen Putzmörtel wird eine dünne, helle Farbschicht aufgebracht, in die man, solange sie noch feucht ist, mit spitzem Werkzeug ritzt oder einen Holzstempel presst. Die Motive entstammen oft der antiken Mythologie, der Bibel, Tierfabeln oder der Volkskultur. Bisweilen sieht man Medaillons mit Herrscherporträts oder die Bildfolge der „Zehn Lebensalter", denen symbolhaft ein Tier beigefügt ist. Kunstvolle Muster mit Quadern, Fischgrät- oder Figurenfriesen umrahmen die Ansichten. Derart verzierte Häuser schmücken noch heute die Stadtplätze von Retz, Eggenburg, Horn, Langenlois, Krems, Weitra, Gmünd, Hadersdorf und Zwettl.

Barock

Nach der Gegenreformation und der endgültigen Niederlage der Türken entwickelten Kirche, Hof und Hochadel Ende des 17. Jahrhunderts eine gewaltige Bautätigkeit. Prunkvolle Neubauten entstanden, Vorhandenes wurde umgebaut. Kaum eine romanische oder gotische Pfarrkirche entkam der Barockisierung.
Für die einzigartigen Klosteranlagen in *Melk, Dürnstein* und *Altenburg*, die Landkirchen von *Wullersdorf* und *Ravelsbach*, für die Wallfahrtskirche *Maria Taferl*, die

barocken Umbauten an den Schlössern *Rosenau* und *Gobelsburg* und an den Stiften *Geras* und *Zwettl* sind die Baumeister Jakob Prandtauer (1660–1726) und sein Neffe Joseph Munggenast (1680–1741) verantwortlich. Johann Lukas von Hildebrandt (1668–1745) baute Stift *Göttweig* und für den Reichskanzler Graf Schönborn das gleichnamige Schloss in *Göllersdorf*. Hildebrandts Schüler Franz Anton Pilgram (1699–1761) entwarf die Kaiserstiege von Stift *Göttweig* und das prunkvolle Schloss *Riegersburg*. Die vorwiegend in Wien tätigen Baumeister Johann Bernhard Fischer von Erlach (1656–1723) und sein Sohn Joseph Emanuel (1693–1742) bauten auf dem Land etwa Schloss *Kirchstetten* und die Kirche von *Großweikersdorf*. Die Wallfahrtskirche Maria Bründl bei *Poysdorf* stammt von Donato Felice d'Allio (1677–1761), einem Schüler von Johann Bernhard Fischer von Erlach.
Einer der wichtigsten barocken **Bildhauer** war Matthias Steinl (1644–1727), dessen Werk in den Stiften *Dürnstein* und *Zwettl* zu bewundern ist. Die bedeutendsten in der Region tätigen **Maler** waren Johann Michael Rottmayr (1654–1730), Paul Troger (1698–1762), Franz Anton Maulbertsch (1724–96), Johann Bergl (1718–89) und Martin Johann Schmidt (1718–1801), der sogenannte Kremser Schmidt (→ Kastentext S. 125). Sie schufen für Kirchen und Klöster farbenfrohe Deckenfresken und große Altarblätter.
Typisch für das Barock sind **Dreifaltigkeits- oder Pestsäulen**, die als Dank für die Überwindung von Pest und Türkengefahr seit dem frühen 18. Jh. zahlreiche Stadtplätze schmücken, u. a. in *Zwettl, Langenlois, Korneuburg, Laa* und *Eggenburg*.

Romantik, Historismus, Jugendstil

Die Maler der **Romantik** widmeten sich neben der Darstellung biedermeierlichen Lebens Stadtansichten und Landschaftsporträts. In den Aquarellen von Rudolf von Alt (1812–1905) findet sich erstmals die Wachau als Motiv. Bedeutendster Literat des **Biedermeiers** war Franz Grillparzer (1791–1872), der in seinem Drama *König Ottokars Glück und Ende* die Schlacht bei Dürnkrut und Jedenspeigen verarbeitete. Im Wald- und Weinviertel ansässig waren die Schriftsteller Nikolaus Lenau (1802–50), und Bertha von Suttner (1843–1914), die 1905 den Friedensnobelpreis für ihren Roman *Die Waffen nieder* erhielt.

Die zweite Hälfte des 19. Jahrhunderts stand ganz im Zeichen des **Historismus**, der auf alte Baustile zurückgreift. Eines der bedeutendsten österreichischen Bauwerke dieser Epoche ist das märchenhafte Schloss *Grafenegg*, das 1846–72 im Stil der englischen Tudorgotik entstand. Die mittelalterliche Burgruine *Kreuzenstein* wurde 1874–1906 unter Verwendung alter Bauteile wieder aufgebaut, ebenso die Ruine *Hardegg* 1890. Repräsentative öffentliche Gebäude im historistischen Stil sind die Rathäuser in *Weitra* (1892), *Korneuburg* (1894), *Laa* (1899) und *Mistelbach* (1901) sowie das Krahuletz-Museum in *Eggenburg* (1902).

Als Gegenbewegung zum Historismus etablierte sich der **Jugendstil**, der sich in der Region architektonisch am ehesten in den kleinbürgerlichen Sommerfrische-Villen des Kamptals manifestiert. So ist in *Gars* ein Frühwerk von Josef Hoffmann (1870–1956) zu sehen. Auch entlang der Donau gibt es einzelne Jugendstilbauten wie die Kachelvilla von Jože Plečnik in *Melk*.

Typisch für das späte 19. Jh. war die **Freilichtmalerei**, die im Sinne des Impressionismus Landschaftsstimmungen festzuhalten suchte. Ihre bedeutendsten Vertreter waren Emil Jacob Schindler (1824–92), Tina Blau (1845–1916), Carl Moll (1861–1945), Max Suppantschitsch (1865–1953) und Robert Ruß (1847–1922). Eines ihrer bevorzugten Maldomizile war seit den 1880er-Jahren die Wachau. Dort entstandene Gemälde sind auch im Wachaumuseum in *Weißenkirchen* zu sehen.

Moderne und Gegenwartskunst

Von Clemens Holzmeister (1886–1983), der mit seinen expressionistisch-monumentalen Werken zu den Begründern der **modernen Baukunst** im deutschsprachigen Raum zählt, sind in der Region zwei Erstlingswerke – die Volksschule in *Marbach an der Donau* (1913) und das Lichtspielhaus in *Eggenburg* (1914) – erhalten. Interessante zeitgenössische Bauten entstanden erst nach der Jahrtausendwende: Gustav Peichl entwarf das *Karikaturmuseum Krems* (2001), Wilhelm Holzbauer das Hotel *Therme Laa* (2006), ein stimmiger Bau in Glas, Holz und Stein. Dietmar Feichtinger (2005) und Delugan Meissl (2016) schufen die Neubauten am *Campus Krems*. Ein spektakuläres Werk ist die mit einem Stahl- und Glaskonstrukt überdachte Freilichtbühne „Wolkenturm" (2007) im *Schlosspark Grafenegg*.

Die Region gilt auch als Hochburg **zeitgenössischer Wein-Architektur**: Den Anfang machte der schwarze Quader (Andreas Burghardt, 2001) für das Weingut Loimer in *Langenlois*, es folgten der Alu-Würfel des US-Amerikaners Steve Holl für die Weinerlebniswelt Loisium ebenfalls in *Langenlois* (2003), ein luftiger Kubus aus Holz und Aluminium für die Weinbeisserei in *Mollands* (Albertoni, 2005) und der gläserne Riegel der Gebietsvinothek Weritas in *Kirchberg am Wagram* (Gerner & Gerner, 2009). 2010 erhielt auch die Wachau durch Starwinzer F. X. Pichler ein erstes Weingut aus Glas und Beton, das wie ein Riesentanker aus den Weingärten von *Oberloiben* ragt (Thomas Tauber).

Im frühen 20. Jh. verbreitete sich auch in der **bildenden Kunst** die Stilrichtung des *Expressionismus*, dessen wichtigster österreichischer Vertreter *Oskar Kokoschka* 1886 in Pöchlarn an der Donau zur Welt kam. Multitalent *Friedensreich Hundert-*

Freilichtbühne „Wolkenturm" im Schlosspark Grafenegg

wasser (1928–2000) gestaltete in Roiten ein bunt verziertes Dorfmuseum (1989) und den Stadtbrunnen in Zwettl (1994). Zu den bekanntesten zeitgenössischen Künstlern, die aus der Region stammen oder hier tätig sind, zählen *Karl Korab* (geb. 1937), dessen Lithographien Lokale und Schriften im und über das Wald- und Weinviertel zieren, *Hermann Nitsch* (geb. 1938), wichtigster Protagonist des Wiener Aktionismus, der auf Schloss Prinzendorf im Weinviertel wirkt und 2007 in Mistelbach ein eigenes Museum erhielt, und Bildhauer *Erwin Wurm* (geb. 1954), der Schloss Limberg zu seinem Atelier und Refugium auf dem Land machte.

Das Loisium in Langenlois – Volkskultur meets Postmoderne

An zahlreichen Orten in der Region trifft man auf **Kunst im öffentlichen Raum**. Zu den spannendsten Objekten zählen die „Basilika“ (1994) von Franz Xaver Ölzant in *Waidhofen an der Thaya*, die „Autobahn“ von PRINZGAU/podgorschek (1995) in *Paasdorf*, der Weinviertelfries von Heinz Cibulka und seine einer S-Bahn-Garnitur ähnliche Behausung in *Mistelbach* (2005), die „Skulptur ohne Titel“ von Heimo Zobernig (2006) am Käferberg in *Langenlois*, die an eine Riesentraube erinnert, die Teppichmosaike von Iris Andraschek und Hubert Lobnig am Campus der Donau-Universität in *Krems-Stein* (2006), die Glasfassade von Ingeborg Strobl am Gebäude des Unterwasserreichs in *Schrems* (2006) und die „Wachauer Nase“, eine begehbare Betonnase der Künstlergruppe gelitin in *St. Lorenz* (2014).

Bei der Fährstation St. Lorenz ragt die „Wachauer Nase“ aus dem Boden

Eine Schnellbahngarnitur ohne Fenster? Nein, ein Kunstwerk in Mistelbach

Anreise

Die Region im Nordosten Österreichs ist von Deutschland und der Schweiz in einem Tag zu erreichen. Bahnreisenden bieten sich bis Wien tagsüber und auch nachts gute Verbindungen an. Der internationale Flughafen Wien macht auch die Anreise per Flugzeug möglich.

Da vor Ort im Waldviertel und im Weinviertel (weniger in der Wachau) ein eigenes Fahrzeug unverzichtbar ist – es sei denn, man ist als Weitwanderer oder Pedalritter auf dem Donauradweg unterwegs – ist die Anreise per Bahn oder auf dem Luftweg nur in Kombination mit einem Mietwagen oder dem Autoreisezug eine empfehlenswerte Alternative.

Mit eigenem Fahrzeug

Aus Nord- und Westdeutschland: Wer aus dem Norden kommt, fährt über die **A 3** (E 56) nach Passau, auf der Innkreis-Autobahn **A 8** (E 56) weiter zur West-Autobahn **A 1** (E 60) in Richtung Wien. Reisende in die westliche Wachau und ins Waldviertel verlassen die A 1 bei Melk. Wer nach Krems und ins Kamptal unterwegs ist, fährt bis zum Knoten St. Pölten und dann über die **S 33** nach Krems an der Donau bzw. über die **S 5** weiter Richtung Weinviertel.

Aus Süddeutschland: Für Reisende aus dem deutschen Süden gibt es als Alternative zur A 3 die staugefährdete **A 8** (E 52) von München nach Salzburg. Ab Salzburg geht es auf der West-Autobahn **A 1** (E 60) wie oben beschrieben weiter.

Aus dem Osten Deutschlands kann man via Dresden auf der **A 17** (**E 55**) bis an die tschechische Grenze und auf der anschließenden (bis auf einen 16-km-Abschnitt fertiggestellten) Autobahn **D 8** (E 65) nach Prag und weiter auf der **D 1** (E 65) anreisen. In Humpolec verlässt man die D 1und fährt auf der **E 551** via Nová Bystřice ins nördliche Waldviertel. Wer ins Weinviertel möchte, bleibt bis Jihlava auf der D 1 (E 65), fährt erst dort ab und gelangt auf der **E 59** über Znojmo und Kleinhaugsdorf ins nördliche Weinviertel.

Aus der Schweiz und Westösterreich führt die Anreise über München (s. o.) oder über die Inntal-Autobahn **A 12** (E 60) Richtung Salzburg und weiter auf der **A 1** Richtung Wien. Vor der Inntal-Autobahn geht es durch den 14 km langen gebührenpflichtigen Arlberg-Straßentunnel (9,50 €/Fahrt) – oder gebührenfrei über den Arlberg-Pass (1793 m, im Winter manchmal gesperrt!).

Aus dem Süden Österreichs: Die schnellste Strecke in die Wachau und das Waldviertel führt über die Süd-Autobahn **A 2** (E 59) bis zum Knoten Vösendorf, ab hier über die **A 21** auf die **A 1** und vom Knoten St. Pölten auf der **S 33** bis Krems. Für Ziele im Weinviertel quert man Wien auf der Südosttangente **A 23** und erreicht so die Donauufer-Autobahn **A 22** (E 49) bzw. über die **S 1** die Weinviertel-Autobahn **A 5** (E 461).

Autobahngebühren Österreich **Vignettenpflicht** auf allen Autobahnen und Schnellstraßen: Für Pkw/Wohnmobile gibt es Vignetten für 10 Tage (8,80 €), 2 Monate (25,70 €) oder ein Jahr (85,70 €). Motorradfahrer zahlen für 10 Tage 5,10 €, für 2 Monate 12,90 €, für ein Jahr 34,10 €. Jahresvignetten sind vom 1. 12. bis zum 31. 1. des übernächsten Jahres gültig und an grenznahen Tankstellen, Postämtern, Tabaktrafiken und bei Automobilclubs erhältlich. Wohnmobile über 3,5 t zahlen eine **kilometerabhängige Maut**; dafür benötigt man eine *GO-Box*, die an Autobahntankstellen erhältlich ist. Infos unter ✆ 0800-40012400, www.go-maut.at.

Autobahngebühren Tschechien **Mautpflicht** auf Autobahnen und Schnellstraßen für alle außer Motorräder! 10-Tages-Vignette 310 Tschech. Kronen/CZK (11,50 €), 1-Monats-Vignette 440 CZK (16,20 €), Jahresvignette 1500 CZK (55,30 €). Fahrzeuge über 3,5 t zahlen eine **kilometerabhängige Maut**. Dafür benötigt man ein *premid*-Lesegerät, das an Autobahntankstellen erhältlich ist. Infos unter ✆ 0800-698629, www.mytocz.eu.

Notrufnummern **Österreich**: Polizei ✆ 133 oder ✆ 112, Rettung/Krankenwagen ✆ 144, Feuerwehr ✆ 122, Pannenhilfe ✆ 120 oder 123.

Tschechien: Polizei ✆ 158 oder ✆ 112, Rettung ✆ 155 oder 112, Feuerwehr ✆ 150 oder 112, Pannenhilfe (tschech. Automobilclub UAMK ČR) ✆ +420-1230.

Höchstgeschwindigkeit **Österreich**: Autobahn 130 km/h (100 km/h mit Wohnwagen), Autostraße, Schnellstraße, Landstraße 100 km/h, Ortsgebiet 50 km/h. Auf der A 22 im Kaisermühlentunnel und auf der B 37 am Gföhler Berg gibt es eine Section Control, in den Ortsdurchfahrten auf der Kamptalstraße B 34 viele Radarkontrollen!

Tschechien: Autobahn, Schnellstraße 130 km/h, Landstraße 90 km/h, Ortsgebiet 50 km/h, vor Bahnübergängen 30 km/h.

Promillegrenze **Österreich**: 0,5 Promille, **Tschechien**: 0,0 Promille!

Sonstige Vorschriften **Telefonieren im Auto** ist in Österreich und in Tschechien nur mit Freisprecheinrichtung erlaubt. **Licht am Tag** ist in Tschechien auf allen Straßen ganztägig Pflicht. In Österreich und in Tschechien ist eine **Warnweste** mitzuführen und im Falle einer Panne, sobald man das Fahrzeug verlässt, anzulegen. **Kindersitze**: In Österreich und Tschechien müssen Kinder unter 14 Jahren bzw. unter 1,50 m in einem Kindersitz befördert werden oder speziell adaptierte Gurte verwenden.

Mit der Bahn

Wer mit einem internationalen Zug anreist, muss in St. Pölten oder in Wien umsteigen und das letzte Stück seiner Reise in die Wachau, ins Waldviertel oder ins Weinviertel mit einem Regionalzug fortsetzen.

Direktverbindungen nach Wien Hauptbahnhof (mit Halt in St. Pölten) gibt es **tagsüber** mit dem *ICE 91* aus Hamburg via Hannover (1x tägl., Fahrzeit 9 Std.), aus

Dortmund (2x tägl., 10½ Std.) und Frankfurt/Main (5x tägl., 7 Std.) und mit dem *Railjet* von München (6-7x tägl., 4 Std.) und Zürich (5x tägl., 8 Std.), jeweils via Salzburg. Direktzüge aus Berlin und Dresden wurden 2014 eingestellt, auf dieser Strecke gibt es aber günstige Fernbusverbindungen (→ Anreise mit dem Bus).

Direkte **Nachtreisezüge** nach Wien sind der *EuroNight 491 Hans Albers* ab Hamburg via Hannover (12 Std.), der *EN 421* ab Düsseldorf (11 Std.), der *EN 40477 Metropol* ab Berlin via Dresden (11¾ Std.), der *EN 463 Kalman Imre* ab München (7 Std.), der *EN 467 Wiener Walzer* ab Zürich via Feldkirch (10¼ Std.) und der *EN 247* aus Bregenz (9¼ Std.). Letzterer führt ab Feldkirch einen Autotransportwaggon mit. Die ÖBB bieten auch in den Nachtzügen aus Hamburg und Düsseldorf eine Autobeförderung an.

Spartickets/Ermäßigungskarten Mit einer **DB-BahnCard** oder einem **Halbtax-** oder **General-Abo der SBB** erhält man für den österreichischen Teil der Hin- bzw. Rückfahrt 25 % Ermäßigung auf den Normalpreis. Mit den Tickets **Sparpreis Europa** der DB bzw. **Sparschiene** der ÖBB reduziert sich der Normalpreis je nach Strecke und Verfügbarkeit auf 29–79 € pro Fahrt (2. Klasse), es gelten Zugbindung und besondere Stornobedingungen.

SparNight: Besonders günstiges, kontingentiertes Angebot für bestimmte Nachtreisezüge (CityNightLine, EuroNight). Wer rechtzeitig bucht, zahlt für den Sitzplatz ab 29 €, im Liegewagen ab 49 € und im Schlafwagen ab 69 € pro Fahrt.

VorteilsCard: Die österreichische Variante zur BahnCard der DB und zum Halbtax-Abo der SBB gewährt 50 % Rabatt auf ÖBB-Tickets am ÖBB-Fahrkartenautomaten und im Internet (am Schalter nur 45 %), ist ein Jahr gültig und kostet 99 €, für alle unter 26 J. 19 €. Besonders günstig sind die VorteilsCards mit 29 € für Senioren, sie gelten zudem auch in Bussen. Die VorteilsCard erhält man an jedem österreichischen Bahnhof mit Ticketschalter und in Reisebüros.

Autoreisezüge: Die zusätzlichen Kosten für die Autofracht betragen je nach Strecke 89–106 € pro Fahrt. Buchbar über www.oebb.at bzw. www.bahnreiseladen.de.

Mit Bahn und Fahrrad: In ausgewählten internationalen Zügen darf man ein Fahrrad im Gepäckwagen mitnehmen. Erforderlich ist eine internationale Fahrradkarte inkl. Stellplatzreservierung (Deutschland 9 €; in Österreich 15 €, in der Schweiz 23 CHF).

Information: www.bahn.de, www.oebb.at, www.sbb.ch.

Mit dem Bus

Weitaus billiger als die Bahn, dafür manchmal doppelt so lang ist die Anreise mit dem Fernbus. Aus Berlin via Dresden, aus Dortmund, Essen, Düsseldorf, Köln, Frankfurt/M., Mannheim, Heidelberg, Karlsruhe, Stuttgart, Ulm, Augsburg, München, Nürnberg, St. Gallen, Zürich, Basel gelangt man mehrmals wöchentlich mit *Eurolines* (www.eurolines.de; www.eurolines.at) direkt nach Wien. Tägliche Direktverbindungen aus Berlin und Dresden bietet *Berlin Linien Bus* (www.berlin linienbus.de). Mit *FlixBus MeinFernbus* (www.flixbus.de; www.meinfernbus.de) geht es ohne Umsteigen mehrmals täglich (auch nachts) von Berlin oder München direkt nach Wien und 2x tägl. tagsüber von Essen, Düsseldorf, Köln, Frankfurt, Nürnberg und Regensburg. Die Fernbuspreise für Hin- und Rückfahrt liegen je nach Entfernung zwischen 40 und 100 €. Ein Handgepäck und zwei Gepäckstücke werden kostenlos befördert.

Einen Fahrtenüberblick bieten die **Fernbusportale** www.fahrtenfuchs.de, www.buslinien suche.de, www.fernbusse.de, www.fernbus24.de und www.bus.idealo.de.

Mit dem Flugzeug

Swiss, *Lufthansa* und *Austrian* bieten mehrmals täglich Nonstop-Flüge ab Berlin-Tegel, Köln-Bonn, Düsseldorf, Frankfurt/Main, Hamburg, Leipzig/Halle, München,

Stuttgart, Basel, Genf und Zürich nach **Wien** (Code VIE) an. Die Spannbreite der Tarife ist enorm und beginnt bei etwa 130 € für Frühbucher.

Zu den Billig-Airlines, die direkt nach Wien fliegen, zählen zurzeit (Stand 2016) *Air-Berlin* und *FlyNiki* mit Flügen ab Berlin-Tegel, Düsseldorf, Hamburg, Hannover, Nürnberg und Zürich (www.airberlin.com, www.flyniki.com), *Eurowings* ab Hamburg, Hannover, Köln-Bonn, Düsseldorf und Stuttgart (www.eurowings.com), *EasyJet* (www.easyjet.com) aus Berlin-Schönefeld, Genf und *Skywork* aus Bern (www.flyskywork.com). Wer rechtzeitig bucht, kann zu Preisen ab 80 € nach Wien und zurück fliegen. Kostenlose Preisvergleiche bieten www.traveljungle.de, www.checkfelix.com und www.flug.idealo.de.

Der Flughafen Wien liegt 20 km südöstlich der österreichischen Hauptstadt und ist mit dieser durch die Autobahn A 4, die Schnellbahnlinie *S 7* (alle 30 Min., Fahrzeit 25 Min., 4,40 €/Fahrt), dem *CAT CityAirportTrain* (alle 30 Min, Fahrzeit 16 Min., 12 €/Fahrt) und den Bussen von *Vienna Airport Lines* (alle 30 Min., Fahrzeit bis Innenstadt/Morzinplatz 20 Min., bis Wien Westbahnhof 45 Min., je 8 €/Fahrt) verbunden. Im *Car Rental Center* im Parkhaus 4 (P4) des Flughafens bieten auch 10 Autovermieter ihre Dienste an.

Flughafeninfo: Flughafen Wien, ✆ +43 (0)1-700722233 (24-Std.-Service), www.viennaairport.com.

Unterwegs in der Region

Während Krems und Melk in der Wachau sowie alle größeren Städte im Waldviertel und im Weinviertel mit öffentlichen Verkehrsmitteln erreicht werden können, gilt das für viele sehenswerte Burgen, Schlösser, Klöster und Naturdenkmäler nicht. Hier ist das eigene Fahrzeug die einzige Alternative. Entlang der Donau ist in der warmen Jahreszeit das Fahrrad ein überaus beliebtes Fortbewegungsmittel (Stichwort: Donauradweg). Auch das Waldviertel und das Weinviertel können mit dem Drahtesel erkundet werden.

Mit eigenem Fahrzeug

Die Region hat ein sehr gut ausgebautes Straßennetz. Nur vereinzelte Wege zu entlegenen Burgen oder einsamen Natursehenswürdigkeiten sind nicht asphaltiert, aber trotzdem gut befahrbar. Die Beschilderung ist oft verwirrend, eine verlässliche Straßenkarte oder ein aktuelles Navi daher unbedingt zu empfehlen (→ S. 55, „Landkarten“).

Zu beachten ist die **Vignettenpflicht** auf der Kremser Schnellstraße S 33 (St. Pölten – Traismauer), der Weinviertler Schnellstraße S 3 (Stockerau – Hollabrunn Süd) und der Stockerauer Schnellstraße S 5 (Stockerau – Krems). **Straßenbrücken** über die Donau gibt es in Ybbs-Persenbeug, Pöchlarn, Melk, Krems, Mautern, Traismauer, Tulln und Wien, **Autofähren** in Weißenkirchen (Mai bis Okt.) und in Spitz (ganzjährig). Beim **Parken** in Stadtzentren muss man auf Kurzparkzonen achten. Diese können entweder kostenlos mit Parkscheibe oder gebührenpflichtig mit Parkscheinen vom Automaten (ca. 0,50 €/Std.) benutzt werden. Halte- und Parkverbote können auch durch *durchgehende* gelbe Linien am Fahrbahnrand angezeigt werden; bei unterbrochenen Linien ist Halten erlaubt.

Wer in Österreich einen **Mietwagen** leihen möchte, muss seit mindestens einem Jahr einen Führerschein besitzen und über eine Kreditkarte verfügen. Für manche Fahrzeuggruppen ist ein Mindestalter von 21 bzw. 25 Jahren vorgesehen. Die Autoverleiher *Avis, Budget, Europcar, Hertz, Megadrive* und *Sixt* haben Stationen am

Flughafen, in der Wiener Innenstadt und teils auch an Wiener Bahnhöfen. Ein Kleinwagen kostet ab 170 € pro Woche.

Einen praktischen Preisvergleich und günstige Mietpreise bieten die Plattformen www.billiger-mietwagen.de, www.autoeurope.de, www.mietwagen-check.de.

Mit der Bahn

Seit der Einstellung zahlreicher Nebenbahnen 2010 ist das regionale Bahnnetz massiv ausgedünnt. Ybbs, Melk und Pöchlarn sind über die **Westbahnstrecke** von Wien Hbf. Richtung Linz noch problemlos erreichbar, Verbindungen von Wien Franz-Josef-Bahnhof und St. Pölten nach Krems gibt es im Stundentakt. Die hochwassersicher trassierte **Wachaubahn** ist nur mehr als saisonale Erlebnisbahn (→ Kastentext) in Betrieb. Die einzig verbliebene Bahn im Waldviertel ist die **Franz-Josefs-Bahn**, die 11x tägl. vom gleichnamigen Bahnhof in Wien durch das Schmidatal über Eggenburg und Sigmundsherberg nach Gmünd fährt. Sie braucht dafür zurzeit bis zu 2½ Std., zu Zeiten der Monarchie (!) war sie schneller. Eine überregionale Initiative (www.pro-fjb.at) kämpft daher um den Ausbau der Bahnstrecke. Die landschaftlich reizvolle **Kamptalbahn** führt von Krems bzw. Hadersdorf am Kamp flussaufwärts bis Sigmundsherberg, wo sie Anschluss an die Franz-Josefs-Bahn hat. Unter der Woche ist sie im Stundentakt, am Wochenende im Zweistundentakt unterwegs.

Saisonale Erlebnisbahnen

Wachaubahn: Zwischen **Krems** (→ S. 127) und **Emmersdorf** (Stopps u. a. in Weißenkirchen und Spitz) sind von Mitte April bis Ende Okt. Sa/So und an Feiertagen 3x täglich goldfarbene, klimatisierte Niederflurwaggons unterwegs, von Juli bis September täglich. Der Fahrradtransport ist gratis. www.noevog.at/de/wachaubahn.

Waldviertelbahn: Der 43 km lange Südast der historischen Schmalspurbahn führt von **Gmünd** (→ S. 212) nach **Groß Gerungs** und überwindet dabei den 800 m hohen „Waldviertler Semmering" – durch zwei Tunnels und Viadukte und vorbei an imposanten Granitwänden. Der Nordast verbindet **Gmünd** und **Litschau**. Gefahren wird von Mai bis Oktober, am Nordast nur von Juni bis September, mehrmals pro Woche mit Nostalgiediesel- oder Dampflok. Der Fahrradtransport ist gratis. www.waldviertelbahn.at.

Reblaus-Express: Zwischen der Weinstadt **Retz** (→ S. 262) und **Drosendorf an der Thaya** (→ S. 230) verkehrt von Mai bis Ende Oktober Sa, So und an Feiertagen eine Diesel-Oldtimergarnitur mit Heurigen- und Fahrradtransportwagen. Der Fahrradtransport ist gratis. www.reblaus-express.at.

NostalgieExpress Leiser Berge: Von Mai bis Ende Okt. fährt jeden Sa eine Nostalgiegarnitur, an ausgewählten Terminen mit Dampflok, von **Wien Praterstern** über Korneuburg nach **Ernstbrunn** in den Leiser Bergen (→ S. 232) und zurück. www.regiobahn.at. Fahrradtransport gratis – aber nur nach Anmeldung.

Hauptbahnstrecken durch das **Weinviertel** sind die **Nordbahn** ab Wien Hauptbahnhof via Wien Praterstern entlang der March in Richtung Brünn/Tschechien, die **Nordwestbahn** im Stundentakt (Sa/So im Zweistundentakt) von Wien Hauptbahnhof über Stockerau, Hollabrunn und Retz in Richtung Znaim/Tschechien und die **Laaer Ostbahn** im Stundentakt von Wien Hauptbhf. über Mistelbach nach Laa an der Thaya. Von Letzterer zweigt in Obersdorf die Weinviertel-Landesbahn ab, alle anderen Nebenbahnen wurden aufgelassen. Eine Bürgerinitiative strebt eine

Reaktivierung der 1988 eingestellten Bahnlinie zwischen Stockerau und Ernstbrunn als „Regiobahn Leiser Berge" (www.regiobahn.at) an, zurzeit verkehrt hier nur ein NostalgieExpress (→ Kastentext).

Zugarten im Nah- und Regionalverkehr: Schnellbahnzüge (S) halten an allen Stationen, Regionalzüge (R) und RegionalExpress-Züge (REX) meist nur in größeren Orten. Wer ohne gültige Fahrkarte zusteigt, riskiert einen Strafzuschlag von 70–100 €.

Fahrkarten: Einzelfahrkarten gelten 2 Tage, Hin- und Rückfahrkarten werden als 2 Einzelfahrkarten behandelt. Fahrten können zwischendurch unterbrochen werden. Kleinkinder fahren gratis, 6- bis 14-Jährige zum halben Preis.

Gruppentickets: Mit dem *Einfach-Raus-Ticket* können 2–5 Personen einen Tag lang (Mo–Fr 9–3 Uhr, Sa/So 0–3 Uhr) mit allen Regional- und Nahverkehrszügen der ÖBB fahren – und mit dem *Einfach-Raus-Radticket* auch ihre Fahrräder mitnehmen: 2 Reisende zahlen 33 € (mit Fahrrad 42 €), weitere Mitreisende je 4 € mehr (Stand 2016).

Ticketkauf: Fahrkarten und Gruppentickets erhält man als Online-Ticket im Internet, am Fahrkartenschalter sowie an Fahrscheinautomaten an Bahnhöfen, Haltestellen und in ausgewählten Zügen. Automaten akzeptieren Bargeld, Kredit- oder EC-Maestrokarten.

Bahnauskunft: ✆ 051717 (österreichweit zum Ortstarif), www.oebb.at.

Mit dem Bus

Busverbindungen ergänzen die Bahnstrecken oder haben jene ersetzt, deren Betrieb eingestellt wurde. Es verkehren *ÖBB Postbusse, Wieselbusse* und *Privatbusse*, die alle in einem Tarifverbund, dem *Verkehrsverbund Ost-Region (VOR)* zusammengeschlossen sind. Ein Großteil der Busfahrpläne ist allerdings ausschließlich an die Bedürfnisse von Pendlern und Schülern angepasst. Touristen, die zu Ferienzeiten unterwegs sind und Ausflügler an Wochenenden haben hier das Nachsehen, derartige Buslinien werden im Buch daher nicht angeführt. *Fahrpläne* sollten an jeder Bushaltestelle hängen, *Fahrscheine* erhält man beim Fahrer.

Fahrplanauskunft: www.oebb.at, www.postbus.at, www.vor.at.

Fahrplandownloads: www.vor.at, www.noevog.at, www.waldviertel-linie.at.

Mit dem Schiff

Von Ostern bis Ende Oktober gibt es auf der Donau in der Wachau einen Linienverkehr. Die *Brandner Schiffahrt* legt mit ihren Schiffen „MS Austria" und „MS austria princess" in Melk, Spitz, Dürnstein und Krems, seltener in Emmersdorf und Weißenkirchen an. Die *DDSG Blue Danube* befährt den gleichen Kurs mit den Schiffen „MS Dürnstein" und „MS Wachau". Von Mai bis Ende September bietet die DDSG jeden Sonntag auch eine Fahrt mit der „MS Admiral Tegetthoff" von Wien-Reichsbrücke nach Krems und Dürnstein und zurück an. Von Mai bis Oktober fährt die „MS Anton Bruckner" von *Wurm+Köck* jeweils samstags von Linz kommend über Ybbs, Melk, Spitz, Dürnstein und Krems nach Wien und sonntags wieder zurück. *Donau Touristik* veranstaltet von Mai bis Oktober 1- bis 2x pro Woche eine Tagesfahrt von Wien-Nußdorf bis Weißenkirchen und zurück mit der modernen „MS Kaiserin Elisabeth II". Der nostalgische Raddampfer „MS Stadt Wien" bietet sonntags von Juni bis September Ausflugsfahrten von Tulln bis Dürnstein und zurück an.

Fahrkartenverkauf: Tickets erhält man an den besetzten Anlegestellen bzw. an Bord und zum Teil auch online. In Begleitung der Eltern fahren Kinder bis 9 Jahre kostenlos, 10- bis 15-Jährige zahlen die Hälfte, der Fahrradtransport (sofern gestattet) kostet 2 €.

Information: *Brandner Schiffahrt*, ✆ +43 (0)7433-259021, www.brandner.at. *DDSG Blue Danube*, ✆ +43 (0)1-58880, www.ddsg-blue-danube.at. *Donauschiffahrt Wurm+Köck*, ✆ +43 (0)732-783607, www.donauschiffahrt.at. *Donau Touristik*, ✆ +43 (0)70-

208062, www.donaureisen.at. *MS Stadt Wien*, ✆ +43 (0)660-7637480, www.schiff-tulln.at.

Fahrplanüberblick: Einen Überblick bieten www.donau.com und www.donau stationen.at.

Mit dem Fahrrad

Die Region ist ein Paradies für Radler. Sie ist von einem Netz an beschilderten Radwegen und -routen überzogen, die sich für einen Sonntagsausflug, ein Radwochenende oder einen Radurlaub eignen. Die Routen verlaufen meist auf kaum befahrenen Güterwegen, verkehrsarmen Nebenstraßen oder neu angelegten Radwegen.

Berühmteste Route durch die Region ist der **Donauradweg** (**EuroVelo 6, R 6**), der zwischen Passau und Wien zu den meistbefahrenen (und mitunter etwas überlaufenen) Wegen Mitteleuropas gehört. Der Abschnitt Nibelungengau – Wachau (Ybbs bis Krems) ist 62 km lang, durchgängig asphaltiert und verläuft flussnah auf beiden Ufern. Entlang der Strecke ist die Infrastruktur mit Radhotels, Radgaragen, Radfähren, Gepäcktransport und Fahrradmitnahme auf Donauschiffen perfekt auf Radler abgestimmt (www.donauradweg.at).

Eine große Schleife von Krems an der Donau durch das Waldviertel und das Weinviertel zieht der 445 km lange, anspruchsvolle und gut beschilderte **Kamp-Thaya-March-Radweg**, den ein großartiger Wechsel an Landschaftsformen auszeichnet.

In der hügeligen Rebenlandschaft des Weinviertels sind 1600 km Radrundwege markiert. Auf empfehlenswerte Radrouten wird an den jeweiligen Ausgangspunkten im Reiseteil des Buches hingewiesen.

Fahrradkarten: Zu empfehlen sind die bikeline-Karten und Tourenbücher vom **Verlag Esterbauer** (www.esterbauer.com). Für die Region gibt es die Radtourenbücher (Maßstab 1:50.000, ca. 13 €) *Donau-Radweg 2*, *Kamp-Thaya-March-Radweg*, *Radatlas Waldviertel* und *Radatlas Weinviertel* sowie die Radkarten (1:75:000, ca. 6 €) *Waldviertel* und *Retzer Land*. Sie sind im Buchhandel und bei gut sortierten Touristinformationen erhältlich.

Beliebteste Radroute der Region

Fahrradverleih: In ausgewählten Sportgeschäften, Hotels und Touristinformationen können Räder für 10–20 €/Tag gemietet werden, E-Bikes kosten ca. 25 €/Tag.

Entlang der Donau gibt es von Mitte März bis Mitte Nov. das Fahrradverleihsystem *Nextbike*. Die Ausleihe erfolgt via Hotline, eine Registrierung ist nötig. Preis: 1 €/Std., 10 €/24 Std. www.nextbike.at.

Fahrradmitnahme: In Regionalverkehrszügen darf man das Rad in gekennzeichneten Zugbereichen mitnehmen. Die Fahrkarte für das Rad kostet 10 % des Vollpreis-Personentickets, mindestens aber 2 €. Beim *Einfach-Raus-Radticket* ist die Fahrradmitnahme enthalten. In den meisten Erlebnisbahnen (s. o.) ist die Mitnahme gratis.

Fahrrad im Straßenverkehr: Es besteht Helmpflicht für Kinder unter 12 Jahren. Die Alkoholgrenze ist 0,8 Promille. Telefonieren auf dem Fahrrad ist verboten.

Logieren in historischem Gemäuer: Raffelsbergerhof in Weißenkirchen

Übernachten

Das Angebot reicht vom Zeltplatz am See oder am Flussufer über das Privatzimmer auf einem gemütlichen Weinbauernhof bis hin zur Luxusherberge im Schlossgemäuer.

Die Übernachtungsmöglichkeiten konzentrieren sich in den traditionellen Tourismusregionen wie der Wachau, dem Kamptal oder dem Retzer Land, kleiner ist die Auswahl in der übrigen Region. Zur Marillenblüte, im Weinherbst oder zu lokalen Festen kann es schwierig sein, eine Bleibe zu finden. Wer eine bestimmte Unterkunft im Auge hat, sollte rechtzeitig Vorsorge treffen, denn die stilvollsten und romantischsten Herbergen haben häufig nur eine kleinere Anzahl an Betten. Begehrt sind auch die sogenannten **Genießerzimmer**, die nicht nur besonders geräumig und regionstypisch ausgestattet sind, sondern auch in der Gästebetreuung hohe Qualitätsstandards erfüllen müssen.

Unterkunftsverzeichnisse Die Regionen Wachau-Nibelungengau-Kremstal, Kamptal-Wagram, Waldviertel und Weinviertel haben jeweils eigene, kostenlose Unterkunftsverzeichnisse, die man bei den regionalen Informationsstellen (→ S. 54, „Information") telefonisch bestellen bzw. auf den zugehörigen Webseiten unter der Rubrik „Service" durchblättern, herunterladen oder online anfordern kann. Unterwegs vor Ort sind sie in den Touristinformationen größerer Orte erhältlich. Ansonsten helfen Informationstafeln und grüne Hinweisschilder bei der Quartiersuche weiter.

Reservierung Üblicherweise reserviert man telefonisch oder online beim Vermieter.

Die im Reiseteil genannten Zimmerpreise gelten, falls nicht anders angegeben, für 2 Personen im Doppelzimmer (DZ), inklusive Bad oder Dusche, WC, TV und Frühstück. Steht im Hause WLAN zur Verfügung, ist es meist gratis.

Der Goldene Stern in Gmünd hat vier Sterne

Hotels, Gasthöfe und Pensionen

Österreichische Beherbergungsbetriebe sind nach einem *Fünf-Sterne-System* klassifiziert, in jeder Kategorie gibt es zusätzlich das Qualitätslabel „Superior" (S), eine Art Zwischenstufe auf dem Weg zur nächsthöheren Klasse. Die Anzahl der Sterne richtet sich primär nach Ausstattung und Service, z. B. TV/Internet oder Sauberkeit im Zimmer, und sagt vor allem bei Häusern unterer Kategorien wenig über Zimmergröße, Aussehen und Alter der Möblierung aus. Für einen vierten Stern muss ein Hotel Wellnesseinrichtungen (Sauna, Solarium) oder Tagungsräume anbieten. Einziges Fünf-Sterne-Hotel der gesamten Region ist *Schloss Dürnstein* in der Wachau, Vier-Sterne-Superior-Betriebe gibt es fünf an der Zahl. Entlang der Donau kommen rund dreißig Hotels auf vier Sterne, im Waldviertel an die zwanzig, im Weinviertel etwa eine Handvoll. Ab Zwei-Sterne-Betrieben wird zum Frühstück neben einem Heißgetränk (Kaffee, Tee ...), Gebäck und Marmelade auch Schinken, Käse und Ei serviert.

Ein Doppelzimmer in einem Drei-Sterne-Betrieb kostet je nach Standort und Aufenthaltsdauer 75–110 €, in einem Vier-Sterne-Betrieb 90–250 €.

Privatzimmer

Eine preiswerte Alternative sind Privatquartiere, meist Einfamilienhäuser, in denen rund 4 bis 10 Betten in Einzel-, Doppel- oder Mehrbettzimmern vermietet werden. Der Großteil der Quartiere wird regelmäßig geprüft und mit zwei bis vier Sonnen bewertet, wobei die Gastfreundlichkeit, die Wohnbehaglichkeit und angebotene Aktivitäten (Leihfahrräder, Sport- und Fitnessmöglichkeiten, Spielplatz) mitberücksichtigt werden. Die Atmosphäre ist familiär, das Frühstück oft mit hausgemachten Spezialitäten verfeinert. Für das DZ in Drei-Sonnen-Betrieben (Dusche/

WC oder Bad/WC im Zimmer) zahlt man 60–70 € pro Tag. Vier-Sonnen-Betriebe sind je nach Standort 10–20 € teurer. Zuschläge von 10–20 % für Aufenthalte unter drei Tagen sind üblich. Wer wenig Wert auf Komfort legt, findet auch Doppelzimmer (mit Etagendusche, dezentrale Lage) um die 45 €.

Urlaub auf dem Bauernhof oder Winzerhof

Groß ist das Angebot an Zimmern und Ferienwohnungen auf Bauernhöfen, das vor allem von Familien geschätzt wird. Abgesehen vom landwirtschaftlichen Betrieb ist der Unterschied zu Privatquartieren gering. Die Höfe werden ebenfalls bewertet und mit zwei Blumen (eher rustikal) bis vier Blumen (komfortabel) ausgezeichnet. Während Bauernhöfe im Waldviertel größtenteils Ackerbau betreiben, Kühe, Schafe oder Schweine halten, bieten die Weinbauernhöfe entlang der Donau, im unteren Kamptal und im Weinviertel an Tieren meist nur Katzen und Hunde. Besonders erwähnt werden sollten die Winzer aber schon, denn gerade sie haben in den letzten Jahren viele Räume neu geschaffen und geschmackvoll eingerichtet. Zum Frühstück kann man meist selbst gebackenes Brot und hausgemachte Marmelade erwarten. Die Preise sind denen von Privatzimmern ähnlich.

Ferienwohnungen

Ferienwohnungen werden in privaten Einfamilienhäusern und auf Bauernhöfen angeboten. Pro Betrieb stehen meist ein, zwei, allerhöchstens drei Wohnungen zur Verfügung, die 4–6 Personen Platz bieten können. Sie sind durchweg gut und wohnlich ausgestattet, nach dem bewährten Sonnen- und Blumen-System (s. o.) klassifiziert und kosten für 4 Personen im Schnitt 50–80 € pro Tag. An touristischen Hotspots wie der Wachau klettert der Preis auch weit über 90 € hinaus. Für die Endreinigung zahlt man meist extra (bis 35 €).

Camping

Die knapp 20 Campingplätze der Region liegen fast alle an Flüssen, Seen oder Badeteichen und sind meist von April/Mai bis Oktober geöffnet. Für 2 Personen mit Zelt und Auto zahlt man bis zu 25 € pro Tag. Bei kleineren Plätzen ist eine Vorreservierung nötig. Wohnmobilstellplätze gibt es in der Region rund ein Dutzend.

www.camping.info/österreich, www.camping-niederoesterreich.at, www.campsite.at.

Näher zur Donau geht kaum – Wohnmobilstellplatz in Aggsbach-Markt

Eine Heurigenjause ist typisch für die Region

Essen und Trinken

Schon der Gaumenfreuden wegen lohnt eine Reise in diese Region, die mit einer kulinarischen Vielfalt aus ländlich-traditioneller und gutbürgerlicher Küche aufwartet, zubereitet aus frischen Zutaten der Umgebung, begleitet von ausgezeichneten lokalen Weinen.

Die Lokale

Das Donautal und vor allem die Wachau sind als Paradies für Feinschmecker bekannt. Unter den zahlreichen **Restaurants** und **Landgasthöfen**, in denen kreative Küche auf höchstem Niveau offeriert wird, sind das *Landhaus Bacher* in Mautern und das *Toni M.* in Feuersbrunn die meistprämierten (3 Hauben). Von Gault Millau, Österreichs wichtigstem Gourmetguide (der Guide Michelin erscheint hier nicht) mit zwei Hauben dekoriert wurden der *Heurigenhof Bründlmayer* in Langenlois, das *Mörwald-Stammhaus „Zur Traube"* in Feuersbrunn, das *LATE im Kloster Und* in Krems, die *Hofmeisterei Hirtzberger* in Wösendorf und *Gut Oberstockstall* in Kirchberg am Wagram (Stand 2016). Viele Betriebe haben Montag und Dienstag Ruhetag. Warme Gerichte werden von 11.30–14 und von 18–21 Uhr (in kleineren Dörfern oft nur bis 20 Uhr) serviert. Durchgehend warm gekocht wird häufig am Wochenende. Eine Reservierung in Haubenlokalen ist ratsam.

Wirtshäuser: Sie sind für die bodenständige, regionaltypische Küche in großen Portionen zu günstigen Preisen zuständig. Meist sind sie einfach ausgestattet, kommen größtenteils ohne Tischtücher aus und sind Treffpunkte der einheimischen Bevölkerung, die bestimmte Vorrechte genießt. So sind für sie der wirtshaustypische Stammtisch und die Plätze an der Schank (österr. für Tresen) reserviert.

Hier wird Karten gespielt oder politisiert. Ein Wirtshaus verlangt das Vorhandensein eines Wirts, der mitunter auch etwas schroff zu den Gästen sein darf. Montags bis freitags gibt es ein bis zwei preiswerte Mittagsmenüs, meist mit zwei Gängen. Die meisten Wirtshäuser haben montags, viele bereits sonntagabends geschlossen. Für immer mehr Betriebe ist leider für immer Sperrstunde. Schuld an dem Wirte-Sterben sind fehlende Nachfolger, strengere Auflagen und steigende Bürokratie.

Café-Konditorei: Fast jeder größere Ort hat eine eigene Café-Konditorei. Diese ist meist täglich von 7 bis 19/20 Uhr geöffnet. Nachmittagskaffee wird üblicherweise zwischen 14 und 16 Uhr getrunken. Neben Mehlspeisen gibt es häufig kleine Snacks und im Frühling und Sommer selbst gemachtes Eis.

Wegweiser zur authentischen Küche

Um dem Wirtshaussterben in ländlichen Regionen Einhalt zu gebieten, wurde 1994 in Niederösterreich die Aktion „Wirtshauskultur" ins Leben gerufen. Beteiligte Betriebe sind an einem ovalen grünen Emailleschild am Eingang zu erkennen. Sie bieten eine gemütliche Atmosphäre und legen Wert auf Authentizität. Für die Speisen verwenden sie hauptsächlich regionale Zutaten. Auf der Getränkekarte werden Obstsäfte, Weine oder Biere aus lokaler Herstellung angeboten. Manche dieser Wirtshäuser haben mittlerweile Eingang in Gourmet-Führer gefunden. Trotzdem sind sie noch immer mit Stammtisch und Schank ausgestattet. In einigen Lokalen haben sich sogar besonders nostalgische Wirtshauseinrichtungen erhalten, deretwegen sich allein der Besuch lohnt. Im Reiseteil werden Kulturwirtshäuser als solche bezeichnet, alle Adressen findet man unter www.wirtshauskultur.at.

Heuriger: In den Weinbauregionen darf der Besuch eines Heurigen nicht fehlen. Ein Heuriger ist ein Lokal, das selbst angebaute Weine ausschenkt und dazu eine kalte Jause (s. u. „Heurigenkost") serviert. Weitere typische Getränke sind ein *G'spritzter* (halb Wein/halb Sodawasser), Traubensaft pur oder g'spritzt, *Almdudler* (kohlensäurehaltige Kräuterlimonade) und ein *Kaiserspritzer* (Wein, Sodawasser, Holunderblütensaft). Echte Heurige sind nicht das ganze Jahr über offen, sondern wochenweise über das Jahr verteilt. Ein geöffneter Heuriger hat „ausg'steckt": Sein Geöffnetsein signalisiert er durch einen Föhrenbusch. Daher stammt auch sein alternativer Name *Buschenschank*. Seine Tore öffnet er meist um 15 Uhr. Er kann in dunklen Kellergewölben und leergeräumten Arbeitsräumen untergebracht sein oder in geschmackvoll rustikal eingerichteten Gasträumen. Serviert er dazu noch kreative Spezialitäten abseits von Brettljause und Fleischbrot und hat prämierte Weine anzubieten, wird er landläufig als „Nobel-Heuriger“ bezeichnet. Von einer Fachjury regelmäßig geprüfte, besonders qualitätsvolle Heurigenbetriebe werden als **„TOP-Heurige“** ausgezeichnet; gelistet sind sie unter www.top-heuriger.at. Über Ausstecktermine informieren Heurigenkalender, die bei Informationsstellen oder online erhältlich sind. Ganzjährig geöffnete Heurige haben eine Gastgewerbekonzession, dürfen daher warme Küche und auch fremde Weine anbieten und sollten sich Heurigenrestaurants nennen.

Regionale Spezialitäten

Wachauer Marille: Die ursprünglich aus China stammende Frucht, andernorts Aprikose genannt, gerät im Klima der Wachau zu höchstem Aroma und unverwechselbarer Qualität. Ihre Sorte und ihr Name sind EU-rechtlich geschützt, ihre Verarbeitungsmöglichkeiten vielfach: Je nach Rezept roh in eine Hülle aus Brand-, Topfen- oder Erdäpfelteig gehüllt und im Wasser gekocht, ergeben sie die berühmten *Marillenknödel*. In Strudelteige gewickelt oder auf Kuchenteige gesetzt, bereichern sie die Mehlspeisküche. Eingekocht genießt man sie als Marmelade auf dem Frühstücksbrot und in der Sachertorte oder als *Röster* (gedünstet) zum Dessert. In Essig eingelegt werden sie als pikante *Chutneys* zu Fleischspeisen gereicht. Für die richtige Abrundung eines opulenten Mahls sorgt die Marille im destillierten Zustand als *Marillenschnaps* oder *-likör*. Hochsaison für die Marille sind die Erntemonate Juli und August. Dann huldigt man ihr mit lokalen Festen, wie dem Marillenkirtag in Spitz.

Waldviertler Graumohn ist ähnlich vielfältig einsetzbar (→ S. 189, „Mohndorf“ Armschlag) und ebenfalls EU-rechtlich geschützt. Gemahlen ist er Hauptzutat unzähliger Süßspeisen: Am bekanntesten sind die *Gewuzelten Mohnnudeln*, handgerollte, gekochte und in Mohn und Zucker geschwenkte Erdäpfelteignudeln. Mit Mohn gefüllt werden *Strudel*, *Knödel*, *Palatschinken* und die allgegenwärtigen *Mohnzelten* (gebackene, flach gedrückte Knödel). Bei der *Mohntorte* und dem *Mohngugelhupf* wird der Mohn in die Masse gemischt, ebenso beim hübsch getupften *Mohnmousse* oder *Mohnparfait*. Mohn findet man auch als Einlage *(Mohnschöberl)* in einer klaren Suppe, als *Mohnkäse* oder in Form von *Mohnöl*.

Köstliches reift auch in der Erde des Waldviertels: der **Waldviertler Erdapfel**. 1740 ordnete Kaiserin Maria Theresia den erstmaligen Anbau der aus Peru und Chile stammenden Kartoffelknolle in Österreich an und wählte dafür das nördliche Waldviertel aus. Bis heute wachsen aufgrund der idealen Bodenverhältnisse hier die besten Erdäpfel Österreichs. Man verarbeitet sie mannigfaltig, etwa zu Erdäpfelteig, der in der Mehlspeisküche (s. o.) benötigt wird, oder zur bekanntesten regionalen Bratenbeilage, dem *Waldviertler Knödel*. Zahllose Geschichten ranken sich um diesen Knödel, denn seine Zubereitung aus geriebenen, rohen und gekochten Erdäpfeln ist tückisch: Nicht zu weich darf er werden und nicht zu fest und ja keine dunkle Farbe annehmen. Beim Verzehr sollte er nicht mit dem Messer geteilt, sondern mit der Gabel zerrissen werden. Als Klassiker serviert man Waldviertler Knödel zu einem saftigen Schweinsbraten mit Speckkraut. Gut passt er auch zur gebratenen Gans und zu Wildspezialitäten (Flugente, Rehragout, Wildschweinbraten), für die im Spätherbst Saison ist. Auch in ihrer einfachsten Zubereitungsart – nur gekocht – schmecken Waldviertler Erdäpfel einmalig: Geschält oder ungeschält, mit einem Stück Butter *(Erdäpfel mit Butter)* sind sie als warme Jause im

Süße Verführung mit Mohnfüllung

Spätsommer eine ideale Ergänzung zu einem Glas *Sturm*, dem hefetrüben, gärenden Traubenmost.

Beliebt sind die gekochten Erdäpfel, angereichert mit Salz oder Petersilie, auch als Beilage zu **Fischgerichten**. Dafür fängt man in der Donau, ihren Nebenarmen und Zuflüssen *Donauschill* (Zander), *Donauwaller* (Wels), *Nerfling*, *Donaulachs* (Huchen), *Barbe*, *Forelle*, *Saibling* und *Hecht*. Weil aber die Berufsfischer und die Erträge weniger werden, züchtet man viele Donaufische heute in Nebenflüssen zu naturnahen Bedingungen. Aus den über tausend Waldviertler Teichen, die im Mittelalter von Klöstern angelegt wurden, kommt der *Waldviertler Spiegelkarpfen*, der wegen seines geringen Fettgehalts geschätzt wird. Er ist seit 1999 eine geschützte Marke (www.waldviertler-karpfen.at). Die Fische werden gekocht, pochiert, gebraten oder gebacken. Manchmal kommen sie in einer Fischsuppe oder Pastete auf den Tisch. Geräuchert oder eingelegt sind sie auch auf den Speisekarten guter Heurigenlokale zu finden. Ist von einem *geschröpften* Karpfen die Rede, so wurde er durch feine Schnitte so gut wie grätenfrei gemacht.

Zu warmen Fischgerichten wird im Spätsommer gerne eine Gemüsebeilage aus gewürfeltem **Kürbis** gereicht. Das frühere Tierfutter und Arme-Leute-Gewächs erfuhr in den letzten Jahren – auch dank Halloween – eine kulinarische Aufwertung. Im Retzer Land werden mehr als ein Dutzend Kürbisarten großflächig angebaut und ihnen zu Ehren alljährlich ein Fest gefeiert. In der Küche wird die dickschalige Beerenfrucht (im Volksmund „Bluza" genannt) zur *Kürbiscremesuppe* püriert, zum *Kürbisrisotto* eingerührt, zum *Kürbiskernöl* gepresst und mitunter auch süß, zur *Kürbiskerntorte* oder zum *Kürbisparfait*, verarbeitet. Als *Kürbiskernaufstrich* kommt sie auf das Jausenbrot.

Die sandigen Böden des südlichen Weinviertels und des angrenzenden Marchfelds lassen auch hervorragenden **Spargel** heranreifen. Mit Erntebeginn im April brechen dann nahezu flächendeckend im Land „Spargelwochen" aus. Auf den Speisekarten der Restaurants stehen nun *Spargelcremesuppen* oder *Spargelmousse*, *Spargel gratiniert*, *Spargel gekocht* und *Spargelrisotto*. Auch manch feineres Heurigenlokal nimmt Spargel, etwa als Salat, in sein Speisenangebot auf.

Üblichere Bestandteile der eher deftigen **Heurigenkost** sind kalte Fleisch- und Wurstwaren vom Schwein und Rind, wie *Geselchtes* (Rauchfleisch), *Kümmel-* und *Schweinsbraten* mit frischem *Kren* (Meerrettich), *Speck, kalte Blunzen* und die warm servierte *Saumaise* (geselchtes Gehacktes). Dazu kommen Streich- und Frischkäse, die häufig von Schaf oder Ziege stammen. Brote mit *Schmalz* oder *Grammeln* (Grieben) sind ebenfalls keine Seltenheit. Der bekannteste Heurigenaufstrich ist der *Liptauer*, dessen Zutaten je nach Geheimrezept der Lokale variieren. Meist besteht er aus Topfen, Sauerrahm, Sardellenpaste, Senf, Kapern und Paprikapulver. Typisch für den Heurigen ist auch der *Schwarzwurzel-Salat*. Ein Potpourri aus allen Speisen erhält, wer eine *Brettl-* oder *Hauerjause* bestellt. Die berühmteste „Beilage" zur Heurigenjause ist das aus Dürnstein stammende *Wachauer Laberl*, ein knuspriges, rundes Weißgebäck. Den klassischen süßen Heurigenabschluss bildet die *Wachauer Schnitte*, eine abgepackte bitter-herbe Waffelschnitte.

Kleines Speisenwörterbuch **Beusche(r)l**: Ragout aus Kalbslunge und -herz, **Blunz(e)n**: Blutwurst, **Bruckfleisch**: Gericht aus Schlachtabfällen (Herz, Rindsleber, Milz), **Dalken**: kleiner Hefeteig-Pfannkuchen, **Eierschwammerl**: Pfifferlinge, **Erdapfel**: Kartoffel, **Faschiertes**: Hackfleisch, **Fleckerln**: kleine quadratische Nudelstücke, **Frankfurter**: Wiener Würstchen, **Geselchtes**: Rauchfleisch, **Germ**: Hefe, **Golatsche**: süßes Plundergebäck, **Grammeln**: Grieben, **Grammelknödel**: mit gewürfeltem Schweinespeck gefüllte Knödel, **Guglhupf**: Napfkuchen, **Hendl**: Hähnchen, **Karfiol**: Blumenkohl, **Kipferl**: Hörnchen, **Kitz**: junge Ziege, **Knödel**: Kloß, **Koch**: Brei, **Kren**: Meerrettich, **Kukuruz**: Mais, **Palatschinke**: dünner Pfannkuchen, **Paradeiser**: Tomate, **Powidl**: Pflaumenmus, **Püree**: Mus, **Rahm**: saure Sahne, **Röster**: gedünstetes Obst, **Schlagobers**: Schlagsahne, **Stelze**: Eisbein, **Topfen**: Quark, **Vogerlsalat**: Feldsalat.

Wein

Der Weinbau in der Region hat dank einzigartiger Urgesteins- und Lössböden und dank des günstigen Klimas eine jahrhundertelange Tradition. Heute ist das Weinviertel Österreichs größtes Weinbaugebiet, und auf den Rebterrassen der Wachau und des Kamptals gedeihen internationale Spitzenweine.

Der römische Kaiser Probus ließ um 280 n. Chr. erstmals entlang der Donau Weingärten anlegen. Ab dem Mittelalter waren die Klöster Förderer des Weinbaus. Sie legten in der Wachau Terrassen an und errichteten im Donautal und im Weinviertel Weinlesehöfe, in denen sie die Trauben zu Messwein verarbeiteten und die Weinfässer lagerten. Im 18. Jahrhundert begannen sie mit der Kultivierung von Qualitätsweinen. Die Reblaus, ein aus Amerika eingeschleppter Schädling, verbreitete sich ab 1872 und zerstörte fast alle Kulturen. Es dauerte Jahrzehnte, bis die Weingärten wieder Erträge brachten. Im Nachhinein als Segen entpuppte sich der österreichische Weinskandal von 1985, als einige Winzer ihren Rebensaft mit süß schmeckendem Frostschutzmittel (Glykol) aufbesserten. Als Folge wurde eines der weltweit strengsten Weingesetze erlassen und eine Qualitätssteigerung ausgelöst, die viele Weine an die Weltspitze brachte und noch immer bringt.

Weinanbaugebiete und Rebsorten in der Region

Auf rund 23.000 Hektar wird in der Region Wein angepflanzt. Als Anbaugebiete unterschieden werden Weinviertel (13.350 ha), Kamptal (3800 ha), Kremstal (2240 ha), Wagram (2450 ha) und Wachau (1350 ha).

Die Paraderebsorte ist der **Grüne Veltliner**, eine weiße Traube, die fast nur in Österreich vorkommt und sich weltweit in Bars und Vinotheken wachsender Beliebtheit erfreut. Die daraus gekelterten Weine unterscheiden sich je nach Anbaugebiet. Einmal sind sie leicht, herb säuerlich, mit einem sanft an Pfeffer erinnernden Aroma („Pfefferl") oder sie sind – unter idealen Bedingungen (alte Rebstöcke, geringer Ertrag, sonnenreiche Lage) – elegante kräftige Spitzenweine mit langer Lagerfähigkeit. Der Anteil des Grünen Veltliners in den Anbaugebieten liegt bei 49 %, im Weinviertel, seiner liebsten Heimat, noch darüber. Dort hat er auch ein besonders ausgeprägtes „Pfefferl". Ist er noch dazu besonders fruchtig und würzig, was eine Expertenrunde zu befinden hat, und stammt zu 100 % aus dem Weinviertel, erhält er das Gütesiegel *Weinviertel DAC (Districtus Austriae Controllatus).* Auch die gebietstypischen Grünen Veltliner aus dem Kremstal und dem Kamptal werden mit dem DAC-Siegel bedacht – der frische, fruchtige als *Grüner Veltliner Kremstal* bzw. *Kamptal DAC* und der reifere, dichtere als *Kremstal* bzw. *Kamptal Reserve DAC*. Einen *DAC Wachau* gibt es nicht, die dortigen Winzer befolgen noch strengere Vorschriften (→ Kastentext „Wachauer Wein und Wachauer Tracht", S. 86).

Weinlese im Pulkautal

Der barocke Prandtauerhof in Joching ist Sitz eines bekannten Weinguts

Eine der weltweit besten weißen Rebsorten, der **Riesling**, wird nur in den steilsten und sonnigsten Lagen angebaut und bringt in der Wachau, im Kremstal und im Kamptal Weltklasseweine hervor. Sie sind feinfruchtig, säurebetont, lagern gut und werden dadurch noch besser. Das Siegel *(Reserve) DAC* wurde auch für Rieslinge aus dem Kremstal und dem Kamptal eingerichtet. Trotz Namensgleichheit nicht verwandt mit dem Riesling ist der **Welschriesling**, der leichte, feinwürzige Weißweine ergibt und vorwiegend im Weinviertel gedeiht. In allen Gebieten häufig angebaut wird der **Müller-Thurgau** (Rivaner). Sein Weißwein ist leicht, hat oft einen Muskat-Ton, ist aber nie von herausragender Qualität. Da er früh reift, wird er vor allem für Jungweine und den „Sturm" (gärender Traubenmost) verwendet. An weißen Rebsorten findet man auch den **Weißburgunder** (Pinot blanc) und den **Chardonnay**, ebenfalls eine Burgundersorte.

Seltener sind der **Sauvignon blanc**, der **Muskateller** und der **Frührote Veltliner**. Letzterer ist eine uralte Rebsorte, die nichts mit dem Grünen Veltliner zu tun hat und entgegen ihrem Namen weiß ist.

Nur knapp ein Viertel der Weinberge sind mit roten Trauben bepflanzt. Dabei dominiert der **(Blaue) Zweigelt**, eine österreichische Kreuzung aus Blaufränkisch und Sankt Laurent (1922), die nach ihrem Züchter, dem Direktor der Klosterneuburger Weinbauschule Dr. Fritz Zweigelt (1888–1964), benannt ist. Der Zweigelt ist Österreichs Paraderotwein, ein Massenträger, mild, feinfruchtig, hellrot, der aber bei geringem Ertrag kräftige, dunkelrote Weine mit typischem Weichselaroma ergeben kann. Weit verbreitet ist der **Blaue Portugieser**, aus dem eher einfache, dünne, säuerliche Rotweine gekeltert werden. Aus einer Kreuzung von Blauem Portugieser mit Blaufränkischem (ebenfalls von Fritz Zweigelt) entstand der **Blauburger**, ein einfacher Massenträger, der aber im Barrique-Ausbau kräftig und dunkelrot gelingt. Der eher seltene **Blauburgunder** (Pinot noir) ergibt in guten Lagen feine und lagerfähige Weine. Die besten Rotweine der Region kommen aus dem Pulkautal und dem Kamptal.

www.oesterreichwein.at, www.weinvierteldac.at, www.kamptal.at/wein, www.kremstal-wein.at, www.wagram4u.at, www.vinea-wachau.at, www.weinstrasse.co.at.

Weinkategorien in Österreich

Die unterste Qualitätskategorie ist *Wein* ohne Herkunftsbezeichnung, er kann mit Rebsorte und Jahrgang etikettiert werden. *Landwein* darf aus 35 zugelassenen Qualitätsrebsorten erzeugt werden, die aus dem Weinland (Niederösterreich, Burgenland, Wien), dem Steirerland (Steiermark) oder dem Bergland (restliches Österreich) stammen. Jeder *Qualitätswein (DAC-Wein)* trägt eine staatliche Prüfnummer und hat eine rot-weiß-rote Banderole auf dem Flaschenverschluss. Er stammt aus einem gesetzlich definierten Weinbaugebiet mit geschützter Ursprungsbezeichnung, z. B. einem DAC-Gebiet.

Kabinettweine sind Qualitätsweine mit mehr Restzucker, die nicht aufgebessert sein dürfen. *Prädikatsweine* sind Qualitätsweine besonderer Reife und Leseart und entsprechend teuer. Zu ihnen zählen *Spätlese, Auslese* und *Beerenauslese*, die aus speziell gelesenen überreifen bzw. edelfaulen Trauben gewonnen werden, *Ausbruch* und *Trockenbeerenauslese* aus eingetrockneten Beeren und daher mit noch höherem Restzucker sowie *Eiswein,* der aus gefrorenen, bei Minusgraden gelesenen Trauben erzeugt wird. Der Restzuckergehalt – trocken, halbtrocken, lieblich, süß – muss auf dem Etikett angegeben sein. Eigene Qualitätskategorien verwendet die Wachau (→ Kastentext S. 86). Um den gefürchteten Korkgeschmack des Weins (österr. *Stoppler*) zu vermeiden, werden heute bei fast zwei Dritteln der Flaschen Kunststoffkorken, Glaskorken oder Schraubverschlüsse verwendet.

Sturm ist der hefetrübe, gärende weiße oder rote Traubenmost (in Deutschland je nach Region Federweißer oder S(a)user genannt), der nur vom 1. August bis Ende des Lesejahres ausgeschenkt werden darf. Da es sich noch nicht um Wein handelt, stoßen Sturmtrinker nach alter Sitte mit „Mahlzeit“ und nicht mit „Prost“ an. Der Jungwein des aktuellen Jahrgangs wird ab dem 11. 11. (Martini) als *Heuriger* bezeichnet, und zwar genau ein Jahr lang.

Weinkauf Wein verkostet und kauft man am besten in den im Reiseteil genannten Gebietsvinotheken, kleinere Mengen auch (falls möglich) beim Heurigen und größere nach telefonischer Voranmeldung ab Hof. Wegen ein, zwei Flaschen wird man einen Winzer aber nicht in den Keller bemühen.

Preise Wein und Landwein sind beim Weinbauern und in Ortsvinotheken schon für wenige Euro zu bekommen, DAC-Weine ab 6–7 €. Qualitätsweine namhafter Winzer kosten zwischen 12 und 35 €.

Bier

Bierliebhaber kommen in der Region ebenfalls nicht zu kurz. Sie werden vor allem im Waldviertel fündig, wo Klima und Bodenbeschaffenheit ideal sind: Das Quellwasser aus dem harten Urgestein ist weich, kühle Waldviertler Nächte zögern die Reife der Braugerste und des Hopfens hinaus und erhöhen so ihre Qualität. Gebraut werden die milden – böhmischen Bieren vergleichbaren – Gerstensäfte in traditionellen Braustädten wie Schrems (seit 1380 → S. 214), Zwettl (seit 1708 → S. 172) und Weitra (seit 1321 → S. 200). Die einzige große Brauerei im Weinviertel steht in Laa an der Thaya (seit 1454 → S. 271).

Glasgrößen in Ostösterreich: Ein Krüge(r)l fasst 0,5 l, ein Seidl 0,35 l, ein Pfiff 0,2 l Bier.

Alte Schmiede in Schönberg: Vinothek, Touristinformation und Museum

Reisepraktisches von A bis Z

Ärztliche Versorgung

Mit der *Europäischen Krankenversicherungskarte (European Health Insurance Card/EHIC)*, die sich auf der Rückseite der nationalen Versicherungs- oder Gesundheitskarte befindet, können Arzt oder Krankenhaus am Urlaubsort direkt aufgesucht werden. Der Abschluss einer kurzfristigen privaten *Reisekrankenversicherung* ist weiterhin ratsam, denn sie deckt im Notfall auch einen Heimtransport. Eine *Zeckenschutzimpfung* ist für das Reisegebiet dringend empfohlen.

Apotheken gibt es nur in größeren Orten; üblicherweise sind sie Mo–Fr 8–12 und 14–18 Uhr und Sa 8–12 Uhr geöffnet. Ein Aushang informiert über Notdienste. **Krankenhäuser** gibt es in Melk, Krems, Horn, Allentsteig, Zwettl, Gmünd, Waidhofen/Thaya, Korneuburg, Stockerau, Hollabrunn und Mistelbach.

Botschaften

Deutsche Botschaft, Strohgasse 14c, 1010 Wien, ✆ +43 (0)1-711540, www.wien.diplo.de.

Schweizerische Botschaft, Prinz-Eugen-Str. 9a, 1030 Wien, ✆ +43 (0)1-79505, www.eda.admin.ch/wien.

Dokumente

Auch innerhalb der EU müssen Personaldokumente ins Reisegepäck. Für die Einreise nach Österreich genügt ein gültiger Personalausweis oder ein Reisepass, der bis zu 5 Jahre nach Ablauf der Gültigkeit akzeptiert wird.

Einkaufen

Die Nahversorgung in der Region decken die großen Supermarktketten ab, allen voran der (am Land eher „die“ genannte) österreichische *SPAR* und der bzw. die zum REWE-Konzern gehörende *Billa*. In Gewerbegebieten haben sich meist *Penny*, *Unimarkt* und die

Discounter *Hofer* (Aldi-Süd-Tochter) und *Lidl* angesiedelt. Von selbstständigen Kaufleuten geführt werden die *Nah & Frisch-* und *Adeg-Märkte*, die in den Ortszentren wacker die Stellung halten. Die österreichischen Lebensmittelpreise sind generell höher als in Deutschland. Qualität und regionale Herkunft der Produkte sind hierzulande vielen Kunden wichtiger als ein billiger Preis.

Bauernmärkte finden in größeren Städten einmal pro Woche statt. Die größten Weinbaugemeinden besitzen **Vinotheken** mit in der Saison oft großzügigen Öffnungszeiten. Adressen, Markt- und Öffnungszeiten sind im Reiseteil bei den einzelnen Orten angeführt.

Feiertage

Geschäfte und Banken haben an folgenden Feiertagen geschlossen: 1. Januar (Neujahr), 6. Januar (Hl. Drei Könige), Ostermontag, 1. Mai (Tag der Arbeit), Christi Himmelfahrt, Pfingstmontag, Fronleichnam, 15. August (Mariä Himmelfahrt), 26. Oktober (Nationalfeiertag), 1. November (Allerheiligen), 8. Dezember (Mariä Empfängnis), 25./26. Dezember (Weihnachten). Am 15. November, dem Landesfeiertag für Niederösterreich und Wien („Leopolditag"), bleiben Geschäfte und Banken meist offen. Karfreitag ist *kein* Feiertag.

Feste und Veranstaltungen

April, Mai: *Ybbsiade Kabarettfestival* in Ybbs. *Saisonstart der Donauschiffe* in der Wachau. *wachauGOURMETfestival* mit exklusiven Menüs und edlen Weinen (www.wachau-gourmet-festival.at). *Weinfrühling Wachau* bzw. *Kamptal Weinfrühling*, offene Kellertüren mit Verkostung.

Juni: *Sonnwendfeuer* entlang der Donau (www.sonnenwende.at). **Pfingsten**: *Barocktage* in Stift Melk.

Juli: *Theaterfest*, Oper, Operette, Musical und Schauspiel vor einzigartiger Kulisse in einem Dutzend Schlössern und Klöstern (www.theaterfest-noe.at). *Marillenkirtag* in Spitz. *Weitraer Bierkirtag*. *Glatt & Verkehrt*, Weltmusikfestival in der Wachau.

August: *Theaterfest* (Fortsetzung). Kammermusikfestival *Allegro Vivo* im Waldviertel rund um Horn.

September: *Grafenegg Festival*, hochkarätige Klassikkonzerte. *Winzerfest* in Poysdorf. *Weinlesefest* in Retz. *Weinherbst*, 800 Veranstaltungen rund um den Wein (www.weinherbst.at). *Wachaumarathon*, 42 km von Emmersdorf nach Krems (www.wachaumarathon.at).

Oktober: *Weinherbst* (Fortsetzung). *Erdäpfelfest* in Geras. *Erntedankfeste* in der Wachau. *Kürbisfest* im Retzer Land. *Abfischfest* in Heidenreichstein.

November: *Wachau in Echtzeit*, Kulturprogramm im Spätherbst (www.wachauinechtzeit.at).

Dezember: *Grafenegger* Advent. *Weitraer* Adventtage.

Geld

Die Österreicher haben für die Rückseiten ihrer Euro- und Cent-Münzen nationale Motive gewählt: Die 2-Euro-Münze ziert die Friedensnobelpreisträgerin *Bertha von Suttner*, die 1-Euro-Münze ist *Mozart* gewidmet. Das *Wiener Sezessionsgebäude* ist auf dem 50-Cent-, das Wiener *Schloss Belvedere* auf dem 20-Cent-Stück abgebildet. Das 10-Cent-Stück zeigt den Turm des Wiener *Stephansdoms*. Die Münzen zu 5, 2 und 1 Cent schmücken Alpenprimel, Edelweiß und Enzian.

An **Geldautomaten** (hierzulande *Bankomat* genannt, Kennzeichen: blau-grünes „B") kann man mit EC-/Maestro- oder Kreditkarte Geld abheben. Der tägliche Höchstbetrag entspricht dem persönlichen Kartenlimit, üblicherweise 400 €. Die Bargeldabhebung mit ausländischer Bank(omat)karte oder Kreditkarte kostet üblicherweise einen Fixbetrag (ca. 5 €) oder einen Prozentsatz der abgehobenen Summe. Fast in jedem Ort ist ein Geldautomat vorhanden, am besten sieht man sich dafür am Hauptplatz um.

Die gängigen **Kreditkarten** (Visa, Mastercard) werden in größeren Geschäften, in Restaurants, Hotels und Tankstellen sowie von Fahrscheinautomaten der Bahn akzeptiert. In ländlichen Gebieten hingegen ist das Bezahlen mit Kreditkarte weniger verbreitet.

Sperrnummern variieren je nach Ausstellungsland und Karte. *Bei Verlust der EC-/Maestro-Karte*: ✆ 0049-116116 (D), ✆ 0800-2048800 (A), ✆ 0041-848888601 (CH, UBS-Karten), ✆ 0041-800800488 (CH, Credit Suisse). *Bei Verlust einer Kreditkarte*: ✆ 0049-116116 (D, alle Karten), ✆ 0043-1-71111-770 (A, VISA), ✆ 0043-1-717014500 (A, MasterCard), ✆ 0043-1-501350 (A, Diners Club), ✆ 0041-442008383 (CH, VISA, MasterCard), ✆ 0041-448354545 (CH, Diners Club).

Haustiere

Hunde und Katzen benötigen für Reisen innerhalb der EU den *EU-Heimtierausweis*. Dieser wird bei Vorliegen einer Kennzeichnung des Tieres durch einen Mikrochip ausgestellt und muss einen Nachweis über eine gültige Tollwutimpfung (mindestens 30 Tage, maximal 12 Monate vor Grenzübertritt) enthalten. In Niederösterreich besteht im Ortsgebiet, in öffentlichen Einrichtungen und Verkehrsmitteln *Leinen-* bzw. *Maulkorbpflicht*.

Information

Prospektmaterial kann man vor Reiseantritt telefonisch oder via Internet bei den unten genannten Adressen anfordern. Auf den Websites gibt es Broschüren auch zum Download oder Online-Durchblättern. Auskünfte vor Ort erhält man bei den Touristinformationen, die es meist nur in größeren Orten gibt. Ihre Adressen sind im Reiseteil unter der Rubrik „Information" verzeichnet.

Familienspaß garantiert – die Blockheide in Gmünd

Österreich Werbung Urlaubsservice, ✆ 00800-400 200 00 (Mo–Fr 9–17 Uhr, gebührenfrei aus Deutschland, Schweiz und Österreich), www.austria.info.

Niederösterreich Werbung, offizielles Tourismusportal, ✆ +43 (0)2742-9000-9000 (Mo–Fr 9–17 Uhr), info@noe.co.at, www.niederoesterreich.at.

Wachau-Nibelungengau-Kremstal, Regionalbüro, Schlossgasse 3, 3620 Spitz/Donau, ✆ +43 (0)2713-30060-60 (Mo–Do 9–16.30 Uhr, Fr bis 14.30 Uhr), www.donau.com.

Kamptal-Wagram, Regionalbüro, Minoritenplatz 2, 3430 Tulln, ✆ +43 (0)2272-675660 (Mo–Fr 9–15 Uhr), www.donau.com.

Waldviertel Tourismus, Sparkassenplatz 1/2/2, 3910 Zwettl, ✆ +43 (0)2822-54109 (Mo–Fr 8–16 Uhr), www.waldviertel.at.

Weinviertel Tourismus, Kolpingstr. 7, 2170 Poysdorf, ✆ +43 (0)2552-3515 (Mo–Fr 9–16 Uhr), www.weinviertel.at.

Kinder

Ein tonnenschwerer Wackelstein, der sich dennoch leicht bewegen lässt, eine rätselhafte Steinpyramide oder eine sagenumwobene Ritterburg sind lohnenswerte Wander- und Ausflugsziele für Kinder. Besonders attraktiv sind die Burgruine Aggstein, die Blockheide bei Gmünd und die Flugvorführungen auf der Rosenburg, Burg Kreuzenstein und dem Heldenberg. Auch die Fahrt mit den Dampfzügen der Waldviertler Schmalspurbahnen oder auf einem Donauschiff kann aufregend sein. In der Amethystwelt Maissau können Kinder den edlen Stein schürfen, in der Fossilienwelt Stetten nach Haifischzähnen buddeln. Im Weinviertel werden unter dem Logo „Betty Bernstein" spezielle Kinderprogramme geboten, etwa im MAMUZ Asparn, im Vino Versum Poysdorf, am Heldenberg, im Museumsdorf Niedersulz und im Naturpark Leiser Berge (→ www.betty-bernstein.at). Die Therme Laa wartet mit einem eigenen Kinderland samt Riesenrutsche auf.

Landkarten

Die zurzeit aktuellste ist die *Freytag & Berndt* Auto- und Freizeitkarte Niederösterreich, 1:150.000 (2014, 9,99 €). Für das Weinviertel reicht auch die *Entdeckerkarte*, die gratis bei Weinviertel Tourismus (→ Information) erhältlich ist. Sie ist etwas unübersichtlich, aber detaillierter (Maßstab 1:130.000).

Literatur

Ein paar belletristische Lesetipps zur Region:

Josef Haslinger, *Der Tod des Kleinhäuslers Ignaz Hajek/Die mittleren Jahre*, Fischer Taschenbuch (2006). Zwei berührende Lebensgeschichten aus seiner Waldviertler Heimat stehen im Zentrum der beiden sozialkritischen Novellen des bekannten Autors *(Opernball)*.

Alfred Komarek, *Polt muss weinen* (1998); *Blumen für Polt* (2000); *Himmel, Polt und Hölle* (2001) *Polterabend* (2003), Polt (2009); alle mittlerweile als Taschenbuch (Haymon TB oder Diogenes). Die fünf Kriminalromane um den sensiblen Weinviertler Kult-Gendarmen Simon Polt (fürs Fernsehen verfilmt mit Erwin Steinhauer in der Hauptrolle) haben die Pulkautaler Kellergassen berühmt gemacht. 2011 hat Komarek mit *Zwölf mal Polt* nochmal 12 Kurzgeschichten draufgesetzt, 2015 folgte *Alt, aber Polt*, ein melancholischer, allerletzter Fall (beide Haymon-Verlag).

Michael Köhlmeier, *Die Nibelungen – neu erzählt*, Piper (1999). Leicht verdauliche, moderne Kurzfassung der langen Heldensage.

Thomas Sautner, *Waldviertel steinweich*, Picus (2013). Der Gmünder Autor (geb. 1970) gewährt unterhaltsam Einblick in das Wesen des Waldviertels und seiner Landsleute.

Nationalparks und Naturparks

Im nordöstlichen Waldviertel erstreckt sich der grenzüberschreitende *Nationalpark Thayatal*. Daneben gibt es neun *Naturparks:* An den Hängen des Jauerling in der Wachau, im Waldviertel die Blockheide mit riesigen Granitsteinen in Gmünd-Eibenstein, das Thayatal bei Dobersberg, die Wälder und Teiche um Stift Geras, das Heidenreichsteiner Moor, der Nordwald in Bad Großpertholz, das Hochmoor Schrems, die Weinlandschaft bei Schönberg im Kamptal und im Weinviertel die Leiser Berge. Nähere Infos im Reiseteil.

Information: www.np-thayatal.at; www.naturparke-noe.at.

Öffnungszeiten

Banken: Geldgeschäfte kann man Mo–Fr 8–12 und 13.30/14–16 Uhr erledigen. Filialen in kleinen Orten sind nachmittags häufig geschlossen.

Geschäfte: Große Lebensmittelketten haben Mo–Do 8–19/19.30, Fr 8–19.30/20 und Sa 8–18 Uhr geöffnet. Kleinere Geschäfte in ländlichen Gebieten machen von 12.30 bis 15/16 Uhr Mittagspause und sind Mittwoch- und Samstagnachmittag geschlossen.

Post & Postpartner: Postämter, die man nur noch in größeren Orten findet, haben meist Mo–Fr 8–12 und 14–17 Uhr geöffnet. In kleineren Orten übernehmen vermehrt Lebensmittelgeschäfte oder andere Dienstleistungsbetriebe als *Postpartner* die Aufgaben der Post.

Museen: Größere Museen sind meist *montags geschlossen* und sonst von 9/10–17/18 Uhr geöffnet, manche machen Mittagspause (12–13/14 Uhr). Kleinere Einrichtungen sind oft nur an Wochenenden zugänglich und haben von Ende Oktober/Anfang November bis etwa Mitte April Wintersperre so wie auch die Schlösser und Burgen der Region, die aus gutem Grund in der kalten Jahreszeit ihre Pforten schließen.

Kirchen: Eine Besichtigung ist meist von frühmorgens bis zur Dämmerung möglich, während der Messe ist ein

Herumgehen nicht erwünscht. Kirchen in kleineren Orten sind häufig geschlossen. Für einige kann der Schlüssel bei einem Nachbarn ausgeliehen werden, andere wurden mit Gitter- oder Glastüren ausgestattet, um einen Blick ins Innere zu gewähren.

Mit der Niederösterreich-CARD (NÖ-Card) Eintrittsgeld sparen

Die Karte ist ab 1. April ein Jahr gültig, kostet 59 € (für 6- bis 16-Jährige 28 €) und bietet *freien Eintritt* (meist einmalig, mitunter sooft man will) *zu 331 Ausflugszielen* in und um Niederösterreich. Rund 130 Ziele liegen in der Wachau, im Waldviertel und im Weinviertel, darunter nahezu alle Schlösser, Burgen, Klöster, Museen, Naturparks, Bäder und Erlebnisbahnen. Erhältlich ist die nicht übertragbare Karte (inkl. Begleitheft und Straßenkarte) in Trafiken, Raiffeisenbanken, bei vielen teilnehmenden Ausflugszielen und online. Die NÖ-Card rechnet sich ab etwa 5 Besichtigungen. www.niederoesterreich-card.at.

Post und Porto

Briefe und Postkarten aus Österreich in ein europäisches Land kosten 0,80 €, innerhalb Österreichs 0,68 €. Marken erhält man in Postämtern und Tabaktrafiken, die gelben Briefkästen werden Mo–Fr einmal täglich geleert. Richtig adressiert ist eine Sendung, wenn vor der Postleitzahl kein Länderkürzel (D/CH) steht, sondern das Empfängerland in Großbuchstaben in der untersten Zeile angeführt ist.

Radio

Die wichtigsten Sender des öffentlich-rechtlichen Rundfunks *ORF* sind *Ö1* (Journale zu Kultur, Politik, Wissenschaft; klassische Musik, Jazz), *Radio Niederösterreich* (Regionalprogramm mit volkstümlicher Musik, Oldies, Schlagern) und *Hitradio Ö3* (stündliche Nachrichten, halbstündliche Verkehrsnachrichten, Popmusik). Daneben empfängt man Privatsender, u. a. *KroneHit*, *Radio Arabella* und *88,6*, die mehr oder weniger das Programmschema von Ö3 imitieren.

Rauchen

Noch bis Mai 2018 dürfen Gaststätten in Österreich Raucherräume haben, danach sind diese auch hierzulande verboten.

Souvenirs

Mitbringsel aus der Region sind Kulinarisches oder Kunsthandwerk. An erster Stelle steht Wein aus der Wachau, dem Kamptal und dem Weinviertel. Außerdem gibt es feinste Liköre, Edelbrände (Marille!), Whisky und Winzersekte. In den Vinotheken, Bauern- und Klosterläden erhält man Marmeladespezialitäten, Kräutertees, Fruchtsäfte, eingelegtes Obst, handgeschöpfte Schokolade. Eine Erinnerung an das Waldviertel ist Graumohn, etwa in Form von Mohnölen, Mohnbränden oder Mohnsüßspeisen. Bleibende Stücke sind Glaskunst sowie Flachs-, Textil- und Leinenprodukte.

Sport & Aktivitäten

Sportfreunden bietet die Region ein vielfältiges Angebot. Wandern, Radfahren, Golf und Langlaufen werden großgeschrieben.

Angeln Die Donau, ihre Zubringer und die Waldviertler Teiche sind beliebte Angelreviere. Angeln ist erlaubt mit *Fischer(gast)karte* (max. 4 Wochen gültig) und der *Lizenz/Angelkarte* (Tages-, Wochen- oder Jahreskarte) für das jeweilige Revier. Beides erhält man z. B. in Gemeindeämtern oder gewässernahen Gaststätten.

Baden Neben dem Bad in den Kamptalseen, im Litschauer Herrensee, in der Thaya oder im dunkelbraunen Kamp (Langenlois, Plank) und in der nicht immer blauen Donau (u. a. Weitenegg, Luberegg, Rührsdorf, Rossatz, Spitz) gibt es in fast jedem größeren Ort ein Freibad und in den größeren Städten auch Hallenbäder. Thermalwasser bietet die Therme Laa an der Thaya, salzhaltiges Wasser das Sole-Felsen-Bad in Gmünd.

Fahrradfahren → S. 40, „Unterwegs“

Golf 7 Anlagen gibt es im Waldviertel: Lengenfeld, Ottenstein, Weitra, Waidhofen, Litschau (Haugschlag und Herrensee) und Drosendorf. In der Wachau wird in Maria Taferl Golf gespielt, im Weinviertel um Schloss Schönborn und in Poysdorf. Nähere Infos in den jeweiligen Ortskapiteln.

Kanu Kanuwandern kann man am Kamp (Wegscheid-Rosenburg, Langenlois, Ottensteiner See), in der Thaya (Raabs), in der Stockerauer Au und in den March-Auen.

Mountainbike Das Waldviertel hat das größte Mountainbike-Wegenetz Österreichs (83 beschilderte Routen, 2000 km). Gute Ausgangspunkte für MTB-Touren sind Persenbeug, Gars, Zwettl, Gmünd, Mühldorf und Bärnkopf; Details im Reiseteil. Meistbefahrene Route ist der *Granit-Trail* von Gmünd bis Persenbeug (153 km, ↕ 3020 m; www.waldviertel.at/granittrail). Bei Waldviertel Tourismus (→ Information) und unter www.freytagberndt.com gibt es die empfehlenswerte *Mountainbikekarte Waldviertel* (1:50.000; 10 €).

Reiten Über 1000 km Reitwege wurden im Waldviertel auf großteils unasphaltierten Wegen zwischen Gföhlerwald und Nordwald markiert. Eine Übersicht über Wege, Reitbetriebe und Raststationen bietet www.waldviertel.at/reiten-pferdesport.

Wandern → S. 290, „Kleiner Wanderführer“

Wintersport **Skilanglauf**: Das westliche, wegen seiner Höhenlage relativ schneesichere Waldviertel ist eines der ältesten Langlaufgebiete Österreichs; das größte Netz bietet Bärnkopf-Gutenbrunn (120 km), 2 bis 22 km lang sind die 11 Rundkurse der Gerungser Hochplateauloipen. Über die Nordwaldloipen Karlstift (20 km) hat man Anschluss an das 30 km große Netz von Liebenau im Mühlviertel/Oberösterreich.

Skifahren/Snowboarden: Für Anfänger und Kinder gibt es in Karlstift und Harmanschlag im nordwestlichen Waldviertel und am Jauerling einige Schlepplifte, die auch Flutlichtbetrieb anbieten. Mehr Infos dazu in den jeweiligen Ortskapiteln.

Telefonieren

Auf einen sicheren Mobilfunknetzempfang kann man sich im Waldviertel und im Weinviertel nicht verlassen, abseits der Hauptverkehrswege gibt es zahlreiche Funklöcher. Wer es dennoch schafft, zahlt gegebenenfalls Roaming-Gebühren, die erst Mitte 2017 abgeschafft werden (zurzeit 6 Ct/Minute).

Wer viel telefoniert und Gebühren sparen möchte, besorgt sich eine österreichische Prepaid-SIM-Karte und nutzt bei Smartphones für den Datenverkehr das weitverbreitete kostenlose WLAN in Hotels oder Cafés.

Internationale Vorwahl nach Österreich: ✆ 0043, die 0 der jeweiligen Ortskennzahl entfällt. Bei **Ortsgesprächen** wird die Ortskennzahl weggelassen!

Vorwahlen aus Österreich **nach Deutschland** ✆ 0049, **in die Schweiz** ✆ 0041.

Zeitungen

Beliebteste Tageszeitungen im Osten Österreichs sind die Boulevardblätter *Kronen Zeitung* (www.krone.at) und *Österreich* (www.oe24.at), gefolgt von den seriösen Tageszeitungen *Kurier* (www.kurier.at), *Der Standard* (http://derstandard.at) und *Die Presse* (http://diepresse.com). Die meisten Artikel sind auf den Online-Portalen kostenlos verfügbar. Wichtigste regionale Zeitung sind die *Niederösterreichischen Nachrichten* (NÖN), die einmal pro Woche erscheinen (www.noen.at).

Zoll

Innerhalb der EU dürfen Waren für den privaten Gebrauch ohne Mengenbeschränkung aus- und eingeführt werden. Als Richtmengen pro Person gelten 800 Zigaretten bzw. 400 Zigarillos, 200 Zigarren oder 1 kg Tabak, 10 l Spirituosen, 90 l Wein und 110 l Bier. Für Reisende aus Nicht-EU-Ländern, z. B. Schweiz, gelten folgende Obergrenzen: 2 l Wein, 1 l Spirituosen, 200 Zigaretten oder 50 Zigarren oder 250 g Tabak und Waren bis zu einem Gesamtwert von 300 €.

Hoch über dem Donautal: Burgruine Aggstein

Die Reiseziele

Blick von der Ruine Hinterhaus auf Spitz an der Donau

Wachau und Nibelungengau

Der knapp 60 km lange Abschnitt zwischen Ybbs und Krems ist einer der großartigsten und schönsten des gesamten Donautals. Sanfthügelig beginnt er mit dem Nibelungengau. Ab Melk folgt die Wachau – ein enges Durchbruchstal, geprägt von mittelalterlichen Burgruinen, barocken Prachtbauten und dem berühmten Wein.

Die Landschaft im Nibelungengau, dem 25 km langen Abschnitt zwischen Ybbs und Melk, ist lieblich. Hier neigen sich die waldbestandenen Ausläufer des Waldviertels von Norden her sanft zur Donau hin ab. Am Südufer liegen die Städte **Ybbs an der Donau** und **Pöchlarn**, der Geburtsort von Oskar Kokoschka. Die großen Sehenswürdigkeiten des Nibelungengaus finden sich am Nordufer: die prächtige Wallfahrtskirche **Maria Taferl** und das reizvolle **Schloss Artstetten**. Straßenbrücken in Pöchlarn und Melk verbinden die beiden Ufer.

Das berühmte **Stift Melk** steht am Südufer und am Anfang der Wachau. 30 km flussabwärts bis vor Krems hat sich die Donau bis zu 800 Meter tief in die Hochfläche der böhmischen Masse eingegraben und formte so eine der meistbesuchten Regionen Österreichs mit klingenden Ortsnamen wie **Spitz an der Donau**, **Weißenkirchen**, **Dürnstein**, **Aggstein** und **Stift Göttweig**.

Der Nibelungengau

Den Eingang in den Nibelungengau markiert die Staumauer des Donaukraftwerks Ybbs-Persenbeug. Zuvor bildeten die Schlösser Persenbeug am Nordufer und Donaudorf bei Ybbs am Südufer das Tor zu dieser Region. Schloss Persenbeug thront noch immer imposant über dem Fluss und dem gleichnamigen Ort, Letzteres versank in den Fluten des Rückstaus. Seinen Namen erhielt der Nibelungengau zu Beginn des 20. Jahrhunderts – in einer Zeit mit großer Vorliebe für deutschnationales Gedankengut. Pöchlarn ist schließlich Schauplatz mehrerer Episoden der Nibelungensage.

Wachau und Nibelungengau

Ybbs an der Donau

5600 Einwohner, 224 m

Die Kleinstadt am südlichen Donauufer lockt mit einem verträumten historischen Ortskern, einem renommierten Kabarettfestival, einer modernen Uferpromenade und dem ältesten Donaukraftwerk Österreichs.

Ybbs ist eine der wenigen Städte an der Donau, deren historischer Ortskern nicht durch eine Durchgangsstraße vom Strom getrennt ist. Der Altstadt vorgelagert ist nur die breite *Donaulände*, Flaniermeile und Radweg, die sich als Ausgangspunkt eines Stadtrundgangs anbietet. Hier (unterhalb der Kirche) steht auch das älteste Haus von Ybbs, der frühgotische **Passauerkasten**, der den Passauer Bischöfen als Speicher diente. Im Kern geht er auf die *Yparesburg* zurück, eine Karolingerburg (9. Jh.), in deren Schutz sich der Ort entwickelte. Bereits 1317 erhielt Ybbs das Stadtrecht, ab 1530 eine Stadtmauer.

Durch Reste dieser Mauer steigt man rechts vom Passauerkasten hinauf zur spätgotischen **Pfarrkirche St. Lorenz** (um 1500), die ein schönes Netzrippengewölbe ziert. Ihre barocke Ausstattung und der neugotische Turm wurden nach den Stadtbränden von 1716 bzw. 1868 ergänzt. Vom Kirchenplatz führen *Brauhaus-* und *Kirchengasse* in die *Herrengasse*. Alle drei werden von schmucken Bürger- und Mauthäusern gesäumt. Sie zeugen vom einstigen Reichtum der Stadt, die bis ins 17. Jh. ein florierender Handels- und Zollplatz war. Wein aus dem Donautal sowie Eisen und Salz aus den Voralpen wurden von hier stromaufwärts verschifft. Die Herrengasse – im Alten Pfarrhof auf Nr. 12 ist ein kleines *Fahrradmuseum* (→ Sehenswertes) eingerichtet – mündet in den *Burgplatz*, an dem sich ein Renaissancebau erhebt (heute Krankenpflegeschule); es handelt sich dabei um die einstige *Landesfürstliche Burg*, den in hochwassersicherer Lage entstandenen Nachfolgebau der Yparesburg.

Zurück am Kirchenplatz, geht dieser südlich über in den abschüssigen **Hauptplatz** mit dem Stadtbrunnen samt Prangerfigur (1613), Rathaus (16. Jh.) und dem schönen *Palais Gatterburg*, dem einzigen erhaltenen Barockbau der Stadt. Über die Wiener Straße erreicht man den *Schiffmeisterplatz* an der Donau. Schiffmeister waren in der Vor-Dampfschiffära die Reeder, sie waren mächtig und angesehen, wie das repräsentative Schiffmeisterhaus mit Loggia beweist.

Der Nibelungengau und das Nibelungenlied

Mit über 2000 Strophen ist das Nibelungenlied das größte deutschsprachige Heldenepos. Es wurde um 1200 von einem Dichter aus dem Donauraum in einem eigenen Versmaß in mittelhochdeutscher Sprache verfasst; überliefert ist es in über 30 bruchstückhaften, inhaltlich abgewandelten Handschriften. Das Werk verknüpft die Legenden um Kriemhild, Schwester des Burgunderkönigs Gunther (der historisch auf Gundikar zurückgeht), mit den altgermanischen Heldenepen um die mythischen Gestalten von Siegfried und der Walküre Brunhild sowie der historisch belegten Sage vom Untergang der Burgunder durch die Hunnen.

Inhaltlich teilt sich das Epos in zwei Teile: Der erste, die *Brunhildsaga,* spielt in der rheinischen Heimat der Nibelungen und erzählt von der burgundischen Königsschwester Kriemhild und ihrer Liebe zum heldenhaften Siegfried. Nach der Ermordung Siegfrieds durch Hagen, den Diener des Burgunderkönigs Gunther, schwört Kriemhild Rache an ihrer Familie. Im zweiten Teil, der *Burgundensaga,* heiratet sie den Hunnenkönig Etzel (Attila) in Etzelburg (Esztergom bei Budapest). Sie täuscht Sehnsucht nach ihrer Familie vor und lädt sie zu sich ein. Die Reise der Burgunder führt donauabwärts – das Gebiet des heutigen Nibelungengaus wird damit zum Handlungsort. Die Burgunder halten für vier Tage bei Markgraf Rüdiger in Bechelaren (Pöchlarn), wo sich Giselher, der burgundische Königsbruder, mit Rüdigers Tochter Gotelint verlobt. Bösen Vorzeichen zum Trotz ziehen sie weiter und somit direkt ihrem Untergang entgegen. Ganz im Sinne von Kriemhilds Racheplan werden die Burgunder von den angreifenden Hunnen regelrecht abgeschlachtet. Der auf Seiten der Hunnen kämpfende Dietrich von Bern liefert Gunther und Hagen als letzte Überlebende an Kriemhild aus. Die lässt zunächst ihren Bruder Gunther töten und köpft dann Hagen eigenhändig mit dem Schwert Siegfrieds. Daraufhin wird Kriemhild von Hildebrand, einem Gefolgsmann Dietrichs, niedergestreckt ...

Tipp: Auf der Burgruine Aggstein (→ S. 108) wird die Story mit Figuren kindgerecht nacherzählt.

Wieder auf der Donaulände, stößt man flussaufwärts auf eine Tafel, die den **Donaupanoramablick** von Schloss Persenbeug bis Maria Taferl erläutert. Einen Blick wert sind auch die Hochwassermarken auf der donauseitigen Fassade des *Alten Salzamts.* Als Folge der Flut von 2002 entstand entlang der Donaulände ein Hochwasserschutz, dessen gelungene architektonische Umsetzung preisgekrönt ist. Neben dem *Schwalleck,* einem weiteren Stadtmauerrest, an dem Donauwasser in den Stadtgraben geleitet wurde, befindet sich die *Stadthalle* aus den 1960ern, bekannt als Schauplatz der *Ybbsiade* (→ Veranstaltungen).

Das einst außerhalb der Stadtmauern gelegene Franziskanerkloster und eine Barockkaserne beherbergen heute ein Therapiezentrum – das riesige Areal erstreckt sich bis ans obere Ende der Donaulände. Dann sind es noch rund 900 m bis zum **Donaukraftwerk Ybbs-Persenbeug** (→ Sehenswertes).

Sehenswertes/Ausflug

Fahrradmuseum: Das passende Museum zum Donauradweg. In historischen Gewölberäumen erzählen 70 Fahrradveteranen, Fahrradzubehör und Fotos zwei Jahrhunderte Fahrradgeschichte; zu sehen sind hölzerne Laufräder, Hoch- und Luxusräder, Rennräder sowie ein Dutzend der berühmten „Steyr-Waffenräder“.

Juni–Sept. Mo–Sa 10–13 und 14–17 Uhr, Juli/Aug. auch So geöffnet. Eintritt 4 €; Kind 2,50 €. Herrengasse 12, ✆ 07412-52612.

Donaukraftwerk Ybbs-Persenbeug: Das 1938 begonnene, 1954–59 fertiggestellte und damit älteste Donaukraftwerk Österreichs war ein bedeutendes Großprojekt der Wiederaufbauzeit. 1996 wurde es durch den Einbau einer siebten Turbine erweitert, derzeit wird es modernisiert (bis 2020). Im Rahmen einer Kraftwerksführung erfährt man anhand von detailgetreuen Modellen, Filmen und interaktiven Stationen Wissenswertes zur Anlage, zur Stromerzeugung und zur Baugeschichte. Ergänzend gibt es auch eine Schleusenführung.

Führungen April–Okt. Mo/Di/Fr–So 13, 14, 15 Uhr. Eintritt 6 € oder NÖ-Card, mit Schleuse 2,50 € extra. Ybbs-Donaudorfstr. 2, ✆ 0650-3002236, www.kraftwerksfuehrungen.at.

Donatuskirche in Säusenstein: 6 km donauabwärts am Südufer lohnt die auf einer Anhöhe im Ort errichtete spätbarocke Pfarrkirche St. Donatus einen Stopp. Der außen schlichte Bau aus dem 18. Jh. überrascht mit seinem prachtvollen, in zartem Pastell gehaltenen Inneren. Die Deckenfresken malte Johann Bergl (1767), das Hochaltarbild Paul Troger (1746). Bemerkenswert ist auch die weiß-goldene Renaissancekanzel (1620), die aus jenem 1334 gegründeten Zisterzienserkloster stammt, das etwas unterhalb direkt an der Donau lag. 1703–60 zu einem prächtigen mauerumfriedeten Barockstift ausgebaut, fiel es 1789 zunächst der Josephinischen Klosterreform und 1856 dem Bau der Westbahnstrecke zum Opfer. Reste der in Privatbesitz befindlichen Anlage, die seit 2015 auch eine Schule beherbergt, lassen die einstige Pracht erahnen.

Information **Touristinformation**, 2 km außerhalb unweit der Donaubrücke mit Radlerrast und Imbissstube. Mai bis Ende Sept. Mo–Sa 10–17 Uhr. 3370 Ybbs, Stauwerkstr. 86, ✆ 07412-55233, www.ybbs.gv.at/kultur-tourismus/info-service.

Hin und weg **Bahn**: 1x stündl. von/nach St. Pölten bzw. Wien, Bahnhof 2,5 km außerhalb (Busanschluss).

Bus: Mo–Fr 6–12x tägl. nach Persenbeug, 5x via Yspertal nach Pöggstall.

Linienschiff: Mai–Okt. Sa/So 1x Richtung Wien bzw. Linz. www.donauschiffahrt.de.

Veranstaltungen **Ybbsiade**, Fr nach Ostern, renommiertes zweiwöchiges Kabarett- und Kleinkunstfestival mit Verleihung des „Ybbser Spaßvogels“. www.ybbsiade.at.

Sonnenwende – Feuerzauber im Nibelungengau, um den 21. Juni, weniger überlaufen als das Wachauer Pendant. Höhepunkte sind das Feuerwerk über Maria Taferl und der Feuervorhang auf der Pöchlarner Donaubrücke. Donauschiffe bieten Sonderfahrten an. www.sonnenwende.at.

Übernachten/Essen *** **Babenbergerhof**, freundlicher, gutbürgerlicher Hotel-Gasthof und Wirtshauskulturwirt am Südrand der Altstadt, Gastgarten am Donauradweg. Gute Regionalküche (Mo–Fr günstige Mittagsmenüs). Kein Ruhetag, So nur bis 14.30 Uhr. 9 neu renovierte, zweckmäßige Zimmer. DZ 70–80 €. Wiener Str. 10, ✆ 07412-54334, www.babenbergerhof.at.

Wohnen beim Bäcker, 7 einfache Zimmer direkt am Donauradweg unweit der Donaubrücke. Kein Frühstück, eine Filiale der Bäckerei Weinberger befindet sich aber im Erdgeschoss. DZ 62 €, Drei-Bett 81 €. Stauwerkstr. 85, ✆ 07412-54515, www.frischamtisch.com.

Macabu und **Burgcafé Obernberger** sind zwei nette Cafés mit schönen Gastgärten am Burgplatz. Tägl. 8.30–20/22 Uhr.

Pöchlarn

3900 Einwohner, 216 m

Die Kleinstadt am südlichen Donauufer entwickelte sich aus dem am Donaulimes errichteten Römerkastell *Arelape*. Fundstücke aus dieser Zeit, wie Öllampen und

Nibelungendenkmal in Pöchlarn

Grabbeigaben, sind im *Stadtmuseum* im **Welserturm**, einem Überbleibsel der mittelalterlichen Stadtbefestigung am Westrand der Altstadt zu sehen (Mai bis 26. Okt. Mo–Fr 9–12, Sa 10–12 Uhr, Eintritt 3 €).

Westlich des Welserturms steht in der weiten Grünanlage unterhalb des Donaudamms das 1987 errichtete **Nibelungendenkmal** mit den Wappen jener 16 Städte, die im Nibelungenlied (→ Kastentext S. 62) genannt werden, darunter Pöchlarn, Melk und Mautern. Unweit davon wurden vier aus rostigem Eisen gestaltete Figuren aus der Nibelungensage platziert, die per Bewegungsmelder zu sprechen beginnen.

Der eigentliche Grund Pöchlarn aufzusuchen ist aber das schräg gegenüber vom Nibelungendenkmal gelegene **Kokoschka Haus**, ein Dokumentations- und Ausstellungszentrum, das um das im Innenhof gelegene Geburtshaus von Oskar Kokoschka (→ Kastentext) entstanden ist. Im straßenseitigen Trakt ist seit 2013 eine neue Dauerschau zum Leben und Werk des Künstlers zu sehen, im Hoftrakt werden jährlich wechselnde, mit Leihgaben bestückte Sommerausstellungen zu seinen Schaffensperioden gezeigt.

Mai bis Mitte Okt. tägl. 10–17 Uhr. Eintritt 5 € oder NÖ-Card. Kombikarte mit Artstetten 10,50 €. Regensburger Str. 29, ✆ 02757-7656, www.oskarkokoschka.at.

Pöchlarns berühmter Sohn: Oskar Kokoschka (1886–1980)

Oskar Kokoschka gilt als einer der führenden Vertreter des Expressionismus. Er wird in Pöchlarn am 1. März 1886 in dem Haus mit der außen liegenden Treppe als Sohn eines Handelsreisenden geboren. Schon 1887 zieht die Familie nach Wien, wo Kokoschka 1905 bis 1909 die Kunstgewerbeschule besucht. Ab 1918 verschlägt es ihn nach Berlin, von 1919 bis 1926 lehrte er an der Kunstakademie Dresden. 1938 musste er als Schöpfer „entarteter Kunst" von seinem nunmehrigen Wohnsitz Prag nach London emigrieren. Von 1954 an lebte er in Villeneuve am Genfer See, wo er 1980 starb. Typisch für Kokoschkas gegenständlichen Malstil sind monumentale Landschaftsbilder und eindringliche, farbkräftige Porträts.

Persenbeug-Gottsdorf

2300 Einwohner, 222 m

Der Markt am Nordufer gegenüber von Ybbs markiert den Eingang zum Nibelungengau. Zu bieten hat er ein kaiserliches Schloss, mächtige Schleusenanlagen des Donaukraftwerks und Mountainbikewege. Persenbeug – der Name soll von der stromabwärts folgenden großen Donauschlaufe („böse Beuge") stammen – ist zudem ein Knotenpunkt im Ausflugsverkehr. Die Straßenbrücke des Donaukraftwerks ermöglicht ein Überqueren der Donau, die B 36 führt von hier nördlich ins Yspertal im südlichen Waldviertel (→ S. 191) und die B 3 stromabwärts Richtung Wachau.

Schloss Persenbeug, auf einem Felsen am Donauufer thronend, ist das alles überragende Bauwerk. Es wurde im 10. Jahrhundert errichtet und 1460-1538 zum Schloss ausgebaut. Habsburgerkaiser Franz I., der die Region besonders schätzte, erwarb das Anwesen 1800 und nutzte es als Sommerfrische. 1887 kam in den Schlossmauern Karl I., der letzte Kaiser von Österreich, zur Welt. Heute gehört das

Donauschleuse vor Schloss Persenbeug

Schloss Michael Salvator Habsburg-Lothringen, einem Urenkel von Kaiser Franz Joseph. Es dient als Wohnschloss und Sitz der forstwirtschaftlichen Gutsverwaltung, kann nicht besichtigt, aber für Feste gebucht werden (www.persenbeug.at).

Donaukraftwerk Ybbs-Persenbeug: Die beiden Schleusenkammern des Kraftwerks (→ Ybbs/Sehenswertes) liegen direkt unterhalb des Burgfelsens. Ein Schleusungsvorgang, mit dem die Schiffe bis zu 11 m Höhe überwinden, dauert 15 bis 20 Minuten (Ausblick für Schaulustige bieten die Straßenbrücke und die Uferpromenade).

Im kleinen Ort unterhalb des Schlosses sollte man den **Rathausplatz** ansteuern, in dessen Mitte sich die 700-jährige Marktlinde ausbreitet. Das barocke Rathaus beherbergt ein kleines *Heimatmuseum* (Mo–Do 8–12/13–16, Fr 8–12 Uhr, Eintritt 1,50 €), das sich dem Kaiserhaus und der Donauschifffahrt (beides hat den Ort geprägt) widmet. Ebenfalls am Rathausplatz befinden sich die spätgotische Florianikapelle und der einladende Gastgarten des *Café s'Mariandl*. Das schönste unter den zahlreichen historischen Bürgerhäusern, das *Schiffsmeisterhaus* (Schloss-Straße 2) aus dem 16. Jh., liegt etwas weiter westlich, den besten Blick auf seine reizvolle, schwarz-weiße Fassadenmalerei hat man von der Donaupromenade.

Die Donau umfließt zwischen Persenbeug und Gottsdorf die Schwemmebene „Auf der Scheibe". Während die B 3 diese abschneidet, folgt der Donauradweg der gesamten Flussschleife und ist gleich doppelt so lang. In **Gottsdorf** lohnt die malerisch über dem Donauufer stehende frühgotische *Pfarrkirche St. Petrus und Paulus* mit ihrem markanten Barockturm, dem Hochaltarbild von Paul Troger (1745) und dem schmucken Pfarrhof einen Besuch. Direkt gegenüber am anderen Ufer erblickt man das einstige Stift Säusenstein (→ S. 63).

Information Gemeindeamt, keine Auskünfte, es liegen aber Prospekte aus, Mo–Fr 7–12, Mo–Do 13–16 Uhr. 3680 Persenbeug, Rathausplatz 1, ✆ 07412-52206, www.persenbeug-gottsdorf.gv.at.

Hin und weg Bus → Ybbs. Die Bahn wurde 2009 stillgelegt.

Angeln Verkauf von Tageslizenzen (19 €) für die Donau (bis Marbach) im Gasthaus Böhm und an der BP-Tankstelle.

Baden Badeteich, in früheren Schottergruben auf der „Scheibe" zwischen Persenbeug und Gottsdorf mit Liegewiese, Beachvolleyball, Spielplatz und Buffet. Tageskarte 3 €.

Mountainbike Ab dem Gasthof Böhm (s. o.) führen zwei Rundstrecken steil bergauf ins Waldviertel und zurück: die *Sulzbergstrecke* und die *Kaiserstrecke* (jeweils ca. 30 km, ↕ ca. 800 m).

Wandern Persenbeuger Rundwanderweg, ab dem Rathausplatz entlang der Donau bis Gottsdorf, dann über den Naturfreunde-Stein (Donautalblick!) und den Fürholz-Teich wieder zurück. 11 km, Gehzeit ca. 2½ Std., beschildert.

Übernachten/Essen *** Gasthof Böhm, Familienbetrieb im Ortskern von Persenbeug mit gemütlicher Gaststube, guter regionaler Küche zu mittleren Preisen und schönem Innenhofgarten unter einem alten Nussbaum. Do Ruhetag, So nur bis 15 Uhr. 18 nette, ruhige Zimmer. Radgarage DZ 76–90 €. Hauptstr. 16, ✆ 07412-58930, www.gasthof-boehm.at.

Radlerpension Leeb, 2 km außerhalb „auf der Scheibe" direkt am Donauradweg. Familiäre Pension, schöner Garten mit Liegewiese, 2 geräumige Zimmer (2–4 Betten), 1 Fewo (2–4 Pers.), Radgarage. DZ 56–62 €. Hagsdorf 19, ✆ 07412-54718, www.radler-leeb.at.

Fischwirtshaus Die Donaurast, 2 km östl. in Persenbeug-Metzling an der B 3 und direkt am Donauufer. Das traditionelle Fischlokal (Wirtshauskulturbetrieb, gehobene Preise, So Ruhetag) wurde 2014 renoviert, die 8 geräumigen Zimmer haben Balkon und freien Donaublick. Radverleih. DZ 90 €, Garage 10 €. Wachaustr. 28, ✆ 0512-535199741, www.donaurast.com.

Café s'Mariandl, im früheren Bezirksgericht mitten in Persenbeug. Schön zum Draußensitzen. Neben Kaffee, Mehlspeisen und Eis gibt es auch Mittagsmenüs. Mo Ruhetag. Rathausplatz 5, ✆ 07412-59090.

Marbach an der Donau

1700 Einwohner, 220 m

Der kleine Markt unterhalb des Taferlberges liegt eingezwängt zwischen Strom und steilen Uferfelsen. Auffälligster Bau ist die *Schule* von 1914; sie war das erste Werk des Architekten Clemens Holzmeister, 2014 erhielt sie einen modernen Anbau. Schmucke Winzer- und Bürgerhäuser in der *Marktstraße* erinnern an die Blütezeit des Orts vom 17. bis ins 18. Jahrhundert, als hier die Pilgerscharen vor ihrem Aufstieg nach Maria Taferl verköstigt wurden.

Information www.marbach-donau.gv.at.

Hin und weg Bus: Mo–Fr 8x tägl. nach Ybbs, 6x tägl. nach Pöchlarn.

Einkaufen Bikeshop Steindl, Markenfahrräder und E-Bikes, Reparaturservice und Verleih. Mai–Sept. Mo–Fr 8–17, Sa 8–15 Uhr. Marktstr. 32, ✆ 0680-2086908.

Fleischhauerei Rath, Traditionsbetrieb, der noch selber schlachtet. Spezialität sind Saumaisen, eine Art geräucherte Schweinefleischlaibchen. Mo–Fr 7–12.30, 14.30–18, Sa 7-12.30 Uhr. Marktstr. 30.

Fahrradverleih Bikeshop Steindl → Einkaufen

Wandern Der schönste Abschnitt des Weitwanderwegs Nibelungengau (→ S. 293) startet an der Schiffsanlegestelle Marbach. Durch die Steinbachklamm geht es nach Maria Taferl (3½ Std.), ab dort auf dem Jakobsweg über Artstetten nach Leiben bzw. Weitenegg (4–5 Std.).

Wassersport Sportboothafen mit Wasserski, Segeln, Wakeboarden (www.wakesharks.at). 200 Liegeplätze und Campingplatz (s. u.).

Übernachten/Essen **** Donau-Rad-Hotel Wachauerhof, freundlicher Familienbetrieb an der verkehrsreichen Uferstraße 500 m flussabwärts der Ortsmitte. 16 etwas ältere, lärmbelastete Zimmer, Radgarage, Leihräder. Gute regionale Küche. DZ 94–102 €. Geöffnet April–Dez. Marbach 43, ✆ 07413-7035, www.wachauerhof.at.

*** Zur Schönen Wienerin, Familie Engel serviert in ihrem radlerfreundlichen, sympathischen Wirtshauskulturbetrieb im Ortszentrum verfeinerte Regionalküche (Hauptgericht 10–16 €). Schöne Terrasse. Di Ruhetag, Nov.–April Di und Mi. 7 moderne geräumige Zimmer, DZ 84 €, mit HP 112 €. Marktstr. 1, ✆ 07413-7077, www.wienerin.co.at.

Gasthof Haselberger, 3 km östlich in Marbach-Krummnußbaum direkt an der B 3 sind engagierte Wirtsleute am Werk. Preiswerte Hausmannskost aus regionalen Zutaten; 6 renovierte, geräumige Zimmer mit Balkon. Do Ruhetag, Nov.–April Mi/Do. DZ 80 €. Donaustr. 70, ✆ 07413-355, www.gh-haselberger.at.

Campingplatz Marbach, kleine Anlage mit 40 engen Stellplätzen direkt an der Donau. Wassersportmöglichkeiten. 2 Pers., Zelt, Auto ca. 25 €. Geöffnet April bis Ende Okt. ✆ 07413-20733, www.marbach-freizeit.at.

Café-Konditorei Braun, nostalgisches Lokal mitten in Marbach mit guten Torten und Pralinen, berühmt für Schaumrollen. Di–So 8–19 Uhr. An der B 3 im Ortskern. Marktstr. 20, ✆ 07413-203.

Maria Taferl

850 Einwohner, 443 m

Die Perle des Nibelungengaus und Österreichs meistbesuchter Wallfahrtsort nach Mariazell thront hoch über dem nördlichen Donauufer. Wer nicht wegen der barocken Kirche kommt, der kommt wegen des fantastischen Fernblicks.

Rund 200 m liegt Maria Taferl über der Donau. Hier existierte bereits in vorchristlicher Zeit eine Kultstätte; davon zeugt der „Taferlstein“, ein keltischer Opfertisch, der heute – eingefasst von barockem Steingeländer – seitlich der Kirche aufgestellt ist. Die christlichen Wallfahrten gehen zurück auf das frühe 17. Jahrhundert, als ein Viehhirte versehentlich eine dürre, aber mit einem Kreuz geschmückte und somit „heilige“ Eiche fällen wollte – und sich dabei verletzte. Als er seinen Frevel bemerkte und betete, heilten seine Wunden. Dieses Wunder ließ zahlreiche Gläubige hierher strömen, unter ihnen ein schwerkranker Richter, der gesundete, nachdem er

Wallfahrtskirche Maria Taferl: von außen schlicht …

... im Inneren entfaltet sich barocke Pracht

Wachau und Nibelungengau → Karte S. 63

ein Vesperbild (Pieta) an der Eiche befestigt hatte und diese zu grünen begann. Danach kam es zu weiteren, von der Gegenreformation begeistert kommentierten Wunderheilungen sowie Engels- und Marienerscheinungen, sodass 1660 der Bau einer **Wallfahrtskirche** um die Eiche herum beschlossen wurde (erst 1710 fertiggestellt).

Links neben der Kirche steht der mächtige *Pfarrhof* aus dem 17. Jh. und südlich unterhalb breiten sich ein *Rosengarten* und der *Klostergarten* (mit Rastbänken) aus. Von der **Aussichtsterrasse** vor der Kirche sieht man über das Donautal hinweg die Alpenkette vom Schneeberg über den Ötscher bis zum Toten Gebirge. Nebenan bieten Andenkenstände den obligaten Souvenirkitsch.

Der beschauliche Ort östlich der Kirche besteht nur aus einer Straße, die von einer Handvoll Hotels, Gasthöfen, Pensionen und Cafés gesäumt ist. Für Unterhaltung sorgen im Haus Nr. 7 eine **Mechanische Krippe** von 1892 mit 300 Figuren, die u. a. die Gründung von Maria Taferl darstellen (tägl. 8–17 Uhr) und gleich nebenan in Nr. 6 ein **Alpenpanorama** von 1910 mit 100 elektromechanisch bewegten Figuren, vom Radfahrer bis zum Ziegenbock (geöffnet wie Gasthof Frey).

Sehenswertes

Wallfahrtsbasilika zur Schmerzhaften Muttergottes: Die frühbarocke Kirche entstand 1660–1710 nach Plänen von Jakob Prandtauer über einem kreuzförmigen Grundriss und mit einer der Donau zugewandten Doppelturmfassade. Diese soll aus der Ferne wirken und ist daher schlicht gehalten. Üppige Pracht offenbart sich erst, wenn man durch das barocke Marmorportal das Innere betritt: graubraune Marmorsäulen und Pilaster, vergoldete Kapitelle und Friese, die Wände und Decken üppig bemalt. Die vom Italiener Antonio Beduzzi geschaffenen Deckenfresken im Langhaus stellen das Leben des heiligen Joseph dar, in der Kuppel Mariä Himmelfahrt. Die Bilder an den Altären im Querschiff malte der berühmte Barockmaler Kremser Schmidt (→ Kastentext „Der Kremser Schmidt" S. 125). Ins Auge stechen die mit Gold überzogene **Kanzel** (1727) und der grandiose **Hochaltar** von Matthias Götz (1736), der die Apsis gänzlich ausfüllt. In seiner Mitte befindet sich eine metallene Nachbildung des (1755 verbrannten) Eichenstammes aus der Gründungslegende mit dem Gnadenbild, eine von Goldstrahlen bekränzte Pieta. Den besten Blick auf die Eiche hat man vom Kassenraum der Schatzkammer. Der Zugang zur **Schatzkammer** befindet sich außen, an der linken Seite der Kirche. Der kleine, mit Szenen aus der Entstehung Maria Taferls ausgemalte Barockraum ist mit verzierten Schränken versehen, in denen Votivbilder und -gaben (seit dem 18. Jh.) sowie Krönchen und Kleider für das Gnadenbild die Volksfrömmigkeit bezeugen. Weitere Votivtafeln hängen im frei zugänglichen Treppenhaus des linken Kirchturms.

April–Okt. tägl. 10.30–16.30 Uhr. Eintritt 3 € oder NÖ-Card, gilt auch für den Klostergarten. ✆ 02757-278, www.basilika.at.

Information Marktgemeinde, Mo–Fr 8–12, Do/Fr 13–16 Uhr. 3672 Maria Taferl, Hauptstr. 35, ✆ 07413-7040, www.mariataferl.at.

Anfahrt Von der Wachaustraße B 3 am Donauufer: ab Marbach sind es 3,5 km, von Klein-Pöchlarn 5,2 km, jeweils beschildert.

Hin und weg Bus: 4–7x tägl. von/nach Pöchlarn via Artstetten.

Einkaufen Schüller Genusswerkstatt, Likör und Schnaps (u. a. Maria Taferl Magenbitter) aus eigener Brennerei, Mohnzelten, Wein etc. April–Okt. Mo–Fr 8.30–12 und 13–18, Sa/So 8.30–17 Uhr. Maria Taferl 5.

Käs-Hütt'n Bauernladen Stix, 2 km Richtung Artstetten, uriger Laden mit Dutzenden Käsesorten aus 22 Käsereien, darunter Vorarlberger Bergkäse; außerdem Bauernbrot, Natursäfte, Wein. Mi, Fr, Sa 9–18, Do 15–18, So 13–18 Uhr. Wimm 6–7, ✆ 07413-6180, www.kaesehuette.at.

Golf 9-Loch-Anlage in hügeligem Gelände, Greenfee 30–45 €. ✆ 07413-350, www.gc-mariataferl.at.

Wandern Zahlreiche Rundwege, Ausgangspunkt ist am östlichen Ortsrand. Von Melk über Weiten und Artstetten verläuft ein beschilderter Abschnitt des Österreichischen Jakobswegs, auf dem steilen, alten Bußweg geht es ans Donauufer nach Marbach hinab. Zusätzlich wurden Pilgerwege (aus dem Yspertal, Gutenbrunn, Pöggstall) nach Maria Taferl markiert.

Übernachten/Restaurants **** Hotel Schachner, der Platzhirsch im Ort. Gediegenes Hotel mit den zwei Häusern Krone und Kaiserhof (120 m entfernt); 83 moderne Zimmer, teils mit herrlichem Blick ins Donautal. Penthouse-Hallenbad und großzügiger Wellnessbereich in der „Krone", Park mit Freibad (nur im Sommer) im „Kaiserhof". Jan./Febr. geschlossen. DZ 126–192 €, Suite ab 215 €, Halbpension 29 €/Pers. extra. Maria Taferl 24, ✆ 07413-6355, www.hotel-schachner.at.

Im Haus Krone sind das elegante Restaurant Donauterrasse und das Kleine Restaurant mit Wintergarten und kastanienbestandener Aussichtsterrasse tägl. geöffnet und bieten gehobene Hausmannskost (Hauptgericht 12–25 €); für das 2-Hauben-Gourmetlokal Smaragd mit nur 6 Tischen (Fr/Sa und Mo/Di abends) benötigt man eine Reservierung.

**** Hotel Rose Eilnberger, das zweite große Hotel im Ort. Familienbetrieb mit 50 tadellosen Zimmern, mit Saunabereich, rustikaler Gaststube und Panoramaterrasse. Seit 2013 auch Fastenkuren. DZ 100–110 €, mit Donaublick 120–130 €. Geöffnet März–Okt. Maria Taferl 20, ✆ 07413-304, www.hotelrose.co.at.

››› Unser Tipp: ** Frey's Gasthof Zum Goldenen Löwen, freundliches Kulturwirtshaus mit bildhübscher, holzgetäfelter Gaststube und kleinem Biergarten unweit der Basilika; auf der Speisekarte Fische aus dem Yspertal, Wirtshausklassiker (10–12 €) und Wallfahrerjause. Der Wirt ist auch Biersommelier. Im Obergeschoss 4 komfortable Zimmer. Okt.–April Di Ruhetag. DZ 76 €. Maria Taferl 6, ✆ 07413-340, www.freyswirtshaus.at. ‹‹‹

Haus Regina, Familie Gruber betreibt von Mitte März bis Mitte Nov. eine rustikale Frühstückspension mit 5 Zimmern, Garten und Swimmingpool in einem älteren Haus an der Hauptstraße. DZ 53–60 €. Maria Taferl 42, ✆ 07413-266, www.hausregina.at.

Cafés Café Maria Theresia, Mehlspeisen, Eis, Gastgarten an der Hauptstraße. März–

Okt. tägl. geöffnet. Maria Taferl 9, ✆ 07413-7033.

Café Schüller, neben der Basilika; hausgemachte Mehlspeisen von Marillenkuchen bis Mohntorte und selbstgemachtes Eis. Schöne Terrasse. Mi Ruhetag. Im Kellergeschoss Schauschnapsbrennerei. Maria Taferl 5, ✆ 07413-303, www.brennerei-schueller.at.

Schloss Artstetten

Das abseits oberhalb des Donauufers inmitten eines Parks gelegene Schloss mit den markanten Zwiebeltürmen war Sommersitz von Erzherzog Franz Ferdinand. Ein Museum erinnert an ihn.

Schon im 13. Jahrhundert befand sich hier, in schöner Hanglage rund 3 km oberhalb der Donau, eine Burg, aus der im 16./17. Jh. eine vierflügelige Schlossanlage entstand. 1823 erwarb sie Habsburgerkaiser Franz I., sein Enkel Carl Ludwig ließ 1861 den Park samt Pool und Badepavillon anlegen. Sein Sohn Franz Ferdinand stattete den Bau modern aus, ließ die sieben Zwiebelhelme aufsetzen und 1910 die Familiengruft unter der Schlosskirche anlegen, in der er und seine vom Wiener Hof als nicht standesgemäß erachtete Frau Sophie Chotek Herzogin von Hohenberg gemeinsam bestattet werden konnten (→ Kastentext S. 72).

Das Schloss wird heute von Franz Ferdinands Urenkelin Fürstin Anita von Hohenberg und ihren vier Kindern bewohnt. Seit 1982 sind dreißig Schlossräume als **Erzherzog-Franz-Ferdinand-Museum** zugänglich und zeigen eine mit Fotos, Dokumenten und persönlichen Gegenständen gestaltete Schau über das Leben und die Interessen des Thronfolgers. Dazu gibt es eine jährliche Sonderausstellung. In der **Gruft** ruhen die schlichten Marmorsarkophage des Thronfolgerpaares. Die mit dem Hauptbau verbundene **Schlosskirche**, seit jeher auch örtliche Pfarrkirche, ließ Franz Ferdinand mit wertvollen Altären und Plastiken, u. a. aus Tirol und Istrien, ausstatten (Eintritt frei). Seit 2014 ist auch der etwas verwilderte **Schlosspark** mit schönem altem Baumbestand (gegen Eintritt) zugänglich.

Schloss Artstetten – Wohnsitz und Grablege von Thronfolger Franz Ferdinand

Wachau und Nibelungengau → Karte S. 63

Den Schlossbesuch lässt man am besten im *Schloss-Café* (Mi–So 10–17 Uhr) bzw. auf dessen Sonnenterrasse ausklingen.

Schloss 1. April bis 1. Nov. tägl. 9–17.30 Uhr (Park bis 13 Uhr). Eintritt inkl. Gruft 8,30 €, Kind 5,20 €. NÖ-Card 1x gültig. Audioguide 2,50 €. Park 5 €, Kind 2,10 €. Schloss & Park 11,20 bzw. 7,20 €. Schlossplatz 1, ✆ 07413-8006, www.schloss-artstetten.at.

Franz Ferdinand und Sophie – die „ersten" Weltkriegsopfer

Als sich Kronprinz Rudolf, einziger Sohn von Kaiser Franz Joseph und Sisi, 1889 gemeinsam mit seiner Geliebten das Leben nahm, musste ein neuer Thronfolger gefunden werden. Ausgewählt wurde Franz Ferdinand, der 26-jährige Neffe des Kaisers, der beim Militär hätte Karriere machen sollen. Er interessierte sich für Kunst, war ein besessener Jäger und liebte das Reisen. Bei Hof setzte er seine Liebesheirat mit der böhmischen Gräfin Sophie Chotek durch, die als nicht standesgemäß galt; für diesen „Fehltritt" musste er auf die Thronfolge seiner Kinder und eine Beisetzung in der Wiener Kapuzinergruft, der traditionellen Habsburgergrabstätte, verzichten. Am 28. Juni 1914 wurden er und seine Frau während eines offiziellen Besuchs in Sarajewo vom Studenten Gavrilo Princip im Auftrag serbischer Nationalisten erschossen. Dieses Attentat führte binnen weniger Wochen zum Beginn des Ersten Weltkriegs. Franz Ferdinand war 51, Sophie 46 Jahre alt. Beide wurden in der Familiengruft von Artstetten bestattet.

Anfahrt Von **Klein-Pöchlarn** am Donauufer (hübsche gotische Pfarrkirche St. Otmar von 1517 mit auffälligem steinernen Turm) 3 km bzw. von Maria Taferl 5 km, jeweils beschildert.

Hin und weg Bus → Maria Taferl

Übernachten/Essen *** **Schlossgasthof Artstetten**, das Kulturwirtshaus der Familie Niederleitner unweit vom Schloss bietet solide Regionalküche (bis 19.30 Uhr; Di Ruhetag) sowie 18 hell-rustikale Zimmer. Weitere 30 Zimmer gibt es in zwei Gästehäusern. Beliebt bei Seniorengruppen. DZ 88–104 €. Schlosstr. 2, ✆ 07413-8303, www.schlossgasthof.at.

Ferienhäuser Familie Koch, komplett ausgestattete und liebevoll eingerichtete Häuser im Ort: die alte Schmiede am Prangerplatz 1 (bis 5 P.) und ein Haus in Goldegg 1 (bis 6 Pers.). Fewo (2 Pers.) 55–60 €, weitere Pers. 10 €. Am Jakobsweg 11, ✆ 07413-8902, www.members.aon.at/ferienhauskoch.

Heuriger Hold, 2 km nordwestlich. Schönes, freundliches Lokal mit bodenständigen Spezialitäten und hausgemachten Wurstwaren. Durchgehend warme Küche, sehr preiswert. 2x jährlich mehrere Wochen tägl. geöffnet. Nussendorf 12, ✆ 07413-8476, www.heuriger-hold.at.

Weitenegg und Schloss Leiben

Wo das Weitental (→ S. 192) bzw. die B 216 in das Donautal mündet, ragt auf einem Felssporn die Ruine *Weitenegg* auf. Im 12. Jahrhundert erbaut, gehörte sie im 13. Jh. den Kuenringern und war eine der mächtigsten Burgen an der Donau. Ab dem 19. Jh. diente sie als Baumaterial für die unterhalb errichtete Ultramarinfabrik *Habich*. Leider ist sie nicht zugänglich.

Im Sommer lockt zu Füßen der Ruine das **Freizeitzentrum Weitenegg** an den beim Melker Kraftwerksbau von der Donau abgetrennten Altarm, den sog. *Donausee* (→ Baden, Wandern).

Schloss Leiben: Lohnenswert ist ein Abstecher von Weitenegg zu dem 2 km abseits auf einem steilen Felsen über dem Weitental (B 216) thronenden Schloss, das den Eingang ins Waldviertel bewacht. Es stammt aus dem 12. Jahrhundert und wurde in der Renaissance zu einem viergeschossigen Schloss mit fünfeckigem Haupthof umgestaltet. Heute ist es im Besitz der Gemeinde und wird für Veranstaltungen genutzt. Beliebt sind die Ausstellungen zu Ostern und im Advent. Dann können auch die prachtvollen, mit mythologischen Szenen bemalten Kassettendecken aus dem 17. Jh. im Bet- und Rittersaal besichtigt werden. In den Kellergewölben sind ein nett gestaltetes *Landtechnik-Museum* mit Zugmaschinen, Traktoren und Pflügen aus der Zeit von 1910–41 und eine Sammlung von 1000 Waagen untergebracht.

Landtechnik-Museum: Ostermontag bis Ende Okt. So 10–17 Uhr. Eintritt 5 €, Kind 1,50 €. NÖ-Card gültig. ✆ 02752-70043, www.schloss-leiben.at.

Am Donausee in Weitenegg

Hin und weg Bus: Mo–Fr 12x tägl. nach Melk.

Baden/Wassersport Freizeitzentrum am Donausee vor toller Kulisse (Eintritt frei; Hundeverbot), Badestrand, große Liegewiese, Surfen, Segeln, Rudern, Beachvolleyball, Spielplatz, Tretbootverleih. Strandbuffet im Sommer, Gratisparkplätze. Die Wasserqualität ist nicht immer die beste.

Wandern Die *Donauseerunde* (Weg Nr. 92, 5 km, Gehzeit 1½ Std.) führt um den östlichen Teil des Altarms, nach Westen schließt die *Biberrunde* (Weg Nr. 93, 5 km) durch einen Auwaldrest mit zahlreichen, v. a. abends aktiven Bibern an.

Übernachten/Essen Wirtshaus Gruber, freundliches Kulturwirtshaus mit guter regionaler Küche unterhalb der Ruine bzw. gegenüber vom Donausee. 4 schöne, neue, schallisolierte Zimmer. Di Ruhetag, im Winter Di und Mi. DZ 92–100 €. 3652 Leiben, Weitenegg 10, ✆ 02752-70031, www.wirtshausgruber.at.

Wachau und Nibelungengau → Karte S. 63

Schloss Luberegg

2 km donauabwärts nach Weitenegg liegt direkt an der Donauuferstraße ein schmuckes Landschlösschen mit riesigem Holzschindeldach. Sein Aussehen verdankt es Kaiser Franz I., der es ab 1795 zu einem Sommersitz (neben Artstetten) ausbauen ließ. Ursprünglich war es ein Verwaltungsgebäude, das Joseph von Fürnberg, einer der ersten Großunternehmer Österreichs, 1780 errichtete. Fürnberg besaß im südlichen Waldviertel ausgedehnte Wälder, die geschlagenen Bäume verschiffte er als Brennholz von hier nach Wien. Um auch nachts die Kähne beladen zu können, ließ er die beiden ziegelgemauerten Rundtürme am Ufer bauen, die mit dem Feuer auf ihren Dächern wie eine Flutlichtanlage funktionierten. Seit 2002

Schlösschen Luberegg – Zeugnis adeligen Landlebens

gehört das Schloss zum Landhotel Wachau (s. u.), das hier den urigen *Heurigen Haferkast'n* betreibt.

Hin und weg Bus: Mo–Fr 12x tägl. nach Melk.

Baden Langer **Natursandstrand** an der Donau auf Höhe des Landhotels.

Übernachten/Essen **** **Best Western Landhotel Wachau**, freundliches, schönes Haus in Sichtweite von Schloss Luberegg an der B 3. 34 Landhauszimmer, etwas kleine Bäder. Restaurant mit regionaler Küche. Leihräder. Geschlossen Nov. bis März. DZ 102–150 €. Luberegg 20, ✆ 02752-72572, www.landhotel-wachau.at.

Heuriger Hafer Kast'n, im Schloss Luberegg, Suppen, kalte Jausengerichte, auch Vegetarisches. Gastgarten, Kinderspielplatz, großer Parkplatz. April–Okt. Mo–Fr ab 16, Sa/So ab 15 Uhr. ✆ 02752-71777.

Emmersdorf

1700 Einwohner, 227 m

Der alte Markt am Donauufer gegenüber von Stift Melk ist das westliche Tor zur Wachau und ein idealer Ausgangspunkt für Ausflüge in der Region.

Das bereits 1171 erstmals erwähnte „Emarsdorf" besteht aus zwei Ortsteilen. Parallel zur Donauuferstraße verläuft die *Marktstraße*, gesäumt von malerischen Bürger- und Winzerhöfen aus dem 16.–19. Jh. und der zweigeschossigen *Magdalenenkapelle* (1516), deren spätgotischer, hochwassersicherer Andachtsraum über eine Freitreppe erreicht wird. Unter dem größten Viadukt der Donauuferbahn hindurch oder von der Marktstraße über die *Kolomanistiege* erreicht man den höher gelegenen *Ortsteil Hofamt* mit dem Bahnhof und der imposanten *Pfarrkirche St. Nikolaus*, die dem Patron der Schiffer geweiht ist. Der spätgotische Bau mit Netzrippengewölbe und mächtigem Chor hat einen barocken Kirchturm, dessen Mini-Obelisken in Dürnstein abgeschaut sind. Auf der anderen Talseite ragt gegenüber der Kirche

Schloss Rothenhof auf. Es stammt aus dem 16. Jh. und wurde 1883 im Stil des Historismus umgebaut (→ Übernachten).

Im Felbringgraben 1,5 km oberhalb von Gossam (nordöstlich von Emmersdorf, beschildert) versteckt sich auf einem Felshügel das *Burgkircherl Gossam*, eine beeindruckende Wehrkirchenruine aus dem 12. Jh. (→ Wandern).

Information Informationsstelle beim Kreisverkehr an der B 3. Mai bis Ende Sept. Mo–Fr 15–19 Uhr. 3644 Emmersdorf, ✆ 02752-70010, www.emmersdorf.at.

Hin und weg Bus: stündlich von/nach Melk und Krems (Linie WL 1).

Wachaubahn: Mitte April bis 26. Okt. Sa/So, Juli–Sept. auch Mo–Fr 3x tägl. nach Krems.

Linienschiff: Mai bis Ende Sept. 1–2x tägl. mit der MS Wachau nach Melk bzw. Krems. www.ddsg-blue-danube.at.

Angeln Tageskarten (15 €) für den Donausee erhält man im Gemeindeamt Emmersdorf.

Baden/Wassersport → Luberegg, Weitenegg

Fahrradverleih Nextbike-Station bei der Info-Stelle, E-Bikes im Hotel Donauhof (25 €/Tag).

Wandern ››› Unser Tipp: Von Emmersdorf zunächst auf dem „Großen Rundwanderweg“ entlang des Donauufers mit Schönbühel im Blick nach Schallemmersdorf, hinauf nach Gossam und zum Burgkircherl; weiter am Briefträgersteig nach Mödelsdorf und am „Kleinen Rundwanderweg“ über Pömling (→ Essen/Langthaler) nach Rantenberg. Von dort auf der Straße hinunter nach Emmersdorf. Gehzeit 3½ Std. ‹‹‹

Übernachten **** Hotel Donauhof, an der B 3 direkt in Emmersdorf, Schwesterbetrieb des Landhotels in Luberegg. 32 Zimmer im geschmackvollen Landhausstil, die Komfortzimmer wurden 2014 erneuert. Radverleih im Haus. Gutes Restaurant mit Donauterrasse (Hauptgericht 10–25 €). DZ 132–148 €. Emmersdorf 40, ✆ 02752-71777, www.donauhof.com.

**** Zum Schwarzen Bären, Familie Pritz hat den alten Landgasthof mitten im Ort zu einem Hotel mit 50 Zimmern im Landhausstil, Hallenbad und Wellnessbereich erweitert. In den schönen Stuben des Restaurants wird verfeinerte Hausmannskost serviert (Mittagsmenü 12,90 €), der Chef kocht persönlich. DZ 100–160 €. Geschlossen im Febr. Marktplatz 7, ✆ 02752-712490, www.hotelpritz.at.

Schloss Rothenhof, vermietet werden zwei großzügige Ferienwohnungen (2–5 Pers.) mit historischem Charme und moderner Küche. Park mit Swimmingpool. Restaurant-Bar im Haus (Mi–Sa 17–1 Uhr, So 11–15 Uhr). Fewo 114–126 €. Hofamt 14, ✆ 0664-2802808, www.schloss-rothenhof.com.

Haus Sundl, 4 rustikale Privatzimmer bei freundlichen Gastgebern in Panoramalage oberhalb der Ortsmitte; Leihräder und DZ 70 €. Rote-Kreuz-Str. 18, ✆ 0664-3943765, www.haus-sundl.at.

Gästehaus Bauer, 3 nette, einfache Privatzimmer mitten im Ort, Du/WC auf der Etage. Radgarage. Frühstücksbuffet im Gasthof gegenüber. DZ 56–60 €. Emmersdorf 17, ✆ 0644-73504601, www.bauer-wachau.at.

Ferienhaus Rudi, die frühere Bahnstation Rollfähre-Melk ist heute ein gemütliches Ferienhaus (bis 4 Pers.) mit Garten samt Stift-Melk-Blick. 2 Pers. 495 €/ Woche, Endreinigung 40 €. Bahnweg 7, ✆ 0644-3381197, www.ferienhausrudi.at.

Donaucamping, ortsnahe kleine Anlage mit wenigen Stellplätzen, für 1–2 Nächte ganz passabel. 2 Pers., Auto, Zelt 18 €. Geöffnet Mai–Sept. ✆ 02752-71469.

Essen & Trinken Donauhof bzw. Zum Schwarzen Bären → Übernachten

Weißes Rössl, zweites Traditionsgasthaus am Marktplatz; Wirtshauskulturwirt mit bodenständiger Küche, Radlertreff, Kastaniengarten. Mi/Do Ruhetag (außer HS). Emmersdorf 8, ✆ 02752-7177780.

s'Felsengartl, rustikales Heurigenrestaurant in einem Terrassengarten mit schönem Donau- und Stift-Melk-Blick 500 m westlich direkt oberhalb der B 3. Kreative Schmankerl aus regionalen Zutaten zu mittleren Preisen. Mi–Sa ab 16.30, So ab 11.30–19 Uhr. Donaustr. 1, ✆ 02752-717, www.felsengartl.at.

››› Unser Tipp: Bauer & Wirt Langthaler, in Pömling 4 km nördlich oberhalb der Donau; kinderfreundliche Jausenstation (Wirtshauskulturmitglied) mit Spielplatz,

Naturkegelbahn und vielen Tieren in grüner Panoramalage. Gemütliche Gaststube mit Kamin, schöner Innenhof. Selch- und Wurstwaren (Strohschwein, Wild), Säfte und Most stammen vom eigenen Hof. Kalte Jause Mi–Fr ab 15 Uhr, Sa/So ab Mittag, dann auch warme Hausmannskost (10–15 €). Pömling 14, ✆ 02752-71427, www.gasthaus-langthaler.at. «

Melk

5300 Einwohner, 228 m

Das Stift Melk ist der prächtigste Barockbau im Donautal. Majestätisch markiert die Anlage auf einem steil abfallenden Felshügel den Beginn der Wachau und zählt mit dieser zum UNESCO-Weltkulturerbe.

Das großartige, schönbrunnergelbe Kloster, in dem ununterbrochen seit über 900 Jahren Benediktinermönche wirken, ist ein Glanzlicht auf einer Reise durch den Osten Österreichs oder einer Donaukreuzfahrt, 500.000 Besucher werden pro Jahr gezählt. Wie kaum anderswo gelang es hier, aus Fluss, Landschaft und Kloster ein harmonisches Ganzes zu entwerfen und das Projekt auch tatsächlich zu vollenden. Unterhalb der gewaltigen, 360 m langen Südfront des Stifts liegt die Stadt Melk, deren reizvoller historischer Ortskern einen Rundgang verdient.

Der steile, 57 m hohe Uferfelsen am Beginn des engen Wachautals war wohl schon zur Römerzeit besiedelt. Als Kaiser Otto II. 976 den Babenberger Leopold I. mit der Mark Ostarrichi belehnte, wählte dieser den Felsen als seinen Herrschaftssitz. Er ließ eine Burg mit Kirche bauen, in der 1014 der unverweste Leichnam des Märtyrers Koloman bestattet wurde (→ Kastentext S. 78). Als Wien zum Machtzentrum aufrückte, übergab Markgraf Leopold II. die Burg Melk 1089 Benediktinermönchen aus Lambach. Das neue Kloster entwickelte sich dank seiner Schule und Schreibstube zum kulturellen Mittelpunkt des Babenbergerreiches. Die „Melker Reform“, eine bedeutende Erneuerungsbewegung gegen die Verweltlichung der Klöster, ging 1418 von hier aus. Reformation, Osmaneneinfälle und mehrere Brände führten im 16./17. Jahrhundert allerdings beinahe zum Ruin. An Stelle einer Reparatur entschied sich Abt Berthold Dietmayr 1702 für einen barocken Neubau der Kirche und 1711 für eine Neugestaltung der kompletten Anlage. Er engagierte dafür Jakob Prandtauer, der nach seinem Tod 1726 durch seinen Schüler und Neffen Joseph Munggenast ersetzt wurde. 1746 war der Bau schließlich vollendet.

Sehenswertes

Stift Melk: Die Klosteranlage wird von hinten betreten, dort ist auch der große Parkplatz. Man durchquert den Garten mit dem Stiftsrestaurant und steht dann vor dem Stiftsportal. Aus der Stadt gelangt man über die Sechsergasse bzw. den Klostersteig und eine steile Treppe direkt hierher.

Das *Portal* wird von zwei Basteien flankiert, die linke stammt von 1650, die rechte fügte Prandtauer 1736 aus optischen Gründen hinzu. Sie birgt einen Shop, eine Ausstellung des Stiftsgymnasiums und eine Aussichtsterrasse. Statuen beiderseits der Toreinfahrt stellen die Heiligen Koloman und Leopold, die Stiftspatrone dar. Durch den *Torwartlhof* (Kasse) und eine weitere, mit einem Fresko zum Lobpreis des Ordensgründers Benedikt geschmückte Torhalle *(Benediktihalle)* erreicht man den 82 x 42 m großen *Prälatenhof*. In der Mitte steht ein Brunnen, bis 1722 war es jener, der heute den Melker Rathausplatz ziert. Die den Hof umschließenden Fassaden sind mit Apostel- und Prophetenstatuen und modernen Fresken geschmückt. In den Gebäudetrakten rechts ist das renommierte öffentliche Stiftsgymnasium (ca.

Stift Melk – ein barockes Glanzlicht der Wachau

Wachau und Nibelungengau → Karte S. 63

900 Schüler/innen) untergebracht, geradeaus erblickt man die Kuppel der Stiftskirche.

Links vorn betritt man hinter einem Torbogen einen schmalen Arkadenhof, der das Kloster von der Kirche trennt. Rechts befindet sich die *Prälatur* mit den prächtig freskierten Repräsentations- und Arbeitsräumen des Abtes, die nicht besichtigt werden können. Gegenüber führt die *Kaiserstiege* zu den sechzig *Kaiserzimmern,* die entlang des 200 m langen, mit einer Reihe von Herrscherporträts geschmückten Kaisergangs gereiht sind. Sie dienten einst prominenten Besuchern, wie Maria Theresia oder Napoleon, und deren Hofstaat als Gästezimmer. Heute beherbergen 11 von ihnen das **Stiftsmuseum**, das in moderner Inszenierung die Geschichte und Gegenwart des Ordens und des Klosters erzählt und einzelne seiner Kunstschätze (u. a. Altarbilder von Jörg Breu, 1502, und dem berühmten Kremser Schmidt) vorstellt. Die kostbarsten Exponate, wie das *Melker Kreuz* von 1362, ein goldgeschmiedetes Reliquienkreuz mit einem Splitter vom Kreuz Christi, bleiben aber in der nicht zugänglichen Schatzkammer verschlossen.

Auf die Kaiserzimmer folgen die beiden Prunkräume des Stiftes: Der **Marmorsaal** mit einem prächtigen Deckenfresko von Paul Troger (1731) und Stuckmarmor an den Wänden diente als Fest- und Speisesaal für die Gäste. Von hier tritt man hinaus auf die *Altane*, den einzigartigen Terrassenvorbau, den Prandtauer knapp am Felsabbruch platzierte. Sie bietet einen wunderbaren Blick ins Donautal und auf die berühmte Doppelturmfassade der Stiftskirche und führt elegant zur **Bibliothek** hinüber, dem zweiten Prunksaal. Hier ließ Umberto Eco seinen berühmten Roman „Der Name der Rose" beginnen. Der zweigeschossige, zur Gänze mit braun-goldenen, intarsierten und durch einen Balkon zugänglichen Bücherregalen angefüllte Raum beeindruckt durch seine harmonische Raumwirkung und das in Blautönen gehaltene Deckenfresko von Paul Troger (1732). Vergoldete Holzfiguren an den Türen stellen die vier Fakultäten dar. Insgesamt besitzt die Melker Bibliothek rund 100.000 Bände sowie 2000 Handschriften und frühe Druckwerke.

Über eine prächtige Wendeltreppe kommt man zum krönenden Abschluss des Rundgangs, in die **Stiftskirche**, deren in Rotbraun- und Goldtönen gehaltenes Inneres vollendete Barockkunst ist. Den Blick fesseln die eindrucksvollen Deckenfresken von Johann Michael Rottmayr, die im Langhaus den Hl. Benedikt und in der 65 m hohen Vierungskuppel Gottvater, Jesus und die Evangelisten darstellen. Der marmorne Säulenhochaltar zeigt ein figurenreiches Schauspiel: In der Mitte nehmen die Kirchenpatrone Petrus und Paulus vor ihrem Martyrium voneinander Abschied, zu beiden Seiten flankiert von drei Propheten. Die Seitenaltarbilder stammen ebenfalls von Rottmayr (Heilige Drei Könige, Hl. Michael, Hl. Johannes) bzw. von Paul Troger (Hl. Nikolaus, Hl. Sebastian). Der Kolomani-Altar links im Querschiff bewahrt in einem Sarkophag die Gebeine des Heiligen.

Anfang Mai bis Ende Oktober kann der zwischen Parkplatz und Stiftsportal gelegene **Stiftspark** besichtigt werden (tägl. 9–18 Uhr). Er erstreckt sich über drei Ebenen und besteht aus einem Barockgarten und einem englischen Landschaftspark. Zum Barockteil gehört ein **Gartenpavillon** von 1748, den Johann Bergl mit exotischen Wand- und Deckenfresken ausmalte. Heute beherbergt er ein Selbstbedienungs-Café (Mai–Okt. tägl. 9–18 Uhr) und wird für Sommerkonzerte genutzt. Zu bestaunen gibt es außerdem eine Allee von 250 Jahre alten Linden, ein stets blühendes „Paradiesgärtlein“ und zeitgenössische Installationen.

Besichtigungszeiten April–Okt. tägl. 9–17.30 Uhr, mit oder ohne Führung. Nov.–März nur mit Führung tägl. 11 und 14 Uhr.

Eintritt Stift + Stiftspark + Bastei 11 €, Schüler/Stud. 6 €, Familie 22 €, Führung zusätzlich 2 €/Pers. NÖ-Card 1x gültig! Nur Stiftspark + Bastei 4 €, Kind 1 €. Kombiticket für Artstetten, Schallaburg und Göttweig erhältlich. ✆ 02752-555232, www.stiftmelk.at.

Heiliger Koloman – vom Spion zum Landespatron

Einer der ersten namentlich bekannten Pilger auf dem Donauweg Richtung Jerusalem war der Ire Koloman. Bis ins Heilige Land kam er allerdings nicht. In Stockerau bei Wien wurde er 1012 irrtümlich für einen Spion gehalten und gehängt. Als sein Körper nicht verweste und wundersame Dinge geschahen, verlangte der babenbergische Markgraf die Überstellung des Leichnams nach Melk. Für die neu kolonisierte Ostmark fehlte noch ein Landespatron, und wundertätige Heilige oder Teile von ihnen konnte jede Kirche gut gebrauchen. So wurde Koloman für den Reliquienhandel aufbereitet. Jedes noch so kleine Knöchelchen oder Teilchen aus Kolomans Leben war für Wunder geeignet, etwa ein Kieferknochen und ein Backenzahn, die bis heute in der Melker Schatzkammer aufbewahrt werden – und nicht zuletzt ein Holzsplitter des Holunderbaums, an dem er gehängt worden war.

Kolomanibrunnen in Melk

Stadtrundgang: Am besten startet man vor dem *Wachau-Info-Center* und folgt dem 1,5 km langen Themenrundweg „Der rote Faden", der zu allen sehenswerten Punkten der Stadt leitet und diese mit Infotafeln erläutert.

Von der *Kremser Straße* geht es in die *Sterngasse*, die älteste und einst wichtigste Straße der Stadt. Gleich zu Beginn befindet sich etwas versteckt auf der Hangseite das *Haus am Stein*, das älteste erhaltene Haus Melks (15. Jh.), an dessen Fassade sich ein uralter Weinstock breitmacht. Der *Gasthof Zum Goldenen Stern* (Sterngasse 17) ist die frühere, von Munggenast 1736 umgebaute Stiftstaverne. Beim *Alten Brotladen* mit seinen holzgedeckten Ecktürmchen mündet die Sterngasse in die Hauptstraße, geradeaus weiter steht man schon auf dem langgestreckten, hübschen *Rathausplatz*, dessen Mitte der *Kolomanibrunnen* von 1687 mit dem Heiligen (→ Kastentext) in Pilgertracht ziert. Von den umstehenden Bürgerhäusern sind das *Rathaus* (1575), das *Apothekerhaus* und das *Haus Zum Auge Gottes* (um 1600) beachtenswert.

Auf dem Melker Rathausplatz

Über die Babenbergerstraße geht es hinauf ins Melker Villenviertel mit einigen Jugendstilbauten, darunter die *Kachelvilla* (Ecke Babenbergerstraße/Abt-Karl-Straße), die Jože Plečnik, der berühmte slowenische Otto-Wagner-Schüler 1901 entwarf. Zurück in der Altstadt, ist bei der gotischen *Stadtpfarrkirche* – Ausstattung und Turm sind aber neugotisch – die figurenreiche Ölberggruppe von 1502 in einer Nische an der nördlichen Außenwand einen Blick wert. Vorbei an der *Nepomuksäule* von 1736 quert man den 2014 neu gestalteten *Hauptplatz* und stößt in der Linzer Straße noch auf das „schönste Posthaus Österreichs", das Joseph von Fürnberg (→ Schloss Luberegg) 1792 erbauen ließ.

Das Wachau Info Center verleiht Audioguides zum Themenweg (3 € Leihgebühr).

Basis-Infos

Information Wachau-Info-Center, am donauseitigen Eingang zur Altstadt. Mai–Sept. Mo–Sa 9.30–18, So 9.30–16 Uhr, April/Okt. Mo–Sa 9.30–17, So 9.30–14 Uhr. 3390 Melk, Kremser Str. 5, ✆ 02752-51160, www.stadt-melk.at.

Hin und weg Bahn: 2x stündl. nach Ybbs bzw. St. Pölten.

Bus: stündlich via Emmersdorf und dem Wachau-Nordufer von/nach Krems (WL 1); alle 2 Std. über das Wachau-Südufer von/nach Krems (WL 2). Mo–Fr 9x tägl. nach Pöggstall, 4x tägl. nach Maria Laach am Jauerling. www.vor.at.

Linienschiff: Mitte April bis Ende Okt. 2–5x tägl. von/nach Krems. Das Ticket Melk–Krems kostet 24,50 €, inkl. Rückfahrt 29,50 €.

Baden Wachaubad, modernes Erlebnisfreibad mit Rutsche, östlich außerhalb des Zentrums. Mai–Sept. tägl. 9.30–20 Uhr. Tageskarte 5,20 €. Fürnbergstr. 12.

Sandstrand bei der Pielachmündung in die Donau (östlich der Donaubrücke).

Einkaufen Besuchenswerte Läden in der Altstadt sind die **Vinothek Wein & Wachau** und **Leopoldinger** (Schuhe, Sport, Mode) am Kirchenplatz sowie die **Töpferei Brandl** und der **Wieser Shop** am Rathausplatz.

Fahrradverleih 6 **Nextbike**-Standorte in der Stadt.

Märkte **Wochenmarkt**, Mi 8–13 Uhr, **Bauernmarkt**, 1. Sa im Monat 8–12 Uhr; beide am Rathausplatz.

Veranstaltungen **Barocktage Stift Melk**, Pfingsten; Barockmusik mit internationalen Interpreten im Stift Melk. ✆ 02752-54060, www.barocktagemelk.at.

Sommerspiele Melk, Juli/Aug., in der *Wachauarena* (mit dem Stift als Bühnenhintergrund) werden Musikrevues und Stücke der Weltliteratur aufgeführt. ✆ 02752-54060, www.sommerspiele-melk.at.

Kolomanikirtag, 13. Okt., Jahrmarkt in der Altstadt (seit 1451!).

Übernachten/Essen & Trinken

Hotels/Pensionen **** **Hotel-Restaurant Zur Post 11**, sympathisches, radlerfreundliches Traditionshotel mit schönem Arkadenhof mitten im Ort (Jan. bis Mitte Febr. geschl.). 25 hell-rustikale Zimmer (die Komfortzimmer sind neu renoviert) und 5 Suiten. Sauna. Leihräder gratis. 3 stilvolle Restaurantstuben mit klassisch österreichischer Küche (Hauptgericht 9–22 €), gute Weine. DZ 110–132 €, Suite bis 180 €, viele Pauschalangebote. Linzer Str. 1, ✆ 02752-52345, www.post-melk.at.

**** **Hotel Wachau 3**, abseits am östlichen Ortseingang. Geschmackvoll eingerichtetes Haus mit 30 Zimmern, Sauna; Leihräder gratis. Im kleinen Gourmetrestaurant „Wachauer Stube" mit Panoramaterrasse (Mo–Sa 18–22 Uhr) kocht der Juniorchef, u. a. mit Rindfleisch aus eigener Zucht, Hauptgericht 15–26 €. DZ 104–135 €. Am Wachberg 3, ✆ 02752-52531, www.hotel-wachau.at.

Goldener Stern 5, die frühere Stiftstaverne (15. Jh.) direkt unterhalb des Stifts bietet 12 individuelle Zimmer mit Vollholzmöbeln und teils Himmelbetten. Ab 17.30 Uhr Restaurantbetrieb, Spezialität sind Rindsrouladen (14,50 €). Gastgarten. DZ 110 €, DZ mit Etagendusche/WC 52 €. Sterngasse 17, ✆ 02752/52214, www.sternmelk.at.

Frühstückspension Marillenhof 4, neu renovierte Pension 5 Gehminuten außerhalb der Altstadt mit 4 etwas spartanisch möblierten Zimmern in einem Haus mit Garten. Freundliche junge Gastgeber. DZ 60–70 € Wienerstr. 49, ✆ 02752-53294, www.marillenhof-melk.at.

Ferienwohnungen **Zöchling 6**, 2 gut ausgestattete Apartments (1–4 Pers.) in einem historischen Bau mit Innenhof direkt unterhalb des Stifts. Fahrradgarage, Grillplatz. Fewo (2 Pers.) 52 €. Sterngasse 19, ✆ 0676-5502916, www.zimmer.sterngasse.at.

Camping **Fährhaus 1**, einfach ausgestattete Anlage mit 55 Stell- und 100 Zeltplätzen beim Fährhaus in der Au. 2 Pers., Auto, Zelt ca. 20 €. Geöffnet April–Nov. Kolomaniau 3, ✆ 02752-53291.

Restaurants → Hotel zur Post, Hotel Wachau, Goldener Stern

››› **Unser Tipp:** **Schmankerlfleischer Sdraule 10**, die gemütliche Imbissstube am Hauptplatz mit Gastgarten samt Stift-Melk-Blick lockt nicht nur Donauradler mit preiswerten Mittagstellern unter 7 €. Mo–Fr 7–18, Sa bis 13 Uhr. Hauptstr. 2. ‹‹‹

Stiftsrestaurant 2, in der 2015 neu renovierten Orangerie des Stifts; eingestellt auf Massenabfertigung, durchgehend Küche. Gastgarten mit Schirmbar. Spezialität ist die Kolomanitorte, eine Walnusstorte mit Holunderkonfitüre und Schokoglasur. Ostern bis Allerheiligen tägl. 9–18 Uhr, Nov./Dez. 10–15.30 Uhr. ✆ 02752-52555.

Café-Restaurant zum Fürsten 7, schön zum Draußensitzen am Kolomanibrunnen, innen etwas altmodisch; breites Angebot von Toast über Schnitzel bis Apfelstrudel zu günstigen Preisen. Kaffee aus hauseigener Röstung. Tägl. ab 8–22 Uhr, im Winter bis 19 Uhr. Rathausplatz 3, ✆ 02752-52343.

Cafés/Bars **Kalmuck 9**, das nach dem Karostoff benannte, in angenehmen Farben gestaltete Weinlokal bietet Spitzenweine und über 120 Cocktails sowie Antipasti, Toasts und Salate. Mo–Sa ab 17 Uhr. Hauptstr. 10, ✆ 02752-517950, www.kalmuck.net.

Café-Konditorei Mistlbacher 8, stilvoll ist das Ambiente in dem Traditionscafé in der Fußgängerzone (Gastgarten); große Auswahl an Torten, Kuchen, Eis und Pralinen. Spezialkreationen sind der Melker Taler und die Melker Torte. Mo–Sa 7–18, So 13–18 Uhr. Hauptstr. 1, ✆ 02752-52350.

Eissalon Ebner 11, beliebter Eissalon im Hotel Post mit Blick zum Stift (April–Okt.).

Schloss Schallaburg

Der Arkadenhof aus roter Terrakotta macht die Schallaburg zu einem der schönsten Renaissanceschlösser nördlich der Alpen. Zu besichtigen ist die Anlage während der alljährlichen, weithin bekannten Sonderausstellungen.

Die Burg thront 6 km südlich von Melk und abseits der Donau gut sichtbar auf einem bewaldeten Berghang. Überragt wird sie von einem viereckigen Hochturm, dessen schwarz-weiße Fassade schon auf die Renaissance verweist. Die ursprüngliche Burg der Grafen von Schalla entstand Ende des 11. Jh. Von ihr sind noch die 15 m hohe Ringmauer, der Burggraben und die monumentale, seit langem dachlose Wohnburg, der Palas, erhalten. Sie sind am besten vom Turniergarten aus zu betrachten. Die restliche Burg wurde unter den Losensteinern, die zu den führenden Protestanten des Landes gehörten, 1540–1600 nach dem Vorbild italienischer Palazzi ausgebaut. Dabei entstand der berühmte Große Arkadenhof. Seit 1968 gehört das Schloss dem Land Niederösterreich, das es vorbildlich restaurierte und als Kultur- und Ausstellungszentrum nutzt. Nach dem Ticketkauf (in einem vorgelagerten Kassengebäude) führt der Weg ins Schloss über den Burggraben (mit Abenteuerspielplatz) und durch einen schönen Torbau, dessen Terrakottawappen an die Losensteiner erinnert. Nach einem schmalen Vorhof steht man dann unvermittelt im zweigeschossigen, dreiseitigen **Großen Arkadenhof**. Dieser beeindruckt durch seinen ziegelroten Terrakottaschmuck, der 1573 von einem Salzburger Hafnermeister geschaffen wurde und aus 1600 Einzelteilen besteht. Die Reliefs und Skulpturen stellen Figuren aus der antiken und mythologischen Welt, aus der damaligen Gesellschaft und Allegorien dar. Berühmt ist das „Hundefräulein", eine Büste im Bereich oberhalb des Restaurants. Nach einer Sage soll die Geldgier eines Ritters mit der Geburt einer hundeköpfigen Tochter bestraft worden sein. Unterhalb des Hochturms geht es in den *Kleinen Arkadenhof* (1540) mit seinen schwarzweißen Fresken. Dahinter ragen die Mauern des Palas auf, links befindet sich die Krypta der romanischen *Burgkapelle*. Der Burgrundgang setzt sich in den oberen Geschossen fort und führt auch durch den *Kleinen Festsaal* mit Malereien von 1550.

Renaissance-Juwel Schallaburg

Die übrigen Schlosstrakte werden für die jährlichen Großausstellungen genutzt. Unbedingt besuchenswert ist der **Turniergarten** südlich des Schlosses, ein rekonstruierter Renaissancegarten mit Buchsornamenten, Stauden, Kräuterbeeten, Rosen und Apfelhainen. Liegestühle und Pavillons laden zum Verweilen ein.

Hin und weg **Bus WL 1** zu Ausstellungszeiten ab Bahnhof Melk: 10.05, 12.30, 15.50 Uhr.

Schloss Ostern bis Mitte Nov. tägl. 9–17, Sa/So 9–18 Uhr. Eintritt 11 €, erm. 10 €, Familie 20 €. NÖ-Card 1x gültig! Ausstellungsführung 3 €, geführter Burgrundgang (So 13 Uhr) 3 € ✆ 02754-6317, www.schallaburg.at.

Wachau – Nördliches Donauufer

Der besondere Reiz der mit dem UNESCO-Welterbe-Titel ausgezeichneten Landschaft der Wachau (gesprochen: Wacháu) liegt in der Jahrtausende alten Gestaltung durch den Menschen: Die malerischen Weinbergterrassen entstanden ab der Zeit Karls des Großen bis zum 12. Jahrhundert, als über 30 süddeutsche Hochstifte und Abteien das um 830 erstmals als „Wahowa" erwähnte Tal zum Weinbau nutzten. Auch die prachtvollen Klöster und Kirchen, die Burgen und Winzerhöfe gehen auf geistliche Grundherren und ihre weltlichen Lehensleute zurück. Und wo der Wein gut schmeckt, steht ihm die Küche um nichts nach. Kurzum: Die Wachau ist ein Genuss für's Auge und für den Gaumen.

Am schönsten erlebt man die Wachau, wenn man das Auto stehen lässt und sie (mithilfe von Bus und Bahn) durchwandert oder auf dem Fahrrad durchquert. Man benutzt dafür den **Welterbesteig Wachau**(→ S. 292), der sich über 180 km als Höhenweg um die Region schlingt, oder den **Donauradweg**, der auf Radwegen oder verkehrsarmen Nebenstraßen durch Weingärten und Ortskerne führt. Wer zwischen den Ufern wechseln möchte, kann Fähren benutzen. Linienschiffe verkehren von Anfang April bis Ende Oktober. Danach wird es für einige Monate ruhig in der Wachau – es heißt, sie hielte ihren Schönheitsschlaf. Viele Hotels und Gasthöfe schließen und der Wein hat Zeit, den Winter über in den Kellern zu reifen.

Wachau und Nibelungengau → Karte S. 63

Während die **Wachaubahn** nur während der Saison fährt, sind die **Wachaubusse** ganzjährig entlang der Donau unterwegs: Die Linie **WL 1** verkehrt am Nordufer täglich im Stundentakt, die Linie **WL 2** am Südufer täglich im Zweistundentakt. Die im Bus erhältliche *Tageskarte Wachau* (10 €, Kind 5 €) ist einen Tag lang auf allen Buslinien und Donaufähren gültig (Stand 2016).

Am Jauerling

Wer die Donaubrücke bei Melk überquert, stößt etwas außerhalb von Emmersdorf (→ S. 74) ans nördliche Donauufer. Erster Ort stromabwärts Richtung Krems ist Schallemmersdorf, wo eine 15 km lange Straße auf den Hausberg der Wachau, den **Jauerling** abzweigt. Dieser 960 m hohe Bergstock ist die höchste Erhebung entlang des gesamten Donaulaufs, er ist als *Naturpark Jauerling-Wachau* ausgewiesen und ein beliebtes, im Herbst und Winter meist nebelfreies Ausflugsziel. Einzige größere Ortschaft auf dem wellig-hügeligen Jauerling-Plateau ist **Maria Laach** rund 4 km südlich des Gipfels.

Maria Laach

220 Einwohner, 591 m

Das Erholungsdorf inmitten des sonnenreichen Jauerling-Hochplateaus besitzt zwei Gasthöfe und eine sehenswerte spätgotische **Wallfahrtskirche** aus dem 15. Jh. Außen unauffällig, beeindruckt sie im Inneren mit ihren Kunstschätzen: Das marmorne *Renaissance-Hochgrab* des Johann Georg III. von Kuefstein stammt aus der Zeit zwischen 1562 und 1627, als die Kirche den protestantischen Grafen Kuefstein unterstand. Es zeigt den Freiherrn in voller Rüstung, lebensgroß und kniend beim Gebet. Originell ist das *Gnadenbild* am linken Seitenaltar. Es entstand um 1450 und zeigt – warum auch immer – „Unserer Lieben Frau sechs Finger" – „der rechten Hand", könnte man ergänzen. Prunkstück der Kirche ist der spätgotische *Hochaltar*, ein geschnitzter Doppelflügelaltar von 1480, eines der Hauptwerke seiner Zeit in Österreich. In der Mitte thront Maria mit Krone und Zepter als Himmelskönigin auf einem Sichelmondgesicht, auf ihrem Schoß das Jesuskind. Auf den Flügeln sieht man links Verkündigung und Christi Geburt und rechts Heimsuchung und Anbetung der Heiligen Drei Könige. Einen Blick lohnt auch die reich verzierte, spätgotische *Steinkanzel* (1500).

Maria Laach ist – am Weg hierher ist es nicht zu übersehen – Österreichs größte Christbaumgemeinde. Eine Fläche von etwa 700 Fußballfeldern ist mit Nordmanntannen und Blaufichten bepflanzt.

Hin und weg **Bus**: Mo–Fr 5x tägl. nach Melk. **Naturparkbus WL 7**: Palmsonntag bis 26. Okt. Sa/So Rufbus 2x tägl. nach Emmersdorf bzw. via Jauerling nach Spitz (✆ 0810-810278, 60 Min. vor Abfahrt).

Einkaufen **Bauernmarkt Maria Laach**, in einem revitalisierten Bauernhaus neben der Kirche. Febr.–Dez. Sa 9–14 Uhr.

Wandern Wanderwegweiser beim Infopavillon. Der **Kraftweg** führt als Rundweg zu 10 Erlebnisstationen (max. 1 Std.). Weg 25 bzw. 26 führt auf den **Jauerlinggipfel** (1½ Std.). Auf dem **Drei-Kirchen-Weg** geht es hinunter nach Heiligenblut (2½ Std. → S. 194) oder Weiten (3 Std.). Maria Laach ist auch Etappenort des **Welterbesteigs** zwischen Mühldorf und Aggsbach Markt und der **Jauerling-Runde** zwischen Emmersdorf und Aggsbach Markt.

Übernachten/Essen *** **Dorfhotel Grüner Baum**, Traditionsbetrieb der Familie Ringl neben der Kirche. Gutbürgerlicher Gasthof (Wirtshauskulturbetrieb, Küche bis 20 Uhr) mit sehr guter Regionalküche (Hauptgericht 10–15 €). 33 Zimmer im Landhausstil (darunter 6 neue, großzügige „Genießerzimmer"), aufgeteilt auf drei separate Häuser. Hallenbad im Haupthaus, Freibad und Liegewiese bei den Nebenhäusern. Eher älteres Publikum. Zimmervermietung nur April–Nov. DZ 94–114 €, mit Halbpension 24 € mehr. 3643 Maria Laach, Hauptplatz 3, ✆ 02712-8303, www.hotel-ringl.at.

Der Jauerlinggipfel

Zwei Straßen – eine von Schallemmersdorf über Maria Laach (s. o.), eine von Spitz über Gut am Steg (→ S. 92) – führen auf den Jauerling, im Weiler *Oberndorf* (870 m) treffen sie aufeinander. Es folgt eine 800 m kurze Straße auf die bewaldete Jauerling-Kuppe, und sie hat zwei Endpunkte: links der **Parkplatz bei der Bergstation** des Schlepplifts, wenige Schritte unterhalb der 38 m hohen **Aussichtswarte** (s. u.) und des weithin sichtbaren, rot-weißen Sendemasts (einer der Hauptsender Ostösterreichs); rechts endet sie am **Parkplatz Naturparkhaus**, dann ist Fahrverbot. Es geht zu Fuß weiter zu den Jauerlinggipfeln. Der falsche ist mit einem Gipfelkreuz versehen, der richtige liegt mitten im Wald und wurde 2015 mit einer Installation in Szene gesetzt. Nördlich etwas unterhalb liegt das **Naturparkhaus** (915 m), das von seiner Terrasse mit der langen Aussichtsbank einen herrlichen Tiefblick ins Donautal bei Spitz bietet. Der 15-minütige Fußmarsch vom Parkplatz hierher lohnt sich.

Die 2015 neu angelegte **Jauerlinger Gipfelrunde** verbindet die oben genannten Punkte und weitere moderne Rastplätze zu einem Themenweg mit 10 Stationen (www.naturpark-jauerling.at).

Aussichtswarte Den Turm sollte man bei klarer Sicht unbedingt besteigen. Er bietet einen Blick vom Wienerwald bis zum Toten Gebirge und ins südliche Waldviertel. April–Okt. tägl. 9.30–18 Uhr, Ticket 3 €.

Skilift Am steilen Osthang des Jauerlinggipfels ist im Winter ein Schlepplift (mit Flutlicht, beschneiter Piste und Kinderland) in Betrieb. S-Bar und JAU-Bar sorgen für das Après-Ski. Dez.–März Mo–Fr 12.30–

16.30, Sa/So ab 9 Uhr, Flutlicht 18.30–21.30 Uhr. 4-Std.-Karte 15,10 €. ✆ 02713-2874, www.jauerling.at.

Hin und weg **Naturparkbus WL 7** hält beim Parkplatz Naturparkhaus, Fahrzeiten siehe Maria Laach.

Essen & Trinken **Naturparkhaus**, autofreies Ausflugsgasthaus, deftige Hausmannskost, für Vegetarier gibt's Käsespätzle oder Schwammerlsoße mit Knödel. Mai–Okt. tägl. (außer Mi) 9–18 Uhr, sonst nur Do–So 10–18 Uhr. ✆ 02713-30017, www.naturpark-gasthaus.at.

Blick ins Donautal vom Naturparkhaus

Am Donauufer unterhalb des Jauerlings

Aggsbach Markt: Der beschauliche Ort hat einen Namensvetter gegenüber am Südufer – Aggsbach-Dorf, ein Umstand, der leicht für Verwirrung sorgt. In Aggsbach Markt lohnt die *Pfarrkirche Mariä Himmelfahrt*, eine gedrungene, spätromanische Pfeilerbasilika von 1300 mit gotischem Chor und originellem Barockaltar, einen Blick. Bei Niedrigwasser zeigt sich an der Donau ein langer Natursandstrand mit Blick zur Ruine Aggstein; nebenan finden sich eine Liegewiese mit Spielplatz, Susi's Strandbuffet und Wohnmobilstellplätze.

Willendorf: Das 3 km donauabwärts gelegene Dorf ist weltbekannt, wurde doch hier 1908 beim Bau der Donauuferbahn die „**Venus**“ ausgegraben, eine 11 cm große, altsteinzeitliche Statuette aus Kalkstein. Die nackte, überaus beleibte Frauenfigur ist nach jüngsten Analysen 29.500 Jahre alt. Auf dem Weg zur Fundstätte stößt man zunächst auf das kleine Museum **Venusium**, das über die Ausgrabung, über Venusfiguren und die Steinzeit informiert. Auch eine Kopie der Venus von Willendorf ist zu sehen, das Original befindet sich im Naturhistorischen Museum in Wien. Eine monströse Venus-Nachbildung (Foto S. 28) markiert die 100 m entfernte Fundstelle. Eine 6 m hohe Ausgrabungswand mit bis zu 45.000 Jahre (!) zurückreichenden Kulturschichten verdeutlicht auch dem Laien, dass Willendorf ein archäologischer „Hot-Spot“ ist.

Mai bis Ende Okt. Di–So 10–12 und 14–16 Uhr. Eintritt 2 €, Kind 1 €. ✆ 0664-5900752, www.willendorf.info.

Schwallenbach: Der winzige Ort 2 km donauabwärts bietet ein äußerst malerisches Ensemble mittelalterlicher Bauten: das spätgotische *Kirchlein St. Sigismund* mit dem aus Brandschutzgründen steinernen Turmhelm, schräg gegenüber die frühere Burg der Schwallenbacher, ein trutziger Bau (1617) mit einem Zinnenturm, nach einem früheren Gasthaus auch *Glöcklein von Schwallenbach* genannt. Auf der anderen Seite des Schwallenbachgrabens liegt der wuchtige *Rannahof*, ein Weinlesehof aus dem 16. Jahrhundert.

Hin und weg **Wachaubahn** und **Busline WL 1** halten in den Orten.

Wandern Aggsbach und Willendorf liegen an der **Jauerling-Runde**, durch Aggsbach führt der **Welterbesteig**. Einfach und je 5 km lang sind die **Edelberg-Runde** (Nr. 18) ab dem Marktplatz Aggsbach und der **Willendorfer Rundweg** (Nr. 30) ab dem Venusium.

Kurz vor Spitz passiert man die *Teufelsmauer*, eine Felsformation, die von Österreichs kürzestem Eisenbahntunnel (12 m!) durchstoßen wird und ein Werk des Teufels sein soll (→ Kastentext S. 110).

Wachauer Wein und Wachauer Tracht

Das berühmte Weinbaugebiet Wachau reicht von Schwallenbach entlang beider Donauufer bis vor die Tore von Krems. Das Gebiet deckt sich mit den einstigen Besitzungen des Kuenringers Leuthold I. (1260–1312), dessen Siegel heute die Weinetiketten der *Vinea Wachau Nobilis Districtus* (www.vinea-wachau.at) ziert, einer 1983 gegründeten Vereinigung von 200 Winzern. Als Mitglieder bekennen sie sich zu strikten und streng kontrollierten Auflagen bezüglich Herkunft (100 % Wachau) und Verarbeitung (völlig naturbelassen). Für ihre Weine verwenden sie eigene Qualitätsklassifikationen, die einer *Appellation Wachau* entsprechen, im Unterschied zum DAC (→ S. 49) aber nicht auf eine Rebsorte festgelegt sind. Zu über 50 % handelt es sich um Grünen Veltliner, zu einem Sechstel um Riesling, kleiner ist der Anteil von Müller-Thurgau, Neuburger, Weißburgunder und Zweigelt. Der leichteste Wein heißt *Steinfeder* nach dem Wachauer Trockengras. Wie dieses ist er leicht und duftig. Der klassische trockene Wachauer Wein ist der *Federspiel* (entspricht dem Kabinettwein), benannt nach der Beuteattrappe zur Zähmung des Vogels bei der einst hier beliebten Falkenjagd. Aus spät gelesenen Trauben herausragender Lagen wird der große, gehaltvolle, meist lange lagerfähige *Smaragd* bereitet (entspricht einer trockenen Spätlese), der frühestens ab Mai des Folgejahres verkauft werden darf. Benannt ist er nach der schillernden Smaragdeidechse, die in den Wachauer Weinterrassen zu Hause ist.

Die Steinfeder ist nicht nur Namensgeberin für den leichtesten Wachauer Wein, sie ziert auch den schwarzen Hut der hiesigen Männertracht, zu der auch die schwarzbraun-weiß karierte Jacke, der *Kalmuck-Janker,* gehört. Der markante Karostoff, den die westmongolischen Kalmücken als Pferdedecke in die Wachau brachten, avancierte in den letzten Jahren zum hippen Modetrend. Besonders prachtvoll ist der Festtags-Kopfschmuck der Wachauerinnen – eine reich bestickte, aus Brokatstoff handgefertigte Goldhaube, die zum Kirchgang an Fronleichnam, zum Erntedankfest, bei Weinfesten, Hochzeiten oder beim Marillenkirtag in Spitz zum Festtagsdirndl getragen wird. Weit häufiger sieht man die Alltagstracht der Frauen, ein Blaudruckdirndl mit einfarbig blauer Schürze.

Spitz an der Donau

1600 Einwohner, 207 m

Das Wahrzeichen des alten Markts im Zentrum der Wachau ist der rebenbewachsene 1000-Eimer-Berg. Zum reizvollen Ortskern mit alten Bürgerhäusern gesellen sich eine stattliche Burgruine und ein Schifffahrtsmuseum. Marillen und Wein sorgen für kulinarischen Genuss, schöne Unterkünfte für einen stimmungsvollen Aufenthalt.

Das Ortsbild wird von einem kegelförmigen Hügel bestimmt, dessen Reben in guten Jahren einen Ertrag von 1000 Eimern (ca. 56.000 Liter) Wein erbrachten und ihm so seinen Namen gaben. Nördlich davon liegt abseits der Donau und etwas erhöht das biedermeierliche Ortszentrum mit der *Pfarrkirche St. Mauritius* und schmucken Renaissance- und Barockbauten. Südlich des 1000-Eimer-Berges mündet beim Kreisverkehr der Spitzer Graben ins Donautal, ein uralter Verkehrsweg aus dem Waldviertel. An diesem Punkt erhebt sich die *Ruine Hinterhaus*, einen Kilometer talaufwärts widmet sich ein Museum auf *Schloss Erlahof* der Donauschifffahrt.

Spitz wird 865 erstmals urkundlich erwähnt, damals gehörte es zum bayerischen Kloster Niederaltaich, bei dem es bis 1504 blieb und erst dann österreichisch wurde. Ende des 16. Jh. war Spitz ein Zentrum des Protestantismus, die Verwüstungen im Dreißigjährigen Krieg (1645) waren groß. Die größten Schäden im 20. Jh. richteten Donauhochwässer an. Seit 2012 besitzt Spitz daher einen mobilen Hochwasserschutz, dessen 2 km langer Betonsockel eine Neugestaltung der Donaulände mit sich brachte.

Marillenkirtag in Spitz

Sehenswertes

Als Erstes sollte man den abschüssigen, mit Donauschotter gepflasterten Kirchenplatz ansteuern, den eine alte Linde und ein schöner Brunnen (18. Jh.) zieren. Hier startet auch der *Weinwanderweg Spitz* (→ Wandern)

Pfarrkirche St. Mauritius: Das spätgotische Gotteshaus ist das dominierende Bauwerk am Platz, sein Kennzeichen das mit bunten, glasierten Ziegeln gedeckte Kirchturmdach. Im dreischiffigen Inneren fällt auf, dass der Chor – warum auch immer – ein gutes Stück nach links knickt. Beachtenswert sind das schöne Netzrippengewölbe, das barocke Hochaltarbild „Marter des Heiligen Mauritius", ein Spätwerk des Kremser Schmidt (1799), und die hölzernen Christus- und Apostelfiguren von 1380 an der gotischen Brüstung der Orgelempore.

Schloss Spitz: Der schön revitalisierte, etwas klobige Renaissancebau in der Schlossgasse westlich vom Kirchenplatz wurde im 16. Jh. auf den Grundmauern der

Wachau und Nibelungengau → Karte S. 63

Kuenringerburg „Niedere Feste“ von den protestantischen Kuefsteins (→ Maria Laach) erbaut. Schlosshof, Kellergewölbe und Renaissancesaal werden heute für Veranstaltungen genutzt, u. a. für Konzerte im Rahmen von „*Glatt & Verkehrt*“.

Rotes Tor: Das ehemalige Stadtmauertor aus dem Dreißigjährigen Krieg liegt 10 Gehminuten oberhalb der Kirche in den Weinbergen. Mit dem nahen Bildstock ist es ein beliebtes Fotomotiv und bietet einen traumhaften Blick auf Spitz, den 1000-Eimer-Berg, die Donau und den Hohen Stein, der am Kamm oberhalb des Südufers aus dem Wald ragt (→ S. 111).
Wer gut zu Fuß ist, kann von hier auf einem Höhenweg (Teil des Welterbesteigs) nach St. Michael und über den *Treppelweg* am Donauufer wieder nach Spitz zurück wandern (Gehzeit 2½ Std., beschildert als *St.-Michael-Rundweg Nr. 29*).

Burgruine Hinterhaus: Von der einstigen Kuenringerburg „Hinteres Haus“ (13. Jh.), die eine steile Felskante auf einem Jauerlingausläufer am Ausgang des Spitzer Grabens besetzt, sind noch zinnenbewehrte Mauern und Schießscharten, vier Eckbastionen, die Mauern der Hauptburg und der viereckige Bergfried erhalten. Letzterer kann innen auf einer steilen, engen Treppe erklommen werden und bietet von oben eine wunderbare Aussicht, weshalb sich der rund 10-minütige Aufstieg zur ganzjährig frei zugänglichen Ruine jedenfalls lohnt. Wege hinauf starten donauseitig unterhalb der Ruine im Ortsteil Hinterhaus oder im Spitzer Graben gleich links nach der Eisenbahnbrücke oder beim Schifffahrtsmuseum (jeweils beschildert).

Schifffahrtsmuseum im Schloss Erlahof: Der mehrere Gebäude umfassende Erlahof im Spitzer Graben diente dem Kloster Niederaltaich bis 1803 als Lesehof. Im turmbekrönten Herrenhaus, das als Sommersitz der Prälaten prächtig barock ausgestattet wurde, ist heute ein kleines, feines Museum untergebracht. Es veranschaulicht anhand detaillierter Modelle sowie Video- und Audiostationen die historische Donauschifffahrt seit der Römerzeit und das Leben und die Bräuche von Schiffern und Flößern. Prunkstücke sind eine tragbare Schifferorgel von 1697 und das über 17 m lange Modell eines Schiffszuges mit Schlepppferden, das deutlich macht, wie mühsam die Fahrt stromaufwärts einst war. Ein Thema ist auch die Donauquerung mit Zillen, Fähren und Brücken (→ Kastentext „Fortbewegung auf der Donau“).
15. April bis 31. Okt. Mo–Sa 10–12/14–16, So 10–16 Uhr. Eintritt 6,50 €, Kind 4,50 €. NÖ-Card 1x gültig. Auf der Wehr 21, ✆ 02713-2246, www.schifffahrtsmuseum-spitz.at.

Basis-Infos

Information Touristinformation, zwischen Rollfähre und 1000-Eimer-Berg. Ostern bis Ende Okt. Mo–Sa 9–12.30 und 13.30–18, Sa bis 19 Uhr, Nov. bis Ostern Mo–Sa 9–12, 13–16 Uhr. 3620 Spitz, Mittergasse 3a, ✆ 02713-2363, www.spitz-wachau.com.

Hin und weg Bus stündlich von/nach Melk und Krems (Linie WL 1).

Wachaubahn: Mitte April bis 26. Okt. Sa/So, Juli–Sept. auch Mo–Fr 3x tägl. von/nach Krems und Emmersdorf.

Rollfähre Spitz – Arnsdorf: Mai–Sept. tägl. 7–20.15 Uhr, Okt./16.–31. März 7–18.15 Uhr, April 7–19.15 Uhr; So immer erst ab 8 Uhr. 1.–15. Nov. Mo–Sa 7–18, So 10–18 Uhr; 16. Nov. bis 15. März nur Mo–Fr 6–11.30/15.45–18 Uhr. Erw. 1,40 €, Pkw 2,70 €, Rad 1 €. Zu Arnsdorf → „Südliches Donauufer“, S. 110.

Die Fahrt mit der Rollfähre ist auch ein Kunsterlebnis. Der berühmte Lichtkünstler *Olafur Eliasson* hat im Fahrgastraum eine *Camera obscura* installiert.

Linienschiff: Mitte April bis Ende Okt. 2–5x tägl. von/nach Melk und Krems. Kombitickets Schiff + Bahn erhältlich.

Baden Freibad an der Donaulände mit Erlebnisrutsche. Mai–Sept., Tageskarte 3 €. Donaustrände (bei Niedrigwasser) mit Kies und Sand, allerdings starke Strömung.

Einkaufen Fohringer – Die Vinothek **9**, in einem historischen Warenlager an der Donaulände riesiges Sortiment an österreichischen und internationalen Weinen. Mo–Fr 9–18, Sa 10–15 Uhr. www.fohringer.at.

Naturpark-BIOthek **7**, in einem historischen Winzerhof Verkauf von Wein, Edelbränden, Nudeln, Dinkelreis, Lammwurst und Fruchtsäften von Bio-Betrieben der Region. Ostern bis Ende Okt. Fr 15–18, Sa/So 10–18 Uhr. Friedhofgasse 2. ■

Theresa Hirtzberger **8**, die junge Designerin verkauft hier ihre feschen Dirndlkreationen und Accessoires. Do/Fr 15–18, Sa 9–12 Uhr. Marktstr. 5.

Fahrradverleih Nextbike-Standorte am Bahnhof und bei der Schiffsstation. Wachau Touristik Bernhardt am Bahnhof verleiht auch E-Bikes; ✆ 02713-2222.

Feste Sonnwendfeier, um den 21. Juni; 1000-Eimer-Berg, Ruine, Rotes Tor, Teufelsmauer werden ab 21 Uhr mit Fackeln beleuchtet, Feuerwerk um 22 Uhr, www.sonnenwende.at.

Marillenkirtag letzter Sa/So im Juli, Markt am Kirchenplatz mit Marillenprodukten von Knödel bis Schnaps, Trachtenumzug, Volkstanz.

Glatt & Verkehrt, Mitte Juli, Cross-over-Festival von Volks- und Weltmusik. www.glattundverkehrt.at.

Erntedankfest, Anfang Okt., Festzug, Festmesse, Volkstanz, Wein, Sturm.

Wandern Weinwanderweg Spitz, einfache Runde ab dem Kirchenplatz, die aussichtsreich durch die Spitzer Topweinlagen Singerriedel, Achspoint etc. führt. 4,5 km, Gehzeit 90 Min., Weinflasche als Wegweiser.

St. Michael-Rundweg → Rotes Tor

Übernachten/Essen & Trinken

→ Karte S. 89

Hotels/Pensionen **** Barock-Landhof Burkhardt **6**, einst ein klösterlicher Lesehof, ist das herrschaftliche Gut mit Sonnenterrasse und Garten heute ein stilvoll mit Antiquitäten eingerichtetes Hotel garni. 11 individuelle, schön renovierte Zimmer und Suiten. Lift im Haus. DZ 90–150 €. Geöffnet April bis Ende Okt. Kremser Str. 19, ✆ 02713-2356, www.burkhardt.at.

**** Laglers Weinberghof **3**, schönes Weingut am Rande der Weingärten; 13 komfortable Vollholz- und 2 Genießerzimmer. Sauna, moderne Vinothek „wein.kost.bar" mit verfeinerter Heurigenkost. DZ 88–128 €. Geöffnet März bis Ende Nov. Am Hinterweg 17, ✆ 02713-2939, www.laglers.at.

*** Gasthof Prankl **15**, das alte Schiffsmeisterhaus unterhalb der Ruine Hinterhaus dient seit 1680 als Gasthof. 9 heimelige Zimmer, 4 moderne Suiten im Dachgeschoss. DZ 80–90 €, mit Donaublick 10 € mehr, Suite 145–160 €. Geöffnet März–Dez. Hinterhaus 16, ✆ 02713-2323, www.gasthaus-prankl.at.

*** Frühstückspension „1000-Eimer-Berg" **10**, Familienbetrieb am Fuß des Spitzer Hausbergs mit 9 neu renovierten Zimmern, darunter auch zwei Nostalgiezimmer mit Antiquitäten. DZ 80–110 €, ab 4 Nächten günstiger. Marktstr. 3, ✆ 02713-2334, www.pension-1000-eimerberg.at.

Privatzimmer/Ferienwohnungen Gästehaus Weinbergblick **1**, in ruhiger Lage auf dem Weg zum Roten Tor, umgeben von Weingärten. 4 helle, komfortable Zimmer und eine gut ausgestattete Fewo. Garten mit kleinem Pool, Leihräder, DZ 52–72 €, Fewo (2 Pers., ab 3 Nächten) 50 €. Rote Torgasse 18, ✆ 02713-2168, www.weinbergblick.at.

Weingut Roman Gritsch **12**, in ruhiger Lage oberhalb des Ortskerns; 4 gemütlich-rustikale Zimmer und eine Fewo beim Winzer. DZ 52–60 €, Fewo (2 Pers.) 52 €. Geöffnet April bis Ende Okt. Radlbach 11, ✆ 02713-2208, www.weingut-gritsch-wachau.at.

Mauritiushof **4**, 4 gemütlich-rustikale Ferienwohnungen im geschichtsträchtigen Anwesen unterhalb der Kirche. Fewo (2 Pers.) 46–52 €, Endreinigung 15 €. Kirchenplatz 13, ✆ 02713-2450, www.mauritiushof.at.

Restaurants/Gasthäuser Gasthof Prankl **15** → Übernachten; in dem freundlichen Bilderbuchgasthof gibt es die beste Küche von Spitz (1 Haube). Aus regionalen Zutaten entstehen köstliche Schmankerl (z. B. Schulterscherzel vom Bio-Rind 16 €), auch Veganes und Vegetarisches. Tolle Weinkarte. Do Ruhetag, sonst 11.30–20/20.30 Uhr.

*** Goldenes Schiff **13**, gutbürgerlicher Gasthof (seit 1907) mit deftiger regionaler Küche und großem, baumbestandenem Gastgarten. Hauptgericht 10–20 €. Kein Ruhetag, geschlossen März und Nov. Mittergasse 5, ✆ 02713-2326, www.goldenesschiff.at.

Gasthaus Mariandl **5**, Koch und Wirt Ludwig Biebl begeistert in seinem Kulturwirtshaus mit herzhafter regionaler Küche (z. B. Krenfleisch 15,50 €), gute Wein- und Schnapsauswahl. Ostern bis Mitte Nov. Mi–So 11.30–20 Uhr. Kirchenplatz 2, ✆ 02713-2376, www.gasthaus-mariandl.at.

Strandcafé Spitz **11**, nostalgisches Lokal im Obergeschoss, das mit dem direkten Donaublick punktet. Regionale Küche (Hauptgericht 10–20 €), ein Tipp sind die hausgemachten Mehlspeisen. Mitte März bis Anf. Nov. tägl. außer Di/Mi. Donaulände 7, ✆ 02713-2320, www.strandcafe-spitz.at.

Heurige Höllmüller **2**, schön sitzt man beim „Flott" neben der Kirche im Innenhof eines alten Winzerhofs. Geöffnet 6–7x im Jahr (tägl. ab 15 Uhr). Rote Torgasse 10, ✆ 02713-2946, www.flott-spitz.at.

Zum Strawanzer **14**, schmucker Heuriger hinter dem 1000-Eimer-Berg mit Garten am Rand der Weinberge. Geöffnet Mitte März bis Mitte Sept. 5x je 14 Tage (tägl. ab 15/16 Uhr). In der Spitz 3, ✆ 02713-2644, www.donabaum.at.

Weingut Roman Gritsch **12** → Übernachten. Einfaches, gemütliches Lokal mit Garten samt Ruinenblick mitten im Grünen. 4x geöffnet von April bis Sept. (tägl. ab 15 Uhr).

Rollfähre vor Spitz

Fortbewegung auf der Donau – Rollfähren und Donauschiffe

Eine Motorbootzille, wenig größer als ein Ruderboot, bringt heute Fußgänger und Radfahrer von Rossatz nach Dürnstein und retour – eine Donauquerung, die unweigerlich Respekt vor dem großen Strom einflößt; ebenso wie die Überfahrt mit dem Auto auf einer Rollfähre, wie sie zwischen Spitz und Arnsdorf sowie Weißenkirchen und St. Lorenz noch möglich ist. Dabei erstaunt das simple Prinzip: Ein frei schwimmender Katamaran aus Stahlfachwerk, darüber ein Ladedeck. Das Ruder schräg gegen den Flusslauf gestellt, wird die bis zu 20 Tonnen schwere Fähre von der Strömung vorwärts gehievt. Ein langes, starkes Tragseil, quer über die Donau gespannt, hält die Fähre auf Höhe, und nach wenigen Minuten ist das andere Ufer erreicht. Diese Art der Donauüberfahrt wird nicht nur für touristische Zwecke aufrechterhalten – die Rollfähre in Spitz ist ein von Pendlern täglich benutztes Verkehrsmittel.

Während die Fahrt donauabwärts einfach ist – wenn auch Stromschnellen und Strudel sie einst erschwerten –, war die *Hohe Nau*, die Fahrt stromaufwärts, lange Zeit ein gewaltiger Aufwand. Vom 14. bis ins 19. Jahrhundert verkehrten sog. Schiffszüge aus mehreren Haupt- und Nebenschiffen. Donauaufwärts wurden sie von Dutzenden Pferden gezogen, die die ufernahen „Treppelwege" nutzten. Die Plätte, ein kleines, bis ins 19. Jh. verwendetes Warenschiff, wurde stromaufwärts in Ufernähe mit langen Stangen „gestangelt". Die Erfindung der Dampfmaschine beendete die mühsame Hohe Nau. 1837 befuhr die „Maria Anna" der *Kaiserlich-königlich privilegierten Donau-Dampfschifffahrtsgesellschaft (DDSG)* die Wachau. Auf ihren Namen griffen später Heimatfilmproduzenten zurück. Auch sog. Kettenschiffe verkehrten bis Ende des 19. Jh. Sie zogen sich an einer im Fluss verlegten Kette und einer dampfgetriebenen Seiltrommel am Schiff gegen die Strömung vorwärts.

Heute betreibt den Linienschiffverkehr ein Nachfolgebetrieb der DDSG gemeinsam mit anderen Privatunternehmen. Darunter mischen sich seit Eröffnung des Rhein-Main-Donau-Kanals 1992 immer mehr internationale Kabinenschiffe, die schwimmenden Luxushotels gleichen.

Im Spitzer Graben

Der 6 km lange, klimatisch begünstigte Spitzer Graben ist das größte Seitental der Wachau und bekannt für seine steilen Weinterrassen und Marillengärten. Zwei Burgen markieren die Taleingänge, die *Ruine Hinterhaus* den unteren und die gut erhaltene *Burg Oberranna* (s. u.) den oberen. Erster Weiler 2 km hinter Spitz ist **Gut am Steg**, wo eine steile, kurvenreiche Straße auf den Jauerling (→ S. 84) abzweigt.

Mühldorf: In dem beschaulichen Ort (360 m, 1300 Einwohner) am oberen Ende des Spitzer Grabens erinnert an der Ortsdurchfahrt eine riesige Betonbüste von *Friedrich Raiffeisen* (1818–88) daran, dass hier 1886 Österreichs erste Raiffeisenbank gegründet wurde. Ein kleines *Bäckereimuseum* (mit Café) gewährt Einblick in eine Dorfbäckerei von 1930 (Mai bis Ende Okt. tägl. außer Do 12–18 Uhr, Eintritt 3,30 € oder NÖ-Card).

Burg Oberranna: Auf einer Anhöhe oberhalb von Mühldorf (an der Grenze zum Waldviertel) thront die mittelalterliche Burg, die ein kleines Viersternehotel und ein kunsthistorisches Juwel birgt: Ihre relativ große, dem heiligen Georg geweihte Burgkirche aus dem frühen 12. Jh. ist eine doppelchorige Anlage aus der Romanik mit zwei Querhäusern, zwei Vierungstürmen (von denen nur mehr einer erhalten ist) und einer Krypta mit Würfelkapitell, wie sie sonst in Österreich nirgendwo mehr zu finden ist. Die einstige Wehrburg neben der Kirche wurde im 16. Jh. zu einem vierflügeligen, mit einer Ringmauer bewehrten Burgschloss ausgebaut.

Führungen in der Burgkirche Mai bis Okt. Sa/So 15-18 Uhr, Eintritt 3,50 €.

Kalvarienberg Unterranna (17. Jh.): Eine weitere Sehenswürdigkeit ist der Kalvarienberg nördlich von Mühldorf (Richtung Ottenschlag), der sich einen steilen Hang bis zu einer barocken Kreuzigungskapelle und Grablegungskapelle hinaufzieht.

Folgt man hinter Mühldorf weiter der B 217, gelangt man über mehrere Haarnadelkurven hinauf ins **Waldviertel** und erreicht nach 13 km **Ottenschlag** (→ S. 189).

Hin und weg Bus: Mo–Fr stündl., Sa/So 4x tägl. von/nach Spitz (Linie WL 5). Mühldorf – Weiten – Emmersdorf Mo–Fr stündlich, Sa/So Rufbus.

Feste SpitzerGraben Fest, Anfang Sept., Konzerte, Weinverkostung, offene Weinkeller, autofreies Tal. www.muehldorf-wachau.at.

Mountainbike Weinstein-Tour (38 km, ↕ 1700 m), ab dem Marktplatz in Mühldorf geht es in anspruchsvollem Bergauf und

Bergab vorbei an Burg Oberranna auf den Jauerling und zurück. www.weinsteintour.at.

Wandern Der beschilderte **Panoramaweg Spitzer Graben** führt in 3½ Std. vom Kirchenplatz Spitz über die Burg Oberranna zum Marktplatz Mühldorf, er quert aussichtsreich die steilen Wein- und Marillengärten. An vier Rasthütten gibt es Infotafeln, an der zweiten, der **Zornberghütte**, wird von Mai bis Okt. Sa/So 11–16 Uhr Wein ausgeschenkt. www.marivino.at.

Übernachten/Essen *** **Gasthof Weißes Rössl**, mitten in Mühldorf; geschmackvoll aufgemöbelter Landgasthof der Familie Siebenhandl; bodenständige Küche, gepaart mit Kreativem vom Juniorchef, der bei großen Köchen gelernt hat. Wirtshauskulturbetrieb. Mo/Di Ruhetag. 10 rustikale Zimmer. DZ 68 €. Markt 17, ✆ 02713-8257, www.7handl.at.

››› Unser Tipp: **** **Burg Oberranna**, 12 stilvolle, mit Antiquitäten und Kachelöfen ausgestattete Burgzimmer und Apartments (2–4 Pers.) mit Kochgelegenheit. Burgschenke (Wachauer Wein & Snacks). DZ 158–173 €. Geöffnet Mai bis 26. Okt. ✆ 02713-8221, www.burg-oberranna.at. ‹‹‹

Café Stummvoll, Café des Bäckereimuseums mit Kaffeespezialitäten, Kuchen, Torten und Snacks. Gastgarten. Tägl. außer Do 9–21, So 14–19 Uhr. Markt 14, ✆ 02713-8243.

Heuriger **Weingut Graben Gritsch**, beliebte Weinstube des Topwinzers in Vießling im Spitzer Graben. Geöffnet nur eine Woche im Mai und im Okt. (tägl. ab 15 Uhr). Vießling 21, ✆ 02713-8478, www.josef-gritsch.net.

Wachau und Nibelungengau → Karte S. 63

St. Michael

2 km flussabwärts nach Spitz zwängt sich an einer Engstelle des Donautals eine kleine Kirchsiedlung zwischen Uferstraße und steilen Berghang. Die spätgotische Wehrkirche ist ein beliebtes Fotomotiv und lohnt einen Besuch. An ihrer Stelle gab es bereits eine keltische Kultstätte, die 987 mit einer christlichen Kirche überbaut wurde, von der aus das Donautal und das Waldviertel missioniert wurden. Die heutige Kirche wurde um 1500 erbaut und zum Schutz vor den Osmanen 1526 mit

St. Michael ist die älteste Pfarrei in der Wachau

einer Mauer und Wehrtürmen befestigt, der einzig verbliebene Rundturm kann bestiegen werden. Die markanten Renaissancezinnen auf dem gedrungenen Kirchturm kamen im 16. Jh. hinzu. Kurios sind die sieben kleinen Terrakottafiguren am Dachfirst des Chores, deren Bedeutung umstritten ist. Dass ihre landläufige Bezeichnung als „Hasen" nicht korrekt ist, sieht man im *museumkrems* (→ S. 120), wo ihre Originale aus nächster Nähe zu betrachten sind. Ebenfalls zum Ensemble zählt ein gotischer Karner von 1389, dessen Altar mit Totenköpfen belegt ist.

Die Kirche kann man außerhalb von Veranstaltungen nicht betreten, ein Gitter erlaubt einen Blick ins Innere. Es wurde nach einem Gewölbeeinsturz um 1630 barockisiert, der sternrippengewölbte Chor ist noch gotisch. Ein Film (Einwurf 1 €) zeigt die wichtigsten Ausstattungsstücke und Details zur Geschichte.

April bis Ende Okt. Mo–Fr 9–17, Sa/So 9–12 und 13–17 Uhr.

Wösendorf und Joching

In den beiden Winzerdörfchen, die sich zwischen St. Michael und Weißenkirchen ufernah am Fuß ergiebiger Weinberge ducken, stehen einige der schönsten Lesehöfe der Wachau.

Wösendorf mit seinen mittelalterlichen, engen Gassen gehörte lange zum oberösterreichischen Stift St. Florian, wovon die schlichte spätbarocke *Pfarrkirche zum Hl. Florian* (mit Altarbildern des Kremser Schmidt) und der im 15. Jh. errichtete St. Florianer Lesehof, auch *Weingartenhofmeisterei* genannt, zeugen. Das St. Pöltener Chorherrenstift errichtete seinen Lesehof 1308 im nahen **Joching** und ließ ihn 1696 durch Barockbaumeister Jakob Prandtauer prächtig ausbauen. Seitdem wird der auffällige altrosafarbene Bau *Prandtauerhof* genannt. Beide Höfe sind heute gemeinsam mit „dem Jamek" Ziele von Feinschmeckern.

Einkaufen **Bäckerei Salomon**, hier gibt's noch von Hand gemachte Wachauer Laberl. Mo–Sa 6–9 Uhr. Wösendorf, Hauptstr. 71.

Essen & Trinken **Hofmeisterei Hirtzberger**, die grandiose Landküche des 2014 nach sanfter Renovierung neu eröffneten Florianer Lesehofs wurde auf Anhieb mit zwei Hauben prämiert. Hauptgericht 16–27 €, 5-Gang Menü ca. 60 €, beeindruckende Weinkarte. Erfreulich auch die Öffnungszeiten: ganzjährig Do–Mo 11.30–14, 18–21 Uhr, So durchgehend. Wösendorf, Hauptstr. 74, ✆ 02715-22931, www.hofmeisterei.at.

Weingut Holzapfel Prandtauerhof, das Gutshofrestaurant wurde innen bunt aufgefrischt, das Draußensitzen zwischen Palmen und Oleander im Arkadeninnenhof ist ein Traum. Serviert wird klassische Regionalküche auf hohem Niveau (Hauptgericht 15–26 €). Tipp für Brautleute: Es gibt eine frühbarocke Hauskapelle, eine Suite (195 €) sowie 3 „Genießerzimmer" (185 €) in farbenfrohem Design. Geöffnet April bis 26. Okt. Mo–Sa 10–16.30 Uhr. Joching, Prandtauerplatz 36, ✆ 02715-2310, www.holzapfel.at.

Jamek, das elegant-großbürgerliche Restaurant im renommierten Weingut ist seit 100 Jahren ein Klassiker. Geboten werden souveräne Regionalküche und glasweise alle Jamek-Weine. Schöne Sonnenterrasse. Hauptgericht 13–28 €. Es gibt auch 4 stilvolle Zimmer mit Miniküche (DZ 145 €). Geöffnet März bis Ende Nov. Di–Do/Sa 11.30–16, Fr bis 23 Uhr. Joching, Jamek-Str. 45, ✆ 02715-2235, www.weingut-jamek.at.

Heurige **Höllmüller**, in Joching. Kleines Lokal im Keller des alten Presshauses mit schönem Garten inmitten der Weinberge, große Auswahl an Heurigenspezialitäten. Jan. bis 1. Nov. ist alle 3 Wochen ausg'steckt (tägl. ab 15 Uhr). Weinbergstr. 46 (oberhalb der Bahnlinie), ✆ 02715-2380, www.hoellmueller.at.

Eigl, in Wösendorf. Altes Hauerhaus mit moderner Einrichtung, im Sommer sitzt man im Innenhof. Kalte Heurigenkost und deftig Warmes, z. B. Grammelknödel und Krautstrudel. Von März bis Mitte Nov. 6x ausg'steckt (tägl. ab 15 Uhr). Winklgasse 42, ✆ 02715-2485, www.weingut-eigl.at.

Weißenkirchen i. d. Wachau

1400 Einwohner, 206 m

Der malerische Winzerort mit seinen stolzen Bürgerhäusern breitet sich inmitten sonniger Weingärten aus. Wehrmauern schützen die alles überragende gotische Kirche und den imposanten Teisenhoferhof, der dem Wachaumuseum und den Wachaufestspielen einen schönen Rahmen bietet.

Mit den Ortsteilen Joching, Wösendorf und St. Michael bildet Weißenkirchen die größte Weinbaugemeinde der Wachau. Schon im 13. Jh. war die nach dem hellen Baustein ihrer *Kirche* benannte Siedlung Hauptort des damaligen *Thals Wachau*, 1459 wurde sie von Kaiser Friedrich III. zum Markt erhoben. Ende des 15. Jh. waren fast alle Weingärten rundum im Besitz von Bistümern (u. a. Passau und Freising) und von Klöstern (Michaelbeuern, Tegernsee, Zwettl, Kremsmünster ...), die in Lesehöfen ihren Wein kelterten. Die Bevölkerung lebte gut davon, wie freskenverzierte Bürgerhäuser aus dem 15./16. Jh. bezeugen. Gegen Ende des Dreißigjährigen Kriegs, um 1645, verwüsteten schwedische Truppen den Markt. Im 19. Jh. entdeckten dann die sog. *Wachau-Maler* Weißenkirchen und trugen so zur touristischen Entdeckung der Region bei.

Sehenswertes

Pfarrkirche Mariä Himmelfahrt: Vom winzigen Marktplatz mit der Nepomukstatue (1733) führt eine überdachte Holztreppe mit 80 Stufen hinauf zum mauerumgürteten schmalen Kirchhof (schöner Donaublick), in dem sich die spätgotische Wehrkirche erhebt. Ihr Bau begann im 13. Jahrhundert, im 14. Jh. erhielt sie das sechseckige Seitentürmchen. Der wuchtige Hauptturm, der dem der Spitzer Pfarrkirche ähnelt, und der Chor folgten um 1500. Zum Schutz vor den Osmanen erhielt die Kirche um 1530 eine turmbewehrte Wehrmauer. Im 18. Jh. wurde sie innen barockisiert. Bemerkenswert ist die Rokoko-Orgel von 1768. Ebenfalls im Kirchhof befindet sich die älteste, seit 1385 betriebene Schule des Landes.

Am Weg zur Pfarrkirche

Teisenhoferhof: Zurück am Marktplatz darf man den Eingang zu einem der schönsten Profanbauten der Wachau nicht übersehen. Auch wer keine Zeit hat für das darin eingerichtete **Wachaumuseum** (es zeigt ein Sammelsurium an Volkskultur, Wachauer Trachten und Arbeitsgeräten von Winzern sowie durchaus sehenswerte Landschafts- und Genrebilder der „Wachau-Maler" → S. 31), sollte einen Blick in den weiten, zinnenbewehrten Renaissance-Innenhof mit blumen- und maiskolbengeschmückten Arkaden werfen. Bauherr war ausnahmsweise kein Kloster,

Wachau und Nibelungengau → Karte S. 63

sondern Heinrich Teisenhofer, ein reicher Winzer. Der Hof wird für Weinfeste und die sommerlichen Wachaufestspiele genutzt.

April bis Ende Okt. Di–So 10–17 Uhr. Eintritt 5 €, Kind 2,50 € oder NÖ-Card. ✆ 02715-2268.

Panoramaweg Achleiten: Seinem Namen alle Ehre macht dieser vom Marktplatz aus beschilderte einstündige Rundwanderweg durch die beiden berühmten Weißweinlagen von Weißenkirchen (Foto S. 14). Zunächst entlang der Kremser Straße, dann zwischen hohen Trockenmauern zum fotogenen Bildstock *„Ried Klaus"* und weiter bergauf bis zu einer traumhaften Aussichtsterrasse. Kurz danach geht es etwas steiler bergauf, dann quert man die *Weinriede Achleiten* und einen Schaurebgarten mit alten Veltliner Stockkulturen. Von Norden her führt der Weg wieder in die Ortsmitte zurück.

Basis-Infos

Information **Touristinformation**, an der B 3 zwischen Rollfähre und Schiffsstation. Tägl. außer So 10–13 und 15–18 Uhr. 3610 Weißenkirchen, Wachaustr. 242, ✆ 02715-2600, www.weissenkirchen-wachau.at.

Hin und weg **Bus** stündlich von/nach Melk und Krems (Linie WL 1).

Rollfähre Weißenkirchen-St. Lorenz: April bis Ende Okt. Mo–Fr 9–12/13.30–18.15, Sa/So 9–18.15 Uhr. Erw. 1,50 €, Pkw 3 €, Fahrrad 1 €. Zu St. Lorenz → „Südliches Donauufer", S. 111.

Wachaubahn: Mitte April bis 26. Okt. Sa/So, Juli–Sept. auch Mo–Fr 3x tägl. von/nach Krems und Emmersdorf.

Linienschiff: Mai–Okt. 2x tägl. mit *Brandner* nur Richtung Melk.

Baden **Donausandstrand** am Ortsrand Richtung Joching mit Liegewiese.

Einkaufen **Vinothek Thal Wachau**, Weine, Sekt und Destillate von den örtlichen Winzern, bei der Touristinformation. April bis Ende Okt. tägl. 10–12 und 13–18 Uhr.

Gärtnerei Hick, am westlichen Ortsende an der Kreuzung B 3/Seiberer. Wachauer Minimarillenbäumchen und Weinstöcke im Topf, eine Spezialität ist *Wachauer Chili* in fünf Schärfegraden. Mo/Di und Do/Fr 7–12 und 13–18, Mi und Sa 7–12 Uhr.

Wein & Keramik, in den historischen Salzstadeln an der B 3, handgetöpferte Gebrauchskeramik, Weinkühler, Krüge … März–Dez. Mo–Sa 10–18, So 13–18 Uhr.

Fahrradverleih **Nextbike**-Standorte bei der Rollfähre und am Bahnhof.

Feste/Veranstaltungen **Seiberer Bergpreis**, am letzten So im April, Oldtimerrennen auf der Seiberer-Bergstraße, www.seiberer.at. **Wachauer Weinfrühling**, am ersten Sa/So im Mai, offene Kellertüren und Smaragdpräsentation. **Fronleichnam**, Festmesse und Trachtenumzug mit Goldhauben. **Sonnenwende**, am Sa um den 21. Juni, Volksfeststimmung auf der Donaulände, Fackeln in den Rieden. **Wachaufestspiele**, Juli/Aug., leichte Theaterkost im Teisenhoferhof, www.wachaufestspiele.com. **Rieslingfest** Mitte Aug., Riesling-Verkostung im Teisenhoferhof. **Erntedankfest** Ende Sept., Trachtenumzug mit Goldhauben.

Übernachten/Essen & Trinken

Hotels/Pensionen **** **Renaissancehotel Raffelsbergerhof**, gediegen logiert man im historischen Schiffsmeisterhaus von 1574 inmitten von Arkaden und Antiquitäten. Ruhige Lage, 17 individuelle Zimmer und Suiten; Sauna, kleiner Schwimmteich im Garten. Kein Lift, DZ 122–158 €, Suiten bis 198 €. Geöffnet Ende April bis Anfang Nov. Freisingerplatz 54, ✆ 02715-2201, www.raffelsbergerhof.at.

**** **Kirchenwirt**, der Traditionsgasthof unterhalb der Kirche hat (verteilt auf das Stammhaus und drei Nachbarhäuser) 36 schöne, individuell möblierte Zimmer, meist in historischen Mauern. Kein Aufzug, Wellness-Bereich gegen Gebühr, außer man bucht Wellnesszimmer. DZ 100–150 €, Wellness-DZ 160–260 €. Kremser Str. 17, ✆ 02715-2332, www.kirchenwirt-weissenkirchen.at.

Blick über Weißenkirchens berühmte Weinlagen

**** **Donauhof**, familiäres, stilvolles Hotel garni an der Donauuferstraße mit 13 hübschen Zimmern, tolles Frühstücksbüfett. DZ 100–122 €. Geöffnet 1. April bis 1. Nov. Donaugasse 298, ✆ 02715-2353, www.hotel-donauhof.at.

*** **Gästehaus Heller**, freundliche Frühstückspension unterhalb der Kirche mit 11 modernisierten Zimmern. DZ 80 €, ab 3 Tagen 74 €. Geöffnet März bis Mitte Nov. Kremser Str. 14, ✆ 02715-2221, www.gaestehaus-heller.at.

Privatzimmer **Gästezimmer Ferdl Denk**, hübscher Winzerhof mit Garten und 5 gepflegten Zimmern oberhalb der Kirche. Heuriger im Haus. DZ 82 €, ab 4 Nächten 76 €. Obere Bachgasse 74, ✆ 02715-2365, www.thal-wachau.at.

Gästehaus Thurnhof, 4 individuell eingerichtete Zimmer im Dachgeschoss eines spätgotischen Hauses hinter der Kirche. Heuriger im Haus (April–Okt. 4x geöffnet). DZ 80–90 €. Thurnhof 76, ✆ 02715-2503, www.weingut-thurnhof.at.

Lehensteiner, Gästehaus am östlichen Ortsrand mit 5 geräumigen Zimmern und 3 neuen, modernen Apartments (bis 4 Pers.). Ruhige Lage, Liegewiese. DZ 76–80 €. Kremser Str. 7, ✆ 02715-2284, www.lehensteiner-wachau.at.

Restaurants **Heinzle**, alteingesessenes Gasthaus direkt an der Donau mit schöner Terrasse, regionale, mediterran oder asiatisch inspirierte Fischgerichte, gute Desserts, tolle Weine, Service manchmal überfordert. Hauptgericht 15–26 €. Mi–Sa 11.30–21 Uhr, So bis 19 Uhr. Wachaustr. 280, ✆ 02715-2231, www.heinzle.at.

Weingasthof Donauwirt; mit Haube prämierter Wirtshauskulturbetrieb, in dem Küchenchefin Maria Rosenberger Bodenständiges und Kreatives mixt (Hauptgericht 14–30 €). April bis Mitte Nov. Mo und Do–Sa ab 15, So 11–15 Uhr. Wachaustr. 47, ✆ 02715-2247, www.donauwirt.at.

Kirchenwirt → Hotels; klassisch bodenständige Wachauer und Waldviertler Gerichte in verwinkelten Gaststuben oder im Garten mit Weinlaube. Mitglied der Wirtshauskultur. Hauptgericht 10–28 €. März–Nov. tägl. 11–21 Uhr.

Cafés/Heurige **Café Konditorei Elisabeth**, auf Höhe der Rollfähre mit sonniger Terrasse. Köstliche hausgemachte Torten (ein Tipp ist die Kalmucktorte), ofenfrische Strudel, Patisserie, Eisbecher, Kaffeespezialitäten ... Di–So 8–18 Uhr, im Winter Mo + Di Ruhetag. Rollfährestr. 49, ✆ 02715-2302.

Ferdl Denk → Privatzimmer. Rustikal-moderner Heuriger mit herzhaften (auch warmen) Gerichten. März bis Mitte Dez. tägl. außer Mo ab 15, Sa/So ab 11 Uhr.

››› **Unser Tipp: Ilse Mazza**, bei der Kellermeisterin gibt es preiswerte Schmankerl, man sitzt im Presshaus oder besser im Weingarten. Ostern bis Ende Aug. 5x ausg'steckt (tägl. ab 15 Uhr). Auf der Burg 124, ✆ 02715-2300, www.mazza.at. ‹‹‹

Dürnstein

850 Einwohner, 209 m

Das Städtchen mit dem himmelblauen Kirchturm ist der schönste Ort der Wachau. Unterhalb von Dürnstein fließt die Donau, im Hintergrund thront auf einem Felsen die Ruine jener Burg, in der einst Richard Löwenherz im Kerker saß. Dazwischen liegen mittelalterliche Wehrtürme, romantische Gässchen, ein Barockkloster und außerhalb berühmte Weinterrassen.

Dürnstein ist der einzige Ort der Wachau, in dem die aus den 1950ern stammende Bundesstraße nicht am Donauufer entlang, sondern in einem Tunnel hinter dem Ort geführt wird. Diese Lösung erzwangen die stets kampfbereiten Dürnsteiner, die in den 1970/80ern auch die geplante Staustufe unmittelbar vor ihrer Nase verhinderten. Neue Herausforderung sind die sinkenden Einwohnerzahlen in dem in der Saison recht überlaufenen Ort.

Den etwas erhöht gelegenen Kern des Städtchens betritt man von Norden her vorbei an den Resten des *Weißenkirchner Tors* oder von Süden durch das *Kremser Tor*

Dürnstein – Bilderbuchmotiv der Wachau

Wachau und Nibelungengau → Karte S. 63

(vormals Steiner Tor) aus dem 15. Jh., von dem sich die Stadtmauer noch bis an die Donau bzw. zur Ruine erstreckt. Die gesamte Altstadt ist Fußgängerzone, Radfahrer müssen ihren Drahtesel schieben. Wer mit dem Schiff ankommt, gelangt über zwei überdachte, finstere Stiegenaufgänge von der *Donauuferpromenade* mitten in die Altstadt, die nur aus wenigen Gassen besteht: Die beiden früheren Stadttore verbindet die bergseitig, parallel zur Donau verlaufende *Hauptstraße*. Sie mutet noch recht mittelalterlich an und wird von Bürger- und Winzerhäusern aus dem 16. Jh. gesäumt, die mit Türmchen, Erkern, Sgraffiti, Rundbögen oder alten Zunftzeichen geschmückt sind. Von der Hauptstraße zweigen ein Wanderweg zur Ruine bzw. der *Prangerplatz* (mit malerischem Ruinenblick) und die *Klostergasse* ab, die vor dem Eingang zum Stiftshof aufeinandertreffen.

Burg und Stadt Dürnstein wurden im 12. Jh. als Mautstelle an der Donau von den Kuenringern gegründet. Im Laufe der Jahrhunderte kamen die weitreichenden Befestigungsanlagen sowie zwei Klöster hinzu.

Sehenswertes

Stift Dürnstein: Prunkstück der Stadt ist das 1788 von Joseph II. aufgelöste Augustiner-Chorherrenstift, dessen auf einem Donaufelsen platzierte Kirche mit ihrem berühmten Turm heute als Pfarr- und beliebte Hochzeitskirche dient. Bereits 1410 wurde von den Kuenringern ein gotisches Kloster errichtet, das Propst Hieronymus Übelbacher 300 Jahre später aufwendig erneuern ließ. Als Baumeister engagierte er Jakob Prandtauer, Joseph Munggenast und Matthias Steinl, die 1710–1733 ein barockes Meisterwerk schufen.

Vom Klosterplatz geht es durch ein Barockportal (Kasse) in den **Stiftshof**, der zu den schönsten Klosterhöfen des Barock zählt. Auf allen vier Seiten ist er von reich verzierten, gelb-grauen Fassaden umschlossen. An den linken Trakt lehnt sich ein mächtiges weißes Prunkportal, hinter dem der blau-weiße Kirchturm emporragt. Geschmückt mit korinthischen Säulen und lebensgroßen Statuen ist es das eigentliche

Wer Dürnstein nicht kennt, kennt die Wachau nicht

Kirchenportal. Über einen schmalen Hof geht es in das helle, geräumige Kircheninnere, das mit weißem Stuck und vergoldetem Schnitzwerk verziert ist. Um das Langhaus reihen sich geschwungene Emporen. Beim Blick in den schmaleren Chor fallen links die Kanzel, rechts die Nepomuk-Statue und unterhalb des Hochaltars der globusförmige, vergoldete Tabernakel auf. Sie stammen von Johann Schmidt, Vater des berühmten Kremser Schmidt, der seinerseits für zwei Seitenaltarbilder verantwortlich ist.

Vom Stiftshof erreicht man durch Ausstellungsräume die **Donauterrasse** am Fuß des Kirchturms, der den Beinamen „Fingerzeig Gottes" trägt. Von hier kann man seinen reichen Schmuck, die verzierten Obelisken, die Putten und Figuren genau studieren und den Blick auf die Donau genießen.

Wer an einer Führung teilnimmt, sieht außerdem den prächtigen barocken **Kreuzgang** mit einem Weihnachtsaltar in Krippenform und einem bühnenähnlichen Heiligen Grab sowie die *Krypta* mit dem Grab Übelbachers.

1. April bis 31. Okt. Mo–Sa 9–18, So 10–18 Uhr. Eintritt ohne Führung 3,50 €, Kind 1,50 €. Mit Führung (So 12 Uhr) 6 € bzw. 3 €. ✆ 02711-227, www.stiftduernstein.at.

Kunigundenkirche: Der Turm auf dem Friedhof gleich oberhalb des Kremser Tores ist der letzte Rest der früheren Pfarrkirche, die 1200 im gotischen Stil erbaut und 1783 zur Hälfte abgerissen wurde.

Ehem. Klarissenkloster: Das 1289 gegründete und während der Reformation aufgelöste Frauenkloster wurde von Propst *Hieronymus Übelbacher* (siehe Stift Dürnstein) um 1700 in einen Wirtschaftshof umgewandelt. Von der Klosterkirche (am heutigen Prangerplatz) ließ er das hohe Dach abtragen und die Fenster zumauern, sie diente fortan als Getreidespeicher. Die übrigen Gebäude wurden im 20. Jh. zu einem Hotel, benannt nach *Richard Löwenherz*, ausgebaut.

Rathaus: Seit 1547 wird der mit Renaissance-Sgraffiti versehene spätgotische Bau in der Mitte der Hauptstraße als Rathaus genutzt. Er besitzt einen fotogenen Innenhof mit Arkaden.

Schloss Dürnstein: Das auf einem Geländesporn am nördlichen Rand der Altstadt gelegene Schloss wurde 1630 im Stil der Spätrenaissance anstelle von zehn Winzerhäusern errichtet und in den 1960ern in ein Luxushotel umgewandelt. Seine Restaurantterrasse mit atemberaubendem Donaublick diente schon oft als Filmkulisse.

Ruine Dürnstein: Die Burg, deren Reste schützend im Rücken der Stadt thronen, ließ sich *Hadmar I. von Kuenring* 1140 als Herrschaftssitz erbauen. 1192 erlangte sie nachhaltige Berühmtheit, als in ihrem Kerker der englische König *Richard Löwenherz* gefangen gehalten wurde (→ Kastentext). 1645, im Dreißigjährigen Krieg, eroberten die Schweden die schon baufällige Burg und sprengten sie. Von der einst imposanten Anlage sind die zinnenbekrönten Wehrmauern, die sich fast bis ans Donauufer ziehen, sowie Teile der Hochburg erhalten. Die frei zugängliche Ruine bietet eine grandiose Aussicht, in 20 Min. ist man zu Fuß oben. Dabei hat man die Wahl zwischen zwei Wegen: Die leichte Variante beginnt direkt außerhalb des Kremser Tores und führt an den Felstürmen des Dürnsteiner Klettergartens vorbei. Die „schwierige" über die Stufen des Eselsteigs startet gleich innerhalb des Stadttors.

Der 2012 eröffnete Themenweg *„Löwenherz in Dürnstein"* mit 21 Stationen von der Donaulände bis zur Ruine widmet sich ebenfalls dieser Geschichte.

Richard Löwenherz und der Sänger Blondel

Der englische König Richard Löwenherz hatte am 3. Kreuzzug (1189–92) ins Heilige Land teilgenommen, dort mit dem österreichischen Babenbergerherzog Leopold V. die Festung Akko erstürmt und diesen dabei beleidigt, indem er sein Banner in den Staub trat. Einige Monate, nachdem Leopold in seine Heimat zurückgekehrt war, machte sich auch Löwenherz auf den Heimweg. Weil er wegen der gefürchteten Herbststürme vor Gibraltar die Schiffsreise nicht wagte und in Frankreich seine Feinde saßen, musste er den Rückweg durch die Lande Leopolds antreten. Er verkleidete sich als armer Pilger, wurde aber an einem Ring erkannt, in Wien festgenommen und dem Babenbergerherzog übergeben. Leopold ließ ihn in den Wintermonaten 1192–93 auf der Kuenringerburg Dürnstein einkerkern. Im Frühjahr lieferte er ihn an Kaiser Heinrich VI. aus, den Löwenherz als Lehnsherren anerkennen musste. Nach weiterer monatelanger Gefangenschaft in der Stauferburg Trifels und der Zahlung von 100.000 Mark Silber wurde Löwenherz schließlich freigelassen. Das Lösegeld teilten sich Heinrich und Leopold, der damit Städte befestigen ließ (z. B. Laa an der Thaya).

So weit der historisch verbürgte Ablauf der Geschichte – die in der weit verbreiteten Legende vom Sänger Blondel weitaus romantischer endet. Dieser, ein treuer Diener des englischen Königs, zog auf der Suche nach seinem gefangenen Herrn von Burg zu Burg. Dabei sang er das Lieblingslied des Königs, bis ihm in Dürnstein aus dem Verlies die zweite Strophe entgegenschallte ...

Kellerschlössel und Domäne Wachau: Östlich der Stadt stößt man auf ein augenfälliges, barockes Lustschloss am Fuß der berühmten Weinlage Kellerberg. Propst Hieronymus Übelbacher ließ es 1714 nach Plänen von Jakob Prandtauer als Lesehof für das Stift Dürnstein erbauen. Die Räume sind mit Stuck und Deckenfresken verziert, die Weinkeller hunderte Meter lang. Heute gehört es zur *Domäne Wachau*, eine der weltweit besten Winzergenossenschaften, die über 250 Weinbauern und 420 Hektar Anbaufläche vereint. Es betreibt unweit, jenseits der Bahnlinie eine moderne Vinothek und bietet Führungen durch die Weinkeller an.

Vinothek Weinverkauf zum Ab-Hof-Preis. Mo–Fr 10–17 Uhr, April–Okt. auch Sa 10–17 Uhr.

Kellerführung & Verkostung April–Okt. jeden Sa 14 Uhr, Dauer 1½ Std., Preis 12 €. ✆ 02711-371, www.domaene-wachau.at.

Wandern Am Kellerschlössel rechts vorbei und den Asphaltweg durch die Weingärten bergauf, mündet man in den Welterbesteig; auf diesem links zur Aussichtsspirale „**Wachauer Weinblick**" an den Hängen des Kellerbergs (Gehzeit 15 Min.). Weiter am Welterbesteig, durch einen felsigen Eichenwaldgraben hinüber zum **Kuhberg**

(Rastplatz, Ruinenblick, Trockenrasen mit blühenden Kuhschellen im März) und hinunter zum Dürnsteiner Kremser Tor (Gehzeit insgesamt 45 Min.).

Wanderung 1: Starhembergwarte, Kanzel und Vogelbergsteig → S. 294
Zu den Aussichtsplätzen oberhalb von Dürnstein

Basis-Infos

Information Touristinformation, am südöstlichen Ortsrand unweit von Parkplatz 2 und der Bushaltestelle. Ostern bis Mitte Okt. Do–Mo 14–19 Uhr. 3601 Dürnstein 132, ✆ 02711-200, www.duernstein.at.

Hin und weg Bus stündlich von/nach Krems und Melk (Linie WL 1).

Motorfähre Dürnstein-Rossatz: nur für Personen und Fahrräder, Mai–Sept. tägl. 9.30–18 Uhr, April/Okt. nur Sa/So 10–17 Uhr. Erw. 2,60 €, Rad 1 €. www.faehre-wachau.at.

Wachaubahn: Mitte April bis 26. Okt. Sa/So, Juli–Sept. auch Mo–Fr 3x tägl. nach Krems und Emmersdorf.

Linienschiff: Mitte April bis Ende Okt. 2–5x tägl. Richtung Krems bzw. Melk, Juni–Sept. 2–4x wöchentl. nach Tulln, Wien, Passau.

Parken In der gesamten Altstadt Fahrverbot, auch für Fahrräder! Außerhalb gibt es 4 gebührenpflichtige Parkplätze (8–19 Uhr): 1,50 €/Std., 4 €/Tag.

Baden Kuenringerbad, Naturbad mit Schwimmteich und großer Liegewiese. Mitte Mai–Sept. bei Sonne tägl. 9–19 Uhr, Tageskarte 4 € (NÖ-Card 1x gültig).

Einkaufen Bäckerei Schmidl **5**, im ehem. Schiffmeisterhaus, wo es 1905 erfunden wurde, wird das berühmte Wachauer Laberl (→ S. 48) noch immer nach Geheimrezept gebacken. April–Okt. Mo–Sa 7–18, So 8–18, sonst nur Mo–Sa 7–11 Uhr. Hauptstr. 21, www.schmidl-duernstein.at.

Wieser Café & Shop **3**, **8**, **10**, der kreative Schnapsbrenner aus Wösendorf hat drei Shops in Dürnstein, in denen er sein Marillensortiment (Edelbrände, Marmelade, Seife, Nektar, Schokolade), Single Malt WIESky und Kaffee aus eigener Rösterei verkauft. Tägl. 9–18, im Winter Sa/So 11–16 Uhr. www.wieser-wachau.at.

Boutique Kunigunde **6**, klein, aber fein. Trachtencouture, trendige Accessoires, Kunsthandwerk, Weihnachtsschmuck. März–Nov. tägl. 9–18 Uhr. Dürnstein 11.

Donau Stein Design **4**, handgefertigter Schmuck aus Donaukieseln. Mitte März–Dez. tägl. 8.30–18 Uhr. Dürnstein 3.

Nah & Frisch-Supermarkt **11**, neben der Touristinformation. Mo–Sa 7.30–12, Mo–Fr auch 15–18 Uhr.

Wachauer Safranmanufaktur **12**, Hofladen im früheren Bahnhof Dürnstein, es gibt Safran als Gewürz, als Knollen und verarbeitet zu Essig, Honig, Schokolade ... *Crocus austriacus*, der Wachauer Safran war einst europaweit geschätzt, jetzt wird er auf den steilen Trockenmauerterrassen wieder angebaut. Ostern bis Ende Okt. Mi–So 12–17 Uhr. Dürnstein 76, www.crocus-austriacus.at. ■

Vinothek Domäne Wachau **14** → Kellerschlössel, S. 101.

Fahrradverleih Nextbike-Standorte bei der Schiffsstation und am Bahnhof.

Feste Sonnenwende, Sa um den 21. Juni, Ruinenbeleuchtung, Feuerwerk (22 Uhr). Schubertiade, 3-tägige Konzertreihe am Wochenende nach Ostern im Prälatensaal des Stifts. www.schubertiade-duernstein.at.

Übernachten/Essen & Trinken

Hotels ***** Schloss Dürnstein **2**, der Familienbetrieb ist Niederösterreichs einziges Fünf-Sterne-Haus. 47 individuell mit Antiquitäten möblierte Zimmer und Suiten in historischen Mauern, Hallenbad, Freibad im Schlossgarten, Leihräder. Sehr gutes Gourmetrestaurant (Hauptgericht 19–42 €) mit der wohl schönsten Terrasse im Donautal. DZ 209–319 €, mit Donaublick 279–339 €, Suite bis 489 €. Geöffnet Ende März–Okt. Dürnstein 2, ✆ 02711-212, www.schloss.at.

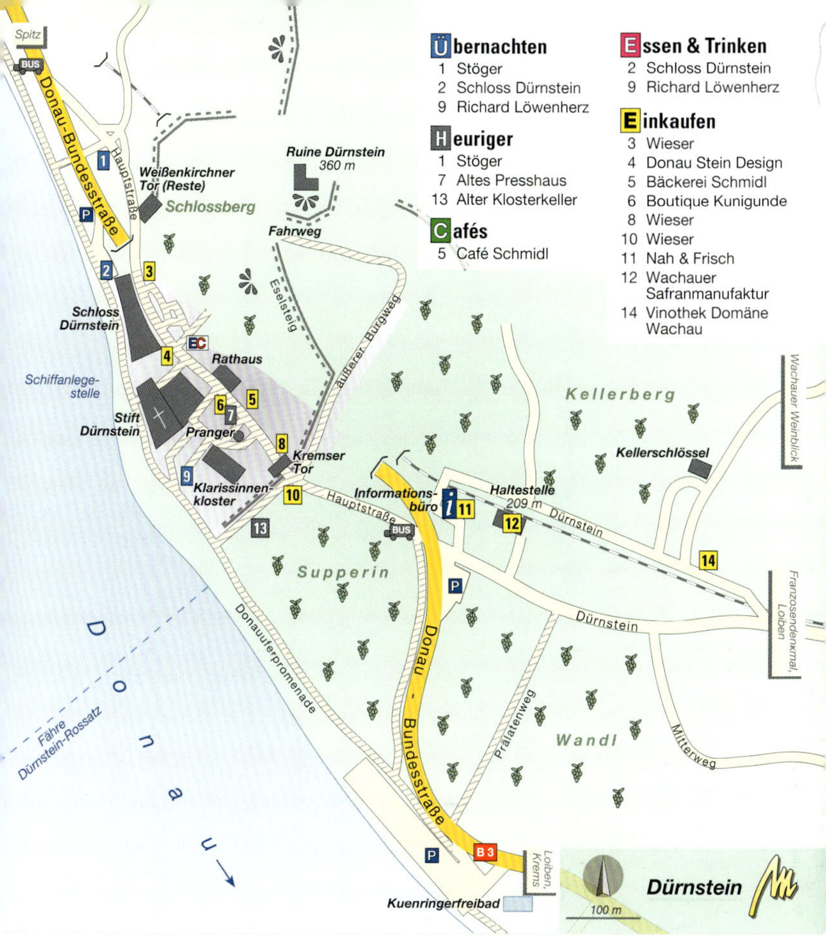

**** Richard Löwenherz **9**, 39 etwas altmodische Zimmer und Suiten, umgeben von alten Klostermauern. Schöner Pool im Klostergarten. Restaurant mit verfeinerter österreichischer Küche (à la carte 16–27 €) und Donauterrasse. DZ 184–247, Suite 265–380 €. Geöffnet Mitte April bis Mitte Okt. Dürnstein 8, ✆ 02711-222, www.richardloewenherz.at.

Privatzimmer *** Gästehaus Stöger **1**, Anbau an einen Winzerhof an der westlichen Stadtmauer, 5 sehr saubere, modern-rustikale Zimmer, 3 Ferienwohnungen. Parkgarage. DZ 68–76 €, Fewo (2 Pers.) 65–80 €. Geöffnet Ende März bis Mitte Nov. Dürnstein 57, ✆ 02711-396, www.winzerhof-stoeger.at.

Restaurants/Heurige Gourmetküche gibt es in den Hotelrestaurants (s. o.).

Altes Presshaus **7**, rustikale Schenke mitten in Dürnstein. Terrasse vor dem Haus, drinnen speist man unter einer alten Weinpresse. Kalte und warme Fleischschmankerl, Käse, Aufstriche, Wein und Bier. April bis Okt. Di–Sa 11.30–23, So 10–22 Uhr. Dürnstein 10, ✆ 0699-11966252.

Alter Klosterkeller **13**, Heurigenrestaurant außerhalb der Stadtmauer, man sitzt im Gewölbekeller oder noch besser draußen im Grünen mit Donaublick. Hausmannskost, Schweinsbraten, kalte Jausengerichte. Mo–Fr ab 15, Sa/So ab 12 Uhr. Anzuggasse 237, ✆ 02711-292, www.alter-klosterkeller.at.

Stöger **1** → Übernachten. Schönes, helles Lokal mit Weinlaube und Donaublick; Salate, Saumaise, Blunze … Jan.–Aug. 5x ausg'steckt (tägl. ab 12 Uhr).

Café **Café Schmidl** **5**, Kaffeehaus des Laberlbäckers (→ Einkaufen) mit köstlichen Torten, Kuchen und Eisbechern. Schattige Terrasse im Obergeschoss. Tägl. 8–18 Uhr. Dürnstein 20.

Ober- und Unterloiben

Östlich von Dürnstein breitet sich eine von Weingärten bestandene Ebene aus, aus der die Häuser der Winzerdörfer Ober- und Unterloiben und das moderne Weingut von Paradewinzer F. X. Pichler wie Inseln herauslugen. Gegen Norden und Osten durch den Loiben- und Pfaffenberg geschützt, wachsen in dem sonnenreichen Gebiet Riesling und Veltliner von Weltformat. Sie sind meist schon verkauft, wenn sie noch am Weinstock hängen.

In Oberloiben, in Sichtweite des Kellerschlössels, erinnert das **Franzosendenkmal** in Form einer monumentalen Granate (Foto S. 24) an den hier errungenen Sieg der österreichisch-russischen Truppen über Napoleons Armee am 11. November 1805. Dabei kamen 12.000 Soldaten ums Leben, die beiden Loiben wurden verwüstet. An manchen Hausfassaden sind noch heute die beim Wiederaufbau eingemauerten Kanonenkugeln zu sehen.

Die etwas erhöht gelegene **Pfarrkirche zum Hl. Quirinus** in Unterloiben besitzt zwei gotische Schiffe, Turmhelm und Ausstattung sind barock. Das Hochaltarbild stammt vom *Kremser Schmidt* und zeigt die Enthauptung des Hl. Quirinus (1782).

Übernachten **Schweighofer**, in einem Winzerhof in Oberloiben in ruhiger Lage. 5 einfache gemütliche Zimmer mit Balkon. Parkplatz. DZ 56–64 €. Geöffnet März–Nov. Oberloiben 11, ✆ 02732-84337, www.weingut schweighofer.at.

Essen & Trinken **Loibnerhof**, einfache regionale Kost und gutbürgerliche Küche werden hier zu köstlichen Gerichten veredelt. Tolle Weine von Cousin und Spitzenwinzer Emmerich Knoll. Im Sommer wird im herrlichen Gastgarten serviert. Hauptgericht 12–27 €. Mo/Di Ruhetag. Unterloiben 7, ✆ 02732-82890, www.loibnerhof.at.

Wachauer Stuben, bildhübsches Kulturwirtshaus mit altem Schanktresen, holzgetäfelter Stube und Gastgarten mitten in Unterloiben; nach der Neuübernahme wird bodenständig-kreativ gekocht, köstlich! Hauptgericht 10–25 €. Fr–Di 11.30–21 Uhr. Unterloiben 24, ✆ 02732-85950, www.wachauerstube.at.

Unterloiben

Heurige **Bäuerl**, helles, modern-puristisches Lokal mit kalter, verfeinerter Heurigenjause. 6x je 10 Tage offen (tägl. 16–23 Uhr). Oberloiben 28, ✆ 02732-755550, www.baeuerl.at.

Schweighofer → Übernachten. Einfach-rustikaler Buschenschank mit Laube am Rand der Weingärten. Geöffnet im März, Mai, Aug. und Nov. tägl. ab 15 Uhr.

Graf, zwischen Kirche und B 3, alter Gewölbekeller und schöner, blumenreicher Innenhof. Ausg'steckt 5x im Jahr (Mo–Sa ab 15, So ab 11 Uhr). Unterloiben 5, ✆ 0664-2710347, www.graf-loiben.at.

Wassersport **Kanu Wachau**, am Donauparkplatz in Oberloiben (Ampel an der B 3). SUP und Kanutouren von Spitz bis Krems. www.kanu-wachau.at.

Kloster und Schloss Schönbühel

Wachau – Südliches Donauufer

Das Südufer ist die ruhige, sanfte, vom Massentourismus noch weitgehend unbehelligte Seite der Wachau. Von der Sonne weniger verwöhnt, wächst hier weniger Wein. Stattdessen breiten sich Wald sowie Marillen- und Obstgärten aus. Der Donauradler findet auf dem diesseitigen Radweg ausreichend Platz, der Burgenliebhaber kommt mit **Aggstein** auf seine Kosten, Kirchenfreunde halten an der Kartause **Aggsbach** und in **Maria Langegg**. Ebenfalls nicht versäumen darf man **Stift Göttweig** und die vielen Heurigen in **Rossatz-Arnsdorf**.

Schönbühel

Ein malerisches Schloss und ein ehemaliges Servitenkloster überragen knapp 4 km hinter Melk das Donauufer.

Zuerst war das **Schloss** da: Es geht zurück auf eine Burg des 12. Jahrhunderts, die Ritter Machwart von Schoenbuchele auf dem fast 40 m hohen Uferfelsen anlegen ließ. Im 14. Jh. vergrößerten die Fürsten Starhemberg die Burg und nutzten sie als Gefängnis. Danach verfiel sie. Das heutige Schloss wurde 1819–21 auf alten Mauerresten neu errichtet. Es ist in Besitz der Grafen Seilern-Aspang und kann nicht besichtigt werden. Mit seinem fünfgeschossigen Zwiebelturm und den Pfefferbüchsen bildet es ein bekanntes Motiv der Wachau, das sich am schönsten vom Schiff oder vom Auwald bei Grimsing am Gegenufer aus präsentiert. Unterhalb des Schlosses ragen die beiden Felsrücken *Kuh und Kalbl* mitten aus dem Strom; sie wurden bei der Schiffbarmachung der Donau verschont.

500 m vom Schloss flussabwärts ließ Fürst *Conrad von Starhemberg* im Überschwang der Gegenreformation 1666–74 an einem Uferfelsen ein **Servitenkloster** bauen und die heiligen Stätten von Palästina nachbilden. Von der Donau aus – früher reiste man mit dem Schiff an – gelangt(e) man über Stufen in die Geburtskirche (eine Art Unterkirche) und weiter aufwärts in die Grabkapelle, die sich hinter dem

Chor der langgestreckten frühbarocken Klosterkirche befindet und am höchsten Punkt zur Kalvarienberggruppe mit ihren lebensgroßen Figuren. Sie liegt unmittelbar vor der Klosterpforte. Eine Besichtigung der Kirche, die heute als Pfarrkirche dient, und der Kapellen ist gegen Voranmeldung (✆ 0650-4080958 oder 3830948) und an Tagen der offenen Tür (→ www.kloster-schoenbuehel.at) möglich. Ein kurzer Abstecher zu dem versteckt unterhalb der Straße (großer Parkplatz gegenüber) gelegenen Komplex lohnt aber auf jeden Fall, denn von der Klosterpforte hat man einen herrlichen Blick bis zu den Türmen von Stift Melk.

Hin und weg Bus 6–7x tägl. nach Melk und Krems (Linie WL 2).

Übernachten/Essen *** **Gasthof Stumpfer**, gemütliches Kulturwirtshaus im Ort Schönbühel direkt an der Donau mit Wintergarten und schöner Terrasse. Im Angebot: Ripperlessen bis Gourmetküche, Fisch- und Wildspezialitäten, Topweine und Craft-Biere. Hauptgericht 9–18 €. Auch 6 freundlich helle, nach Weinsorten benannte Zimmer. DZ 92 €. Mi Ruhetag, im Dez.–März auch am Di. Schönbühel 7, ✆ 02752-8510, www.stumpfer.com.

Camping **Camping Stumpfer**, kleiner, gut ausgestatteter Platz beim Gasthof (s. o.) mit 60 Stellflächen auf einer baumbestandenen, flachen Wiese am Donauufer, Kiesstrand. 2 Pers., Auto, Zelt 20–26 €. Geöffnet April–Okt.

Kartause Aggsbach

5 km flussabwärts hinter Schönbühel, in Aggsbach-Dorf, liegt etwas abseits am Ausgang eines Seitentals ein noch mit einer Mauer und Wehrtürmen befestigtes früheres Kartäuserkloster. 1380 wurde es gegründet und von zwölf Mönchen besiedelt, 1782 von Joseph II. aufgelöst. Seine Kunstschätze, u. a. der Hochaltar, ein spätgotisches Meisterwerk, wurden ins Stift Herzogenburg bei St. Pölten gebracht. Die Mönchszellen, einzelne Häuschen, die sich um den Großen Kreuzgang scharten, wurden abgerissen. Aus dem Abbruchmaterial erhielt die Kirche, nunmehr Pfarrkirche, einen Turm. Die Lage und Größe der neun Mönchszellen wurde 2011 durch Gartensteine und bepflanzte Rankgitter wieder sichtbar gemacht, so entstand ein stimmungsvoller Meditationsgarten.

Ein Blick in die gotische, 1392 erbaute **Kirche** lohnt sich. Man betritt sie durch einen Flügel des Kleinen Kreuzgangs. Mit nur 7 m Breite, aber fast 50 m Länge ist sie ein typischer langgestreckter Kartäuserbau mit schönem Kreuzrippengewölbe. Die üppig verzierte Kanzel stammt aus dem Rokoko (1766). In den neuen Hochaltar, den der Jugendstil-Architekt Friedrich Ohmann 1913 entwarf, ist ein spätgotisches Relief integriert. Berühmt ist die Kirche für ihre gute Akustik, die für Chorkonzerte genutzt wird. In einem Nebentrakt stellt ein **Kartäusermuseum** den Orden und anhand eines Modells sowie Bildern die Geschichte und frühere Ausstattung der Kartause vor. Eine nachgebaute Kartäuserzelle veranschaulicht das Mönchsleben.

Hammerschmiede: Die einst zum Kloster gehörende Schmiede, wenige Schritte entlang des Stauteichs talauswärts, stammt aus dem 16. Jh. und war bis 1956 in Betrieb. Mit drei Wasserrädern und zwei Schmiedeessen ist sie eine der letzten ihrer Art in ganz Mitteleuropa (Schaubetrieb). Im *Steinstadel*, einem jahrhundertealten Natursteinbau unterhalb der Schmiede, werden geologische Schätze aus der Region (Opale, Amethyste, Achate, Granate ...) gezeigt.

Hin und weg Bus → Schönbühel

Kartäusermuseum Ostern bis 1. Nov. tägl. 9–18 Uhr. Eintritt frei, Spenden willkommen. www.kartaeuserland.at.

Hammerschmiede/Steinstadel Mitte April bis Ende Okt. Fr 14–17, Sa/So 10–12, 14–17 Uhr. Eintritt 5 €. ✆ 02753-83010.

Kartause Aggsbach mit Spuren der einstigen Mönchszellen im Garten

Wachau und Nibelungengau → Karte S. 63

Übernachten/Essen **** **Residenz Wachau**, Familienbetrieb an der Donauuferstraße direkt in Aggsbach; das einzige Vier-Sterne-Hotel zwischen Melk und Mautern ist spezialisiert auf Urlaub zu zweit (ohne Kinder). 40 Zimmer (teils in Nebengebäuden), darunter 9 Romantik-Suiten mit eigenem Wellnessbereich. Schöner Schwimmteich. Restaurant (Wirtshauskulturmitglied) mit Donauterrasse, gehobene Küche (Hauptgericht 12–20 €). DZ 120–140 €, Suite 230–330 €. Geschlossen im Nov. Aggsbach-Dorf 19, ✆ 02753-8221 www.residenz-wachau.at.

Im Dunkelsteinerwald

Kunst- und Wanderfreunden sei von Aggsbach-Dorf ein Abstecher in den Dunkelsteinerwald empfohlen. Dieser gehört geologisch noch zur Böhmischen Masse des Waldviertels und wurde durch die Wachau abgetrennt. Wie der Name vermuten lässt, ist er durch große Waldgebiete geprägt. Die Abhänge zur Donau hin sind steil, das Klima ist deutlich rauer als in der Wachau.

Schnitzalter Mauer bei Melk: Folgt man der Straße ab der Kartause Aggsbach 10 km quer über den Dunkelsteinerwald, stößt man an dessen Südrand auf das Dorf Mauer, das von einer gotischen Pfarrkirche beherrscht wird. Diese besitzt ein spätgotisches Meisterwerk, einen Schnitzaltar von 1509. In seiner Mitte thront Maria, umgeben von Engeln und Aposteln, die Flügelreliefs stellen links Verkündigung und Christi Geburt, rechts Heimsuchung und Tod Mariens dar. Auch der Rest der Kirche ist einen Blick wert, allen voran das schöne 11 m hohe gotische Sakramentshäuschen. Der Hochaltar stammt aus der Barockzeit. Als er 1757 aufgestellt wurde, musste der gotische Schnitzaltar auf den seitlichen Standort ausweichen.

Wallfahrtskirche Maria Langegg: 6 km schraubt sich eine weitere Straße von Aggsbach-Dorf durch ein enges Tal auf eine hügelige Anhöhe des Dunkelsteinerwalds mit einer barocken Wallfahrtskirche. Ihr Ursprung geht zurück auf eine Kapelle, die

1605 als Dank für die wundersame Heilung eines Kindes errichtet wurde. Weitere Wunder führten zu einem Ansturm an Pilgern, deren Betreuung 1645 die Serviten übernahmen. Sie bauten 1647–1733 ein vierflügeliges Kloster und 1764–73 die heutige Kirche mit der geschwungenen, eintürmigen Fassade. Interessant ist ihr in Pastelltönen gehaltenes Inneres: Aus Kostengründen wurden die Aufbauten der Seitenaltäre mit Skulpturen und Säulen lediglich aufgemalt, was aber verblüffend echt wirkt. Eine optische Täuschung ist auch der Aufbau des Hochaltars, in dessen Mitte sich das (echte) Gnadenbild, umgeben von einem Strahlenkranz befindet. Nicht aufgemalt ist die prachtvolle spätbarocke Orgel (1782), die regelmäßig zu Konzerten erklingt.

Die dunkelrosa Kapelle neben der Kirche ist der Chor und letzte Rest der Ursprungskapelle. Sie ist heute eine Gedenkstätte für die in den Weltkriegen gefallenen Priester. Ein 2 km langer *Themenweg* rund um das Kloster informiert auf 10 Glasstelen ausführlich über dessen Geschichte, Schautafeln im Inneren (am Zugang zur Kirche) stellen regionale Wallfahrtsziele vor. Von Mai bis Okt. kann nach Voranmeldung ein kleines *Wallfahrtsmuseum*, die *Schatzkammer* mit Votivgaben und die original erhaltene, spätbarocke *Bibliothek* (1733) besucht werden (✆ 02753-20741, www.maria-langegg.kirche.at).

Hin und weg Bus: Mo–Fr 3–6x von/nach Krems.

Essen & Trinken Langegger Hof, bodenständiger Wirtshauskulturwirt im Schlösslhof (16. Jh.) an der Kreuzung unterhalb der Kirche, solide österreichische Küche (Hauptgericht 9–14 €), Teigwaren aus eigener Herstellung. Schattiger Gastgarten. April–Okt. Mi–So 10–19, Nov.–März Do–So 10–18 Uhr. Maria Langegg 4, ✆ 02753-295, www.langegger-hof.at.

Wandern Eine beliebte, einfache Wanderung führt von Maria Langegg zur Ruine Aggstein (Gehzeit 1 Std.). Diesem Weg folgt auch der Welterbesteig, der Wachauer Jakobsweg (Göttweig – Melk) und die Dunkelsteinwaldrunde, ein 160 km langer Rundwanderweg.

Burgruine Aggstein

Das bekannteste Bauwerk am Südufer und eines der beliebtesten Ausflugsziele der Wachau wacht eindrucksvoll in 320 m Höhe über der Donau. Wer die Raubritterburg kontrollierte, kontrollierte den Warenverkehr auf der Donau.

Um 1200 erbaut und wohl schon damals im Besitz der Kuenringer, wurde Burg Aggstein im Zuge des Aufstands gegen Babenbergerherzog Friedrich den Streitbaren (→ Kapitel Geschichte S. 21) 1231 erstmals zerstört. Nach dem Aussterben der Aggsteiner Kuenringer gelangte die Ruine 1429 an Jörg Scheck vom Wald, der sie wieder aufbaute und ihr im Wesentlichen ihre heutige Größe verlieh. 1529 kamen die Osmanen und brannten die Burg nieder, bald darauf erstand sie aufs Neue. Ab Ende des 17. Jh. verfiel sie zusehends, Steine und Balken wurden zum Bau des Klosters Maria Langegg verwendet. 1930 gelangte die Burgruine (gemeinsam mit Schloss und Kloster Schönbühel) in den Besitz der Grafen Seilern-Aspang. 2004 erfolgte eine umfassende Sanierung, seither wird sie laufend verschönert. Zuletzt eröffnete 2013 im früheren Wirtschaftsgebäude der Vorburg ein Souvenirshop mit Café.

Die Burgruine erstreckt sich auf einem langgezogenen, nach drei Seiten abfallenden Felssporn zwischen zwei mächtigen Felsköpfen, der bergseitige wird *Bürgel* genannt, der donauseitige *Stein* (Foto S. 58/59). Durch das 8 m dicke *Große Tor* betritt man die Anlage. Im ersten Hof führen Holztreppen auf einen Wehrgang rund um und schließlich auf das *Bürgel*, auf dem einst ein Bergfried (zur Verteidigung der Gefahrenseite) in die Höhe ragte. Im zentralen, von einer Linde begrünten *Großen Hof* befindet sich links ein Saalbau aus dem 17. Jh.; das Obergeschoss dient als *Rittersaal* für Feiern (viele Hochzeiten), im imposanten *Burgkeller* darunter wird die Nibelungensage mit kitschigen Figuren nachgestellt. Auf der rechten Seite des Hofs ist in der alten *Küche* und *Gesindestube* eine *Burgtaverne* eingerichtet, in der schmackhafte, preisgünstige Hausmannskost serviert wird.

Die Hunde von Kuenring und Schreckenwalds Rosengärtlein

Um Burg Aggstein ranken sich viele Sagen und Legenden. Von den einstigen Burgherren, den Kuenringerbrüdern Hadmar III. und Heinrich I., wird erzählt, sie hätten in Raubrittermanier die Donau bei Aggstein mit einer Eisenkette abgesperrt, die Schiffe so an der Weiterfahrt gehindert und dann um ihre Ladung erleichtert. Bis in die Schulbücher unserer Zeit wurden sie dafür als „Hunde von Kuenring" verunglimpft (im Mittelalter meinte „Hund" einen treuen Gefolgsmann). Dem Spiel ein Ende setzte der listige Babenbergerherzog Friedrich der Streitbare. Er versteckte sich mit schwerbewaffneten Knappen unter dem Deck eines Handelsschiffs und fuhr bis zur Kette. Als Hadmar das Schiff betrat, wurde er überwältigt und seine Burg zerstört.

Auch Georg Scheck vom Wald terrorisierte 200 Jahre später von Burg Aggstein aus das Donautal, sodass er bald nur noch „Schreckenwald" gerufen wurde. Seine Gefangenen quälte er besonders grausam. Entweder ließ er sie in dem heute noch erhaltenen Verlies verhungern oder er sperrte sie auf einen winzigen Felsbalkon am höchsten Punkt der Burg, den er harmlos „Rosengärtlein" nannte und wo den Besucher heute noch ein mulmiges Gefühl befällt. Dort verhungerten sie ebenfalls, oder sie versuchten, sich mit einem Sprung in die Tiefe zu befreien – der für zahllose Gefangene ein Sprung in den Tod war. Eines Tages aber landete einer glücklich in den Baumkronen und konnte, vorbei an den Gebeinen der vor ihm Herabgestürzten, fliehen. Er sammelte eine Schar tapferer Ritter um sich und nahm Schreckenwald gefangen. Noch heute heißt es im Wachauer Volksmund „Der sitzt in Schreckenwalds Rosengärtlein", wenn sich ein Mensch nur unter Gefahren aus seiner misslichen Lage befreien kann.

In die *Kernburg* am *Stein*, wo sich die Wohngemächer befanden, gelangt man nur durch einen Hocheingang, der 6 m über dem Boden liegt und durch einen *Wurferker* geschützt ist. Eine Holztreppe führt hinauf, im Mittelalter war dazwischen noch eine Zugbrücke. Im schmalen Hof der Hochburg trifft man links auf die Reste des sog. *Frauenturms*, zum *Palas* auf dem höchsten Punkt der Anlage mit dem legendären *Rosengärtlein* (→ Kastentext) muss man noch ein Stück höher steigen (grandioser Tiefblick). An den Palas schließt die spätgotische *Kapelle* an, in der geheiratet werden kann. Treppen erschließen auch die einstige *Signalkammer* (Blick bis Schönbühel), von der ein Wehrgang bis zum Abtrittserker führt.

Hin und weg Von der B 33 nördl. von Aggstein (Bus WL 2, Halt „Aggsteinerhof") 2,5 km lange, bis 20 % steile Zufahrtsstraße (bzw. 45 Min. zu Fuß). Parkplätze bei der Burgruine.

Burgruine April bis Ende Okt. tägl. 9–18 Uhr, Juni–Aug. bis 19 Uhr. Eintritt 6,70 €, Kind 4,60 €, Familie 16,50 €. Audioguide (für Zusatzinfos, die Burgruine ist gut ausgeschildert) 1,50 €. ✆ 02753-82281, www.ruineaggstein.at.

Feste **Mittelalterfest**, April, Schwertkämpfe, Handwerker, Dudelsäcke ... **Weihnachtsmarkt**, Sa/So im Nov., 50 Aussteller zeigen Kunsthandwerk. Shuttlebus zur Burg.

Wandern → Maria Langegg

Essen & Trinken **Aggsteiner Hof**, bodenständiger Wirtshauskulturwirt direkt an der Donau am Fuß der Burgruine. Nostalgisches Jägerstüberl, schattiger Gastgarten. Sehr gute klassisch-österreichische Küche, bisweilen mutig neu interpretiert. Mittlere Preise. In der Nebensaison Mi/Do Ruhetag. Aggstein 13, ✆ 02753-8350.

Die vier Arnsdörfer

Hinter Aggstein fällt der Dunkelsteinerwald so steil zur Donau hin ab, dass bis 1835 hier keine Uferstraße, ja nicht einmal ein Treppelweg für die Schiffszüge verlief. Diese natürliche Barriere ist auch politisch eine Grenze: Flussaufwärts war ab 812 das niederbayerische Kloster Niederaltaich Grundherr, flussabwärts 860–1806 das Erzbistum Salzburg, heute sind es die Bezirke Melk und Krems. Ein Aussichtsplatz 2 km hinter Aggstein markiert die Grenze (schöner Blick nach Willendorf). Bei der Weiterfahrt donauabwärts stößt man kurz danach auf die kleine mittelalterliche Kirche **St. Johann im Mauerthale** (15. Jh.) mit einem auffälligen achteckigen, steinernen Turmhelm, auf dessen Spitze ein legendärer Wetterhahn wacht (→ Kastentext).

St. Johann und die Teufelsmauer

Der Sage nach wollte der Teufel die kleine Kirche von St. Johann, die viele Pilger wegen des Grabes des heiligen Albinus besuchten, überfluten. Dafür sollte quer über die Donau eine Staumauer entstehen. Der liebe Gott stellte ihm die Bedingung, dass das Werk bis zum Hahnenschrei am nächsten Morgen vollendet sein sollte. Listig kaufte der Teufel alle Hähne der Gegend – bis auf einen einzigen, den er übersehen hatte – und dieser krähte im Morgengrauen. Voller Wut schoss der Teufel dem Gockel einen Pfeil durch den Leib. Bis heute steckt der Pfeil im Wetterhahn von St. Johann, und am Ufer gegenüber sieht man bei Schwallenbach den fertigen Teil der Teufelsmauer.

Nach St. Johann verbreitert sich das Ufer zu einem fruchtbaren Becken, das von ausgedehnten Obstgärten geprägt ist. Es ist das Hauptanbaugebiet der *Wachauer Marille* (→ S. 46), zur Blüte- und Erntezeit (April bzw. Juli) ist daher mit erhöhtem Verkehrsaufkommen zu rechnen.

Oberarnsdorf, Hofarnsdorf, Mitterarnsdorf, Bacharnsdorf: Die malerischen Siedlungen, die hintereinander dicht am Donauufer liegen, wurden nach dem Salzburger Erzbischof Arno (780–821) benannt. Zu Recht rühmen sie sich des schönsten Blicks auf Spitz und den 1000-Eimer-Berg. Besonders gefragt ist dieser im Juni bei der Sonnwendfeier. Nach Spitz hinüber gelangt man ab Oberarnsdorf mit der Rollfähre, eine zweite bringt 3 km donauabwärts von St. Lorenz nach Weißenkirchen.

Sehenswertes

Glauberkreuz in Oberarnsdorf: Vom *Salettl* in Oberarnsdorf (Infostelle zum Thema Marille) bzw. von der Rollfähre sind es nur 10 Min. zu Fuß (beschildert, „grüne Route") zum aussichtsreich auf einem Weinberghang gelegenen *Glauberkreuz*, einem malerischen Bildstock (17. Jh.) mit Rastplatz.

Wandern Folgt man dem Welterbesteig vom Glauberkreuz auf einer Forststraße durch das Buchental steil bergauf, erreicht man in 1 Std. eine Verzweigung: rechts geht es in 20 Min. zum Aussichtspunkt **Rote Wand** (592 m, Gipfelkreuz), links zum **Hohen Stein** (725 m), ein 40 m hoher Felsturm, der über zwei Leitern und eine seilgesicherte Rinne erklommen werden kann (nur mit Klettersteigerfahrung!).

Pfarrkirche Hofarnsdorf: Der Ort war einst das Zentrum der vier Arnsdörfer, hier besaßen die Salzburger Erzbischöfe direkt am Ufer einen Guts*hof* (1890 zu einem *Schloss* umgebaut und nicht zu besichtigen) und nebenan eine schöne gotische *Pfarrkirche*, die dem *Hl. Rupert*, dem ersten Salzburger Bischof geweiht ist. Ihr Turm auf römischen Bauresten ist im Kern noch romanisch, im netzrippengewölbten gotischen Langhaus birgt sie eine prächtige Steinkanzel (um 1500). Der barocke Chor wurde 1770 angefügt, das Hochaltarbild, ein Fresko vom Kremser Schmidt, zeigt den Hl. Rupert.

Burgus Bacharnsdorf: In und um Bacharnsdorf befinden sich einige der besterhaltenen Mauerreste der *römischen Provinz Noricum*. In der einzigen Gasse des Orts stehen neben dem Haus Bacharnsdorf Nr. 7 dreigeschossige Mauerreste eines Wachturms *(Burgus)* aus dem 4. Jahrhundert. Dieser schützte den Donaulimes und bewachte die südwärts durch das *Kupfertal* über den Dunkelsteinerwald führenden Römerstraßen. Von diesen sind noch Steinpflaster und eingemeißelte Gleisrillen, die das Ausbrechen der Wägen verhindern sollten, zu erkennen.

Wandern Der „**Römerweg**", ein beschilderter Rundwanderweg, führt von Bacharnsdorf über einen Fahrweg bergan ins felsenreiche Kupfertal. Etwas oberhalb passiert man das 1529 gegen die anstürmenden Osmanen errichtete **Türkentor** und kehrt auf dem „Oberen Römerweg" (mit Gleisrillen) Richtung Mitterarnsdorf wieder zum Ausgangspunkt zurück (Gehzeit 2 Std.).

Kirche und Wachauer Nase in St. Lorenz: St. Lorenz, 3 km hinter Bacharnsdorf, hat nur eine Handvoll Häuser, doch ein Stopp lohnt sich. Die romanisch-gotische *Kirche* mit ihrem auffälligen pyramidenförmigen Turmhelm aus Stein wurde im 12. Jh. an einen römischen Wachturm angebaut, ihre Ausstattung ist barock (geöffnet Ostern bis Okt. Fr 15–16 Uhr). Den Blick von der Grünfläche bei der Fährstation unterhalb der Kirche hinüber nach Weißenkirchen wertet seit 2014 die *Wachauer Nase* (Foto S. 33) auf. Das Werk der Künstlergruppe *gelitin* kann durch die Nasenlöcher begangen werden.

Wanderung 2: Hirschwand und Seekopfwarte → S. 295
Zwei fabelhafte Aussichtspunkte oberhalb von St. Lorenz

Information www.rossatz-arnsdorf.at.

Hin und weg **Bus**: 6–7x tägl. nach Melk und Krems (Linie WL 2). **Rollfähre Arnsdorf-Spitz**: Mai–Sept. tägl. 7–20.15 Uhr. Okt. und 16.–31. März 7–18.15 Uhr. April 7–19, So immer erst ab 8 Uhr. 1.–15. Nov. Mo–Sa 7–18, So 10–18 Uhr. 16. Nov. bis 15. März nur Mo–Fr 6–11.30/15.30–18 Uhr. Erw. 1,40 €, Pkw 2,70 €, Rad 1 €. **Rollfähre St. Lorenz-Weißenkirchen**: April bis Ende Okt. Mo–Fr 9–12/13.30–18.15, Sa/So 9–18.15 Uhr. Erw. 1,50 €, Pkw 3 €, Rad 1 €.

Übernachten/Restaurants *** **Gasthof Zur Wachau**, freundlicher Familienbetrieb nahe der Donau mit 18 geräumigen Zimmern, teils mit Balkon. Leihräder, kleines Hallenbad. Gasthof mit gutbürgerlicher Küche (Mo/Di Ruhetag). DZ 88–112 €. Geöffnet April bis Mitte Nov. Mitterarnsdorf 55, ✆ 02714-82170, www.zeller-wachau.at.

Winzerhof Pammer, 4 freundlich-helle Gästezimmer, teils mit Balkon; im Ort an der Durchfahrtsstraße. Heuriger im Haus. DZ 44–50 €. Bacharnsdorf 18, ✆ 0664-4205369, www.zumpammer.at.

Wachau und Nibelungengau → Karte S. 63

Heurige **Weingut Maria Hick**, rustikaler Heuriger in einem früheren Presshaus, Garten mit Blick nach Spitz. Feine kalte Heurigenschmankerl, guter Wein. Geöffnet März–Nov. 4x – tägl. ab 14.30 Uhr. Oberarnsdorf 58, ✆ 02714-8214, www.hick.at.

Heuriger Lahrnsteig, gemütlicher Buschenschank mit großem Garten samt Weinrebenblick, kalte Heurigen- und Wildspezialitäten. Geöffnet meist im März, Mitte Juni bis Mitte Aug. und im Nov. (tägl. ab 15 Uhr). Di Ruhetag. Mitterarnsdorf 2, ✆ 02714-8490, www.lahrnsteig.at.

Winzerhof Pammer → Übernachten; rustikales Heurigenlokal mit kalten Spezialitäten und Garten mit Donaublick. April bis Ende Okt. 6x ausg'steckt (tägl. ab 13 Uhr).

Rossatz

Der denkmalgeschützte Markt und seine „Trabanten" Rührsdorf und Rossatzbach sind bekannt für die gemütlichen Heurigen und den Dürnsteinblick.

Hinter St. Lorenz bildet die Donau ein Knie und in dessen Beuge liegt ein breiter, fruchtbarer Schwemmkegel, der von Auen und Altarmen durchzogen ist. Anfang des neuen Jahrtausends wurden diese wieder mit der Donau vernetzt, um Lebensraum für seltene Arten, wie Eisvogel, Donauhuchen und vielleicht auch Seeadler zu bieten. Das EU-Projekt „Auenwildnis" wird bis 2021 fortgesetzt.

Straße und Radweg schwenken der Au wegen seit jeher vom Ufer ab und führen am alten Winzerdorf **Rührsdorf** vorbei nach **Rossatz** (360 Einwohner), das inmitten des Schwemmkegels liegt. 985 wird der Ort erstmals urkundlich erwähnt, bis 1850 gehörte er zu verschiedenen Klöstern und Adelshäusern. Davon zeugen Lesehöfe und spätgotische Bürgerhäuser entlang der schmalen Ortsdurchfahrt sowie ein stattliches *Schloss* im Renaissancestil (mit Arkadenhof, heute Sitz der örtlichen Agrargemeinschaft). Es formt mit der gotischen *Pfarrkirche St. Jakob* den dreieckigen Marktplatz mit einem Pranger von 1633. Etwas unterhalb trifft man auf das sgraffitogeschmückte Marktrichterhaus (1568) mit einer spätbarocken Nepomukstatue im Vorgarten. 1 km weiter liegt der Ortsteil **Rossatzbach**. Der Blick nach

Panoramaweg mit Smaragdplatz und Dürnsteinblick

Dürnstein genau gegenüber ist eines der bekanntesten Wachau-Motive. Die Fahrt hinüber ist in der Saison mit einer Motorbootfähre möglich.

Information www.rossatz-arnsdorf.at

Hin und weg Bus: 6–7x tägl. nach Krems und Melk (WL 2). **Radfähre Rossatz-Dürnstein**: nur für Personen und Fahrräder, Mai–Sept. tägl. 9.30–18 Uhr, April/Okt. nur Sa/So 10–17 Uhr. Erw. 2,60 €, Rad 1 €.

Baden Schöner **Donaustrand** in Rossatzbach bei der Fähre – Aug' in Aug' mit Dürnstein.

Fahrradverleih **Nextbike**-Standort bei der Fähre.

Wandern Von der B 33 am Ortsende von Rossatzbach führt ein beschilderter **Panoramaweg** an der Grenze zwischen Wald und Weingärten hinter Rossatz vorbei bis Rührsdorf. Unterwegs tolle Ausblicke (bis zum Stift Göttweig), etwa am Smaragdplatz mit der fotogenen Mosaikplastik einer Smaragdeidechse.

Übernachten **Haus Annemarie**, gepflegtes Gästehaus in ruhiger Grünlage mit 3 rustikalen Zimmern und 3 Ferienwohnungen. Sauna, Leihräder. DZ 56–62 €, Fewo (2 Pers.) 50–59 €. Ganzjährig geöffnet. Rossatz 164, ✆ 02714-6261, www.haus annemarie.at.

Landhaus Rossatz, Gästehaus am Donauradweg mit 2 Zimmern und einer Ferienwohnung im Landhausstil. Leihräder. DZ 46–56 €, Fewo (2 Pers.) 57 €. Ganzjährig geöffnet. ✆ 02714-6362, www.landhaus-rossatz.at.

Camping **Campingplatz Rossatzbach**, im Grünen direkt am Donauufer mit Dürnsteinblick. Nur 60 Stellplätze, daher rasch voll, moderne Sanitäranlagen, Waschmaschine, WLAN, Miniladen. April bis Ende Okt. 2 Pers., Zelt, Auto ca. 20 €. Rossatzbach 21, ✆ 0676-848814800, www.campsite.at/rossatz.

Restaurants/Heurige **Landgasthaus Winzerstüberl Essl**, gemütlicher, mit einer Haube ausgezeichneter Familienbetrieb am Donauarm. Verfeinerte Klassiker und regionale Spezialitäten (Hauptgericht 13–26 €), tolle Weine. Unbedingt reservieren. Geöffnet März–Dez. Mi–Fr 11.30–14.30 und 17.30–21 Uhr, Sa/So durchgehend. Rührsdorf 17, ✆ 02714-6384, www.winzerstueberl.at.

Pulker's Heuriger, das urige, kleine Kellergassenlokal mit herrlichem Gastgarten im Grünen ist Kult. Bernd Pulker bietet Heurigenküche auf Haubenniveau nach Rezepten von Starköchen, der Schweinsbraten ist berühmt. Dazu Weine aus der Wachau und aller Welt. März bis 1. Nov. tägl. ab 14 Uhr, Sa/So ab 12 Uhr. Rührsdorf, ✆ 0664-3935312, www.pulkers-heuriger.at.

Heuriger Supperer, unter den Gewölben ihres 800 Jahre alten Hauses bzw. im blumenreichen Innenhof tischt Familie Supperer deftige Heurigenkost und pikante Strudel auf. März–Dez. 5x geöffnet (tägl. ab 15 Uhr). Rossatz 51, ✆ 02714-6396, www.supperer.at.

Heuriger Rehrl-Fischer, schön renoviertes altes Presshaus direkt an der B 33 gegenüber von Dürnstein, großer Gastgarten. April–Okt. 3x ausg'steckt – tägl. außer Mo ab 14.30 Uhr. Rossatzbach 19, ✆ 0650-6040305, www.rehrl-fischer.at.

Wachau und Nibelungengau → Karte S. 63

Mautern an der Donau

3500 Einwohner, 200 m

Das geschichtsträchtige Städtchen liegt – je nach Blickwinkel – am Aus- oder Eingang der Wachau. Einst siedelten hier die Römer und der heilige Severin. Heute ist Mautern eine ausgewiesene Adresse für Gourmets: Das Landhaus Bacher zählt zu den besten Restaurants Österreichs.

Wer entlang der Donau nach Mautern kommt, dem fällt zunächst die mächtige grüne Eisenfachwerkbrücke auf, die zu den markantesten im Donautal zählt. 1895 ersetzte sie eine hölzerne Brücke, die bereits 1463 über den Strom zur Zollstadt Stein geschlagen wurde. Sie war die zweitälteste Donaubrücke des Landes und brachte Mautern, das 1276 zur Stadt erhoben worden war, einen wirtschaftlichen Aufschwung. Davon zeugen ein Renaissance-Schloss (heute Wohnungen) sowie zahlreiche Bürgerhäuser und Lesehöfe im Ortszentrum.

Einen Donauübergang in Mautern gab es schon zur Römerzeit, führte hier doch eine wichtige Handelsroute durch. Im 1. Jahrhundert n. Chr. kam dann das Militärlager und spätere *Kastell Favianis* dazu, von dem aus der Donaulimes gegen die Germanen verteidigt wurde. Die Reste des Kastells liegen unter der heutigen Altstadt, die Westfront ist als Teil der mittelalterlichen Stadtmauer erhalten. Nichts übrig ist hingegen von dem Kloster, das der heilige Severin im 5. Jh. in Mautern gründete (→ Kastentext).

Severin, der „Apostel von Noricum" und neapolitanischer Heiliger

Geboren wurde er in Rom um 410 n. Chr., er stammte aus einem vornehmen Haus und kam zur Zeit der Völkerwanderung als Missionar in die von plündernden Germanen bedrängte römische Provinz Noricum. Er kümmerte sich um die notleidende Bevölkerung, wirkte als geschickter Vermittler zwischen den gegnerischen Parteien, befreite Sklaven aus germanischer Gefangenschaft und gründete 470 in Favianis (Mautern) ein Kloster. Seine Taten überlieferte sein Schüler Eugippius in der *Vita Sancti Severini* (6. Jh.). Dort ist zu lesen, dass Severin eine Einsiedelei „ad vineas", bei den Weinbergen bewohnte, was als erster schriftlicher Beleg für den Wachauer Weinbau gilt. 482 verstarb Severin im Kloster Favianis. Beim Rückzug der Römer 488 nach Italien wurden seine Gebeine mitgeführt und in Neapel beigesetzt, wo er bis heute als Heiliger verehrt wird.

Sehenswertes/Ausflug

Römermauer und Römerturm: Am Westrand der Altstadt (hinter der Römerhalle) trifft man auf die imposanten Überreste der bis zu drei Meter dicken westlichen Kastellmauer, die von einem hufeisenförmigen Wachturm aus dem 4. Jh. überragt werden (Foto S. 19). Über einen Fußgängersteg gelangt man zum Römermuseum.

Römermuseum: Das in einem Schüttkasten, einem barocken Getreidespeicher des Schlosses, eingerichtete Museum zeigt modern und übersichtlich die wichtigsten Funde aus dem einstigen Römerkastell, in dem bis zu 1000 Soldaten stationiert waren: Tonmasken, rekonstruierte Wandmalereien, eine römische Küche, wertvolle Grabbeigaben, Schmuck, Keramik und Fotos von den archäologischen Grabungen seit 1930. Auch der heilige Severin ist ein Thema des Museums.

Römermuseum April bis Ende Okt. Do–Sa 10–12, 15–17, So nur 10–12 Uhr. Eintritt 3,10 €, Kind 1,10 € bzw. NÖ-Card. Schlossgasse 12, ✆ 02732-81155, www.mautern.at.

Kulturweg Favianis Mutaren Der Stadtrundgang beginnt beim Parkplatz der Römerhalle und führt – vorbei an Römermuseum und Pfarrkirche – durch die Altstadt. Acht Infotafeln unterwegs erläutern die Geschichte des Orts.

Pfarrkirche St. Stephan: Die wuchtige, um 1370 erbaute gotische Kirche wurde umfassend barockisiert. Die 14 etwas düsteren Kreuzwegbilder im Inneren schuf 1770 der Kremser Schmidt, sie wurden oft kopiert. Der Grabstein seines Vaters Johann befindet sich neben dem Kirchenportal.

Ferdinandswarte: Einer der schönsten Aussichtspunkte der Wachau ist diese 1890 über steil abfallenden Felsen 2,5 km westlich von Mautern erbaute Warte. Sie ist nach Thronfolger Franz Ferdinand benannt, der hier oft zur Jagd war. Motorisiert erreicht man sie am schnellsten, wenn man nach Unterbergern hinauf (5 km ab

Mautern) und dort rechts (Wegweiser) eine 1,2 km lange, im letzten Abschnitt geschotterte Zufahrtsstraße bis 500 m vor die Warte fährt. Eine Alternative zu Fuß bietet Wanderung 3.

Wanderung 3: Auf der Römerstraße zur Ferdinandswarte → S. 296
Römische Gleisrillen und ein traumhafter Donautalblick

Hin und weg Bus 6–7x tägl. entlang dem Südufer nach Melk (Linie WL 2), stündl. von/nach Krems.

Übernachten ****** ad vineas Gästehaus Nikolaihof**, herzlich geführtes Hotel garni in den Weingärten unweit vom Nikolaihof. 15 geräumige Zimmer mit Balkon oder Terrasse. Naturbadeteich und Sauna. Biofrühstück. DZ 96–120 €. Geöffnet März–Nov. Kainzstr. 14, ✆ 0676-4331828, www.nikolaihof.at.

Weinhof am Römerweg, Gästehaus in den Weingärten im Ortsteil Mauternbach, 3 gemütliche Zimmer mit Naturholzmöbeln, teils mit Balkon, 2 Ferienwohnungen. DZ 54–66 €, Fewo für 2 Pers. 48 €. Mauternbach 11, ✆ 02732-72848, www.duerauer.at.

Essen & Trinken **Landhaus Bacher**, das mit drei Hauben geadelte, etwas bieder wirkende Restaurant inmitten von Mautern zählt zu den meistausgezeichneten Gourmet-Adressen Österreichs. Nach Lisl Wagner-Bacher ist nun Schwiegersohn Thomas Dorfer Küchenchef, Hausherr Klaus Wagner ist für den erlesenen Weinkeller zuständig. Hauptgericht 28–42 €. März–Dez. Mi–So 11.30–13.30 und 18.30–21 Uhr. Südtiroler Platz 2, ✆ 02732-82937, www.landhaus-bacher.at.

Nikolaihof Wachau, der imposante Lesehof mit römischen Mauerresten ist Österreichs ältestes Weingut und wird international für seine Bioweine gefeiert. Gepflegte Weinstube, man sitzt in alten Gewölben oder im Innenhof unter der Kaiserlinde und genießt Köstliches der Wachauer Küche aus Biozutaten. Hauptgericht 9–25 €. Mai bis Mitte Nov. Mi–Fr 17–23, Sa 12–23 Uhr. Nikolaigasse 3, ✆ 02732-82901, www.nikolaihof.at. ■

Siedler, Landgasthof und Heuriger an der Uferstraße in Hundsheim westlich vor Mautern. Rustikal-kitschiges Ambiente mit Wintergarten samt Donaublick. Klassiker der Wirtshausküche und kalte Heurigenjause. Ganzjährig Di–So ab 11 Uhr. Hundsheim 55, ✆ 02732-72770, www.siedler.cc.

Stift Göttweig

Das Benediktinerstift auf einer 200 m hohen, bewaldeten Bergkuppe bildet eine markante Silhouette am östlichsten Punkt der Wachau.

Im Unterschied zum Stift Melk, das die westliche Grenze der Wachau markiert, ist die mächtige Göttweiger Anlage nicht sofort als Kloster zu erkennen. Von der Donauseite erblickt man die 180 m lange Barockfassade, die von zwei markanten Zwiebeltürmen flankiert wird, während die Stiftskirche mit ihren unvollendeten Turmstümpfen dahinter verborgen bleibt.

1083 gründete der Passauer Bischof Altmann auf dem schon von Kelten genutzten „kleinen Hügel" (kelt. *Chetwein)* ein Augustiner-Chorherrenstift, das 1094 nach seinem Tod von Benediktinermönchen aus St. Blasien im Schwarzwald übernommen wurde. Türkeneinfälle und die Reformation führten im 16. Jh. zu einem vorübergehenden Niedergang des bis dahin blühenden, mit Basteien stark befestigten Klosters. Barocke Glanzzeiten brachen – ähnlich wie in Melk und Dürnstein – mit Amtsantritt des neuen Abtes an. Der weitgereiste Gelehrte *Gottfried Bessel* beauftragte 1718 nach einem Großbrand Barockbaumeister Johann Lukas von

Wachau und Nibelungengau → Karte S. 63

Stiftskirche Mariä Himmelfahrt

Hildebrandt mit dem Neubau des Klosters, der aber nur zu zwei Dritteln fertiggestellt werden konnte. Im 18./19. Jh. war Stift Göttweig mit seinen Forst- und Landwirtschaftsbetrieben einer der größten Arbeitgeber der Region. Nach schweren Schäden und Plünderungen im Zweiten Weltkrieg folgte 1945 ein schwieriger Neubeginn. Heute zählt das Stift wieder 40 Mönche und hat von Frühlingsbeginn bis Allerheiligen und im Advent ein reiches Kulturangebot.

Der Haupteingang zum Stift befindet sich auf der Donauseite. Von der **Pforte** mit Rezeption und gut bestücktem Klosterladen geht es über ein Treppenhaus (mit einer Dokumentation zum Leben der Mönche und einem Blick in die alte Stiftsapotheke) in den weiten **Stiftshof**, wo ein großer Brunnenobelisk (1742) von Johann Schmidt, Vater des Kremser Schmidt, den Endpunkt der barocken Wasserleitung aus dem Tal markiert.

Eine Freitreppe führt zur **Stiftskirche Mariä Himmelfahrt**, die ein breites Stilgemisch kennzeichnet: Die zweitürmige Fassade lässt mit der Säulenhalle bereits den Klassizismus anklingen, das mit frühbarockem Stuck überzogene Langhaus ist im Kern noch romanisch, der erhöhte, sternrippengewölbte Chor stammt vom gotischen Vorgängerbau (1430), der beim Brand 1718 verschont wurde. Die Kanzel und der Hochaltar mit den verdrehten metallisch-blauen Säulen entstanden 1639. Unter dem Chor befindet sich die *Krypta* mit einer gotischen Pieta, deretwegen Göttweig auch ein Wallfahrtsziel ist. Im südlichen Kryptaraum steht ein leeres Hochgrab mit einer Liegefigur von Bischof Altmann (1540), seine Reliquien birgt der Silberschrein von 1688. Von der Nordseite der Krypta gelangt man in den einzig erhaltenen Flügel des alten spätgotischen Kreuzgangs (heute Lapidarium).

Gegenüber der Kirche steht am oberen Rand des Stiftshofs die mittelalterliche, 1072 geweihte **Erentrudiskapelle**. Sie stammt, wie auch die „Alte Burg“ beim Südportal, noch aus der Zeit der ersten Bauepoche im 11./12. Jahrhundert.

Museum im Kaisertrakt: Vom Stiftshof aus betritt man das Museum. Der Besuch beginnt gleich mit dem Höhepunkt, der berühmten, monumentalen **Kaiserstiege**, die *Franz Anton Pilgram* als Nachfolger Hildebrandts 1739 vollendete. Sie wird zu den schönsten barocken Treppenhäusern Europas gezählt, ist dreigeschossig und gipfelt in einem gewaltigen Deckenfresko von Paul Troger, in dem der Habsburgerkaiser Karl VI., Vater Maria Theresias, verherrlicht wird – wohl deshalb, weil er den Klosterneubau unterstützte. Über die Kaiserstiege gelangt man rechter Hand in das *Benediktuszimmer*. Es war, wie die folgenden Zimmer (linker Hand) einst nur den höchsten Gästen vorbehalten. Heute zeigt das Stift in diesen Räumen, die für sich schon sehenswert sind, ausgewählte Exponate aus dem reichen Göttweiger Klosterschatz. Dieser umfasst über 145.000 Bände der Klosterbibliothek, darunter 1100 Inkunabeln (Buchdrucke aus der Zeit vor 1500; seit 2014 zählen sie zum UNESCO-Dokumentenerbe), die Kunst- und Wunderkammer und Gemäldesammlung mit über 100 Werken des Göttweiger Haus- und Hofmalers Kremser Schmidt sowie die Graphische Sammlung, die mit 30.000 Blättern österreichweit zu den umfangreichsten zählt. Auf das *Turmzimmer* folgt das *Grüne*, *Blaue* und *Gelbe Fürstenzimmer*, die mit kunstvollen bemalten Leinentapeten ausgekleidet sind. Der nur als „kleiner" Festsaal geplante *Altmannisaal* (mit schönem Aussichtsbalkon) ist heute *der* Festsaal des Stifts, da sein größeres Pendant, der Kaisersaal, nicht mehr gebaut wurde. Danach folgen die vier prächtig ausgestatteten *Kaiserzimmer*, die nur gekrönten Gästen, unter ihnen auch Napoleon, zur Verfügung standen.

Nach der Besichtigung lädt an der Südostecke des Stifts der idyllische **Marillengarten** mit seinen Rastbänken und Liegestühlen zu einer Pause.

Hin und weg Palmsonntag bis 26. Okt. Sa/So 4x tägl. Rufbus ab Krems Bhf. bzw. Mautern (✆ 0810-810278, 60 Min. vor Abfahrt).

Stift Göttweig/Museum 21. März bis 1. Nov. tägl. 10–18, Juni–Sept. 9–18 Uhr, Stiftshof und -kirche sind frei zugänglich. Letzter Einlass ins Museum 17 Uhr. Museumseintritt ohne Führung 8 €, Kind/Stud. 4,50 €, NÖ-Card 1x gültig. Führung Mo–Fr 11, 14, 15 Uhr, Sa/So 11, 12, 14, 15 Uhr, Aufpreis 2,50 €. ✆ 02732-85581231, www.stiftgoettweig.at.

Veranstaltungen **Klassik unter Sternen**, Juli, Open-Air-Konzert im Stiftshof, www.klassikuntersternen.at. **Adventlicher Zauber**, Adventmarkt und Konzerte in der 1. Adventwoche.

Wandern Der Göttweiger Berg liegt am **Welterbesteig** zwischen Oberbergern und Mautern. Ein Abschnitt des **Jakobswegs** – zwischen Göttweig und Melk – wurde beschildert (50 km, Gehzeit ca. 12 Std.).

Ein schöner **Rundweg** (2 Std.) bietet sich ab der Ortsmitte von Furth bei Göttweig an: Man folgt dem Welterbesteig Richtung Mautern, gelangt durch den tief eingeschnittenen Lösshohlweg im **Zellergraben** (Naturdenkmal) zum Zellerkreuz, wo man sich nach links wendet, bis man in Steinaweg wieder auf den Welterbesteig Richtung Göttweig trifft. Auf diesem geht es zuletzt steil bergauf durch fast mediterranen Kiefern-Eichenwald zum Stift und an der Ostseite des Bergs wieder nach Furth zurück.

Übernachten **Stift Göttweig**, neben einfachen Gästezimmern im Exerzitienhaus kann für 175 € pro Nacht (2 Pers.) in der einstigen Abtwohnung – eine elegante Suite mit Antiquitäten, Stuckdecke und Küche – genächtigt werden.

**** **Weinresidenz Sonnleitner**, im Winzerort Furth am Nordfuß des Göttweiger Bergs. Modernes Hotel am Rande der Weingärten mit Göttweigblick, sehr freundlicher Familienbetrieb. 16 individuelle Zimmer und Suiten. Schöner Naturbadeteich. Restaurant im Haus. DZ 145 €, Suite bis 200 €. 3511 Furth, Zeughausg. 239, ✆ 02732-70446, www.weinresidenz.at.

Essen & Trinken **Stiftsrestaurant Göttweig**, riesiges, rustikal-modernes Ausflugsrestaurant, das mit dem einmaligen Panoramablick von der Terrasse Richtung Wachau punktet. Küche und Service sind durchschnittlich, die Preise eher hoch. Von 21. März bis 1. Nov. und zum Adventmarkt tägl. 10–18 Uhr, Nov./Dez. Sa/So 10–18, Mo–Fr 11–17 Uhr (Küche bis 13.30 Uhr). ✆ 02732-85581225.

Wachau und Nibelungengau → Karte S. 63

Stein – ein Stadtteil von Krems | Kirchberg am Wagram

Krems und der Wagram

Krems ist der östlichste Punkt der Wachau – und eine der schönsten Städte Österreichs. Eine Fülle an historischen Bauten und ein pralles Kulturangebot begeistern Besucher aus nah und fern. Östlich von Krems weitet sich das Tal der Donau zu breiten Auen. Ihr einstiges Nordufer bildet der Wagram, der dank fruchtbarer Böden seit alters her für den Weinanbau genutzt wird.

Die Stadt **Krems an der Donau** zählt zu den Highlights des Donautals. Ihre reizvollen Altstadtviertel und die Kunstmeile ziehen das ganze Jahr über Touristen an. Weiter östlich in der weiten Auen- und Ackerlandschaft werden Besucher seltener, einzig das romantische **Schloss Grafenegg** sticht hervor. Nördlich davon beginnt der zur Donau parallel, aber gut 6 km von ihr entfernt verlaufende **Wagram**, der mit seinen Kellergassen bereits auf das Weinviertel hindeutet.

Krems an der Donau

23.900 Einwohner, 221 m

Die über ein Jahrtausend alte Weinstadt breitet sich auf den Terrassen des linken Donauufers aus. Ihre Bürgerhäuser und Kirchen, die romantischen Plätze, aber auch moderne Architekturakzente machen sie zu einer der Perlen Österreichs. Nicht weniger bedeutend ist das vielfältige Kultur- und Bildungsangebot.

Krems zählt zu den ältesten Städten Österreichs, es ist Universitätsstandort und europäische Musterstadt für Denkmalpflege. Ihre Altstadtviertel gehören zum UNESCO-Weltkulturerbe Wachau.

Neben Tourismus, Wein, Kultur und fünf Universitäten bzw. Fachhochschulen sind die wirtschaftlichen Standbeine die Metall und Stahl verarbeitenden Betriebe der *voestalpine Krems*, der Autozulieferer *Ebyl Austria*, der Kunstharzproduzent *Dynea Austria* und der Donauhafen. Standort dieser Unternehmen ist das Industriegebiet am Kremser Hafen im Osten der Stadt.

Erste Siedlungsspuren stammen aus der Altsteinzeit. Die berühmtesten Funde sind die 36.000 Jahre alte Statuette *Fanny vom Galgenberg* (eine Kopie ist im *museum-*

krems zu sehen) und das 2005 entdeckte Grab der 32.000 Jahre alten *Zwillinge vom Wachtberg*. 995 wird Krems erstmals als *Chremisa* erwähnt. Aufgrund der verkehrsgünstigen Lage entwickelte sich die Siedlung zu einem Maut- und Handelsplatz für Wein, Salz, Getreide und Eisen, der im 12./13. Jahrhundert größere Bedeutung hatte als Wien. Das 1072 beurkundete Stein stand Krems um nichts nach und erhielt zudem 1463 eine hölzerne Brücke über die Donau, die Mauteinkünfte brachte. Im 16. Jh. wurde Krems protestantisch, um 1620 kamen mit den Jesuiten und Piaristen die Gegenreformation und die ersten Schulen in die Stadt. Im 19. Jh. verdrängten die Eisenbahn (1872 Anschluss an die Kaiser-Franz-Josefs-Bahn, 1909 Eröffnung der Donauuferbahn) und das Auto das Schiff als Transportmittel. Beide Städte verarmten und konnten sich keine Neubauten mehr leisten – aus heutiger Sicht ein Glücksfall: Viele Gebäude aus Spätgotik und Renaissance blieben so erhalten. Zwischen diesen ist seit Mitte der 1990er, als Krems begann, sich als Kultur- und Bildungshauptstadt Niederösterreichs zu positionieren, auch moderne Architektur zu sehen.

Sehenswertes

Im Westen von Krems liegt **Stein**, die einstige Schwesterstadt (seit 1938 ein Stadtteil von Krems), dessen Altstadt sich entlang der *Steiner Landstraße* entwickelte und von zwei erhöht gelegenen Kirchen überragt wird. Das *Kremser Tor* markiert das östliche Ende der Steiner Altstadt. Von Stein ostwärts bis zum Kloster Und zieht sich die **Kunstmeile Krems**. Rund 600 m weiter steht dann das alte Stadttor und **Wahrzeichen von Krems**, das *Steiner Tor*. Es leitet in die *Kremser Landstraße*, von der man, wie in Stein, zu alten Plätzen und Kirchen hinaufsteigen kann. Seinen Rundgang durch Krems beginnt man am besten hier in der Kremser Landstraße. Vom Bahnhof kommend, erreicht man sie auf direktem Weg in 300 m, immer geradeaus, über die Ringstraße hinweg, entlang der Dinstlstraße und Spänglergasse.

Altstadtrundgang in Krems

Steiner Tor und Körnermarkt: Die Kremser Landstraße ist Hauptachse des Stadtkerns und schönste Bummel- und Einkaufsmeile der Region. Gesäumt wird sie von denkmalgeschützten Bürger- und Handelshäusern aus der Renaissance- und

Barockzeit. Ihr westliches Ende begrenzt das monumentale, von zwei gotischen Rundtürmen flankierte *Steiner Tor*, das letzte der vier Stadttore von Krems. Es wurde 1480 unter Friedrich III. errichtet, auf der Außenseite rechts neben dem Torbogen ist sein Wahlspruch „AEIOU“ zu lesen. 1756, zur Regierungszeit Maria Theresias erhielt es den barocken Turmaufbau in der Mitte, das mittlere der drei Wappen – der Doppeladler mit den Initialen MT – erinnert daran. Von der Landstraße führt die Schmidgasse nach Norden hinauf zum *Körnermarkt*. Der dreieckige, leicht abschüssige und mit Donauschotter gepflasterte Platz ist einer der reizvollsten der Stadt, seine Mitte schmückt eine von den Erzengeln umsäumte Mariensäule (1688). Von den stattlichen Bürgerhäusern rundherum sind das rosafarbene *Haus zu den vier Jahreszeiten* mit Rokokofassade (Nr. 4) und das ehemalige *Mesnerhaus* mit einem Stuckrelief (Nr. 8) die auffälligsten. Der Körnermarkt geht in den Dominikanerplatz über, der von der gleichnamigen ehemaligen Kirche beherrscht wird.

Durch das Steinerne Tor betritt man die Altstadt

Dominikanerkloster (museumkrems und Zeit Kunst): Das um 1240 errichtete Bettelordenskloster wurde im 17. Jahrhundert barockisiert, 1785 von Joseph II. aufgelöst und in den 1960ern umfassend restauriert – sogar Teile des frühgotischen Kreuzgangs konnten von der barocken Ummauerung befreit werden. Die historischen Klosterräume vom Kreuzgang bis zum Keller bieten den eindrucksvollen Rahmen für das 2012 neu gestaltete *museumkrems*, das eine Auswahl aus den Sammlungen der Stadt zeigt. Themen sind das Brauchtum der Winzer, längst vergessene Handwerksberufe, der Kremser Senf (s. u., Basis-Infos), Gemälde der Wachaumaler aus dem 19. Jh. und Bilder des berühmtesten Künstlers der Stadt, des Barockmalers Martin Johann Schmidt, genannt *Kremser Schmidt* (→ Kastentext S. 125), sowie archäologische Funde aus und um Krems. Dazu zählt die älteste Frauendarstellung Österreichs, die 7,2 cm große *Fanny vom Galgenberg*, von der eine Kopie gezeigt wird (Original im Naturhistorischen Museum in Wien).

Die ehemalige Klosterkirche, ein imposanter spätromanisch-frühgotischer Bau, wird unter dem Namen *ZEIT KUNST* von der Landesgalerie für zeitgenössische Kunst für Sommerausstellungen genutzt.

museumkrems Mitte April bis 26. Okt. Mi–So 11–18 Uhr, ab Juni täglich. Eintritt 5 € oder NÖ-Card, bis 19 J. frei. Körnermarkt 14, ✆ 02732-801567, www.museumkrems.at.

Zeit Kunst Juni bis Mitte Okt. tägl. 11–18 Uhr. Eintritt 5,50 € oder NÖ-Card, Kombiticket mit museumkrems 8 €. www.zeitkunstnoe.at.

Pfarrplatz mit Rathaus und St.-Veit-Kirche: Vom Dominikanerplatz schlendert man durch die Schlüsselamtsgasse – links ist der mittelalterliche Turm des ehem. Passauerhofes zu sehen – zum Pfarrplatz. An seiner Südseite steht das *Rathaus* mit einer von zwei Renaissancesäulen aus dem Jahre 1549 geschmückten Aula. Die andere Seite des Rathauses kann man auf dem Rückweg in der Oberen Landstraße betrachten. Die *Pfarrkirche St. Veit* in der Platzmitte, der sogenannte „Dom der Wachau", ist eine der frühesten Barockkirchen nördlich der Donau. Sie entstand bis 1630 auf romanischen Grundmauern einer Vorgängerkirche aus dem 12. Jahrhundert. Das weite, frisch renovierte Innere wurde erst im 18. Jh. von namhaften Barockkünstlern, wie dem Kremser Schmidt (Deckenfresken), Franz Anton Maulpertsch (Michaelsaltar) und Martino Altomonte (Sebastiansaltar) geschaffen. An der Außenwand des Chors befindet sich in einer vergitterten Kapelle eine wertvolle gotische Steinfigur aus dem frühen 14. Jh. Sie zeigt die heilige Anna, die Maria das Lesen lehrt. Gegenüber ist das schöne Ensemble aus verschachtelten Mittelalterhäusern bemerkenswert, das den Platz gegen Norden abschließt. Dort beginnt auch die überdachte *Piaristenstiege*, die zur gleichnamigen Kirche hinaufführt.

Blick vom Pfarrplatz zur Piaristenkirche

Piaristenkirche und Frauenbergturm: Das Gotteshaus und der markante, von vier Ecktürmchen bekrönte Frauenbergturm, der als Stadtturm zur Feuerwache diente und nicht der Kirche gehört, thront auf einer Terrasse oberhalb der Altstadt. An dieser Stelle stand im Jahr 1014 die erste Kremser Kirche. Der heutige imposante spätgotische Bau wurde 1475–1515 errichtet. Eindrucksvoll ist sein helles, weites Inneres. Trotz späterer Barockisierung kann man an den gotischen Bündelpfeilern, dem schönen Netz- und Sternrippengewölbe und den großen Maßwerkfenstern noch den Einfluss der Wiener Dombauhütte von St. Stephan erkennen. Alle Altarbilder stammen vom Kremser Schmidt, auch das Fresko am Eingang zur Franz-Xaver-Kapelle gegenüber dem Hauptportal. Diese ließen die Jesuiten 1640 anbauen. Sie hatten das Gotteshaus 1616 im Zuge der Gegenreformation übernommen und neben der Kirche ein Kolleg (heute Fachhochschule) und diesem gegenüber ein bis heute bestehendes Gymnasium errichten lassen. Diese Einrichtungen und die Kirche gingen 1776 nach der vom Papst befohlenen Auflösung des Jesuitenordens an die Piaristen über.

Von der Terrasse vor der Kirche bietet sich ein reizvoller Blick auf die Dächer von Krems. Eindrücklich sind die sieben mit lebensgroßen Figuren ausgestatteten barocken Kreuzwegstationen, die sich außen um den Chor der Kirche schmiegen.

Wieder unten zurück auf dem Pfarrplatz, geht es links durch die Margarethenstraße weiter – vorbei am palastartigen *Großen Sgraffitohaus* von 1555 (Nr. 5) – bergauf zum **Hohen Markt**. Der dreieckige, stimmungsvolle Platz ist mit Donauschotter gepflastert. Seine Mitte ziert der *Herkulesbrunnen* (1682), seine Nordseite flankiert das 1724 errichtete Institut der Englischen Fräulein.

Gozzoburg: Den Südrand des Hohen Markts nimmt ein komplexer historischer Bau ein, mit Loggienfassade, gotischen Spitzbögen und einem modernen gläsernen Foyer in der Mitte. Er wurde um 1260 von dem Kremser Stadtrichter Gozzo im Stil italienischer Stadtpaläste errichtet und gilt als eines der bedeutendsten frühgotischen Innenstadtgebäude Österreichs. Infotafeln leiten vom Foyer durch den frei zugänglichen Teil der Anlage. Nur im Rahmen von Führungen zu besichtigen sind die erst teilweise renovierte Katharinenkapelle (interessantes Sternrippengewölbe), der Wappensaal mit originaler Holzbalkendecke und Wappenfries, die Torturmkapelle mit Wandmalereien und der erst 2007 entdeckte farbenfrohe Freskenzyklus aus dem 13. Jh. im einstigen Wohntrakt.

Führungen: Mitte April bis 26. Okt. Fr, Sa, So 14 Uhr. Ticket 5 € oder NÖ-Card, inkl. museumkrems 7,50 €. Hoher Markt 11, www.gozzoburg.at.

Untere und Obere Landstraße: Vom Hohen Markt bergab über die Wegscheid erreicht man beim *Simandlbrunnen* (1929), der einen vor seiner Frau knienden Pantoffelhelden zeigt, die Untere Landstraße (Fußgängerzone). Wer will, kann noch einen Abstecher zu ihrem östlichen Ende machen, wo sich das erkergeschmückte *Gattermannhaus* von 1559 (Nr. 52) und das *Kleine Sgraffitohaus* (Nr. 69) von 1561 mit alttestamentarischen Motiven gegenüberstehen. In die andere Richtung gelangt man – vorbei am unteren Eingang (Lift) zur Gozzoburg (Nr. 37) – zum platzartigen **Täglichen Markt** mit der Mohrenapotheke von 1532, deren Gewölbe der Kremser Schmidt mit einem Fresko schmückte. Prachtstück des Platzes ist das mit einem spätgotischen Erker und Fresken (um 1508) verzierte *Göglhaus* (Nr. 1). Südlich des Täglichen Markts befindet sich der Dreifaltigkeitsplatz mit einer schönen barocken *Dreifaltigkeitssäule* (1738). Weiter westwärts in der Landstraße, die nun Obere Landstraße heißt, trifft man links auf die in die Straßenzeile integrierte schlichte gotische *Bürgerspitalkirche*, die stilistisch der Piaristenkirche ähnelt. Im Inneren sind die Sakramentsnische aus dem 15. Jh. und die von Matthias Schwanthaler geschnitzten Statuen der Heiligen Nikolaus und Bernhard beiderseits des Hochaltars bemerkenswert.

Stadtteil Und – und die Kunstmeile Krems

Was liegt zwischen Krems und Stein? „Und" ist die Antwort dieses Uraltscherzes. Tatsächlich leitet sich Und vom lateinischen *unda* für Wasser bzw. Welle ab. Bis ins 19. Jh. war das Gebiet zwischen den beiden Städten Brachland, auf dem sich nur zwei Klosterbauten erhoben. Beide wurden säkularisiert. Um das ehemalige Redemptoristinnenkloster entstand der Komplex der Strafvollzugsanstalt Stein, der größten Österreichs. Das frühere Kapuzinerkloster aus dem 17. Jh. gestaltete das Architekturbüro *Eichinger oder Knechtl* 2002 in das Veranstaltungszentrum **Kloster Und** mit Restaurant und Bar um. Zwischen dem Kloster Und und der Altstadt von Stein liegt die **Kunstmeile Krems** mit mehreren Museen (s. u.) und – leider durch zwei Kreisverkehre von diesen getrennt – die Schiffsstation mit dem modernen **Welterbezentrum Wachau** am Donauufer (s. u., Basis-Infos/Information).

Teppiche aus Stein zieren das Campusareal

Campus Krems: An der Rückseite der Strafvollzugsanstalt breitet sich seit 2005 ein mehrfach erweiterter, heute vier Einrichtungen umfassender Universitätscampus aus – untergebracht in Gebäuden der einstigen Tabakfabrik und in modernen Neubauten renommierter österreichischer Architekten, wie Dietmar Feichtinger und Delugan Meissl. Auf dem Gelände kommt auch die Kunst auf ihre Kosten, originell sind die 21 in die Hoffläche zwischen Alt- und Neubau eingelassenen Orientteppiche aus Mosaiksteinen, genannt „Life between Buildings" (2005) von Iris Andraschek und Hubert Lobnig. Im alten Kesselhaus der Tabakfabrik hat auch ein Programmkino Platz gefunden.

Kino im Kesselhaus: Vorführungen Mi–So, im Juli Freilichtkino. Coole, moderne Filmbar. Dr.-Karl-Dorrek-Str. 30, www.kinoimkesselhaus.at.

Karikaturmuseum Krems: Bereits die 2001 von Gustav Peichl, dem österreichischen Stararchitekten und Karikaturisten „Ironimus" geschaffene Architektur des Museums – ein rotnasiger Narrenhut – regt zum Schmunzeln an. Am Vorplatz begrüßen zudem zwei typische Deix-Figuren die Besucher, sie weisen auf das Kernstück des einzigen Karikaturmuseums Österreichs hin, die dem heimischen Karikaturisten Manfred Deix gewidmete Dauerschau, die alle paar Jahre neu gestaltet wird. Zusätzlich sind jeweils mehrere Wechselausstellungen aus den Bereichen Satire und Zeichenkunst, von der politischen Karikatur bis zu Comic, Graphic Novel und Illustration, zu sehen.

Tägl. 10–18 Uhr, im Winter nur bis 17 Uhr. Eintritt 10 €, Kind 3,50 €, Familie 18 €. NÖ-Card 1x gültig. Steiner Landstraße 3a, ✆ 02732-908020, www.karikaturmuseum.at.

Kunsthalle Krems: In einer mit viel Sichtbeton umgebauten früheren Tabakfabrik (schräg gegenüber dem Karikaturmuseum) widmet sich das internationale Ausstellungshaus Niederösterreichs der Kunst des 20. und 21. Jahrhunderts.

Ab Mitte 2016 bis zur Eröffnung des neuen Kunstmuseums Krems geschlossen. Franz-Zeller-Platz 3, www.kunsthalle.at.

Das internationale Ausstellungshaus auf der Kremser Kunstmeile

Kunstmuseum Krems: Bis 2018 entsteht gegenüber der Kunsthalle und neben dem Karikaturmuseum (mit beiden wird es sich einen neuen, zentralen Eingangsbereich teilen) ein neues Museum für die bisher nicht gezeigten Kunstwerke aus dem Bestand des Landes Niederösterreich, darunter Gemälde von Egon Schiele und Oskar Kokoschka. Die Architekten marte.marte entwarfen dafür einen verdrehten Kubus mit einer Schuppenfassade aus Aluminium.
Eröffnung voraussichtlich 2018. Steiner Landstraße 5, www.kunstmuseum.at.

Altstadtrundgang in Stein

Steiner Landstraße: Die Altstadt von Stein betritt man von Krems kommend durch das *Kremser Tor* aus dem 15. Jahrhundert. Schnell stellt man fest, dass der Stadtteil im Unterschied zu Krems etwas aus der Zeit gefallen ist: kaum Leben in den völlig zugeparkten Gassen und Plätzen, kaum ein Laden ist noch offen. Dabei ist der Althausbestand in Stein dichter als in Krems, stattliche alte Bürgerhäuser mit teils aufwendig verzierten Fassaden reihen sich entlang der Landstraße. Linker Hand fallen die markanten Giebel der beiden alten Salzstadel aus dem 16. Jh. auf; sie erinnern an die Rolle Steins als Umschlagplatz für das weiße Gold.

Minoritenkirche und Forum Frohner: Die ehemalige Minoritenkirche am gleichnamigen Platz ist ebenfalls eine spätromanisch-frühgotische Bettelordenskirche und das Gegenstück zur Kremser Dominikanerkirche. Sie wurde 1264 geweiht, diente nach der Aufhebung des angebauten Klosters 1790 als Tabaklager und wird seit einem Umbau 2004 als Konzertsaal *Klangraum Krems* genutzt. Im ehemaligen Klostergarten entstand 2007 als weiterer Teil der Kunstmeile Krems ein fensterloser Betonkubus für das *Forum Frohner*, das wechselnde Ausstellungen aus dem Werk des österreichischen Malers Adolf Frohner (1935–2008) zeigt, meist in Gegenüberstellung zu Arbeiten anderer Künstler. Frohner war Mitbegründer des Wiener Aktionismus und wandte sich danach Materialbildern und der reinen Malerei zu.
Di–So 11–17 Uhr. Eintritt 5 €, Familie 10 €, NÖ-Card 1x gültig. Minoritenplatz 4, ✆ 02732-908010, www.forum-frohner.at.

Der Kremser Schmidt

Einer der produktivsten Barockmaler Österreichs war *Martin Johann Schmidt* (1718–1801). Er war Sohn eines aus Hessen eingewanderten Bildhauers, der beim Bau von Stift Göttweig und Dürnstein beschäftigt war. Der junge Martin begleitete seinen Vater und lernte dabei Maler kennen, die seine Begabung erkannten und ihn förderten. Er entwickelte sich zu einem der gefragtesten Maler des Landes und hinterließ an die 1000 Altar- und Andachtsbilder, die bis heute Kirchen und Klöster schmücken. Es sind meist dramatische Heiligenszenen in warmen Brauntönen und mit starken Hell-Dunkel-Kontrasten. Durch sein umfangreiches Schaffen reich geworden, konnte er sich ein Bürgerhaus in der Steiner Landstraße 122 leisten. Er war bis ins hohe Alter tätig und starb mit 83 Jahren. Um ihn von dem etwa zeitgleich, vor allem in Wien tätigen Barockmaler Johann Georg Schmidt zu unterscheiden, bürgerte sich der Name „Kremser Schmidt" ein, unter dem er berühmt wurde. Am unteren Ende des Schürerplatzes in Stein erinnert eine Halbbüste (siehe Foto) an ihn.

Krems und der Wagram → Karte S. 121

Pfarrkirche St. Nikolaus: In der Mitte der Landstraße stößt man auf die gotische Steiner Pfarrkirche (14./15. Jh.), ihren barocken Turm hat Jakob Prandtauer 1713 entworfen. Im nördlichen Seitenschiff hängt eines der Hauptwerke des Kremser Schmidt: das Altarblatt mit dem heiligen Nikolaus (1751).

Frauenbergkirche und Rebentor: Oberhalb der Pfarrkirche steht, über die steile Frauenbergstiege zu erreichen, die 1380 erbaute und 1785 von Joseph II. säkularisierte gotische *Frauenbergkirche.* Seit 1963 dient sie als Ehrenmal für Gefallene der Weltkriege. Besonders markant ist ihr hoher, mittelalterlich klobiger Turm, der gemeinsam mit dem Barockturm der Pfarrkirche das Wahrzeichen von Stein ist. 50 m von der Frauenbergkirche entfernt bietet das *Rebentor*, ein Stadtmauerrest aus dem 15. Jahrhundert, ein schönes Fotomotiv und einen Ausblick bis Stift Göttweig.

Rathausplatz und Schürer Platz: Wieder zurück in der Landstraße, folgt bald der nach Süden hin offene *Rathausplatz* mit einem frühbarocken Denkmal des Hl. Nepomuk (1715), der unter einem prächtigen Baldachin mit goldenem Strahlenkranz steht. Das stattliche frühklassizistische Rathaus an der Ostseite stammt aus dem 18. Jh., sein stuckierter Festsaal dient als Trauungssaal. Am Weg zum nächsten, wieder nach Süden hin offenen Platz kommt man am imposanten *Großen Passauerhof* (Landstraße 76) vorbei, der 1263 als Wirtschaftshof des Bistums Passau erbaut wurde. Sein heutiges Aussehen als zinnengeschmückter Renaissancepalast

Das Mazzettihaus am Schürerplatz plante Jakob Prandtauer

geht auf das Jahr 1530 zurück. Am Schürerplatz ist das barocke *Mazzettihaus*, ein von Jakob Prandtauer um 1720 geplantes Stadtpalais, beachtenswert. Hier verbrachte der Musikwissenschaftler und Mozartforscher Ludwig Ritter von Köchel (1800–1877) seine späten Jugendjahre. Geboren wurde er im Großen Passauerhof, die Gedenktafel am Mazzettihaus ist falsch. Köchel schuf 1862 das „Chronologisch-thematische Verzeichnis sämtlicher Tonwerke W. A. Mozarts“, das als Köchel-Verzeichnis („KV“) weltbekannt wurde.

Sehr repräsentativ ist auch das frühere kaiserliche *Mauthaus* gegenüber (Landstraße 84). Es stammt von 1536 und ist eines der schönsten Renaissancehäuser Österreichs. 300 m sind es vom Schürerplatz noch bis ans Westende der Landstraße, das vom *Linzer Tor*, einem 1470 erbauten und 1750 barockisierten Stadttor markiert wird. Knapp davor steht das Wohnhaus des Kremser Schmidt (Landstraße 122).

Steiner Donaulände: Entlang der parallel zur Landstraße verlaufenden Straße gelangt man zum Ausgangspunkt zurück. An ihrer Stelle befand sich einst die Stadtmauer, zwei Türme sind noch erhalten. Ein historischer Gasthof (Nr. 56) wurde 2004 zum **Haus der Regionen** umgestaltet, einem Kulturzentrum für europäische Regionalkultur mit Restaurant (→ Essen & Trinken), Shop (→ Einkaufen) und einem interessanten Konzertprogramm von Jodeln bis Klezmer (www.volkskultur europa.org). Kurz danach leitet eine Unterführung zur Donauuferpromenade.

Am Stadtrand von Krems-Stein

Weinerlebnis „Sandgrube 13 wein.sinn“: Die Erlebniswelt der rund 1300 Weinbauern umfassenden Genossenschaft *Winzer Krems* liegt am östlichen Stadtrand unweit der B 37 Richtung Zwettl. Ähnlich, wenn auch nicht so künstlerisch wie das Vorbild Loisium (→ S. 137), wird hier dem Wein gehuldigt. Die einstündige Führung beginnt im Schauweingarten, liefert Informationen zu Rebsorten, Weinlagen und zum Leben im Weingarten (mittels „4D-Film“ = 3D und Duft), passiert historische und neue Weinkeller und endet erwartungsgemäß mit einer Verkostung.

Führungen: Mo–Sa 10 und 14 Uhr, Mai–Okt. auch So. Eintritt 11,80 € inkl. drei Weinproben und Wachauer Laberl. NÖ-Card 1x gültig. Unter 16 J. freier Eintritt ohne Weinproben. ✆ 02732-8551133, www.sandgrube13.at. Anfahrt Mo–Fr auch mit Stadtbus 2 bis Bründlgraben.

Donauwarte Krems-Egelsee: Die Kuppe des von Weinterrassen überzogenen Braunsdorfer Berges (450 m) oberhalb von Stein, die seit 1884 vom weithin sichtbaren sonnengelben Aussichtstürmchen der Donauwarte (März bis Okt. Sa/So frei zugänglich) gekrönt ist, bietet einen herrlichen Panoramablick.

Anfahrt Vom Kreisverkehr bei der Kunstmeile nach Egelsee, ab dort beschildert. Vom Parkplatz noch 5 Min. zu Fuß.

Wanderweg Vom Rebentor in Stein (→ S. 125) ist die Warte auf einem markierten Wanderweg in 30 Min. zu erreichen.

Östlich der Kremser Altstadt stößt man auf das hochwassersicher ausgebaute Flussbett der Krems, das von der Kremstalstraße begleitet wird. Folgt man dieser nordwärts, erreicht man nach 3 km den Winzerort **Rehberg** (→ S. 186).

Basis-Infos

→ Karte S. 128/129

Information **Krems Tourismus**, zwischen Kremser Tor und Stadtpark. April bis Mitte Okt. Mo–Fr 9–18, Sa/So 11–16, im Winter nur Mo–Fr 9–17 Uhr. 3500 Krems an der Donau, Utzstr. 6, ✆ 02732-82676, www.krems.info.

Welterbezentrum Wachau & Schifffahrtszentrum Krems/Stein, der moderne Bau, der ein Tor zur Wachau symbolisiert, ist touristische Anlaufstelle mit Schautafeln, Prospekten, regionalen Produkten und dem Ticketverkauf für die Donauschiffe. Geöffnet tägl. ab 8 Uhr. Welterbe-Platz 1.

Hin und weg **Bahn**: Stündl. nach Wien Franz-Josef-Bhf. und nach St. Pölten. **Wachaubahn**: Mitte April bis 26. Okt. Sa/So, Juli–Sept. auch Mo–Fr 3x tägl. nach Emmersdorf. **Bus**: Stündl. via Wachau-Nordufer von/nach Melk (Linie WL 1); alle 2 Std. über das Wachau-Südufer. Mo–Sa 2–12x tägl. von/nach Zwettl. **Linienschiff**: Mitte April bis Ende Okt. 2–5x tägl. Richtung Melk, Juni–Sept. 2–4x wöchentl. nach Tulln, Wien, Passau.

Parken **Blaue Zone** (Kremser Altstadt) Mo–Fr 8–12/14–18, Sa 8–12 Uhr, Gebühr 1 €/Std. (max. 3 Std.). **Grüne Zone** (Bahnhof bis Kunstmeile) Mo–Fr 8–18 Uhr, 2 €/Tag. Parkscheine am Automaten, in Trafiken oder Tankstellen. Im **Parkhaus Bahnzeile** (0–24 Uhr) zahlt man zu Geschäftszeiten 2 € für 4 Std, sonst ist es gratis.

Stadtverkehr **Stadtbus**: 4 Rundkurse ab Bhf. Krems, leider nur Mo–Fr 6.30–18.30, Sa bis 12 Uhr. Linie 1 fährt alle 60 Min. nach Stein. Ticket (2,10 €) beim Busfahrer.

Taxi ✆ 02732-208

Baden **Badearena**, Hallen- und Freibad mit mehreren Becken und Erlebnisrutsche. Di–So 9–20/21, Freibad (Tageskarte 5,30 €) Mai–Sept. tägl. 9–20 Uhr. Strandbadstr. 5.

Kremser Senf – aus Wien

Das Geheimnis des berühmten, süßlich schmeckenden Kremser Senfs liegt darin, Senfmehl mit unvergorenem, süßem Traubenmost zu verkochen. Der süße, grob geschrotete Senf war von 1850 bis 1950 ein Exportschlager der Firma Hietzgern aus dem Kremstal. Heute produziert Mautner Markhof in Wien den „Original Kremser Senf“.

Einkaufen Die Kremser Landstraße ist die längste Einkaufsstraße Niederösterreichs, Geschäfte sind Mo–Fr bis 18, Sa oft nur bis 16 Uhr geöffnet.

Bäckerei Schmidl 14, entzückende Filiale des Dürnsteiner Wachauer-Laberl-Erfinders. Mo–Fr 7–18, Sa 6–12.30, So 7–11 Uhr. Obere Landstr. 8.

Krems und der Wagram → Karte S. 121

Hutsalon Marianne 12, kleines Traditionsgeschäft, in dem Hüte noch handgefertigt werden, der Original Kremser Hut aus schwarzem Filz wurde hier kreiert. Mo–Fr 8.30–18, Sa 9–16 Uhr. Obere Landstr. 4.

Lederleitner 21, Filiale des bekannten Gartengestalters mit Accessoires für Haus und Garten. Mo–Fr 8–18, Sa 8–16 Uhr. Göglstr. 6.

Die Liebelei 22, gleich nebenan verkaufen zwei Freundinnen ihre Lieblingsstücke (Möbel, Schmuck, Deko-Artikel), einiges davon selbst restauriert oder hergestellt. Di–Fr 9–12.30, 13–18, Sa 10–16 Uhr. Göglstr. 4.

Weingut Stadt Krems 8, das renommierte Weingut mit 550-jähriger Tradition ist auf Riesling und Veltliner spezialisiert. Verkauf Mo–Fr 9–12/13–17, Sa 9–12 Uhr. Stadtgraben 11, www.weingutstadtkrems.at.

Hellerschmid 20, die Kremser Traditionsdestillerie (seit 1948) beim Steiner Tor verkauft Liköre und Edelbrände aus Marille, Birne, Zwetschke, außerdem Sirup, Marmeladen, Eierlikör. Vieles zum Verkosten, etwa die „b'soffene Marille". Mo–Fr 9–18, Sa 9–17 Uhr. Obere Landstr. 36, www.hellerschmid.com.

Bailoni **32**, die traditionsreiche Wachauer Destillerie (seit 1872), bekannt für ausgezeichneten Marillenlikör und -schnaps in bauchigen Flaschen, verkauft ihre Spirituosen sowie Säfte und Konfitüre im Stammhaus in Stein. Mo–Fr 7–12, Mo–Do 13–17 Uhr, Ostern bis Ende Okt. auch Fr 13–17 und Sa 10–12/13–17 Uhr. Steiner Landstr. 100–102, www.bailoni.at.

Galerie der Regionen **31**, echtes Kunsthandwerk, u. a. Hinterglasmalerei, Mühlviertler Leinen, Ausseer Handdruck, Dirndl und Trachtenaccessoires. Di–Sa 10–12, 13–18 Uhr. Steiner Donaulände 56.

Winzer Krems Sandgrube 13 **9**, topmodernes Weingut der Winzergenossenschaft. Ab-Hof-Verkauf Mo–Fr 8–17, Sa 10–17, Mai–Okt. zudem So 10–16 Uhr. Zur Weinerlebniswelt → S. 126. Sandgrube 13. www.winzerkrems.at.

Fahrradverleih **Zweirad Aichinger**, Rad 13 €/Tag. Mo–Sa 8–12/13.30–18, Sa nur bis 17 Uhr, Hohensteinstr. 22a, ✆ 02732/82876. **Rent a Wachau Bike**, Reservierung unter ✆ 0664-2143512. 10 **Nextbike**-Standorte, u. a. am Bhf. Krems und in der Kunstmeile. **E-Bikes** werden von Rent a Wachau Bike verliehen (24 €/Tag).

Markt **Wochenmarkt** am Pfarrplatz, Sa 8–12 Uhr, **Bauernmarkt** am Dreifaltigkeitsplatz Fr 8–12 Uhr.

Veranstaltungen **Osterfestival Imago Dei**, geistliche und traditionelle Musik in der Minoritenkirche in Stein, www.klangraum.at. **Donaufestival Krems**, im April/Mai, zeitgenössische Kunstformen, www.donaufestival.at. **Glatt & Verkehrt**, 2. Julihälfte, Weltmusikfestival an verschiedenen Spielorten in der Wachau (u. a. am Donauschiff) und in der „Sandgrube 13", www.glattundverkehrt.at. **Wachauer Volksfest**, alle zwei Jahre Ende Aug. (zuletzt 2015), 10 Tage lang Biergärten und Jahrmarktstimmung im Stadtpark, www.wachauervolksfest.at. **Wachau-Marathon**, Mitte Sept., 42 km von Emmersdorf nach Krems, www.wachaumarathon.at. **Kabarett & Comedy Festival**, im Okt./Nov., hochkarätige Kleinkunstdarbietungen, www.kabarettundcomedy.com.

Wandern Der Hohe Markt ist Ausgangspunkt des **Welterbesteigs**, die erste Etappe führt 12 km weit nach Dürnstein.

Übernachten

→ Karte S. 128/129

Hotels ****S **Steigenberger** **17**, Hotelresort in ruhiger Aussichtslage, abgelegen in den Weinbergen oberhalb von Krems. 141 renovierte Zimmer und Suiten, moderner, etwas beengter Wellnessbereich mit Innen-/Außenpool und Saunawelt. Gourmet-Restaurant mit Weinbergterrasse. Parkplatz 11 €/Nacht. DZ 180–240 €. Am Goldberg 2, ✆ 02732-71010, www.krems.steigenberger.com.

Wein-gut Hutter **7**, ruhige, einsame Lage in den Weinbergen, 1,5 km östlich oberhalb der Altstadt, eigenes Fahrzeug ist von Vorteil. 14 rustikal-moderne Zimmer und Appartements in einem Haupt- und einem etwas entfernten Gästehaus. Schwimmbad im Garten, Sauna. Restaurant (tägl. ab 11.30 Uhr) mit gutbürgerlicher Küche zu leicht erhöhten Preisen, auch Jausengerichte. Schöner Gastgarten, der Service ist bisweilen überfordert. Das Weingut gehört seit 2012 dem Senftenberger Winzer Martin Nigl. DZ 128 €. Weinzierlbergstr. 10, ✆ 02732-82006, www.weinguthutter.at.

*** **Unter den Linden** **24**, familiengeführtes, gepflegtes Stadthotel garni mit 39 geräumigen, individuellen Landhauszimmern in zentraler Lage. Gutes Frühstücksbuffet. Parkplatz gratis. DZ 84–124 €. Geöffnet Mitte Febr. bis Mitte Dez. Schillerstr. 5, ✆ 02732-82115, www.udl.at.

*** **Zum Goldenen Engel** **4**, 300 m östl. der Fußgängerzone. 22 helle, saubere Komfortzimmer im Obergeschoss (Aufzug) und Nebentrakt einer Taverne von 1658; familiäres Ambiente, tolles Frühstücksbuffet. Im Sommer Pool und Liegewiese über den Dächern der Stadt. Parkplatz gratis. DZ 78–110 €, Suite 120 €. Wienerstr. 41, ✆ 02732-82067, www.hotelehrenreich.at.

Privatzimmer **Gästehaus Aigner** **3**, 8 gemütliche Zimmer in Vollholz, teils mit Balkon, bei einem prämierten Winzer am östlichen Stadtrand. Swimmingpool mit Liegewiese. Parkplatz gratis. DZ 70–77 €. Weinzierl 49, ✆ 02732-84558, www.aigner-wein.at.

Camping **Donaupark Camping** **28**, an der Donau neben dem Jachthafen, Hallen- und Freibad in der Nähe. 80 Stellplätze, gut ausgestattet, Buffet, Rad- und E-Bike-Verleih. 2 Pers., Zelt, Auto 25 €. Geöffnet April bis Ende Okt. Jachthafenstr. 19, ✆ 02732-84455, www.donauparkcamping-krems.at.

Essen & Trinken/Nachtleben

→ Karte S. 128/129

Restaurants/Gasthäuser **LATE im Kloster Und** **25**, das stylische Restaurant in den alten Klostermauern ist kulinarisch die erste Adresse der Stadt. Charly Teuschl und sein Team bieten eine kreativ-moderne Küche, von Oktopus & Kalbskopf (18 €) bis Wokgemüse mit Garnele (25 €). Dazu gibt es eine Bar mit 500 Weinen, Cocktails & Co., im Sommer sitzt man im Arkadenhof. Di–Sa ab 17 Uhr. Undstr. 6, ✆ 02732-74745, www.late.at.

Zum Kaiser von Österreich **13**, in einem Bürgerhaus der Kremser Oberstadt. Familiäres Ambiente und eine verfeinerte österreichische Küche mit mediterranen Akzenten. 3-Gänge-Menü 39–45 €. Di–Sa 18–22 Uhr. Körnermarkt 9, ✆ 0800-400171052, www.kaiser-von-oesterreich.at.

Blauenstein **31**, moderne, in Grün und Pink gehaltene Restaurant-Bar im 1. Stock im Steiner „Haus der Regionen" (→ S. 126). Terrasse mit Donaublick, lockere Atmosphäre. Sehr gute österreichisch-asiatisch-mediterrane Küche, tolle Weine. Hauptgericht 16–28 €, beliebt ist der Brunch jeden ersten So im Monat (36 €). Do–Mo 17–23 Uhr. Donaulände 56, ✆ 0699-19307883, www.blauenstein.at.

Gasthof Jell 5, in einer ruhigen Ecke der Kremser Oberstadt; in der alten Bilderbuchgaststube oder der grünen Laube genießt man die schmackhafte, bodenständige Küche von Ulli Amon-Jell, die besonders auf regionale Zutaten achtet. Wirtshauskulturbetrieb, gehobene Preise. Reservieren! Di–Fr 10–14.30/18–22.30, Sa/So 11–14 Uhr. Hoher Markt 8–9, ✆ 02732-82345, www.amon-jell.at.

Wein-gut Hutter 7 → Hotels

Schwarze Kuchl 15, Wirtshauskulturwirt in der Fußgängerzone mit gemütlicher Kachelofen-Stube; preisgünstige bodenständige Küche, bekannt für Gulaschspezialitäten. Hauptspeisen 8–12 €. Mo–Fr 8.30–19.30, Sa 8.30–17 Uhr. Untere Landstr. 8, ✆ 02732-83128, www.schwarze-kuchl.at.

WellenSpiel 30, die moderne Restaurant-Lounge im Welterbezentrum (→ Information) punktet mit der sonnigen Lage an der Donau, am schönsten sitzt man draußen. Die Küche ist in Ordnung, der Mittagsteller kostet 10 €, beliebt ist das Frühstück bis 11 Uhr (reservieren!). Mo–Sa 8–23.30, So 8–20 Uhr. Welterbe-Platz 1, www.wellenspiel.at.

Salzstadl 27, einfach eingerichtetes, sympathisches Edelbeisl mit Bühne in den alten Salzspeichern in Stein, verfeinerte bodenständige Küche (Hauptgericht 8–15 €), gute Bierauswahl, netter Gastgarten. Tägl. außer Mi/So 11–15/18–23 Uhr. Musikstammtisch jeden 1. Freitag im Monat. Donaulände 32, ✆ 02732-70312, www.salzstadl.at.

Moyo Me 16, kleiner, urbaner Laden mit afrikanisch-orientalischem Touch. Ganztägig Frühstück, Hummus, Pita, Suppen, Wraps und ein wechselndes Mittagsmenü. Erstklassiger *Felix*-Kaffee (auch zum Mitnehmen). Gutes Angebot für Vegetarier und Veganer. Mo–Fr 8–18, Sa 8.30–17 Uhr. Obere Landstr. 10, www.moyome.com.

Kaffeehäuser **Café-Konditorei Raimitz** 23, traditionsreiches Kaffeehaus mit etwas altbackenem Ambiente beim Bahnhof, große Auswahl an traumhaften Torten- und Kuchen, Eisspezialitäten, überdachte Terrasse. Mo–Sa 7–19, So 8–19 Uhr. Bahnhofplatz 12. Kleine Filiale **„Biedermeiercafé“** 11 in der Kirchengasse 1, Mo–Sa 7–18 Uhr. Filiale **„Stein“** 26 in der Steiner Landstr. 21, Mo–Sa 7–19, So 8–19 Uhr, www.raimitz.at.

Café-Konditorei Hagmann 18, zweite große Traditionskonditorei (seit 1836) mit köstlichen Palatschinken, Strudel, Torten und handgeschöpfter „Wachauer Schokolade“. Gutes Frühstücksangebot. Mo–Fr 7–18.30, Sa 7–17.30, So (außer Jan./Febr./Juli/Aug.) 13.30–18 Uhr. Untere Landstr. 8, www.hagmann.co.at. Die **Eisdiele** 19 beim Steiner Tor hat von April bis Okt. bei Schönwetter geöffnet: Mo–Sa 10–19, So 13–19 Uhr.

Heuriger **Müllner** 1, uriger Altstadtheuriger in einem Kellergewölbe mit kalten Speisen, Garten mit Aussicht über die Stadt. 5x jährlich ausg'steckt (tägl. ab 16 Uhr). Stadtgraben 50, ✆ 0676-3420967, www.weingut-muellner.at.

Stoiber 2, 3 km östlich der Altstadt, neues, modernes Lokal unweit der „Sandgrube 13“, kreative, kalte Heurigenspezialitäten. 6x jährlich ausg'steckt (Di–So ab 16 Uhr). Oberer Weinzierlberg 22, ✆ 0680-2364909, www.stoiber-wein.at.

Stagård „Zum Schweden“ 29, innovativer, kleiner Heuriger eines Traditionsweinguts in Stein, österreichische und schwedische Spezialitäten (z. B. Polarbraten) und erstklassige Bio-Weine. 6x im Jahr ausg'steckt (tägl. ab 16 Uhr, reservieren!). Hintere Fahrstr. 3, ✆ 0676-9555436, www.stagard.at. ■

Bars/Nachtleben Die besten Reviere für Nachtschwärmer sind der Kremser Pfarrplatz und die Steiner Donaulände.

LATE 25 → Restaurants

Piano 26, traditionsreiches Bierlokal in Stein, eines der besten in Österreich. Außer Bier gibt es deftige Schmankerl, Events und Ausstellungen Tägl. 17–2 Uhr. Steiner Landstr. 21.

Wein & So 31, stimmungsvolle Gewölbebar im „Haus der Regionen“ in Stein mit großzügigem Weinangebot. Mo–Sa 17–1/2 Uhr. Steiner Donaulände 56.

Quba 6, chillige American Bar in der Kremser Altstadt, auch die Weinauswahl ist toll. Mi–So ab 20 Uhr. Margarethenstr. 11, www.quba.at.

XO-Bar-Lounge 10, direkt gegenüber der Quba in einem einstigen Reitstall, *die* Adresse für das junge Partyvolk, dazu eine riesige Auswahl an Cocktails. Tägl. 19–4 Uhr. Margarethenstr. 10, www.q-stall.at.

Krems und der Wagram → Karte S. 121

Schloss Grafenegg

Das Märchenschloss 10 km östlich von Krems zählt zu den bedeutendsten österreichischen Bauwerken des späten 19. Jahrhunderts (Foto S. 27). Inmitten eines historischen Landschaftsparks hat es sich mit der spektakulären Open-Air-Bühne Wolkenturm und dem Konzertsaal Auditorium als internationaler Festivalstandort einen Namen gemacht.

Zerstörung und Wiederaufbau kennzeichnen die Geschichte der Schlossanlage: Seit dem 13. Jahrhundert gab es hier eine Burg, die im 15. Jh. erweitert, von den Schweden im Dreißigjährigen Krieg verwüstet und im 17. Jh. wieder aufgebaut wurde. Von diesem Bau sind noch die vier Eckhäuser der Schlossmauer und ein kleiner Rundturm im Innenhof erhalten. Der Rest wurde 1846–72 im Stil des romantischen Historismus errichtet. Der damalige Besitzer hatte auf Englandreisen den Stil der Tudorgotik kennengelernt und seine Burg mit Türmchen, Erkern, Wasserspeiern und Zinnen umbauen und mit prächtigen Sammlungen ausstatten lassen. Im Zweiten Weltkrieg und danach während der russischen Besatzung wurde es wieder schwer beschädigt und geplündert. 1955 erfolgte die Rückgabe an die Familie der Herzöge von Ratibor und Corvey, die das Schloss seit 1894 besessen hatten. Franz Albrecht Metternich-Sándor (1920–2009), Vater des heutigen Schlossherrn, gelang es, mithilfe öffentlicher Gelder das Schloss und die Nebengebäude zu renovieren, so dass sie für Ausstellungen und Veranstaltungen genutzt werden können. 2007 kam das von Starpianist Rudolf Buchbinder initiierte hochkarätige *Grafenegg Festival* dazu, für das in einer Senke des Schlossparks der *Wolkenturm*, eine riesige Freilichtbühne mit 1750 Sitz- und 350 Rasenplätzen und einem hohen, bizarr gewundenen Bühnendach aus Beton und Stahl (Foto S. 32), sowie der Konzertsaal *Auditorium* als Schlechtwettervariante errichtet wurden.

Schlosspark: Der 32 Hektar große historische Park zählt mit seinen bis zu 250 Jahre alten teils exotischen Laub- und Nadelbäumen (kanadische Tannen, Mammutbäume, orientalische Fichten) zu den bedeutendsten österreichischen Parkanlagen des 19. Jh. Im letzten Jahrzehnt wurde er um zeitgenössische Kunstobjekte ergänzt. Er ist ganzjährig (außer an Konzertabenden) frei zugänglich. Auf drei beschilderten *Rundgängen*, ausgehend vom Wiener Tor (Haupteingang), kann man alle sehenswerten Ecken, darunter die Hundegräber, den Napoleonhügel, die Skulptur „Balance Capsule" (2008) von Little Warsaw mit einer Westberliner Telefonzelle oder das makabre Kunstwerk „Buchsdom Tower" (2007) des Amerikaners Mark Dion kennenlernen.

Das **Schloss** betritt man über die von zwei Wappenhaltern bewachte Schlossbrücke. Durch das neugotische Torgebäude gelangt man in den vom Schlossturm dominierten Innenhof. Die Schlossgemächer sind für ihre bunten Kachelöfen, prachtvollen Holzdecken und üppigen Schnitzarbeiten bekannt. Größter Raum und einstiges Prunkstück ist der *Rittersaal* von 1851, dessen Gestaltung mit kostbaren Materialien – Leder, Edelhölzer, Marmor – Vorbild für den späteren Ringstraßenstil, die Wiener Ausprägung des Historismus, war. Die einst auf den Konsolen präsentierten Sammlungen gingen in Kriegs- und Besatzungszeiten leider verloren. Weitere üppig dekorierte Räume der Beletage sind das *Speisezimmer* und der *Ecksalon* mit Kassettendecken, die zu den kunsthandwerklichen Höchstleistungen des 19. Jh. in Österreich zählen. Die 1853 geweihte *Schlosskapelle*, ein neugotisches Schmuckkästchen, birgt einen spätgotischen Altar (1491) und kann für Trauungen gemietet werden.

April bis 26. Okt. Di–So 10–17 Uhr. Eintritt 6 €, erm. 4 €, Familie 10 €. NÖ-Card gültig. ✆ 02735-5500, www.grafenegg.at.

Anfahrt S 5 bis Ausfahrt Grafenwörth.

Hin und weg Bahn: von Krems/Wien 3–8x tägl. bis Wagram-Grafenegg, dann noch 2 km zu Fuß zum Schloss.

Einkaufen Vinothegg, moderne Vinothek im einstigen Schlossmeierhof, Weine aus schlosseigenen Rebgärten und von 33 regionalen Winzern. Ostern bis Mitte Dez. Di–So 12–19 Uhr. www.vinothegg.at.

Veranstaltungen Grafenegg Festival, 3 Wochen Ende Aug./Anf. Sept., Orchesterkonzerte mit renommierten Gastorchestern und Solisten in ungezwungener Atmosphäre. ✆ 02735-5500, www.grafenegg.com.

Grafenegger Advent, um den 8. Dez., traditioneller Weihnachtsmarkt, vorweihnachtliches Singen und Musizieren. www.grafenegg.com.

Übernachten/Essen Mörwald Hotel Schloss Grafenegg, Hideaway mit 9 modern-eleganten Zimmern in einem Nebengebäude, der früheren Schlosstaverne. DZ 120–200 €. Das *Restaurant* (Mi–So 12–14, 18–22 Uhr, Sa/So durchgehend) erhielt in puncto Service und Küche zuletzt schlechte Kritiken. Geöffnet Mai–Dez. 3485 Grafenegg 12, ✆ 02735-26160, www.moerwald.at.

*** Gasthof Haag, bodenständiges Dorfgasthaus mit Kegelbahn und Gastgarten westlich des Schlossparks. Neben bodenständiger Kost sorgt Juniorchef Thomas Haag für kreativ verfeinerte Gerichte. Wirtshauskulturbetrieb. Di Ruhetag, Mi nur bis 15 Uhr, So nur bis 18 Uhr. Es gibt auch 11 komfortable Zimmer, DZ 72 €. 3485 Haitzendorf, Obere Hauptstr. 17, ✆ 02735-2252, www.gasthof-haag.at.

Am Wagram entlang

Die 50 km lange Geländestufe des Wagram zwischen Krems und Stockerau bildet das Nordufer der Urdonau. Das Bild prägen alte Wehrkirchen, tiefe Hohlgräben und großflächige Weingärten, an deren Fuß malerische Kellergassen locken.

Besonders reizvolle Zeiten am Wagram (sprich: Wágram), der aus einer bis zu 40 m dicken, für den Anbau von Grünem Veltliner gut geeigneten Lössschicht besteht, sind der Frühsommer, wenn Akazien und Kirschbäume blühen, oder der Herbst mit bunt verfärbtem Weinlaub und frischen **Walnüssen**. Den besten Blick auf die Geländekante hat man als Autofahrer von Grafenegg kommend oder als Bahnreisender auf dem Weg zwischen Tulln und Krems.

Engabrunn: Das Wahrzeichen des westlichsten Orts am Wagram ist die spätgotische *Wehrkirche*, die sich mit ihrem gedrungenen, kurzen Turm an der B 34 erhebt. Die hölzerne *Aussichtswarte Engabrunn* 2 km oberhalb des Orts bietet einen schönen Blick zum Schloss Grafenegg und bei klarem Wetter bis zu den Wiener Alpen.

Kellergasse Feuersbrunn: Mit über 200 Presshäusern zählt sie zu den längsten Anlagen Österreichs. Sie beginnt direkt an der B 34 und führt 2,5 km lang geradeaus und sanft ansteigend den Wagram hinauf bis zum Waldrand, wo sie an der Dreifaltigkeitssäule (mit naher Aussichtsplattform) endet. Von der Hauptkellergasse zweigen beiderseits fast ein Dutzend kleinerer Gassen ab, durch die es sich gemütlich spazieren lässt. Von Ende August bis Ende Oktober hat mindestens ein Heuriger geöffnet (tägl. ab 15 Uhr), am 2. Juli-Wochenende findet ein beliebtes Kellergassenfest statt.

Essen & Trinken Gasthaus zum Goldenen Kreuz, an der Ortskreuzung mit der B 34, bodenständiger Wirtshauskulturbetrieb der Familie Bauer (seit 1896). Große Auswahl an günstiger Hausmannskost und kleinen Schmankerln. Innenhofterrasse. Mo Ruhetag, Fr/So nur bis 14/16 Uhr. Weinstr. 11, ✆ 02738-2342, www.gasthausbauer.at.

Zur Traube, Stammhaus des umtriebigen Toni Mörwald mitten im Ort; Regionalküche zu gehobenen Preisen (z. B. Rostbraten 20 €), gute Auswahl an Weinen (nicht nur

Krems und der Wagram → Karte S. 121

Kellergassen am Wagram

vom Familienweingut). Fr–Di 12–22 Uhr. Im Haus befindet sich auch das zuletzt mit drei Hauben ausgezeichnete Gourmetrestaurant **Toni M.** (5-Gänge-Menü ca. 85 €). Fr–Di 12–14, 18–22 Uhr. Kleine Zeile 13–17, ✆ 02738-22980, www.moerwald.at.

Heurige **Weinberg-Heuriger Öhlzelt**, gemütliches Lokal in der Mitte der Kellergasse, draußen sitzt man direkt im Weingarten. Kalte Heurigenschmankerl, auch Vegetarisches. 7x jährlich ausg'steckt (Fr–So ab 15 Uhr), ✆ 0676-3420970, www.oehlzelt.at.

Marek Heuriger im Hof, Buschenschank im Ort mit baumbestandenem Innenhof und kalten Heurigenspezialitäten, die bei jedem Aussteckttermin variieren. Geöffnet 5x jährlich (Fr ab 17, Sa/So ab 15 Uhr). Neufang 17, ✆ 0664-2314271, www.weinhofmarek.at.

Kirchberg am Wagram

3400 Einwohner, 224 m

Der zentrale Ort liegt direkt an der Wagramkante. Durch eine tiefe Löss-Schlucht geht es vom unteren Ortsteil (Bahnhof) nach oben, wo auf einer Terrasse die weithin sichtbare, prächtig ausgestattete **Wallfahrtskirche Maria Trost** (s. u.) thront. Nordwestlich davon erstreckt sich der von historischen Bürgerhäusern umstandene, langgezogene Marktplatz mit einer steinernen Rolandsfigur (1636) und einer frühklassizistischen Dreifaltigkeitssäule (1780) in seiner grünen Mitte. Im Obergeschoss des Alten Rathauses werden Funde aus dem 400 Jahre alten Alchemistenlabor von **Gut Oberstockstall** (s. u.) gezeigt. Wichtige Anlaufstelle für Besucher ist die gläserne Gebietsvinothek *Weritas* am westlichen Eingang zum Marktplatz, die 2009 in zeitgenössischer Architektur errichtet wurde.

Wallfahrtskirche Maria Trost: Der prachtvolle Barockbau verdankt seine üppige Ausstattung den Passauer Domherren, die im 18. Jh. die gotische Vorgängerkirche von namhaften Künstlern umgestalten ließen. Von Carlo Carlone stammt das

Gemälde „Steinigung des heiligen Stephanus" am Hochaltar, wo sich auch die Wallfahrtsmadonna befindet. Den Marienaltar im linken Seitenschiff schuf der Kremser Schmidt. Beeindruckend sind auch die schöne Barockorgel und die zwei goldenen Kanzeln.

Gut Oberstockstall: Das burgartige Anwesen 1,5 km nördlich der Ortsmitte war einst Wirtschaftshof der Passauer Domherren, seine Baugeschichte reicht zurück bis ins 14. Jahrhundert. Mitte des 19. Jh. wurde es von der Kremser Weinhändlerfamilie Salomon erworben (→ Übernachten/ Essen). Bei Renovierungsarbeiten stieß man 1980 unter der Kapelle auf ein Alchemistenlabor von 1590. Fundstücke dieser kulturgeschichtlichen Sensation – es handelt sich um ein damaliges High-Tech-Labor – werden im Obergeschoss des Alten Rathauses von Kirchberg präsentiert (Sa 14–17 Uhr, Eintritt 2 €, ✆ 02279-2332).

Krems und der Wagram → Karte S. 121

Information Im **Weritas** (→ Einkaufen) erhält man auch touristische Informationen und Prospekte.

Hin und weg Bahn: 1–2x stündl. nach Krems und Wien.

Einkaufen **Naschmarkt**, Wochenmarkt mit regionalen Produkten, Mai–Okt. 8.30–12 Uhr am Marktplatz.

Gebietsvinothek Weritas, Verkostung und Verkauf der Weine von 50 regionalen Winzern zu Ab-Hof-Preisen, eine Wagram-Spezialität ist der Weißwein Roter Veltliner. Dazu gibt es kleine, feine Gerichte und internationale Schmankerln. Schöne Terrasse. Mi–Fr 14–22, Sa 9–22, So 9–16 Uhr. Marktplatz 44, ✆ 0676-4513002, www.weritas.at.

Wandern Vom Alten Rathaus führt der **Alchemistenweg** nach Oberstockstall und via Mitterstockstall wieder zurück (Gehzeit 1½ Std.).

Übernachten/Essen **** **Alter Winzerkeller**, denkmalgeschütztes Ensemble unweit des Weritas mit 6 schönen Zimmern (teils mit Antiquitäten und unter altem Gebälk) und einem zweigeschossigen Appartement für 4 Pers. Hauseigene Vinothek. Hausherr Ernst Vogel ist Aquarellist und veranstaltet Malkurse. DZ 110–130 €. Geöffnet März bis Mitte Dez. Rossplatz 1, ✆ 0664-5958607, www.alterwinzerkeller.at.

Gut Oberstockstall, das Weingut der Familie Salomon ist Biopionier und ein beliebtes Ziel für Gourmets; in gemütlichen Gaststuben oder im romantischen Innenhof, umgeben von blühendem Oleander, genießt man die wunderbare Küche und den aufmerksamen Service. Hauptgericht 16–35 €, 4-Gänge-Menü mit Wein 74 €. April bis Mitte Dez. Mi–Fr 16–23, Sa/So ab 11.30 Uhr. Seit 2014 gibt es auch 5 barock-elegante Genießerzimmer, DZ 168 €. Oberstockstall 1, ✆ 02279-2335, www.gut-oberstockstall.at. ■

Heuriger **Weingut Ecker-Eckhof**, 2 km östlich, gemütliches Lokal mit Kachelofenstube, Wintergarten und Gastgarten im Innenhof. Kalte Heurigenspeisen, sehr gute Weine. 4x jährlich ausg'steckt (tägl. ab 17, Sa/So ab 16 Uhr). Mitterstockstall 25, ✆ 02279-2440, www.eckhof.at.

Schloss Waldreichs | Strandbad Plank am Kamp

Kamptal, mittleres und südliches Waldviertel

Weinterrassen und Wackelsteine, wildromantische Schluchten und nostalgische Badehütten, eine weit verzweigte Seenlandschaft und Nadelwälder, dazwischen Klöster, Schlösser und trutzige Burgen – unendlich abwechslungsreich ist die Reise von der Donau nordwärts entlang der Waldviertler Flüsse Kamp, Krems und Ysper.

„Der Krumme" (kelt. *kampos)* heißt der mit 153 km längste Fluss des Waldviertels. In unzähligen Schlingen wühlt er sich als honigbraunes, da eisenhaltiges Gewässer von West nach Ost durch die Böhmische Masse und schlägt mehrere Haken auf seinem Weg von der Quelle bis zur Mündung in die Donau. Dort, an seinem unteren Ende, liegt eines der bedeutendsten Weinbaugebiete Österreichs – und mittendrin die sehenswerte Weinstadt **Langenlois**. Flussaufwärts folgen Winzerdörfer und ehemalige Sommerfrischeorte wie **Schönberg** und **Gars am Kamp**. Kunsthistorische Höhepunkte sind **Stift Altenburg** und **Stift Zwettl**, die **Rosenburg** ist ein beliebtes Ausflugsziel. Das enge Durchbruchstal im mittleren Kamptal und die idyllische Landschaft am Oberlauf begeistern Naturliebhaber. An den drei **Kampseen** dazwischen herrscht im Hochsommer reges Treiben. Auf die für das Waldviertel typischen Gesteinsformationen, die haushohen Restlinge und Wackelsteine, stößt man schließlich im Quellgebiet des Flusses, auf dem **Hochland des oberen Kamp** im Herzen des Waldviertels. Südwestlich parallel zum Kamp verläuft das **Kremstal**, das von der Donau bis **Senftenberg** ebenfalls von Rebterrassen geprägt ist und dann mit tiefgrünen Nadelbäumen und Mohnfeldern zur Hochebene ansteigt. Die Südwestecke des Waldviertels rund um den 1000 m hohen Rücken des **Ostrong** ist ein lohnendes Ziel für Wanderer, die im **Yspertal** bizarre Felsgebilde und romantische Schluchten finden.

Langenlois

7600 Einwohner, 219 m

Die malerische Weinstadt mit ihren schönen Bürgerhäusern liegt in einem rebenbewachsenen Kessel am Übergang vom Donaubecken ins Waldviertel. Viel Sonnenschein lässt auf den Terrassen um die Stadt berühmte Weine reifen. Mit der Weinerlebniswelt Loisium werden sie in spannender Architektur in Szene gesetzt.

Langenlois ist die größte Weinbaustadt Österreichs. 700 Winzer bewirtschaften auf 2000 Hektar Weingärten, deren Erträge seit Jahrhunderten geschätzt werden. Zugute kommen dem Wein der Lössboden und das günstige Klima: In Langenlois regnet es kaum, dazu strömt milde Luft aus dem Donautal heran und nachts entfaltet die frische Brise aus dem Waldviertel ihre kühlende Wirkung.

Um 1080 wird die Stadt erstmals erwähnt, *Liubisa* (slaw., „die Liebliche") war ihr Name, der sich vermutlich auf die schöne Lage bezog. Die „lange Stadt am Loisbach", wie sie später hieß, erstreckte sich seit 1430 über fast fünf Kilometer. Damals wurden die von Weinbauern bewohnte „Obere Stadt" im Westen um die alte Nikolauskirche und die von reichen Grundbesitzern, den sogenannten „Vierzigern" planmäßig angelegte „Untere Stadt" (das heutige Stadtzentrum) zu einem Markt vereint. Mit dem Bau der Kamptalbahn 1889 entwickelte sich Langenlois zum Sommerfrischeort.

Sehenswertes

Loisium Weinerlebniswelt: Oberhalb der Stadtmitte, inmitten von Weingärten erhebt sich das weithin sichtbare Wahrzeichen von Langenlois, ein leicht geneigter, mit Aluminium verkleideter Würfel. Entworfen wurde er vom amerikanischen Star-Architekten Steve Holl, fertiggestellt 2003. Es ist das Besucherzentrum (mit Vinothek und Weinbar) der Weinerlebniswelt (Foto S. 307).

Diese betritt man nach dem Ticketkauf durch ein gelbes Tor am Fuß der Weingärten. Gleich zu Beginn wird man in einer multivisuellen Show als „Traube" zu Wein verwandelt, danach geht es durch bis zu 900 Jahre alte Weinkeller, wo die Geschichte des Weinbaus erzählt wird. Plötzlich findet man sich wieder über der Erde im 10er-Haus, einem zum Museum umfunktionierten Winzerhof von 1924, in dem das frühere Weinbauernleben dargestellt wird. Durch den alten Presskeller geht es wieder in die Tiefe, vorbei am modernen Wein- und Sektkeller des Weinguts Steininger – High-Tech und Stahltanks statt hölzerner Fässer. In den anschließenden Lössgängen und weiteren Stationen werden mit Installationen und interaktiven Spielereien Mythen und die sakrale Bedeutung des Weins thematisiert, bevor der Rundgang nach rund 1½ Std. im Besucherzentrum endet.

Weinerlebniswelt April–Okt. tägl. 10–19, Nov.–März Mi–So 10–19 Uhr. Einlass zu jeder halben/vollen Stunde, erstmals um 10.30, letztmals um 17.30 Uhr. Eintritt inkl. Audioguide und Kostprobe 13 €, Kind 7 €, Familie 29 €. NÖ-Card 1x gültig. Kellertemperatur ganzjährig 12 °C. ✆ 02734-322400, www.loisium-weinwelt.at.

Weinweg Vom Loisium aus lohnt der 6 km lange, beschilderte **Wanderweg** (6 km, Gehzeit 1½ Std.) durch die bekannten Weinlagen *Dechant*, *Käferberg*, *Steinhaus* und *Schenkenbichl*. Er ist mit Informationstafeln zum Weinbau und mit fotogenen Objekten, wie einer Riesenrebschere, einem Riesenregenwurm und aussichtsreichen Rastplätzen versehen. Am höchsten Punkt trifft er auf die 7 m hohe Skulptur „ohne Titel" von Heimo Zobernig, eine Riesenweintraube mit 130 rostigen Stahlkugeln, die seit 2006 den Käferberg ziert (Foto S. 141).

In drei Weingartenhütten entlang des Wegs stehen von April bis Okt. gekühlte Weine bereit (Leihschlüssel für 20 €/Pers. im Loisium bzw. Ursin-Haus erhältlich).

Loisium Hotel Steve Holl entwarf auch das nahe, 2005 eröffnete Hotel → Übernachten.

Kornplatz: Vom Loisium führt ein kurzer Fußweg (vorbei am *Heurigenhof Bründlmayer* → Essen & Trinken) hinunter ins Stadtzentrum, dessen Mitte der *Kornplatz* bildet. Sein Name stammt von den hier einst abgehaltenen Getreidemärkten. Auf drei Seiten wird er von prächtigen, reich verzierten Bürgerhäusern aus dem 16. Jh. umstanden, die von der *Vierzigerschaft*, 40 privilegierten Stadtbürgern errichtet wurden. Eines davon ist das *Ursin Haus* von 1580 mit grau-weißer Renaissancefassade und Volutengiebel. Es beherbergt im hinteren Trakt die Touristinformation und eine reich bestückte Vinothek (→ Einkaufen). Sgraffitomalereien von 1561 (mit Szenen des Alten Testaments) zieren den ehem. *Gasthof zur goldenen Kugel*

am Beginn der Bahnstraße. Die Mitte des Kornplatzes schmückt eine aufwendige *Pestsäule* (1713). So schön dieses Platzensemble ist, so schade ist es, dass es zum verkehrsreichen Kreisverkehr degradiert wurde.

Heimatmuseum: Die Südseite des Kornplatzes begrenzt der Loisbach, gleich am anderen Ufer trifft man auf ein Gebäude aus dem 16. Jh. mit einer Prangerfigur im Vorgarten. Es präsentiert in 13 Räumen eine bunte Sammlung zur Stadtgeschichte, vom über 3 m langen und damit größten je in Mitteleuropa gefundenen Mammutstoßzahn über altes Handwerksgerät und Bauernmöbel bis zum Biedermeiersessel. Mai bis Ende Okt. Di–So 10–12, Juli–Sept. Sa/So bis 16 Uhr. Eintritt 3 € oder NÖ-Card, Kind frei. Rathausstr. 9.

Stadtpfarrkirche St. Lorenz: Ihr hoher Barockturm bestimmt die Stadtsilhouette, die Kirche ist aber viel älter, wurde im 13. Jh. erbaut und im 15. Jh. spätgotisch erweitert. 1960 entfernte man die barocke Ausstattung von 1750 und stellte das gotische Aussehen mit Holzflachdecke, Wandfries und einem Hochaltar von 1500

Der Kornplatz ist Mittelpunkt der Weinstadt Langenlois

wieder her. Die fehlenden Altarflügel ersetzten Tafelmalereien des phantastischen Realisten Helmut Kies (1964). An der Außenseite des Chors kann man in den Karner (mit ordentlich gestapelten Knochen) blicken.

Holzplatz: Dreieckig und weit ist der zweite Stadtplatz, auf dem früher Stockholz für die Weingärten gehandelt wurde. 2009 wurde er verkehrsberuhigt und mit sommerlichen Gastgärten bestückt. Seine Mitte ziert ein Brunnen, sein Nordende eine Florianisäule (18. Jh.).

Nikolauskirche: 2 km loisbachaufwärts Richtung Gföhl steht die älteste Kirche der Stadt, ein romanisch-frühgotischer Bau (13. Jh.) mit steinernem Turmhelm. Das schmucke Bild vervollständigt eine alte Steinbrücke.

Basis-Infos

→ Karte S. 142/143

Information **Ursin Haus**, am Kornplatz im rückwärtigen Teil des Hauses, Vinothek und Gästeinformation, Leihräder (15 €/Tag). Tägl. 10–18 Uhr. 3550 Langenlois, Kamptalstr. 3, ✆ 02734-20000, www.ursinhaus.at, www.langenlois.at.

Hin und weg Bahn: stündl. von Krems oder Wien (mit Umsteigen in Hadersdorf), Sa/So alle 2 Std.

Baden **Freizeitanlage beim Kamp**, in der Haindorfer Au, wo der Kamp an einem Wehr gestaut wird; Baden und Paddeln im tiefen Fluss, große Liegewiese, Badehaus aus den 1920ern. Eintritt frei.

Stausee Kronsegg → Ruine Kronsegg

Einkaufen **Vinothek im Ursin Haus** 9, 300 Weine, Winzersekte und Edelbrände von 57 Kamptalwinzern zu Ab-Hof-Preisen. Tägl. 10–18 Uhr, www.ursinhaus.at.

Loisium Vinothek 7, im Besucherzentrum. 220 Weine und Winzersekte aus Niederösterreich zu Ab-Hof-Preisen, Pesto und Öl aus der Region. April–Okt. tägl. 10–19, Nov.–März Mo/Do 10–15, Mi–So 10–19 Uhr. Online-Verkauf unter www.loisium-vinothek.at.

Weingut Fred Loimer 1, Topwinzer, sein schwarzer Quader ist einer der architektonisch spektakulärsten Weinkeller Österreichs, sein Weinbau rein biologisch. Ab-Hof-Verkauf Mo–Fr 10–17 Uhr, März bis Okt. auch Sa. Vögerlweg 23, ✆ 02734-2239. ■

Fahrradverleih → Ursin Haus

Golf **Golfplatz Lengenfeld**, 36-Loch-Anlage in Terrassenlage 6 km westl. von Langenlois, dank des milden Klimas fast ganzjährig bespielbar. Green Fee 59–69 €. www.golflengenfeld.at.

Veranstaltungen **Loisiarte**, Ende März, hochkarätiges Festival im Loisium für zeitgenössische Musik, Kammermusik und Weltliteratur. www.loisiarte.at.

Kamptaler Weinfrühling, letzter Sa/So im April, offene Kellertüren bei mehr als 100 Winzern um Langenlois. www.kamptal.at.

Schlossfestspiele Langenlois, 10 Abende Ende Juli bis Mitte Aug., niveauvolle Open-Air-Operette im Park von Schloss Haindorf mit eigenem Winzerdorf. www.schlossfestspiele.at.

Langenloiser Kellergassenfest, letztes Wochenende im Aug., 12 Heurige laden in die Kellergasse am Sauberg.

Übernachten/Essen & Trinken

→ Karte S. 142/143

Übernachten ****S **Wine & Spa Resort Loisium Hotel 4**, der für seine Architektur preisgekrönte Bau hinter dem Loisium bietet 82 Designzimmer, das Restaurant „Vineyard" mit ambitionierter Küche, eine gut bestückte Bar, einen schönen Wellnessbereich mit Naturbadeteich und beheiztem Außenpool im Weingarten. Urbanes Publikum. DZ 160–220 €. Loisium Allee 2, ✆ 02734-771000, www.loisium.com.

Vierzigerhof 13, 10 schicke großzügige, Zimmer mit Parkettböden in historischen Mauern mitten im Ort; Frühstück im Wintergarten im schönen Arkadeninnenhof (16. Jh.). Leider nicht ganz günstig. Aufzug vorhanden, kein Wellnessangebot. DZ 140–160 €. Rudolfstr. 11, ✆ 0664-8413177, www.vierzigerhof.at.

Gästezimmer Beate Holzer 2, 2 km westl. in Richtung Gföhl, neues Haus mit 5 nach Rebsorten benannten, geräumigen Zimmern und überdachten Parkplätzen. DZ 64–76 €. Zwettler Str. 131, ✆ 0664-5854431, www.bholzer.at.

››› Lesertipp: **Gästezimmer Baumgartner 3**, Leserin Birgit Gegenfurtner aus München empfiehlt den schönen Winzerhof mit

Traubenkunst am Langenloiser Käferberg

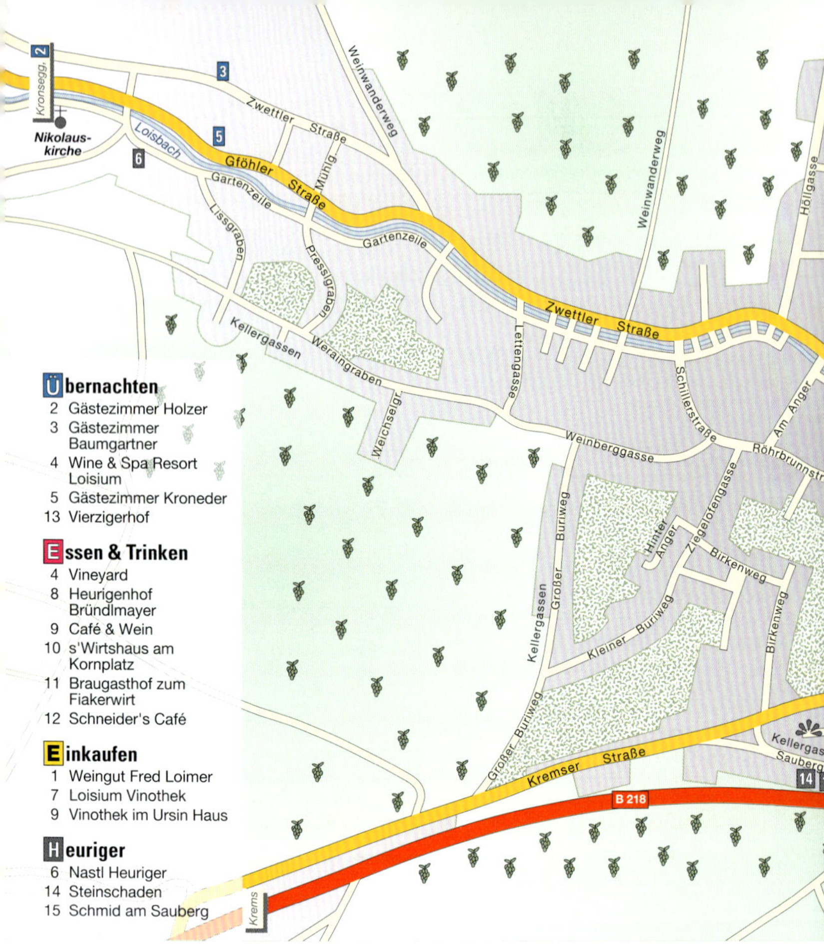

vier in Vollholz ausgestatteten Zimmern. Hauseigener Heuriger 5 Gehminuten entfernt. DZ 58 €. Zwettlerstr. 104, ✆ 0664-3082843, www.weingut-baumgartner.at. «

Gästezimmer Kroneder **5**, 1,5 km westlich Richtung Gföhl, 4 schöne, hell eingerichtete Zimmer im Dachgeschoss. DZ 60–70 €. Geöffnet März–Nov. Gföhler Str. 28, ✆ 02734-3617, www.kroneder.at.

Wohnmobile 7 Stellplätze mit Strom/Wasser 2 km östlich beim *** Hotel Schloss Haindorf (✆ 02734-2693), 8 €/Nacht inkl. Nutzung des Hotelhallenbads.

Restaurants **Vineyard** **4**, Restaurant im Loisium Hotel → Übernachten. Tägl. 18–21.30 Uhr. Reservierung unter ✆ 02734-77100-500.

Heurigenhof Bründlmayer **8**, sympathisches Heurigenrestaurant des berühmten Winzers, dessen Weine man hier kaufen und glasweise verkosten kann. Schöner Bau aus dem 16. Jh., die verfeinerte Küche (abends, Sa/So mittags) ist mit einer Haube prämiert, Hauptgericht 12–25 €. Unbedingt reservieren. Im Sommer sitzt man im Innenhof, bei Schönwetter gibt es Picknick im Weingarten. März bis Ende Dez. Mi–Fr 15–22, Sa/So 12–22 Uhr, im Winter nur bis 20 Uhr. Walterstr. 14, ✆ 02734-2883, www.heurigenhof.at.

Braugasthof zum Fiakerwirt **11**, uriger Wirtshauskulturbetrieb und Treffpunkt der Einheimischen mit preiswerter Hausmannskost (Hauptgericht 8–11 €). Selbstge-

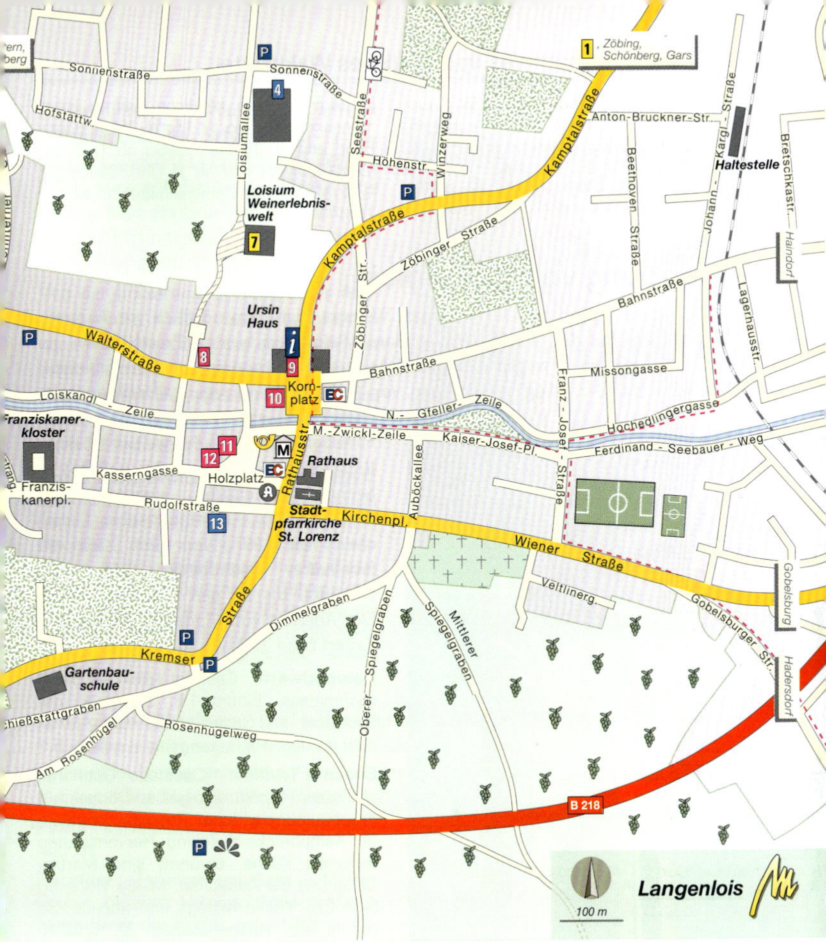

brautes Bier, schattiger Gastgarten. Durchgehend warme Küche. Mi–Sa 7–22, So/Mo 7–14 Uhr, Di Ruhetag. Holzplatz 7, ✆ 02734-2150, www.fiakerwirt.at.

S'Wirtshaus am Kornplatz 10, der frühere Langenloiser Hof, ein Renaissancebau von 1566, wurde 2012 renoviert und bietet klassische österreichische Küche. Mo Ruhetag. Kornplatz 2, ✆ 02734-2475, www.wirtshaus-langenlois.at.

Cafés/Bars **Café & Wein 9**, trendige Kaffee- und Weinbar im Ursin Haus, sonniger Gastgarten. Kaffee, Tee, Mehlspeisen bzw. kleine Speisen der regionalen und mediterranen Küche (Pasta, Antipasti). Kamptalweine glasweise. Tägl. 9–23 Uhr, Nov.–März So/Mo nur bis 18 Uhr. Kornplatz 5, ✆ 02734-20002.

Schneider's Café am Holzplatz 12, nettes Kaffeehaus mit hausgemachten Mehlspeisen, Eisvitrine im Sommer. Schön zum Draußensitzen. Tägl. 9–18 Uhr. Holzplatz 6.

Heurige Fündig wird man in den Kellergassen am Sauberg und am Ortsende Richtung Gföhl.

Nastl Heuriger 6, großer, bunt aufgefrischter Traditionsheuriger mit Gastgarten unweit der Nikolauskirche. Kalte Heurigenkost, Spezialität ist die Sausemmel, ein mit Schweinsbraten und Zwiebel gefülltes Wachauer Laberl. 3x ausg'steckt (tägl. ab 16 Uhr). Gartenzeile 17, ✆ 02734-2903, www.nastl.at.

Schmid am Sauberg 15, schönes, rustikales Lokal mit lauschigem Gastgarten und

Obst-, Blumen-, Beeren-, Kräuter- und Gemüsesorten wurden hier gepflanzt, um sie zu erhalten, ihre Samen zu vermehren und zu verkaufen. Am östlichen Ortsende locken die **Kittenberger Erlebnisgärten**, ein Gartencenter mit über 40 Themengärten, nicht nur Hobbygärtner, sondern dank Spielegärten auch viele Familien an. Für Stärkung sorgt das Selbstbedienungsrestaurant *Glas.Haus.*

Ein mit Infotafeln versehener **Gartenweg** quer durch den Ort verbindet die beiden Gärten (4 km, Gehzeit 1 Std.)

Anfahrt ab Langenlois durch das Loistal oder mit mehr Aussicht über die alte Schilterner Straße (je 9 km).

Schaugarten Arche Noah April bis Mitte Okt. Di–Fr 10–16, Sa/So 10–17 Uhr. Führungen Sa/So 11, 14, 15.30 Uhr Eintritt 7 €, Kind frei, Führung gratis. Obere Str. 40, ✆ 02734-8626, www.arche-noah.at.

Kittenberger Erlebnisgärten Mitte März bis Ende Okt. Mo–Sa 9–18, So 10–17 Uhr, Nov. bis 4. Advent tägl. 10–19 Uhr. Eintritt 8 €, Kind 4 €. NÖ-Card 1x gültig. Laabergstr. 15, www.kittenberger.at.

Kulturpark Kamptal

Das untere und mittlere Kamptal und der Manhartsberg zählen zu den ältesten Regionen Europas, 1000 Millionen Jahre Erdgeschichte und 30.000 Jahre Menschheitsgeschichte lassen sich hier erforschen. Um die für Laien oft schwer erkennbaren Fundstellen oder geologischen Aufschlüsse erlebbar und Zusammenhänge verständlich zu machen, wurden prähistorische Plätze, Höhlen, Steinbrüche, Lösswände, aber auch Kalvarienberge, Granittürme, Kapellen und Karner, Kellergassen, Burgruinen, Schlösser und Eisenbahnbrücken in der Region als „Erlebnispunkte“ markiert und mit zweisprachigen Informationstafeln bestückt. Informationen und Faltblätter gibt's in den Touristinformationen in Langenlois und Horn.

Hadersdorf am Kamp

1600 Einwohner, 202 m

Der Ort 4 km südöstlich von Langenlois überrascht mit einem sehenswerten historischen **Marktplatz**: In der Mitte eine weite, baumbestandene Parkanlage, auf allen vier Seiten mittelalterliche Ackerbürgerhäuser mit Barock- und Renaissancefassaden, versehen mit Hoftoren und verziert mit Volutengiebeln. In der Südwestecke erheben sich die spätbarocke Pfarrkirche (18. Jh.) und ihr zur Seite ein spätromanischer Rundkarner aus dem 13. Jahrhundert.

Seit 2009 besitzt *Daniel Spoerri* (geb. 1930), namhafter Schweizer Objektkünstler rumänischer Herkunft mit Wohnsitz Wien, zwei der historischen Häuser am Marktplatz. Sie dienen ihm als Kunstlager und sind öffentlich zugänglich: Haus Nr. 16, ein ehemaliger Gasthof, beherbergt im Erdgeschoss das **Esslokal** (→ Essen) und im Obergeschoss Veranstaltungsräume. Haus Nr. 23, einst ein klösterlicher Lesehof mit Innenhof und Garten, fungiert als **Ausstellungshaus**. Hier zeigt Spoerri, der in den 1960ern für seine *Fallenbilder* – dreidimensionale Stillleben mit fixierten Essensresten – berühmt wurde, eigene Werke, Werke aus seinen Sammlungen (von afrikanischen Masken bis Schuhlöffel) und interessante Wechselausstellungen von Künstlerfreunden. 2012 schuf er für den Hadersdorfer Marktplatz unweit seines Ausstellungshauses die Bronzeskulptur *Die Haderer*, sie interpretiert die zwei kämpfenden Ritter aus dem Gemeindewappen neu.

„Die Haderer“ auf dem Marktplatz von Hadersdorf

Hin und weg Bahn: Bahnhof Hadersdorf, 1,5 km südl. des Zentrums, ist Knotenpunkt des Kremser Asts der Franz-Josefs-Bahn und der Kamptalbahn. Mindestens 1x stündl. nach Krems/Wien, alle 1–2 Std. ins Kamptal.

Ausstellungshaus März bis Ende Okt. Fr–So 11–17, ab Mai auch Do 11–17 Uhr, im Sommer bis 18 Uhr. Eintritt 7 € oder NÖ-Card, bis 14 J. frei. Hauptplatz 23, ✆ 0664-88454787, www.spoerri.at.

Essen & Trinken Färberstub'n, gemütlicher Gasthof der Familie Horky am Marktplatz, tadellose regionale und Wiener Küche, Hauptgericht 8–16 €. Geöffnet Mi–Sa, So nur mittags. Hauptplatz 12, ✆ 02735-26180, www.faerberstubn.at.

Esslokal, Teil des Spoerri-Universums, modern interpretierte Wirtshausküche, Hauptgericht 12–17 €. Do–Sa 11–22, So 10–17, Mo 11–14 und 17.30–22 Uhr. Hauptplatz 16, ✆ 02735-20386, www.esslokal.at.

Straß im Straßertale

1600 Einwohner, 208 m

Der Markt an den Südausläufern des Manhartsberges 2 km nördlich von Hadersdorf ist einer der höchstprämierten Weinorte Österreichs – ein Umstand, der sich in stolzen Winzerhäusern spiegelt. Straßertaler Weine kauft man am besten in der regionalen *Vinothek* (→ Einkaufen) an der westlichen Ortseinfahrt (B 35). Sie ist auf dem Gelände einer Fassbinderei eingerichtet, die in ein sehenswertes **Fassbinderei- und Weinbaumuseum** mit Schauweingarten umgestaltet wurde.

Mitte März bis Ende Nov. Di–So 10–17 Uhr. Eingang durch die Vinothek. Eintritt 5 € oder NÖ-Card.

Von hier sind es 500 m durch die Herrengasse zum weiten, stimmungsvollen **Marktplatz**, den der von Bäumen gesäumte *Gscheinzbach* durchfließt. Den Platz beherrscht die frühbarocke **Pfarrkirche** von 1646. Sie wurde von den gegenreformatorischen Schlossherren von Grafenegg gestiftet ebenso wie die drangebaute *Loretokapelle*, eine maßstabgetreue Nachbildung der Casa santa von Loreto. Einzigartig sind ihre Architekturfresken an der Außenwand von 1667. Unweit erblickt man das Wahrzeichen von Straß, die malerische **Marienbrücke**, eine kleine barocke Doppelbogenbrücke mit Marienstatue und Laterne.

Elsarn: In dem Dorf 3 km nördlich im Straßertal an der B 35 befindet sich ein *Freilichtmuseum* mit der Rekonstruktion eines germanisches Gehöfts samt Wohn- und Wirtschaftsgebäuden, Nutzgarten und Naturlehrpfad. Es soll eine Vorstellung vom Leben der Bauern im 2./3. Jh. n. Chr. vermitteln. Höhepunkt sind die Germanenfeste zu Pfingsten und am 26. Oktober, wenn hier geschmiedet, gebacken, getöpfert und gefeiert wird.

März bis Ende Okt. tägl. außer Mo 10–17 Uhr. Eintritt 5 €, Schüler/Stud. 3 € oder NÖ-Card, beim Germanenfest 3 € mehr. ✆ 02735-2495, www.freilichtmuseum-elsarn.at.

Obernholz: Auf die höchstgelegene Straßer Kellergasse stößt man in dem idyllischen 50-Seelen-Dorf (375 m), 2 km nördlich oberhalb von Elsarn. Sie hat auch einen Fossilienschauraum zu bieten, die Funde stammen aus der 15 Gehminuten entfernten *Sandgrube Obernholz*, die man besuchen, aber wegen Einsturzgefahr nicht betreten darf. Schautafeln erläutern die meterhohen Ablagerungen des Eggenburger Meeres, das vor 20 Millionen Jahren noch hier anbrandete.

Information www.strassertal.at.

Hin und weg **Bus** Mo–Fr 3–5x tägl. nach Straß–Krems.

Einkaufen **Weinkontraste Vinothek Straß**, regionale Weine zu Ab-Hof-Preisen, vieles zu verkosten, Top-Beratung. März bis Mitte Jan. Di–So 10–18 Uhr. Langenloiser Str. 199, ✆ 02735-3900, www.weinkontraste.at.

Wandern Ab dem Straßer Marktplatz (Infotafel) sind fünf Rundwege beschildert, schön ist der **Ruinen-Rundwanderweg** (8 km, Gehzeit 2 Std.) das bewaldete Straßertal aufwärts bis zu den Mauerresten der einst mächtigen Ruine Falkenberg (zerstört um 1300) und dann aussichtsreich durch die Weinberge zurück.

Malerische Marienbrücke in Straß

Übernachten/Restaurants/Heurige

*** **Eisenbock's Strasser Hof**, freundliches Land- und Seminarhotel der Familie Eisenbock am Marktplatz mit 51 geräumigen Zimmern. Im Restaurant mit seinen gemütlichen Stuben wird täglich verfeinerte Regionalküche und Vegetarisches serviert (Hauptgericht 10–16 €, 3-Gang-Mittagsmenü 7 €). Schöner Gastgarten mit Kirchenblick. DZ 100–120 €. 3491 Straß, Marktplatz 30, ✆ 02735-2427, www.strasserhof.at.

*** **Weingut Rosenberger**, 4 nette Zimmer in ruhiger Ortsrandlage mit Weingartenblick. DZ 60–70 €, ab 3 Nächten 56 €. Gemütlicher Heuriger im Haus. Weinbergweg 426, ✆ 02735-2532, www.weingut-rosenberger.at.

Weinstube Dolle, liebevoll dekoriertes Heurigenrestaurant im Innenhof eines renommierten Weinguts. Warme und kalte Schmankerl, dazu erlesene Weine. Mitte April bis Anfang Juni und Sept. bis Ende Nov. Fr ab 17, Sa/So ab 15 Uhr. Herrengasse 2, ✆ 02735-2326, www.dolle.at.

Bernd's Weinbergstüberl, gemütliches, modernes Lokal mit verfeinerter Heurigenkost und großer Sonnenterrasse in den Weingärten westlich der Vinothek Straß. April bis Mitte Nov. 3x ausg'steckt (Fr–So ab 15 Uhr). Langenloiser Straße, ✆ 02735-2637, www.weinbau-eisenbock.at.

››› Unser Tipp: **Weinhof Waldschütz**, Heuriger in sonniger Höhenlage in der Kellergasse Obernholz, bodenständige Jause, auch fleischlose Spezialitäten. Mitte März bis Ende Aug. 4x geöffnet (Mi–So ab 16 Uhr). ✆ 0664-3874076, www.waldschuetz.at. ‹‹‹

Im Kamptal flussaufwärts bis Zwettl

Nördlich von Langenlois wird das Kamptal tatsächlich zum Tal. Die Wälder links und rechts rücken näher, der Weinbau wird seltener, die Luft frischer, und bald haben neben dem stark gewundenen Fluss nur mehr Bahnlinie, Radweg und Straße Platz, die einträchtig allen Mäandern folgen. Die Orte im **Unteren Kamptal** waren einst beliebte Sommerfrischeplätze, zahlreiche Bauwerke erinnern noch an diese Zeit. Hinter Rosenburg verlassen Straße und Bahn dann den Kamp, der Fluss knickt nämlich abrupt ab und es folgt ein eindrucksvolles Durchbruchstal, das **Mittlere Kamptal**, das nur zu Fuß oder mit dem Kanu erforscht werden kann. Weiter kampaufwärts bietet sich wieder ein völlig anderes – von Menschenhand beeinflusstes – Bild. Steilufer und Felswände sind versunken im Wasser der drei **Kamptalstauseen**, ein beliebtes Freizeitziel.

Geprägt ist der gesamte Lauf des Kamp von Schlössern und Burgruinen, die auf jene Kette an Wehranlagen zurückgehen, die im frühen Babenbergerreich (11./12. Jh.) die Grenze gegen Böhmen schützten. Näher vorgestellt werden nur jene, die auch zugänglich sind.

Sommerfrische im Kamptal

„Auf Sommerfrische gehen" war der zur vorletzten Jahrhundertwende verbreitete Brauch der Städter, die heißen Sommermonate in angenehmerem Klima mit Stil zu überstehen. Mit der Eröffnung der Kamptalbahn 1889 wurde die Wiener Gesellschaft auf das nun in wenigen Stunden erreichbare Untere Kamptal aufmerksam. Zunächst kamen Begüterte samt Dienstpersonal, darunter der Operettenkomponist Franz von Suppé, der sich 1878 ein Bauernhaus in Gars zur Villa umbauen ließ. Viele folgten ihm. Bis 1914 entstanden zahlreiche Villensiedlungen im Heimatstil mit reich verzierten Veranden, Lauben, Giebeln und Türmchen aus Holz, die schönsten stehen heute noch in Gars und Rosenburg. Den Tag verbrachte der Sommerfrischler mit Spaziergängen, bei Konzerten im Kurpark, mit Bootspartien oder Baden im Kamp, dessen Wasser damals über 26 °C erreichte und somit viel wärmer war als nach der Errichtung der Kamptalstauseen. Am Abend sorgten Sommer-Kino oder Saisontheater für Unterhaltung. Wie bei vielen Sommerfrischen bereiteten die Weltwirtschaftskrise, der Zweite Weltkrieg und ein geändertes Urlaubsverhalten dem Boom ein Ende. Hotels, Villen und Residenzen dämmerten lange Zeit dahin. Klimawandel, der Trend zu Kurzreisen, krisenanfällige Fernziele etc. haben inzwischen zu einer sanften Renaissance der Sommerfrische geführt. An heißen Sommerwochenenden ist das untere Kamptal weitgehend ausgebucht.

→ Karte S. 138/139

Schönberg am Kamp

1850 Einwohner, 226 m

Der frühere Sommerfrische- und heutige Weinort liegt, inmitten von Rebterrassen, 5 km nördlich von Langenlois. Seine im Kern gotische, von einer hohen Wehrmauer umfasste *Pfarrkirche* erinnert an die Kirchen der Wachau.

Unverwechselbar hingegen ist die nahe **Alte Schmiede** in der Hauptstraße 36. Das 400-jährige Haus wurde von Peter Pelikan, dem Architekten von Friedensreich

Hundertwasser, zur touristischen Anlaufstelle umgestaltet. In dem gelb-orange karierten Bau findet man eine Vinothek, eine Schauschmiede und im Obergeschoss ein entzückendes Sommerfrische-Museum mit zwei ins kleinste Detail nachgestellten nostalgischen Fremdenzimmern. An diese Zeit erinnert auch das grün-weiß gestrichene Badehaus direkt am Kampufer. Es dient heute nur mehr als Geräteschuppen, nebenan ist ein modernes Freibad entstanden. Wer lieber *im* Kamp schwimmen möchte, begibt sich flussaufwärts in die Ortsteile *Stiefern* oder *Plank am Kamp* (→ Baden).

Eine Besonderheit ist der **Kalvarienberg** zwischen Schönberg und Stiefern, denn von beiden Orten führen Kreuzwegstationen nach oben zur sandsteinernen Kreuzigungsgruppe (1783) am Bergkamm. Unweit davon kann man an der Sitzplatzskulptur *Schaubühne* (2009) den Ausblick über die Weinhänge nach Süden genießen, das 12 m lange *Mondrohr* (2012) nebenan ist eine von beiden Talorten sichtbare Landmarke.

Information Alte Schmiede, Mo–Fr 11–18, Sa/So 10–18 Uhr, Nov. bis Ostern Sa/So 11–18 Uhr. 3562 Schönberg am Kamp, Hauptstr. 16, ✆ 02733-76476, www.schoenberg.gv.at.

Hin und weg Bahn: Mo–Fr stündl. nach Krems/Horn bzw. Wien (Umsteigen in Hadersdorf), Sa/So alle 2 Std.

Auf ein „Achterl" vor der Alten Schmiede

Angeln Verkauf von Tageslizenzen in der Alten Schmiede.

Baden Freibad Schönberg, großes, solarbeheiztes Schwimmbad, Liegewiese, Sportplätze; Mitte Mai bis Anfang Sept. tägl. bis 19 Uhr. Tageskarte 3,50 €. Badgasse 27, ✆ 02985-8305.

››› Unser Tipp: **Strandbad Plank am Kamp**, nostalgisches Flussbad wie aus dem Bilderbuch, die rot-weißen Badehäuser sind ein Wahrzeichen des Kamptals. Mitte Juni bis Anf. Sept. tägl. 10–20 Uhr. Eintritt 2 €, ✆ 0664-5697705. ‹‹‹

Flussbad Stiefern, frei zugängliche Badewiese mit WC bei der Kampbrücke.

Einkaufen Vinothek Alte Schmiede → Information; über 90 Weine von rund 20 regionalen Winzern zu Ab-Hof-Preisen, die man im stimmungsvollen Gewölbe auch glasweise (1 €) verkosten kann. www.alteschmiede-schoenberg.at.

Radeln Eine empfehlenswerte Tagestour ist die Strecke von Schönberg oder Zöbing auf dem **Kamptalradweg** bis zur Rosenburg und zurück (hügelige 45 km, von Zöbing 7 km länger; steiler Anstieg zur Rosenburg!). Das Hotel zur Schonenburg hat einen Fahrradverleih.

Straußengehege Straußenland Gärtner, 2½-std. Führungen vom 1. April bis 26. Okt. Sa/So 14 Uhr, Juli/Aug. auch Do. Eigenes Fahrzeug erforderlich (das Großgehege mit 300 Tieren ist 6 km entfernt). Eintritt 8 € oder NÖ-Card, Kind 5 €. Treffpunkt in Schönberg, Mollandser Str. 9, ✆ 02733-8224, www.straussenland.at.

Veranstaltungen Alte Schmiede, ganzjährig Konzerte und Lesungen. **Kamptaler**

Weinfrühling, am letzten Sa/So im April, offene Kellertüren im Ort.

Wandern Zwei schöne Rundwege ab der Alten Schmiede: Der **Weinlehrpfad** (Weg Nr. 51, 6 km, Gehzeit 2 Std.) führt durch den Ort, durch Weingärten bergauf nach Mollands und durch die Kellergasse wieder zurück. Der **Manhartsbergweg** (Nr. 57, 8 km, 2½ Std.) führt vorbei an den Resten der Burg Schonenburg hinauf auf den Manhartsberg und über den Kalvarienberg wieder zurück.

Übernachten/Restaurants/Heurige

*** **Hotel Zur Schonenburg**, freundliches, modern erweitertes Traditionsgasthaus neben der Alten Schmiede; 14 puristisch-moderne und 7 einfache, abgewohnte Zimmer. Leihräder. Das Restaurant bietet österreichische Klassiker und Spezialitäten vom Strauß (Hauptgericht 10–20 €). Mo/Di Ruhetag, So nur bis 16 Uhr. DZ 76–140 € je nach Komfort. Hauptstr. 38, ✆ 02733-8202, www.zurschonenburg.at.

*** **Pension Haus Maria**, gepflegte Frühstückspension mit großem Garten am Kamp, 1 km vom Ortszentrum Schönberg. 10 geräumige Zimmer im Landhausstil, teils mit Balkon. DZ 60–72 €. Stieferner Str. 15, ✆ 02733-8395, www.turbo.at/haus-maria.

*** **Kamptalschlössl**, neue Hotelburg eines Tiroler Investors direkt an der B 34 im Ortsteil Plank. 11 gemütliche, blitzsaubere Zimmer, Tiefgarage, Aufzug. Freundlich-lässiger Service. DZ 84–100 €. 3564 Plank, Kamptalstr. 66, ✆ 02985-30237.

Weinstube Aichinger, schöner, gemütlicher Nobelheuriger, die kreativ verfeinerten Heurigenklassiker (auch warme Küche) passen perfekt zu den ausgezeichneten Hausweinen. März–Nov. Mo/Di ab 16, Fr–So ab 11 Uhr. Schönberger Kellergasse (am westlichen Kampufer), ✆ 02733-8411, www.weinaichinger.at.

››› Unser Tipp: **Weinbeisserei Hager**, in Mollands hoch über dem Kampufer. Tolle moderne Architektur, herrliche Aussichtslage. Hermann Hager sorgt für die kreative Küche, Bruder Matthias liefert die Bio-Weine, die Tupoljeschweine auf der Wiese nebenan sind für Speck und Rohschinken zuständig. März–Dez. Do/Fr ab 17, Sa/So ab 12 Uhr, Mai–Sept. Mi–Fr ab 16 Uhr. Fr–So unbedingt reservieren. Mollands 84, ✆ 02733-78080, www.weinbeisserei.at. ‹‹‹

Heuriger Diewald, Kultheuriger und Szenetreff im Obstbaumgarten in Altenhof. Mai–Sept. 5x ausg'steckt (tägl. ab 17, Sa/So ab 15 Uhr). ✆ 0664-2239480.

Kamptal, mittleres und südliches Waldviertel → Karte S. 138/139

Gars am Kamp

3500 Einwohner, 256 m

Der Luftkurort war einst Residenz der Babenberger, heute ist er Sitz mehrerer Gesundheitszentren. Das Ortsbild prägen der Kamp, schöne Gründerzeit- und Jugendstilvillen sowie die mächtige Burgruine, die den sommerlichen Opernfestspielen als Kulisse dient.

Gars (im örtlichen Dialekt *Gorsch* genannt) besteht aus zwei durch den Kamp getrennten Ortsteilen: In **Thunau**, am westlichen Ufer, wo sich auch der 1889 erbaute Bahnhof befindet, thront der Schlossberg mit der *Ruine* und der eigentümlichen *Gertrudskirche* samt Karner knapp unterhalb. Komplettiert wird das fotogene Burg-Kirche-Ensemble durch das rot-weiß gestreifte Badehaus am Flussufer, ein Bau von 1896 und heute Teil eines modernen Erlebnisbads.

In **Gars**, auf der anderen Kampseite, erstreckt sich zwischen *Dreifaltigkeits-* und *Hauptplatz* der kleine historische Ortskern mit Bürgerhäusern aus dem 16. Jh., am Flussufer erinnert ein bescheidener *Kurpark* an die Ära der Sommerfrische.

Auf den bewaldeten Höhen rings um Gars finden sich Reste mehrerer Wehranlagen aus dem 11./12. Jh. und auf der Schanze oberhalb von Thunau Fundamente einer befestigten Höhensiedlung der Slawen aus dem 9. Jahrhundert. Doch es geht noch älter, bronze- und jungsteinzeitliche Funde lassen vermuten, dass der Raum Gars schon seit rund 30.000 Jahren besiedelt ist. Urkundlich erwähnt wird Gars erstmals 1279 und schon damals besaß es Marktrecht.

Nostalgie am Kampufer – die Badeanlage in Gars-Thunau

Sehenswertes/Ausflüge

Babenberger-Burgruine: Die weitläufige, von einer Mauer bewehrte Anlage erreicht man von der Kampbrücke zu Fuß bergauf über einen Kreuzweg oder mit dem Auto über die Straße Richtung St. Leonhard. Die Ruine ist frei zugänglich. Vom Parkplatz zur *Toranlage* mit ehemaliger Zugbrücke (16./17. Jh.) und unter dem achteckigen *Bergfried* (wird bis 2017 begehbar gemacht) hindurch, gelangt man in den großen *Burghof*. Er wird im Sommer für Opern und Konzerte genutzt. Historisch bedeutsam ist die viergeschossige, von einer Mauer eingefasste *Hochburg* (bzw. ihre Reste) neben der Besuchertribüne. Sie wurde um 1075 errichtet und diente dem Babenberger-Markgraf Leopold II. als Residenz. Zwei Jahrzehnte bis zu seinem Tod 1095 wachte er von hier über seine neuen Besitzungen im Nordwald. Sein in Gars geborener Sohn Leopold III. verlegte die Residenz ins neu gegründete Klosterneuburg. Das Grab Leopolds II. soll sich in der Burgkapelle befunden haben. Diese lag etwas außerhalb im Obergeschoss des alten Haupttors, das später zum *Fleischturm* mit geschweiften Zinnen ausgebaut wurde. 1781 spaltete ihn ein Blitz, seither wird er mit Beton und Stahlstangen gesichert. Vom erhöhten Aussichtspunkt unweit davon hat man einen schönen Tiefblick auf Gars. Im 14./15. Jh. wurde die Burg im Süden mit Mauern und Türmen erweitert, um 1600 kam nordseitig der lange, dreigeschossige Renaissancetrakt hinzu. Ab 1800 wurde die gesamte Anlage nach Einführung der Dachsteuer dem Verfall preisgegeben.

Gertrudskirche: Von der Burg gelangt man über eine 2013 wiederhergestellte historische Verbindungstreppe zu der unterhalb auf einer Felsterrasse gelegenen Kirche. Sie wurde ab 1130, bald nach der babenbergischen Hochburg als eine Art befestigte Vorburg errichtet. In der kahlen Westfassade verbirgt sich noch der romanische Westturm aus der ersten Bauphase mit dem Doppelbogenfenster, die vier kleinen Radfenster stammen aus der Frühgotik (um 1230). Um 1300 erhielt die Kirche einen dreischiffigen Staffelchor mit bis heute erhaltenen bemalten Glasfenstern, zu

Beginn des 16. Jh. wurde im Süden eine spätgotische Kapelle angebaut. Der Turm mit der arabisch anmutenden Steinkuppel kam 1700 hinzu. Der runde Karner stammt im Kern aus dem 12. Jh. und ist heute Begräbnisstätte der Grafen Croy.

Führungen gegen Voranmeldung bei der Touristinformation.

Hauptplatz: Der sanft ansteigende, verkehrsberuhigte Platz wird dominiert vom schlossartigen ehemaligen *Kamptalhof* aus dem Jahr 1913, einst Grandhotel, 1986 zum Biotrainings-Hotel erweitert und seit 2011 ein Gesundheitsresort exklusiv für Frauen. Davor steht ein Kräuterbrunnen aus Gesteinsarten der Region.

Wenige Schritte oberhalb trifft man auf das **Rathaus**, ein hellgrüner Bau von 1593 mit Türmchen und steinernem Becken an der Fassade. Dieser 75,4 Liter fassende *Garser Metzen* diente den Marktrichtern als Maß für Getreidemengen. Hinter dem Rathaus präsentiert das **Zeitbrücke-Museum** eine Suppé-Gedenkstätte samt Originalmöbeln aus dem Besitz des Komponisten sowie Ausstellungen zum Handel (mit nostalgischem Kaufmannsladen), zur Geschichte der Babenberger Burg und zur Archäologie im Garser Raum.

Mai bis Ende Okt. Sa/So 10–12 und 14–17 Uhr. Eintritt 3,90 €, Schüler 1 €, NÖ-Card 1x gültig. Kollergasse 155, ✆ 0650-5200525, www.zeitbruecke.at.

Der Hauptplatz endet bei der barocken **Pfarrkirche** von 1724, kurz davor wird er leider von der B 34 durchschnitten. Rechts an die Kirche schließt ein repräsentativer Renaissance-Pfarrhof (1595) an.

Kurpark: Der für einen Sommerfrischeort typische Kurpark wurde 1907/08 im Augebiet am Kamp angelegt und mit Pavillon, Wetterhäuschen usw. versehen. Im Park erinnert eine Statue an Popstar Hans Hölzel alias *Falco* (1957–98), der in der Horner Straße 214 eine Villa besaß. Auch Wellness-Pionier *Willi Dungl* (1937–2002) erhielt eine Büste. Der gelernte Masseur machte sich in den 1970ern als Betreuer von Spitzensportlern einen Namen, denen er schon damals mentale Fitnesstrainings und gesundheitsbewusste Ernährung verordnete. In seinem 1986 eröffneten Biotrainingshotel in Gars behandelte er zahllose Prominente, von Niki Lauda bis Vaclav Havel. Nur 65-jährig erlag Dungl einem Herzinfarkt.

Garser Villen: Anfang des 20. Jh. entstanden entlang der Kremser Straße, der Haan- und Apoigerstraße zahlreiche, heute mehr oder weniger gut erhaltene Sommerfrische-Villen. Erwähnenswert sind die pagodenartige *Villa Gretl* in der Weisergasse 179 nach einem Entwurf des Jugendstilarchitekten Josef Hoffmann. Die *Villa Sophienheim* in der Kremserstraße 40 ließ sich Operettenkomponist Franz von Suppé (1819–95) als Sommersitz bauen.

Hamerlingwarte: Den schönsten Blick auf den Garser Schlossberg hat man von

Das Südtor der Schanze

Kamptal, mittleres und südliches Waldviertel → Karte S. 138/139

diesem Aussichtspavillon (343 m) im Südosten der Stadt. Man erreicht ihn ab der Waldpension Mück in 20 Gehminuten (blau markiert).

Slawische Burgsiedlung Schanze-Holzwiese: Auf einem Sporn hoch über dem Kamp existierte ab dem 9. Jahrhundert für rund 100 Jahre eine von Slawen errichtete und mit einem Erdwall befestigte stadtähnliche Siedlung, die seit 1965 systematisch ausgegraben wird. Das Gelände ist mit Infotafeln versehen, dank des vollständig rekonstruierten Südtores kann man die Bedeutung der Anlage erahnen. Am besten erreicht man die Ausgrabungen ab Thunau zu Fuß (Gehzeit 45 Min.) über die Goldberggasse und den blau markierten Wanderweg Richtung Ruine Schimmelsprung. (Der 15-minütige Abstecher zur Ruine wird mit Mauerresten, einem schönen Rastplatz und einem Tiefblick ins Kamptal belohnt).

Tautendorf: In dem kleinen Dorf 5 km südwestlich oberhalb von Gars lohnt ein Blick in die Pfarrkirche, besitzt sie doch eine barocke *Kanzel* in der seltenen Form eines Schiffes, in dem die Figuren von Christus und Petrus stehen.

Freunde zeitgenössischer Kunst sollten außerdem dem Wegweiser *„Kunst in der Natur“* folgen. Er leitet auf den **Wachtberg**, wo es auf Wald und Wiese verstreute Installationen und Land-Art-Objekte zu bestaunen gibt, die seit 1994 von Künstlern aus aller Welt geschaffen werden (www.wachtberg.org) – die *documenta* lässt grüßen ...

Basis-Infos

Information Touristinformation, Prospekte tägl. 8–18 Uhr zur freien Entnahme. Persönliche Beratung Juli/Aug. Mo–Fr 9–12/14.30–19, Sa 10–12/16–18, So 10–12 Uhr. 3571 Gars, Hauptplatz 83, ✆ 02985-2680, www.gars.at.

Hin und weg Bahn: Mo–Fr stündl. nach Krems/Horn bzw. über Hadersdorf nach Wien, Sa/So alle 2 Std.

Angeln Tageslizenzen für den Kamp in der Shell-Tankstelle für 29 € erhältlich.

Baden Sport- und Erlebnisbad, gepflegte Anlage mit mehreren Becken und 58 m langer Wasserrutsche. Tageskarte 3,90 €, NÖ-Card 1x gültig. Mitte Mai bis Mitte Sept. tägl. 9–19 Uhr. ✆ 02985-2440.

Einkaufen Kaufhaus Kiennast **6**, ein Lebensmittelmarkt mit vielen Produkten aus der Region und eine topmoderne Modeabteilung findet man in dem riesigen Laden der Familie Kiennast, die hier seit 1585 Handel treibt. Mo–Sa 8.30–12.30, Mo–Fr 14.30–18 Uhr, Supermarkt durchgehend. Hauptplatz 7.

Schober **7**, Waldviertler Bio-Wurstmanufaktur, der Babenberger Schinken reift in der Ruine, das Fleisch stammt von Turopolje-Freilandschweinen. Mo–Mi/Sa 6.30–12.15, Do–Fr auch 14.30–18 Uhr. Thunau, Dreifaltigkeitsplatz 10.

Markt Beliebter Viktualienmarkt am Hauptplatz, Febr.–Dez. Sa 8–12 Uhr.

Veranstaltungen Oper Burg Gars, im Juli/Aug. Opern in der stimmungsvollen Kulisse der Burgruine. ✆ 02985-33000, www.operburggars.at.

Übernachten/Essen & Trinken

Übernachten *** Gästehaus Winglhofer **3**, freundliche Pension mit 7 etwas altmodischen Zimmern in einem Bürgerhaus mit schönem Innenhof gegenüber der Kirche. DZ 64–70 €. Geöffnet Ostern bis 1. Nov. Hauptplatz 86, ✆ 02985-2294, www.winglhofer.at.

*** Waldpension Mück **8**, am Waldrand 800 m vom Zentrum; Gründerzeitvilla von 1896 mit schönem, großem Garten; die 15 sauberen Zimmer sind ein Gruß aus den 1970ern. Familiäres Ambiente, Sänger der Oper Burg Gars steigen auch hier ab. DZ 52–80 €. Geöffnet Mai bis Mitte Okt.

Wozniczakgasse 118, ✆ 02985-2365, www.waldpension-gars.at.

Gästehaus Pointner **1**, am nördlichen Ortsende, 6 kleine, mit Kiefernmöbel ausgestattete Zimmer, 2 Fewos und ein Ferienhaus. Ruhige Lage, Sauna, großer Garten, Badeteich, Leihräder. DZ 68–76 €, Fewo für 2 Pers. 50 €. Apoigerstr. 594, ✆ 0664-4612848, www.gaestehaus.pointner.at.

Wohnmobile 5 Stellplätze mit Strom/Wasseranschluss in der Gföhlerstraße 99, 16 €/Nacht. www.caravan-gars.at.

Restaurants/Cafés/Bars **Café-Kurkonditorei Restaurant Ehrenberger 4**, der Platzhirsch im Zentrum, der mächtige Bau stammt von 1910. Die stilvolle Konditorei bietet hausgemachte Kuchen und Torten, von April bis Okt. gibt es mittags im Restaurant auch warme Hausmannskost. Spezialitäten des Haues sind Mohn- und sonstige -zuzler (gefüllter süßer Mürbteig) und Garser Kurtorte – alles ist auch in der Mohnzuzlergreißlerei nebenan und online erhältlich. Tägl. 8–18.30 Uhr. Dreifaltigkeitsplatz 55, ✆ 02985-2241, www.mohnzuzler.at.

Gasthof Poldiwirt 2, in dem Gründerzeitbau an der B 34 serviert Familie Höchtl preisgünstige Regionalküche. Rustikale Wirtsstube, schöner Kastaniengarten. Mi ab 14 Uhr geschlossen, Do Ruhetag. Horner Str. 201, ✆ 02985-2322.

Sappalot 5, hier trifft man sich zum Kaffeeplausch oder Mittagstisch und bis spät in die Nacht. Tägl. 7.30–24, Fr/Sa bis 2 Uhr, Do nur bis 14 Uhr. Hauptplatz 6, ✆ 0664-3680609.

Restaurants außerhalb Für eine gute Küche lohnt sich der Weg 10 km westlich ins hoch gelegene St. Leonhard am Hornerwald:

Mayerwirt, das authentische Dorfwirtshaus unterhalb der Kirche ist ein Ziel für Feinschmecker, die Zutaten kommen aus der Region, die Karte wechselt häufig und enthält auch Veganes. Hauptgericht 10–20 €. Do–Sa 18–21, Fr–So auch 12–14.30 Uhr. 3572 St. Leonhard 24, ✆ 0664-2246912, www.mayerwirt.at.

Gasthaus Staar, 1 km außerhalb von St. Leonhard; altes, gemütliches Wirtshaus im Stil der 1930er mit originellem Innenhof und viel Platz für Veranstaltungen. Gutbürgerliche Küche und Waldviertler Hausmannskost. Preiswert. Do Ruhetag. Wolfshoferamt 38, ✆ 02987-2208, www.gasthaus-staar.at.

Schloss Rosenburg

Auf einem Felsen hoch über dem Kamp und dem gleichnamigen Sommerfrischeort 4 km nördlich von Gars thront die sehenswerte Renaissanceanlage, eine der beliebtesten Ausflugsziele der Region.

Die Burg entstand im 12. Jh. als mittelalterliche Wehrburg gegen die von Norden her in das Babenbergerreich einfallenden Böhmen. Um 1590 erfolgte der Ausbau zu einem prächtigen Renaissanceschloss als Machtdemonstration des damaligen Besitzers Sebastian Grabner, unter dem die Burg zu einem Zentrum des Protestantismus geworden war. 1604 kam sie wieder an katholische Burgherren, die den großen Turnierhof anlegten. Seit 1681 sind die Grafen Hoyos-Sprinzenstein Eigentümer der Burg, die sie nach einem Großbrand um 1870 zu einer der ersten Museumsburgen Österreichs umgestalteten. Markus Hoyos, Hausherr seit 2010, hat sie in den letzten Jahren weiter verschönert.

Die gesamte Anlage ist nur gegen Eintritt zu betreten. Nach der Kasse im äußeren Torturm steht man bereits in den von Arkaden, Türmchen und einer Kletterrosenwand gesäumten riesigen **Turnierhof** von 1614, der älteste noch erhaltene Europas. Als er angelegt wurde, gab es längst keine Ritterturniere mehr, nur noch Ritterspiele. Rechts geht es zur 1987 wieder belebten *historischen Falknerei*, wo vor toller Kulisse Flugvorführungen mit Falken, Adlern und Uhus stattfinden, einmal pro Monat sogar mit historisch gewandeten Falknern hoch zu Ross.

Durch einen frei stehenden Triumphbogen und den achteckigen zweiten Torturm gelangt man in den Burgvorhof mit der Schlosstaverne. Linker Hand begrenzt ihn der zweiflügelige Renaissancetrakt, wo in drei Räumen ein nettes **Falknereimuseum** eingerichtet ist. In den oberen Geschossen, eine Freitreppe führt hinauf, sind die Prunkräume untergebracht (Marmorsaal, alte Bibliothek mit kunstvoller Kassettendecke aus dem 16. Jh., Bergfriedzimmer mit Altane), die nur zu Veranstaltun-

Schloss Rosenburg thront über dem Kamp

Kamptal, mittleres und südliches Waldviertel
→ Karte S. 138/139

gen geöffnet sind. Vom tiefer gelegenen Hofteil, der einst der Burggraben war (heute Seerosenteich und Rosengarten) kann man die alte **Schlossküche** betreten. Die Steinbrücke über den alten Burggraben führt in den inneren Burghof, um den sich der Bergfried aus dem 12. Jh. und die als **Schlossmuseum** gestalteten Gemächer mit der Burgkapelle von 1484 gruppieren. Darin ausgestellt sind Teile der Waffensammlung mit Ritterrüstungen, alte Musikinstrumente, Kunstobjekte, historische Möbel und Exponate aus der Hoyos'schen Familiengeschichte. Das Schlossmuseum kann man nur im Rahmen einer Führung besuchen.

Schloss Mai bis Ende Sept. Mi–So 10–17 Uhr, April/Okt. Fr–So 10–17 Uhr. Eintritt 8 €, Kind 4 €, Familie 18 €, ab 16 Uhr 3 € pro Erwachsener. Eintritt inkl. Falknerei (Vorführungen 11 und 15 Uhr) 14 €, Kind 7 €, Familie 34 €. Schlossmuseum (Führungen um 12 und 14 Uhr) jeweils 3 € extra. Falknerei zu Pferd (meist am 1. Sa/So im Monat) 4 € Aufpreis. ✆ 02982-30577, www.rosenburg.at.

Hin und weg/Wandern Bahn: Mo–Fr stündlich nach Horn bzw. Krems und über Hadersdorf nach Wien, Sa/So alle 2 Std. Weg 26 führt vom Bahnhof in rund 20 Min. hinauf zur Burg. Es geht vorbei am Gh. Mann, auf der Fußgängerbrücke über den Kamp und dann steil bergauf und an der **Graselhöhle**, eines der Verstecke des legendären Räuberhauptmanns (→ Kastentext S. 159) vorbei.

Aktivitäten Erlebnispark Rosenburg, Waldseilgarten und Bogenschießanlage unweit vom Schloss. Geöffnet März bis 26. Okt., Kombikarten mit Schloss erhältlich. www.erlebnisparkrosenburg.at.

Veranstaltungen Oster- und Christkindlmarkt, historisches Burgtreiben (1. Mai).

Sommernachtskomödie, Juli/Aug., Komödien der Weltliteratur auf einer überdachten Rundbühne am Waldrand außerhalb des Schlosses. ✆ 0664-1630543, www.sommernachtskomoedie.at.

Übernachten/Essen **Schlosstaverne**, Haubenkoch Karl Schwillinsky führt die Taverne im Innenhof als Bistro-Café, nur zu Schlossöffnungszeiten. Wer reserviert, kann den Turnierhof ohne Eintritt passieren. ✆ 0676-3550959.

Schlossgasthof Rosenburg, außerhalb gegenüber vom Schlosseingang, gediegener Gasthof (Mi–So ab 10.30 Uhr) mit Klassikern der altösterreichischen Küche (Hauptgericht 13–26 €, 3-Gang-Mittagsmenü 17 €). 9

liebevoll dekorierte, individuelle Romantikzimmer ohne TV. DZ 130 €. Rosenburg 2, ✆ 02982-30577, www.schlossgasthof-rosenburg.at.

*** **Landgasthof Mann**, freundliches Ausflugslokal im Ort unter dem Schloss, preiswerte Küche mit Waldviertler Spezialitäten (Wirtshauskulturmitglied), schattiger Biergarten. So ab 15 Uhr und Mo Ruhetag. 12 neu renovierte Zimmer, teils mit Balkon. DZ 80 €. Rosenburg 51, ✆ 02982-2915, www.hotelmann.at.

Horn

6400 Einwohner, 309 m

Das Verwaltungszentrum des östlichen Waldviertels bietet Reste einer Stadtmauer, ein kleines Museumsquartier und eine lebendige Kunstszene. Die Stadt liegt in der Ebene des Horner Beckens nördlich des Kamptals, ihre Peripherie ist von ausufernden Industrie- und Gewerbezonen und weitläufigen Stadtumfahrungen geprägt. Darunter leidet das Zentrum, fast alle Lokale mussten zusperren.

Der alte Stadtkern liegt um den dreieckigen, langgestreckten **Kirchenplatz**, in dessen bebauter Mitte sich die *Pfarrkirche St. Georg* erhebt. Ihr hoher, weithin sichtbarer Turm wurde 1880 aufgesetzt, er hatte die Türme der Prager Teynkirche als Vorbild. Die Kirche wurde 1593 von den Protestanten erbaut und erst später katholisch – ein unüblicher Vorgang in Österreich. Horn war ab 1570 Zentrum des Protestantismus und ab 1608 Sitz des Horner Bunds (→ Kapitel Geschichte S. 22). Die Rückkehr zum alten Glauben wurde ab 1619 gewaltsam erzwungen.

Östlich der Georgskirche ragt eine *Pestsäule* von 1679 auf, das Haus Kirchenplatz Nr. 3 schräg gegenüber hat eine schöne Sgraffitofassade von 1583. Zwei Häuser weiter öffnet sich ein Durchgang zum *Piaristensteg*, ein Eisenbetonbau von 1937 über das Flüsschen Taffa. Von ihm hat man einen guten Blick auf die Reste der mittelalterlichen Stadtmauer und das ehemalige Piaristenkloster, ein Renaissancebau aus dem 16. Jh. Er besitzt dreigeschossige Innenhofarkaden und dient heute als *Kunsthaus Horn*, das auch für Konzerte, etwa im Rahmen von *Allegro vivo* genutzt wird. In Sichtweite des Kunsthauses steht inmitten eines weitläufigen Parks *Schloss Horn* (18. Jh.). Es wird von den Besitzern der Rosenburg als Wohnsitz genutzt und ist nicht zugänglich. Das benachbarte frühere Bürgerspital mit einer Kapelle von 1400 wurde durch Anbauten erweitert und beherbergt heute die *Museen der Stadt Horn* (s. u.). Mitten durch das Museumsareal verlaufen Reste der Horner Stadtmauer (14./15. Jh.), die noch an vielen Stellen um die Altstadt sichtbar ist. Ein Gratis-Folder mit einen Rundweg ist bei der Touristinformation erhältlich.

Georgskirche in Horn

Die spätgotisch-barocke *Stephanskirche* auf einer Erhebung westlich außerhalb der Altstadt (Prager Straße) ist die älteste Kirche Horns. An dieser Stelle gab es um 1050 eine erste Ansiedlung, bevor sich die Stadt 100 Jahre später als Marktplatz weiter östlich entwickelte.

Museen der Stadt Horn: In interessanten Räumlichkeiten wird ein breites Spektrum geboten. Dazu gehören ein Blick in die Stadtgeschichte (Stadtmodell, Münzfunde, Volkskunst), 700 landwirtschaftliche Geräte vom Holzpflug bis zum Bulldog, im alten Stadtturm von 1480 eine Dokumentation über den legendären Räuberhauptmann Grasel (→ Kastentext), eine Antikensammlung und im „Kristallgwölb" Mineralien aus dem Waldviertel. Höhepunkt ist die Urgeschichtesammlung, die der Postbeamte Josef Höbarth (1891–1952) 1930 begründet hat. Die Fundstücke stammen alle aus der Region, u. a. ein Mammutstoßzahn, Knochen- und Steinwerkzeuge, Schmuck und Gewandfibeln sowie jungstein- und bronzezeitliche Idolfiguren, wie die 7000 Jahre alte *Venus von Eggendorf* und die *Frauenkröte von Maissau*.
1. April bis 31. Okt. tägl. außer Mo 10–17 Uhr. Eintritt 4 €, Familie 6 €. NÖ-Card gültig. Wiener Str. 4, ✆ 02982-23721.

Räuberhauptmann Grasel – der Robin Hood des Waldviertels

Immer wieder stößt man im Waldviertel auf den legendären Räuberhauptmann Johann Georg Grasel, der im frühen 19. Jahrhundert die Gegend unsicher machte. Die Landbevölkerung war damals bitterarm und sah in dem großgewachsenen Mann ihren „Robin Hood", der die Reichen bestrafte und den Armen gab. In Wahrheit war der 1790 in der Gegend um Znaim geborene Sohn eines Tierkörperverwerters kein Held. Als brutaler Anführer einer 66-köpfigen Räuberbande verübte er an die 200 Verbrechen, darunter zahllose Einbrüche und einen räuberischen Totschlag. Ständig auf der Flucht, versteckte er sich in Erdhöhlen, zu denen jene nahe der Rosenburg und im Zwettltal gehört haben sollen. Durch eine List wurde der steckbrieflich Gesuchte 1815 schließlich in einem Wirtshaus, der heutigen „Graselwirtin" in Mörtersdorf bei Horn gefasst und nach dreijährigem Prozess in Wien vor einer riesigen Zuschauermenge öffentlich gehängt. 1968 wurde der Stoff erstmals verfilmt, 2015 begann Österreichs preisgekrönter Regisseur Ulrich Seidl, der in Horn aufgewachsen ist, mit dem Casting für einen Graselfilm.

Information Touristinformation, im Foyer der Museen der Stadt Horn (s. dort).

Hin und weg Bahn: alle 1–2 Std. über Sigmundsherberg mit der Franz-Josefs-Bahn nach Wien bzw. Gmünd, alle 1–2 Std. mit der Kamptalbahn nach Krems.

Einkaufen Regionalmarkt am 2. und 4. Samstag im Monat 9–13 Uhr am Hauptplatz. Wild, Fisch, Hendl, Gemüse, Schinken, Brot etc. – alles nach Slow-Food-Kriterien erzeugt. ■

Veranstaltungen Allegro Vivo, Aug./Sept., internationales Kammermusik-Festival mit rund 50 Konzerten in Horn und in den schönsten Sälen des Waldviertels. ✆ 02982-4319, www.allegro-vivo.at.

Szene Bunte Wähne, Sept., internationales Theater-, Tanz- und Musikfestival für junges Publikum. ✆ 02982-4319, www.sbw.at.

Übernachten/Essen in Horn **** Hotel Restaurant Öhlknechthof, moderner Bau rund um den Geschützturm der Stadtmauer. 3 geräumige Genießersuiten, 11 schicke Zimmer, eine Turmsauna in alten Mauern, ein Restaurant mit guter Küche (2-Gänge-Mittagsmenü unter 8 €). Sehr freundlicher Service, Tiefgarage. DZ 110–180 €, Suite 180–220 €. Prager Str. 3–5, ✆ 02982-30100, www.oehlknechthof.at.

*** Gasthof zur Stadt Horn, freundlicher Familienbetrieb (seit 1866) unweit der Museen; 34 moderne Zimmer. Im Gasthaus mit alter Wirtsstube solide Hausmannskost und

Waldviertler Spezialitäten; geschlossen So ab 14 Uhr bis Mo 17 Uhr. DZ 80–90 €. Hamerlingstr. 17, ✆ 02982-2257, www.hotelblie.at.

Ausklang, Restaurant im modernen Glasanbau des Kunsthauses; österreichische Küche (z. B. Schweinsbraten 10,50 €), Mo–Fr gibt es ein 2-Gänge-Mittagsmenü für 7 €. Tägl. 10–23, Mo nur bis 15 Uhr. Wiener Str. 2, ✆ 02982-20685, www.ausklang-inhorn.at.

Übernachten/Essen in der Umgebung
Grasel-Wirtin, 7 km südl. an der B 4 Richtung Wien, großes, rustikal-bodenständiges Kulturwirtshaus mit engagierter Wirtin, hier kann man durchgehend preiswerte Waldviertler Küche oder eine Heurigenjause genießen und im Keller dem Räuberhauptmann begegnen (→ Kastentext S. 159). Tägl. 9–24 Uhr, Di Ruhetag, Nov.–April auch Mo geschlossen. Mörtersdorf 43, ✆ 02982-8235, www.graselwirtin.at.

Landgasthof Surböck, in Rodingersdorf, 7 km nordöstlich an der B 45 Richtung Sigmundsherberg. Sympathisches, liebevoll dekoriertes Gasthaus mit regionalen Spezialitäten aus Zutaten heimischer Lieferanten, jeden 1. Freitag gibt es Ripperlessen. Wirtshauskulturbetrieb, gute Weinauswahl. So nur bis 16 Uhr, Di/Mi Ruhetag. 8 rustikal-gemütliche Zimmer. DZ 70 €. Rodingersdorf Hauptstr. 46, ✆ 0664-2014007, www.landgasthof-surboeck.at.

Biohof Steinböck, in Frauenhofen, 3 km nordwestl. von Horn. 4 gemütliche individuell eingerichtete Ferienwohnungen (3–4 Pers.) auf einem Biobauernhof mit Pferden. Fewo (3–4 Pers.) 35–70 €. Frauenhofen 29, ✆ 02982-4432, www.biohof-steinboeck.at.

Wallfahrtskirche Maria Dreieichen

Weithin sieht man die zweitürmige Kirche am Nordrand des Horner Beckens, 4 km östlich von Horn aufragen. Den spätbarocken Bau ließ der Abt von Stift Altenburg, Placidus Much, 1744–50 errichten – ihr Innenraum ist eine vereinfachte, hellere Version der Altenburger Stiftskirche, hier wie dort stammt das Kuppelfresko von Paul Troger. Der Bau wurde notwendig, um den Ansturm an Pilgern zu bewältigen, den eine wundertätige Pieta auslöste. Wie in Maria Taferl (→ S. 68) war sie an einer Eiche, diesmal einer Drillingseiche befestigt. Die Pieta ist heute Teil des Hochaltars, an dessen Rückseite sind noch Reste der drei Eichen aufbewahrt. Wallfahrerandrang gibt es heute nur selten, fast alle der nostalgischen Andenkenstände sind geschlossen.

Basilika Maria Dreieichen

Übernachten/Essen *** **Gasthof zur Eiche**, Dreieichen ist mittlerweile ganz in der Hand der Familie Vlasaty. Im Kulturwirtshaus schräg gegenüber der Kirche bietet sie tägl. außer Do köstliche bodenständige Kost (Spezialitäten sind ofenfrischer Schweinebraten und Fleischknödel mit Kraut; 2-Gänge-Menü 7,50 €). Im Gästehaus Leopold und im Kirchenwirt insgesamt 39 einfache, etwas ältere Zimmer. DZ 64 €. ✆ 02982-8251, www.gutspeisen.at, www.mariadreieichen.at.

Die imposante Ostfassade des Benediktinerstifts

→ Karte S. 138/139

Stift Altenburg

Das Benediktinerkloster am Rande unberührter Wälder hoch über dem Kamp gilt als Barockjuwel des Waldviertels. Die weitläufige Anlage mit ihrer einzigartigen Bibliothek entstand auf den Resten eines mittelalterlichen Klosters, die – mittlerweile freigelegt – ebenfalls besichtigt werden können.

Das 7 km westlich von Horn bzw. 3 km nordwestlich von Rosenburg gelegene Kloster wurde 1144 am Ort einer „alten Burg" gegründet, die ersten 12 Mönche kamen aus dem steirischen Benediktinerstift St. Lambrecht. Auf einen romanischen folgte im 14. Jh. ein gotischer Klosterbau mit Kirche und Kreuzgang, den bis ins 17. Jh. eine Katastrophe nach der anderen erreichte: Zuerst zerstörten und plünderten Böhmen und Hussiten die Anlage, dann der ungarische König Matthias Corvinus, später protestantische Stände und schließlich 1645 die Schweden. Vom Kloster blieb eine Ruine, die Abt Benedikt Leiß 1651 einebnen ließ. Darüber entstand ein Klosterneubau, der 1715–43 unter Abt Placidus Much, Baumeister Joseph Munggenast und Maler Paul Troger zu einem prachtvollen, spätbarocken Gesamtkunstwerk geriet. 1940 kam es zur Auflösung des Klosters, in den Weltkriegs- und Besatzungsjahren zu schweren Schäden. 1947 zogen wieder Mönche ein, eine erste Renovierung begann. In den 1980ern konnten Teile des romanisch-gotischen Klosters unter dem barocken Bau freigelegt werden. Seit der 2013 abgeschlossenen Generalsanierung bilden die barocken Klosterteile, das zugänglich gemachte „Kloster unter dem Kloster" und die neu gestalteten Stiftsgärten eine Sehenswürdigkeit ersten Ranges, der man gut einen halben Tag widmen kann.

Man betritt die Anlage auf einem von Skulpturen gesäumten Weg, der durch die pavillonartige Torhalle (mit Klosterladen) in den stillen, begrünten *Prälatenhof* führt. Linker Hand sieht man die eintürmige Fassade der Stiftskirche aufragen, sie scheint direkt angebaut, tatsächlich steht sie aber mitten im anschließenden *Kirchhof.* Das barocke Innere der *Stiftskirche* beeindruckt mit seiner reichen, harmonischen Ausstattung in Weinrot, Weiß und Gold. Es weitet sich in der Mitte zu einem ovalen Raum, dessen monumentales Kuppelfresko (1733) mit apokalyptischen Visionen geschmückt ist: Eindrucksvoll ist der Drache auf der Eingangsseite, der eine Frau mit Engelsflügeln verfolgt. Alle Fresken und das Hochaltarbild stammen von Paul Troger.

Rechts von der Stiftskirche lädt der idyllische *Schöpfungsgarten* unter einem großen Nussbaum zum Innehalten und zu einem ersten Blick von oben in die Reste des mittelalterlichen Kreuzgangs ein. Links an der Kirche vorbei erreicht man das schlicht-moderne *Besucherfoyer*, ab hier ist Eintritt zu bezahlen. Es geht hinaus auf die *Altane*, die 2009 erneuerte Aussichtsterrasse, die zugleich Teile der freigelegten Mittelalterbauten überdacht. Von hier sieht man über das Kamptal bis zur Rosenburg und überblickt die imposante, über 212 m lange Ostfassade des Klosters, aus der nur der Chor der Kirche hervorragt. Über die Altane gelangt man ins „Kloster unter dem Kloster“, man sieht Reste des Kreuzgangs aus dem 13. Jahrhundert mit Kapitelsaal, Refektorium und Küche. In der Fraterie, der Schreibstube der Mönche, sind gotische Büchernischen und Wandmalerien erhalten. Ein Kachelofen von 1480, einer der ältesten Österreichs, wurde rekonstruiert. Auch der unter der Altane verschüttete Außenbezirk des Klosters aus dem 13. Jh. mit Resten des Abtshauses, der Veitskapelle und von Mönchszellen ist seit 2012 zugänglich.

Vom alten Kloster steigt man in die barocke *Bibliotheksvorhalle* hinauf, ein prächtiges Stiegenhaus mit einer (dank Illusionsmalerei) scheinbar unendlich hohen Kuppel, die Jakob Zeiller 1743 mit einem Fresko schmückte. Prunkstück des Klosters ist die anschließende *Bibliothek*, ein 48 m langer Barocksaal mit drei von Troger ausgemalten Kuppeln und mächtigen, blau marmorierten Säulen, auf denen Sphingen ruhen und Rösser zum Sprung ansetzen. Direkt darunter liegt die *Krypta*, ein riesiger Raum, den ein Schüler Paul Trogers um 1740 mit originellen Totentanzsze-

Schöne Welt der Bücher – die Barockbibliothek von Stift Altenburg

nen bemalt hat. Zwischen Pflanzen und Muscheln findet man den Tod etwa als Amor, Götterbote oder Sensenmann. Die *Sala-Terrena-Räume* im Erdgeschoss des Kaisertrakts nördlich des Besucherfoyers wurden ebenfalls mit grotesker Malerei ausgeschmückt, es sind bunte Fresken voll weltlicher, sogar exotischer Motive. Über die mit einem weiteren Troger-Fresko überwölbte prunkvolle *Kaiserstiege* gelangt man von der Sala terrena in die reich stuckierten Marmor- bzw. einstigen Gästezimmer, die für Sonderausstellungen genutzt werden.

Der naturbelassene *Garten der Stille* unterhalb der Altane befindet sich in einem Teil des ummauerten Tiergartens, in dem die Äbte früher nach Hirschen jagten. Ein Skulpturenweg führt bergab, am bewaldeten Gegenhang lohnt sich der steile Aufstieg zu einer Aussichtsplattform. Der größte Stiftsgarten ist der im Sinne der fünf Weltreligionen schön bepflanzte *Garten der Religionen* (Eingang mit Tageskarte in der Orangerie neben dem Parkplatz), zu dem auch ein großer Naturteich gehört.

1. Mai bis 26. Okt. tägl. 10–17 Uhr. Tageskarte 12 €, bis 18 J. frei. NÖ-Card 1x gültig. Führungen (kein Aufpreis) Sa/So 11 und 14 Uhr. ✆ 02982-3451, www.stift-altenburg.at.

Einkaufen **Klosterladen**, Weine aus dem Stiftsweingut, Kräuter, Tees, CDs der Sängerknaben etc. Mitte März bis Mitte Dez. tägl. 9.30–16, im Sommer bis 18 Uhr.

Veranstaltungen **Teatro Barocco**, im Juni/Juli barockes Musiktheater in der Bibliothek, originalgetreu in historischer Fassung. www.teatrobarocco.com.

Allegro Vivo, Aug./Sept., das Kammermusik-Festival (→ Horn) gastiert auch in der Bibliothek. www.allegro-vivo.at.

Die **Altenburger Sängerknaben**, die im Stift im Internat leben, gestalten die Hochfeste und jeden 2. So die Konventmesse (10 Uhr).

Wandern Zwischen der Westseite des Stifts und dem Sportplatz führt eine beschilderte Forststraße Richtung Ödes Schloss. Nach 20 Min. mündet man in Wanderung 4 (→ S. 298) ein.

Essen & Trinken **Strobl's Stiftsrestaurant**, im Kaiserhof des Stifts mit Gastgarten; klassisch österreichische Küche (Hauptgericht 10–15 €), Waldviertler Fische, Kuchen und Torten. 1. Mai bis 26. Okt. tägl. 10–18 Uhr. ✆ 0664-88873776.

Schloss Greillenstein

7 km westlich von Altenburg (Wegweiser an der B 38) trifft man auf ein repräsentatives Renaissanceschloss. Es wurde 1570–90 von Hans-Georg von Kuefstein erbaut, ist bis heute im Besitz der gräflichen Familie und seit 1959 ein Museum. Besonders bemerkenswert ist, dass es innen und außen – von einigen barocken Zutaten abgesehen – noch original erhalten ist.

Obelisken und steinerne Löwen flankieren das Eingangsportal, hinter dem eine Steinbrücke über den tiefen Wehrgraben führt. Durch den markanten Südturm geht es in den (frei zugänglichen) Innenhof. Er ist auf zwei Ebenen angelegt, getrennt durch eine barocke Balustrade mit monumentalen Steinvasen. Eine Hofseite besitzt mehrgeschossige Arkaden, auf den steilen Dächern ragen über ein Dutzend verzierter Rauchfänge auf. Ein Teil des Schlosses kann ohne Führung besichtigt werden, etwa im Untergeschoss die *Badestube* von 1570, ein Verlies, das *Zwergenkabinett* mit sandsteinernen Zwergenskulpturen, die einst die Wasserspiele im Barockgarten zierten, und eine Ausstellung im Obergeschoss über den österreichischen Dichter Franz Grillparzer. Dieser soll 1817 im Schloss zu seinem Drama „Ahnfrau" inspiriert worden sein. Eine verstorbene Gräfin spukt angeblich bis heute im Schloss herum, daher werden auch nächtliche Geistertouren bei Kerzenlicht angeboten – nichts für schwache Nerven.

Mit Führung (Dauer 1 Std.) sieht man die unverändert erhaltenen Amtsräume des Schlosses (*Registratur* samt Gerichtsakten und *Gerichtssaal*), die *Kapelle* mit einer

Predigerkanzel, einem protestantischen (1604) und einem katholischen Altar, die *kleine Bibliothek* mit einer bemalten Kassettendecke von 1590 und den *Rittersaal* mit bemerkenswerter Stuckdecke (17. Jh.). Die einst schönste Kassettendecke hängt heute in der Franzensburg im Schlosspark Laxenburg südlich von Wien, Kaiser Franz I. hatte sie für seine Märchenburg erbettelt. Der *Türkensaal* mit riesigen „Reiseskizzen“ eines im damaligen Konstantinopel tätigen Grafen Kuefstein wird heute für Konzerte genutzt. Jüngeren Datums sind der *Ahnensaal* und die privaten Salons.

1. April bis 31. Okt. tägl. 9.30–17 Uhr, Juli/Aug. bis 18 Uhr. Führungen tägl. 10.30 und 14.30 Uhr. Eintritt 5 €, Kind 2,50 € bzw. NÖ-Card; inkl. Führung 9 € bzw. 4,50 €, NÖ-Card-Aufpreis 4 €. ✆ 0644-8576371, www.greillenstein.at.

Im Durchbruchstal des Kamp

Der urwaldähnliche Mittellauf des Kamp oberhalb von Rosenburg zählt zu den unberührtesten Naturlandschaften Österreichs. Das rund 20 km lange, enge Tal ist geprägt von zahlreichen Flussschlingen, Tümpeln, Auen, seine dichten Hangwälder sind besonders artenreich. Mit Glück sieht man einen Fischotter oder an sonnigen Plätzen die Smaragdeidechse. Vogelfreunde können Turmfalken, Schleiereulen, Eisvögel, Uhus, Wasseramseln und Schwarzstörche erspähen. Das Durchbruchstal ist als Naturschutzgebiet ausgewiesen – und doch bedroht: Das alte Kraftwerk Rosenburg soll durch eine höhere Staumauer ersetzt werden (http://lebendiger-kamp.at).

Wanderung 4: Kampschlingen und Ödes Schloss → S. 298
Die klassische Rundtour zu den Naturschönheiten des Mittleren Kamptals

Lohnenswerte Alternativen zu einer Wanderung durch das Mittlere Kamptal sind der Blick vom 30 m hohen Bergfried der **Burgruine Schauenstein**, die im 12. Jh. als Grenzfeste hoch über dem Kamp errichtet wurde und ab dem 17. Jh. zur malerischen Ruine verfiel, oder eine Kajakfahrt von Wegscheid (20 km) bzw. Steinegg (10 km) nach Rosenburg.

Burg Schauenstein Am bequemsten erreicht man die Ruine vom Dorf *Krug* an der B 38, rund 8 km westlich von Altenburg. Vom Parkplatz sind es auf ebenem Waldweg 20 Gehminuten zur frei zugänglichen Ruine. Für den Bergfried kann man sich im Haus beim Parkplatz den Schlüssel ausleihen (2 €).

Kanu Der **Kanuclub Rosenburg** bietet Sa/So von Mai bis Sept. Kanuwanderfahrten an (inkl. Einschulung, Ausrüstung und Transfer). Preis 40–50 €/Pers. ✆ 02982-37352, www.flusswandern.com.

Die Kampseen

Die fast 30 km lange, landschaftlich reizvolle Seenkette wird vom Ottensteiner See, dem Dobrasee und dem Thurnberger See gebildet – ein von dichten Wäldern, felsigen Ufern und trutzigen Burgen umrahmtes Freizeitparadies, das zum Wassersport, Wandern, Angeln und Campen einlädt.

Entstanden ist die künstliche Landschaft 1949–57, der Energiebedarf nach dem Krieg war hoch und Ökologie noch ein Fremdwort. 30.000 Haushalte werden heute mit der hier gewonnenen Energie versorgt. Der bekannteste der drei Kampseen ist der obere und größte, der 14 km lange, fjordartig verästelte **Ottensteiner Kampsee** mit seinen idyllischen Buchten und markanten Felsinseln. Von Horn aus erreicht man ihn am schnellsten auf der Böhmerwald Straße (B 38), von Krems aus über die Kremser Straße (B 37). Weniger touristisch sind die beiden östlich davon gelegenen Seen, der 10 km lange Kampsee **Dobra** und der 3 km lange Kampsee **Thurnberg**.

Ottensteiner See und Umgebung

Größter Tummelplatz am See ist der Bereich um das noch aus den 1950ern stammende Seerestaurant Ottenstein mit Bootsvermietung und großem Parkplatz. Hier hat man von Mai bis September die Wahl zwischen Kaffee auf der Terrasse, Schwimmen im See, Rudern, Tret- oder Elektrobootfahren, Angeln (gutes Raubfischgewässer mit Hecht, Barsch und Zander), einem Sonnenbad auf den Uferfelsen oder einer Wanderung am Seeufer entlang. Letzteres ist natürlich ganzjährig möglich und sehr schön im Herbst, wenn sich das bunt verfärbte Laub im tiefblauen See spiegelt. 300 m vom Seerestaurant entfernt, führt eine Fußgängerbrücke über die Krone der 69 m hohen Talsperre Ottenstein ans Nordufer, wo sich wenige Minuten oberhalb *Schloss Ottenstein* (s. u.) befindet.

Ruine Lichtenfels: Die gegenüber dem Seerestaurant pittoresk auf einer Halbinsel (vor 1959 war es noch ein hoher Felskopf) gelegene Ruine ist Ziel einer schönen Wanderung (Gehzeit 45 Min.). Man folgt dem Weg Nr. 80 am Ufer des Stausees, umwandert zwei tiefe Buchten und erreicht dann die große Straßenbrücke der B 38. Auf dieser gelangt man – zwar weniger idyllisch, dafür mit herrlichem Ausblick – ans andere Ufer. Danach folgt man den Wegweisern zum Campingplatz und durchquert diesen bis zu der am letzten Inselzipfel gelegenen früheren Grenzburg am Kamp (12. Jh.). Bis 1804 bewohnt, ist sie mittlerweile verfallen und darf seit 2014 wegen Einsturzgefahr nicht mehr betreten werden.

Schloss Ottenstein: Seinen Namen erhielt der Stausee von diesem wuchtigen Bilderbuchschloss auf einer bewaldeten Anhöhe oberhalb der Staumauer. Es stammt aus dem 12. Jh., seine malerischen Kegel- und Walmdächer erhielt es erst zur Zeit der Romantik im 19. Jh. Sein größter Schatz sind die erst 1975 freigelegten Gewölbefresken in der romanischen Burgkapelle (1170). Die Anlage ist nur zu Veranstaltungen geöffnet, etwa zum beliebten *Ottensteiner Advent*.

Schloss Waldreichs: Das im 13. Jh. erstmals erwähnte, von Rundtürmen

Herbst am Ottensteiner See

flankierte Schloss liegt 4 km östlich von Ottenstein idyllisch an einem Teich (Foto S. 136, Zufahrt von der B 38). Mitte des 20. Jh. war es noch verfallen, 1983 wurde es umfassend restauriert. Heute beherbergt es das Forstamt Ottenstein und ein **Falknerei- und Greifvogelzentrum**, das mit Flugvorführungen, einem Rundgang entlang von Volieren, einem Eulenpark und einer kleinen Ausstellung Einblick in die Geschichte der Falknerei bietet, die in Österreich seit 2010 zum immateriellen UNESCO-Kulturerbe zählt. An Öffnungstagen ist auch ein gemütliches Schloss-Stüberl mit regionaler Küche und Innenhofgarten in Betrieb.

Mai bis Ende Sept. Di–So 10–16.30 Uhr. Eintritt 4,30 € oder NÖ-Card, mit Flugvorführung (11 und 15 Uhr) 9,50 €, Kind 6,50 €, Familie 21,50 €, NÖ-Card-Aufpreis 4 €. ✆ 02988-20060, www.greifvogelzentrum.at.

Truppenübungsplatz (TÜPL) Allentsteig

Auf dem Areal nördlich der Kampseen, auf Landkarten schraffiert oder farblich unterlegt, erstreckt sich Österreichs größter Truppenübungsplatz. Mit rund 157 Quadratkilometern erreicht er fast die Fläche des Fürstentums Liechtenstein. 1938 ließ Adolf Hitler das Gebiet, aus dem übrigens seine Großmutter stammte, umwidmen. 7000 Bewohner mussten ihre 41 Heimatdörfer im sogenannten Döllersheimer Ländchen für immer verlassen. Nach 1945 besetzten russische Truppen das Gebiet, seit 1957 dient es dem österreichischen Bundesheer. An den Rändern warnen Hinweisschilder vor dem Betreten oder Filmen des militärischen Sperrgebiets. Bei Manövern sind auch die wenigen Durchfahrtsstraßen gesperrt. Das Land ist heute eine Wildnis und – einziger positiver Nebeneffekt – Rückzugsgebiet für seltene Tier- und Pflanzenarten. Die entsiedelten Dörfer sind längst verfallen, Anrainer um den TÜPL leiden unter Flug- und Gefechtslärm. In *Döllersheim*, am südlichen Rand des TÜPL, etwa 5 km nordwestlich von Ottenstein Richtung Allentsteig, kann man als eine Art Gedenkstätte die Ruinen der Volksschule, des Bürgerspitals und des Pfarrhofs besuchen. Die große spätgotische Pfarrkirche wurde notdürftig saniert und zur „Friedenskirche" geweiht, der angrenzende Friedhof wird wieder gepflegt. Ein *Aussiedlermuseum* in einem alten Schüttkasten in *Allentsteig* erinnert an die Volkskultur und Topographie des Areals vor 1938 und an die Entsiedelungsaktionen 1938–42 (Mitte Mai bis Ende Sept. Sa/So 10–12/14–17 Uhr, Eintritt 1,50 €, ✆ 02824-2310). 1999 wurde an der Uferpromenade des Stadtsees in Allentsteig ein Aussiedlerdenkmal der bekannten Medienkünstlerin Valie Export enthüllt, das als „Landschaftsmesser" den Einschnitt ins Leben der Vertriebenen symbolisiert.

Teichwanderweg Schloss Ottenstein – Schloss Waldreichs: Der 7 km lange Weg Nr. 51 führt vom Parkplatz beim Schloss Ottenstein über die B 38 und die Zufahrtsstraße nach Waldreichs hinweg durch die Ottensteiner Teichplatte, auf der sich knapp ein Dutzend, im 15./16. Jh. angelegte Karpfenteiche versammeln. Sie sind für ihren artenreichen Vogelbestand bekannt. Graureiher, Teichhuhn oder Eisvogel brüten hier und im Herbst rasten Zugvögel auf dem Weg in den Süden. Nach 1 Std. Gehzeit erreicht man Schloss Waldreichs (s. o.).

Kirche in Friedersbach: Liebhaber alter Gotteshäuser wird die schön renovierte Wehrkirchenanlage auf einer Anhöhe über dem alten Straßendorf Friedersbach, 6 km westlich Richtung Zwettl, begeistern. Sie wurde im 12. Jahrhundert von den

Burgherren von Lichtenfels gestiftet, der Kirchturm mit dem Doppelbogenfenster stammt aus dem 13. Jh., der Rest ist gotisch. In den beiden Chorfenstern links und rechts vom Hochaltar sind noch bemalte Glasscheiben von 1420 bis 1479 erhalten. Das Ensemble komplettieren ein runder, gotischer Karner (1350) mit steinernem Kegeldach und Dreieckszinnen sowie ein mit Rundzinnen bewehrter Pfarrhof mit Storchennest auf dem Rauchfang.

Basis-Infos

Information Infozentrum Region Kampseen, am Parkplatz beim Ottensteiner See. Mai–Okt. tägl. außer Mi 13–17 Uhr. ✆ 0664-4940814, www.kampseen.at.

Hin und weg Bus: Horn–Ottenstein Mo–Fr 6x tägl. (Linie WA 23), Krems–Rastenfeld–Zwettl 2–6x tägl. (Linie 1420).

Aktivitäten Kraftwerk Ottenstein, Führungen Juli/Aug. jeweils Do 10 Uhr, Eintritt frei. ✆ 02826-420215, www.evn.at.

Angeln Tageskarten (ca. 30 €) u. a. beim Infozentrum Kampseen und im Schloss Waldreichs. Bei tragfähiger Eisdecke wird am Ottensteiner See eisgefischt, Infos unter www.stauseefischer.at.

Baden Schöne Badeplätze beim Bootsbetrieb und auf der Westseite der Halbinsel Lichtenfels. Über den Ort Mitterreith (an der B 38 zwischen Rastenfeld und Zwettl rechts abzweigen) erreicht man den beliebten Badeplatz Deckerspitz mit Liegewiese und Bootssteg. Der See ist nicht für Kleinkinder oder Nichtschwimmer geeignet.

Bootsverleih Bootsbetrieb Ottenstein, Verleih von Kanus, Ruder-, Tret- und Elektrobooten (5–14 €/Std.). Mai–Sept. täglich.

Einkaufen ››› Unser Tipp: Waldlandhof, groß ausgebauter Gutshof 5 km südlich von Friedersbach. Im renovierten Stall (mit kleinem Café) gibt es Waldviertler Kräuter, Mohn, Dinkel, Honig, Tee, Öle, Säfte, Mohnzelten (vieles in Geschenkboxen) und im Obergeschoss Leinenstoffe, Tischwäsche, Leinensocken. Die Firma *Waldland* veredelt und vermarktet Erzeugnisse von 800 Bauern aus der Region. Mo–Fr 9–18, Sa 9–12 Uhr. Oberwaltenreith 10, www.waldland.at. ‹‹‹

Golf Golfclub Ottenstein, 18-Loch-Anlage 7 km südlich vom See in Niedergrünbach. Green Fee 60–75 €. www.golfclub-ottenstein.at.

Wanderreiten Die Region bietet ein weitläufiges Wegenetz und entsprechende Unterkünfte. Infos unter www.wanderreiten-waldviertel.at.

Wassersport Segel- & Surfschule Ottenstein, am Seeufer westlich unterhalb von Schloss Ottenstein. Kurse im Surfen, Segeln, SUP und Kanufahren, Verleih von Boards, Segelbooten und Kanus. Geöffnet Mai bis Ende Sept. ✆ 0650-6351950, www.ottensteinersee.at.

Übernachten/Essen & Trinken

Hotels/Gasthöfe **** Faulenzerhotel Schweighofer, traditioneller Familienbetrieb mitten in Friedersbach. 43 geschmackvolle, etwas schmal geschnittene Zimmer. Sehr gute Küche (s. u.), tolles Frühstück, kompetentes Personal. Schöner Wellnessbereich mit Hallenbad, kleiner Garten mit Hängematten. DZ 140–130 €, viele Pauschalen. Friedersbach 53, ✆ 02822-77511, www.faulenzerhotel.at.

*** Hotel-Restaurant Ottenstein, 2 km abseits vom See mitten im Grünen, reihenhausähnliche Bungalow-Anlage aus den 1960ern, die 64 Zimmer wurden modernisiert. Sauna, Pool im Freien, Tennis, Leihräder. Sehr freundlicher Service. DZ 106 €, mit Halbpension 128 €. Ganzjährig geöffnet. Peygarten-Ottenstein 60, ✆ 02826-251, www.hotelottenstein.at.

*** Gasthof Gamerith, 5 km östlich von Rastenfeld in ruhiger Lage, 10 gemütlich-rustikale Zimmer, teils im Dachgeschoss. Bodenständige, preiswerte Waldviertler Küche; So ab 15 Uhr und Di Ruhetag. DZ 64–80 €. Mottingeramt 41, ✆ 02826-440, www.landpension.at.

*** Gasthof Hanni, in Mitterreith unweit der B 38 zwischen Ottenstein und Zwettl.

→ Karte S. 138/139

Dorfgasthof mit guter Hausmannskost und 10 neuen, modernen Zimmern. DZ 64–72 €. Geöffnet Do–So, im Winter nur Fr–So. Mitterreith 20, ✆ 02822-76294, www.gasthof-hanni.at.

Camping **Seecamping Ottenstein**, gut ausgestattete Anlage in schöner Landschaft unweit von Schloss Ottenstein, 70 Terrassenplätze für Wohnwagen, Zeltplätze auf einer autofreien bewaldeten Halbinsel. Buffet, Liegewiese, Segelschule. 2 Pers., Zelt, Auto ca. 18 €. Geöffnet 1. Mai bis 30. Sept. ✆ 02826-416, www.ottensteinersee.at.

Campingplatz Lichtenfels, im Wald auf der Halbinsel bei der gleichnamigen Ruine. 100 Stellplätze, davon zwei Drittel Dauercamper. Kein Strom, aber Brötchenservice und Kanuverleih. Viele Jugendgruppen. 2 Pers., Auto, Zelt ca. 16 €. Geöffnet 1. Mai bis 30. Sept. ✆ 02826-7492, www.campinglichtenfels.at.

Restaurants **Seerestaurant Ottenstein**, mit Terrasse über dem See, ganztägig warme Küche. Mai–Sept. tägl 10–18 Uhr. ✆ 02826-267.

››› Unser Tipp: **Waldviertler Stuben**, Wirtshauskulturbetrieb im Faulenzerhotel (→ Hotels), in dem man sich in gemütlichen, holzgetäfelten Stuben die kreativ verfeinerte Regionalküche vom Stiftskarpfen bis zum Weidelamm schmecken lässt. Hauptgericht 10–20 €. Tägl. 11.30–13.30 und 18–21.30 Uhr. ‹‹‹

Restaurant Hettegger, die frühere Golfplatzkantine ist heute ein Gourmetrestaurant. Gemütliches Landhausambiente, bodenständige und modern interpretierte Regionalküche. Hauptgericht 10–18 €, 3-Gänge-Menü 26 €. Geöffnet April–Nov. täglich. Niedergrünbach 60, ✆ 02826-88102, www.restaurant-hettegger.at.

Gut und preiswert isst man auch im **Gasthof Hanni** (→ Übernachten) und im **Schloss Waldreichs** (→ Sehenswertes).

Dobra- und Thurnberger See

Der langgezogene *Kampsee Dobra* ist schwer zugänglich. Nur an seinem Nordufer, das man über eine Stichstraße von Franzen (an der B 38) via Wetzlas erreicht, gibt es einen Campingplatz mit flachem Strand, Bootsverleih und Taucherplattform. Unweit davon auf einer in den See vorgeschobenen Landzunge erstreckt sich die mächtige, vorbildlich sanierte **Ruine Dobra**. Sie ist frei begehbar, wer wegen des

Ruine Dobra: Ausflugsziel und Veranstaltungsort

Ausblicks den Bergfried besteigen möchte, holt sich beim Campingplatz den Schlüssel (Leihgebühr 1,50 €). Die Ruine ist wegen des gelungen in die historischen Mauern integrierten modernen Festsaals als Veranstaltungsort geschätzt (www.ruine-dobra.at). Die Straße, die dem Südufer des Dobrasees und dann dem Kamp flussabwärts folgt, führt zum östlichsten und kleinsten der Seen, dem *Kampsee Thurnberg*. Er ist rundum mit Wochenendhäusern verbaut. Einziger nennenswerter Ort ist **Krumau am Kamp** (760 Einwohner) an einer Kampschleife am westlichen See-Ende. Hier gibt es eine Seecamping- und Freizeitanlage mit Bootsverleih. Den Ort dominiert hoch auf einem Felsen die frühere Kuenringerfeste *Burg Krumau* (nicht zugänglich). In ihren Mauern verbrachte die letzte Babenbergerin Margarethe, wegen kinderloser Ehe von ihrem Gatten, dem Böhmenkönig Ottokar II. Přemysl, 1261 hierher verbannt, ihren Lebensabend.

Baden Am Kampsee Dobra im Bereich des Campingplatzes Dobra (Eintritt 2 €), am Thurnbergersee beim Freizeitzentrum.

Bootsverleih **Campingplatz Dobra**, Tret- und Ruderboote, Stand-up-Paddling. April bis 26. Okt. **Freizeitanlage Krumau**, Elektro-, Tret- und Ruderboote, Kanus. April–Okt.

Wandern Der beschilderte **Rundwanderweg Kampsee Thurnberg** (Nr. 70 bzw. 71) führt ab Krumau einmal – mehr oder weniger ufernah – um den See (8 km, Gehzeit 2 Std.).

Camping Die Plätze an den beiden Seen sind voll mit Dauercampern und für einen Kurzaufenthalt nicht zu empfehlen.

Im Süden der Kampseen

Karikaturengarten Brunn am Wald: Ein schön revitalisierter Schlossgarten aus dem 16. Jahrhundert mit altem Baumbestand lockt seit 2010 Ausflügler in das 13 km südlich der Kampseen gelegene Brunn am Wald, einen Ortsteil von Lichtenau (Abzweig von der B 37). Den Park bereichern eine Freiluftgalerie des renommierten Karikaturisten Bruno Haberzettl und skurril-witzige Objekte aus Holz, Stein und Eisenschrott. Das zugehörige Renaissanceschloss steht inmitten eines Teichs, ist in Privatbesitz und nur bei Konzerten zugänglich.

Karikaturengarten April bis Mitte Nov. tägl. 9–20 Uhr. Eintritt 2,50 €, Kind 1 €. www.karikaturengarten.at.

Essen & Trinken **Gasthof Schindler**, direkt nebenan. Traditionsbetrieb (seit 1823) und Wirtshauskulturmitglied. Preiswerte, bodenständige Küche, schattiger Gastgarten. Fr Ruhetag. Wer länger bleiben möchte – es gibt auch 10 neue, moderne Zimmer (DZ 60 €). Brunn am Wald 30, ✆ 02718-230, www.gasthof-schindler.at.

Gföhl: Die 2000-Einwohner-Stadt an der B 37 auf halber Strecke zwischen Krems und Ottenstein besitzt einen schön sanierten Hauptplatz, dessen Bürgerhäuser die einstige Bedeutung des Ortes als Handelsplatz bezeugen. Bekannt ist Gföhl für die *Winnetou-Spiele*, die an Sommerwochenenden auf einer Freilichtbühne 7 km östlich mitten im Wald stattfinden (✆ 0676-6673231, www.winnetouspiele-gfoehl.at).

Jaidhof: Der Ort an der B 32, 2 km nördlich von Gföhl, war einst Mittelpunkt einer Grundherrschaft, die sich über den gesamten Gföhlerwald mit 14 Forstämtern erstreckte. Davon zeugen das dreiflügelige klassizistische Schloss mit seinem Ehrenhof (heute Sitz der konservativen Priesterbruderschaft St. Piux X.) und die späthistoristische Gutshofanlage auf der Straßenseite gegenüber. Sie wurde von Max Ferstel, Sohn des berühmten Ringstraßenarchitekten Heinrich Ferstel entworfen und umfasst ein Forsthaus, ein Kutscherhaus, ein Gärtnerhaus, eine Reitschule, Ställe und ein Beamtenhaus. Die Bauten wurden jüngst saniert und dienen u. a. der Pferdezucht.

Kamptal, mittleres und südliches Waldviertel
→ Karte S. 138/139

Blick vom Propsteiberg auf Zwettl

Zwettl

3900 Einwohner, 520 m

Die Brau- und Kuenringerstadt ist das wirtschaftliche Zentrum des oberen Kamptals und heimliche Hauptstadt des Waldviertels. Hauptattraktion ist das außerhalb gelegene Zisterzienserstift mit dem ältesten Kreuzgang des Landes.

Die in einem Talkessel an der Mündung der Zwettl in den Kamp gelegene Stadt hat ihren Ursprung in einer Kuenringersiedlung des frühen 12. Jahrhunderts. Schon im Jahr 1200 erhielt sie Stadtrechte und entwickelte sich im Spätmittelalter zum Knotenpunkt mehrerer Fernhandelswege. Auch heute kreuzen sich hier die wichtigsten Straßen des westlichen Waldviertels – zurzeit noch im Zentrum, 2017 soll die Umfahrungsstraße im Norden der Stadt fertig sein. Von 1896 bis 2010 konnte man auch mit der Bahn nach Zwettl reisen, heute wird das 20 m hohe, imposante eiserne Eisenbahnviadukt von 1906 über den Kamp nur mehr von Holzgüter- und Dampfsonderzügen (www.lokalbahnverein.at) genutzt.
Die dank zahlreicher Geschäfte und Cafés recht lebendige Zwettler Altstadt liegt auf einem Felsplateau und hat sich Teile ihrer mittelalterlichen Stadtmauer aus dem 13.-15. Jh. bewahrt. Diese sollte den wichtigen Handelsplatz schützen, trotzdem gelang es den Hussiten 1427 und auch den Schweden im Dreißigjährigen Krieg 1645, die Stadt zu erobern; dennoch blieben bis heute zahlreiche Bauten aus Gotik und Renaissance erhalten.

Sehenswertes

Dreifaltigkeitsplatz, Sparkassenplatz, Hauptplatz: Der einst lange, dreieckige Hauptplatz aus der Zeit der Stadtgründung wurde später in der Mitte mit Bürgerhäusern, dem sog. *Grätzl* bebaut und damit dreigeteilt. Der obere, nördliche Teil ist der *Dreifaltigkeitsplatz* mit einer prächtigen Pestsäule von 1727. Ihre vier lebensgroßen Statuen sind die heilige Maria und die Heiligen Sebastian, Rochus (der auf seine Pestbeule deutet) und Florian. Ringsum und weiter oben in der (leider verkehrsreichen) *Landstraße* finden sich noch schöne Bürgerhäuser mit Fassaden aus Barock (Landstraße Nr. 43–49) und Renaissance.

Auffälligstes Gebäude am anschließenden *Sparkassenplatz* ist das mit Sgraffiti geschmückte **Alte Rathaus**, das man wegen seines barocken Uhrturms, in dem tagsüber stündlich ein Glockenspiel erklingt, für eine Kirche halten könnte. Sein Baukern reicht in die Kuenringerzeit (um 1300) zurück. Es beherbergt die Touristinformation und in den Obergeschossen ein **Stadtmuseum**, das sich mit dem Markt- und Zunftwesen, der Stadtentwicklung (anhand eines Stadtmodells), dem Geschlecht der Kuenringer, mit dem Wirken von Georg Ritter von Schönerer (→ S. 176, Rosenau) und mit Walther von der Vogelweide befasst, der nach Meinung einiger Historiker im nahen Hörmanns gelebt hat. Für die Mitte des *Hauptplatzes* schuf Friedensreich Hundertwasser, der im oberen Kamptal eine Sägemühle besaß (→ S. 300), 1994 in seiner typischen Formensprache eine *Brunnenanlage* mit zwei bunten Becken und einem baumbestandenen Pavillon. Die Ostseite des Hauptplatzes begrenzen vier Bürgerhäuser mit schönen Spätbarockfassaden. Rechts davon führen Treppen hinab zur *Stadtpfarrkirche*, deren im 19. Jh. erhöhter Turm einst Teil der Stadtbefestigung war.

Stadtmuseum: Mai bis Ende Okt. Fr 14–17, Sa 10–12/14–17, Juli/Aug. auch Di–Do 14–17 Uhr. Eintritt 3,50 € oder NÖ-Card. Sparkassenplatz 4, www.zwettl.gv.at/stadtmuseum.

Stadtmauer: Sechs recht unterschiedliche Türme und rund 1 km Mauer sind von der mittelalterlichen Befestigung erhalten, die drei Stadttore wurden abgetragen. In der Touristinfo ist ein kostenloser Folder für einen Stadtmauerrundgang erhältlich. Am eindrucksvollsten sind die Reste der Westmauer, die man von der Promenade entlang der Zwettl aus betrachten kann. Dazu gehören der quadratische *Hofbauerturm* mit einem Abtrittserker (eine mittelalterliche Toilette), und der achteckige

Hauptplatz mit Hundertwasserbrunnen

Antonturm (15. Jh.) auf einem freien Felsen über dem Zwettltal. Ihm zur Seite steht der spätgotische Pernerstorferhof aus dem 16. Jahrhundert.

Propstei: Die Keimzelle von Zwettl liegt auf einer Anhöhe südlich außerhalb der Altstadt. Dort sollen die Kuenringer um 1120 eine Burg-Kirchen-Anlage gegründet haben. Die Burg wurde 1231 von Babenbergerherzog Friedrich dem Streitbaren beim Kuenringeraufstand zerstört, die Kirche, ein romanischer Granitquaderbau, blieb bestehen. Sie wurde ausgebaut, um die gotische Michaelskapelle erweitert und ab 1484 Teil einer *Propstei*, eines bis 1751 bestehenden Klosters. Bis heute sind die romanischen Bauteile der Kirche gut zu erkennen, so auch die zugemauerten Öffnungen in der Westfassade, über die einst Verbindung zur benachbarten Kuenringerburg bestand. Die Kirche umgibt ein Friedhof mit einem 2014 sanierten spätromanischen *Rundkarner* (13. Jh.) und zwei kunstvollen Totenleuchtern von 1530 am Friedhofsportal. Im früheren Propsteigebäude sind heute ein Wohnheim und die *Galerie BlaugelbeZwettl* untergebracht, die mehrmals jährlich Ausstellungen zeitgenössischer Kunst zeigt (www.blaugelbezwettl.com).
Der schönste Anstieg auf den Propsteiberg ist der zu Fuß über einen *Kreuzweg*, der in der Kamptalstraße beginnt und bei einer monumentalen barocken Kreuzigungsgruppe aus Sandstein endet. Autofahrer folgen den Wegweisern zum Landesklinikum.

Basis-Infos

Information **Touristinformation** im Alten Rathaus, Mo–Fr 8–12 Uhr, Do/Fr auch 13–17 Uhr. 3910 Zwettl, Sparkassenplatz 4, ✆ 02822-503129, www.zwettl.info.

Hin und weg **Bus**: 3–7x tägl. nach Krems bzw. Schwarzenau an der Franz-Josefs-Bahn.

Stadtverkehr **Stadtbus**: Rundkurs im Stundentakt (Mo–Fr 7–19, Sa 7–13 Uhr), auch bis zum Stift. Tickets im Bus.

Parken Die Straßen im Zentrum sind Kurzparkzone, es gibt auch eine gebührenfreie Parkgarage in der Gartenstraße.

Baden **ZwettlBad**, modernes Hallen- und Freibad im Zwettltal, großer Saunabereich. Juni–Aug. tägl. 9–20 Uhr, Sept.–Mai Mo–Fr 15–21, Sa/So ab 9 Uhr. Tageskarte Freibad 7,40 €, Hallenbad 11 €. NÖ-Card 1x gültig. Hammerweg 10, www.zwettlbad.at.

Einkaufen **Zwettler Biershop 15**, Fanshop der Brauerei, schön sind die nostalgischen blechernen Reklameschilder. Mo–Fr 8–17, Sa 9–14 Uhr. Syrnauer Str. 22–25.

Unter'm Hollerbusch 10, moderner Bio-Lebensmittelmarkt in der Landstraße 5, auch Produkte regionaler Biobauern; gehört zu **Sonnentor 8**, dem Bio-Kräuter-Spezialisten aus Sprögnitz (s. u.), der am Dreifaltigkeitsplatz einen Shop für seine Tees und Gewürze hat. Mo–Do 8.30–12.30/14–18, Fr 8.30–18, Sa 8.30–12.30 Uhr. ■

Wer noch Wander- oder Radsportutensilien benötigt, findet in der Altstadt **Sport Kastner 11** und im Gewerbegebiet Richtung Krems **Intersport Ruby**.

Fahrradverleih Kostenlos in der Touristinfo, E-Bikes für 15 €/Tag.

Führungen **Zwettler Brauerlebnis**, seit 1708 gibt es die Privatbrauerei Zwettl, seit 1890 ist sie im Besitz der Familie Schwarz. *Zwettler Bier* gehört in Ostösterreich zu den fünf meistverkauften Bieren, seit 2015 gibt es auch alkoholfreies Zwettler und Craft Beers. Mehr Info und Kostproben bei den 90-minütigen Brauereiführungen (9,80 €): Juni–Aug. Mi 13.30 Uhr oder nach Absprache. ✆ 02822-50010, www.zwettler.at.

Markt **Rathausmarkt** mit bäuerlichen Produkten aus der Region. April–Okt. jeden Sa 9–12 Uhr vor dem Alten Rathaus. ■

Mountainbike **Hundertwasser-Tour**, beschilderte Runde (32 km, ↕ 700 m) ab der Kamptalstraße durchs obere Kamptal.

Veranstaltungen **Internationale Konzerttage Stift Zwettl**, im Juni/Juli, Orgelmusik in der Stiftskirche; Kammermusik in Bibliothek und Festsaal., ✆ 02822-2020257.

Übernachten

2 Mohnhotel
9 Frühstückspension Todt
13 Gh. Hamerling
16 Schwarz Alm

Essen & Trinken

1 Wirtshaus im Demutsgraben
2 Bergwirt Schrammel
6 Zur goldenen Rose
7 Fleischerei Böck
13 Gh. Hamerling
16 Schwarz Alm

Cafés

3 Fröschl
4 Kult!
5 Café Hausleitner
12 Café Süd
14 Kuba

Einkaufen

8 Sonnentor
10 Unter'm Hollerbusch
11 Sport Kastner
15 Zwettler Biershop

Übernachten/Essen & Trinken

→ Karte S. 173

Hotels/Restaurants **** **Hotel Schwarz Alm 16**, gediegen-gemütliches Hotel 7 km südlich oberhalb von Zwettl (B 36) mitten im Grünen. 2015 neu renoviert. 48 schöne Zimmer, toller Wellnessbereich mit Schwimmbiotop und neuem Indoor-Pool. Restaurant mit kreativer Regionalküche, Hauptgericht 10–22 €, kein Ruhetag, Küche bis 21 Uhr. Freundlicher Service. DZ 140–190 €. Almweg 1, ✆ 02822-53173, www.schwarzalm.at.

*** **Mohnhotel – Bergwirt Schrammel 2**, die Wirtinnen Eva und Maria Schrammel haben ihr bei Busgruppen beliebtes Kulturwirtshaus an der Ausfallstraße Richtung Groß Gerungs zum Mohnhotel gestylt. 25 rustikale, mit Mohnblumen dekorierte Zimmer, etwas unmoderne Bäder. Sauna. Aus der Küche des rustikalen Bergwirts kommen preisgünstige, regionale Spezialitäten, Mi Ruhetag. DZ 80 €. Moidrams 1, ✆ 02822-52803, www.mohnhotel.at.

** **Gasthof Hamerling 13**, traditionelles, freundliches Kulturwirtshaus der Familie Schierhuber (seit 1898) nah am Kampufer, günstige Waldviertler Küche, Spezialität sind Rindfleischgerichte. Mi Ruhetag, sonst mittags und ab 17 Uhr (außer So) geöffnet. 14 saubere, gemütliche Zimmer. DZ 66 €. Galgenbergstr. 3, ✆ 02822-52344, www.hotel-schierhuber.at.

Frühstückspension Todt 9, 5 nette Zimmer mit Bad/WC und Balkon in einem Hinterhof mitten in der Stadt. Parkplatz gratis. DZ 60 €. Landstr. 15, ✆ 02822-52410, www.sbeisl.at.

Zur goldenen Rose 6, mitten in der Stadt, bodenständiger Gasthof mit preisgünstiger Küche (Hauptgericht 8–13 €), nett zum Draußensitzen vor der grünen Renaissancefassade. Durchgehend Küche, Di Ruhetag. Dreifaltigkeitsplatz 3, ✆ 0650-5002329.

››› Unser Tipp: **Wirtshaus im Demutsgraben 1**, abseits gelegen 3 km Richtung Weitra. Bilderbuchwirtshaus mit holzgetäfelten Gaststuben und schmackhafter Waldviertler Küche in großen Portionen, bekannt für Wildgerichte. À la carte 8–20 €. Tägl. außer Mi/Do ab 15 Uhr, Fr–So 11–22 Uhr. Niederstrahlbach 36, ✆ 02822-52364, www.demutsgraben.at. Am schönsten erreicht man das Wirtshaus in einer **45-minütigen Wanderung** vom Busbahnhof aus durch das unberührte Zwettltal (beschildert als Walderlebnisweg Nr. 51), dabei passiert man auch eine Graselhöhle (→ Kastentext S. 159). ‹‹‹

Imbiss **Fleischerei Böck 7**, die für beste Qualität bekannte Metzgerei bietet Mo–Fr preiswerte 2-Gänge-Mittagsmenüs (6,20 €). Hauptplatz 6.

Cafés/Bars **Café-Konditorei Hausleitner 5**, Traditionsbäcker, bekannt für Mohnspezialitäten und Eisbecher. Gastgarten. Mo–Sa 8–19, So 13–19 Uhr. Dreifaltigkeitsplatz 4.

››› Unser Tipp: **Fröschl der Kaffeesieder 3**, modernes Kaffeehaus mit ausgezeichnetem Kaffee, Mehlspeisen aus der eigenen Konditorei, Salaten, Toasts und Bagels. Beliebt zum Frühstücken oder Brunchen. Mo–Sa 6–19 Uhr. Hamerlingstr. 11. ‹‹‹

Café Süd 12, Wiener Kaffeehausatmosphäre mit Parkettboden, Marmortischchen, Thonetstühlen, Toast und Melange. Tägl. 8–24, Fr/Sa bis 2 Uhr. Landstr. 1.

Kult! 4, Café & Weinbar im Dekor der 1970er, auch die Jukebox fehlt nicht. Dazu gibt's kleine Snacks. Mo–Sa ab 15.30 Uhr. Hamerlingstr. 1, www.kult-zwettl.at.

Kuba 14, American Bar samt Flaschenwand und großer Barkarte. Cocktails 6,20–8,20 €. Tägl. ab 16 Uhr. Syrnauerstr. 1.

Stift Zwettl

3 km östlich der Stadt in einer Talsenke, die erwiesenermaßen einer der kältesten Plätze Österreichs ist (-25 °C sind in Winternächten keine Seltenheit), breitet sich an einer Kampschlinge die bedeutende Klosteranlage aus. Von der Ferne ragt nur der granitgraue Kirchturm aus den Wäldern.

Als Hadmar I. von Kuenring 1138 das Kloster gründete und aus Heiligenkreuz im Wienerwald zwölf Zisterzienser holte, lag der Bauplatz – gemäß Gründungslegende durch eine im Winter grünende Eiche bestimmt – inmitten des unerschlossenen Nordwalds. Das entsprach den Prinzipien der Zisterzienser. Die Mönche rodeten

82 Meter ragt der Turm der Stiftskirche in die Höhe

das Land, legten Wege an und bauten eine Klosteranlage im romanisch-frühgotischen Stil, die im frühen 13. Jahrhundert fertig war. In einer ersten Blütezeit entstanden in der Schreibstube bedeutende Handschriften, darunter 1311 die *Bärenhaut*, das Zwettler Stiftungsbuch mit dem bekannten Kuenringer-Stammbaum. Ab 1343 wurde die romanische Klosterkirche schrittweise durch einen Neubau im gotischen Stil ersetzt, ein Projekt, das durch Krisen, Plünderungen und Geldmangel erst um 1730 – unter Beibehaltung der gotischen Baupläne – vollendet werden konnte. Zeitgleich erhielt die Klosteranlage durch Barockisierung seine heutige Gestalt, allen voran sein Wahrzeichen, den 82 m hohen Kirchturm.

Das Stift betritt man (von der Straße bzw. vom Parkplatz kommend) durch den großzügigen *Lindenhof* mit seinen alten Bäumen, von wo sich der Weg in den barocken, schlossartigen **Abteihof** hinabsenkt. Im Klosterladen gleich rechts erhält man die Tickets für den Besuch des Stifts.

Die mittelalterlichen Teile des Klosters besichtigt man mit *Audioguide*. Dieser führt außen um den Abteihof zum Kamp hinunter und von dort in die ältesten Räume im Untergeschoss aus der Mitte des 12. Jh. Dazu gehört das **Dormitorium**, der Schlafsaal der Mönche mit vier über Holzschalung gemauerten Gewölben (man erkennt noch die Abdrücke der Bretter). Das Dormitorium verfügte über eine Toilettenanlage mit Spülung, das sog. **Necessarium**; es ist offen über dem Kamp erbaut und gilt als älteste erhaltene Latrinenanlage Mitteleuropas. Danach steigt man hinauf in den eindrucksvollen **Kreuzgang**, der um 1210 begonnen und 1240 vollendet wurde. Er ist eines der ersten Werke der Frühgotik in Österreich, die Kapitelle der 330 Säulen schmücken florale Motive. Jüngster Teil ist das sechseckige *Brunnenhaus* von 1240, sein Grundriss wiederholt sich in den Blumenrabatten des nicht zugänglichen Kreuzgartens im Innenhof. Im Nordflügel des Kreuzgangs, dem Lesegang, ist das Rokokogestühl noch erhalten, an den Ostflügel schließt, wie bei fast allen Klöstern, der **Kapitelsaal** an, der Versammlungsraum der Mönche. Eine einzige Granitsäule in der Mitte trägt sein Gewölbe. Er wurde vor 1180 gebaut und ist eines der ältesten erhaltenen Kapitelhäuser der Zisterzienser.

→ Karte S. 138/139

Die 2007–14 renovierte **Stiftskirche** besichtigt man mit Führung. Ihr hoher, weiter Innenraum mit den Bündelpfeilern erinnert nicht zufällig an eine Kathedrale. 1343–83 wurde der erste Teil, der spätgotische Hochchor mit Chorumgang und 14 Kapellen, fertiggestellt. Man orientierte sich an französischen Vorbildern, zur gleichen Zeit entstand auch der Stephansdom in Wien. Das Langhaus blieb romanisch, ein erster Abschnitt wurde 1490, der Rest ab 1722 erneuert – im gotischen Stil, zur Blütezeit des Barock! Vom Prälatengarten aus kann man die Bauabschnitte anhand der unterschiedlichen Fenster, Fassaden und Dächer gut erkennen. Zeitgleich zur Vollendung des Außenbaus im gotischen Stil entstand die barocke Innenausstattung der Kirche, deren Höhepunkt der 1733 von Joseph Munggenast in den Chor eingepasste prächtige Hochaltar ist. Figurenreich stellt er Mariä Himmelfahrt dar, die grüne Eiche im Zentrum symbolisiert die Gründungslegende. Architektonisches Gegenstück zum Hochaltar ist die Barockorgel auf der Westempore. Das klangvolle Instrument stammt vom Passauer Meister Egedacher (1731) und ist bis heute Mittelpunkt der jährlichen Konzerttage. Die berühmte eintürmige Westfassade der Stiftskirche entwarfen Matthias Steinl und Joseph Munggenast 1727. Sie besteht aus unverputzten, grauen Granitquadern und ist mit überlebensgroßen Sandsteinfiguren und Monumentalvasen geschmückt. Das Mittelportal flankieren die Klostergründer Hadmar I. von Kuenring und sein Bruder Heinrich IV., in der Mittelnische sieht man den Ordensgründer, den heiligen Bernhard.

Zur Kirchenführung gehört auch der Besuch der neu gestalteten **Schatzkammer** mit ein paar wenigen Exponaten, darunter das Zwettler Kreuz von 1230. An bestimmten Terminen und bei Konzerten bekommt man die barocke **Stiftsbibliothek** von Joseph Munggenast (1732) zu Gesicht, deren reich stuckierte flache Kuppelgewölbe Paul Troger mit farbenprächtigen Deckenfresken ausmalte.

Links der Stiftskirche breitet sich auf zwei Ebenen der mit Rosen bepflanzte neubarocke **Prälatengarten** aus. Munggenast schuf auch das dortige Gartenhaus, das von zwei Orangerien flankierte Sommerstöckl, heute ein Café (tägl. 10–18 Uhr). Besuchenswert sind auch die **Terrassengärten** an den Südhängen des Klosters, wo wegen der sonnigen, geschützten Lage Heilkräuter, Obst und Gemüse gedeihen. Von hier hat man auch den besten Blick auf das Storchennest auf einem Engelkopf am Eckturm des Abteihofs. Die beiden Gärten sind frei zugänglich.

Verlässt man Stift Zwettl Richtung Rudmanns, überquert man auf einer steinernen **romanischen Brücke** (12. Jh.) den Kamp. Sie ist ein schönes Fotomotiv und eine der ältesten noch in Gebrauch befindlichen Brücken Österreichs.

Besichtigung Palmsonntag bis 31. Okt. tägl. 10–16 Uhr. Führung Kirche/Schatzkammer tägl. 11 (außer So), 14 und 15 Uhr. Führung Bibliothek/Schatzkammer So/Feiertag 11 Uhr. Eintritt inkl. Audioguide 10,50 €, Kind 4,50 €, Familie 21 €; Aufpreis Führung 2 € (Kind 1 €); NÖ-Card 1x gültig. ✆ 02822-2020217, www.stift-zwettl.at.

Einkaufen Klosterladen, Bücher, Kräutertees, Mohnzelten, Weine aus dem Stiftsweingut Schloss Gobelsburg etc. Palmsonntag bis 31. Okt. tägl. 9.30–16 Uhr, sonst Mo–Fr 9–12.30 Uhr.

Fischverkauf unweit der Kampbrücke, Karpfen und Forellen von lebend bis geräuchert aus stiftseigenen Teichen. Sa 9–12 Uhr, im Nov. Do–Sa, im Dez. Mo–Sa.

Schloss Rosenau

8 km westlich von Zwettl (Richtung Weitra) trifft man in einer Waldlichtung am Rande eines Karpfenteichs auf ein entzückendes Barockschlösschen. Hier sind heute Österreichs einziges Freimaurermuseum und ein Romantikhotel zuhause.

Rosenau ist ein Ziel für Romantiker

Sein heutiges Aussehen mit dem vorgelagerten Treppenhaus erhielt das frühere Renaissanceschloss unter Leopold Graf Schallenberg, der es ab 1736 von Joseph Munggenast barockisieren und im Obergeschoss sieben Räume zu einer Freimaurerloge umgestalten ließ. Johann Rincolin schuf dafür Fresken mit aufwendiger Architekturmalerei. Die Loge wurde um 1800 zwangsaufgelöst und geriet in Vergessenheit. Ende des 19. Jh. kam Rosenau in den Besitz des unrühmlichen Georg Ritter von Schönerer, der als führender Deutschnationaler in die Geschichte einging. Nach schweren Schäden in der Kriegs- und Besatzungszeit wurde das Schloss 1974 restauriert. Dabei entdeckte man anhand der Symbole in den Wandmalereien, dass hier eine Freimaurerloge beheimatet war und richtete in deren original erhaltenen Tempel- und Ritualräumen ein **Freimaurermuseum** ein. Es bietet einen guten Einblick in die Geschichte der Freimaurerei vom 18. Jh. bis heute, präsentiert ihre Symbole und berühmte Mitglieder, wie Mozart und Haydn. Zweijährige Sonderschauen ergänzen die Ausstellung.

Das Schloss war einst Mittelpunkt einer Gutshofsiedlung. Lohnend ist daher ein Spaziergang um den Teich unterhalb des Schlosses, bei dem man an etlichen alten, weiß-gelben Wirtschaftsbauten vorbeikommt: Im Meierhof von 1590 (Nr. 7) lädt ein Heuriger zur Rast (s. u.), Nr. 11 ist das frühere Altenheim, nebenan ist eine große Pferdekoppel. Am Weg, der weiterführt, liegt etwas abseits das hübsche Jägerhaus von 1747 (Nr. 8). Hinter dem Schloss steht der Pfarrhof (Nr. 10), direkt an die Rückseite des Schlosses angegliedert ist die als Hochzeitsort beliebte Schlosskapelle.

Freimaurermuseum 1. April bis 31. Okt. tägl. 9–17 Uhr. Eintritt 7 € oder NÖ-Card. ✆ 02822-20552, www.freimaurermuseum.at.

Reiten Reitverein Schloss Rosenau, Tages- und Wanderritte, ✆ 0664-5122405, www.reiten.rosenau.at.

→ Karte S. 138/139

Übernachten/Essen **** **Schlosshotel Rosenau**, ideal für Liebespaare und Familienfeiern. 17 individuelle Zimmer und Suiten, teils modern, teils mit Stilmöbeln. Kleiner Wellnessbereich, Restaurant mit sehr guter Küche zu mittleren Preisen. In der früheren Schlosstaverne „Die Residenz" kann man Appartements wochenweise mieten. DZ 144–180 €, Suite bis 200 €, viele Packages. ✆ 02822-582210, www.schlosshotel.rosenau.at.

Meierhof-Heuriger, im sonnigen Garten oder in den früheren Stallungen zwischen Granitsäulen genießt man eine Waldviertler Jause aus Bio-Produkten und Sonntagmittag warmes Buffet. Ostern bis Pfingsten, Aug. und Okt. Sa ab 14, So ab 12 Uhr. Rosenau 7, ✆ 02822-58494, www.heuriger-meierhof.at.

Südlich von Zwettl

Aubergwarte bei Großgöttfritz: Die 27 m hohe, frei zugängliche Holzkonstruktion mit außen umlaufender Treppe erhebt sich auf dem bewaldeten Auberg (811 m) südlich von Zwettl. Von oben hat man einen Rundumblick auf die Kirchtürme und Wälder der Umgebung hin bis zu den Voralpengipfeln. In der Dorfmitte von Großgöttfritz gibt es eine gotische Wehrkirchenanlage (14. Jh.) mit Rundkarner.

Anfahrt: Von der B 36 in Großweißenbach, 6 km südlich von Zwettl, abzweigen Richtung Großgöttfritz. Parkplatz nach dem Ort (gut beschildert), dann noch 10 Min. auf einem schönen Waldweg, begleitet von Drachenfiguren, bergauf.

Aubergwarte – 130 Stufen hinauf

Kräuterdorf Sprögnitz: In dem kleinen Angerdorf, 5 km östlich von Großgöttfritz, befindet sich die Zentrale des Kräuter-, Tee- und Gewürzunternehmens *Sonnentor*, das 1988 von dem pfiffigen Waldviertler Bauernsohn Johannes Gutmann gegründet wurde. *Sonnentor* sichert rund 180 Bio-Bauern ein Einkommen und gehört heute zu den wichtigste Biofachhändlern in Österreich und Deutschland. Hier am Firmenstandort wird ein „Kräutererlebnis" geboten: geführte Betriebsrundgänge, Kräutergärten, Kräuterwanderwege, Feste, natürlich ein großer Shop und ein Bio-Gasthaus. Auch Spielplatz und E-Bike-Verleih.

Betriebsrundgang Mai–Okt. tägl. 14.30, Fr zusätzlich 10 Uhr, Sa/So zusätzlich 13 Uhr, Juli/Aug. auch Mo–Fr um 13 Uhr. Jan.–April Sa/So keine Führungen. Eintritt 7 €, Kind 3 €, NÖ-Card gültig. Sprögnitz 10, ✆ 02875-7256-100, www.sonnentor.com.

Essen & Trinken **Leibspeis'**, das Lokal ist ein Passivhaus in hellem, skandinavischem Design, serviert wird verfeinerte Waldviertler Küche aus regionalen Zutaten, auch vegetarische und vegane Varianten. Dazu wird Tee empfohlen. Hauptgericht 10–15 €. Mitte März bis Mitte Jan. tägl. außer Mo 10–18.30 Uhr. Sprögnitz 15, ✆ 02875-20300, www.sonnentor.at.

Naturdenkmal Oberes Kamptal

Im Hochland des oberen Kamp

Betrachtet man Zwettl als Zentrum eines Uhrenblatts, so liegen im Bereich zwischen halb und dreiviertel der Oberlauf und das Quellgebiet des Kamp – einer der romantischsten Flecken des Waldviertels. Die Landschaft ist ein stimmungsvolles, nicht enden wollendes Granit-Hochland, das Richtung Südwesten hin zum Weinsberger Wald, einem riesigen und bis 1000 m hoch gelegenen Waldgebiet ansteigt. Übersät ist die Gegend von bizarren Steinformationen und haushohen Granitblöcken, um die sich kleine Wälder, Wiesen und Äcker schmiegen. Dazwischen plätschern die mäandrierenden Quellflüsse des Kamp oder sie zwängen sich durch mit Felsen verblockte Schluchten.

Naturliebhaber finden hier ein großes Betätigungsfeld, Mountainbiker ein dichtes Netz an markierten Routen (www.waldviertel.at/mountainbiken), und im Winter kommen Langläufer auf ihre Kosten. Kleine, detailverliebte Dorfmuseen erinnern an das harte Handwerk früherer Tage. Absolutes Glanzlicht der Region ist die **Burg Rappottenstein** (s. u.).

Naturdenkmal Oberes Kamptal: Südlich von Zwettl, zwischen Diethartsmühle und Utissenbach, mäandert der Kamp idyllisch durch Wiesen, fließt danach durch eine Schluchtstrecke, in der das Flussbett mit verstreut liegenden Felsblöcken gefüllt ist – eine sehenswerte Landschaft und ein ideales Terrain zum Wandern (→ Wanderung 5) und zum Mountainbiken (→ Zwettl/Basis-Infos S. 172).

Hundertwasser-Dorfmuseum in Roiten: In dem 170-Seelen-Dorf 13 km südlich von Zwettl gestaltete Friedensreich Hundertwasser ein altes Milchhaus in bewährter Manier in ein Heimatmuseum um: Grasdach, Keramiksäulen, goldene Kugeln. Im Obergeschoss sieht man Handwerkszeug vom Schuster, Sattler, Binder und Müller sowie alten Hausrat, im Erdgeschoss stellen regionale Künstler ihre Werke

aus. In einem Nebengebäude ist eine Dokumentation über Friedensreich Hundertwasser und sein Schaffen in der nahen Hahnsäge (→ Wanderung 5) zu sehen.
Mai–Sept. Fr–So 14–16.30 Uhr. Eintritt 5 €. www.dorfmuseum-roiten.at.

Wanderung 5: Auf den Spuren von Hundertwasser → S. 299
Landschaftlich schöne Rundtour mit Granitblöcken, goldbraunem Wasser und bunten Gebäuden

Burg Rappottenstein

Mächtig thront die Kuenringerburg auf einem gewaltigen Felsblock in einer einsamen Waldlichtung am Oberlauf des Kamp, 16 km südwestlich von Zwettl. Die stark befestigte Anlage, die mehrmals belagert, aber niemals eingenommen wurde, zählt zu den besterhaltenen Mittelalterburgen Österreichs und gilt als Lehrbeispiel einer Hochburg aus dem 12. bis 16. Jahrhundert.

Ihren Namen hat die Burg von Rapoto von Kuenring, der sie 1157–67 als Grenzfestung gegen die Böhmen erbauen ließ. Von späteren Besitzern wurde sie erweitert, zunächst gotisch, im 16. Jh. im Stil der Renaissance. Seit 1664 sind die Burg und die sie umgebenden 7000 ha Wald im Besitz der Grafen Abensperg-Traun.

Burg Rappottenstein gilt als Lehrbeispiel einer mittelalterlichen Hochburg

Nachdem man vor dem von Rundtürmen flankierten äußeren Burgtor auf die Führung gewartet hat, gelangt man in den ersten Hof, wo mächtige Felsen aufragen, auf denen die Hochburg thront. An einem Brauhaus aus dem 16. Jh. vorbei erreicht man durch Tore den schmalen zweiten und den geräumigen dritten Hof, beide von bis zu drei Meter dicken Mauern und riesigen Granitblöcken bewehrt. Im dritten Hof befindet sich der Eingang zu den Verliesen, die zum Teil aus dem Fels geschlagen wurden. Noch zwei Höfe sind zu durchschreiten, bis man im Zentrum der Hochburg, einem engen, düsteren Innenhof steht. Hier ragt der fünfeckige, romanische Bergfried aus Rapotos Zeiten auf. Die dreigeschossigen Arkaden an zwei Seiten und die Sgraffiti sind Ergänzungen aus der Renaissance. Unter den recht archaischen Innenräumen sind die gotische Burgkapelle von 1380 (mit Flügelaltar aus dem 15. Jh.) und die mit wertvollen Fresken (16. Jh.) geschmückten Zimmer, wie Archivraum und Speisesaal, beachtenswert. Schließlich betritt man den zinnenbewehrten und von Bäumen bestandenen Richt- oder Turnierplatz direkt über den Verliesen. An seiner Nordostecke erhebt sich ein Uhrturm mit Uhrwerk aus dem 16. Jh. Ein Blick aufs Ziffernblatt zeigt, dass man damals mit einem Stundenzeiger auskam.

Anfahrt Die Burg liegt 1,5 km südlich des Orts Rappottenstein, vom Parkplatz sind es noch 200 m zu Fuß.

Burgführungen Mai bis Ende Sept. tägl. außer Mo 11, 12, 14, 15, 16 Uhr, Juli/Aug. zusätzlich 10 und 17 Uhr. Ostern, Mitte bis Ende April und im Okt. nur Sa/So. Dauer 50 Min. Erw. 9 €, Kind 5 €. ✆ 02828-8250, www.burg-rappottenstein.at. Zu den Öffnungszeiten der Burg hat eine Schenke mit günstiger Hausmannskost gegenüber dem Burgtor geöffnet.

Baden Waldbad, romantischer Badesee in Rappottenstein mit Spielplatz und Rutsche. Juni–Aug. tägl. 12.30–18.30 Uhr.

Veranstaltungen Klangburg, von Juni bis Aug., Konzerte, Instrumentenbaukurs. www.burg-rappottenstein.at.

Übernachten Ferienhof Stanzl, gastfreundlicher Biobauernhof (Kühe, Katzen, Hasen) mit Blick zur 3 km entfernten Burg. 7 nette, rustikale Zimmer, ideal mit Kindern. DZ 56–54 €, mit Halbpension 70 €. 3911 Rappottenstein, Grünbach 9, ✆ 02828-8319, www.stanzl.at.

Umgebung von Rappottenstein

Freilichtmuseum Brettersäge: In Kirchbach, 3 km nordwestlich von Rappottenstein, befindet sich am Rande des Weilers die letzte wasserbetriebene Brettersäge Ostösterreichs. Wer Gatter, Sägeschlitten und Blochholzaufzug im Einsatz sehen möchte, ruft mit einer Klingel den Sägemeister.

Brettersäge Mai bis 30. Okt. tägl. außer Mo 9–11/13–17 Uhr. Eintritt 3 € oder NÖ-Card. ✆ 0664-5197259.

Wandern Weg 11 – Blick in die Geschichte, der markierte, 11 km lange Rundweg startet mitten in Kirchbach (Wandertafel), führt zuerst aussichtsreich über Wiesen zum Kamp hinab, dann aufwärts (der 10-minütige Abstecher durch einen Bilderbuchwald zum Steinernen Torbogen lohnt sich), vorbei an den Granitformationen Gletschermühle und Steinerne Stube bis zum höchsten Punkt, die Burgleiten (844 m, Burgmauerreste) und dann talwärts auf Fahrwegen zurück nach Kirchbach (Gehzeit 3 Std.)

Wintersport Das „Schidorf" Kirchbach besitzt einen Schlepplift, eine beschneite Piste und zwei Loipen. ✆ 02828-8366.

Skulpturenpark „Kunst bezwingt Rost": Altmetallteile hat der Künstler Helmuth Hammel zu rund 200 originellen Skulpturen geformt. Zu bestaunen sind sie 1 km südlich von Pehendorf (liegt 7 km südwestlich von Rappottenstein), direkt an der Straße, die nach Schönbach führt.

Naturdenkmal Lohnbachfall: Unweit des Skulpturenparks in Pehendorf stürzt der Lohnbach, kurz bevor er in den Kleinen Kamp mündet, in einer gut 200 m langen Steilstufe über grün bemooste, mächtige Granitblöcke oder verschwindet völlig unter ihnen. Dieses kleine, wildromantische Naturjuwel wurde mit Holzstufen (Vorsicht bei Nässe!) und Geländer begehbar gemacht. Vom Parkplatz sind es 20 Min. zu Fuß.

„Steinjuwele" rund um Pretrobruck

Rund um Pretrobruck, einem Weiler zwischen Rappottenstein und Arbesbach, lohnt der Besuch ausgewählter Steinformationen, an denen die Gegend hier so reich ist.

→ Karte S. 138/139

Direkt im Ort zweigt eine Straße zum *Naturdenkmal Höllfall* ab (Wegweiser, 2 km). Hier überwindet der rostbraune Große Kamp eine gut 1 km lange Treppe aus riesigen, kreuz und quer liegenden Granitquadern. Wieder zurück im Ort, führt ein beschilderter Weg südöstlich zum mächtigen *Froschstein* (Gehzeit 5 Min.) und zum *Dachstein* (15 Min.). Wer hier noch weiter wandert, kommt nach rund 25 Min. zum oberen Ende des Lohnbachfalls (s. o.). Der riesige *Vogel- oder Adlerstein* liegt 500 m westlich an der B 124 in Richtung Arbesbach (Wegweiser). Er befindet sich links der Straße, bald nach dem für Besucher vorgesehenen Parkplatz, und ist in wenigen Minuten erreichbar. 1 km weiter folgen auf der rechten Seite der *Türkenstein* und der imposante *Burgstein*. Sein Fahrzeug kann man zwischen den beiden parken.

Übernachten/Essen *** **Gasthof-Pension Seidl**, große Pension am Ortsrand von Pretrobruck. Gemütliche Gaststube, preiswerte Küche (Mo/Di Ruhetag), 12 komfortable Zimmer mit Vollholzmöbeln und Balkon. Moderne Sauna. DZ mit Halbpension 88–120 €. Pretrobruck 17, ✆ 02813-410, www.gasthofseidl.at.

Arbesbach

1700 Einwohner, 903 m

Der kleine, hoch gelegene Markt ist bekannt für den sogenannten *Stockzahn des Waldviertels*. Es ist der kühn emporragende Bergfried einer alten Wehrburg, die Hadmar II. von Kuenring um 1190 auf einem gewaltigen Granitblock errichten ließ und die 1884 zur Alexanderwarte umgestaltet wurde. Die Rückseite des Stockzahns ist seither optisch wenig ansprechend, 176 Stufen führen zu der Plattform ganz oben, von der man einen grandiosen Ausblick über die Voralpen bis zum Toten Gebirge genießt, bei guter Sicht angeblich bis zum Dachstein. Von der Burg am Fuße des Stockzahns, die ab dem 16. Jh. verfiel, sind noch einige malerisch von Föhren bestandene Mauern erhalten.

Burgruine April–Okt. am So geöffnet, sonst Schlüssel für die Warte (2 €) in der Bäckerei Huber, 50 m unterhalb des Ruinenparkplatzes, ✆ 02813-237.

Übernachten/Essen **Gästehaus Huber**, 3 schöne, gemütliche Zimmer am Ortsrand. Sonnige Lage, großer Schaugarten. DZ 58–62 €. Kamp 25, ✆ 02813-7290, www.gaestehaus-huber.at.

*** **Gasthaus-Café Kerschbaummayr**, Wirtshauskulturbetrieb am Hauptplatz mit preiswerter gutbürgerlicher Küche. Tägl. geöffnet, Mi nur bis 14 Uhr. Café mit reicher Mehlspeisenauswahl (tägl. 6.30–19 Uhr; Mo nur bis 13 Uhr). 8 zweckmäßig ausgestattete Zimmer mit Balkon. Garten mit Swimmingpool. DZ 52–60 €. Linzer Str. 6, ✆ 02813-230, www.kerschbaummayr.at.

Wohnmobile 15 Stellplätze (5 €/Nacht) auf einem Parkplatz 10 Gehmin. außerhalb.

Umgebung von Arbesbach

Bärenwald Arbesbach: Das 14.000 ha große Bärenschutzzentrum 3 km südwestlich von Arbesbach (an der B 124 Richtung Linz) bietet Bären, die z. B. als Zirkustiere nicht artgerecht gehalten wurden, ein neues naturnahes Zuhause. Zurzeit leben in dem Waldgehege acht Tiere. Mit Videokameras können die hier tätigen Wissenschaftler ihr Verhalten beobachten. Für Besucher gibt es einen Rundweg, einen Aussichtsturm und das „Bärenwaldhaus“ mit Shop und Ausstellung.

Bärenwald Ostern bis 2. Nov. tägl. 10–18 Uhr. Eintritt 7 €, Kind 4,50 €, Familie 16 €, NÖ-Card gültig. ✆ 02812-7602, www.baerenwald.at.

Essen & Trinken ⟫ Unser Tipp: **Bärenhof Kolm**, der Gasthof beim Bärenwald ist eine empfehlenswerte Adresse: Im Erdgeschoss ein bodenständiges Wirtshaus (z. B. Cordon bleu mit Beilagen 9,90 €), im Obergeschoss ein urbanes Haubenlokal mit kreativ verfeinerten Gerichten (à la carte bis 25 €, 6-Gänge-Menü 51 €). Mi–So 11–22 Uhr. Schönfeld 18, ✆ 02813-242, www.baerenhof-kolm.at. «

Hammerschmiede Kamp: 2 km nördlich von Arbesbach Richtung Groß Gerungs (Hinweisschild an der B 119) kann man in der revitalisierten Schmiede *Ludwig Haslinger's Hammerwerk* von 1802 erleben, wie drei große, hölzerne Wasserräder einen Hammer, eine Bohrmaschine oder einen Schleifstein antreiben.

Ostern bis Allerheiligen tägl. 10–12 und 13–17 Uhr. Den Museumsführer ruft man mit einer Klingel herbei. Eintritt 4 €, Kind 2 €, NÖ-Card gültig.

Folgt man von Arbesbach der B 119 nach Norden, erreicht man nach 11 km **Groß Gerungs** (→ S. 208).

Schönbach

820 Einwohner, 731 m

Der beschauliche Ort, 10 km südöstlich von Arbesbach, hat nicht nur eine besonders steinreiche Umgebung, Schönbach überrascht mit einer großen, reich ausgestatteten spätgotischen **Wallfahrtskirche** von 1457. In ihrem geräumigen, mit Netz- und Sternrippen überwölbtem Inneren gibt es drei gotische geschnitzte Flügel- und drei Barockaltäre. Am wertvollsten ist der Hochaltar von 1490 mit fünf lebensgroßen Heiligenfiguren (Johannes, Anna, Maria, Katharina, Barbara) und acht bunt bemalten Reliefs zum Leben Mariens in den Flügeln. Eigenwillig ist der barocke Kreuzaltar (1718), dessen Kruzifix echtes Haar und eine echte Dornenkrone trägt. Mit dem violetten Vorhang wird es in der Karwoche verhüllt. Die wundertätige Gnadenstatue *Maria Rast*, eine Madonna von 1450, befindet sich auf dem Pfeiler gegenüber der Kanzel und lockte im 18. Jh. sogar Mitglieder des Kaiserhauses in die abgelegene Gegend. Das 1700 an die Kirche angebaute und 1826 aufgelöste schlicht-barocke Hieronymitenkloster beherbergt eine kleine Brauerei und die **Kloster-Schul-Werkstätten**, in denen traditionelle Handwerke wie Korbflechterei und Seifensiederei vorgeführt und die Produkte u. a. im 2015 eröffneten *Korb.Garten* präsentiert und im 1. Österreichischen Korboutlet verkauft werden. Außerdem zeigt eine Ausstellung 1400 Seifen aus aller Welt.

Kloster-Schul-Werkstätten 1. April bis 2. Nov. Mi–Sa 9–12 und 13–17, So 13–17 Uhr, Juli/Aug. täglich geöffnet. Besichtigung nur mit Führung, Eintritt 8,50 € oder NÖ-Card. ✆ 0664-1546470, www.handwerk-erleben.at.

Übernachten/Essen Gasthof zur Post, Wirtshauskulturwirt gegenüber der Kirche, Waldviertler Hausmannskost mit Zutaten aus eigener Schlachterei, Gastgarten. Warme Küche nur mittags, Do Ruhetag. 3 geräumige Zimmer, Leih-Mountainbikes. DZ 64 €. Schönbach 22, ✆ 02827-230.

Bad Traunstein

1050 Einwohner, 923 m

Der kleine Markt 9 km östlich von Schönbach liegt auf der höchsten Kuppe weit und breit. Das Ortsbild prägte der örtliche Bildhauerpfarrer Prof. Josef Elter (1926–97), der 1962 die moderne *Pfarrkirche Hl. Georg* errichten ließ. Der außen unauffällige Granitbau beeindruckt mit dem weiten Innenraum und einer spektakulären Holzfaltdecke. Geschickt mit einbezogen sind die Reste der gotischen Vorgängerkirche. Das Kreuz im Altarraum stammt von Josef Elter, weitere Marmorskulpturen des Künstlerpfarrers schmücken den ganzen Ort (Brunnen, Kriegerdenkmal ...), im **Ausstellungszentrum Josef Elter** sind vor allem seine expressiven Werke aus Holz zu sehen.

April bis Ende Okt. Fr–So 10–12 und 13–17 Uhr. Eintritt 4 € oder NÖ-Card. ✆ 02878-6001, www.josef-elter.info.

Alle anderen Steinskulpturen um Traunstein haben Wind und Wetter geschaffen. Gleich oberhalb der Kirche türmen sich Granitblöcke zum **Wachtstein** (958 m), der seit dem Mittelalter als Aussichtsturm (Blick bis zu den Voralpen) dient. Heute führt ein kurzer, gesicherter Felssteig hinauf. An seinem Fuß breitet sich ein gepflegter **Heilkräuter-Schaugarten** aus und an seiner Rückseite das Festgelände Wachtstein (→ Veranstaltungen). Am Ortsausgang Richtung Schönbach liegt neben der Straße der ovale *Franzosenstein* in der Wiese – er sieht aus wie ein Wackelstein, ist aber keiner; viele Schulklassen und Napoleons Truppen – denen er seinen Namen verdankt – mühten sich vergeblich. Ein tonnenschwerer Wackelstein, den man mithilfe einer Holzstange tatsächlich bewegen kann, ist der *Wiegenstein*. Er liegt im Wald 2,5 km südwestlich, vom Parkplatz an der Straße Richtung Weidenegg sind es noch 15 Min. zu Fuß.

Das 2008 eröffnete *Kurzentrum Bad Traunstein*, ein bunter Bau mit 185 Gästebetten im Vier-Sterne-Standard und einem Schwerpunkt auf Moor-Anwendungen, liegt am südöstlichen Ortsrand (www.kurzentrum.com).

Der Wachtstein – Wahrzeichen und Aussichtspunkt von Traunstein

Information Kein Service, es liegen aber viele Prospekte aus. Wiegensteinstr. 2, www.bad-traunstein.at.

Veranstaltungen Country Music Festival, im Juli, Wachtsteinfest, Anfang August, www.wachtstein.at.

Essen & Trinken Bachl, Bäckerei und Café, Spezialität sind Mohnzelten, es gibt auch Toast und Würstel. Mo 6–12, Di–Sa 6–24, So 9–24 Uhr. Oberer Markt 4.

Café.Bar Weinstein, modernes Lokal mit Sonnenterrasse. Café, Bier, Wein. Do–Sa ab 15, So ab 10 Uhr. Oberer Markt 7.

Weiterfahrt: 9 km östlich von Traunstein liegt **Ottenschlag** im Quellgebiet der Krems (→ S. 189).

Gutenbrunn und Bärnkopf

Die beiden Orte süd(west)lich von Bad Traunstein sind untrennbar mit Skilanglauf und Mountainbiken verbunden. Sie liegen auf Lichtungen inmitten des riesigen, nordisch anmutenden **Weinsberger Waldes**, der letzter Rest des einstigen Nordwaldes und das größte geschlossene Waldgebiet Österreichs ist. Beide Orte wurden von Holzfällern und Glasarbeitern im 17./18 Jh. gegründet.

11 km südlich von Bad Traunstein trifft man in einer Talmulde zunächst auf das idyllische **Gutenbrunn** (470 Einwohner, 858 m), in dessen Ortsmitte ein klassizisti-

sches *Landschloss* von 1771 steht (Privatbesitz). Bauherr der hufeisenförmigen Anlage war der frühindustrielle Holzunternehmer Joseph von Fürnberg, der von hier sein Holz durch den Weitenbach nach Luberegg an die Donau flößen ließ, wo er ebenfalls ein Schloss besaß (→ S. 73). Zusätzliches Wasser für die Holztrift kam von extra angelegten Teichen, die noch heute um Gutenbrunn zu finden sind und zum Baden und Angeln einladen. 10 km weiter westlich, knapp an der Grenze zum oberösterreichischen Mühlviertel und noch 100 m höher, liegt der Luftkurort **Bärnkopf** (360 Einwohner, 968 m), wo sich ein Themenweg und ein liebevoll gestaltetes *Holzhackermuseum* der Entwicklung der Forstwirtschaft widmet (Mai bis Ende Okt. zugänglich).

Über 140 km Loipen in schneesicherer Höhenlage locken im Winter zahllose Langläufer in diese idyllische Ecke. Liegt kein Schnee mehr, nehmen sich die Mountainbiker das 700 km weite Wegenetz unter die Stollenreifen. Loipen, Rad- und Nordic-Walking-Routen folgen zum Teil der in den 1950ern stillgelegten Trasse einer zum Holztransport genutzten Schmalspurbahn – Anstiege und Abfahrten sind meist harmlos.

Information **Touristinformation**, Mo–Fr 9–12 Uhr. 3665 Bärnkopf 114, ✆ 02874-8401, www.baernkopf.at, www.gutenbrunn.at.

Angeln/Baden **Edlesberger See**, 2 km nördlich von Gutenbrunn, Naturbadeplätze und reicher, seit 1969 nicht mehr abgefischter Fischbestand. www.fischen-edlesbergersee.at. **Schlesingerteich**, 500 m südlich von Bärnkopf. Gute Wasserqualität trotz goldbrauner Farbe, Liegewiese, Imbissbude, Beachvolleyball-Platz, Zeltplatz.

Mountainbike 7 beschilderte MTB-Strecken, darunter die dritte Teiletappe des Granittrails. www.waldviertel.at/mountainbiken.

Wandern 7 Rundwege starten am Platz vor der Kirche in Gutenbrunn (Infotafel), empfehlenswert ist der 13 km lange **Panoramaweg** (Nr. 41), der bergauf und bergab nach Ulrichschlag, Oedhof und zum felsigen Hirschenstein (mit Ausblick ins Yspertal) führt (Gehzeit 3½ Std.).

In einem ambitionierten Projekt wurden 2013/14 an 54 Stellen im Weinsberger Wald **Spuren früherer Besiedlung** oder Industrie lokalisiert. Sie sind unter www.weinsbergerwald.at als Wanderziele abrufbar.

Wintersport 140 km Loipen (Skating, klassisch), Einstiegsstellen in Bärnkopf und Gutenbrunn. Tageskarte 4 €. 3½ km lange Flutlichtloipe. Verleih von Langlaufskiern und Schneeschuhen (4 €/Tag). www.gutenbrunn.com.

Übernachten/Essen *** **Gasthof Marschall Stuben**, Traditionsgasthof (seit 1770) in Ortsmitte von Gutenbrunn, Seniorchef Gustl Marschall war „Pionier des Skilanglaufs" im Waldviertel. Solide Waldviertler Küche (Wirtshauskulturbetrieb), Mo Ruhetag. 7 Zimmer, eines mit Himmelbett. Sauna, Skiverleih. DZ 72–76 €, mit Himmelbett 80 €. Gutenbrunn 20, ✆ 02874-6294, www.marschallstuben.at.

Bühnenwirtshaus Juster, Dieter Juster hat sein Kultlokal in Gutenbrunn 2015 zugesperrt, Auftritte finden nur noch ausnahmsweise statt.

*** **Restaurant Pension Seewolf**, tolle Lage am Edlesberger See 2 km nördlich von Gutenbrunn. Restaurant mit Sonnenterrasse und Waldviertler Küche, Mo Ruhetag. 8 schöne, preisgünstige Zimmer, teils mit Balkon. Sauna, Ski- und Radverleih im Haus. DZ 38–48 €. 3665 Edlesberg/See 15, ✆ 02874-6303, www.seewolf.at.

Ferienwohnungen Bauer, drei schöne, gut ausgestattete Wohnungen (2–5 Pers.) mit Terrasse in einem eingeschossigen Bau am nordöstlichen Ortsrand von Gutenbrunn. Fewo für 2 Pers. inkl. Frühstück 57–62 €, jede weitere Person 16 €, Endreinigung 35 €. Gutenbrunn 133, ✆ 0660-3177833, www.ferienwohnungen-gutenbrunn.at

Gästehaus Grudl, mit 4 Sonnen bewertete freundliche, saubere Unterkunft in Aussichtslage mitten in Bärnkopf. 3 neue Zimmer mit Vollholzmöbeln. Leihräder. DZ 50–56 €. Bärnkopf 16, ✆ 02874-8443, www.grudl.at.

Wohnmobile 5 Stellplätze am Schlesingerteich, 5 €/Nacht. ✆ 02874-8401.

→ Karte S. 138/139

Das Kremstal

Die Reise entlang der Krems beginnt in **Krems an der Donau** (→ S. 118), dessen nördliche Stadtteile sich bis ins untere Kremstal erstrecken. Sie führt flussaufwärts, zunächst durch eine von Weinterrassen geprägte Landschaft und endet rund 50 km weiter nordwestlich in der auf fast 900 m gelegenen, von tiefgrünen Wäldern, Raps- und Mohnfeldern geprägten Hochebene rund um **Ottenschlag**, die auch Quellgebiet des Kamp ist. Hauptort des unteren Kremstals ist die Weinbaugemeinde **Senftenberg**.

Rehberg: Der kleine Winzerort liegt 3 km nördlich von Krems. Links vom Kremsfluss erheben sich auf einem hohen Felssporn eine mittelalterliche Kirche mit der Ruine einer im 12. Jh. errichten Burg. Die Vorburg ist zugänglich und bietet einen schönen Ausblick. Gegenüber am Hang liegt inmitten von Weinreben die romantische *Rehberger Kellergasse* (Heurigenbetriebe), von der man bereits die Ruine Senftenberg erspäht.

Übernachten/Heuriger **Weinberghof Ilkerl**, neues Gästehaus mit 4 schönen, modern-rustikalen Zimmern und 2 Ferienwohnungen. Ruhige Lage. Stimmungsvoller Heuriger „Weinbergstüberl" mit Laube und großem Garten, 4x im Jahr ausg'steckt (Mo–Sa ab 15, So ab 10 Uhr). DZ 72–80 €, Fewo 72–80 €, Endreinigung extra. Rehberger Hauptstr. 57, ✆ 02732-85758, www.weingut-ilkerl.at.

Imbach: Kunstliebhaber legen 1 km hinter Rehberg einen Stopp ein. Die dortige von einem eigenwilligen kleinen Steinturm bekrönte *Pfarrkirche Mariä Geburt* ist die älteste erhaltene zweischiffige Hallenkirche Österreichs. Sie wurde 1285 erbaut und ist Rest eines 1269 gegründeten und 1782 aufgehobenen Dominikanerinnenklosters, das abgetragen wurde. In ihrem hellen, hohen Innenraum ist die gotische Josefskapelle beachtenswert, die im 14. Jh. an das Langhaus angebaut wurde. Sie zeigt teils bemalte Konsolenfiguren, mächtige Maßwerkfenster und ein schönes Kreuzrippengewölbe. Die kleine Orgel stammt noch aus der Barockzeit (17. Jh.). Auf dem Bergsporn gegenüber der Kirche wurden 2014 die Grundmauerreste der *Burg Imbach* (12. Jh.) freigelegt, knapp oberhalb steht seit 1999 der auffällig weiße Bau einer modernen *Friedenskapelle.*

Einkaufen: *Imbacher Bauernmarkt*, im Presshaus im früheren Klostergarten gibt es jeden Sa 9–12 Uhr regionale Produkte zu kaufen.

Senftenberg

1900 Einwohner, 254 m

Gleich hinter Imbach stößt man auf das Wahrzeichen von Senftenberg, die mächtige, malerisch am Hang oberhalb von steilen Weinterrassen hingebettete **Burgruine**. Seit dem 12. Jh. schützte die Burg den Eingang ins obere Kremstal, 1645 wurde sie im Dreißigjährigen Krieg von den Schweden zerstört. Erhalten sind Reste der Vor- und Hochburg, drei Toranlagen, der halbe Bergfried und eine in Österreich seltene Schildmauer. Die weitläufige Anlage ist frei zugänglich. Der schönste Weg hinauf ist der zu Fuß (rund 15 Gehminuten), er führt vorbei an der *Pfarrkirche St. Andreas*, die – auf einer Felsterrasse unterhalb stehend – einst zum Burgareal gehörte und noch von Wehrmauern umschlossen ist. Im 18. Jh. wurde sie barockisiert und ihr Innenraum mit einer umlaufenden Empore versehen. Von unterwegs und von der Burgruine selbst hat man einen herrlichen Blick in die Weinlandschaft des Kremstals. (Wer zur Ruine fahren möchte, die schmale Straße nähert sich von der Rückseite, von der Straße Richtung Priel.)

Die Burgruine liegt am Südostende des Orts, der sich rund 3 km am Kremsfluss entlangwindet und in seiner Mitte noch einige alte Bürgerhäuser aus dem 16. Jh. versammelt, darunter ein Sgraffitohaus (Unterer Markt 33) und Kureinrichtungen des weithin bekannten *Nuhr Medical Centers* (www.nuhr.at).

Hin und weg **Bus** Mo–Fr stündl. von/nach Krems, Sa/So nur 2–3x.

Wandern Einen schönen Blick auf Ort und Ruine hat man von der **Hiesbergwarte** (427 m), einem geländergesicherten und mit rot-weißer Metallfahne geschmückten Granitfelsen, den man in rund 30 Min. vom Ortsteil Hiesberg erreicht (Weg Nr. 2).

Übernachten/Essen/Heuriger **Weinhaus Nigl**, prächtiger Lesehof aus dem 12. Jh. unterhalb der Ruine. Sympathisches Gourmetlokal mit kreativer Küche zu mittleren Preisen, dazu die bekannten Weine von Martin Nigl. Mitte März bis Mitte Jan. Do–Mo 11.30–14/18–22, So 11.30–20 Uhr. Weinverkauf Mo–Fr 8–18, Sa 10–16 Uhr. 12 individuell eingerichtete Zimmer in historischen Mauern. DZ 132–162 €, Sa/So 20 € mehr. Kirchenberg 1, ✆ 02719-2609500, www.weingutnigl.at.

*** **Gasthof Hintenberger**, traditioneller Wirtshauskulturbetrieb im Ort, der Mo/Di und Fr zu Mittag (Sa/So mit Vorreservierung) bodenständige warme Küche bietet. 12 geräumige Zimmer, verteilt auf 2 Häuser. Liegewiese am Kremsfluss, Sauna. DZ 72, mit Balkon 80 €. Neuer Markt 67, ✆ 02719-2202, www.hintenberger.at.

Weinblick Grafinger, nüchtern-moderner Bau in Panoramalage in Priel, 2 km nördlich von Senftenberg. 8 komfortable, in Brauntönen gehaltene Zimmer. Der moderne Heurige im Haus hat 10x im Jahr ausg'steckt (Di–So ab 15 Uhr). DZ 86–104 €. Priel 74, ✆ 02719-8208, www.grafinger.info.

Heuriger Proidl, nettes, schörkelloses Lokal mit Innenhofgarten mitten im Ort. Heurigenklassiker und gute Weine von Karl Proidl junior. 5x im Jahr ausg'steckt (Di–So ab 15 Uhr). Oberer Markt 19, ✆ 0664-1164780, www.proidl.at.

Aussichtsreich thront die Ruine Senftenberg über den Weingärten

Kamptal, mittleres und südliches Waldviertel
→ Karte S. 138/139

Kremszwickl und Kremstalhöhlen

Hinter Senftenberg ändert das Kremstal seinen Charakter, statt Weingärten säumen tiefgrüne Wälder den sich schluchtartig verengenden Flusslauf, dem man bald hinter Obermeisling nur mehr zu Fuß folgen kann. Dieser wildromantische Abschnitt, in dem die beiden Quellflüsse Große Krems und Kleine Krems am sogenannten *Zwickl* ineinander fließen, ist nicht nur ein Paradies für Wanderer, sondern auch für Abenteuerlustige, Geologen und Archäologen dank seiner schon von Neandertalern bewohnten Höhlen. Der schnellste Weg von Senftenberg dorthin führt via Nöhagen über die Hochfläche des südlichen Waldviertels bis Maigen (13 km) und von dort noch 1,5 km hinunter ins Tal (Richtung Purkersdorf) zur Straßenbrücke über die Kleine Krems (Parkmöglichkeit an der Forststraße Richtung Zwickl/Gudenus-Höhle).

Auf der Forststraße, die auch als geologischer Lehrpfad beschildert ist, wandert man ein Stück entlang der Kleinen Krems, dann links bergab (Wegweiser „Zu den Höhlen“) und auf einer Holzbrücke über den Fluss. Völlig überraschend taucht über dem Fluss, auf einem 70 m hohen Felsen **Burg Hartenstein** auf. Sie wurde im 12. Jh. von den Kuenringern errichtet und verfiel ab dem 17. Jh. Reste des Bergfrieds, des Palas und der zinnenbekrönten Ringmauer sind erhalten, die Vorburg wurde 1892 neugotisch wiedererrichtet. Die Anlage ist videoüberwacht, gehört sie doch einem IT-Unternehmer, der hier den Sitz seiner Softwarefirma Beko AG einrichtete. Am Fuß des Burgfelsens – ein Steg führt hinüber – befindet sich die berühmte, nach dem in der Region ansässigen Grafengeschlecht benannte **Gudenushöhle**. Zwei Zugänge führen in die 30 m kurze Höhle, die einer der ältesten Siedlungsplätze Mitteleuropas ist. Über 10.000 altsteinzeitliche Werkzeuge und Kultgegenstände (Faustkeile, Knochenpfeifen etc.) wurden 1884 darin entdeckt, sie werden im Naturhistorischen Museum in Wien aufbewahrt. Wandert man auf dem Fahrweg weiter am Fluss entlang, passiert man die Abzweigung zur *Eichmaierhöhle* und zum *Steineren Saal* mit vielen Steinmännchen (20–30 Min. steil bergauf, Trittsicherheit nötig) und erreicht bald darauf den **Zwickl**, wo die Kleine Krems unweit eines historischen Kraftwerks in die Große Krems mündet (Gehzeit 30 Min.).

Übernachten Alte Schmiede, 4 top ausgestattete Ferienwohnungen (2–4 Pers.) in einer restaurierten Schmiede in Nöhagen. Swimmingpool im Garten, Sauna (5 €). 35 €/Pers., Endreinigung extra (25–48 €). Nöhagen 17, ✆ 02717-20105, www.urlaub-schmiede.at.

Essen & Trinken Gasthaus Schwarz, das Dorfwirtshaus mit Wintergarten in Nöhagen bietet eine viel gelobte Haubenküche (Hauptgericht 10–26 €, 5-Gänge-Menü 50 €) und eine der besten Weinkarten Österreichs. Grammelknödel und Ente sind weithin bekannt. Reservieren! Geöffnet Mi–So, Jan.–März nur Do–So. Nöhagen 13, ✆ 02717-8209, www.gasthaus-schwarz.at.

Mohnlandschaften

Die kargen Böden mit viel Sand und Lehm, die Nächte und der morgendliche Taubefall sind ideale Zutaten für den Mohnanbau. Seit dem 13. Jahrhundert wird daher im Waldviertel der heute von der EU als Marke geschützte Graumohn angebaut. Die Klöster förderten den Anbau und nutzten das Mohnöl als Arznei und als Brennstoff für das Ewige Licht in den Kirchen. In den 1930er Jahren notierte der Mohn gar an der Londoner Börse – 30 Jahre später war er fast verschwunden. In den 1980ern begann man, motiviert durch gut gedeihende Versuchskulturen, den Anbau wieder zu intensivieren. Heute erstrecken sich die Waldviertler Mohnfelder wieder über 700 Hektar. Die weiß-, rot- und violettfarbenen Blütenmeere Mitte Juli locken Fotografen, Künstler und Touristen aus nah und fern an. Nur zwei Wochen dauert das Naturschauspiel, denn jede Blüte öffnet sich nur einen einzigen Tag (das Mohntelefon 02872-7421 gibt Auskunft). Erntezeit ist im August. Dann wird aus den Graumohnkapseln, die im Gegensatz zum Schlafmohn nur Spuren von Opium enthalten und deren Anbau daher in Österreich (im Unterschied zu Deutschland) zugelassen ist, der Samen gewonnen. Er ist in der Küche begehrt, ganz oder gemahlen (→ S. 46) oder kalt gepresst als gesundes Öl. Getrocknete Mohnkapseln dienen als Dekorationsmaterial, und mit erstaunlicher Kreativität werden vielfältigste Mohnprodukte geschaffen. Die Mohnseife gilt dabei fast schon als banal.

Ottenschlag und Armschlag

Die 750–849 m hoch gelegenen Orte im Quellgebiet der Kleinen und Großen Krems haben sich als Mohnland einen Namen gemacht (→ Kastentext). Über 200 Hektar in der hügeligen, an Nadelwäldern reichen Umgebung sind mit Mohn bepflanzt.

Aus dem Tal der Kleinen Krems über **Kottes** (Bierbad, s. u.) kommend, stößt man zunächst auf **Ottenschlag**. Der 900-Seelen-Marktflecken an der Nord-Süd-Verbindung B 36 besitzt zwei Teiche und in seiner Mitte ein wehrhaftes Schloss von 1523. Die hufeisenförmige Anlage mit drei von Kegeldächern besetzten Ecktürmen wird von einer Tourismusfachschule genutzt. Es beherbergt einen Bauernladen (→ Einkaufen) und im stimmungsvollen Kellergewölbe einen Schlossheurigen (Mi–Mo ab 15 Uhr). Seit 2008 hat der Markt auch ein Gesundheitsresort mit 117 Zimmern im Vier-Sterne-Standard (www.lebensresort.at), das am oberen Ortsrand auf die grüne Wiese geklotzt wurde. 3 km südwestlich von Ottenschlag befindet sich im Waldviertler Mohnhof Greßl, einem kleinen bäuerlichen Familienbetrieb Österreichs erstes *Mohnmuseum* mit allerlei Wissenswertem zur Pflanze und einer Sammlung von Mohnmühlen (Mo–Sa 8–18 Uhr, Eintritt inkl. Verkostung 4 € oder NÖ-Card; → Einkaufen).

Zentrum der Mohnregion ist das „Mohndorf" **Armschlag** (110 Ew.) 4 km nördlich im Tal der Großen Krems (über die B 36 Richtung Zwettl). Es bietet einen Mohnwirt (→ Essen), einen 1 km langen Mohnlehrpfad entlang der Großen Krems, einen Mohngarten, einen Mohnbauernladen, das mit 60 m längste Mohnblumengemälde der Welt, eine Mohnmühle, einen Mohnstrudelweg (→ Wandern) und einen jährlichen Mohnkirtag.

Information Prospekte liegen im Gemeindeamt aus. 3631 Ottenschlag, Oberer Markt 22. www.ottenschlag.com.

Angeln **Himmelteich**, idyllische Lage im Wald 3,5 km westlich von Ottenschlag, Tageskarten (30 €) im Gemeindeamt.

Einkaufen **Bauernladen Schloss Ottenschlag**, regionale Produkte (Mohn, Edelbrände, Honig, Keramik etc.). Do 14–18, Sa 8.30–12 Uhr.

Waldviertler Mohnhof Greßl, in Haiden, 3 km südöstlich von Ottenschlag, erzeugt und verkauft weithin bekannte kalt gepresste Mohnöle. Mo–Sa 8–18 Uhr. ✆ 02872-7449, www.mohnhof.at. ■

Mountainbike Die **Teich-Strecke** (14 km) und die **Hochland-Strecke** (20,3 km) sind zwei einfache, ab dem Gemeindeamt Ottenschlag beschilderte Rundtouren.

Der Mohnexpress wartet auf Fahrgäste

Whisky-Erlebniswelt, am Roggenhof in Roggenreith, 10 km südlich von Ottenschlag (über die B 36), gibt es seit 1995 Österreichs erste Whiskybrennerei. Über die Gewinnung des Getränks aus örtlichem Roggen kann man sich hier bei einer Führung umfassend informieren: Ein Film zeigt die Produktionsschritte, die hochmoderne Destillerie, die Malzmühle, das Lager mit den Fässern aus Waldviertler Eiche und die Maischetanks können besichtigt und der Whisky verkostet und natürlich gekauft werden. Mo–Sa 9–17/18 Uhr, Mai–Okt. auch So 10–17 Uhr. Führung 10.30 und 14.30 Uhr, inkl. 3 Kostproben 7 € oder NÖ-Card. Roggenreith 3, ✆ 02874-7496, www.roggenhof.at.

Veranstaltungen **Mohnkirtag** in Armschlag am 3. So im Sept., mit Volksmusik, Tanz und Mohnspezialitäten.

Wandern **Mohnstrudelweg**, beschilderter Rundwanderweg (Nr. 12) ab Armschlag über den idyllischen Weyrerteich nach Ottenschlag (Gehzeit 2 Std.), weiter nach Sallingberg und von dort nach Armschlag zurück (Gehzeit 6 Std.). Abkürzung (Weg Nr. 13) von Ottenschlag direkt nach Armschlag möglich.

Kremstalweg, 93 km langer Weitwanderweg (Nr. 625) um das Quellgebiet der Krems; führt durch Ottenschlag, Armschlag und Kottes. www.waldviertler-kernland.at/kremstalweg.

Übernachten/Essen/Bierbad *** **Gasthof zur Kirche – Waldviertler Bierbad**, direkt am neu gestalteten Marktplatz in Kottes, 6 km östl. von Ottenschlag. Preisgünstige Waldviertler Hausmannskost, Di–So 11–21 Uhr. 9 neu renovierte Themenzimmer, Sauna. Das **Bierbad** geht nach Voranmeldung von Mitte Sept. bis Mitte Juni Di–Sa 12–22 Uhr in Betrieb: 20 Min. sitzt man im Holzbottich im warmen, mit Hopfen und Zwicklbier angereichertem Wasser – das soll gegen unreine Haut helfen; danach entspannt man im Heubett (Preis 50 €). DZ 70 €, mit Halbpension 82 €. 3623 Kottes 21, ✆ 02873-7254, www.waldviertler-bierbad.at.

Mohngarten in Armschlag

Gasthaus Renner, Wirtshauskulturwirt am unteren Marktplatz von Ottenschlag, preisgünstige Waldviertler Küche in schlichtem, bodenständigem Ambiente. Gastgarten. Mi Ruhetag. Unterer Markt 21, ✆ 02872-7235.

Café Pension Einsiedl, modernes Café am Unteren Ortsteich in Ottenschlag. Mehlspeisen, vieles mit Mohn, Snacks und Wachauer Weine. Tägl. außer Mi ab 8.30 Uhr. Im Nachbarhaus 12 moderne Zimmer, DZ 70 €. Johannesgasse 4, ✆ 0664-2122838, www.pension-einsiedl.at.

Mohnwirt Neuwiesinger, in Armschlag; von hier ging die Idee für das „Mohndorf" aus, die Wirtin ist TV-erprobt. Wirtshauskulturwirt mit breiter Palette an Mohngerichten, von der Mohnschöberlsuppe bis zur Mohntorte, daneben auch „mohnfreie" Gerichte. Hauptgericht 10–18 €. Geöffnet Mi–So, im Juli auch Mo/Di. ✆ 02872-7421, www.mohnwirt.at.

Wohnmobile 8–10 Stellplätze in Ottenschlag am Oberen Ortsteich, 5 €/Nacht.

Auf der B 36 sind es von Ottenschlag 23 km in Richtung Norden bis **Zwettl** (→ S. 170) und 15 km nach Süden bis **Pöggstall** (→ S. 192). Über die B 217 geht es 21 km kurvenreich bergab bis nach **Spitz an der Donau** (→ S. 87).

Wildromantische Ysperklamm

→ Karte S. 138/139

Yspertal und Weitental

In der südwestlichen Ecke des Waldviertels erstreckt sich von Persenbeug an der Donau Richtung Norden der rund 15 km lange, mächtige Bergrücken des **Ostrong**. Seine höchste Erhebung, der *Große Peilstein* (1061 m), ist der zweithöchste Gipfel des ganzen Waldviertels. Hufeisenförmig umschlossen wird der Ostrong vom Ysper- und vom Weitental.

Das westlich gelegene **Yspertal** ist wildromantisch. Es ist geprägt von weiten Wiesen, moosgrünen Wäldern und bizarren Granitblöcken, die oftmals Ziel markierter Wanderwege sind. Bekanntestes Naturdenkmal ist die Ysperklamm. Kunsthistorische Kleinode findet man im **Weitental**. Bedeutendster Ort ist hier **Pöggstall**, das in einer idyllischen, hügeligen Bilderbuchlandschaft liegt und für sein mildes, nebelfreies Klima bekannt ist.

Ysper- und Weitental sind von einem Netz an gut markierten Wanderwegen durchzogen und wurden als „Wanderregion Südliches Waldviertel" mit einem Gütesiegel ausgezeichnet.

Wanderkarte: „Das südliche Waldviertel", Faltkarte (Maßstab 1:40.000) & Tourenführer für 62 Wanderrouten, erhältlich unter www.waldviertel.at (7,90 € plus Versand).

Altenmarkt, Ysper und Umgebung

Die Großgemeinde **Yspertal** und ihre Ortsteile Altenmarkt und Ysper erreicht man über die B 36 von Persenbeug im Donautal (15 km) oder von Norden her ab Zwettl (50 km) via Ottenschlag. Die *Pfarrkirche Maria Magdalena* von Altenmarkt besitzt ein Altarbild von Paul Troger und einen Kreuzweg vom Kremser Schmidt. Ihr barocker Turmhelm gleicht einer Birne, so ein Bonmot vor Ort, im Unterschied zum Turm der *Pfarrkirche St. Lorenz* im gegenübergelegenen Ysper, der einem Apfel ähnelt. Auch hier lohnt ein Blick ins Innere der Kirche, sie weist eine prachtvolle, neugotische Ausstattung auf. Ansonsten ist Wandern angesagt.

Angeln/Baden Puschacherteich, Naturbadeteich mit Buffet und Liegewiese 2 km nördlich von Ysper, Angellizenzen bei der Fischerhütte.

Radeln Yspertalradweg, vom Donauradweg in Ysperdorf (7 km westl. von Persenbeug) geht es in stetem Anstieg auf Nebenstraßen durch das Yspertal bis Laimbach am Ostrong (40 km).

Übernachten/Essen *** Gasthof zur Linde, Traditionswirt am Marktplatz von Altenmarkt. Waldviertler Küche (Hauptgericht 9–13 €, sonnige Terrasse. 25 helle, geräumige, 2014 modernisierte Zimmer, teils mit Balkon. Beliebt bei Gruppen und Senioren. DZ 71 €, mit Halbpension 93 €. 3683 Yspertal, Altenmarkt 1, ✆ 07415-7248, www.hotelzurlinde.at.

*** Gasthof-Pension Drei Hacken, am Marktplatz in Ysper; Traditionsgasthaus mit sehr guter regionaler Küche und beliebtes Motorrad-Hotel mit 26 geräumigen Zimmern. Sauna. DZ 80 €. Ysper 3, ✆ 07415-7216, www.dreihacken.at.

*** Landgasthof Peilsteinblick, freundlicher Familienbetrieb in idyllischer Lage in Stangles, 4 km Richtung Ysperklamm. Wirt Hans Krenn ist renommierter Schnapsbrenner, seine Frau sorgt für die kreativ verfeinerte Schmankerlküche. Wirtshauskulturwirt. Hauptgericht 8–16 €. Geöffnet Mi–So, Küche mittags und abends. 14 nette Zimmer mit Vollholzmöbeln. Saunalandschaft. DZ 74–94 €. Stangles 41, ✆ 07415-7258, www.wirtshausbrennerei.at.

Biobauernhof Dangl, nördlich vom Yspertal, 5 schöne, hell möblierte Zimmer, Badeteich, Pferdeunterkünfte. DZ mit Nachmittagskaffee 60–64 €. Höf 61, ✆ 07415-7371, www.biobauernhof-dangl.wvnet.at.

Wandern

Herzsteinweg-Yspertal: Der als Tour 34 markierte Rundweg, der am Marktplatz in Ysper beginnt, führt auf Wald- und Wiesenwegen zu imposanten Granitgebilden (Gehzeit 3½ Std.). Nach rund 1 Std. Gehzeit zweigt ein 200 m langer Abstecher (beschildert) zur Felsformation des 10 m hohen *Totenkopfsteins* ab. 30 Min. später passiert man einen 5 m großen Stein in Form eines auf dem Kopf stehenden Herzens. Wer unter dem Stein durchkriechen kann, soll der Legende nach von Sünden und Leiden befreit werden.

Ysperklamm: Die romantische Schlucht, in der die Ysper auf ihrem Weg vom Weinsberger Wald zur Donau 1,5 km lang über Felsbrocken und bemooste Steine stürzt und dabei rund 300 Höhenmeter überwindet, ist durch einen gut gesicherten Steig (Nr. 31) mit Brücken und Leitern erschlossen. Er beginnt unweit des Gasthofs Forellenhof 7 km nördlich von Altenmarkt (Wegweiser). Nach rund 1 Std. erreicht man den Ödteich am oberen Ende der Klamm (Tafel), der heute von Fichten bewachsen ist. Er diente vom 16. Jh. bis 1929 der Holzschwemme. Das Wasser der Ysper wurde hier gestaut und dann mitsamt den Holzstämmen in einem Schwall und mit lautem Donner die Klamm hinuntergelassen und bis zur Donau geschwemmt. Über den Anstiegsweg oder über eine Forststraße kann man vom Ödteich wieder zum Ausgangspunkt zurückkehren (Gehzeit hin und zurück 1¾ Std.). Wer Ausdauer hat, kann den Rückweg um 2½ Std. ausdehnen und vom Ödteich über den *Druidenweg* (Nr. 31) entlang des Kaltenbergs und vorbei an eigenartigen Felsformationen und Schalensteinen zum Ausgangspunkt zurückwandern.

Forellenhof, beliebter Ausflugsgasthof mit schöner Terrasse. Waldviertler- und Forellengerichte. Mi/Do Ruhetag. Yspertal, Klaus 74, ✆ 07415-7349, www.forellenhof-ysperklamm.at.

Pöggstall

2400 Einwohner, 462 m

Der reizvoll im sanftwelligen Weitental gelegene Ort ist für sein mildes Klima bekannt. Im Zentrum an der Hauptstraße erhebt sich das mächtige **Schloss Pöggstall**. Es wurde im 13. Jahrhundert als Wasserburg errichtet, Ende des 15. Jh. ließ es

Kaspar von Rogendorf ausbauen – daher der alternative Name Schloss Rogendorf. Besonders augenfällig ist das Rondell, eine runde, trutzige Vorburg aus der Renaissance mit Schießscharten, die Baupläne sollen aus einem von Albrecht Dürer verfassten Lehrbuch für Befestigungsbauten stammen. Das Schloss selbst besitzt einen zweistöckigen, bemalten Arkadeninnenhof, eine spätgotische Steinwendeltreppe (im Hof gleich links) und als ältesten Teil einen Bergfried aus dem 13. Jh. In diesem befindet sich die einzige original erhaltene Folterkammer Österreichs. Sie wurde erst im 19. Jh. entdeckt und ist mit Daumenschrauben, Streckleitern und anderen grausamen Marterinstrumenten ausgestattet. Das thematisch entsprechende **Museum für Rechtsgeschichte** ist im Rondell untergebracht und informiert über die Verhör- und Strafmethoden des Mittelalters bis zur Abschaffung der Folter 1776. Außerdem im Schloss zu sehen sind eine *Dokumentation* über den Pöggstaller Grafiker Franz Traunfellner (1913–86), der für seine Waldviertler Holzschnitte bekannt ist, sowie ein *Imkermuseum*.

Das Schloss ist bis zum Beginn der Landesausstellung „Alles was Recht ist" (April–Nov. 2017) geschlossen (www.noe-landesausstellung.at). Ab 2018 wieder normale Öffnungszeiten: 1. April bis 31. Okt. Di–So 9–12 und 13–17 Uhr. ✆ 02758-3310, www.poeggstall.at.

Eine kleine Steinbrücke verbindet das Schloss mit der 1480 erbauten ehemaligen Schloss- und heutigen *Pfarrkirche St. Anna*. In ihrem zweischiffigen netzrippengewölbten Inneren sind die bemalte Emporenbrüstung und der kleine, spätgotische Doppelflügelaltar (1480) mit der Kreuzigungsgruppe bemerkenswert.

Die frühere Pfarrkirche *St. Anna im Felde* (14. Jh.) außerhalb des Ortszentrums (Wegweiser) beeindruckt mit ihrer malerischen Lage auf einem Hügel und ihrem fast südländischen Anblick: ein überbreiter Bau mit einem mächtigen Walmdach, ein gedrungener Viereckturm, ein gotischer Chor, umschlossen von einer Mauer. Im Inneren (Besichtigung ✆ 02758-2245) bewahrt sie Grabsteine der Rogendorfer Schlossherren.

Baden **Freibad Mandlgupf**, solarbeheiztes Becken, Erlebnisrutsche, Liegewiese. Juli/ Aug. tägl. 9–20 Uhr. 4,40 €, NÖ-Card 1x gültig.

Einkaufen **Kunstglasbläserei**, Walter Faffelberger verkauft in einem alten Patrizierhaus im Ort seine kreativen Werke. 1. April bis 23. Dez. Di–Fr 10–12/14–17, Sa 10–12 Uhr, Glasbläservorführungen Do–Sa 11 Uhr (Eintritt 6 € oder NÖ-Card). Hauptplatz 11, ✆ 02758-2980, www.faffelberger.at.

Übernachten/Essen/Camping **Gasthof Gerstbauer**, hübscher Landgasthof in historischem Bau mit gemütlich-rustikaler Gaststube und ganztägig warmer Küche. 12 renovierte Zimmer, teils mit Balkon. Di/Mi Ruhetag. DZ 50 €. Badgasse 22, ✆ 02758-2800, www.gerstbauer.tk.

Braunegger-Hof, im Dorf Braunegg 7 km nordöstl. von Pöggstall, 850 m hoch und ruhig gelegener bodenständiger Wirtshauskulturwirt. Mo Ruhetag. 7 zweckmäßige, preisgünstige Zimmer. DZ 54 €, mit Halbpension 68 €. Braunegg 24, ✆ 02758-2236, www.braunegg.at.

Schmankerl Wia z'Haus Kalkofen, schmucker Heuriger der Familie Höllmüller in aussichtsreicher Lage, unweit eines alten Kalkofens in Loibersdorf, östlich oberhalb von Pöggstall. Hausmannskost und Heurigenjause. Mi–Sa 11–24, So 9–24 Uhr. Loibersdorf 2, ✆ 0664-2774345, www.wiazhaus heuriger.at.

Camping Mandlgupf, 25 Stellplätze in ruhiger Waldlage, einfach ausgestattet, Imbiss, Restaurant, Freibad (freier Eintritt) nebenan. 2 Pers., Auto, Zelt ca. 22 €. Geöffnet 1. Juni bis 30. Sept. ✆ 0676-3388505.

Umgebung von Pöggstall

Burgruine Streitwiesen: Die 3 km südöstlich an der B 216 gelegenen weiträumigen Überreste einer Burg des 13. Jh. mit Ringmauer, Wehrtürmen, Bergfried und

Kamptal, mittleres und südliches Waldviertel → Karte S. 138/139

Wohnturm sind frei zugänglich. Seit 1972 ist Streitwiesen eine von drei Jugendburgen Österreichs, d. h. in saisonalen Bauhütten arbeiten Jugendliche am Wiederaufbau der Burg (www.streitwiesen.at).

Wallfahrtskirche Heiligenblut: Für Kunstfreunde lohnt sich der Abstecher von der B 216 südlich von Streitwiesen in den 3 km entfernten Weiler Heiligenblut. 1411 soll sich hier ein Hostienwunder zugetragen haben, worauf eine Kapelle (die heutige Ursprungskapelle) und ab 1450 aufgrund des großen Pilgerandrangs eine spätgotische Kirche errichtet wurden. Kürzlich renoviert, beeindruckt sie mit ihrem stimmungsvollen, netz- und kreuzrippengewölbtem Innenraum, einem 8 m hohen spätgotischen Sakramentshäuschen und original erhaltenen Glasfenstern von 1498.

Weiten: Über 130 historische und neue Sonnenuhren schmücken das Weitental, das als „Tal der Sonnenuhren" für sich wirbt. Der Ausgangspunkt für diese Dorferneuerungsidee findet sich im 1100-Einwohner-Ort Weiten, 3 km südlich von Streitwiesen, bei der *Schlosserei Jindra*, die sich auf die Herstellung von Sonnenuhren spezialisiert hat und in einem Sonnenuhren-Haus und einem Sonnenuhren-Garten über diese Zeitmesser informiert.

Weiten besitzt zudem die sehenswerte, spätgotische *Wehrkirche St. Stephan* (14. Jh.) mit einem abseits stehenden Turm inmitten eines Friedhofs. Beachtenswert ist ihr Chor, der wie eine Brücke über (!) einen Fahrweg erbaut ist und Maßwerkfenster mit Glasmalereien aus dem 14./15. Jh. aufweist. Weiten war die Mutterpfarre des südlichen Waldviertels.

Sonnenuhren-Ausstellung Besichtigung nur mit Führung März–Okt. Mo–Sa 10 Uhr, Mo–Fr auch 14 Uhr. Eintritt 5 €, Kind 2,50 €, NÖ-Card gültig. ✆ 02758-8292, www.sonnenuhren.com.

Wandern **Planetenwanderweg** (Nr. 81), ab dem Gewerbebaum in Weiten wandert man 3,6 km durch das mit Schautafeln und Modellen erläuterte Sonnensystem (Gehzeit 1 Std.).

Drei-Kirchen-Weg, von der Weitener Kirche führt der beschilderte Weg (ist zugleich Abschnitt der Jauerling-Runde) zur Wallfahrtskirche Heiligenblut (5,5 km, Gehzeit 2 Std.) und von dort in 7,5 km über das Nonnersdorfer Kreuz hinauf zur Wallfahrtskirche Maria Laach (→ S. 83), Gesamtgehzeit 4 Std.

Am Ostrong

Idyllisch in einer saftig grünen, waldreichen Erholungslandschaft, die auch für Weihnachtsbaumkulturen genutzt wird, liegen die Orte mit dem Zusatz „am Ostrong". **Laimbach** (528 m) am Nordende und direkt unter den höchsten Gipfelfelsen des Ostrong (1061 m) gelegen, bietet den kürzesten und steilsten Anstieg nach oben. 6 km südlich in **Münichreith** (675 m) startet die schönste Rundwanderung über den Bergrücken (→ Wanderung 6). Der Ort besitzt auch eine gotische Pfarrkirche (15. Jh.) mit einem wehrhaften Turm und einem Hochaltarbild des Kremser Schmidt. An der Strecke von Laimbach nach Münichreith lohnt ein

Rastplatz am Ostrong

Abstecher hinauf nach **Neukirchen** (721 m) zur weithin sichtbaren, romanisch-gotischen Wallfahrtskirche Mariä Himmelfahrt (12. Jh.). Im schön renovierten, vierschiffigen Inneren bemerkenswert sind vor allem die Fresken im Chor (1370), die Jesus mit den 12 Aposteln und die Heiligen drei Könige zeigen. Die Gnadenstatue am frühbarocken Hochaltar stammt von 1370.

Einkaufen **Waldviertler Heuunterbetten**, denen eine gesundheitsfördernde Wirkung durch Strahlungswärme nachgesagt wird, kann man bei Familie Haselböck in Kollnitz südlich von Münichreith erwerben (ab 280 €). Kollnitz 12, ✆ 07413-6396, www.heuunterbetten.at.

Wandern Der Aufstieg von **Laimbach** (528 m) auf den Kleinen Peilstein (Weg Nr. 55) beginnt bei der Pfarrkirche, führt kurz an der Straße Richtung Münichreith entlang und dann durch den Wald über die *Schneidermauer* steil bergauf zum Gipfelkreuz (1060 m, Gehzeit 2 Std.); Rückweg über den Anstiegsweg.

Übernachten/Essen *** **Schreiner's – Das Waldviertel Haus**, traditionelles Dorfwirtshaus, das zum modern-rustikalen Land- und Seminarhotel gewachsen ist. 30 schöne Landhauszimmer, Sauna, Schwimmteich. Wirtshauskulturbetrieb mit guter Waldviertler Küche, die Zutaten stammen aus der eigenen Fleischerei (Hauptgericht 9–12 €). Mi Ruhetag. DZ 100 €. Laimbach 5, ✆ 02758-5301532, www.schreiners.at.

*** **Wirtshausbrauerei Haselböck**, gemütlicher Wirtshauskulturbetrieb mitten in Münichreith mit solider Küche und eigener Brauerei („Haselbräu"). Di/Mi Ruhetag, sonst 8–21 Uhr. 6 nette Zimmer, DZ 70 €. Münichreith 3, ✆ 07413-6119, www.wirtshausbrauerei.at.

Wanderung 6: Zu den Aussichtsgipfeln am Ostrong → S. 300
Rundwanderung von Gipfel zu Gipfel auf dem markanten Höhenzug des südlichen Waldviertels

Der Rathausplatz von Weitra

Oberes Waldviertel

Hochwälder und Teiche, Moore und bizarre Steinblöcke, 1000 m hohe Gipfel und das tiefe Thayatal prägen diese ursprüngliche Gegend entlang der tschechischen Grenze, deren Reizen man sich schwer entziehen kann. Und dann gibt es noch mächtige Burgen, uralte Wehrkirchen, authentische Wirtsstuben und traditionelles Handwerk.

Zum Bierbrauen braucht man gutes Wasser und für den Hopfen kühle Nächte. Daher gelingt das Bier im schönen mittelalterlichen **Weitra** schon seit 1321 besonders gut. Um **Moorbad Harbach** und **Groß Gerungs** lassen heilsames Moor und frische Luft den Gesundheitstourismus florieren. Hochmoore sind auch das prägende Landschaftsbild in den Naturparks bei **Heidenreichstein** und **Schrems**. Haushohe Granitblöcke in einzigartiger Dichte und wie von Riesenhand hingestreut sind das Markenzeichen des **Naturparks Blockheide** bei Gmünd. Granitblöcke, übereinander gestapelt, bilden ganz im Westen die Gipfel von **Mandel-** und **Nebelstein**. Und sie alle, die Steine und die Naturparks sind durch ein weitverzweigtes Netz an Spazier- und Wanderwegen erschlossen.

Zu den bekanntesten Bauten zählen die mittelalterlichen Burgen, wie jene von **Heidenreichstein, Raabs** oder **Hardegg**. Letztere gehören zu einer ganzen Kette an Burgen, die den Lauf des Thaya-Flusses begleiten. Und auch barocke Pracht drang in den Norden vor und kann am **Schloss Riegersburg** und im **Stift Geras** bestaunt werden.

Traditionelles Waldviertler Handwerk lebt in den Glasbläserwerkstätten um **Gmünd** und in den Textilmuseen und -betrieben im früheren „Bandlkramerlandl" um **Waidhofen an der Thaya** auf. Freizeitvergnügen bieten die Fahrten mit der schmalspurigen *Waldviertelbahn* und die Badeteiche, unter denen der **Herrensee** in Litschau der bekannteste ist. Das sanftwellige Land mit den vielen Wasserflächen hat sich auch als ideales Terrain für die Anlage zahlreicher Golfplätze erwiesen. In seinem nordöstlichsten Eck bewahrt das Obere Waldviertel im grenzüberschreitenden **Nationalpark Thayatal** schließlich ein kleines nahezu unberührtes Stück Natur voll eindrucksvoller Vielfalt.

Oberes Waldviertel

Weitra

2700 Einwohner, 562 m

Kuenringerstadt, Tor zum Waldviertel und älteste Braustadt Österreichs sind die Attribute des bezaubernden Weitra, das von einer Wehrmauer geschützt und von einem weithin sichtbaren Renaissanceschloss überragt wird.

Im äußersten Westen des Waldviertels besetzt die 800-jährige Burgstadt ein steil abfallendes Granitplateau oberhalb der Lainsitz, die als einziger Waldviertler Fluss nicht zur Donau, sondern über die Moldau in die Elbe fließt. Durch das zinnenbekrönte *Obere* bzw. *Zwettler Tor* (1526) erreicht man den *Rathausplatz*, Mittelpunkt der historischen Altstadt, der von herausgeputzten Bürgerhäusern aus dem 16. bis 19. Jahrhundert umstanden ist. Einige tragen kleine Tafeln, die auf ihre Vergangenheit als Brauhäuser hinweisen. Auf einer Terrasse oberhalb des Rathausplatzes thront *Schloss Weitra*, am unteren Ende der Innenstadt liegt der *Kirchenplatz* – beide sind sie über die Schloss- und Kirchengasse miteinander verbunden.
Gründer der Stadt war Hadmar II. von Kuenring, der Weitra 1201–08 als befestigte Zollstadt an der Grenze zu Böhmen erbauen ließ. 1296 übernahmen die Habsburger die Stadt, überließen sie jedoch 1581 einem Freiherrn von Wiehlroß, der die alte Kuenringerburg 1590–1606 von Baumeister Pietro Ferrabosco zu einem Renaissanceschloss ausbauen ließ. Seine Witwe heiratete den schwäbischen Grafen Friedrich von Fürstenberg, dessen Nachkommen Schloss und Gut Weitra bis heute besitzen.

Sehenswertes

Vom Rathausplatz zum Bürgerspital: Der dreieckige Rathausplatz liegt auf zwei Ebenen. In seiner Nordostecke steht eine barocke *Dreifaltigkeitssäule* (1747), seine Mitte ist bebaut, u. a. mit dem *Rathaus* samt zierlichem Uhrturm. Es stammt von 1892 und ist damit eines der jüngsten Bauwerke in dem historischen Ensemble. In der unteren Häuserzeile sticht das prächtige *Sgraffitohaus* (Nr. 4) hervor. Seine in der Renaissance (16. Jh.) entstandenen Malereien zeigen Motive aus der römischen Frühgeschichte, die untere Reihe vergleicht den Mann in seinen Lebensjahrzehnten mit Tieren. Sgraffitomalereien sieht man auch in der oberen Häuserzeile am Haus Nr. 13. Geht man über das westliche, schmale Ende des Rathausplatzes hinaus, führt die Untere Landstraße steil bergab zur Stelle des 1881 abgerissenen Unteren

Tors (Tafel), wo ein schmaler Durchlass auf die Promenade und von dieser links hinunter ins Lainsitztal führt. Direkt am Fluss erstreckt sich das 1340 gestiftete **Bürgerspital**. Die zugehörige Kirche (auch Heiligengeistkirche genannt) stammt noch aus der Gründungszeit und zeigt in der Apsis sehenswerte gotische Fresken (Schlüssel in der nahen Bleikristallschleiferei Ruß). Der Spitalsbau dahinter wurde im Barock neu errichtet (Privatbesitz).

Stadtmauer Weitra: Die Befestigung aus dem 14./15. Jh. ist fast vollständig erhalten. An Stelle der Gräben und Zwinger an der nördlichen Seite erstrecken sich heute Grünanlagen und Promenaden, auf denen man entlang der Mauern spazieren kann (Einstieg beim Oberen Tor oder beim Unteren Tor). Ein Stadtturmrest westlich des Schlosses dient als **Aussichtswarte** mit schönem Blick Richtung Nebelstein. Man erreicht sie über Treppen vom Hofgraben aus.

Tafeln beim Oberen Tor und beim Rathaus. Kostenlose Flyer bei der Gästeinformation.

Schloss Weitra: Die Schlossgasse führt vom Rathausplatz hinauf in den alten Gutshof und dann steil neben der Zinnenmauer bergauf zu dem vierflügeligen, dreige-

schossigen Renaissanceschloss, das man unterhalb des markanten Turms betritt. Der schöne Innenhof mit Arkaden und Barockgiebeln wurde für Veranstaltungen mit vier riesigen mobilen Schirmen überdacht und mit einer Fußbodenheizung ausgestattet. Das *Schlossmuseum* informiert über Stadt und Schloss, über Kuenringer und Fürstenberger und befasst sich auch mit dem Waldviertler Handwerk. Eine Besonderheit ist das entzückende *Schlosstheater*, das 1885 im Rokokostil eingerichtet wurde und dessen goldener Schmuck aus Pappmaché besteht. Den *Schlossturm* sollte man wegen des Ausblicks unbedingt besteigen. Im Keller sieht man die Mauerreste der früheren Kuenringerburg. Dort kann man auch ein *Brauereimuseum* mit allerlei historischen Brauwerkzeugen bewundern. Im zweiten Kellergewölbe demonstriert die Dokumentation *„Schauplatz Eiserner Vorhang"* multimedial, mit vielen Fotos und Objekten – u. a. einem Stück Berliner Mauer – die Ursachen und Folgen des einst geteilten Europas (für Kinder unter 10 J. nicht geeignet).

Mai bis Ende Okt. tägl. außer Di 10–17 Uhr. Eintritt 8,50 €, Kind 4,50 €, Familie 18 €. NÖ-Card 1x gültig. ✆ 02856-3311, www.schloss-weitra.at.

Die älteste Braustadt Österreichs

Die erste Stadtverfassung von Weitra bezeugt es: Schon im Jahr 1321 erhielten die Bürger der Stadt das Privileg, Bier zu brauen und auszuschenken. Das Brauen wurde zur wirtschaftlichen Lebensader für die Bewohner der Region, deren Klima für Obst- und Weinanbau zu rau war, die aber über weiches Wasser und böhmischen Hopfen verfügte. Die größte Blütezeit der Braukultur erlebte Weitra im 17. Jahrhundert, als es neben dem Städtischen und dem Hofbräuhaus (heute Brauhotel) weitere 33 bürgerliche Brauhäuser gab. Das Braurecht war jeweils mit dem Haus („Bürgerhaus mit Braugerechtigkeit") und nicht mit dem Bewohner verbunden. Und die Tradition des Bierbrauens ist in Weitra bis heute lebendig: Rund 10.000 Hektoliter im Jahr braut vor dem Stadttor die *Bierwerkstatt Weitra*, die seit 2003 zur Privatbrauerei Zwettl gehört, aber noch traditionell mit viel Handarbeit produziert. Das *Brauhotel Weitra* am Rathausplatz besitzt eine der kleinsten Gasthausbrauereien Österreichs. Die Theorie rund um den Gerstensaft vermittelt die Bierausstellung im Schloss, die Praxis der alljährlich im Juli stattfindende Bierkirtag.

Pfarrkirche St. Petrus und Paulus: Das romanisch-gotische Gotteshaus zeigt im rechten Seitenschiff ein Passionsfresko in Fastentuch-Form (1450). Die übrige Innenausstattung ist barock, etwa die durch ein Gitter abgetrennte Kreuz- oder Keuffelschekapelle, deren Baldachin-Altar sich auf vier echte Eichenstämme stützt.

Museum Alte Textilfabrik: Das sehenswerte Museum ist in zwei frühindustriellen, original ausgestatteten Gebäuden einer 1843 gegründeten Modewarenfabrik eingerichtet. Der Ablauf von der Produktion bis zum Verkauf der hier erzeugten Tücher und Stoffe wird mit einem originalen Websaal, den Nachbauten von Wohnungen der Heimarbeiter und einer fertigen Warenkollektion veranschaulicht. Dazu gibt es jährliche Sonderausstellungen.

Mai–Okt. Fr, Sa, So 13–18 Uhr Besichtigung mit Führung, Juli/Aug. Sa/So ab 10 Uhr. Eintritt 3,50 €, Schüler/Stud. 2,40 €, Familie 7,90 €. Oberbrühl 13, ✆ 02856-2998.

Information Gästeinformation im Rathaus, Mo–Fr 8–12 und 13.30–17 Uhr, Juni–Sept. auch Sa 10–12 Uhr. 3970 Weitra, Rathausplatz 1, ✆ 02856-2998, www.weitra-tourismus.at.

Hin und weg Bus: 5–13x tägl. von/nach Gmünd.

Waldviertelbahn: Weitra liegt an der Route Gmünd – Groß Gerungs. Fahrzeiten und Preise → S. 212.

Parken In der Altstadt Kurzparkzone Mo–Fr 8–18, Sa 8–12 Uhr.

Baden Badeteich Hausschachen, am Ortsrand beim Golfplatz, Liegewiese, Rutsche, Tretbootverleih, Buffet.

Einkaufen Helene Jäger **1**, in der alten Schule von Weitra. Traditioneller Waldviertler Weihnachtsschmuck aus Stroh und edle Wohnaccessoires. Mo–Fr 9–12/14–18, Sa 9–12/14–17 Uhr, 7. Jan. bis 21. März nur Sa geöffnet. Kirchenplatz 109, www.helenejaeger.at.

Granitschmuck Kartusch **11**, Ketten, Armbänder, Ohrringe aus Waldviertler Granit, teils kombiniert mit Gold und Silber. Mo–Fr 8–12/14.30–18, Sa 8–12 Uhr. Rathausplatz 18, www.granitschmuck.at.

Elfi's Naturstube **7**, Laden mit Trachten- und Golfmode. Die umtriebige Trachtendesignerin Elfi Maisetschläger entwarf u. a. die neue NÖ-Tracht, die auch hier erhältlich ist. Mo–Do 8–12.30/13.30–18, Fr 8.30–18, Sa 8–17 Uhr. Rathausplatz 3-4, www.maisi.at. An der B 41 gibt es auch ein großes Trachten-Outlet **2**.

Übernachten
4 Brauhotel Weitra
Essen & Trinken
4 Brauhotel Weitra
5 Café Weingartner
10 Café Richter
Einkaufen
1 Helene Jäger
2 Trachten-Outlet
3 Bleikristallglasschleiferei Ruß
6 Kristallg'wölb
7 Elfi's Naturstube
8 Bierwerkstatt Weitra
9 WaLaLa
11 Granitschmuck Kartusch
Alte Textilfabrik
Brühlzeile
Tiefenbach
Färberberg
Harbach
Böhmstraße
Promenade
Pfarrkirche St. Petrus und Paulus
Pfarrhofg.
Kirchenplatz
Stadtmauer
Schubertstraße
Karl - Egon - Str.
Gmünd, Altweitra
Gmünder Straße
Bürger-spital-kirche
Mühlg.
Lainsitz
Auhofg.
Kirchengasse
Sgraffito-haus
Oberes Tor
Lange Gasse
Landstr.
Dr.-Kordik-Platz
Rathausplatz
Säule
Rathaus
WC
Brauerei
Ob. Landstr.
Spar-kassen-platz
Bahnhof (300 m)
B 119
Zwettl
BUS
Untere
Bergzeile
Schloßg.
Breite G.
Hofgraben
Stadelgasse
Aussichts-warte
Schloss Weitra
M
Am Berg
Wasserzeile
B 41
Schützenbergerstr.
Veitsgraben
Gansberg
Wolfgangstraße
St. Wolfgang
Weitra
60 m

Kristallg'wölb 6, im Sgraffitohaus, mundgeblasene Bleikristallgläser und -vasen, Edelsteine. Mo–Fr 9–12/14.30–17.30, Sa 8.30–12 Uhr. Rathausplatz 4.

Bierwerkstatt Weitra 8, Shop beim Oberen Stadttor mit *Weitra Bräu*, dem Bio-Bier *Hadmar Bräu* sowie Krügen und Gläsern. Mo–Fr 9–12 Uhr. ✆ 02856-2387, www.bierwerkstatt.at.

Bleikristallglasschleiferei Ruß 3, Werkstatt mit Schauschleifen, Glasreparatur und Verkauf. Mo–Fr 8–12, 14.30–17, Sa 8–12 Uhr. Böhmstr. 77-78, www.russ-weitra.at.

WaLaLa Waldviertler Land-Laden 9, Spezialitäten aus dem Waldviertel: Whisky, Mohnöl, Kunsthandwerk u. a. Im Wohnzimmercafé *WaLaLateria* gibt es Kaffee, Tee, Säfte, Mehlspeisen und Eis – alles in Bioqualität. Mo–Sa 9–12, Mo und Do/Fr 14–18 Uhr, April–Okt. auch Sa/So 14–17 Uhr. Rathausplatz 58, www.walala.at. ■

Führungen **Nachtwächter-Rundgang**, Juni bis Anfang Sept. Fr/Sa 20 Uhr, Dauer 1½ Std., Anmeldung (2 €) bei der Gästeinformation.

Golf **Golfclub Weitra**, 18-Loch-Anlage mit herrlichem Blick zum Schloss. Greenfee 55–70 €. Geöffnet Mai–Okt. www.golfweitra.at.

Veranstaltungen **Weitraer Bierkirtag**, an einem Wochenende Mitte Juli, Biergärten mit Volksmusik, Bierritterspiele, Kirtagbier.

Schloss Weitra Festival, im Aug., klassische Komödien in dem mit Schirmen überdachten Arkadenhof des Schlosses. ✆ 0664-5150986, www.schloss-weitra.at.

Weitraer Adventtage, 1. Adventwochenende, Weihnachtsmarkt, lebende Werkstätten, Sonderzüge der Waldviertelbahn, Konzerte. www.schloss-weitra.at.

Wandern Ab dem Bürgerspital lohnt sich der Weg entlang dem Ufer der Lainsitz ins parkähnliche **Gabrielental**, das um 1840 mit Gedenksteinen und Promenadenwegen gestaltet wurde. Folgt man den Schildern der grünen Laufstrecke „Schützenberg", ergibt das einen schönen Rundweg (4,4 km, Gehzeit 1 Std.). Der **Weitwanderweg** entlang der Lainsitz (→ Karlstift/Wandern, S. 207) kommt ebenfalls hier durch.

Übernachten/Essen **** **Brauhotel Weitra 4**, früheres Hofbräuhaus mit mehreren schönen Stuben und einer Gasthausbrauerei („Weitraer Brauhaus Biobier"), kreativ verfeinerte Regionalküche (Hauptgericht 9–16 €), Gastgarten am Platz. 33 gediegen-rustikale Zimmer, Sauna. DZ 94–134 €, günstige Packages. Rathausplatz 6, ✆ 02856-29360, www.brauhotel.at.

Café-Konditorei Weingartner 5, Kuchen, Torten, Mohnspezialitäten (Zelten, Torten, Strudel), schöner Gastgarten. Tägl. 6–19 Uhr. Rathausplatz 5.

Café Richter 10, hausgemachte Mehlspeisen, Mohnzelten, am Samstagvormittag Frühstücksbuffet. Mo–Fr 6–12.30, 14.30–18, Sa 6–12 Uhr. Rathausplatz 56.

Wehrkirchen rund um Weitra

Im 12. und 13. Jahrhundert verliefen hier die großen Verkehrswege Richtung Böhmen. Zu deren Sicherung entstanden Wehrkirchen, die im Notfall der Landbevölkerung auch Schutz boten.

Unserfrau-Altweitra: 3 km nördlich von Weitra finden sich, nur getrennt von der B 41, zwei kunsthistorisch wertvolle Kirchen. Die romanische **Wehrkirche Alt-Weitra** wurde von Hadmar II. um 1190 gestiftet. Hier befand sich ab 1180 die erste Siedlung, eine Zollstätte der Kuenringer, noch bevor das heutige Weitra gegründet wurde. Die von einer Mauer umgebene Kirche ist ein eindrucksvoller romanischer Granitquaderbau aus unverputztem Mauerwerk mit halbkreisförmiger Apsis und einem allerdings neugotischen Dachreiter. Das Innere ist recht düster (Schlüssel im Bauernhaus Nr. 4). Bemerkenswert ist auch die hinter der Kirche errichtete, wandartige Familiengruft der Fürstenberger; sie ist ein Werk der Romantik (1843). Die **Wallfahrtskirche Mariä Geburt** im benachbarten **Unserfrau** steht auf einer Anhöhe, war ursprünglich romanisch, wurde um 1400 zu einer gotischen Hallenkirche umgebaut und erhielt 1692 barocke Seitenschiffe und einen Turm. Die hölzerne Marienstatue, die der Legende nach bei einem Hochwasser angeschwemmt wurde, stammt aus dem Jahr 1340.

St. Wolfgang: Die 1407 errichtete breite, gotische Hallenkirche 4 km südlich von Weitra ist eine der größten Dorfkirchen des Waldviertels. Ihre Wehrmauer wurde im 19. Jahrhundert abgetragen. Die Fresken von 1340 im einschiffigen Chor zeigen Szenen aus dem Leben des Kirchenpatrons. Augenfällig ist der feine, holzfarbene Barockhochaltar von 1694, der in drei blau-goldenen Nischen spätgotische Statuen birgt. Die Seitenaltarbilder der Kirche malte der Kremser Schmidt.

Malteserkirche in Spital: Das idyllische Dorf 4 km südöstlich von Weitra (Richtung Großschönau) ist eines der ältesten im Waldviertel. Es wurde Mitte des 12. Jahrhunderts von den Kuenringern gegründet, die es um 1300 dem Malteserorden übereigneten, der hier ein Pilgerspital betrieb. Zeitgleich entstand eine romanische Ostturmkirche, die 1400 einen gotischen Chor erhielt und nach den Hussitenkriegen im 15. Jh. gotisch eingewölbt wurde. Im archaischen Inneren wurden Teile von Wandmalereien aus dem Jahr 1360 freigelegt.

Einkaufen Zimmermann's Bio-Teigwaren, Nudelproduktion in Walterschlag 2,5 km südl. von St. Wolfgang. In der Nudelstub'n Verkauf von 80 Teigwarensorten, darunter Chilispaghetti und Zitronenhörnchen. Mo, Mi, Fr 8–18, Di 8–10, Sa 9.30–14 Uhr. ✆ 02856-3167, www.zimmermanns-teigwaren.at. ■

Wandern Von Weitra (ab Sparkassenplatz) sind die Kirchen in St. Wolfgang und Spital auf einem markierten Rundweg (zuerst Weg 33, dann 35, dann wieder 33) zu erreichen, der mit wenigen Steigungen durch Wald und Wiesen führt (Gehzeit 3 Std.).

Großschönau

310 Einwohner, 681 m

Das Dorf 8 km südöstlich von Weitra an der B 119 Richtung Groß Gerungs (→ S. 208) hat sich in den letzten Jahrzehnten zu einem Spezialisten für Energie und Klimaschutz entwickelt. Den Anfang machte 1985 die Bioenergiemesse **BIOEM** (www.bioem.at), die seither jährlich an den vier Tagen nach Fronleichnam stattfindet. 1988 kam der 10 km lange **Wünschelrutenweg** hinzu, der an über 50 gekennzeichneten „ausgemuteten" Störzonen und Wasseradern vorbeikommt (www.wuenschelrute.at). Sein Ausgangspunkt ist das **Bioenergetische Trainingszentrum BETZ** (Harmannsteinerstr. 120, www.betz.at), das Wünschelruten verleiht (Mo–Fr 8–16.30, Sa/So bis 14 Uhr) und Wünschelrutenseminare anbietet. In den Jahren nach 2000 konzentrierte man sich auf den nachwachsenden Rohstoff Holz und ließ im Rahmen von Bildhauersymposien 58 riesige Holzskulpturen, darunter einen **Sternzeichenpark** (www.sternzeichenpark.at), schaffen, die sich über den ganzen Ort verteilen. Ein 5 km langer Kunst & Kultur-Erlebniswanderweg führt an ihnen vorbei.

Oberes Waldviertel → Karte S. 198/199

Sonnenwelt: 2013 eröffnete interaktive Erlebnisausstellung in einer zweigeschossigen Halle am südlichen Ortsrand. Nach einem einleitenden Film erfährt man in einer Art Physikunterricht Wichtiges zur Entstehung von Sonne und Erde. Die weiteren acht sog. „Zonen" befassen sich mit der Entwicklung der Menschheit vom Nomadentum über die Römer bis zur Energiekrise in den 1970ern. Zum Schluss werden ein Passivhaus und die Zukunft mit Sonne anhand interaktiver Spielereien erläutert. Schulklassen und (Senioren-)gruppen sind besonders willkommen.

April bis Ende Okt. Di–So 9–17 Uhr. Eintritt 10,50 €, Kind 6,50 €, NÖ-Card 1x gültig. Führungen um 10 und 14 Uhr. 3922 Großschönau, Sonnenplatz 1, ✆ 02815-77270-50, www.sonnenwelt.at.

Moorbad Harbach

680 Einwohner, 683 m

Die kleine Ortschaft 8 km westlich von Weitra, kurz vor der tschechischen Grenze, liegt in einem weiten Talkessel, der im Norden vom **Mandelstein** (874 m) und im Süden vom **Nebelstein** (1017 m) begrenzt wird. Ihre Bekanntheit verdankt sie dem Moorheilbad, das 1 km südlich der Ortsmitte 1980 in Betrieb ging und Harbach die Namenserweiterung bescherte. Heute ist es ein weitläufiger Gebäudekomplex mit 650 Betten im Vier-Sterne-Standard, die sich auf ein großes Kur- und Rehabilitationszentrum und ein Haus für Privatgäste verteilen (www.moorheilbad-harbach.at). Bei Therapien und Kuren wird heilendes Hochmoor eingesetzt. In den nahen Ortschaften Hirschenwies und Lauterbach sind seit dem 17. Jh. Glasschleifer zu Hause.

Information www.moorbad-harbach.at.

Einkaufen Handgemachte Glaskunst (Vasen, Schalen, Gläser …) gibt es im **Kristallstudio Weber** in Hirschenwies 53, tägl. 9–11.30, 13.30–16 Uhr, und in der **Kristallmanufaktur Haumer** in Lauterbach 47, Mo/Di und Do/Fr 14–17, Sa/So 9–12, 13.30–16 Uhr.

Radeln **Via Verde**, 33 km lange, grenzüberschreitende Fahrradroute auf Nebenstraßen und Forstwegen von Harbach nach Horni Stropnice in Tschechien und zurück. www.viaverde.co.at.

E-Bikes verleihen die örtlichen Pensionen.

Ausblicke vom Mandelstein nach Südböhmen

Veranstaltungen Kasumama Afrika Festival, 3 Tage im Juli, Workshops und Konzerte am Holzmühlteich. ✆ 0676-9743467, www.kasumama.at.

Wintersport 20 km **Loipen** in Hirschenwies, u. a. rund um den Nebelstein (8 km). In **Harmanschlag** am Südfuß des Nebelsteins gibt es ein kleines Skigebiet mit zwei Schleppliften, Flutlicht und fünf Abfahrten, das bereits seit 1972 mit Kunstschnee versorgt wird. ✆ 0664-5233485, www.arralifte.at.

Übernachten/Essen Landgasthof Binder, mitten in Harbach, mit bodenständiger Küche, sonntags gibt es ofenfrischen Schweinsbraten. Kein Ruhetag, Küche mittags und Fr–So auch 17.30–19 Uhr. 18 geräumige, rustikale, etwas hellhörige Zimmer. Swimming-Pool im Garten. DZ 60–66 €. 3970 Moorbad Harbach 23, ✆ 02858-5210, www.landgasthof-binder.at.

***S Gasthof-Pension Nordwald, freundlicher Familienbetrieb in idyllischer Lage 4 km außerhalb von Harbach. 25 gepflegte Zimmer und 5 geräumige, neue Studios in einem Anbau mit Lift. Sauna, Verleih von E-Bikes und Langlaufskiern. Restaurant mit regionalen Biogerichten und Fischspezialitäten aus eigener Zucht, Do Ruhetag, Küche mittags und 18–20 Uhr. DZ 82–90 €, Studios bis 120 €, mit Halbpension 26 € mehr. 3970 Hirschenwies 32, ✆ 02858-5237, www.pension-nordwald.at.

*** Märchenhotel Waldpension Nebelstein, in Waldrandlage 3 km südlich von Harbach. 20 Zimmer mit Balkon, fast alle märchenhaft-romantisch dekoriert. Hallenbad, Sauna, E-Bike-Verleih, Märchengarten. DZ 100 €, mit Halbpension 15 € mehr. 3970 Maißen 28, ✆ 02858-5231, www.waldpension-nebelstein.at.

Xundheitswelt

Der Gesundheitstourismus spielt im Waldviertel eine wichtige Rolle. Diesem Trend folgt auch die „Xundheitswelt“ (www.xundheitswelt.at), zu der sich die Kurzentren in Moorbad Harbach, Groß Gerungs und Ottenschlag sowie vier Hotels bzw. Pensionen in Weitra und Harbach zusammengeschlossen haben. Sie bieten eine entsprechende Infrastruktur und Programme für gesundheits-, ernährungs- und sportbewusste sowie rehabilitationsbedürftige Urlauber. Eines davon ist „Xundwärts“ (www.xundwaerts.at), das Anfängern, Hobbysportlern oder Profis Lauf- und Nordic-Walking-Strecken (mit insgesamt 230 km Länge), Motorikparks zur Verbesserung der Beweglichkeit sowie sportmedizinische und wissenschaftliche Betreuung in einem modernen Lauftechnikzentrum in Moorbad Harbach anbietet.

Oberes Waldviertel → Karte S. 198/199

Umgebung von Moorbad Harbach

Mandelstein (874 m): Der Gipfel des Berges 5 km nördlich von Moorbad Harbach ist aus riesigen Granitblöcken aufgeschichtet und bietet eine fabelhafte Aussicht ins angrenzende Tschechien. Diese lockte nach dem Zweiten Weltkrieg vertriebene Südböhmen an, die hier ihre verlorene Heimat aus der Ferne sehen konnten. Eine Gedenkstätte südlich unterhalb des Gipfels ist ihnen gewidmet. 2013 erhielt die Felsgruppe nördlich des Gipfelkreuzes eine stählerne Aussichtsplattform, die V-förmig über den steilen Abgrund ragt.

Den Mandelsteingipfel erreicht man in 20 Gehminuten vom Parkplatz an der Straße zwischen Harbach und Heinrichs. Kurz vor dem Gipfel lohnt es, rechts dem Pfad *Rund um den Mandelstein* zu folgen, der durch das Naturdenkmal *Mandelsteintor* leitet und dann wieder in den Aufstiegsweg einmündet.

Der **Mandelsteinweg Nr. 11** ist eine dreistündige, beschilderte Runde von Harbach auf den Mandelsteingipfel und aussichtsreich über Wultschau zurück.

Gipfelfelsen auf dem Nebelstein

Nebelstein (1017 m): Der Tausender-Gipfel ist zwar nicht die höchste Erhebung des Waldviertels (diese Ehre wird dem Tischberg 10 km südlich zuteil), aber die bekannteste: Er ist Kreuzungspunkt europäischer Weitwanderwege (u. a. des E 8 Nordsee–Karpaten und des E 6 Ostsee–Wachau–Ägäis), auf ihm befindet sich eine alpin anmutende Schutzhütte des ÖAV. Der aus Granitblöcken bestehende Gipfelfelsen, den man über eine Stiege erklimmt, bietet eine herrliche Aussicht.

Der kürzeste Anstieg auf den Berg dauert 15 Min., Ausgangspunkt ist der südlich vom Gipfel gelegene Großparkplatz Himmelreich (957 m) an der Nebelsteinstraße zwischen Lauterbach (703 m) und Harmanschlag (740 m).

Essen & Trinken **Nebelsteinhütte**, Ostern bis Okt. tägl. außer Mo/Di, Heurigenjause, warme Gerichte, 8 Betten, 36 Schlaflager. ✆ 02858-5293.

Wandern Zwei gut beschilderte Rundwege leiten vom Tal auf den Gipfel und wieder zurück: **Nebelsteinweg I Nr. 20** startet in Maißen beim Märchenhotel, **Nebelsteinweg II Nr. 21** in Hirschenwies, die Gehzeit für die ganze Runde ist jeweils ca. 2 Std.

Bad Großpertholz und Naturpark Nordwald

Der 530-Einwohner-Ort Bad Großpertholz an der B 41, 13 km südlich von Weitra ist ein Pionier des Waldviertler Gesundheitstourismus. 1966 wurde das Kurhotel Moorbad Großpertholz eröffnet; es behandelt mit von Hand gestochenem, 12.000 Jahre altem Heilmoor Rheuma und Wirbelsäulenleiden (www.moorbad-großpertholz.com).

In der idyllischen Umgebung stößt man auf die 1789 gegründete und heute letzte verbliebene *Papiermühle* Mitteleuropas, die Papiermühle Mörzinger, in der handgeschöpftes und unter Aquarellisten begehrtes Büttenpapier aus verwebten Baumwollresten (sog. Hadern) erzeugt wird.

Papiermühle: Von der B 41 2 km nördlich von Großpertholz abbiegen (Wegweiser), dann noch 1 km. Führungen mit Schau- und Selbstschöpfen des Papiers jederzeit nach

Voranmeldung (4,80 €/Pers.). Mühlenstüberl mit Waldviertler Küche und Papierverkauf März–Okt. Mi–Sa 10–17, So 14–19 Uhr. Nov., Jan., Febr. Fr/Sa 14–17, So 14–19 Uhr. ✆ 02857-2240, www.papiermuehle.at.

Zwischen Großpertholz und der 8 km südwestlich und 936 m hoch gelegenen „Holzhackersiedlung" **Karlstift**, Österreichs nördlichstem Wintersportort, erstreckt sich der **Naturpark Nordwald**; er ist mit seinen skandinavisch anmutenden, granitdurchsetzten Nadelwäldern, seinen Hochmooren, Teichen und Wiesenfluren ein beliebtes Wandergebiet. Beim Naturparkeingang in *Scheiben*, 1 km außerhalb von Großpertholz (Wegweiser), gibt es eine Info-Blockhütte mit Buffet (geöffnet 1. Mai bis 26. Okt. Mi–So) und Spielplatz. Von hier kann man auf dem beschilderten 9 km langen *Naturparkweg* das Areal in etwa 2½ Std. erkunden. Unterwegs bieten sich die markierten Abstecher zum Tiergehege mit Ziegen und Damwild und zum Aussichtssturm auf dem 957 m hohen Schwarzenberg (Münzeinwurf 1 €) an; direkt am Weg liegen interessante Felsgebilde, wie der Bettelweibstein. Der rund 7 km lange, beschilderte Weg *Auf dem Holzweg* führt von Scheiben in ca. 2 Std. zum **Stierhüblteich** (→ Baden) in Karlstift.

Baden Stierhüblteich, frei zugänglicher Moorsee im Wald südlich von Karlstift (vom Parkplatz 5 Min.). Liegewiese, Grillplatz, Buffet und kleines Holzhackermuseum.

Wandern Weg entlang der Lainsitz, neu beschildeter, grenzüberschreitender Weitwanderweg (230 km) von der Lainsitzquelle am Aichelberg in Karlstift via Weitra, Gmünd und Litschau bis zur Mündung der Lainsitz in die Moldau. www.luznice.eu.

Wintersport Aichelberglifte, in Karlstift, 3 Schlepplifte, 6 Abfahrten; Beschneiungsanlage und Aprés-Skihütte. ✆ 02816-231, www.karlstift.info.

Nordwaldloipen südlich des Ortsrands, ca. 20 km, klassisch/Skating, teils mit Flutlicht und Verbindung zum 30-km-Loipennetz von Liebenau (Oberösterreich), www.aktivwelt.at.

Übernachten/Essen *** Nordwaldhof Bauer, traditioneller Familienbetrieb mitten in Großpertholz, bekannt für schmackhafte Waldviertler Küche und die hauseigene Fleischerei mit hochwertigen Produkten, wie Harbacher Kurschinken. Wirtshauskulturwirt. Mo Ruhetag. 18 ältere, nett dekorierte Zimmer. DZ 64 €, mit Halbpension 84 €. Bad Großpertholz 34, ✆ 02857-2236, www.nordwaldhof.at.

Abendstimmung am Stierhüblteich

Oberes Waldviertel → Karte S. 198/199

Langschlag

610 Einwohner, 760 m

Das beschauliche Dorf an der Böhmerwald Straße B 38 südlich von Bad Groß-pertholz ist Station an der *Waldviertelbahn* und liegt am Waldviertlerbahnradweg. Der empfehlenswerte 11 km lange, beschilderte *Steinwanderweg Nr. 91* führt in einer rund vierstündigen Runde durch die steindurchsetzten Wiesen, Felder und Wälder im Norden des Orts, vorbei an Kraftplätzen und bizarren Steinformationen (Kamelstein, Opferstein ...), zwischendurch erreicht man den 829 m hohen Stierberg, auf und um den es allein 20 Schalensteine gibt. Ausgangspunkt der Tour mit Infotafel ist der Parkplatz bei der Bushaltestelle an der östlichen Ortseinfahrt. Zur Erfrischung nach der Wanderung bietet sich der *Frauenwieserteich* (→ Baden) an.

Hin und weg Waldviertelbahn → Gmünd

Angeln/Baden Frauenwieserteich, 5 km westlich, frei zugänglicher Badestrand mit Liegewiese und Buffet. Angeln mit Tageskarte (24 €).

Radeln Am Bhf. Langschlag beginnt der Waldviertlerbahnradweg bis Weitra (24 km) und Gmünd (41 km). Von 1. Mai bis 26. Okt. gelangt man samstags (Juli bis Mitte Sept. auch Mo/Di und Do/Fr) am frühen Nachmittag vom jeweiligen Endpunkt mit der Waldviertelbahn wieder zurück nach Langschlag (Radtransport gratis).

Wintersport Frauenwieserteichloipen, 11 km langes Langlaufareal. www.aktivwelt.at.

Übernachten/Essen *** Waldviertler Hof, Hotel-Gasthof mitten im Ort mit 65 geräumigen Zimmern, meist mit Balkon, beliebt bei Gruppen. Sauna. Wirtshauskulturbetrieb mit preiswerter, bodenständiger Küche; im Winter Mo Ruhetag. DZ 74–94 €. Franz-Diebl-Str. 41, ✆ 02814-8286, www.waldviertler-hof.at.

Bison-Ranch Heuriger, in Mitterschlag, 3 km westlich von Langschlag; Familie Baumgartner züchtet nordamerikanische Bisons, dessen aromatisches Fleisch man in Form von Rohschinken und Würsten im angeschlossenen Heurigen verkosten kann. März, Mai, Aug., Okt. Fr ab 19 Uhr, Sa/So ab 14 Uhr. ✆ 0664-5237227, www.bison-ranch.at.

Groß Gerungs

4500 Einwohner, 675 m

Der beschauliche Kurort liegt an der B 38 (Karlstift – Zwettl) und der B 119 (Weitra – Arbesbach), die sich direkt am langgestreckten Hauptplatz (zwei Marktbrunnen, Pranger, Mariensäule) kreuzen. Groß Gerungs punktet nicht mit seinem Ortsbild, sondern mit der abgeschiedenen, nebelfreien Höhenlage und einem gesunden Reizklima. Bekannt ist der Ort für sein renommiertes Herz-Kreislaufzentrum mit 254 Betten im Vier-Sterne-Standard in grüner, ruhiger Lage oberhalb des Ortszentrums (www.herz-kreislauf.at). Es ist Teil der Xundheitswelt (→ Kastentext S. 205). Groß Gerungs ist zudem südlicher Ausgangspunkt der *Waldviertelbahn*.

Abgelegene Steinformationen rund um Groß Gerungs werden touristisch als **Kraftarena** beworben. Sehenswert davon sind der *Opferstein* bei Thail, 1 km nordwestlich von Groß Gerungs (vom Parkplatz 500 m zu Fuß), sowie die 7 m hohe, globusförmige *Weltkugel* 6 km östlich von Groß Gerungs Richtung Schloss Rosenau (Wegweiser, vom Parkplatz noch 1,4 km). Nicht natürlichen Ursprungs ist der 16,5 m breite und 7 m hohe, aus Klaubsteinen aufgeschichtete Stufenkegel – auch *Steinpyramide* genannt – am Steinberg in Oberneustift. Dazu fährt man von Groß Gerungs 6 km auf der B 38 Richtung Zwettl und zweigt dann links ab; vom Parkplatz sind es noch 1,3 km zu Fuß. In Mitteleuropa ist kein weiterer derartiger Bau bekannt. Vermutlich entstand er im Zusammenhang mit der nahen Freimaurerloge von Schloss Rosenau (→ S. 176), mit der die Steinpyramide sogar über einen Wanderweg (Nr. 53/56) verbunden ist (Gehzeit 1 Std.).

Hin und weg Bus: Mo–Fr 8x tägl. nach Zwettl, Sa/So 3x tägl. nach Gmünd.

Waldviertelbahn → Gmünd

Radeln Der Bhf. Groß Gerungs ist zweiter Ausgangspunkt des Waldviertlerbahnradwegs nach Weitra (26 km) und Gmünd (43 km) → Langschlag.

Wintersport 22 km langes Loipennetz südlich von Groß Gerungs.

Übernachten/Essen *** Gasthof Hirsch, bodenständiges Wirtshaus am Hauptplatz mit eigener Fleischerei und gutbürgerlicher Küche, Spezialitäten sind Zwiebelrost- und Schweinsbraten. Sa/So ab 14 Uhr geschlossen. 30 zweckmäßige Zimmer, die hofseitigen sind ruhiger. DZ 60–72 €. Hauptplatz 20, ✆ 02812-8341, www.hirsch-gerungs.at.

Weingartner, Café-Restaurant & Bäckerei-Konditorei mitten in Groß Gerungs. Große Auswahl an preisgünstiger österreichischer Küche, dazu Pizza und Burger, sehr gute Mehlspeisen und die besten Mohnzelten weit und breit. Tägl. 7.30–22 Uhr. Schulgasse 65, www.weingartner.cc.

Übernachten außerhalb *** Gasthof Einfalt, 5 km südlich von Groß Gerungs (Wegweiser an der B 119) in ruhiger Lage, im Winter direkt an der Loipe. 7 hell-rustikale Zimmer mit Vollholzmöbeln, moderne Sauna. Für Hausgäste wird gekocht. DZ 60–75 € je nach Aufenthalt, mit Halbpension 25 € mehr. 3920 Kinzenschlag 11, ✆ 02812-8320, www.gasthof.einfalt.net.

Prinzenhof, Biobauernhof 6 km südöstlich (Abzweig von der B 38). Drei schöne, mit viel Holz eingerichtete Zimmer und 2 Ferienwohnungen. Freundliche Gastgeber. DZ 64 €, Fewo (3–4 Pers.) 65 €/Tag. 3920 Kottingnondorf 6, ✆ 02812-7193, www.prinzenhof.at. ■

Gmünd

5400 Einwohner, 485 m

Die unmittelbar an der tschechischen Grenze gelegene Bezirkshauptstadt hat einen gemütlichen Stadtplatz, ein gutbesuchtes Sole-Bad und ist Tor zur einzigartigen Blockheide, dem beliebtesten Naturpark des Waldviertels.

Vom *Gemünde* des Braunaubaches in die Lainsitz kommt der Name, diese Stelle wurde 1179 als Grenzpunkt zwischen Böhmen und Österreich festgelegt – eine Entscheidung, die Gmünd bis heute prägt. Als befestigte Stadt gegründet wurde

Nachmittagskaffee vor Sgraffitokunst (am Gmündner Stadtplatz)

Oberes Waldviertel → Karte S. 198/199

Gmünd 1208 durch Hadmar II. von Kuenring, jahrhundertelang war sie Eroberung und Verwüstung ausgesetzt. Es kamen Hussiten, Ungarn, Schweden und Napoleons Truppen. Aufschwung brachten 1871 der Bau der Franz-Josefs-Bahn von Wien über Gmünd nach Prag und die Errichtung der schmalspurigen Waldviertelbahn 1902. Der Friedensvertrag von Saint-Germain 1919 teilte Gmünd entlang der Lainsitz, die westlichen Bezirke und der Hauptbahnhof gingen als *České Velenice* an die neue Tschechoslowakei. 1945–89 lag die Stadt direkt am Eisernen Vorhang in einer wirtschaftlich toten Zone. Die Grenzöffnung 1989, die EU-Osterweiterung 2004 und die Eröffnung des Sole-Felsen-Bads samt Hotel 2006 brachten eine Belebung.

Sehenswertes

Um den Stadtplatz: Frei in der Mitte des langen Stadtplatzes steht das *Alte Rathaus*, ein Renaissancebau aus dem 16. Jahrhundert, der wegen seines Uhrturms oft für eine Kapelle gehalten wird. Es beherbergt das *Stadtmuseum* mit einer Multimedia-Präsentation über die Entstehung Gmünds (Dauer 20 Min.; Mai–Sept. Mo–Fr 10–16.30, Sa/So 9–12 Uhr, Eintritt frei). Von den Bauten rundum stechen die beiden *Sgraffitohäuser* ins Auge. Sie sind im Kern spätgotisch und erhielten um 1560 mit Zinnen bekrönte Renaissancefassaden, die zur Gänze mit Sgraffitomalerei geschmückt sind. Einzigartig ist der kleinteilige Ornamentschmuck des linken Hauses mit Kampfszenen in den obersten Bändern. Das rechte Haus ist mit Szenen aus der antiken Sagenwelt verziert. Auf der südlichen Platzseite befindet sich das *Glas- und Steinmuseum* (s. u.). An der nordöstlichen Ecke erhebt sich die gotische *Pfarrkirche St. Stephan* mit Wandmalereien aus dem 14./15. Jh. Ihr Chor wurde 1982 nach Plänen von Clemens Holzmeister erweitert, von dem auch der Volksaltar stammt. In einem der ältesten Häuser am Stadtplatz (Nr. 11) kann man einen Blick in eine *Alte Schmiede* werfen, in der an Sommersamstagen ein Schauschmieden stattfindet. Im Westen des Platzes breitet sich der *Schlosspark* mit einem Teich und seltenen Baumarten aus. Das zugehörige Schloss (Privatbesitz) entstand im 16. Jh. auf den Grundmauern der alten Kuenringerburg, das frühere Palmenhaus wird als Veranstaltungslokal genutzt.

Glas- und Steinmuseum: Anhand von Handwerksgeräten und kunstvollen Gläsern wird ein Überblick über die jahrhundertelange Geschichte und Bedeutung der Glashütten im Waldviertler Grenzland zu Böhmen (→ Brand-Nagelberg, S. 215) und über die Kunst der Steingewinnung und -bearbeitung vom Altertum bis heute geboten.

Mai–Sept. Mo–Mi und Fr 10–12, Mo–Fr 14–16.30, Sa/So 9–12 Uhr. Eintritt 2 €. Stadtplatz 34.

Gmünd-Neustadt: Der südwestliche Stadtteil entstand aus einem im Ersten Weltkrieg errichteten Barackenlager für Vertriebene aus den östlichen Kronländern der Monarchie, der heutigen Westukraine. Bis zu 30.000 Flüchtlinge lebten zeitweise hier, insgesamt waren es an die 200.000 Menschen. 30.000 von ihnen starben an Seuchen oder Hunger. Beim Haupttor des Lagers (Schubertplatz) beginnt ein Themenweg, ein Mahnmal in der Parkanlage Dr.-Karl-Renner-Straße erinnert an die Toten.

Naturpark Blockheide: Nur rund 1 km nordöstlich des Stadtplatzes befindet sich der (südliche) *Eingang Gmünd* zu dem beliebten, frei zugänglichen Ausflugsziel, dessen Landschaft Trockenrasen, einige wenige Heidereste, Birkenhaine, Rotföhren, Wacholder und vor allem riesige, originell geformte Granitblöcke prägen. Auf der Gmünder Höhe, in der Mitte des Naturparks (von beiden Eingängen in ca. 15 Min. zu erwandern) befindet sich ein hölzerner, 25 m hoher **Aussichtsturm** und im alten Wasserreservoir an seinem Fuß ein Infozentrum mit kleinem Shop und der Ausstellung „Die Geburt der Wackelsteine". Hier starten auch vier beschilderte

Einer der Teufelssteine im Naturpark Blockheide

Oberes Waldviertel → Karte S. 198/199

Themenwege (2,8 bis 5,6 km lang) durch das Areal. Den kürzesten, die rote *GRANITkulTOUR* sollte man mindestens absolvieren, sie führt nicht nur an den spektakulärsten Granitgebilden vorbei (*Teufelsbett, Teufelsbrotlaib, Christophstein, Pilzstein*), sondern auch an 34 im Halbkreis platzierten Waldviertler Gesteinsarten und entlang des 15. östlichen Meridians, der den Naturpark durchquert und durch eine Stahlskulptur „begreifbar" gemacht ist.

Der südliche *Eingang Gmünd* befindet sich gegenüber der Grillensteiner Str. 9, der nördliche *Eingang Eibenstein* nach Großeibensteiner Str. 42. *Aussichtsturm/Ausstellung* Mai–Sept. tägl. 10–18 Uhr, April/Okt. bis 17 Uhr (Eintritt 3 € oder NÖ-Card). www.blockheide.at.

Basis-Infos

Information Tourismusbüro im neuen Rathaus, Mo–Do 8–12/13–15, Fr 8–12 Uhr. Schremser Str. 6, ✆ 02852-52506100, www.gmuend.at. Im Glasmuseum (s. o.) liegen Prospekte aus.

Hin und weg Bahn: alle 2 Std. nach Wien Franz-Josefs-Bhf. (Fahrzeit 2¼ Std.). **Bus**: Mo–Fr alle 2 Std. nach Krems (Fahrzeit 1½ Std.), 5–13x tägl. nach Weitra, 3–4x tägl. nach Groß Gerungs.

Parken Kurzparkzone in der Altstadt, Mo–Fr 7–18, Sa 7–12 Uhr.

Baden Sole-Felsen-Bad, 1,5 km außerhalb beim Kreisverkehr Gmünd-Mitte (B 41). Etwas beengtes Erlebnis-Bad mit 7 Becken (innen & außen), das Wasser ist mit Bad Ischler Heilsole (bis 34 °C) angereichert. Großzügige Saunalandschaft, Liegewiese mit Zugang zum Aßangteich. So–Do 9–22, Fr/Sa 9–23 Uhr. Tageskarte 19,50 €, Kind 11,90 €, 2-Std.-Karte 10,90/5,90 €, mit Sauna je ca. 4 € mehr. NÖ-Card 1x gültig. Sa/So meist viel Betrieb. Albrechtser Str. 12, ✆ 02852-202030, www.sole-felsen-bad.at.

Einkaufen Backhausen Outlet, seit 1872 werden in Hoheneich, 2 km östlich von Gmünd hochwertige Textilien produziert, der Standort wurde wegen der Nähe zur Franz-Josefs-Bahn gewählt. Die Manufaktur ist weltweiter Ausstatter von Königspalästen und Nobelhotels, berühmt wurde sie durch die Zusammenarbeit mit Jugendstilkünstlern, wie Josef Hoffmann. Im Outlet im historischen Fabrikgebäude gibt es Möbel- und Vorhangstoffe zu reduzierten

Preisen. Mo–Fr 9–17, Sa 9–13 Uhr. ✆ 02852-502164, www.backhausen.com.

Waldviertler Eck, schicker Laden mit regionalen Bio-Produkten, z. B. Karpfen, Graumohn und Spezialbiere aus Weitra, Zwettl und Schrems. Mo–Sa 9–12, 14–18 Uhr. Stadtplatz 23. ■

Radeln Gmünd ist Endpunkt des **Waldviertlerbahnradwegs** von Groß Gerungs (43 km) bzw. Langschlag (41 km). Die beiden Ausgangspunkte erreicht man mit der Waldviertelbahn von 1. Mai bis 26. Okt. jeden So, von Juni bis Sept. auch Mi, Abfahrt in Gmünd jeweils am späten Vormittag (Radtransport gratis).

Die Waldviertelbahn

Gmünd–Weitra–Langschlag–Groß Gerungs und zurück (Südast): 1. Mai bis 26. Okt. Sa/So/Feiertag 1x tägl. Juni–Sept. auch Mi 1x tägl. Juli bis Mitte Sept. Mo/Di und Do/Fr 1x tägl.

Gmünd–Nagelberg–Litschau–Gmünd (Nordast): Juni–Sept. Mi, Sa, So 2x tägl. Juli bis Mitte Sept. zusätzlich Mo/Di und Do/Fr 1x tägl.

Tickets (Beispiele): Gmünd–Groß Gerungs 18 €, inkl. Rückfahrt 23 €; Gmünd–Litschau 13 €/17 €. Für Dampfzüge 7 € Zuschlag. NÖ-Card 1x gültig für Dieselzüge. Kinder zahlen die Hälfte, kostenloser Fahrradtransport. www.waldviertelbahn.at.

Seit 2014 startet die Waldviertelbahn in Gmünd von einem neuen, topmodernen **Bahnhof**.

Übernachten/Essen & Trinken

Hotels/Restaurants **** **Goldener Stern**, komfortables Romantik-Hotel mitten im Zentrum, 40 gediegen-moderne Zimmer, Sauna. Restaurant mit gemütlichen Gaststuben, gute Waldviertler und internationale Küche zu mittleren Preisen, Service nicht immer top. Di–So 11.30–21.30, Mo erst ab 18 Uhr. DZ 142 €. Stadtplatz 15, ✆ 02852-54545, www.goldener-stern.eu.

**** **Hotel Sole-Felsen-Bad**, modernes 110-Zimmer-Haus mit Bademantelgang zum Sole-Felsen-Bad (bei freiem Eintritt; hoteleigener Ruheraum). DZ 192–220 € je nach Kategorie. Albrechtser Str. 14, ✆ 02852-20203203, www.hotel-sole-felsen-bad.at.

**** **Residenz Royal**, 4 moderne und komplett ausgestattete Ferienwohnungen (bis 6 Pers.) am Altstadtrand. Leihräder gratis. Fewo (2 Pers.) inkl. Frühstück 100–112 €. Walterstr. 14, ✆ 02852-34093, www.residenz-royal.at.

StadtWirtshaus Hopferl, beliebter, gediegener Wirtshauskulturwirt am Stadtplatz, gehobene Hausmannskost, Karpfenspezialitäten, ausgezeichnete Bierauswahl. Di/So bis 15, sonst bis 24 Uhr, Küche ganztägig bis 22 Uhr. Stadtplatz 24, ✆ 02852-51980, www.hopferl-gmuend.at.

Nicki's Wirtshaus, seit den 1970ern führt Familie Semper das mittlerweile modernisierte Café-Restaurant in Gmünd-Neustadt. Gutbürgerliche Küche zu moderaten Preisen, bekannt für köstliche Desserts. Mo ab 14 Uhr geschlossen, Di Ruhetag. Weitraerstr. 96, ✆ 02852-52955, www.nickis.at.

Cafés/Bars **Café-Konditorei Pilz**, etwas altmodisches Lokal mit Gastgarten mitten im Zentrum, sehr gute Mehlspeisen, bekannt für Gmünder Kipferl und Mohnzelten. Mo–Sa 8–18, So 9–18 Uhr, Stadtplatz 16.

miniBar, Cocktail- und Weinbar im Zentrum, Mi–Mo 18–5 Uhr. Stadtplatz 9.

››› Unser Tipp: **Franzi's Sommereck**, selbstgemachtes Bio-Eis im Alten Rathaus, auch vegane Sorten. Geöffnet Ostern bis Oktober. ‹‹‹

SchirmBAR, beliebter Treffpunkt neben dem Alten Rathaus mit kleinen Gerichten, Eis und Kaffee. Geöffnet Ostern bis Okt. bei Schönwetter.

Camping **Sole-Felsen-Bad**, gut ausgestattete hügelige Anlage mit 50 Stellplätzen neben Aßangteich und Solebad. 2 Pers., Zelt, Auto 18 €. Geöffnet April bis Ende Okt. Albrechtser Str. 10, ✆ 02852-20203203, www.sole-felsen-bad.at.

Von Gmünd bis Litschau

Schrems

5500 Einwohner, 532 m

Die kleine Industriestadt 6 km östlich von Gmünd steht für Granit, Bier, Kunst und Naturerlebnis im größten Torfmoor des Landes.

Die vermutlich von Slawen um 1000 im moorreichen Nordwald gegründete Siedlung war im 18./19. Jahrhundert eine wichtige Poststation zwischen Wien und Prag. Ab Mitte des 20. Jahrhunderts entwickelte sie sich zur bedeutendsten Industriestadt des Oberen Waldviertels: *ELK* produziert hier Fertig- und Holzhäuser, 1200 Arbeiter sind bei *Eaton* im Bereich der Gebäudeautomation tätig. In den Steinbrüchen um die Stadt wird der als Pflasterstein geschätzte Granit abgebaut, wie man ihn auch am langgestreckten Hauptplatz der Stadt findet. Das örtliche Schloss aus dem 17. Jh. beherbergt mit einer Berufsschule für Steinmetze die entsprechende Ausbildungsstätte.

Kunstmuseum Waldviertel: Die Designer *Makis* und *Heide Warlamis* zeigen in einer umgebauten Textilfabrik im Stadtzentrum Kunstausstellungen zu jährlich wechselnden Themen, die mit eigenen Werken und Exponaten aus ihren Sammlungen bestückt werden. Hinter dem Museum gestaltete Makis Warlamis einen früheren Steinmetzbetrieb in einen Erlebnispark um mit großen bunten Skulpturen und steinernen Installationen. An das Kunstmuseum angeschlossen ist der *I.DE.A-Shop* (→ Einkaufen).

Juli/Aug. tägl. 9.30–18 Uhr. Mai/Juni und Sept. Di–So 10–18 Uhr. März/April Di–So 10–17 Uhr. Okt.–Jan. Mi–So 10–17 Uhr. Eintritt 9 €, Kind 5 €, NÖ-Card 1x gültig. Mühlgasse 7a, ✆ 02853-72888, www.daskunstmuseum.at.

Naturpark Hochmoor: Der Naturpark im Nordosten der Stadt ist einen Besuch wert. Am Eingang trifft man auf das Besucherzentrum **UnterWasserReich**, das mit zahlreichen Aquarien, Schautafeln und Experimentierstationen die Tier- und Pflanzenwelt von Feuchtgebieten präsentiert. Sehenswert ist auch das Gebäude selbst, dessen Glasfassade Ingeborg Strobl mit einem weißen Muster aus Reptilienskeletten und Tierzeichnungen gestaltete – das Kunstwerk dient zugleich als Sonnenschutz. Im Außenbereich, dem Wassergarten, wird die Entstehung eines Moores dargestellt, Hauptattraktion ist aber das *Fischottergehege* mit den beiden putzigen Tieren.

Besucherzentrum UnterWasserReich

Das Torfmoor des Naturparks ist mit 300 Hektar eines der größten des Landes. Am besten überblickt man es von der Aussichtsplattform der **Himmelsleiter** (10 Gehminuten ab dem UnterWasser Reich), einer preisgekrönten Holzkonstruktion aus 58 parallel angeordneten,

Oberes Waldviertel → Karte S. 198/199

Ruhe vor dem Ansturm im Moorbad Schrems

20 m hohen Fichtenstämmen, die man über 108 Stufen erklimmt (April bis Ende Okt. zugänglich). Hautnah am Moor ist man auf dem 4,5 km langen, mit Schautafeln versehenen *Hochmoor-Wanderweg (Route 1)*, der beim Parkplatz vor dem UnterWasserReich beginnt (Gehzeit 1½ Std.).

UnterWasserReich: Ostern bis 26. Okt. tägl. 9.30–17 Uhr. Eintritt 9 € oder NÖ-Card, Kind 6 €, Familie 23 €, Führung tägl. 12 und 15 Uhr. Fischotterfütterung tägl. 10.30, 13.30, 16.30 Uhr. ✆ 02853-76334, www.unterwasserreich.at.

Information Im **Stadtamt**, Hauptplatz 19, liegen zahlreiche Prospekte aus.

Baden »» Unser Tipp: **Moorbad**, attraktiv mit Holzstegen und Kiesstrand gestalteter Moorbadeteich an der Straße zum Naturpark. Auch Restaurant. ««

Einkaufen **Waldvierter Werkstätten**, der Werksverkauf der robusten, wetterfesten *Waldviertler Schuhe* und der funktionalen GEA-Massivholzmöbel ist in einer großen Holzjurte untergebracht. Mo–Fr 9–18, Sa 9–17 Uhr. Niederschremserstr. 4b, www.gea.at.

I.DE.A-Shop, großer Laden mit Design aus aller Welt und den Kollektionen von Heide und Makis Warlamis, wie die Porzellanserie *Vienna Collection*, Kunstteppiche, Kindermöbel und Waldviertler Sitzsteine. Mo–Sa 9.30–12.30 und 14–18 Uhr. Mühlgasse 7, www.ideashop.at.

Führungen **Brauerei Schrems**, 1410 wird die Brauerei erstmals erwähnt, seit 1838 ist sie im Besitz der Familie Trojan, die zur Herstellung ihrer beliebten *Schremser* Biere nur Waldviertler Braugerste verwendet. Brauereiführung nach Vereinbarung (ca. 6 €/Pers.). Niederschremserstr. 1, ✆ 02853-77275, www.schremser.at.

Theater **Wald4tler Hoftheater**, Pürbach, 3 km südlich von Schrems. Professionelles Theater in einem alten Bauernhof mit 178 Sitzplätzen, eigenen Produktionen und Gastspielen (Theater, Kabarett, Literatur, Jazz). Spielsaison von Mai bis Dezember. ✆ 02853-78469, www.hoftheater.at.

Wandern Vom Hauptplatz über die Pfarrgasse und die Lange Furt erreicht man in 1 Std. den 105 Tonnen schweren **Wackelstein im Schremser Wald** bei Amaliendorf, der sich tatsächlich bewegen lässt.

Übernachten/Essen **Baumhaus Lodge**, drei moderne Vollholz-Suiten mit Balkon in den Baumkronen hinter dem UnterWasser-Reich. Nur für Über-18-Jährige. Suite für 2 Pers. 220–250 €, Suite für 4 Pers. 350–400 €, jeweils inkl. Frühstück. Herrenteichweg, ✆ 0664-73100690, www.baumhaus-lodge.at.

GEA Hotel Post, Waldviertler Werkstätten-Chef Heini Staudinger hat 2014 das Hotel in der Stadtmitte wieder eröffnet. Die 20 sanierten Zimmer sind mit GEA-Möbeln eingerichtet, im Wirtshaus gibt es mittags und abends Bioküche; Hauptgericht 9–12 €. (Mi Ruhetag, So nur bis 15 Uhr). DZ ohne Frühstück 60 €. Hauptplatz 5, ✆ 02853-77226, www.gea-hotel-schrems.at. ■

Gasthof Schönauer, freundlicher, traditioneller Wirtshauskulturbetrieb mit guter Waldviertler und steirischer Küche (Hauptgericht 7–18 €). 12 funktionelle Zimmer. Geschlossen So ab 14 Uhr, Do Ruhetag. DZ 76 €. Schulgasse 12, ✆ 02853-77291, www.gasthofschoenauer.at.

Gasthaus Trinkl – Zum Waldviertler Sepp, bodenständiger Wirtshauskulturbetrieb mit deftiger Waldviertler Kost, jeden Do gibt es mittags Fleisch- und Grammelknödel. Mo Ruhetag, Mi ab 14 Uhr geschlossen. Schulgasse 5, ✆ 02853-77254, www.waldviertlersepp.at.

Brand-Nagelberg

1600 Einwohner, 508 m

9 km nordwestlich von Schrems (B 2) wird nahe der tschechischen Grenze ein Handwerk aufrechterhalten, das eine jahrhundertealte Tradition hat – die Glasbläserei. Schon im 14. Jahrhundert siedelten sich Glashütten an, die hier die benötigten Rohstoffe Holz und Quarzsand in großen Mengen vorfanden. In **Neunagelberg** befindet sich die *Wald- und Schauglashütte* der Familie Zalto, in **Alt-Nagelberg** (2 km nördlich) die der Familie Apfelthaler.

Hin und weg Waldviertelbahn → Gmünd bzw. Heidenreichstein

Glasbetriebe **Waldglashütte Zalto**, Schauglashütte, Glasschleiferei und Glasmuseum. Mo–Sa 10–16 Uhr, Selbstblasen nach Voranmeldung (Dauer 2 Std., 5 €/Pers.). Kurt Zalto entwickelte die unter Weinkennern hochgeschätzte *ZALTO*-Glasserie, die mittlerweile aber ein anderes Unternehmen erzeugt. Familie Zalto produziert heute unter der Marke *Marienglas*. 3871 Neunagelberg 58, ✆ 0680-2021860, www.waldglashuette.at, www.marienglas.at.

Nagelberger Glaskunst Apfelthaler, Schauglasblasen, Glasschleifen und -gravieren, dazu ein Glasmuseum mit über 3000 Exponaten und ein großer Shop. Mo–Sa 8–12/13–17 Uhr. Ein frei zugänglicher, mit Glasobjekten kunstvoll gestalteter Teichgarten hinter der Glashütte (Richtung Bahnhof) lädt zum Flanieren ein. Alt-Nagelberg Hauptstr. 97, ✆ 02859-7354, www.nagelberger-glaskunst.at.

Übernachten/Essen *** **Gasthof Pension Krupik**, 3 km südlich von Nagelberg. Freundlicher, preiswerter Wirtshauskulturbetrieb. Do Ruhetag. 8 nette, rustikale Zimmer, DZ 76 €. 3871 Steinbach 48, ✆ 02859-7292, www.krupik.at.

Landhaus Lunkowitz, 1 km außerhalb von Brand. Schön renovierter Bauernhof in ruhiger Lage mit einer Ferienwohnung (bis 6 Pers., 115 €/Nacht) und einem Doppelzimmer (66 €, Frühstück 7 €/Pers.). 3873 Brand 48, ✆ 0680-2210345, www.landhaus-lunkowitz.at.

Open-Air-Glaskunst in Alt-Nagelberg

Heidenreichstein

4000 Einwohner, 561 m

Das Städtchen lockt mit der größten mittelalterlichen Wasserburg Österreichs und einem erlebnisreichen Hochmoor.

Heidenreichstein, von Einheimischen in ihrem Dialekt „Hoanigschtoa" genannt, war bis Ende der 1970er-Jahre ein wichtiger Standort der Textilindustrie, nur wenige Betriebe sind heute übrig (→ Einkaufen). Neu hinzugekommen sind 2012 *Die Käsemacher*, die mit einer Schaukäserei (→ Führungen) an einer Teichanlage am nördlichen Stadtrand auch Touristen anlocken.

Burg Heidenreichstein: Steht man vor den steil aufragenden Mauern, versteht man, warum die Burg nie erobert werden konnte: ein spätmittelalterlicher Kolossalbau, zwei Zugbrücken und wehrhafte, runde Ecktürme mit Kegeldächern. Ältester Teil ist der 40 m hohe Bergfried mit bis zu fünf Meter dicken Mauern. Burggraf Heidenreich von Gars ließ ihn 1160 erbauen, er konnte erst in 14 m Höhe betreten werden. Rund um den Turm entstanden zwischen 1348 und 1636 jene gotischen Wohnbauten, Rund- und Treppentürme sowie die befestigte Vorburg, die das heutige Bild der Anlage prägen. Seit 1961 gehört sie den Grafen Kinsky, die sie als Wohnsitz und Verwaltungssitz ihrer Teich- und Forstwirtschaft nutzen. Ein kleiner Teil der Burg kann im Rahmen einer Führung besichtigt werden. Dabei gelangt man in den inneren Burghof und in rund ein Dutzend noch mit Originalmobiliar aus Gotik und Renaissance ausgestattete Räume. Sehenswert sind u. a. die verschließbare Altarnische, eine tausendjährige Tischplatte, Gelagesäcke und Saufstühle sowie der Rittersaal mit Fliesenboden und Holzdecke aus der Spätgotik.

Führungen (Dauer 45 Min.) Mitte April bis Mitte Okt. tägl. außer Mo 10, 11, 14, 15 und 16 Uhr. Eintritt 10 €, Kind 5,50 €. ✆ 02862-52268, www.kinsky-heidenreichstein.at.

Naturpark Heidenreichsteiner Moor: Rund 30 ha Moorfläche umgibt die Stadt Heidenreichstein, auf zwei Dritteln davon wachsen Fichten, Kiefern und Birken, der Rest ist offenes Hochmoor. Eine gute Möglichkeit, diese Landschaftsform kennen-

Trutzige Wasserburg Heidenreichstein

zulernen, ist der beschilderte, kinderwagentaugliche Rundweg *Moorpfad* (3,5 km) des ganzjährig frei zugänglichen Naturparks. Los geht es beim *Naturparkzentrum*, einem modernen Holzbau mit Information und Shop, 1,5 km südöstlich von Heidenreichstein an der B 5 Richtung Waidhofen. Höhepunkte des Moorpfads sind der Prügelsteg über die offene Moorfläche (mit Glück entdeckt man den rotstacheligen Sonnentau, eine Insekten fressende Pflanze), der Aussichtsturm am Winkelauer Teich und das Naturdenkmal *Hängender Stein*, eine mächtige Granitformation.

Naturparkzentrum: April–Okt. Mo–Fr 10–18, Sa/So 13–18 Uhr, Nov.–März tägl. 14–17 Uhr. Waidhofener Straße 80, ✆ 0664-3582759, www.moornaturpark.at.

Information Touristinformation, Mo 8–18, Di–Do 8–15.30, Fr 8–11.30 Uhr. 3860 Heidenreichstein, Stadtplatz 1, ✆ 02862-52619, www.waldviertelnord.at.

Hin und weg **Waldviertelbahn – Wackelstein-Express**: Die Schmalspurstrecke Alt Nagelberg – Heidenreichstein wird Mitte Juli bis Anfang Sept. mit Nostalgiezügen befahren: Mi und Sa/So 3x tägl. Ticket 10 €, hin/zurück 12 €. www.wsv.or.at.

Einkaufen **Framsohn**, Frottierware (Handtücher, Bademäntel etc.) des Waldviertler Traditionsbetriebs (seit 1908) zu Fabrikpreisen. Mo–Fr 9–17, Sa 9–13 Uhr. Klein Pertholz 65 (an der B 30 Richtung Schrems), www.framsohn.at.

Trachtenoutlet, aus einer insolventen Textilfabrik entstand das größte Trachtenoutlet Niederösterreichs mit Dirndl, Lederhose & Co. für alle Anlässe. Mo–Fr 9–18, Sa 9–17 Uhr. Vitiser Str. 2.

Fleischerei Edinger, bekannt für Blutwürste, Grammel- und Waldviertlerknödel. Heiße Theke (Do Grillhendl). Mo/Di und Do/Fr 6–12.15 und 14–17.30, Mi 6–12.15, Sa 6–11.30 Uhr. Stadtplatz 8.

Käse → Führungen

Führungen **Käsemacherwelt**, ein Film zum Einstieg, dann kann man die Herstellung von Schnitt-, Weich- und Frischkäse beobachten, bevor es ans Verkosten geht. Dazu ein gut sortierter Shop mit Käsemacher- und regionalen Produkten, ein Restaurant mit Terrasse (warme Küche 11–15 Uhr, es gibt Käsespezialitäten und eine Auswahl österreichischer Küche) und ein Streichelzoo. Mitte März bis Mitte Dez. Di–So 9.30–17 Uhr, Führungen um 10, 13, 15 Uhr (60 Min., 9 €, Kind 5 €, NÖ-Card gültig). Litschauer Str. 18, www.kaesemacherwelt.at.

Veranstaltungen **Literatur im Nebel**, 2-tägiges Literaturfestival im Okt. mit hochkarätigen Gästen. www.literaturimnebel.at.

Abfischfest, um den 26. Okt., dann wird der Bruneiteich 5 km westl. von Heidenreichstein im Rahmen eines Volksfests abgelassen und alle Fische eingefangen.

Übernachten/Essen *** **Gasthof Großmann**, Wirtshauskulturwirt in der Stadtmitte mit Hausmannskost und 15 einfachen, gemütlichen Zimmern. Sa Ruhetag, So ab 14 Uhr geschl. DZ 60–68 €. Stadtplatz 9, ✆ 02862-52279, www.gasthof-grossmann.at.

Restaurant in der **Käsemacherwelt**, s. o.

Kaffeehaus Böhm, hausgemachte Mehlspeisen und Wiener Tichy-Eis. Tägl. 7.30–19 Uhr, So erst ab 14 Uhr. Stadtplatz 3.

Oberes Waldviertel → Karte S. 198/199

Litschau

2250 Einwohner, 530 m

Österreichs nördlichste Stadt an dem idyllisch von Nadelwald umsäumten Herrensee bietet ein vielfältiges Freizeitangebot – vom Strandbad über Golfen bis zu Fahrten mit der Waldviertelbahn. Und jedes Jahr Anfang Juli erfüllen Schrammelklänge die Stadt.

Im Westen und Norden nur 5 km von der böhmischen Grenze entfernt, wurde Litschau im frühen 13. Jahrhundert als befestigte Burgsiedlung errichtet und später nach Osten um eine Marktsiedlung erweitert. Bis heute hat sich der sog. *Hungerturm*, der runde Bergfried der Burg aus dem 13. Jahrhundert erhalten. Von einem Kegeldach bekrönt, thront er inmitten eines gotischen Schlosses oberhalb der Stadt und gilt als deren Wahrzeichen. Er kann nur über eine Außenleiter in 11 m Höhe betreten werden und ist vielleicht deshalb Schauplatz zahlreicher Schauergeschichten. Seit 1763 werden das Burgschloss und das 1793 nebenan erbaute *Neue Schloss* von den Grafen Seilern-Aspang bewohnt und als Sitz ihrer Gutsverwaltung genutzt (Besichtigung nicht möglich).

Die Mitte des langgestreckten, abschüssigen, von Linden umsäumten und 2015 neu gestalteten Stadtplatzes beherrscht die *Pfarrkirche St. Michael*, eine schöne spätgotische, später barock überformte Hallenkirche aus dem 15. Jahrhundert. Im Inneren zeigt sie Fresken aus dem 14./15. Jh., darunter eine Kreuzigung und die Anbetung der Könige. Stimmungsvoll ist auch die Unterkirche (von außen zu betreten) mit modernen Terrakottareliefs zum Thema Glaubensbekenntnis.

Litschau bezeichnet sich auch als *Schrammelstadt*, kam doch hier 1811 Kaspar Schrammel zur Welt, der mit seinen Söhnen, den Geigern und Komponisten Johann und Josef Ende des 19. Jahrhunderts die berühmte, volkstümliche *Wiener Schrammelmusik* begründete (→ Veranstaltungen). Schon 600 Jahre zuvor fand ein örtlicher Musiker Eingang in die Musikgeschichte: „Der Litschower" ist als Minnesänger in der Manessischen Handschrift verewigt.

Basis-Infos

Information **Touristinformation**, Di–Fr 9–12/13–18, Sa 9–13 Uhr. 3874 Litschau, Stadtplatz 17, ✆ 02865-5385, www.litschau.at, www.waldviertelnord.at.

Hin und weg **Bus**: Mo–Fr 11x, Sa/So 2x tägl. von/nach Gmünd; Mo–Fr 5x, Sa/So 1x tägl. von/nach Wien.

Waldviertelbahn: Der „Nordast" Gmünd-Litschau wird von Juni bis Sept. Mi & Sa/So 2x tägl. befahren. Juli bis Mitte Sept. zudem Mo/Di und Do/Fr 1x tägl. Ticket Gmünd-Litschau 13 €, hin/zurück 17 €, Dampfzug 7 € Zuschlag. NÖ-Card 1x für Dieselzüge gültig. www.waldviertler bahn.at.

Angeln **Herrensee**, 1. April bis 31. Okt., Angelkarten u. a. bei der Touristinformation und im Hoteldorf.

Baden **Strandbad Litschau und Herrensee**, schöne Anlage mit beheiztem Freischwimmbecken und Liegewiesen mit Seezugang; Tret-, Ruder- und Elektrobootverleih, Buffet „Herrensee-Platzl". Tageskarte 2,60 €. Mai–Sept. tägl. 10–18 Uhr.

Einkaufen **Bauernmarkt Litschau**, im Hof des Hauses Stadtplatz 77. Palmsonntag bis Ende Oktober Sa 8.30–12 Uhr.

Fleischerei Geitzenauer, hier gibt es den vielleicht besten Leberkäse Österreichs. Mo–Fr 9–12, 15–18 Uhr. Stadtplatz 22.

Yupitaze Fischtextil, Familie Schuh stellt in ihrer Manufaktur in Reitzenschlag 24 (3 km östl. von Litschau) aus Lachs- oder Karpfenfischhaut nach alter sibirischer Technik Fischleder her und verarbeitet es zu Brillenetuis (40 €), Gürtel (ab 95 €), Taschen (bis 400 €) usw. Besichtigung nach Voranmeldung, die Produkte sind auch online erhältlich. ✆ 02865-51470, www.fischleder.at.

Golf **Golfclub Herrensee**, 18-Loch-Platz neben dem Hoteldorf, auf dem ohne Platzreife gespielt werden kann, die Ausrüstung kann man leihen. Greenfee 15–20 €/Tag, ✆ 02865-438, www.herrensee.at.

Golfresort Haugschlag, einer der schönsten Golfplätze Österreichs 7 km nördl. von Litschau, zwei hügelige 18-Loch-Courses mit Insel-Green. Greenfee 59–89 €. Geöffnet Mitte April bis Ende Okt.

Direkt am Green liegt ein *Vier-Sterne-Golfhotel* mit 37 Zimmern und 20 modern-puristischen Suiten in einem Nebentrakt. DZ mit Halbpension 190 €, Suite 250 €. 3874 Haugschlag 160, ✆ 02865-8441, www.golfresort.at.

Veranstaltungen Das **Herrenseetheater**, ein neuer Holzpavillon im alten Strandbad, wird für Konzerte und im August für Sommertheater genutzt. www.herrensee theater.at.

Schrammel.Klang.Festival, 3 Tage im Juli. Im Herrenseetheater und auf sieben Naturbühnen im und um den See wird in Woodstock-Manier hochkarätige Schrammelmusik geboten. ✆ 0720-407444, www.schrammelklang.at.

Wandern Bei der Touristinfo ist eine kleine, kostenlose Wanderkarte erhältlich. Schöne Touren sind die Runde auf breiten Promenadenwegen um den Herrensee (5 km, Gehzeit 1¼ Std.) und die Wege zum Fiedelstein (Nr. 13) und zum Hut- und Teufelstein (Nr. 14), jeweils ca. 2 Std. Der **Weitwanderweg entlang der Lainsitz** (→ Karlstift/Wandern, S. 207) führt am Herrensee entlang.

Übernachten/Essen & Trinken

Übernachten *** **Hoteldorf Königsleitn**, autofreie Anlage mit 121 in die Jahre gekommenen Appartements in 15 Dreiseithöfen am Herrenseeufer. Kinderbetreuung, Animation, Tennis, Golf, Leihräder, passables Restaurant „Dorfwirt". Appartement (2–3 Pers.) 115–145 €/Tag, App. für 6 Pers. bis 165 €, jeweils ohne Verpflegung. Geöffnet April bis Mitte Dez. Buchenstr. 1, ✆ 02865-53930, www.koenigsleitn.at.

*** **Pension Schrammelhof**, freundliche Frühstückspension unweit vom Stadtplatz mit 8 netten, blitzsauberen Zimmern, teils mit Balkon. DZ 84 €. Hörmannser Str. 3, ✆ 02865-50550, www.schrammelhof.at.

**** **Golfresort Haugschlag** → Golf

Pension Kibitzhof, in Loimanns, 3 km südöstlich. Einsam gelegene Pension mit 7 sehr stilvollen (Genießer-)Zimmern, eines davon mit Himmelbett. Gutes Frühstücksbüffet, Gästeküche, großer Garten. DZ 70–80 €. 3874 Loimanns 32, ✆ 02865-20850, www.kibitzhof.at.

Essen & Trinken **Gasthof Kaufmann**, Bilderbuchwirtshaus mit Kachelofen am unteren Ende des Stadtplatzes mit bodenständiger Küche zu günstigen Preisen, Gastgarten. Di Ruhetag, ganztägig Küche. Stadtplatz 88, ✆ 02865-50560, www.gasthof-kaufmann.at.

Café-Konditorei Eigl-Müssauer, der Eigl ist seit 2013 eine Filiale des bekannten Waidhofner Konditors Müssauer. Mo–Sa 7–18.30, So 8–18.30 Uhr. Stadtplatz 66, www.muessauer.at.

››› **Unser Tipp: Gasthaus Perzy**, Österreichs nördlichstes Wirtshaus in einsamer Lage (9 km von Litschau entfernt, unweit vom nördlichsten Punkt Österreichs) gehört heute zum Golfclub Haugsdorf, wurde aber im Originalzustand der 1920er Jahre erhalten. Deftige Waldviertler Küche, der Schweinsbraten ist legendär, es gibt auch Vegetarisches. Reservieren! April–Okt. Do/Fr ab 17, Sa/So ab 11.30 Uhr. Rottal 22, ✆ 02865-8433, www.perzy.at. ‹‹‹

Der Herrensee lässt sich auf dem Promenadenweg umrunden

Oberes Waldviertel → Karte S. 198/199

Entlang der Thaya

Die Thaya ist nach dem Kamp der bedeutendste Fluss des Waldviertels. Zur Zeit der Babenberger wurde sie zum Grenzfluss gegen die böhmischen Länder und mit einer Reihe von Burgen befestigt. Ihr Hauptquellfluss, die *Deutsche Thaya*, entspringt auf 657 m unweit der Straße zwischen Schweiggers und Schwarzenbach, 12 km nordwestlich von Zwettl.

Essen & Trinken Landgasthaus zum Topf, auf halber Strecke zwischen Thayaquelle und Waidhofen liegt das einzige Haubenlokal des oberen Waldviertels. Das Ambiente ist etwas (arg) plüschig, die Küche hervorragend, die Preise sind günstig (4-Gänge-Menü ca. 30 €). Reservieren! Do–So 10–14.30, 17.30–22 Uhr, Okt.–März auch Mo. 3902 Vitis, Kaltenbach 26, ✆ 02841-8329, www.landgasthof-topf.at.

Waidhofen an der Thaya

5550 Einwohner, 510 m

Die nördlichste Bezirkshauptstadt Österreichs mit den zwei markanten Türmen von Kirche und Rathaus liegt etwas erhöht über der träge dahinmäandernden Thaya. Eine nicht alltägliche Sehenswürdigkeit ist die Waldrapp-Voliere.

Die im 12. Jahrhundert am Kreuzungspunkt der Thaya mit der Route Wien – Prag gegründete und mit Befestigungsmauern umgebene Burgsiedlung war historisch (wie auch Litschau und Gmünd) durch die Grenzlage und zahlreiche Plünderungen geprägt. Den größten Schaden aber verursachte der Stadtbrand von 1873, der fast die gesamte mittelalterliche Bausubstanz zerstörte.

Das Zentrum bildet der dreieckige, abschüssige Hauptplatz. Frei in seiner Mitte steht das schmucke *Rathaus* von 1520, das zur Spätrenaissance mit einem Stufengiebel und 1721 mit einem Dachreiter versehen wurde. Etwas oberhalb ragt zwischen zwei 1879 gepflanzten Linden die *Dreifaltigkeits-* oder *Pestsäule* von 1709

Am Weg zum Hauptplatz von Waidhofen

auf. Am Gebäude Hauptplatz Nr. 18 erläutert eine Tafel die Ableitung des Ortsnamens von den früher hier befindlichen Jagdhöfen (mhd. *waydhoff*).

Pfarrkirche Mariä Himmelfahrt: Das außen schlichte barocke Gotteshaus thront am höchsten Punkt der Altstadt. Warum die 1723 vollendete Kirche den Beinamen *Dom des Waldviertels* trägt, offenbart sich im weiträumigen Inneren, das üppig mit barockem Stuck und Fresken geschmückt ist. Den Chorraum füllt ein monumentaler Hochaltar mit Säulen, Statuen und zwei Altarbildern. Hinter der Kirche sieht man noch Reste der Stadtmauern und in der nahen Pfarrgasse ein Ensemble von *Weberhäusern* aus dem 18. Jahrhundert.
Stadtmauerteile haben sich auch im Süden am Abhang zur Thaya und im Norden (dort auch mit einem Pulverturm) erhalten – eine *Süd-* und eine *Nordpromenade* führen daran entlang.

Land-Art in Waidhofen

Stadtmuseum: Das in einem Stadtpalais von 1890 untergebrachte, modern gestaltete Museum zeigt in der Ausstellung *StadtGeschichte(n)* die Entwicklung Waidhofens vom Frühmittelalter bis 1900; besonders sehenswert ist der alte Kaufmannsladen aus dem 19. Jahrhundert. Das *Erste Waldviertler Webereimuseum* befasst sich mit der Bedeutung der Weberei für die Region und präsentiert die für das „Bandlkramerlandl" typischen Bandwebstühle (→ Kastentext S. 223).

Mai bis Mitte Okt. Sa/So 10–12 und 14–17 Uhr, Juli/Aug. zudem Fr 14–17 Uhr. Eintritt 3 €. Moritz-Schadekgasse 4, ✆ 02842-53401.

Waldrapp-Voliere: In dem großzügigen Gehege (beim Parkplatz unterhalb der nördlichen Stadtmauer) lebt eine der am stärksten bedrohten Vogelarten der Welt. Der etwa gänsegroße Waldrapp ist eine Ibis-Art, die noch bis ins 17. Jahrhundert in Mitteleuropa heimisch war. Er ist ein geselliger Vogel, der nur zum Brüten kommt, wenn er in Kolonien, wie hier in der Voliere, gehalten wird. Den hier geborenen Tieren wird im Rahmen eines EU-Projekts an befreundeten Forschungsinstituten das für das Überleben in freier Wildbahn nötige Zugvogelverhalten beigebracht.

Mai–Sept. Mo–Do 8.30–11 und 13–15.30, Fr 8.30–11 Uhr, laufend Führungen (3 € oder NÖ-Card), Sa/So nach tel. Voranmeldung. Fütterungen täglich 8.30 und 15 Uhr. Ziegengeiststraße, ✆ 0664-9493929, www.waldrapp.at, www.waldrapp.eu.

Große Basilika: Das fotogene Naturkunstwerk, das Franz Xaver Ölzant 1994 aus 97 megalithähnlichen Steinen geschaffen hat, liegt direkt neben der nördlichen Umfahrungsstraße B 5 (siehe Foto oben).

Information Infopoint, im Foyer des Rathauses liegen viele Prospekte aus. Tägl. 7–24 Uhr. 3830 Waidhofen/Thaya, Hauptplatz 1 ✆ 02842-50350, www.waidhofen-thaya.at.

Parken Kurzparkzone in der Altstadt Mo–Fr 8–18, Sa 8–12 Uhr.

Baden Freizeitzentrum, am südlichen Stadtrand mit Erlebnis-, Sport und Kinderbecken.

Oberes Waldviertel → Karte S. 198/199

Tageskarte 6 €. Geöffnet Mai–Aug. Moritz-Schadekgasse 51, ✆ 02842-52952.

Golf Golfresort Waidhofen, 18-Loch-Platz auf einem Hochplateau in Sichtweite der Stadt. Greenfee 50–60 €. Geöffnet April–Okt. Direkt am Green gibt es ein Vier-Sterne-Golfhotel mit 40 Zimmern (DZ 100–130 €). ✆ 02842-50244, www.atgolf.at.

Radeln Thayarunde, neues Radwegenetz auf früheren Bahntrassen, z. B. von Waidhofen auf der Thayatalbahntrasse via Dobersberg bis Slavonice (30 km). www.thayarunde.at.

Veranstaltungen Internationales Musikfest, Ende Juni/Anfang Juli, weithin bekanntes, mehrtägiges Open-Air-Festival mit Jazz, Blues & Folk. www.musikfest.folkclub.at.

Übernachten/Restaurants *** Stadthotel, 2012 eröffnetes, freundliches Haus mit 43 modernen, komfortablen Zimmern direkt am Hauptplatz. Kein Restaurant. DZ 110 €. Hauptplatz 25, ✆ 02842-51575, www.stadthotel-wt.at.

Kirchenwirt Jöch, gemütlicher Traditionsbetrieb unterhalb der Kirche mit preiswerter Waldviertler Küche (Mo–Fr 7–22, So 7–14 Uhr). 8 helle, topmoderne Zimmer. DZ 60–70 €. Schlossergasse 12, ✆ 02842-54550, www.joech.at.

Cafés/Bars Café-Konditorei-Eissalon Schützner, der Traditionsbetrieb (seit 1865) ist für seine Eiskreationen bekannt. Di–So 8–19 Uhr. Böhmgasse 24, www.schuetzner.at.

››› Unser Tipp: Café-Konditorei-Bäckerei Müssauer, modernes Lokal mit köstlichen Torten, selbst gemachtem Eis und Schokolade aus eigener Manufaktur – alles in feinster Qualität. Mo–Fr 6–18.30, Sa/So 6/8–12.30 und 14–18 Uhr. Böhmgasse 19, www.muessauer.at. **‹‹‹**

Weinbar Pius, schönes Lokal mitten im Zentrum. Do–So ab 17 Uhr. Hauptplatz 29, www.weinbar-pius.at.

Foggy Mix, Irish Pub, Cocktail-Bar und Restaurant an der Ausfallstraße Richtung Heidenreichstein, beliebter Treffpunkt. Mi–Mo ab 10 Uhr. Heidenreichsteinerstr. 28, www.foggy-mix.at.

Igel, legendärer Folkclub an der Stadtmauer, der auch das Musikfest (s. o.) organisiert. Konzerte meist Sa ab 20 Uhr. Böhmgasse 18/6, www.folkclub.at.

Camping Thayapark, große, schattige Rasenfläche stadtnah am Thayaufer, 60 Stellplätze, moderne Sanitäranlagen. 2 Pers., Zelt, Auto ca. 15 €. Geöffnet 1. Mai bis 30. Sept. Badgasse, ✆ 02842-50356, www.waidhofen-thaya.at.

Groß-Siegharts

2700 Einwohner, 534 m

Die Stadt 8 km östlich von Waidhofen war einst der bedeutendste Ort des „Bandlkramerlandls“ (→ Kastentext) und Zentrum der Waldviertler Textilindustrie. Den Anstoß dafür gab Graf von Mallenthein, der um 1720 das Bauerndorf zum Textilzentrum ausbauen wollte.

Von Mallenthein warb Facharbeiter aus Sachsen und Schwaben an und errichtete über 150 Weberhäuser, in denen Bänder produziert und dann über „Bandlkramer“ vertrieben wurden. Ende des 19. Jahrhunderts gab es in Groß-Siegharts sechs Textilfabriken, die mehr als 1000 Arbeiter beschäftigten und deren bauklotzartige Bauten bis heute das Ortsbild prägen. In den 1990er-Jahren mussten die letzten Textilbetriebe schließen, heute ist ein Luftfahrzeugtechnikunternehmen größter Arbeitgeber der Stadt.

In die frühere *Bandfabrik Wagner* ist mittlerweile wieder Leben eingekehrt. Der rückwärtige Trakt beherbergt das **Lebende Textilmuseum**, das mit rund 1000 Objekten (darunter alte lärmende Webmaschinen und ein rekonstruiertes Weberhaus) Einblick in die frühindustrielle Vergangenheit der Stadt und den harten Alltag der Weber gewährt. Das restliche Gebäude wurde zur **Kunstfabrik Groß Siegharts**, die inmitten alter Webstühle hochkarätige Ausstellungen zeitgenössischer Künstler (etablierte Namen und Nachwuchstalente) veranstaltet.

Mai bis Ende Okt. Mi–So 13–18 Uhr. Eintritt 3 €. Anmeldung für das Museum in der Kunstfabrik. Karlsteiner Str. 4, www.siegharts.at, www.kunstfabrik-gross-siegharts.at.

Das Bandlkramerlandl

Der karge Boden und das raue Klima brachten der Landwirtschaft im oberen Waldviertel stets geringe Erträge. Zusätzliches Einkommen verschafften sich die Kleinbauern und Kleinhäusler ab dem 17. Jahrhundert durch die Bandweberei, indem sie die Schafwolle und den Flachs aus der Region verarbeiteten. Die Rohstoffe und Webstühle stellten Verleger, die sogenannten „Bandlkramer", zur Verfügung, die mithilfe von Hausierern die gefertigten Bänder für Wäsche und Kleidung sowie Gurte und Schnüre auch vertrieben. So kam die Gegend um Waidhofen und Groß-Siegharts zu ihrem Namen: *Bandlkramerlandl*. Aus den zahlreichen Kleinwebereien entwickelten sich im 18. Jh. erste Manufakturen und frühindustrielle Betriebe. Der Bau der ersten größeren Textilfabriken Mitte des 19. Jahrhunderts führte zum Ende des Verlagssystems. Der Niedergang der Textilbranche in der Region kam in der zweiten Hälfte des 20. Jahrhunderts, als die Fertigung in Billiglohnländer ausgelagert wurde.

Die Teppichstickerei wird heute nur noch in Groß-Siegharts gepflegt

Erhöht östlich oberhalb des Hauptplatzes steht der frühere Sitz des Grafen Mallenthein, ein aus dem Mittelalter stammendes, im 16. Jahrhundert umgebautes **Schloss**, in dessen 2. Obergeschoss sich heute die kleine Manufaktur der *Waldviertler Teppichsticker* befindet (→ Einkaufen); ihre schönen, farbenfrohen Produkte sind im historischen Rittersaal des Schlosses ausgestellt. Graf von Mallenthein ließ auch die nahe **Pfarrkirche Hl. Johannes** 1722 im Barockstil neu erbauen. Er engagierte dafür den italienischen Architekten Donato Felice d'Allio, der einen mächtigen Zentralbau mit einem reich gegliederten Fassadenturm entwarf. Die Deckenfresken im Inneren schuf der bekannte Barockmaler Carlo Carlone.

Einkaufen Waldviertler Teppichsticker, Österreichs einzige Teppichstickerei fertigt mit historischen Stickmaschinen kunstvolle Wand- und Bodenteppiche aus reinen Naturprodukten, auch nach Kundenwunsch. Mo–Fr 8–12 Uhr. Schlossplatz 1, ✆ 02847-3000, www.teppichsticker.at.

Radeln Thayarunde, der neue Radweg auf der früheren Lokalbahntrasse von Göpfritz nach Raabs führt durch Groß-Siegharts. www.thayarunde.at.

Essen & Trinken Zum Max, ausgezeichneter Wirtshauskulturwirt 200 m östlich der Kirche in einer früheren Bandweberei; bodenständige Küche, Hauptgericht 10–15 €, Di–Fr gibt es je drei Mittagsmenüs. Schöner Gastgarten. Mo Ruhetag, So nur 11–14 Uhr. Fabrikenstr. 4, ✆ 02847-84176, www.zummax.at.

Oberes Waldviertel → Karte S. 198/199

Blick auf Dobersberg

Im Thayaland nördlich von Waidhofen

Ausgrabungsgelände Hard: Im Harder Wald nordöstlich von Waidhofen trifft man auf zwei mittelalterliche Wüstungen, die Dörfer Hard und Klein-Hard, die im 14./15. Jahrhundert aufgegeben und erst in den 1970ern entdeckt wurden. Mithilfe von Informationstafeln lassen sich die bemoosten Grundmauern der Häuser und ein rekonstruierter Brunnen entdecken.

Anfahrt: Ab Thaya (5 km nördl. von Waidhofen) beschildert, letztes Stück auf Forststraßen, ab dem Parkplatz 10 Min. zu Fuß.

Einkaufen **Bäckerei Konditorei Kasses**, mitten in Thaya stößt man auf Österreichs einzigen Slow-Baker, der 135 Brot- und Gebäcksorten aus regionalen Rohstoffen ohne chemische Zusätze erzeugt und bis Wien liefert. Mo–Fr 6–18, Sa bis 12 Uhr. Hauptstr. 11, www.kasses.at. ■

Jakobskirche in Kleinzwettl: 7 km nordwestlich von Thaya (Richtung Gastern) steht auf einer Anhöhe am Rand des Dorfs Kleinzwettl eine schöne, von einer Ringmauer umgebene Wehrkirche. Sie wurde von Zwettler Zisterziensern im 13. Jahrhundert erbaut, eindrucksvoll ist ihr stimmungsvolles Inneres mit gotischem Kreuzrippengewölbe, schlichter Steinkanzel und altertümlichen Betbänken. Im Boden des Chors befindet sich der Eingang zu einem 60 m langen Erdstall, einem begehbaren Stollen. Wer die Kirche von innen sehen möchte, meldet sich im Haus Nr. 44 links unterhalb der Kirche.

Einkaufen **Wirtex**, 2 km östlich von Kleinzwettl ist seit 1863 Österreichs heute älteste Frottierweberei in Betrieb. Bei einem Rundgang (Mo, Mi, Fr 10.30 Uhr) lernt man den Weg vom Garn zum Tuch kennen. Fabrikverkauf Mo–Do 8–16, Fr 8–13, Juli/Aug. Sa 10–12 Uhr. 3842 Frühwärts 62, www.wirtex.at.

Thayatal-Naturpark Dobersberg: Südöstlich des an der Einmündung der Zwettler Straße (B 36) in die Thayatal Straße (B 30) gelegenen Markts erstreckt sich an einem Thayabogen das 200 ha große, frei zugängliche Naturparkareal, das von dem mäandrierenden Fluss, von Auwaldresten, weitläufigen Feuchtwiesen und Äckern geprägt ist. Es gibt ein Naturpark-Infozentrum im *Schloss Dobersberg* (16. Jh.), einen 1,5 km langen Waldlehrpfad, eine Farnschlucht mit Lehrpfad, einen Spielplatz, ein Wildgehege mit Damhirschen, Schafen, Ziegen und ein Wildsaugatter. Der Haupteingang mit Infotafel und Parkplätzen ist bei der Pfarrkirche. Hier beginnt auch der 5 km lange, beschilderte *Naturparkweg Nr. 73*, der an den wichtigsten Sehenswürdigkeiten und Aussichtspunkten vorbeiführt (Gehzeit ca. 2 Std.).

Naturpark-Infozentrum: 1. Mai bis 26. Okt. Sa/So 10–12 und 14–16 Uhr. Schlossgasse 1, ✆ 0664-1154498, www.naturparkdobersberg.at (Karte zum Download).

Radeln Thayarunde, der neue Radweg auf der früheren Thayatalbahntrasse von Waidhofen bis Slavonice (30 km) kommt hier durch. www.thayarunde.at.

Essen & Trinken Schmidtmayer, neu renoviertes Traditionsgasthaus in Dobersberg. Mo–Fr günstige Mittagsmenüs, kein Ruhetag. Waidhofener Str. 8, ✆ 02843-22072, www.schmidtmayer.at.

Karlstein an der Thaya

1470 Einwohner, 440 m

In dem Städtchen zwischen Dobersberg und Raabs, das von einem mittelalterlichen Burgschloss (nicht zu besichtigen) hoch über der Thaya überragt wird, ist seit 1730 das Uhrmacherhandwerk zu Hause.

Zur Hochblüte um 1830 wurden die großen Karlsteiner Holzräderuhren von Wanderhändlern überall in der Habsburgermonarchie verbreitet. 1873 wurde hier die erste Uhrmacherschule Österreichs gegründet, die als renommierte Fachschule für Uhrentechnik und Technische Lehranstalt für Mechatronik bis heute besteht (www.htl-karlstein.ac.at). Aus der 1888 gegründeten Uhrenfirma *Pollmann* entwickelte sich ein weltweit tätiger Autozulieferer mit allein 500 Mitarbeitern hier vor Ort.

Uhrenmuseum: Das Museum im Rathaus gewährt Einblicke in die Funktion und Technik von Uhren sowie in das ehrbare Uhrmacherhandwerk und seine Bedeutung für Karlstein. An die 200 Exponate sind zu sehen. Integriert ist auch eine Werkstatt, in der Uhren repariert und hergestellt werden.

April bis Ende Okt. Di–Fr 13–16 Uhr. Eintritt 2,50 € oder NÖ-Card. Hauptstr. 12, ✆ 02844-71204, www.uhrenmuseum.at.

Kräuterpfarrer-Weidinger-Zentrum: Das Zentrum pflegt das Erbe von „Kräuterpfarrer" Hermann-Josef Weidinger (1918–2004), der als medienwirksamer Heilkräuterfachmann österreichweit bekannt war. Im Laden können u. a. Kräutertees mit Weidingers Konterfei, Naturkosmetik etc. gekauft, vegetarische Mittagsmenüs (11.30–13.30 Uhr) genossen und im Schaugarten die Heilpflanzen in natura betrachtet werden. Eine Ausstellung zeigt Bücher sowie Videos vom Kräuterpfarrer (Eintritt 2 € oder NÖ-Card). Mit Benedikt Felsinger, ebenso wie Weidinger ein Prämonstratenser-Chorherr von Stift Geras, hat sich mittlerweile ein Nachfolger etabliert.

Di–Fr 9–17, Sa 9–15 Uhr. Hauptstr. 16/17, ✆ 02844-7070, www.kraeuterpfarrer.at.

Unvergessener Kräuterpfarrer

Oberes Waldviertel → Karte S. 198/199

Burg Raabs kann nur von der Westseite her betreten werden

Raabs an der Thaya

2700 Einwohner, 420 m

Der traditionsreiche Sommerfrischeort – die „Perle des Thayatals" – liegt in reizvoller Landschaft in einer Talmulde, überragt von einem wuchtigen Burgschloss. Auf dem Fluss kann man auf Kanutour gehen.

Um das Jahr 1000 wurde die Burg Raabs als Grenzfestung gegen Böhmen auf einem steilen Felssporn hoch über dem Zusammenfluss von Deutscher und Mährischer Thaya gegründet, Ende des 12. Jahrhunderts folgte am Thayaufer gegenüber der Markt mit seinem dreieckigen Hauptplatz. Seit 1710 ziert ihn eine Mariensäule. Von der einstigen Stadtmauer um den Markt sind im Norden und Westen noch Reste erhalten. Mit der Eröffnung der Lokalbahnlinie nach Göpfritz (an der Franz-Josefs-Bahn) 1900 entwickelte sich Raabs im frühen 20. Jh. zu einer vor allem bei Wienern beliebten Sommerfrische, schöne Villen flussabwärts am Thayaufer zeugen noch davon. 2001 wurde die Bahn stillgelegt, seit 2016 kann auf ihrer einstigen Trasse geradelt werden.

Sehenswertes

Burg Raabs: Um 1100 wird die Burg als *Castrum Rakouz* (→ Kastentext) erstmals erwähnt, 1358 bis 1702 war sie im Besitz der Puchheimer, eine der führenden evangelischen Adelsfamilien. Sie erweiterten die Burg und schufen die heutige, 200 m lange, malerisch verschachtelte Anlage im Stil der Gotik und Renaissance, die nach wie vor nur von einer Stelle aus zugänglich ist. Im 18. Jahrhundert kamen noch barocke schlossartige Einbauten hinzu. Die seit 1996 vom jetzigen Besitzer, dem Verleger Richard Pils revitalisierte Burg, in der im Sommer Konzerte und Literaturfeste stattfinden, kann im Rahmen einer Führung besichtigt werden.

Dabei gelangt man vom Vorhof über eine Steinbrücke zum Hungerturm, am Bergfried vorbei in die Vorburg mit dem ersten Burghof, zum 40 m tiefen Burgbrunnen, über die Barockstiege zu den Ausstellungsräumen und den beiden Rittersälen (mit Fresken aus dem 16. Jh.) in der dreigeschossigen Hochburg und schließlich hinaus auf den Söller am äußersten Felsabfall mit einem atemberaubenden Tiefblick auf die Stadt.

Mai–Sept. Sa/So 10–17 Uhr, stündlich Führungen. Eintritt 7 €, Kind 3 €, Familie 12 €. ✆ 0676-6602122, www.bibliothekderprovinz.at.

Pfarrkirche Mariä Himmelfahrt: Die dreischiffige, romanisch-gotische Kirche (13./15. Jh.) erhebt sich noch oberhalb der Burg und sicherte mit dem benachbarten Pfarrhof, der nach einem Brand 1718 als vierflügeliger, sog. *Lindenhof* neu erbaut wurde, den westlichen Zugang zur Stadt.

Rakousko – Österreich

Die mächtige Herrschaft Raabs, die ihren Namen vom ersten Burgherrn Rakouz ableitete, war für die benachbarten Böhmen seit dem Mittelalter ein Synonym für die Grenze zwischen beiden Ländern. Sie sprachen nicht von Österreich, sondern von *Rakousko*, dem „Land hinter Raabs" – bis heute übrigens, denn Österreich heißt auf Tschechisch nach wie vor so.

Information **Touristinformation**, im linken Ecklokal des Rathauses am Hauptplatz; tägl. 9–18 Uhr. 3820 Raabs/Thaya, Hauptstr. 25, ✆ 02846-36520, www.raabs-thaya.gv.

Hin und weg **Bus**: Mo–Fr 8x tägl. von/nach Göpfritz (dort Franz-Josefs-Bahn Wien – Gmünd).

Angeln Es gibt 5 Thaya-Reviere (v. a. Karpfen, Hecht, Zander, Wels), Lizenzverkauf im Rathaus und im Jugendgästehaus JUFA (s. u.; 3-Tages-Karte 30–45 €).

Baden **Thayatalbad**, Hallenbad mit Sport-, Relax- und Kinderbecken, drei Saunas und Dampfbad, im Sommer auch Flussbad mit Zugang zur Thaya. Tageskarte 12,30 € oder NÖ-Card, Sauna 5,30 € Aufschlag. Tägl. 13–22 Uhr. Hauptstr. 2a, www.thayatal-vitalbad.at.

Kanu Bei günstigem Wasserstand und außerhalb von Brut- und Laichzeiten (März bis Juni) kann die Thaya von Karlstein bis Eibenstein (23 km) oder ab Weikertschlag (13 km) von geübten Kanuten befahren werden (nur 10–17/18 Uhr). Infos unter www.thayatal.com. Kanutouren organisiert das Hotel Thaya (www.kanuwandern.at) und die Fa. Kleindienst (www.oad-kleindienst.at).

Radeln **Thayarunde**, neuer Radweg auf der früheren Bahntrasse Göpfritz – Raabs (20 km). www.thayarunde.at. Einen Radverleih gibt es im Hotel Thaya und im JUFA.

Thaya – so heißen Fluss und Hotel

Oberes Waldviertel → Karte S. 198/199

Wandern Empfehlenswert sind die ab dem Rathaus beschilderten Rundtouren **Romantikweg 62** (6 km, 1½ Std.) und **Ritterweg Ruine Kollmitz 60** (s. u.).

Übernachten/Essen **** **Hotel-Restaurant Liebnitzmühle**, 5 km westl. von Raabs einsam am Thayaufer (kein Mobilnetzempfang). Weitläufige Anlage mit 40 modernen Zimmern und 17 Fewos (2–6 Pers.) im Landhausstil. Hallenbad, Blockhaussauna, Whirlpool. Garten mit „Sirius Energiewelt" (Heilwasserduschen, Kraftpyramide, Moorteich ...). Das hoteleigene Restaurant mit Waldviertler Küche ist Wirtshauskulturmitglied. DZ 120–150 €, Fewo (4 Pers., mind. 3 Nächte) 69 €/Tag. Liebnitz 38, ✆ 028467501, www.liebnitzmuehle.at.

***S **Hotel Thaya**, Landhotel am Thayaufer direkt im Ort. 30 geräumige Zimmer mit Balkon und Burgblick, Liegewiese, Sauna, Kanufahrten auf der Thaya. Die „Lärchenstube" mit bodenständiger Küche ist Wirtshauskulturbetrieb. Di Ruhetag. DZ 74–102 €. Hauptstr. 14–16, ✆ 02846-202, www.hotelthaya.at.

JUFA Waldviertel, zweckmäßiges Jugend- und Familiengästehaus etwas abseits am anderen Thayaufer. 173 Betten verteilen sich auf 54 hellhörige Zwei- und Mehrbettzimmer. Sauna, Sporthalle, Café-Bar. DZ 80–85 €. Hamerlingstr. 8, ✆ 057083-720, www.jufa.eu/jufa-waldviertel.

››› Unser Tipp: **Gasthof Goldene Krone**, nostalgisch-authentisches Kulturwirtshaus am Hauptplatz mit hervorragender Hausmannskost. Berühmt sind die Blunz'n-(Blutwurst-)Gerichte. Mo Ruhetag. Hauptplatz 4, ✆ 02846-238. ‹‹‹

Eck-Café Schneider, kleines Kaffeehaus des Dorfbäckers mit gutem Brot, Mohnzelten, Mehlspeisen und Frühstück. Mo–Sa 6.30–12.30, Mo und Mi–Fr auch 14.30–18 Uhr. Hauptplatz 18.

Birkenhof Heuriger, stimmungsvoller Mostheuriger 6 km westlich. Geöffnet März–Okt. etwa alle 3 Wochen Fr ab 18 Uhr, Sa/So ab 16 Uhr. Speisendorf 46, ✆ 0664-9252418, www.birkenhof.gutkas.at.

Ruine Kollmitz

Die flussabwärts hinter Raabs auf einem von der Thaya umflossenen Felssporn gelegene Ruine ist eine der größten Österreichs und ein beliebtes Ausflugs- und Wanderziel. Auch sie entstand als Grenzfestung gegen Böhmen. 1447 wurde sie zusätzlich durch die 350 m außerhalb der Burg errichtete zinnenbewehrte und über 100 m lange „Böhmische Mauer" gesichert; sie riegelte die Landzunge ab, besaß nur einen einzigen Durchlass und ist bis heute erhalten. Ab 1760 begann der Verfall der Burg, beschleunigt durch das Abtragen sämtlicher Dächer nach Einführung einer Dachsteuer.

Man betritt die mauerumschlossene, ausgedehnte Burganlage durch einen mächtigen runden Torturm. In den früheren Wirtschaftsgebäuden im Hof der Vorburg sind eine Jausenstation und eine kleine Schau über den Karthographen Georg Matthäus Vischer (1628–96) untergebracht. Links im Burghof steht der Rest des gotischen Wohnbaus, dahinter erhebt sich der *Hungerturm*, der bestiegen werden kann. Über den inneren Burggraben und durch die Fußgängerpforte des Inneren Torturms gelangt man in die eigentliche Hauptburg. Sie besitzt einen hohen, runden *Bergfried*, der ebenfalls erklommen werden kann. Den Abschluss gegen Süden bilden die dreigeschossigen Überreste der um 1690 entstandenen Burgteile.

Ruine Kollmitz Ganzjährig frei zugänglich. Türme und Museum sind von Mai bis Ende Okt. bei Schönwetter tägl. 10–17/18, im Sommer bis 18/19 Uhr geöffnet, die Schlüssel erhält man in der Jausenstation gegen Eintrittsgebühr (2 € oder NÖ-Card, Kind 1 €, Familie 5 €). Kollmitzgraben 21, ✆ 0664-4615881, www.kollmitz.at.

Anfahrt/Wandern Von der B 30, 2 km östlich von Raabs, via Kollmitzdörfl (beschildert, teils enge Forststraße!) oder über Aigen 6 km südlich von Raabs nach Kollmitzgraben. Ab Raabs ist die Ruine über den beschilderten **Ritterweg Ruine Kollmitz 60** in ca. 1¼ Std. zu erreichen.

Zwischen Raabs und Drosendorf

Ruine Eibenstein: Die reizvoll über dem Fluss platzierte Ruine an der B 30, 6 km östlich von Raabs, ist ein weiteres Überbleibsel der um 1200 errichteten Burgenkette. Sie ist frei zugänglich.

Schüttkasten Primmersdorf: Der von Jakob Prandtauer 1706 am Rande der Schlossanlage Primmersdorf, 4 km vor Drosendorf, erbaute Getreidespeicher ist ein prächtiges, dreigeschossiges Gebäude mit barockem Giebel und noch original erhaltener barocker Holzkonstruktion und wird für Veranstaltungen und Ausstellungen genutzt (www.schuettkastenprimmersdorf.at).

Drosendorf an der Thaya

1200 Einwohner, 423 m

Das verträumte Städtchen mit dem historischen Hauptplatz thront auf einem von der Thaya umflossenen Felsplateau und besitzt noch eine vollständig erhaltene mittelalterliche Stadtmauer. Für Unterhaltung sorgen ein nostalgisches Strandbad, ein Golfplatz und im Sommer eine Zirkusschule.
Durch die Reste des *Hornertors* erreicht man den langgestreckten, dreieckigen *Hauptplatz*, dessen Mitte ein grüner, baumbestandener Anger schmückt. An beiden Seiten reihen sich bescheidene Bürgerhäuser aus dem 16. Jh. mit pastellfarbenen Fassaden und Volutengiebeln. An der Ostseite steht ein sgraffitogeschmücktes Rathaus, unweit davon eine Dreifaltigkeitssäule von 1714 und einer der höchsten Pranger des deutschen Sprachraums mit einer Rolandfigur von 1616 an der Spitze. Inmitten des Angers erhebt sich die spätgotische *Kirche St. Martin* (15. Jh.), in der sich ein Glassarg mit den Reliquien der heiligen Valentina (4. Jh.) befindet. Das

Schönes Ensemble am Drosendorfer Hauptplatz

Oberes Waldviertel → Karte S. 198/199

reizvolle Stadtbild komplettiert das etwas abseits stehende vierflügelige *Renaissanceschloss* aus dem 17. Jh., das als Bildungsstätte und Frühstückspension genutzt wird. Das zweite Stadttor am unteren Ende des Hauptplatzes, das *Raabsertor*, ist noch vollständig erhalten. Von hier aus empfiehlt sich ein Spaziergang auf der lindenbestandenen *Sommer-* und der *Winterpromenade* rund um die 1,7 km lange Stadtmauer mit 14 Turmresten aus dem 13. Jahrhundert. Dieser behagt auch den zahlreichen großstadtflüchtigen Rentnern, die Drosendorf – nicht zu aller Freude – zum Alterssitz erkoren haben.

Eingang in die europäische Geschichte fand Drosendorf 1278, als es 16 Tage lang den Angriffen des böhmischen Königs Ottokar widerstand, wodurch Rudolf von Habsburg Zeit fand, seine Heere für die Schlacht bei Dürnkrut zu sammeln (→S. 285).

Information ✆ 02915-2213, www.drosendorf.at. **Stadtführungen** von 1. Mai bis 26. Okt. Sa/So um 11.11 Uhr ab Kreisverkehr, 2,50 €/Pers.

Hin und weg Bus: 3–5x tägl. von/nach Retz.

Reblaus-Express: Die Nostalgiebahn mit Gratisradtransport verkehrt von 1. Mai bis 26. Okt. Sa/So/Feiertag 3x tägl. zwischen Retz und Drosendorf. Ticket Retz–Drosendorf 14 €, inkl. Rückfahrt 19 €, NÖ-Card 1x gültig. ✆ 02742-36099099, www.reblaus-express.at.

Baden Vom Raabsertor immer geradeaus bergab trifft man auf das nostalgische **Strandbad** an der Thaya mit schattiger Liegewiese, Sandbucht, Holzpavillon im Sommerfrischestil und Buffet (Eintritt frei); etwas oberhalb ist das moderne **Terrassenfreibad** mit 3 vorgewärmten Becken und Buffet (Tageskarte 2,80 €). Beide Bäder sind von Mai bis Ende Aug. tägl. geöffnet.

Golf **Golfplatz Thayatal-Drosendorf**, in Autendorf 2 km westlich, 18-Loch-Anlage, keine Platzreife oder Mitgliedschaft erforderlich. Greenfee 32–45 €. ✆ 0664-3502869, www.1golf.at.

Kinder **Circusluft Drosendorf**, im alten Zirkus oberhalb des Terrassenbads können Kinder ab 8 J. im Juli/Aug. in 5-tägigen Workshops (385 € all incl.) zur Zirkusschule gehen, im Zirkuswagen übernachten und in einer Schlussgala ihre Künste vorführen. ✆ 0664-4160258, www.circusluft.com.

Übernachten/Essen **** **MOKA Mohnkaffeehaus und Hotel garni**, 8 komfortable Zimmer, Kaffeehaus mit guten Mohnmehlspeisen und moderner, schräger Terrasse direkt am Hauptplatz sowie einem kleinen Laden mit Produkten der Region. April–Okt. Do–So 9–18 Uhr. DZ 80 €. Hauptplatz 5, ✆ 02915-2227, www.moka.at.

*** **Frühstückspension Schloss Drosendorf**, 21 einfache, geräumige Zimmer in herrschaftlichem Ambiente. Schlosstaverne abends geöffnet. DZ 70–90 €. Schlossplatz 1, ✆ 02915-23210, www.schloss-drosendorf.at.

*** **Gasthof Failler – Zum Goldenen Lamm**, der Traditionsgasthof am Hauptplatz mit denkmalgeschützter Kachelofenstube und Terrasse hoch über der Thaya serviert schmackhafte Waldviertler und Wiener Küche (Hauptgericht 9–17 €). Der alte Kinosaal von 1920 im Haus wird vom örtlichen Filmclub als **Programmkino** bespielt (www.filmclubdrosendorf.at). 15 rustikale Zimmer. DZ 64–90 €. Mo Ruhetag, So nur mittags geöffnet. Hauptplatz 27, ✆ 02915-2327, www.gasthof-failler.at.

Stift und Naturpark Geras

10 km südlich der Thaya, die 3 km hinter Drosendorf nach Tschechien fließt, dort *Dyje* heißt und erst 22 km weiter östlich bei Hardegg kurz wieder auf österreichisches Gebiet zurückkehrt, stößt man in der kleinen Ortschaft Geras auf das gleichnamige Prämonstratenserstift, Österreichs nördlichstes Kloster. Es liegt eingebettet in eine sanftwellige Kulturlandschaft mit zahlreichen klösterlichen Fischteichen und ist für sein großes Kursangebot in Sachen Kunst und Kunsthandwerk bekannt.

Stift Geras

Oberes Waldviertel → Karte S. 198/199

Stift Geras: Das 1153 von Graf Ulrich von Pernegg gestiftete und von Prämonstratenser-Chorherren besiedelte Kloster war wie alle Stifte im grenznahen Nordwald im Laufe seiner Geschichte feindlichen Einfällen ausgesetzt. 1419 verwüsteten es die Hussiten, 1486 besetzten es die Ungarn, Angriffe im Dreißigjährigen Krieg hinterließen 1620 kaum mehr als eine Ruine. Der Wiederaufbau erfolgte Mitte des 17. Jahrhunderts. Es entstanden die Stiftskirche, die Prälatur, die Wirtschaftsgebäude, der Schüttkasten (Getreidespeicher) sowie die noch erhaltene Wehrmauer mit den runden, zinnenbewehrten Türmen. Sein heutiges Erscheinungsbild erhielt Stift Geras im 18. Jh. durch Baumeister Joseph Munggenast, der nach einem Großbrand 1730 den „Neugebäude“ genannten Barocktrakt mit einem monumentalen Portal, einer Torhalle und einem prachtvollen Marmorsaal errichtete. Zur selben Zeit bekam die Stiftskirche ihre barocke Innenausstattung.

In der **Kirche** beginnt auch die Stiftsbesichtigung. Man betritt sie durch das manieristische Hauptportal, das von den Statuen der heiligen Ordensgründer – Augustin und Norbert – flankiert wird. Es ist der einzige auffällige Schmuck an der schmalen, schlichten Westfront. Die im Kern romanische, niedrige Pfeilerbasilika beeindruckt mit ihren marmorierten Wänden, dem Stuck und den Fresken aus der Barockzeit. Ungewöhnlich sind die kunstvoll umrahmten Fenster entlang des Mittelschiffs, die den Eindruck einer Häuserfront vermitteln. Zwischen ihnen prangen ovale Bilder mit den zwölf Aposteln und den sechs Ordensheiligen. Lichtdurchflutet ist der Chor mit dem freistehenden, kulissenartigen Hochaltar, auf dem sich auch ein Gnadenbild, eine spätgotische Muttergottesstatue (1500), befindet.

Von der Torhalle (Klosterladen) geht es über die Feststiege hinauf in den prachtvollen **Marmorsaal**, der um 1740 von Paul Troger ausgemalt wurde und zu den schönsten Sälen des Landes zählt. Das riesige Deckenfresko „Die wunderbare Brotvermehrung“ weist auf die frühere Verwendung des Saals als Sommerrefektorium hin; es wurde noch nie restauriert (und strahlt noch immer) und besitzt am Deckenrand Trogers Signatur. In den angrenzenden Bischofszimmern und im

Bischofsgang (bzw. der Säulenhalle) sind Objekte aus der klösterlichen Schatzkammer (Abtsstab, Monstranzen etc.) zu bestaunen. Eine kleine Ausstellung widmet sich dem Lebenswerk des legendären Kräuterpfarrers und Chorherren des Stifts, Hermann-Josef Weidinger (→ S. 225). Der noch von Weidinger angelegte klösterliche **Kräutergarten** befindet sich gegenüber dem Stiftsportal und ist frei zugänglich.

Stift: Mai bis Ende Okt. Di–So 10–17 Uhr, März/April und Nov./Dez. Di–Sa 10–15 Uhr. Eintritt 9 € (NÖ-Card 1x gültig), Kind 3 €, Audioguide (empfehlenswert!) 2 €. *Führungen* ab 4 Pers. (Aufpreis 2,50 €/Pers.) Mai bis Ende Okt. Di–So 11 und 14 Uhr, Sa/So auch 15.30 Uhr; sonst nur auf Anfrage. Eintrittskarten gibt es im *Klosterladen*, wo es Bücher, Kräuter, Mohnprodukte, Kochbücher … zu kaufen gibt. ✆ 02912-345289, www.stiftgeras.at.

Das **Stiftscafé** (Mehlspeisen, Imbisse) ist tägl. außer Mo 10–17 Uhr geöffnet.

Geraser Stiftskarpfen werden in einem der ältesten Fischkalter Mitteleuropas (auf der anderen Seite des Klosterteichs) verkauft: im Nov. Fr/Sa 9–11 Uhr, kurz vor Weihnachten täglich.

Naturpark Geras: Das 134 ha große Waldareal (2 km westlich des Stifts an der B 4 in Richtung Horn) erstreckt sich zwischen den beiden größten Teichen des Klosters, dem *Langen Teich* und dem *Edler See* (→ Baden). Großteils kinderwagentaugliche, von Alleebäumen gesäumte Wege führen zu weiträumigen Wildgehegen mit Rot- und Damwild, Mufflons, Steinböcken, Wildschweinen und Auerochsen, man kann einen Streichelzoo (Esel, Schafe, Ziegen) und einen Fledermauslehrpfad besuchen und von einer Aussichtswarte die Wasservögel am Langen Teich, dem größten Karpfenteich des Stiftes, beobachten. Gleich beim Naturparkeingang sorgt eine *Ranch* für das leibliche Wohl.

Ostern bis 1. Nov. tägl. außer Mo 9–18 Uhr. Eintritt 4 €, NÖ-Card 1x gültig. Im Winter frei zugänglich. ✆ 0664-5526553, www.naturparkgeras.at.

Hin und weg **Bus**: Mo–Sa 5x tägl. nach Retz, Horn, Drosendorf.

Der **Reblaus-Express** (→ Drosendorf) hält in Geras-Kottaun, 1,2 km nördlich vom Stift.

Der Reblaus-Express verbindet das Waldviertel mit dem Weinviertel

Angeln **Anglerparadies Hessendorf**, 7 km nordöstlich bei Oberhöflein, 3 Teiche mit Forelle, Karpfen & Co., der Reblaus-Express hält nebenan. Keine Lizenz nötig, bezahlt wird nach Fang. Geöffnet Ostern bis Okt. Mi und Fr–So. www.anglerparadieshessendorf.at.

Baden **Edlerseeteich**, der bis zu 27 °C warme Teich an der B 4 Richtung Horn ist ein beliebtes Waldbad mit großer, bis zum Abend sonniger Liegewiese, nostalgischem Badehaus samt Sprungbrett, SUP-Verleih, Minigolf und Buffet. Tageskarte 2,50 €, ab 16 Uhr gratis. Geöffnet Mai–Okt.

Freizeitzentrum Langau, der einstige Braunkohletagebau 10 km nördlich von Geras (B 30 Richtung Retz) ist heute ein beliebter Badesee mit Liegewiese und Restaurant. Tageskarte 3,30 €.

Veranstaltungen Die **akademie.GERAS** bietet seit 1970 hochkarätige künstlerische Weiterbildung in bis zu 130 Kursen (von März bis Dez.). Die Ateliers befinden sich im Stift. ✆ 02912-333, www.akademie-geras.at.

Erdäpfelfest, am 1. Sa/So im Okt. Straßenfest (5 €) mit Schmankerlmarkt, Kunsthandwerk, Kinderprogramm, Traktor-Bummel-Zug. www.erdaepfelfest.at.

Übernachten/Essen **** **Kunst & Kultur Seminar Hotel Geras**, im revitalisierten Getreidespeicher, dem sog. Schüttkasten, sowie im 200 m entfernten Meierhof des Stifts (beide 17. Jh.) wurden insgesamt 104 Zimmer und 10 Appartements eingerichtet – modern puristisch, teils unter altem Gebälk. Restaurant mit Waldviertler Küche (Hauptgericht 11–19 €). DZ 108–138 €, Packages für Kursteilnehmer der Akademie (s. o.). Geöffnet März–Dez. Vorstadt 11, ✆ 02912-300, www.kuk-hotel.at.

Kloster Pernegg

12 km südwestlich an der B 4 Richtung Horn befindet sich dieses gleichzeitig mit Geras 1153 gegründete ehemalige Prämonstratenser-Chorfrauen-Stift. Es wurde nach dem Tod der letzten Nonne 1585 zunächst als Männerkloster betrieben und schließlich 1783 durch Joseph II. aufgelöst. In den 1990er-Jahren wurde es aufwendig renoviert und mit modernen Zubauten in ein Fastenzentrum mit 50 Zimmern umgestaltet, das mittlerweile zu den bekanntesten Österreichs zählt (www.klosterpernegg.at). Beachtenswert an der noch von einer spätmittelalterlichen, turmbewehrten Mauer umfriedeten Anlage ist die frühere **Stiftskirche St. Andreas**. Das mächtige spätgotische Gotteshaus von 1520 besitzt einen seltsam quer gestellten Turm, ein schön geschwungenes Netzgewölbe, eine bemerkenswerte Renaissancekanzel (1618) und eine frühbarocke Orgel (1654).

Schloss Riegersburg

Das prächtige barocke Landschloss liegt an der B 30 zwischen Drosendorf und Hardegg, unweit der tschechischen Grenze an einem großen, schilfbewachsenen Karpfenteich. Fürst Johann Joseph Khevenhüller-Metsch, der spätere Obersthofmeister von Maria Theresia, erwarb 1725 das damalige Wasserschloss aus dem 16. Jh., ließ es von Franz Anton Pilgram, einem Schüler des berühmten Hildebrandt, zu einem vierflügeligen Barockpalais ausbauen und nutzte es als Sommersitz. Die Hauptfassade, deren Giebelfeld Atlas mit der Weltkugel krönt, weist Ähnlichkeiten mit dem Wiener Schloss Belvedere und mit Stift Göttweig auf. In den Kriegs- und Besatzungsjahren 1945–55 wurde das Schloss schwer beschädigt. Die wiederhergestellten, mit wertvollem Mobiliar und Gemälde aus dem 18./19. Jh. ausgestatteten Prunkräume und der Festsaal der Anlage, die sich (gemeinsam mit Burg Hardegg) noch im Besitz der Nachfahren der Khevenhüllers, der Grafen Pilati von Thassul zu Daxberg, befindet, können nur mit Führung besichtigt werden.

Die Höhepunkte des Schlosses sind ohne Führung zu bestaunen: die einzige noch funktionsfähige Herrschaftsküche Österreichs, die Schlosskapelle und im Schlosspark

Oberes Waldviertel → Karte S. 198/199

der Hundefriedhof aus dem 19. Jahrhundert, der zu den ältesten Mitteleuropas zählt. Zudem gibt es renommierte *Kunstausstellungen* – und im *Café-Salon Maria Theresia* Snacks und Kuchen.

Mai–Okt. Do–Mo 10–17 Uhr, Juli/Aug. tägl. 10–19 Uhr. Besichtigung mit Führung 9 €, Kind 6 €. Ohne Führung 4/3 €. Kunstausstellung 9,50 €, Kind 5,50 €. Kombikarte mit Führung 19/12,50 €, Kombikarte Riegersburg (ohne Führung) und Burg Hardegg 10,30/7 €. ✆ 02916-400, www.riegersburg-hardegg.com.

Schloss Riegersburg

Perlmuttdrechslerei Felling: In dem kleinen Ort zwischen Riegersburg und Hardegg befindet sich Österreichs letzte verbliebene Perlmuttdrechslerei, um 1950 gab es noch 98 Betriebe. Früher wurden hier die Schalen der Thaya- und Marchmuscheln verarbeitet. Heute kommt das Rohmaterial, aus dem pro Jahr rund 2,5 Millionen Knöpfe und Schmuck gestanzt, gelocht und poliert werden, aus Südostasien und Australien. Abnehmer sind Trachtenmodenfirmen und Maßhemdenhersteller. Besucher lernen in einem Film (Vorführung stündlich) das Handwerk kennen, können die Produktion und die Ausstellung „100 Jahre Perlmutt" über die Geschichte des Betriebs besichtigen und im Shop Perlmuttartikel und -schmuck kaufen. Den Außenbereich ziert der weltgrößte Perlmuttknopf.

März/Nov. Mo–Do 9–12/13–16, Fr 9–12 Uhr. April–Okt./1.–24. Dez. auch Fr 13–17 und Sa 9–12 Uhr. Eintritt 5,50 €, Kind 3 €, NÖ-Card gültig. ✆ 02916-203, www.perlmutt.at.

Hardegg an der Thaya

80 Einwohner, 308 m

Das idyllische Mini-Städtchen im tief eingeschnittenen Tal der Thaya, die kleinste Stadt Österreichs, dominiert ein malerisches Burg-Ensemble. Hardegg ist das Tor zum Nationalpark Thayatal.

1290 wird Hardegg als Grenzstadt erstmals erwähnt, schon 150 Jahre zuvor wurde die *Burg Hardegg* gebaut, die mit ihren vier Türmen auf einem langgestreckten Felsrücken mitten im Ort imposant emporragt. Ihr vorgelagert ist der hohe Uhrturm, der einst Teil der Stadtbefestigung war. Diese umschloss die rechts vom Burgfelsen, also thayaseitig gelegene „Altstadt" mit der romanisch-gotischen, im Barock überformten *Pfarrkirche St. Veit*. Ihr zur Seite steht einer der ältesten Rundkarner Niederösterreichs aus dem Jahr 1150. Unterhalb davon zeigt das kleine *Guckkastenmuseum* in der einstigen Volksschule (Nr. 36) Objekte aus der Stadtgeschichte. Im winzigen, früheren Rathaus am Hauptplatz (Nr. 68) befindet sich die kleine Galerie *KulturPunkt Hardegg* (Mai–Okt. Sa/So geöffnet; www.grieder.info). Weiter nördlich gibt es mit dem *Brandlesturm* noch einen weiteren mittelalterlichen Stadtmauerrest.

Die von 1874 stammende *Eisenfachwerkbrücke* über die Thaya nach Tschechien wurde 1990 wieder eröffnet (Foto S. 290/291), Fußgänger und Radfahrer können sie benutzen. Eine kleine Ausstellung im ehemaligen *Zollhaus* zeigt ihre Geschichte.

Sehenswertes/Wandern

Burg Hardegg: Wie Raabs und Kollmitz war auch die Stammburg der Grafen von Hardegg Teil jener Burgenkette, die im 11./12. Jh. zum Schutz der Thayagrenze entstand. Im Laufe der Jahrhunderte von zahlreichen Burgherren zu einer mächtigen Wehranlage erweitert, kam sie 1730 in den Besitz der Khevenhüller, die aber Schloss Riegersburg bevorzugten. Hardegg blieb unbewohnt und verfiel, auch deshalb, weil sie nach dem Stadtbrand 1764 den Bürgern als Steinbruch zum Wiederaufbau ihrer Häuser diente. Ende des 19. Jh. ließ Johann-Carl Fürst Khevenhüller-Metsch Teile als Familiengruft und Museum wieder errichten. Der Rest blieb Ruine, darunter der fünfgeschossige Bergfried (1120) und ein Sicherungsturm sowie Mauern der romanisch-gotischen Wohnburg. Am Uhrturm vorbei erreicht man durch mehrere Tore (Kasse vor dem dritten Tor) die Hochburg. Im Inneren sieht man u. a. eine offene Burgküche, die Burgkapelle mit der Khevenhüller-Gruft und im früheren Rittersaal eine Gedenkstätte für Kaiser Maximilian von Mexiko, einen Bruder von Kaiser Franz Joseph, dessen Weggefährte und enger Vertrauter Fürst Khevenhüller war.

April–Okt. tägl.10–17 Uhr, Juli/Aug. tägl. 10–18 Uhr. Eintritt 7,50 €, Kind 5 €. Kombikarte mit Schloss Riegersburg (ohne Führung) 10,30/7 €. ✆ 02949-8225, www.riegersburg-hardegg.com.

Hardegger Rundwanderweg: Der grün markierte Weg Nr. 3 beginnt beim Uhrturm. Links davon geht es ins Tal der Fugnitz, über den Fluss, dann rechts weiter und auf einem Waldpfad hinauf auf den *Reginafelsen* (Stichweg zum geländergesicherten Aussichtsplatz) und weiter bergauf zum steil abfallenden *Maxplateau* mit Sendemast, Xandlhütte und fabelhafter Aussicht. Der Rückweg erfolgt über eine

Österreichs kleinste Stadt liegt inmitten ausgedehnter Wälder

Oberes Waldviertel → Karte S. 198/199

Forststraße oder den steilen Christbaumsteig (Weg Nr. 3a). Die Gesamtgehzeit beträgt ca. 1½ Std., besonders schön ist die Runde bei verfärbtem Herbstlaub.

Hardegger Warte: Wer ein Reisedokument (trotz Schengen-Grenze erforderlich!) dabei hat, kann auf tschechischer Seite den direkt auf einer Felskanzel über der Thaya erkennbaren hölzernen Aussichtspavillon *(Hardeggskà Vyhlídka)* erklimmen. Dazu quert man die Thayabrücke und folgt dann rund 20 Min. der Asphaltstraße in einer langen Kehre bergauf, bis links ein 200 m langer Stichweg abzweigt.

Information Prospekte im Buswartehäuschen beim Aufgang zur Burg und beim Zollhaus Thayabrücke. www.hardegg.gv.at.

Hin und weg Bus: 1–4x tägl. nach Retz.

Parken bei der Thayabrücke oder beim Gasthof Hammerschmiede.

Aktivitäten Der **Themenweg Hardegg**, führt zu 11 Stationen, darunter das Guckkastenmuseum und das Zollhaus. Man benötigt das sog. Nachtwächterbrevier (enthält Infos und Codes), das man für 5 € in den Gasthäusern Hammerschmiede und Thayabrücke oder im Nationalparkhaus erhält.

Baden **Waldbad Hardegg**, kleines Freibad mit Wasserrutsche, geöffnet Juni–Aug.

Übernachten/Essen *** **Gasthof Hammerschmiede**, bodenständiges Lokal in der flussabgewandten „Vorstadt"-Seite mit regionaler Küche. Okt.–April Di Ruhetag, sonst tägl. geöffnet. Im Gästehaus gegenüber 5 altmodisch-rustikale Zimmer. DZ 64–68 €. 2082 Hardegg, Vorstadt 8, ✆ 02949-8263, www.gasthof-hammerschmiede.com.

Gasthaus Thayabrücke, Ausflugsrestaurant im Salettl, einem alten Holzpavillon unweit der Thayabrücke mit lauschigem Garten und passabler Küche, Hauptgericht 9–15 €. April–Okt. Mo–Do 11–16.30, Fr–So 10–20.30 Uhr. ✆ 0664-9197765, www.thaya-bruecke.at.

Wohnmobil 8 Stellplätze neben dem Nationalparkhaus (s. u.).

Nationalpark Thayatal-Podyji

Auf 25 km Länge bildet die Thaya um Hardegg die Grenze zu Tschechien. In diesem Abschnitt hat sich der Fluss wie ein Canyon in engen Schlingen in die Landschaft geschnitten und ein faszinierendes Durchbruchstal geschaffen. Und begünstigt durch die ungestörte Lage am „Eisernen Vorhang" verwandelte sich seine Pflanzen- und Tierwelt in ein unberührtes Naturparadies. Bereits 1991 entstand auf der tschechischen Seite der *Národní park Podyjí*, 2000 wurde auch der österreichische Teil Nationalpark.

Das Besondere am Nationalpark Thayatal ist die Vielfalt der Lebensräume auf einer Fläche von nur 1330 Hektar. Während an den feuchten Nordhängen Buchen, Linden, Seidelbast und Türkenbund gedeihen, sind auf den sonnigen, wasserarmen Südhängen pannonischer Trockenrasen, Eichen, Schwertlilien, Liguster, Kuhschellen und Besenheide zu finden, zwischen denen sich Gottesanbeterin und Smaragdeidechse wohl fühlen. Insgesamt sind hier 152 Vogelarten, 65 Säugetier- und 950 Schmetterlingsarten heimisch, darunter Seeadler, Turmfalke und Schwarzstorch, Fischotter und Schwarzer Apollofalter. 2007 konnte auch die in Österreich als ausgestorben geltende Wildkatze im Thayatal wieder gesichtet werden.

Nationalparkhaus: Der moderne Holzbau zwischen Hardegg und Merkersdorf ist die Anlaufstelle für Besucher. Die multimediale Ausstellung *„NaturGeschichten"* zeigt die Entstehung dieser einzigartigen Landschaft (mit Eintritt). Es gibt ein Café-Restaurant, eine Infostelle, Shop (Wanderführer, Wanderkarten ...), einen Fahrradverleih, einen riesigen Abenteuerspielplatz und dazu eine Reihe aktuell wechselnder Veranstaltungen (www.np-thayatal.at). Im Nationalparkhaus befindet sich auch das 400 m² große **Wildkatzengehege** mit den Katzen Frieda und Carlo, die man aber nur bei Fütterungen (mit Eintritt) zu Gesicht bekommt.

Nationalparkhaus Ostern bis Ende Sept. tägl. 9–18 Uhr, 1. Okt.–2. Nov. tägl. 10–17 Uhr. Eintritt für Ausstellung 4,50 € oder NÖ-Card, Kind 3 €. *Wildkatzenfütterung* inkl. einführendem Film (2 €/1 €) im Juli/Aug. tägl. um 15.30 Uhr, sonst nur Sa/So. 2082 Merkersdorf 90, ✆ 02949-7005, www.np-thayatal.at.

Wandern Durch den Nationalpark sind sechs Wanderwege markiert. Ein Tipp: Folgt man ab dem Nationalparkhaus (über die Landstraße) dem **Hennerweg** (Nr. 6), erreicht man nach nur 15 Gehminuten auf ebenen Wegen einen Aussichtspunkt mit grandiosem Blick auf Hardegg. Ein kinderfreundlicher **Wildkatzenwanderweg** (mit Schautafeln und 11 im Gebüsch versteckten Metallwildkatzen) führt in 1¼ Std. vom Nationalparkhaus hinab zur Thaya.

Wanderung 7: Im Nationalpark Thayatal → S. 301
Naturschönheiten und Burgruinen auf der Spur

Burgruine Feste Kaja

Auf einem Felssporn inmitten der unberührten Laubwälder des Nationalparks Thayatal erhebt sich bei Merkersdorf 5 km südöstlich von Hardegg eine weitere wuchtige Ruine einer Burg, die im 12. Jahrhundert von den Herren von Chiowe errichtet und im 15. Jh. zu ihrer heutigen Größe ausgebaut wurde. Ab dem 16. Jh. verfiel sie. Seit 1969 wurde sie zum Teil rekonstruiert. Über zwei Brücken erreicht man das von einem mächtigen Bergfried gesicherte zweite und dritte Burgtor, das in den großen, von einer alten Linde beschatteten Burghof leitet. Durch das vierte Burgtor kommt man in die Hochburg mit der Burgkapelle, dem Rittersaal und dem Brunnenhof in der Nordostecke. Das fünfte Burgtor führt in den ältesten Teil der Burg mit dem zugänglich gemachten Palas. Er wird von zwei Türmen flankiert, der östliche kann als Aussichtsturm bestiegen werden.

Feste Kaja: 1. Mai bis 31. Okt. Sa/So 10–17 Uhr. Eintritt 3 €, Kind 1 €. Vom Parkplatz noch 5 Min. zur Burg. **Übernachten**: *Privatzimmer Marschick*, drei mit viel Holz ausgestattete Zimmer in ruhiger Lage. DZ 60–64 €. Merkersdorf 34, ✆ 0676-7221618, www.marschick.at.

Hardegg und der Nationalpark Thayatal liegen am Übergang zum Weinviertel, nur 10 km südöstlich trifft man auf die bekannte Weinstadt **Retz** (→ S. 259). Nördlich von Retz endet vorübergehend das Dasein der Thaya als Grenzfluss. Sie rinnt nach Znaim (Znojmo) und dann weiter ostwärts durch Mähren, wo sie zu einem riesigen See gestaut ist. Zum Grenzfluss wird sie wieder in der Nordostecke des Weinviertels. 20 km südlicher mündet sie bei **Hohenau** (→ S. 284) in die March.

Oberes Waldviertel → Karte S. 198/199

Was haben Sie entdeckt? Was war ihr Lieblingswirtshaus, in welchem Hotel haben Sie sich wohlgefühlt, welchen Heurigen würden Sie wieder besuchen? Wenn Sie Kritik, Verbesserungsvorschläge, Anregungen oder Empfehlungen zu diesem Buch haben, lassen Sie es uns bitte wissen.

Schreiben Sie an: Barbara Reiter und Michael Wistuba
Stichwort „Wachau · Waldviertel · Weinviertel“
c/o Michael Müller Verlag GmbH | Gerberei 19, D – 91054 Erlangen
reiter_barbara@michael-mueller-verlag.de

Der Felskegel mit der Burgruine Staatz inmitten der Laaer Ebene

Weinviertel

Einzigartige Kellergassen, ein sonnendurchflutetes Meer an Weingärten und Feldern, trockenes Klima, herrliche Küche und der Wein pfeffrig wie nirgends sonst – das ist das Weinviertel.

Das Weinviertel ist aus seinem Dornröschenschlaf erwacht: Unterkünfte wurden geschaffen, Wander- und Radwege markiert, Ausflugsgasthöfe revitalisiert und neben dem ureigenen „Brünnerstraßler" eine neue, gehobene Weinqualität etabliert. Als Kulturgut wiederentdeckt wurde die Kellergasse (→ Kastentext S. 16). Während der Saison wechseln sich Winzerbräuche und „offene Kellertüren" ab, sodass man das typische „Pfefferl" des Weinviertler Grünen Veltliners in perfektem Ambiente verkosten kann.

Ein Tor zum Weinviertel ist das lebendige **Korneuburg**. Nicht weit davon liegt **Kreuzenstein**, ein Pflichtprogramm für Burgenliebhaber. Romanikfreaks erfreuen sich in **Schöngrabern** an der „Steinernen Bibel". Im mittelalterlichen **Eggenburg** an der Grenze zum Waldviertel, wo vor Urzeiten ein Ozean anbrandete, gibt es Fossilien von Meerestieren zu bestaunen. Einer der schönsten Plätze ist die Weinstadt **Retz**, die auch unterirdisch spektakulär ist: Wie so typisch im Weinviertel, wurden weitläufige Keller in den Lössboden gegraben. Entlang der mährischen Grenze geht es weiter ins **Pulkautal**, wo man auf die schönsten Kellergassen stößt. In **Laa an der Thaya**, das mit seiner Therme punktet, wird das Land bretteben und doch gibt es auch hier „Höhepunkte": Aus der Ebene ragen Felskegel mit Burgruinen, wie jene in **Staatz** und **Falkenstein**. Nahe der Sektmetropole **Poysdorf** befindet sich in **Herrnbaumgarten** das wohl skurrilste Museum der Welt. Mit Museen zur Urgeschichte trumpfen **Mistelbach** und **Asparn an der Zaya** auf, die beide im Herz des Weinviertels gelegen sind. Ein ganzes Museumsdorf steht weiter südlich in **Niedersulz**, wo die Weinviertler Dorfkultur gleichsam auf den Punkt gebracht wird. Und Naturliebhaber zieht es in die **Leiser Berge** oder ganz im Osten in die **March-Thaya-Auen**.

Von Korneuburg ins westliche Weinviertel

Korneuburg

12.500 Einwohner, 167 m

Die Bezirksstadt an den Donauauen im Nordwesten Wiens ist ein Tor zum Weinviertel. Neben florierender Industrie bietet sie ein reges Kulturleben.

Sehenswert ist der zentrale *Hauptplatz* an der B 3, der von historischen Bürgerhäusern umrahmt ist. In der Mitte stehen eine barocke *Dreifaltigkeitssäule* (1747) und der monumentale Brunnen mit dem *Rattenfänger* (1898), der auch in der Korneuburger Sagenwelt zu Hause ist. Hinter dem Brunnen erhebt sich das prächtige neugotische *Rathaus* mit seinen bunt glasierten Dachziegeln. Es ist Wahrzeichen der Stadt und wurde 1894 um den alten Stadtturm von 1447 errichtet. Die Türmerstube kann vom Rathausinnenhof aus (Eingang von der Rückseite) bestiegen werden (März bis Okt. tägl. 10–17 Uhr, Eintritt frei). Beim Rundblick fallen der Schornstein des Wärmekraftwerks, die Türme der Stiftskirche Klosterneuburg am anderen Donauufer und die Wolkenkratzer der nahen Bundeshauptstadt Wien ins Auge. Die spätbarocke *Augustinerkirche* unweit vom Hauptplatz (ebenfalls an der B 3) ist Rest eines Klosters und besitzt ein Hochaltarbild von Franz Anton Maulbertsch. Die dreischiffige *Pfarrkirche St. Ägydius* aus dem 13. Jh. mit ihrem spitzen, neugotischen Turm überragt die dörflich anmutenden Altstadtgassen hinter dem Rathaus. In einer davon, der Rossmühlgasse, steht die Ruine der ältesten Synagoge Österreichs (um 1308).

Korneuburg entwickelte sich aus einer Siedlung an einer Donaufurt und war seit dem Mittelalter ein wichtiger Verkehrs- und Handelsplatz. Matthias Corvinus eroberte 1477 die Stadt, die Schweden besetzten sie 1645 und Napoleon im 19. Jh. Der Zweite Weltkrieg brachte große Schäden, auch deshalb, weil hier seit 1852 eine große Schiffswerft bestand. Sie war bis 1994 in Betrieb. Ihre denkmalgeschützten Backsteinhallen werden als „Werftbühne“ für Veranstaltungen genutzt.

Hin und weg Bahn (S 3): 2x stündl. nach Wien Hauptbhf., 1x stündl. nach Hollabrunn.

NostalgieExpress Leiser Berge: Mai bis Ende Okt. jeden Sa 1x tägl. via Fossilienwelt Stetten bis Ernstbrunn und zurück; an vier Terminen mit Dampflok. www.regiobahn.at.

Markt Bauernmarkt auf dem Hauptplatz: Di und Fr 7–12 Uhr.

Veranstaltungen Korneuburger Musiksommer, August, Konzerte (Klassik, Jazz, Schlager) im Rathaushof. www.korneuburgermusiksommer.at.

Restaurants/Cafés Rathaus, modernes Café-Restaurant unter neugotischem Gewölbe. Guter Mix aus Brasserie- und Wirtshausküche, Hauptgericht 9–17 €. Sehr guter Kaffee, feinste Mehlspeisen, eigenes Bier, tolle Weine. Tägl. 7–22 Uhr, So erst ab 9 Uhr. Hauptplatz 39, ✆ 02262-641110, www.rathaus-korneuburg.at.

Tuttendörfl, am Südrand der Stadt. Aufgefrischtes Traditionslokal mit Wintergarten und Terrasse direkt an der Donau (Aussicht!). Kreativ verfeinerte Küche und Fischspezialitäten zu gehobenen Preisen (Hauptgericht 16–25 €), gute Weine. Di–Sa 10–24 Uhr. Tuttendörfl 6, ✆ 02262-72485, www.tuttendoerfl.com.

Café-Konditorei Balz, alteingesessenes Café gegenüber vom Rathaus, gute Auswahl an Torten und Kuchen, im Sommer Eis und Gastgarten. Mo–Sa 7–18, So 9–18 Uhr. Hauptplatz 1, ✆ 02262-72119.

Gwölb, legendäres Bier- und Bühnenlokal am Hauptplatz, Schwarzbrottoasts, pikante und süße Crêpes. Mo–Sa 17–24 Uhr. Hauptplatz 20, ✆ 02262-71047, www.gwoelb.com.

Burg Kreuzenstein

Weithin sichtbar grüßt die Ritterburg von einer bewaldeten Anhöhe 5 km nordwestlich von Korneuburg. Der romantische Traum für Burgenliebhaber sieht mittelalterlich aus, wurde aber erst Ende des 19. Jahrhunderts als Museumsburg in Szene gesetzt.

Die Anlage erhebt sich über den Resten einer alten Festung, die um 1120 errichtet und von den Schweden 1645 gesprengt wurde. Der Kunstsammler und Polarforscher Hans Graf Wilczek (1837–1922), Ururgroßvater des regierenden Fürsten von Liechtenstein Hans Adam II., ließ sie 1874–1906 als idealisierte Schauburg des 14./15. Jh. wiedererstehen. Dafür trug er Bauteile, Möbel und Kunstgegenstände aus ganz Europa zusammen. Schon von außen kann man das Bauprinzip bewundern: Das Tor bei der Zugbrücke stammt von einer oberösterreichischen, das Fallgitter von einer steirischen Burg. Das Wappen unter dem Pecherker kommt aus Venedig – es ist das von Kaiser Maximilian I., das große Vorbild von Graf Wilczek. Nur der mächtige runde Torturm steht schon seit dem 15. Jh. an dieser Stelle. Das kleine gotische Türmchen links oberhalb der Toranlage gehört zur Burgkapelle. Der 50 m hohe Bergfried wurde österreichischen Stadttürmen nachempfunden.

Nach der Kasse – die Burg kann man nur im Rahmen von rund 45-minütigen Führungen besichtigen – geht es durch den langgezogenen Zwinger und nach einem weiteren Tor zu einem mächtigen halbrunden Turm, in dem Wurfmaschinen und Foltergeräte zu sehen sind; weiter führt der Rundgang in den *Äußeren Burghof* und durch einen Bogen mit spätgotischer, aus einer slowakischen Kathedrale stammender Laube (sog. Kaschauer Gang) in den malerischen *Inneren Burghof*. In den Schauräumen erhält man einen Einblick in das Leben auf einer Mittelalterburg. Man sieht eine komplett eingerichtete Küche, eine Rüstkammer und den gotisch gewölbten Rittersaal, der extra so angelegt wurde, dass der meisterhafte Brixner Schrank von 1500 darin Platz fand. In der Jagdkammer wird das Horn eines „Einhorns" aufbewahrt, die Burgkapelle schmückt ein aus verschiedenen gotischen Teilen zusammengesetzter Flügelaltar. Mehr Räume werden leider nicht gezeigt.

Kreuzenstein ist eine idealisierte Bilderbuchburg des 19. Jahrhunderts

Direkt neben der Burg gibt es eine *Adlerwarte,* wo man Steinadler, Wanderfalke und Bussard bei Jagdflügen auf Beuteattrappen bestaunen kann.

Hin und weg Bahn (S 3): 1–2x stündl. nach Wien und Hollabrunn, ab Haltestelle Leobendorf-Kreuzenstein markierter Wanderweg (30 Min.) zur Burg.

Burg 1. April bis 1. Nov. Mo–Sa 10–16, So/Feiertag 10–17 Uhr. Führungen jede volle Stunde. Eintritt 10 €, Kind 5 €. ✆ 0664-1632700, www.kreuzenstein.com.

Adlerwarte Vorführungen April–Nov. Di–Sa 11 und 15 Uhr, So/Feiertag 11, 14, 16 Uhr. Eintritt 9 €, Kind 4,50 €. ✆ 0664-8998325, www.adlerwarte-kreuzenstein.at.

Essen & Trinken Burgtaverne, Mittelalterlokal direkt vor der Burg, die rustikalen Gerichte werden in Tongeschirr und auf Holzplatten serviert, dazu gibt es Bier und Gewürzwein. Schöne Sonnenterrasse. Ende März–Okt. tägl. außer Mo 10–18, Do–So bis 22 Uhr, Nov./Dez. Fr ab 17.30, Sa/So ab 11.30 Uhr. ✆ 02262-66120, www.burgtaverne-kreuzenstein.at.

Umgebung von Korneuburg

Fossilienwelt Weinviertel in Stetten: Vor 17 Millionen Jahren erstreckte sich im Gebiet des heutigen Korneuburg eine tropische Küste, deren Spuren bis heute zu finden sind. So etwa am Hang des Teiritzbergs inmitten eines Gewerbegebiets bei Stetten, 5 km nordöstlich von Korneuburg, wo das mit 100 m^2 weltweit größte fossile Austernriff freigelegt wurde. Es ist mit etwa 20.000 bis zu 25 cm großen versteinerten Austern bestückt und bildet – unter einem Hallendach geschützt – das Zentrum und die Hauptattraktion der Fossilienwelt. Im Rahmen einer Führung wird man multimedial über die Entstehung und Besonderheiten des Riffs und die einstige Küstenlandschaft informiert, in einer Ausstellung sind weitere Fundstücke zu sehen, darunter die mit 4 ½ Zentimetern Länge größte fossile Perle der Welt. Zur Anlage gehören ein Schürffeld, in dem man nach Haifischzähnen und Perlen

Weinviertel → Karte hintere Umschlagklappe

buddeln kann, sowie ein Aussichtsturm in Form einer 100-fach vergrößerten Turmschnecke.

Fossilienwelt 15. April bis 1. Nov. tägl. außer Mo 10–17 Uhr. Führungen um 10.30, 14.30, 15.30 Uhr, Sa/So zudem um 11.30 und 12.30 Uhr. Eintritt 9,50 €, Kind 5 €, NÖ-Card 1x gültig. Austernplatz 1, ✆ 02262-62409, www.fossilienwelt.at.

Essen & Trinken Im renommierten Weinort **Stetten**, 2 km östlich der Fossilienwelt, hat ganzjährig mindestens ein Heuriger ausg'steckt. www.stetten.gv.at.

„Aussichts-Turmschnecke" in Stetten

Kunstfeld Hetzmannsdorf: Auf ein 2005 realisiertes Land-Art-Projekt stößt man unmittelbar neben der B 6 bei Hetzmannsdorf, 10 km nördlich von Stetten. Ein Sonnenrad und elf hohe Granit-Stelen, in gleichen Abständen auf einen welligen Ackerstreifen platziert, betonen so diese für das Weinviertel typische Landschaftsform.

Folgt man der B 6 weiter nordwärts, ist nach 15 km der **Naturpark Leiser Berge** erreicht (→ S. 282).

Wandern im Rohrwald: Beliebte Wanderziele in dem 24 km^2 großen Eichenmischwaldgebiet nordwestlich von Korneuburg sind die beiden höchsten Erhebungen *Michelberg* (409 m) und *Waschberg* (388 m). Sie sind Teil einer Hügelkette, die sich von hier über die Leiser Berge und Staatz bis Südmähren zieht, und bieten von ihren unbewaldeten Gipfeln eine herrliche Aussicht von Wien bis zu den Voralpen. Man besteigt sie am besten vom zentral gelegenen Ausflugsgasthaus *Goldenes Bründl* (218 m) aus: Von dort geht es in 45 Gehminuten auf gemütlichem, grün markiertem Weg zu einem Sattel (350 m), von dem man nach links in 30 Min. den Waschberg und nach rechts in 15 Min. den Michelberg erreicht. Auf dessen Kuppe steht eine weithin sichtbare Wallfahrtskapelle, neben der die Grundrisse mehrerer, 2010–13 freigelegter Vorgängerkirchen in künstlerischer Form sichtbar gemacht sind.

Essen & Trinken **Goldenes Bründl**, historischer, schick gestylter Ausflugsgasthof, der neben bodenständiger Kost kreativ verfeinerte Haubenküche serviert (Hauptgericht 12–23 €). Wirtshauskulturbetrieb, herrlicher Gastgarten, beste Weine. Mi–Fr 10–15/18–23, Sa 10–23 Uhr. Brunch So 10–18 Uhr (31 €, mit Reservierung). 2105 Oberrohrbach, Waldstr. 125, ✆ 02266-80495, www.goldenesbruendl.at.

Stockerau

16.200 Einwohner, 174 m

Die größte Stadt des Weinviertels liegt ganz im Süden, noch im Speckgürtel von Wien. Stockerau ist ein Industrie- und Schulstandort und grenzt direkt an das Naturschutzgebiet der Stockerauer Donauauen.

Die im Zusammenhang mit dem Märtyrertod des Hl. Koloman (→ Melk) im Jahr 1012 erstmals erwähnte Siedlung von Stockern (Waldrodungsarbeitern) entwickelte sich zu einem bedeutenden Handelsort an der Reichsstraße Wien–Znaim–

Prag. Die heutige Altstadt, die sich beidseitig an der B 3 entlangzieht, hat noch die Form eines Straßendorfs. Im Osten weitet es sich zum Sparkassaplatz, im Westen zum dreieckigen *Rathausplatz* mit einer schönen Dreifaltigkeitssäule von 1716 und dem barocken *Rathaus* von 1740, das früher den Puchheimern als Schloss diente. In der Mitte zwischen beiden Plätzen erhebt sich die spätbarocke, innen bereits frühklassizistische Stadtpfarrkirche *St. Stephan* mit dem höchsten Kirchturm (88 m) Niederösterreichs. Ihrem Hauptportal vorgelagert ist die *Kaiser-Franz-Josef-Jubiläumsstiege* von 1898, die im Sommer Schauplatz der *Festspiele Stockerau* (→ Veranstaltungen) ist.

Über die hier querende Schießstattgasse erreicht man das *Siegfried-Marcus-Automobilmuseum* (Schießstattgasse 9). In einem schönen Gründerzeitbau (1884) erinnert es an Leben und Werk des österreichischen Automobil-Erfinders und zeigt eine beachtliche Sammlung von Oldtimern und historischen Sportwagen (Nov. bis März Sa 14–16, So 10–12, 14–16 Uhr, Eintritt 3,50 €, ✆ 0676-3582719, www.siegfried-marcus.at). Im barocken *Belvedereschlössl* in der nahen Belvederegasse 3 ist das Bezirksmuseum mit einer Gedenkstätte für Nikolaus Lenau untergebracht (Di 7–13, Do 19–21 Uhr, Eintritt frei). Der Dichter (1802–50) verbrachte um 1820 einige Jahre in der Stadt und soll bei Spaziergängen in den **Stockerauer Donauauen** zu seinen Schilfliedern inspiriert worden sein. In Erinnerung daran wurde der 7,5 km lange *Lenau-Wanderweg* durch die große, urwaldartige Auenlandschaft (Naturschutzgebiet) geschaffen, in der Silberreiher, Biber, Eisvögel und Fischotter heimisch sind (blau markierter Rundwanderweg ab Bahnhof, Gehzeit 2½ Std., auch als Radtour geeignet). Auch beim Kanuwandern lässt sich die Au entdecken.

Hin und weg **Bahn (S 3)**: 2x stündl. nach Wien Hauptbahnhof, 1x stündl. nach Hollabrunn.

Kanu Die **Naturfreunde Stockerau** bieten geführte Touren an. ✆ 0650-629222. Kanuverleih auch im Konrad Uferhaus (s. u.)

Markt **Wochenmarkt** am Rathausplatz: Mi und Sa 7–11 Uhr.

Veranstaltungen **Festspiele Stockerau** im Juli/Aug., Sprechtheater und Sommernachtskonzerte vor der Pfarrkirche. www.festspiele-stockerau.at.

In den Stockerauer Donau-Auen

Restaurants **Drei Königshof**, im Zentrum. Das Hotelrestaurant serviert klassische österreichische Küche und legt Wert auf Zutaten aus der Region (z. B. Weinviertler Strohwein). Hauptgericht 10–26 €, große Weinauswahl. Mo–Sa 9–23, in der Nebensaison So 9–14 Uhr. Hauptstr. 29–31, ✆ 02266-62788, www.dreikoenigshof.at.

Gruber's, empfehlenswerter Wirtshauskulturbetrieb unweit des Rathauses. Gehobene, mediterran inspirierte Hausmannskost, weithin bekannt für Rindfleischgerichte. À la carte 9–26 €. Di–Sa 9–14/17–22 Uhr. Donaustr. 26, ✆ 02266-62820, www.gruber-gruber.at.

Konrad Uferhaus, das historische Ausflugslokal mitten in der Au (20 Min. zu Fuß ab Bahnhof) wurde 2015 neu eröffnet. Nettes Ambiente, kleine Karte. Do–Sa ab 13, So ab 11 Uhr bis Einbruch der Dunkelheit. In der Au 5, ✆ 02266-61130, www.konraduferhaus.at.

Café **Heiner**, Filiale der Wiener k.-u.-k.-Hofzuckerbäckerei am Kirchenvorplatz. Wintergarten. Mo–Sa 8–19, So 9–19 Uhr.

Zwischen Stockerau und Hollabrunn

Tumulus in Großmugl: 15 km nördlich von Stockerau stößt man am Südrand des Dorfes Großmugl auf den höchsten aus der Älteren Eisenzeit erhaltenen Grabhügel Mitteleuropas. Dieser „große Mugl" ragt 14 m aus einem Gemüseacker und ist 2500 Jahre alt. Sein Inneres könnte ein Fürstengrab bergen, wurde aber noch nicht erforscht. Zurzeit konzentrieren sich die Großmugler auf ein anderes Projekt: die Bewerbung bei der UNESCO als welterbegeschützte Sternenlichtoase. Das Dorf ist von einer Hügelkette so günstig abgeschottet, dass in klaren Nächten die Milchstraße und über 5000 Sterne sichtbar werden. In dichtbesiedelten Gebieten ist dies angeblich einzigartig.

Essen & Trinken **Landgasthaus Riefenthaler**, der rustikale Wirtshauskulturbetrieb bietet traditionelle Hausmannskost. Do–Mo 9–23 Uhr. Marktplatz 112, ✆ 02268-6627, www.mugl.at.

Schillinger, das Traditionsgasthaus ist weithin bekannt, seit hier österreichische Hausmannskost nur noch in vegetarisch-veganer Form auf den Teller kommt: Surschnitzerl (9 €) und Cordon bleu (10 €) ohne Fleisch – ja das geht und schmeckt. Di/Mi und Fr/Sa 9–1 Uhr, Do 16–1, So 11–1 Uhr. Hauptstr. 46, ✆ 02268-6672, www.schillinger.co. ■

Eisenzeitlicher Grabhügel in Großmugl (um 500 v. Chr.)

Göllersdorf und Schloss Schönborn: Der *Golfclub Schönborn* ist einer der schönsten Österreichs. Er nutzt das gleichnamige barocke Landschloss an der S 3, 15 km nordwestlich von Stockerau als Clubhaus und den weitläufigen Schlosspark mit seinem alten Baumbestand als Golfplatz. Bauherr der Anlage war der spätere Würzburger Fürstbischof Friedrich Karl von Schönborn, der für die Habsburger 1705-31 als Reichsvizekanzler in Wien tätig war. Als Baumeister engagierte er Johann Lukas von Hildebrandt, der 1711-15 ein dreiflügeliges Schloss mit ausgedehntem Park, Orangerie (heute Reitclub) und Wirtschaftstrakten schuf. Eine von Alleen gesäumte und teilweise backsteingepflasterte Straße führt quer durch die Anlage, ihr nördlicher Endpunkt ist eine monumentale, ebenfalls von Hildebrandt entworfene *Nepomukkapelle* (1733) mit Baldachin.

Damit nicht genug, ließ Schönborn auch den Göllersdorfer Hauptplatz (3 km nordwestlich) von Hildebrandt barockisieren. Die ursprünglich spätgotische *Pfarrkirche St. Martin* am südöstlichen Platzende wurde umgebaut, zu kleiner Pestsäule und Pranger (beide 17. Jh.) kamen eine große Pestsäule (1731) und ein Triumphtor (1703), das den Zugang zum (alten) Schloss Göllersdorf markiert. Dieses stammt noch aus der Renaissancezeit und wird heute als Justizvollzugsanstalt genutzt. Auch für die achteckige, 1725-30 als Gruftkirche der Schönborns erbaute *Loretokapelle* am nordwestlichen Ortsausgang zeichnet Johann Lukas von Hildebrandt verantwortlich.

Hin und weg Bahn (S 3): 1x stündl. nach Wien Hauptbahnhof und Hollabrunn.

Golf GC Schloss Schönborn, schwierige 27-Loch-Anlage im Schlosspark, www.gcschoenborn.com.

Restaurant/Heuriger Restaurant im Golfclub, auch Nichtgolfer sind in den stuckverzierten Schlossräumen willkommen; schöne Terrasse, durchschnittliches Essen. Geöffnet März–Okt. ✆ 02267-2683.

Heuriger Groiss, 5 km nordöstlich direkt an der Hauptstraße in Breitenwaida (S-Bahn-Halt). Warme und kalte Schmankerl, auch Vegetarisches, So mittags Schlemmerbüffet (10,50 €). Sonnenterrasse, Vinothek mit den Topweinen von Ingrid Groiss. Geöffnet ganzjährig Fr ab 16 Uhr, Sa/So ab 11 Uhr. ✆ 0676-3927706, www.groiss-heurigen.at.

Hollabrunn

11.600 Einwohner, 236 m

Die Schul-, Einkaufs- und Verwaltungsstadt ist das wirtschaftliche Zentrum des westlichen Weinviertels. In seinem Umland gibt es kunsthistorisch interessante Sakralbauten und über 50 stimmungsvolle Kellergassen zu entdecken.

Auf halber Strecke zwischen Wien und Znaim war Hollabrunn zu Zeiten der Monarchie als Markt- und Poststation bedeutend. Heute ist in Hollabrunn einer der großen europäischen Kartoffelverarbeiter beheimatet. *Frisch & Frost* bezieht seinen Rohstoff von 280 Bauern aus Ostösterreich und beliefert u. a. Mc Donald's in 10 Ländern mit Pommes frites. In die Geschichte ein ging der Ort mit den 1805 in seiner Umgebung ausgetragenen Gefechten der Russen und Österreicher gegen Napoleons Truppen. Leo Tolstoi beschrieb sie in seinem Roman „Krieg und Frieden" (1869), als Schlachtenort eingraviert ist Hollabrunns Name auch auf dem Pariser Arc de Triomphe. Direkt an der B 303 zwischen Hollabrunn und Schöngrabern erinnert ein Obelisk an das Gemetzel, das 5000 Soldaten das Leben kostete.

Stadtrundgang: Den leicht abschüssigen *Hauptplatz* mit Mariensäule und Florianibrunnen (1682) umstehen Bürgerhäuser mit historischen Fassaden, am auffälligsten ist das mächtige *Jugendstilgebäude* (Nr. 13), das ein Schüler Otto Wagners 1898

Weinviertel → Karte hintere Umschlagklappe

In der Raschalaer Kellergasse

entwarf. Über die Th.-Körnergasse, vorbei an dem mit einem Uhrtürmchen bekrönten Rathaus, gelangt man hinauf zum Kirchenplatz mit der romanisch-gotischen *Pfarrkirche St. Ulrich* und dem gegenüber gelegenen früheren *Erzbischöflichen Knabenseminar* von 1880, dem imposantesten Bau des Stadtzentrums. Es war bis 1992 in Betrieb. Viele Bischöfe und bekannte Kirchendiener waren hier einst Seminaristen. Heute ist es ein erzbischöfliches Privatgymnasium (www.ebgym hollabrunn.ac.at).

Kellerkatzenweg: Der unterhaltsame Themenweg *Auf den Spuren der Kellerkatze* beginnt beim Sport- und Seminarhotel und führt als 4 km langer Rundwanderweg durch die *Sitzendorfer Kellergasse* und durch aussichtsreiche Weingärten. An 24 Stationen wird Interessantes zum Wein(-bau) erläutert, mit einer Chipkarte (Pfand 5 €, erhältlich im Sporthotel) können drei Keller betreten werden. Es gibt auch einen Picknickservice (Infos unter www.kellerkatzenweg.at).

Kellergasse Raschala: Die Kellergasse in der Alten Poststraße in Raschala am südöstlichen Stadtrand ist eine der schönsten des Landes. Sie ist für Mozarts *Pinkelstein* bekannt, an dem sich der Musikus auf einer Fahrt nach Prag anno 1787 erleichtert haben soll.

Hin und weg **Bahn**: 1–2x stündl. nach Wien Hauptbhf., alle 1–2 Std. nach Retz.

Einkaufen Beliebter **Wochenmarkt** mit Weinviertler Feinkost am Hauptplatz, Fr 14–18 Uhr.

Hofmann, seit einem Jahrhundert die erste Adresse für Weinviertler Fleisch- und Wurstwaren (z. B. Veltliner Schinken), Mo–Fr gibt es auch günstige Mittagsmenüs. Mo–Fr 7.30–18, Sa 7.15–12 Uhr. Sparkassegasse 26–28. www.weinviertler-fleischerei.at.

Radeln Ab dem Bahnhofplatz sind drei 20–35 km lange Radwege und die 53 km lange **Radroute Rivaner** ausgeschildert.

Übernachten ** **Sport- und Seminarhotel**, wer in Hollabrunn strandet, kommt am günstigsten in diesem hässlichen Studentenheimklotz oberhalb vom Bahnhof unter. 40 Zimmer, Frühstücksraum mit dem Charme einer Jugendherberge, ausreichend Parkplätze. DZ 70 €. Dechant Pfeifer Str. 3, ✆ 02952-3390181, www.weinviertel sportundseminarhotel.at.

Schönere Unterkünfte gibt es bei den Winzern in den Weinorten der Umgebung.

Restaurant/Café Wagner's Wirtshaus, mit einer Haube ausgezeichnete Wirtshausküche in einem modern aufgefrischten Ecklokal in etwas unattraktiver Lage unweit vom Bahnhof. Hauptgericht 8–25 €. Do–Sa 11–22, So nur bis 20 Uhr. Gschmeidlerstr. 32, ✆ 0676-3086536, www.diewagners.at.

Café-Konditorei Naderer, zwischen Hauptplatz und Bahnhof, kleine Sommerterrasse, gute Auswahl an Mehlspeisen. Mo–Fr 7.30–20, Sa/So 9–20 Uhr. Bahnstr. 16.

Heuriger Buschenschank Satzinger, einfaches Lokal mit schönem Bauerngarten in der Kellergasse Raschala. Deftiges, Aufstriche, Salate und Mehlspeisen. Geöffnet Febr.–Nov. 8x (Fr–So ab 17 Uhr). Alte Poststr. 19, ✆ 0676-7356797.

Nördlich von Hollabrunn

„Steinerne Bibel" von Schöngrabern: Die große, spätromanische Pfarrkirche des Orts an der B 303 (4 km nördlich von Hollabrunn) ist berühmt für ihre Reliefs an der Außenseite der Apsis. Sie entstanden im 13. Jahrhundert als Armenbibel, die den leseunkundigen Menschen des Mittelalters den Kampf Gut gegen Böse illustrieren sollten. Am anschaulichsten sind in der unteren Reihe links der Sündenfall mit Adam und Eva und rechts Davids Kampf mit dem Löwen. Auch das Innere der vermutlich von Hadmar von Kuenring erbauten Kirche mit romanischen Säulenkapitellen und gotischen Wandfresken (um 1350) ist einen Besuch wert. Ein *Lapidarium* im Kellergewölbe des Pfarrhofs zeigt steinerne Reste aus der Kirche und dient zugleich als örtliche Vinothek (1. April bis 1. Nov. Sa/So 9–16 Uhr).

Heuriger: *Greilinger*, moderner Buschenschank in der Kellergasse (Zufahrt von der B 2) mit kalter Heurigenkost. Geöffnet 4x im Jahr (Do–Sa ab 17, So ab 16 Uhr). ✆ 0644-4625313, www.greilinger.at.

Kirchen in Aspersdorf, Wullersdorf und Maria Roggendorf: Die drei barocken Gotteshäuser wurden zwischen 1695 und 1733 von berühmten Baumeistern geplant: Die renovierungsbedürftige *Pfarrkirche St. Georg* steht auf einer Anhöhe in Aspersdorf (3 km nördlich von Hollabrunn) inmitten eines romantischen Kellergassen-Ensembles und stammt von Johann Lukas von Hildebrandt; Friedrich Karl Schönborn (→ S. 245) hat auch diesen Bau beauftragt. Weithin sichtbar ist die 4 km nördlich davon gelegene und wegen ihrer Größe auch *Dom des Weinviertels* genannte Pfarrkirche St. Georg in Wullersdorf. Sie geht auf Jakob Prandtauer und Joseph Munggenast zurück, die Türme stammen aus dem 19. Jh. Auftraggeber war der Melker Abt Berthold Dietmayr, zu dessen Stift die Pfarre bis heute gehört. Mit dem Bau wollte er die 3 km entfernte *Wallfahrtskirche Maria Roggendorf* in den Schatten stellen, die das Stift Göttweig 1695 von Carlo Carlone errichten ließ.

Übernachten Gästehaus Weingut Burger, in Kalladorf, 2 km nordwestl. von Wullersdorf. 5 nette, nach Weinsorten benannte Zimmer und 3 gut ausgestattete Ferienwohnungen. DZ 60 €, Fewo (4 Pers.) 100 €. Kalladorf 68, ✆ 02951-2632, www.weingutburger.at.

Gästehaus Loiskandl, modern ausgebauter Winzerhof mit 4 schönen, geräumigen Zimmern mitten in Grund an der B 303. DZ 80–90 €. 2042 Grund 56, ✆ 0676-3332527, www.loiskandl.at.

Restaurant »» Unser Tipp: Hausgnost Gasthaus an der Kreuzung, renovierter Traditionsgasthof und Wirtshauskulturbetrieb im Zentrum von Guntersdorf an der Kreuzung B 303/B 30. Preisgünstige, kreativ verfeinerte Weinviertler Küche (Hauptgericht 8–18 €), Innenhofgarten, Vinothek. Fr–Di 11–22 Uhr. 2042 Guntersdorf, Oberort 110, ✆ 02951-22290, www.hausgnost.at. ««

Heurige Schüttkastenstüberl, im renovierten Schüttkasten unweit der Wullersdorfer Kirche. Kalte und warme Speisen, das Fleisch kommt vom eigenen Hof, im

Weinviertel → Karte hintere Umschlagklappe

modernen Verkostungsraum gibt es die Topweine von Jungwinzer Andreas Urban. Jan.–Nov. 3x ausg'steckt (Fr/Sa ab 17, So ab 15 Uhr). Parkgasse 34a, ✆ 0699-10676705, www.weinbau-urban.com.

Loiskandl, in der Kellertrift von Grund, 3 km westlich von Wullersdorf; großes Heurigenrestaurant mit Wintergarten. Kalte und warme Speisen, beliebt bei Familienfeiern. Ganzjährig (außer Weihnachten und Mitte Juni bis Mitte Juli) Mi–Sa ab 17, So ab 15 Uhr. Kellertrift 133, ✆ 0676-3332527, www.loiskandl.at.

Das Schmidatal

Das fruchtbare, weite Tal der Schmida, ein beschauliches, vom Tourismus wenig berührtes Acker- und Weinbaugebiet, erstreckt sich 10 km westlich von Hollabrunn zwischen Großweikersdorf an der B 4 im Süden und der B 2 im Norden.

Fischer-von-Erlach-Kirche in Großweikersdorf: Die frühklassizistische Pfarrkirche Hl. Georg zählt zu den größten Weinviertler Sakralbauten, ihr neobarocker Turm ist der dritthöchste Niederösterreichs. 1733 wurde sie nach Plänen von Joseph Emanuel Fischer von Erlach erbaut, das Hochaltarbild „Martyrium des Hl. Georg" malte Martino Altomonte (1734), das rechte Seitenaltarbild der Kremser Schmidt (1749).

Ignaz J. Pleyel Kulturzentrum in Ruppersthal: 4 km westlich der B 4 erinnert das weltweit einzige Museum an den Komponisten *Ignaz Joseph Pleyel*, einen Schüler Joseph Haydns, der 1757 hier zur Welt kam, 1797 nach Paris übersiedelte, dort eine berühmte Klaviermanufaktur und 1830 die *Salle Pleyel*, den bis zur Eröffnung der neuen Philharmonie 2015 wichtigsten Klassik-Konzertsaal der französischen Hauptstadt, gründete. 1835 starb er und wurde auf dem Pariser Friedhof Père Lachaise begraben. Prunkstücke des Museums sind zwei originale Pleyel-Flügel, die im Rahmen von Führungen auch angespielt werden. Kammerkonzerte mit Kompositionen Pleyels finden in dem 2016 neu eröffneten modernen Kulturzentrum statt.
Führungen Mo, Fr und So 10–14, Sa 14–18 Uhr. Eintritt 4 € oder NÖ-Card. ✆ 02955-70645, www.pleyel.at.

Der Heldenberg

In *Kleinwetzdorf* an der B 4 trifft man auf „die berühmtesten Pferde, die schönsten Automobile, die größten Feldherren, die schnellsten Vögel und die ältesten Siedlungen" – so der Werbetext zu den fünf Attraktionen des Heldenbergs. Ursprünglich gab es hier nur die *Radetzy-Gedenkstätte* von 1849, eine schaurig-kuriose „Walhalla" für die „Helden" der Donaumonarchie. In Alleen geordnet und um zwei Siegessäulen gruppiert versammeln sich in einem Park 142 Zinkgussbüsten von österreichischen Kaisern und Feldherren. Erbauer der Anlage war der schwerreiche Schuhlieferant der Armee, Joseph Pargfrieder. Zentrum des Denkmalhains sind zwei Siegessäulen und ein Obelisk, unter dem sich eine Gruft befindet. In dieser sind der berühmte Feldmarschall Joseph Radetzky (1766–1858), Freiherr von Wimpffen, Generalstabschef in der Schlacht bei Aspern 1809, und Pargfrieder selbst beigesetzt, was so kommentiert wurde: „Hier ruhen drei Helden in ewiger Ruh, zwei lieferten Schlachten, der dritte die Schuh". Über wichtige Stationen im Leben von Radetzky und Wimpffen wird man gleich zu Beginn des Rundgangs mithilfe von Zinnfigurendioramen informiert.

Oberhalb der Gedenkstätte trifft man auf Nachbauten eines *Steinzeitdorfs* und einer Kreisgrabenanlage, einer ringförmigen Erdwallanlage aus der mittleren Jungsteinzeit, von denen im Weinviertel etwa 40 lokalisiert wurden. Das Areal wurde anlässlich der Landesausstellung 2005 errichtet, 2015 kam die Greifvogelstation *Aigner's Falkenhof* hinzu, in der es Turm- und Wanderfalken, Sperber und Habicht in Volieren und bei Flugvorführungen zu bestaunen gibt. Unterhalb der Gedenkstätte breitet sich ein *Trainingszentrum für die Lipizzaner* der berühmten, zum UNESCO-Welterbe zählenden Spanischen Hofreitschule in Wien aus. Hier verbringen die weißen Hengste aufführungsfreie Zeiten und ihren Ruhestand, Junghengste werden hier ausgebildet. Die Anlage kann nur im Rahmen von Führungen (Di–So 11 und 14 Uhr, Sa/So auch 15 Uhr) besucht werden.

In der großen Ausstellungshalle am Fuß des Heldenbergs sind in *Koller's Oldtimermuseum* rund 150 Fahrzeuge mit klingenden Namen aus über 125 Jahren Automobilgeschichte zu sehen, beginnend mit einem Modell von 1886 bis zu den Klassikern aus den 1980ern (www.koller-oldtimer.at). Das Museum ist sicher das Highlight des Heldenbergs.

Für alle fünf Attraktionen ist Eintritt zu bezahlen, der revitalisierte *Englische Garten* von 1830 unterhalb der Bahnlinie ist frei zugänglich.

Wir sind Helden

Öffnungszeiten Mai–Sept. tägl. außer Mo 9–18, April/Okt. nur bis 17 Uhr. Lipizzaner, Oldtimer und Falkenhof zusätzlich Nov.–März Sa/So 9–17 Uhr.

Tickets Kombikarte Heldenberg (Radetzky, Lipizzaner und Oldtimer) 16 €, Kind 7 €, Familie 32 €. NÖ-Card 1x gültig. Einzelkarte Lipizzaner 9/4/20 €, andere Einzelkarten 6,50/4/14 €, Aufpreis für die Flugschau 4/2/9 €. Audio-Guide Radetzky 2 €. ✆ 02956-81240, www.derheldenberg.at.

Es gibt auch ein **Café**, viel touristisches Material zum Weinviertel, einen großen Shop mit Souvenirs, Wein und Süßigkeiten aus der Region und zahlreiche Kinderprogramme.

Brandlhof in Radlbrunn: Der historische Bauernhof, der 1209 erstmals erwähnt wird, dient nach seiner gelungenen Restaurierung als regionales Zentrum für Volkskultur, geöffnet ist er an Wochenenden und zu Veranstaltungen. Allein der malerische Innenhof mit dem säulengestützen Balkon lohnt den Besuch. In den früheren Stallungen sind ein Hofladen und eine Ausstellung zur Geschichte des Hofs eingerichtet, im einstigen Wohntrakt eine Wirtsstube mit Hausmannskost.

April–Nov. Sa/So 10–18 Uhr. Viele Veranstaltungen, siehe www.volkskulturnoe.at/brandlhof. Direkte Abfahrt von der B 4, 4 km nördlich vom Heldenberg.

Prandtauer-Kirche in Ravelsbach: Wie Wullersdorf (s. o.) verdankt auch Ravelsbach (10 km nordwestlich vom Heldenberg an der B 4) seine prächtige barocke Pfarrkirche dem Melker Abt Dietmayr, der sie 1721–26 von Jakob Prandtauer errichten ließ. Von der stilreinen Innenausstattung sind der Hochaltar, den die Heiligen Leopold (mit Kirchenmodell) und der Melker Stiftspatron Koloman (mit Pilgerstab) flankieren, die vier reich verzierten Seitenaltäre und die Orgel hervorzuheben. Hinter der Kirche befinden sich ein schöner Barockgarten und der Pfarrhof, ein barocker Vierkantbau von 1660.

Übernachten/Heuriger **Buschenschank im Stopfer-Keller**, in Minichhofen, 2 km östl. der B 4; idyllisch gelegenes Presshaus mit Gastgarten und kalten Heurigenspezialitäten. März–Okt. 6x geöffnet (Do–So ab 16 Uhr). Familie Stopfer vermietet auf ihrem Winzerhof drei schöne Gästezimmer (DZ 56–60 €) und eine Ferienwohnung für 4 Pers. (70 €). 3720 Ravelsbach, Minichhofen 7, ✆ 02958-82798, www.weingut-stopfer.at.

Sitzendorf an der Schmida und Umgebung

Der idyllische Markt Sitzendorf hat einen großzügigen, von Bäumen begrünten historischen *Hauptplatz*, der in seiner Anlage seit dem 13. Jh. unverändert blieb. Ihn umstehen Ackerbürgerhäuser aus allen Epochen, u. a. ein Jugendstilhaus von 1912 (Nr. 10) und das einstige Bürgerspital (Nr. 13) von 1420 mit einem prächtigen Erker; es ist einer der seltenen aus der Gotik erhaltenen Profanbauten Österreichs. Am oberen Platzende ragt die spätgotische *Pfarrkirche St. Martin* auf. Sie besitzt ein schönes Netzrippengewölbe und eine wertvolle Marmorgrabplatte von 1504 mit Ritterfigur, Löwe und Einhorn. Die historischen Bauwerke zeugen von der einstigen Bedeutung Sitzendorfs am Handelsweg von Mähren nach Krems.

In den Weindörfern um Sitzendorf gibt es romantische Kellergassen und gemütliche Heurige. Besonders hervorzuheben sind die Lohrkellergasse in **Frauendorf** (4 km südlich), die Kellergasse oben am Hügelrücken in **Niederschleinz** (5 km westlich Richtung Limberg) und die in **Roseldorf** an der B 2. Am **Sandberg** nordöstlich oberhalb von Roseldorf befand sich zur Latènezeit (350–150 v. Chr.) die

Die Kellergasse von Niederschleinz

größte bisher bekannte *Keltensiedlung* Mitteleuropas (Wegweiser), die rund 450 Häuser umfasste. Seit 2001 finden Ausgrabungen statt, die bereits Heiligtümer, Münzen, Keramik und ein komplettes Pferdeskelett zu Tage förderten (www.keltenforschung-roseldorf.com). Schautafeln neben einem gemütlichen Rastplatz mit Trinkbrunnen informieren über das Areal, von einem hölzernen Aussichtsturm überblickt man das Schmidatal im Süden und das Retzer Land, das unmittelbar nördlich anschließt.

Radeln Durch das Schmidatal verlaufen die **Radrouten Rivaner** (53 km, Rundkurs via Hollabrunn) und **Riesling** (47 km, Rundkurs via Eggenburg). Sie sind teils schlecht beschildert, eine Radkarte ist unerlässlich.

Übernachten/Heurige **Wein Wimmer**, Buschenschank im Lohrkeller in der idyllischen Lohrkellergasse in Frauendorf, kalte Heurigenkost. Geöffnet Mitte Juli bis Mitte Aug. Mi–Fr ab 17, Sa ab 15 Uhr. Im Dachgeschoss eines Weinkellers wird eine in Vollholz eingerichtete Ferienwohnung vermietet, Fewo (2 Pers.) 55 €. 3710 Frauendorf 20, ✆ 0664-6388254, www.wein-wimmer.at.

Heurigensommer Roseldorf, mindestens ein Weinkeller hat im Juli/Aug. tägl. ab 16 Uhr geöffnet; es gibt Wein und regionale Schmankerl.

Weber Suiten, das biozertifizierte Weingut Weber vermietet zwei Gästezimmer in modern-puristischer Architektur in der Kellergasse Roseldorf. DZ 100–120 €. 3714 Roseldorf 30, ✆ 0676-7166606, www.biowein-weber.at. ■

Maissau

1900 Einwohner, 341 m

Das über 700 Jahre alte Weinbaustädtchen südlich von Eggenburg ist von seiner Lage geprägt. Hier kreuzen sich die Fernstraßen Wien – Horn (heutige B 4) und Krems – Znaim (heutige B 35). Mitten im Ort beginnt der steile Anstieg auf den *Manhartsberg*, den Höhenrücken, der das Waldviertel vom Weinviertel trennt. Bis 2012 quälten sich Tag für Tag an die 13.000 Fahrzeuge auf einer großen Haarnadelkurve durch die Stadt, nun wird sie im Osten großräumig umfahren. Einst hielten Postkutschen vor dem Berg, um die Pferde zu wechseln oder einen Vorspann, also ein zusätzliches Zugtier, zu nehmen. Bis heute laden Gasthöfe bzw. Heurige zur Rast, die am oberen Ortsende profitieren von der herrlichen Aussicht ins Schmidatal.

Das omnipräsente Violett in der Stadt verweist auf Maissaus größte Attraktion, die *Amethyst Welt* am Manhartsberg 2 km außerhalb. Aber auch das kleine, alte Stadtzentrum am Fuß des Berges, an der B 35 Richtung Krems, ist einen Blick wert: Durch das *Znaimer Tor*, einen Rest der Stadtbefestigung aus dem 16. Jh., erreicht man den baumbestandenen und mit einem Brunnen von Karl Korab geschmückten *Hauptplatz*. Jeden Samstagvormittag von März bis November ist er Standort eines *Bauernmarkts*. Den benachbarten Kirchenplatz beherrscht das schöne Ensemble aus spätbarocker *Stadtpfarrkirche* (1768) und romantischem *Schloss Maissau*. Dieses stammt aus dem 13./14. Jh. und wurde 1870 neugotisch umgebaut. Es ist in Besitz der Grafen Abensperg-Traun (→ Rappottenstein); nur zum traditionellen *Schlossadvent* am ersten Adventwochenende ist der Schlosshof zugänglich.

Amethyst Welt: Der Themen- und Freizeitpark, der rund um die Maissauer Amethyst-Ader entstanden ist (→ Kastentext), besteht aus dem sog. *Amethyst-Schaustollen*, einem Multimediaraum und einer hohen Betonhalle, mit der die freigelegte Ader überbaut wurde, und dem *Edelsteinhaus*, das Mineralien und Edelsteine aus der Region und aus aller Welt, von der Rohform bis zum geschliffenen Schmuckstein zeigt. Beides ist nur in Führungen (dauern jeweils 1 Std.) zu besichtigen. Dann gibt es noch das *Schatzgräberfeld*, wo man von Mitte März bis Ende Oktober eine Stunde lang im Freien selbst nach einer Handvoll Amethysten (es handelt sich um

Weinviertel → Karte hintere Umschlagklappe

vergrabene Importware) suchen darf. Frei zugänglich sind die sieben Themengärten, der Abenteuerspielplatz, die Schmuckwerkstätte, der Amethyst-Shop und das Café-Bistro.

Tägl. 10–17 Uhr, Mai–Sept. bis 18 Uhr, Jan./Febr. nur Sa/So. Schaustollen oder Edelsteinhaus 11 €, Kind 7 €, Familie 22 €, Kombiticket 18/10/36 €. Schürfen 11/7/22 €. NÖ-Card gültig. Horner Str. 36, ✆ 02958-84840, www.amethystwelt.at.

Der Maissauer Amethyst

Durch Plattenverschiebungen der Erdkruste vor 350 Mio. Jahren entstanden im Tiefengestein der Böhmischen Masse Spalten. In diesen bildete sich Quarz in unterschiedlichen Qualitäten: Bergkristall, Schwarzer Morion, Jaspis und Amethyst, der seine violette Farbe durch Eisen und radioaktive Bestrahlung erhielt. Vor 20 Mio. Jahren wurde das Tiefengestein nach oben gedrückt und die darüber liegenden Gesteinsschichten durch Erosion abgetragen. So kam die riesige, fast senkrecht stehende Amethystader im heutigen Maissau bis an den Boden des Eggenburger Meeres, wo die Brandung die obersten Quarze ausspülte und im Meeressand verteilte. Heute noch findet man sie im Boden der Umgebung. Die Ader selbst wurde erst 1845 entdeckt. 1999 wurde sie auf einer Länge von 40 Metern freigelegt und damit zur längsten zugänglichen weltweit, vermutlich ist sie sogar bis zu 1 km lang.

Übernachten *** **Amethyst Hotel Mantler**, am oberen Ortsende am Maissauer Berg. 26 Zimmer, davon 18 moderne Zimmer im neuen Amethysttrakt und 8 altmodisch-rustikale im Stammhaus. Frühstücksraum mit Aussichtsterrasse. Parkplätze gratis. DZ 70–96 €. Geöffnet Mitte Febr. bis Mitte Dez. Am Berg 44, ✆ 02958-823340, www.amethysthotel.cc.

Restaurant/Café **Landgasthaus Winkelhofer**, Bilderbuchgasthof in Eggendorf 5 km südwestlich von Maissau an der B 35. Unter der Woche arbeitet Johannes Winkelhofer als Landwirt auf seinem Hof, Sa/So begeistert er mit Haubenküche zu moderaten Preisen. Unbedingt reservieren. Eggendorf am Walde 45, ✆ 02958-82772, www.derwinkelhofer.at.

Lebzelterei & Café Schmid, Tradition seit 1913, modernes Lokal an der Ortsdurchfahrt. Tolle Mehlspeisen, pikante Snacks und Strudel, Eis und „Maissauer Honiglebkuchen". Di–So 8–19 Uhr. Wiener Str. 8, www.lebkuchenschmid.at.

Heurige **Buschenschank Humer**, am Maissauer Berg mit herrlichem Ausblick. Kalte Heurigenspezialitäten, gute Aufstriche, Mehlspeisen. Jan.–Okt. 4x ausg'steckt (tägl. ab 14 Uhr). Horner Str. 35, ✆ 02958-82340, www.weinbau-humer.at.

Jurecek, direkt neben dem Humer mit gleicher Aussicht; gemütliche Stuben, kalte, regionale Schmankerl (u. a. Schafkäse, Speck aus eigener Erzeugung), gute Weine. 4x jährlich mehrere Wochen ausg'steckt (tägl. ab 14 Uhr). Horner Str. 32, ✆ 02958-82286, www.weinbau-jurecek.at.

Eggenburg

3500 Einwohner, 325 m

Die Kleinstadt an der Grenze von Wein- und Waldviertel begeistert mit mittelalterlichen Wehrmauern, einem Hauptplatz mit prachtvollen Bürgerhäusern, interessanten Museen und Fossilien aus der Umgebung.

Das mal dem Waldviertel, mal dem Weinviertel zugeordnete Eggenburg liegt an den östlichen Hängen des Manhartsbergs. Vor 20 Mio. Jahren lag es noch am Westufer eines Meeres, das sich über das gesamte südliche Weinviertel erstreckte. Fossilien und Reste von Meeresbewohnern werden hier seit 150 Jahren aus dem Boden geholt. Begonnen damit hat der Heimatforscher Johann Krahuletz (1848–1928), dem die Stadt für seine Fundstücke 1902 ein prächtiges Museum errichtete. Besiedelt war die Eggenburger Bucht bereits seit der Steinzeit. Zur Babenbergerzeit verlief hier die Reichsgrenze, zu deren Schutz das befestigte „Egingpurch" entstand, das 1126 erstmals urkundlich erwähnt wird. Die Lage an Fernwegen und der Weinhandel brachten Wohlstand, wie die historischen Bürgerhäuser bezeugen. Ab dem 17. Jh. kam das Steinmetzgewerbe hinzu, das den örtlichen, hochqualitativen und leicht bearbeitbaren *Zogelsdorfer Kalksandstein* („Weißer Stein von Eggenburg") nutzte.

Sehenswertes

Krahuletz-Museum: Das im Neo-Renaissance-Stil erbaute Museum knapp außerhalb der Stadtmauer ist eines der bedeutendsten Regionalmuseen Ostösterreichs und berühmt für seine Sammlung von Fossilien aus der Gegend um Eggenburg. Einzigartig sind neben zahlreichen Muscheln, Haifischzähnen, Korallen und Seeigeln ein Krokodilschädel und Reste einer Seekuh, die nach ihrem Entdecker Metaxytherium krahuletzi benannt wurde. Sie sind 20 Millionen Jahre alt und stammen aus dem unteren Miozän, einer erdgeschichtlichen Epoche, die auch „Eggenburgium" genannt wird. Diese Fundstücke, eine Dokumentation über Eggenburg am Meer, Mineralien und Gesteine des Waldviertels sind im Untergeschoss zu sehen. Der Zwischenstock präsentiert eine Volkskundesammlung u. a. mit einer Röschitzer Bauernstube, Goldhauben und Hinterglasbildern sowie eine 150 Exponate umfassende Uhrensammlung. Die archäologische Abteilung im 1. Stock zeigt regionale Funde von der Altsteinzeit bis ins Frühmittelalter, die großteils noch auf Krahuletz zurückgehen, darunter Keramikgefäße aus der Lengyel-Kultur (4800 v. Chr.) und ein Zaumzeug aus der römischen Kaiserzeit.

Eggenburger Steinmetzkunst

Weinviertel → Karte hintere Umschlagklappe

Im Garten vor dem Museum können Säulen aus 22 Waldviertler Gesteinen bestaunt werden. Architekturfreunde sollten auch das ehemalige Lichtspielhaus gegenüber würdigen, es ist ein Frühwerk des Architekten Clemens Holzmeister (1917).

30. März bis 30. Dez. Mo–Fr 9–17, Sa/So 10–17 Uhr. Eintritt 7 € oder NÖ-Card, Kind 2 €. ✆ 02984-34003, www.krahuletzmuseum.at.

Hauptplatz: Der riesige Platz, dessen Mitte im 16. Jh. aus Platznot innerhalb der Stadtmauern mit einer Häusergruppe *(Grätzl)* bebaut wurde, ist mit schönen Beispielen der Eggenburger Steinmetzkunst geschmückt. Von der Kremser Straße kommend, trifft man zunächst auf den *Adlerbrunnen* und den *Pranger* mit einer Rolandfigur, beide aus dem 16. Jh. Wenig entfernt steht die *Mariensäule* aus dem 17. Jh. Die meisten der Bürgerhäuser sind im Kern spätgotisch und erhielten später reich verzierte Barockfassaden. Auffällig ist das *Gemalte Haus* an der Ecke zur Kremser Straße, das 1547 mit Sgraffiti geschmückt wurde. Besonders schön sind auch die vier Bürgerhäuser rechts davon. Auf der anderen Seite des Grätzls ragt inmitten einer Balustrade die hohe *Pestsäule* (1715) auf, den modernen Brunnen nebenan gestaltete Karl Korab (2000). Ein Verein bemüht sich um die Belebung des Hauptplatzes, erster Erfolg ist die Wiedereröffnung des Gasthauses zum Seher.

Pfarrkirche St. Stephan: Eigenwillig wirkt der kunsthistorisch interessante Bau von außen. Der Stadt ist der hochgotische Chor, somit die Kirchenrückseite, zugewandt, die beiden romanischen Türme des 12. Jh. sind unterschiedlich hoch und zudem niedriger als das Kirchenschiff. Die dreischiffige Hallenkirche mit Bündelpfeilern und Netzrippengewölbe (14./15. Jh.) ist eine der größten des Landes. Berühmt ist ihre kunstvolle gotische *Steinkanzel* von 1515 mit den vergoldeten Reliefs der Kirchenväter. Sie weist Ähnlichkeiten zur Pilgramschen Kanzel im Wiener Stephansdom auf. Bemerkenswert ist auch die Lichtsäule von 1505 links am Chor.

Vom einstigen **Karner** neben der Kirche ist nur das unterirdische Beinhaus aus dem 13. Jh. erhalten, in dem man 5000 kunstvoll aufgeschichtete Knochen sieht.

Stolze Bürgerhäuser umrahmen den Eggenburger Hauptplatz

Stadtmauer: Die rund 2 km lange Befestigung aus dem 13.-16. Jahrhundert ist mit Ausnahme der Stadttore zu Gänze – teils sogar mit Zwinger, Graben und vorgelagerten Wehrteichen erhalten. Einen Eindruck gewinnt man, wenn man durch die schmale Mauerpforte hinter der Pfarrkirche auf das sogenannte Glacis hinabsteigt. Rechts weiter erreicht man an der Nordwestecke der Stadt den **Kanzlerturm**, einen der drei großen Wehrtürme. Hier wurde ein kurzes Stück Wehrgang rekonstruiert und begehbar gemacht (März bis Ende Okt. tägl. 9–18 Uhr). Die Wiese auf der Mauerinnenseite wird jeden Sommer für stimmungsvolles Mondscheinkino genutzt. Ein zweiter imposanter Abschnitt ist die schnurgerade Ostmauer entlang der B 35, ein Zwingerturm wurde hier 1977 mit einem Sgraffito zum „*Turm des Friedens*" gestaltet. Beim nahen Klostertor gelangt man durch die Mauer und kann nochmals zu einem Stück Wehrgang hinaufsteigen (März bis Ende Okt. tägl. 9–18 Uhr).

Ein Flyer für einen ausführlichen Stadtmauerrundgang ist in der Touristinfo erhältlich.

Redemptoristenkloster: Die mehrflügelige Anlage geht auf ein 1460 gegründetes Franziskanerkloster zurück, wurde aber nach einem Stadtbrand 1833 neugotisch wieder aufgebaut.

Nostalgiewelt Eggenburg: Das Museum am Hauptplatz vermittelt gelungen das Flair der 1950/60er-Jahre. Im Erdgeschoss zeigt die Sammlung *RRRollipop* zwei Dutzend Wurlitzer-Musikboxen und rund 70 Roller und Rollermobile, darunter legendäre Fahrzeuge wie Goggomobile, Puch 500, Victoria Spatz und BMW-Isettas, umrahmt von Fotos und Alltagsgegenständen aus dieser Zeit. Im Obergeschoss widmet sich das *Kinoptikum* mit historischen Kameras und Tonbändern 100 Jahren Kino- und Filmgeschichte, ein Nostalgiekino führt alte Wochenschauberichte vor. Sonderausstellungen zeigen Woodstock, Lilien-Porzellan und Matador-Holzbausteine.

Palmsonntag bis 2. Nov. Fr–So 10–18 Uhr. Eintritt 8 € oder NÖ-Card, Kind 3 €. Hauptplatz 28, ✆ 02984-3505, www.nostalgiewelt.at.

Information Touristinformation, im Untergeschoss des Krahuletz-Museums. April bis Mitte Nov. Di–Fr 9–13 und 15–17, Sa/So 10–17, sonst Mo–Fr 9–13 Uhr. 3730 Eggenburg, Krahuletzplatz 1, ✆ 02984-3400, www.eggenburg.at.

Stadtrundgänge, April–Nov. jeweils 2. So im Monat 10.30 Uhr, Treffpunkt Hauptplatz.

Hin und weg Bahn: 1x stündl. nach Wien Franz-Josefs-Bhf. bzw. Gmünd.

Markt Brunnenmarkt, Viktualienmarkt am Hauptplatz, März–Dez. Sa 8–12 Uhr.

Veranstaltungen Mondscheinkino, Mitte Juli bis Mitte Aug., Open-Air-Kino beim Kanzlerturm.

Mittelalterfest, am 2. Sa/So im Sept., dann wird die ganze Altstadt zur Bühne für Ritterturnier, Feuerspektakel und Gaukler. www.mittelalter.co.at.

Übernachten *** Stadthotel Eggenburg **7**, historisches, verschachteltes Gebäude in der Altstadt mit 30 sauberen, etwas altmodisch-eleganten Zimmern – die einzige große Unterkunft in Eggenburg. DZ 96–100 €. Kremser Str. 8, ✆ 02984-3531, www.oppitz.at.

Köpf **2**, zwei komfortable Zimmer bzw. Fewos im Landhausstil am Stadtplatz. DZ 54–60 €, Fewo ab 45 €. Hauptplatz 16, ✆ 02984-2594, www.zimmer-koepf.at.

Jony **6**, 3 gemütlich rustikale Zimmer und 2 Ferienwohnungen in der Altstadt. DZ 54–60 €, Fewo (2 Pers.) ab 45 €. Kremserstr. 4, ✆ 02984-3131, www.members.aon.at/jony.

Wohnmobile 6 Stellplätze **1** am Erzherzog-Karl-Ring 19 außerhalb der Stadtmauer, 4 €/Tag, Strom und Wasser kosten extra. Geöffnet Ostern bis 1. Nov.

Essen & Trinken Oppitz **7**, Restaurant im Stadthotel (s. o.), große Auswahl an guter altösterreichischer Küche, das Ambiente ist etwas altbacken. Hauptgericht 11–18 €. Kein Ruhetag, So nur bis 18 Uhr. Warme Küche mittags und abends.

Landgasthaus zum Seher **3**, von einer Privatinitiative wiederbelebtes Bühnenwirts-

Weinviertel → Karte hintere Umschlagklappe

haus mit sehr guter Küche, auf regionale und Biozutaten wird Wert gelegt. Hauptgericht 9–13 €, 2-Gänge-Mittagsmenü (auch vegetarisch) für 7,40 € (nur Mo–Fr). Kein Ruhetag, durchgehend Küche. Hauptplatz 17, ✆ 02984-20031, www.landgasthaus-seher.at. ■

Café-Konditorei Bucher 5, modernes Lokal über zwei Geschosse; herrliche Mehlspeisen und Eisbecher. Gastgarten. Mo–Sa 6–18.30, So 8–18.30 Uhr. Hauptplatz 6.

Die Kramerey 4, moderne Café-Bar in historischen Mauern mitten am Hauptplatz. Frühstück, Kaffeespezialiäten, Eisbecher, Weinviertler Weine, Antipasti, regionale Schmankerl. Mo–Do 7.30–23, Fr/Sa bis 1 Uhr, So 9–23 Uhr. Grätzl 2, ✆ 02984-20810.

Umgebung von Eggenburg

Kellergasse Stoitzendorf: 4 km östlich von Eggenburg (B 2 Richtung Hollabrunn). Die von Nussbäumen gesäumte malerische Kellergasse mit ihrem Rebsortenpfad ist ein beliebtes Ausflugsziel. Stoitzendorf ist von Eggenburg (ab Krahuletz-Museum) auch zu Fuß über den *Stein-&-Wein-Wanderweg* (s. u.) bzw. mit dem Rad in rund 6 km über den markierten *Bertha-v.-Suttner-Weg* zu erreichen.

Heurige: In der Kellergasse haben die Betriebe *Knell* (Nr. 61, ✆ 0664-73702223), *Maurer* (Nr. 4, ✆ 0664-3734897) und Eggenhofer (✆ 0664-9742088) das Jahr über abwechselnd geöffnet (Fr/Sa ab 16, So ab 15 Uhr).

Stein-und-Wein-Wanderweg: Der beschilderte Rundweg (Gratisflyer in der Touristinfo) führt vom Krahuletz-Museum in Eggenburg über den Vitusberg mit einer **Kalvarienberganlage** (die bei einer monumentalen Kreuzigungsgruppe von 1688 endet, in deren Nähe auch eine Nachbildung des Heiligen Grabs in Jerusalem von 1675) zu den **Kogelsteinen** und zur **Fehhaube**. Diese zu bizarren Gebilden verwitterten Felsformationen auf einer aussichtsreichen Kuppe 3 km östlich von Eggenburg sind ein letzter Gruß des Waldviertler Granits. Die Trockenrasen rundum sind ein geschützter Lebensraum für seltene Tiere und Pflanzen, wie Feldhamster und Kuhschelle. Der Weg führt weiter zur Kellergasse Stoitzendorf (s. o.) und auf dem *Bertha-v.-Suttner-Weg* nach Eggenburg zurück (Gesamtgehzeit 2½ Std.).

Leonhardkirche bei Wartberg: Weithin sichtbar ist die fotogen auf einem Hügel in der Landschaft thronende Kirche. Chor und Langhaus stammen aus der Gotik (um 1330), der Turm ist barock. Vor dem Portal ragt eine Dreifaltigkeitssäule (1733) auf. In den strauchlosen Ebenen der Umgebung leben *Großtrappen*, mit bis zu 16 kg die schwersten flugfähigen Vögel Europas. Um ihren Lebensraum zu verbessern und ihre Population zu erhöhen, wurde hier ein EU-gefördertes Schutzprojekt realisiert, eine Tafel informiert darüber.

Straning: 5 km südöstlich von Eggenburg stößt man in diesem Winzerdorf auf die bemerkenswerte, stuckverzierte Pfarrkirche Mariä Himmelfahrt (1742) und auf die Kellergasse Viehtrift mit imposanten zwei- bis dreigeschossigen Presshäusern.

Übernachten/Heuriger Winzerhof Krottendorfer, gemütlicher Buschenschank mit kalter Jause in einem Presshaus in der Kellergasse Viehtrift; 5x im Jahr ausg'steckt (Fr/Sa/Mo ab 17, So ab 15 Uhr). 3 schöne Zimmer unter alten Holzdecken auf dem Winzerhof. DZ 56–66 €. 3755 Straning 15, ✆ 0676-6900168, www.krottendorfer.at.

Steinmetzhaus und Steinbruch in Zogelsdorf: Der südlich von Eggenburg vorkommende *Zogelsdorfer Kalksandstein*, der aus den Kalkschalen der Mikroorganismen im Eggenburger Meer entstanden ist, war seit dem Mittelalter ein bevorzugtes Baumaterial. Seine Blütezeit erlebte er im Barock: Unzählige Kleindenkmäler und Dreifaltigkeitssäulen im Wald- und Weinviertel sowie die Skulpturen der Hofburg und von Schloss Belvedere in Wien wurden aus ihm gemeißelt. Das *Steinmetzhaus Zogelsdorf* (3 km südlich von Eggenburg, an der B 35) dokumentiert seine Entstehung, Vorkommen und Bearbeitung und zeigt Werkzeuge und schöne Endprodukte.

1. April bis 15. Nov. Sa 14–17, So 10–12 und 14–17 Uhr. Eintritt 3 €.

Die ab dem Ende des 19. Jh. wirtschaftlich nicht mehr rentablen Steinbrüche sind heute zugeschüttet. Einen kleinen freigelegten Teil des *Johannessteinbruchs* kann man am Ortsrand, 350 m nordwestlich vom Steinmetzhaus, besichtigen.

Kirche und Karner in Burgschleinitz: 5 km südlich von Eggenburg gibt es ein malerisches Ensemble zu sehen: Die Pfarrkirche Hl. Michael besitzt ein romanisches

Weinviertel → Karte hintere Umschlagklappe

Langhaus sowie Turm und Chor aus der Gotik. Den romanisch-gotischen Rundkarner mit dem auffälligen steinernen Kegeldach ziert eine Außenkanzel mit Reliefs der Evangelisten (1580).

Die Zufahrt erfolgt direkt von der B 35.

Burg, Kirche und Karner in Kühnring: Kühnring, 3 km südwestlich von Eggenburg (B 2 Richtung Horn), zeigt ebenfalls ein Kirche-Karner-Ensemble, dessen Bauplatz historisch bedeutsam ist, befand sich hier doch die Stammburg der Kuenringer. Die romanischen Bauteile der Kirche, also Turm und Apsis mit Relieffigur, sind noch Reste der früheren Burgkapelle, die Azzo, Stammvater der Kuenringer, um 1083 bauen ließ. Von der Burg selbst sind nur wenige Steinblöcke erhalten, auf denen 1732 eine Kalvarienberggruppe – ein schönes Beispiel der Eggenburger Steinmetzkunst – errichtet wurde. Der spätromanische Karner mit seinem Zwiebeltürmchen aus dem 19. Jahrhundert vervollständigt das reizvolle, von einer Mauer umschlossene Ensemble.

Röschitz: Der Weinbauort (1000 Ew.) 7 km nordöstlich von Eggenburg ist bekannt für den **Weberkeller** mit Porträts bekannter Persönlichkeiten, die von Generationen der Familie Weber in die Lösswände des Weinkellers geschnitzt wurden (Führungen April–Sept. Di–So 16.30, 18 Uhr. Eintritt 4,50 €, ✆ 02984-4000). Beim Weberkeller startet auch ein beschilderter, 9 km langer *Erlebnisweg* durch und rund um den Ort. Station 2 ist die hochbarocke *Pfarrkirche St. Nikolaus* (1780) mit zwei Altarbildern des Kremser Schmidt, Station 3 ist der originelle Aussichtspunkt *Weinviertelwarte* in Form eines Edelstahltanks.

Übernachten/Heurige **Weingut Krottendorfer**, das traditionelle Weingut in Ortsmitte vermietet 4 modern-rustikale Zimmer. DZ 56–66 €. Hauptstr. 14, ✆ 0664-1572160, www.krottendorferwein.at.

Weingut Ruttenstock, 2 Doppel- und ein Vier-Bett-Zimmer im Winzerhof mitten im Ort. Im Juli/Aug. ist 14 Tage ausg'steckt (tägl. ab 16 Uhr). DZ 56–62 €. Hauptstr. 21, ✆ 02984-3003, www.ruttenstock.at.

Zum Gruber, Presshausheuriger mit warmer Küche und Garten. Ganzjährig Di–So ab 16 Uhr. Pulkauerstraße, ✆ 02984-4000, www.zumgruber.at.

Beliebtes Ausflugsziel – die Kellergasse von Stoitzendorf

Am Hauptplatz von Retz

Retz

4200 Einwohner, 252 m

Der mittelalterliche Hauptplatz mit schönen Bürgerhäusern, das sehenswerte Kellerlabyrinth darunter, eine Windmühle als Wahrzeichen und nicht zuletzt die rauschenden Wein- und Kürbisfeste machen die traditionsreiche Weinstadt zu einem Höhepunkt des Weinviertels.

Retz liegt inmitten einer sanftwelligen Hügel- und Weingartenlandschaft im nordwestlichsten Eck des Weinviertels. Tschechien ist nah, ebenso das Waldviertel. Die südländische Atmosphäre der Gegend kommt vom niederschlagsarmen Klima. 60.000 Hektoliter Wein werden heute in und um Retz gekeltert, zwei Drittel sind weiß, ein Drittel rot. Und mit Weinbau und Weinhandel ist die Stadt schon seit dem Mittelalter verbunden.

Gegründet wurde Retz 1279 von den Grafen Rabenswald-Hardegg als planmäßig angelegte, befestigte Stadt neben einer gut 100 Jahre älteren, um die Pfarrkirche St. Stephan gruppierten Siedlung, die heute noch Altstadt genannt wird. 1425 gelang es den Hussiten, Retz zu erstürmen, indem sie die Stadtmauern untergruben und durch die damals schon als Weinlager genutzten Keller ins Stadtinnere gelangten. Nach dem Wiederaufbau eroberte der ungarische König Matthias Corvinus die Stadt. Er gewährte Privilegien zum Weinhandel und löste damit eine erste Blütezeit aus. Eine weitere erlebte die Stadt um 1800, Retzer Wein wurde damals in alle Winkel der Monarchie und bis zum russischen Zaren geliefert. Mit dem Fall des Eisernen Vorhangs und beflügelt durch die 1998-2002 hier gefilmte TV-Serie über die Bezirksrichterin „Julia – Eine ungewöhnliche Frau“ erlebte Retz einen touristischen Aufschwung.

Weinviertel → Karte hintere Umschlagklappe

Sehenswertes

Hauptplatz: Zentraler Anlaufpunkt der Stadt ist der 180 x 70 m große Platz, einer der größten Marktplätze Österreichs. Beherrschende Bauten sind das grätzelartig in der Mitte stehende dottergelbe *Rathaus* (s. u.) und das nach seinen Besitzern im 19. Jh. benannte *Verderberhaus*, ein zinnenbekrönter Bau im hier seltenen venezianischen Renaissancestil aus dem 16. Jahrhundert. Ebenfalls aus dieser Zeit stammt das *Sgraffitohaus* gegenüber mit der tierischen Darstellung der zehn Lebensalter. Den Platz zieren zudem eine kunstvolle *Dreifaltigkeitssäule* (1744), ein *Pranger* mit Marktschwert (1561), eine *Mariensäule* (1680) und die beiden barocken Stadtbrunnen, aus denen beim Weinlesefest Rebensaft rinnt (sonst kein Trinkwasser). Beachten sollte man auch die Dunstlöcher, über die die Feuchtigkeit der darunter gelegenen Weinkeller entströmt.

Sogenannte Dunstlöcher entlüften das Retzer Kellersystem

Rathaus: Seit dem 13. Jh. stand mitten auf dem Platz eine gotische Marienkapelle mit Turm, die den Retzer Stadtherren nach der Reformation 1560 zum Umbau in ein Rathaus überlassen wurde. Durch eine Zwischendecke wurde sie zweigeteilt, unten blieb die in der Rokokozeit um 1760 prachtvoll mit Fresken in Blau- und Goldtönen ausgemalte Kapelle bestehen, im Obergeschoss wurden ein Bürger- und der um 1740 barockisierte *Ratssaal* (mit Gemälden des Kremser Schmidt) eingerichtet. Der frühere Kirchturm wurde im 17. Jh. zum 57 m hohen Rathausturm ausgebaut. Vom hölzernen Laufgang der Türmerstube hat man einen schönen Blick auf die Stadt.

Rathauskapelle: Mai–Okt. 10.15–10.30 und 15.45–16 Uhr (freiwillige Spende). **Rathausturm** (128 Stufen): Mai–Okt. tägl. 9–18, So nur bis 16 Uhr. Eintritt 1 € (Drehkreuz).

Retzer Erlebniskeller: Unter dem Stadtkern verbirgt sich der größte historische Weinkeller Österreichs mit einer vermuteten Gesamtlänge von 20 km. Seine Stollen wurden ab dem 13. Jahrhundert in die 30 m hohe prähistorische Sandschicht, die sich im Eggenburger Meer abgelagert hat und auf der die Stadt steht, gegraben. Die Kellergänge bzw. -röhren hält keine Stützkonstruktion, nur die hohe Luftfeuchtigkeit verhindert das Austrocknen und Einstürzen. Der wasserdichte Lehmboden an der Oberfläche schützt vor Wassereintritt von außen.

Im Rahmen einer *Führung* kann man etwa 1 km des einzigartigen Kellersystems besichtigen. Die Tour beginnt am Hauptplatz, nach einem kurzen Spaziergang geht es in die konstant 10–12 °C kühle „Unterwelt“: zunächst durch die ziegelverkleideten Keller der einstigen Weinhändlerfamilie Mössmer, dann durch die frühgotischen Kellerröhren des Stadt- und Burgkellers unterhalb des Althofs, vorbei an Weinfässern und riesigen Weinzisternen. Man lernt die Geschichte des Weins kennen, seine Symbole, Mythen sowie die Bedeutung des Retzer Weinhandels. Durch die der Entlüftung dienenden sog. Dunstlöcher hört man das Stimmengewirr vom darüberliegenden Hauptplatz, den an manchen Stellen nur eine 80 cm dicke Schicht vom Keller trennt. Endpunkt der 90-minütigen Führung ist die Vinothek des Althofs Retz, wo der Besucher eine Wein- bzw. Traubensaftprobe erhält.

Führungen: Mai–Okt. tägl. 10.30, 14, 16 Uhr, März/April & Nov./Dez. tägl. 14 Uhr, Jan./Febr. Sa/So 14 Uhr. Ticketverkauf und Treffpunkt in der Touristinformation am Hauptplatz. Eintritt 11 €, Kind 4,50 €. NÖ-Card 1x gültig. www.erlebniskeller.at.

Fahrradmuseum: Das in den Gewölben des Schüttkastens, des früheren Getreidespeichers von Schloss Gatterburg eingerichtete kleine Museum zeigt rund 140 historische Fahrräder, Laufräder, alte Werbetafeln, Fahrradglocken sowie ein Hochrad. Das Schloss selbst stammt im Kern aus der Spätgotik (15. Jh.) und ist bis heute im Besitz der Grafen Suttner-Gatterburg, die hier ein Weingut betreiben.

Mai–Okt. tägl. 14–17 Uhr. Eintritt 3 € oder NÖ-Card. Schlossplatz 5, ✆ 0664-6431791, www.fahrradmuseum.at.

Museum Retz: Im einstigen spätgotischen Bürgerspital beim Znaimer Tor werden anhand ausgewählter Exponate, darunter ein Stadtmodell von 1740, in 16 Stationen die wichtigsten Ereignisse der Retzer Geschichte vorgestellt. Zu sehen gibt es zudem eine Musikinstrumentensammlung mit Liszt-Flügel, Objekte zum bürgerlichen Leben und aus der Welt der Zünfte. Die *Südmährische Galerie* zeigt Aquarelle, Landkarten und Plastiken zum Thema „Südmährer bis 1945".

Karsamstag bis 26. Okt. Fr–So 13–17 Uhr. Eintritt 3 € oder NÖ-Card, Kinder frei. Znaimer Str. 7, www.museumretz.at.

Stadtmauern: Im Zuge der Stadtgründung Ende des 13. Jh. erhielt Retz eine starke Befestigung mit Mauern und Gräben. Zwei Tore, das *Znaimer Tor* im Norden und das *Nalber Tor* im Süden, sind noch erhalten, ebenso drei Ecktürme und einige Mauerteile. Ein beschilderter Rundweg beginnt am Hauptplatz vor der Touristinformation; in dieser ist auch ein Flyer dazu erhältlich.

Die Windmühle ist das Retzer Wahrzeichen

Dominikanerkirche: Die vom Stadtgründer Graf Rabenswalde-Hardegg gestiftete gotische Kirche ist in die Südwestecke der Stadtmauer integriert. Sie wurde 1295 fertiggestellt und ist die älteste dreischiffige Hallenkirche Österreichs. Ihr düsteres Inneres ist barock ausgestattet. Die Klosterbauten nebenan entstanden im 18. Jh. neu.

Windmühle: Das auf einer Anhöhe oberhalb der Stadt gelegene Retzer Wahrzeichen darf man schon wegen der schönen Aussicht nicht versäumen. Die Mühle wurde 1853 erbaut und ist nach einer Renovierung 2010 die letzte betriebstüchtige, mit Windkraft betriebene Getreidemühle Österreichs. In der zugehörigen Backstube wird noch Brot aus dem hier gemahlenen Vollkornmehl

Weinviertel → Karte hintere Umschlagklappe

gebacken. Von einer weiteren Mühle ist nur noch der runde Steinbau erhalten. Bei einer Führung erhält man die Technik der Mühle anschaulich erläutert, sieht das imposante Mahlwerk und erfährt unter anderem, wie die Flügel in den Wind ausgerichtet und wieder gebremst werden. Wenige Schritte entfernt liegt der figurenreiche **Kalvarienberg**, ein schönes Beispiel der Eggenburger Steinmetzkunst. Die Mühle erreicht man vom Stadtzentrum über die Windmühlgasse in 15 Gehminuten.

Führungen: Mai–Sept. tägl. 11–17 Uhr, April/Okt. Mo–Fr 11 & 15 Uhr, Sa/So 11–17 Uhr. Eintritt (inkl. Weinprobe/Traubensaft im Windmühlheurigen) 5 €, Kind 2 €. NÖ-Card 1x gültig. Brotbacken nur für Gruppen nach Voranmeldung. www.windmuehle.at.

Retzbach: Die Weinbaugemeinde 4 km nordöstlich von Retz besteht aus mehreren idyllischen Ortsteilen. Vom Heiligen Stein in **Mitterretzbach**, einem alten Kultplatz mit Schalenstein und Mauerresten einer Wallfahrtskirche, genießt man eine herrliche Aussicht nach Südmähren. Von Mai bis September ist Fr–So auch eine einfache Weinschenke geöffnet. In der Ortsmitte von **Unterretzbach** hat sich noch der große, vom Retzbach durchflossene Dorfanger erhalten. Einst war er Viehweide, heute reihen sich kleine Blumen-, Kräuter-, Obst- und Gemüsegärten aneinander, die man auf einem Schaugartenweg erleben kann (www.angergaerten.at).

Basis-Infos

Information Tourismusbüro, zahlreiche Prospekte, Wanderkarten, Souvenirs (z. B. „Weinviertel Strohhut“), regionale Produkte und Weine zu Ab-Hof-Preisen. Mai–Okt. Mo–Sa 9–18, So 9–16, sonst Mo–Sa 9–12 Uhr, März & Nov./Dez. bis 14 Uhr. 2070 Retz, Hauptplatz 30, ✆ 02942-2700, www.weinstadt-retz.at (Prospekte zum Download).

Hin und weg Bahn: 1x stündl. nach Hollabrunn und Wien Hauptbhf. **Bus**: 1–5x tägl. nach Hardegg. Mo–Fr 6x tägl. nach Pulkau, Sa nur 1x.

Reblaus-Express: Die Nostalgiebahn mit Gratisradtransport verkehrt von 1. Mai bis 26. Okt. Sa, So, Feiertag 3x tägl. zwischen Retz und Drosendorf. Heurigenwagen in jedem Zug. Ticket Retz-Drosendorf 14 €, Tageskarte 19 €, NÖ-Card 1x gültig. ✆ 02742-36099099, www.reblaus-express.at.

Taxi Das **Gäste-Taxi** fährt von April bis 26. Okt. von 16 bis 20 Uhr für 1,50 € zwischen Heurigen, Gasthäusern und Unterkünften. Nur für Übernachtungsgäste.

Einkaufen **Vinarium** 7, 150 Weine von 60 Retzer Winzern im Althof Retz (→ Hotel). April–Okt. tägl. 10–18 Uhr. Hier enden die Führungen durch den Erlebniskeller.

Weinquartier 11, Niederösterreichs größte Gebietsvinothek; 300 Weine von 50 Weinviertler Winzern zu Ab-Hof-Preisen. Tägl. außer Di 10–18 Uhr. Hauptplatz 4–5, www.weinquartier.at.

Bauernladen Retzer Land 13, Mohnöl, Bionudeln, Honig, Essig, Wurst … aus der Region. Mo–Sa 8.30–18 Uhr. Kremser Str. 2. ■

Feste **Retzer Weinwoche**, 10 Tage ab Fronleichnam, www.retzer-weinwoche.at.

Festival Retz, im Juli, Literatur, Oper und Konzerte in Zusammenarbeit mit dem Musikfestival Znaim. www.festivalretz.at.

Retzer Weinlesefest, am letzten Fr–So im Sept., Weinbrunnen am Hauptplatz, Winzerumzug. www.retzer-weinlesefest.at.

Kürbisfest im Retzer Land, um den 26. Okt., jährlich abwechselnd in fünf Orten (2016 in Obermarkersdorf, 2017 in Unterretzbach, 2018 in Retz), Brauchtumsfest rund um den „Bluza“ mit Kürbisumzug, Musik und Folklore. www.kuerbisfest.at.

Radeln **Weinviertel DAC Radroute**, beschilderte mittelschwere Rundtour von Retz (Start am Hauptplatz) via Pulkau, Röschitz und Zellerndorf durch das hügelige Retzer Land (55 km). Unterwegs gibt es 4 Radler-Rastplätze mit Selbstbedienung gegen freiwillige Spende.

An Wochenenden von Mai bis Okt. gelangt man mit dem Reblaus-Express (s. o.) bis Drosendorf und von dort mit dem Fahrrad entlang der **Kamp-Thaya-March-Route** via Hardegg nach Retz zurück (42 km).

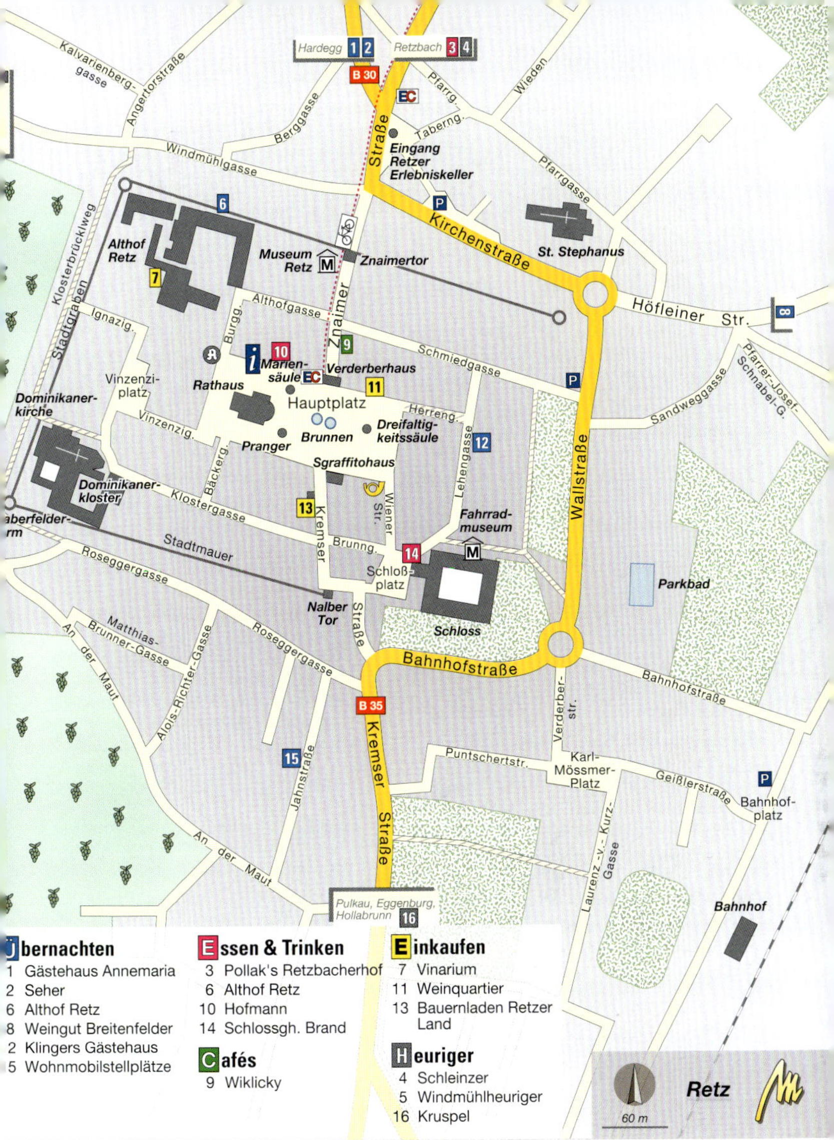

Übernachten/Essen & Trinken

Hotel **** Althof Retz 6, revitalisierter Gutshof im Zentrum mit 100 Zimmern im Landhausstil in unterschiedlichen Kategorien, viele älter, eng und unter dem Dach. Am neuesten sind die 8 Winzerzimmer. Neu ist auch der VinoSPA mit Pool auf dem Dach und Saunalandschaft. Freundlicher Service. Restaurant mit gehobener Regionalküche. Leihräder für Gäste (12,50 €/Tag). Schöner Innenhof. DZ 198–250 €. Garage 7,50 €/Tag. Althofgasse 14, ✆ 02942-3711, www.althof.at.

Privatzimmer Klingers Gästehaus **12**, ein steirisch-hanseatisches Paar hat in zwei Häusern hinter dem Hauptplatz 4 individuelle Zimmer im Stilmix zwischen Barock, Moderne und Shabby Chic eingerichtet. Garten, kein TV. DZ 78 €, Frühstück 8 €/Pers. Lehengasse 14, ✆ 0676-9706652, www.klingersgaestehaus.at.

Gästehaus Annemaria **1**, 2,5 km nordöstlich mitten in den Retzer Weinbergen. 4 geschmackvolle Zimmer. DZ 70–80 €. Fladnitzerstr. 125, ✆ 0664-3524886, www.weingut-lustig.at.

Weinbauernhof Seher **2**, 20 Gehminuten außerhalb des Zentrums. 4 Vollholz-Zimmer mit Blick zum Innenhof. DZ 70–80 €. Lange Zeile 42, ✆ 0664-7690304, www.wein-seher.at.

Weingut Breitenfelder **8**, 5 modern-rustikale Zimmer und Genießerzimmer bei einem Topwinzer in einem idillyschen Angerdorf 4 km östl. von Retz. DZ 76–90 €. Kleinriedenthal 3, ✆ 02942-2953, www.weingut-breitenfelder.at.

Wohnmobile 5 Stellplätze **15** auf dem Parkplatz Jahnstraße. 3 €/Tag, Strom und Wasser kosten extra. April bis Mitte Sept.

Restaurants/Imbiss/Cafés Schlossgasthaus Brand **14**, freundliches, bodenständiges Wirtshaus in einem barocken Giebelhaus neben dem Schloss. Gastgarten, regionale Küche, das Rindfleisch kommt aus eigener Zucht. Hauptgericht 10–15 €. Tägl. außer Mo 8–22 Uhr. Schlossplatz 5, ✆ 02942-2494, www.schlossgasthaus-brand.at.

Pollak's Retzbacherhof **3**, die beste Adresse weit und breit. Schön revitalisiertes Dorfwirtshaus mit traumhaftem Kastaniengarten in Unterretzbach, 7 km nordöstlich. Haubenkoch Harald Pollak sorgt für die verfeinerte Regionalküche zu günstigen Preisen, die Zutaten sind aus der Umgebung. (à la carte 9–21 €). Wirtshauskulturbetrieb. Mi 17–24 (Mai–Okt. ab 10 Uhr), Do–Sa 10–24, So 10–17 Uhr, Küche mittags und abends. Bahnstr. 1, ✆ 02942-20171, www.retzbacherhof.at.

Hofmann **10**, Filiale des bekannten Hollabrunner Fleischers, in der es Mo–Fr preiswerte Mittagsmenüs gibt. Mo–Fr 7.30–18, Sa 7.15–12 Uhr. Hauptplatz 32, www.weinviertler-fleischerei.at.

Konditorei Wiklicky **9**, Café-Konditorei in einem alten Bürgerhaus beim Znaimer Tor mit Veltliner-Kugeln, Retzer Talern ... Gutes Eis. Di–Sa 8–18, So 9–19 Uhr.

Heurige Windmühlheuriger **5**, am Fuß der Windmühle mit Glasanbau in moderner Architektur. Kalte Heurigenküche. 6x jährlich ausg'steckt (Sa/So ab 15 Uhr, zur Hauptsaison Di–So ab 11 Uhr). Kalvarienberg 1, ✆ 0664-73866875, www.windmuehle.at.

››› **Unser Tipp:** Sonnenheuriger Schleinzer **4**, Kellergassenlokal mit Terrasse am nördlichen Ortsrand von Unterretzbach. Kalte Heurigengerichte, viele Zutaten aus eigenem Anbau. 10x jährlich ausg'steckt (tägl. ab 16 Uhr). Weinberggasse 120, ✆ 02946-20312, www.sonnenheuriger.at. ‹‹‹

Kruspel **16**, schmucker Buschenschank mit Wintergarten und kalten Heurigenspezialiäten in Unternalb südlich von Retz. 6x jährlich ausg'steckt (Mo/Di und Do/Fr ab 16 Uhr, Sa/So ab 15 Uhr). Retzerstr. 8, ✆ 02942-3231, www.kruspel.at.

Pulkau

1550 Einwohner, 291 m

Das alte Weinstädtchen 11 km südwestlich von Retz, am Übergang vom Waldviertel zum Weinviertel gelegen, lockt Kunstinteressierte mit einem berühmten Flügelaltar – und Wanderfreunde mit abwechslungsreichen Wegen.

Pulkau wird überragt von der gotischen *Pfarrkirche St. Michael* (deren wehrhafter Turm noch aus der Romanik stammt) und dem bemerkenswerten *Rundkarner* von 1250 mit zwölf figurengeschmückten, gotischen Giebelspitzen. Unterhalb im Stadtzentrum steht die mächtige *Heiligblutkirche* von 1397; ihre eigenwillige Form rührt daher, dass nur Chor, Querhaus und ein Turm fertiggestellt wurden. Gebaut hat man sie anlässlich eines Wunders – eine durchstochene Hostie hatte zu bluten begonnen. Der Hostienschändung beschuldigt wurden Juden, was 1338 zu Pogromen in der Region führte. Die Kirche birgt den berühmten *Pulkauer Flügelaltar* (s. u.). Am nahen kleinen Rathausplatz stößt man auf das schmucke *Rathaus* von

1659 mit barocker Giebelfassade sowie einen *Pranger* (1542). Über die Rathausgasse geht es weiter zum dörflichen, von Ackerbürgerhäusern umstandenen *Hauptplatz* mit einer barocken *Dreifaltigkeitssäule* in seiner Mitte, an deren Spitze Gottvater seinen toten Sohn wie bei einer Pietà im Arm hält. Wegen des schönen Blicks sollte man die Südeinfahrt von der B 45 ins Stadtzentrum nehmen. Fährt man an der B 45 noch 1,5 km weiter Richtung Horn, gelangt man zu der idyllisch in einer Mulde im Wald gelegenen barocken Wallfahrtskapelle **Pulkauer Bründl** (Fest alljährlich am 2. Juli).

Pulkau, vorne die Heiligblutkirche

Sehenswertes/Wandern

Pulkauer Flügelaltar: Der 10 m hohe, 1515 angefertigte Altar zählt zu den bedeutendsten gotischen Schnitzwerken Österreichs. Im Mittelschrein sieht man Christus, rechts den heiligen Sebastian, links den heiligen Bartholomäus. Die bemalten Seitenflügel zeigen Passionsszenen, die Flügel der Predella die antisemitische Darstellung des Hostienfrevels, weshalb sie geschlossen bleiben. Durch ein Gitter kann man auch ohne Führung einen Blick auf den Altar werfen.

1. April bis 31. Okt. Mo–Fr 9–12 Uhr. Führung (Dauer 30 Min.) 1,50 €, Treffpunkt im Tourismusbüro. ✆ 0664-5730989.

Rundwanderwege: Ab dem Rathausplatz sind sechs Rundtouren ausgeschildert, größtenteils durch das waldreiche Landschaftsschutzgebiet „Oberes Pulkautal“. Besonders beliebt ist die *Tour P 1* (9,5 km, 2½ Std.) über die Bründlkapelle zu den Resten der *Ruine Neudegg* und zurück. *Tour P 2* (8 km, 2 Std.) führt über die Bründlkapelle und die Teufelswand zur hölzernen **Aussichtswarte Pulkau** und zurück.

Information Tourismusbüro, April bis Ende Okt. Mo–Fr. 9–12 Uhr. Rathausplatz 1, Eingang Schottengasse, ✆ 0664-3827351, www.pulkau-noe.at, www.pulkau.gv.at.

Hin und weg Bus: Mo–Fr 6x tägl. nach Retz und Eggenburg, Sa nur 1–3x tägl., So keine Verbindungen!

Übernachten *** Pension Rudi, große Pension in ruhiger Lage westl. des Orts, 16 modern-rustikale Zimmer, teils mit Balkon. Sauna, Swimmingpool. DZ 64–76 €. Geöffnet April–Nov. Pulkautal 25, ✆ 02946-2523, www.weinundbett.at.

Kober, 5 nette, gemütliche Privatzimmer mit Holzfußboden in der Ortsmitte. DZ 56 €. Geöffnet März–Nov. Brückenplatz 3, ✆ 02946-2364, www.kober-pension-pulkau.at.

Wohnmobile 8 Schotterplätze in der Rat-Cumfe-Straße. 5 €/Tag, Strom kostet extra. ✆ 02946-2276.

Essen & Trinken Vis a vis, gemütliches Café-Wirtshaus und beliebter Treffpunkt mitten in Pulkau. Tägl. außer Mo ab 9 Uhr, Di erst ab 17 Uhr. Rathausplatz 9.

Café-Konditorei Bucher, Filiale des Familienbetriebs aus Eggenburg. Frische Backwaren, Mehlspeisen, Eis, Garten im Innenhof. Mo–Sa 6–18.30, So 8–18.30 Uhr. Rathausgasse 6.

Weinviertel → Karte hintere Umschlagklappe

Haugsdorfer Kellertrift zur Zeit der Weinlese

Im Pulkautal

In dem breiten, von sanften Anhöhen gesäumten Tal kann man Österreichs längste und schönste Kellergassen entdecken. In dieser idyllischen Landschaft ließ Alfred Komarek seine Romanfigur, den bedächtigen Gendarmerie-Inspektor Simon Polt, bisher sieben Fälle lösen.

Die Pulkau entspringt im östlichen Waldviertel, kommt bei Pulkau ins Weinviertel und fließt dann von West nach Ost bis Laa, wo sie in die Thaya mündet. Das Pulkautal ist geprägt von Weingärten, Waldflecken, Kürbis- und Getreidefeldern. Die Dörfer reihen sich entlang des Flusses, der eigentlich nur ein Bach ist. Die Kellergassen – liebevoll gepflegt und hier *Kellertriften* genannt (weil durch sie Schafe und Ziegen auf die Weide getrieben wurden) – ziehen sich von den Ortschaften die rebenbewachsenen Nordhänge hinauf. Das besonders milde, sonnenreiche Kleinklima und die Kessellage lassen im Tal hervorragende Rotweine reifen.

Zellerndorf

2450 Einwohner, 230 m

Die Marktgemeinde besitzt einige der schönsten Kellertriften der Region. Dazu zählt die 1750 erstmals erwähnte *Kellergasse Maulavern*, die am westlichen Ortsende von der B 45 aus auf einen Hügel ansteigt. Auf 750 m Länge verteilen sich über 80 weiß getünchte Presshäuser, dazwischen ragen eine Handvoll Bildstöcke auf. Jeden letzten Oktobersamstag ist die Gasse Schauplatz eines Kürbisfests, den Sommer über ist der Döller-Keller als Radlerrast geöffnet (tägl. 10–18 Uhr).

Außerhalb des Orts Richtung Pillersdorf steht ein schönes Ensemble aus gotischer *Pfarrkirche* und *Karner* (14. Jh.). Zum Ortsteil **Pillersdorf** (nordwestlich nahe der B 35) gehört auch die besonders romantische *Öhlbergkellergasse*, die sich zwischen Eichen und Nussbäumen mit 42 weißen Presshäusern durch einen Hohlweg windet (Radlerrast im Presshaus Mayer, Ostern bis Okt. tägl. 9–19 Uhr). Am westlichen

Rand von Pillersdorf erhebt sich weithin sichtbar auf einer Kuppe eine monumentale barocke, fünfteilige Kalvarienberggruppe von 1730.

Vom Ortsteil **Platt**, 3 km südlich von Zellerndorf erreicht man den Sandberg mit seinem Aussichtsturm (→ S. 250).

Hin und weg Bahn: alle 1–2 Std. nach Retz bzw. Wien Hauptbahnhof.

Übernachten/Essen **** **Retzerlandhof**, im freundlichen Landgasthof der Familie Graf direkt an der verkehrsreichen Hauptstraße gibt es je 2 nette Suiten und Zimmer. Das Gasthaus ist Wirtshauskulturmitglied und bietet gutbürgerliche Küche zu günstigen Preisen. Mo/Di Ruhetag. DZ 84–94 €. 2051 Zellerndorf, Hauptstr. 174, ✆ 02945-2245, www.retzerlandhof.at.

Heurige/Café **Maulavern**, Familie Diem, die auch Rinder züchtet, hat in der Kellergasse 5x jährlich geöffnet (Fr–Mo ab 16 Uhr). ✆ 0664-5984215, www.weinbauernhof-diem.at.

Platz-Schwayer, uriges Lokal in der Kellergasse Point mit Gastgarten in den Reben, nur kalte Gerichte. März–Aug. 3x ausg'steckt (Di/Fr ab 17 Uhr, Sa/So ab 16 Uhr). Hauptstr. 272, ✆ 02945-2212, www.schwayer.at.

Cafe & Sommerladen Weingut Prechtl, Frühstück, Snacks, Kaffeejause, handgerührtes Eis und die eigenen Top-Veltliner genießt man inmitten von Wohn- und Gartenaccessoires, die es fast alle zu kaufen gibt. Geöffnet April bis Weihnachten Sa 10–19 Uhr. Zellerndorf 12 (neben dem imposanten Barockpfarrhof), www.prechtl.at.

Haugsdorf

1550 Einwohner, 204 m

Der Verkehrsknotenpunkt und größte Ort im Pulkautal liegt an der Weinviertler Straße B 303, der Transitroute von Hollabrunn kommend Richtung Znaim. Der nördliche Ortsteil Kleinhaugsdorf liegt direkt an der Grenze, wo sich die unter Schnäppchenjägern beliebte Einkaufs- und Vergnügungsstadt *Excalibur City* ausbreitet. Haugsdorf ist die Rotweinmetropole des Weinviertels. Fast zwei Drittel der Rebfläche sind für Blauen Portugieser, Zweigelt und Blauburger reserviert.

Der Ort hat zwei parallele *Kellertriften,* die sich nach Norden zum aussichtsreichen Hutberg (296 m) hinaufziehen und auf halber Höhe miteinander verbunden sind. So kann man einen schönen Rundgang (Gehzeit ca. 50 Min.) vorbei an 220 weiß gekalkten Presshäusern absolvieren. Oben am Hutberg steht eine gemauerte Hüatahütte von 1887. Sie bot den Weingartenhütern Unterstand, die noch bis Mitte des 20. Jh. die Weinberge in der Lesezeit vor Traubendieben schützten.

Die *Kellertrift* im westlichen Ortsteil **Jetzelsdorf** besteht aus 95 Presshäusern, ebenfalls dem Wein dient die frühere Pfarrkirche von 1786 in der Ortsmitte. Sie wird als *Weinkirche* für Weinveranstaltungen genutzt.

Übernachten/Essen *** **Gasthof Hotel Raymund**, 3,5 km westl. von Haugsdorf. 8 nette Zimmer, gute Wirtshausküche (Hauptgericht 10–22 €). Mo/Di Ruhetag. DZ 64 €. Pernersdorf 93, ✆ 02944-8220, www.hotel-raymund.at.

Weingut Norbert Bauer, bekannter Rotweinwinzer mit 4 geschmackvoll mit moderner Kunst eingerichteten Zimmern und einem Genießerzimmer. DZ 82–102 €, Fr–Sa 10 € mehr. Jetzelsdorf 180, ✆ 02944-2565, www.bauer-wein.com.

Heuriger **Toifl**, uriger Buschenschank mit Garten in der Jetzelsdorfer Kellergasse. Kalte Jause, Aufstriche, Mehlspeisen. Geöffnet 7x im Jahr: Mo und Do–Sa ab 17 Uhr. Jetzelsdorf 121, ✆ 02944-2846, www.toiflwein.at.

Polt-Weg: Der beschilderte Fahrrad- und Wanderweg führt zwischen Pernersdorf und Mailberg in 6 Abschnitten an den Drehorten der „Polt-Verfilmungen" von Alfred Komareks Romanen vorbei (Gesamtlänge 58 km).

Weinviertel → Karte hintere Umschlagklappe

Kellertriften östlich von Haugsdorf

Diese Kellergassen zählen zu den romantischsten des Weinviertels: In **Alberndorf**, 3 km östlich von Haugsdorf, führt eine Kellergasse mit 200 Presshäusern Richtung Norden. Folgt man der Straße noch weiter, erreicht man nach ca. 1 Std. Gehzeit den *Haidberg* (314 m) mit einer stählernen *Aussichtswarte*, von der man bei klarer Luft bis zu den Voralpen sieht. Am Bergkamm weiter östlich stößt man auf einen schön gelegenen Rastplatz mit moderner Betonkunst und einer nahen Mariensäule.

Ebenfalls über 200 Presshäuser gibt es in der Kellertrift von **Untermarkersdorf**, zuerst monumentale, mehrgeschossige, dann kleinere, alle weiß getüncht mit grünen Türen und dazwischen idyllische Kellerplätze.

Hadres besitzt die mit 1,6 km längste geschlossene Kellergasse Europas, in der sich 420 Presshäuser aneinanderreihen.

Veranstaltungen Adventmarkt Hadres, am 2. und 3. Advent in der Kellertrift.

Übernachten/Essen Weingasthaus **Karlwirt**, aufgefrischtes Traditionswirtshaus in Alberndorf, im Sommer wird im Kastaniengarten gekocht und serviert. Preisgünstige Hausmannskost. Di/Mi Ruhetag. Es gibt auch 3 Gästezimmer. DZ 50–60 €. Hauptstr. 14, ✆ 02944-2346, www.weingasthaus-karlwirt.com.

Heurige **Gass**, in der Kellergasse Alberndorf, das Lokal ist eher ein Speisesaal, die kalten Heurigenschmankerl, wie der Pulkautaler Käseteller, sind gut. Geöffnet 5x im Jahr: Fr–Mo ab 17 Uhr. ✆ 02944-26090, www.genussheuriger.at.

Offene Kellertür, in der Untermarkersdorfer Kellertrift ist von Mai bis Aug. Fr–So ab 17 Uhr immer ein Heuriger geöffnet.

Seefeld-Kadolz

920 Einwohner, 192 m

Den etwas abseits von der B 45 gelegenen Ort dominiert das prachtvolle, vierflügelige *Schloss Seefeld*. Es wurde 1710 von den Grafen von Hardegg als barocke Sommerresidenz an der Stelle einer mittelalterlichen Kuenringerburg erbaut. Der 1594 verstorbene letzte Kuenringer ist in der örtlichen *Pfarrkirche St. Anna* begraben. Was am Hauptplatz wie ein Mausoleum aussieht, ist ein *Kaiser-Franz-Josef-Brunnen* von 1898, die passende Büste sitzt obenauf. Das Schloss dient Graf Maximilian von Hardegg als privater Wohnsitz. Seine Gutsverwaltung ist mit über 2000 Hektar Ackerland, 460 Hektar Forst, einer Schweinezucht und 41 Hektar Weingärten einer der größten landwirtschaftlichen Betriebe Österreichs (www.hardegg.at).

Einkaufen **Euregio VINOthek**, in der romantischen Kadolzer Kellertrift (hinter dem Schlossareal rechts). 125 Weine aus dem Pulkautal und aus Jaroslavice. April–Okt. tägl. 16–19 Uhr, Juni–Sept. bis 21 Uhr. Seefeld 39, ✆ 02943-2201.

Schlossweingut Graf Hardegg, im modernen Kellereigebäude am Rand der Seefelder Kellertrift (hinter dem Schlossareal links). Mo–Do 8–12 und 13–16, Fr 8–13 Uhr. www.grafhardegg.at.

Übernachten/Essen *** **JUFA Weinviertel**, freundliches Jugend- und Familiengästehaus in der schön revitalisierten Eselmühle von 1870. 140 Betten, aufgeteilt auf neue Zwei- und Vier-Bett-Zimmer, Sauna im Dachgeschoss, Kegelbahn, Café und Wirtshaus. DZ 80–90 €. Seefeld 59-60, ✆ 057083-730, www.jufa.eu/weinviertel.

Mailberg

570 Einwohner, 217 m

Der in einen Talkessel eingebettete Winzerort erfreut mit seiner schönen Lage, einem alten Schloss, romantischen Kellergassen und fruchtigen Weinen.

Die Kellergasse Zipf in Mailberg steht unter Denkmalschutz

Schloss Mailberg auf einer Anhöhe im Ort ist die weltweit älteste, seit 1146 bestehende Niederlassung des Souveränen Malteser-Ritterordens. Zu ihr gehören auch ein Weingut sowie Land- und Forstwirtschaft. Das Schloss selbst, das als stilvolles Hotel genutzt wird, zeigt ein Stilgemisch aus Gotik, Renaissance und Barock und geht im Kern auf eine Ordensburg des 12. Jahrhunderts zurück. Vom frei zugänglichen Innenhof erreicht man die *Schlosskirche St. Johannes*, die dem Ort als Pfarrkirche dient. Im Rahmen von Schlossführungen (tägl. 12 Uhr, Eintritt 5 € oder NÖ-Card) sieht man auch den Wappensaal und das Kaminzimmer.

Von den vier Mailberger Kellergassen ist die denkmalgeschützte obere Zeile der *Kellertrift Zipf* mit rund 20 Presshäusern die allerschönste. Unweit davon lohnt sich schon wegen des Panoramablicks der Aufstieg zur alten *Kunigundenkirche* (15. Jh.) auf einem Hügel im Ort.

Information www.mailberg.at.

Einkaufen **Schlossvinothek Mailberg**, in den Kellergewölben des Schlosses. 85 Weine der Qualitätsgemeinschaft „Mailberg Valley" zu Ab-Hof-Preisen. Tägl. 11–18 Uhr. www.mailbergvalley.at.

Fahrradverleih Im Schlosshotel, 10 €/Tag.

Wandern Beim Brunnenhäuschen am Hauptplatz starten zwei beschilderte **Rundwege**: Einer führt auf den bewaldeten **Buchberg** (416 m) westlich des Orts (Gehzeit 2 Std.), der zweite Weg **„Weinhöhenstraße"** verläuft aussichtsreich in 1½ Std. durch Weingärten.

Übernachten/Essen **** **Schlosshotel Mailberg**, 16 Zimmer und 5 Suiten in schön renovierten historischen Räumen im Schloss und im nahen Pfarrhof. Ruhige Lage, beliebt bei Hochzeiten. Das Restaurant im früheren Presshaus ist zurzeit geschlossen. DZ 100–120 €, Suite bis 190 €. ✆ 02943-30301, www.schlosshotel-mailberg.at.

Weindomizil Hagn, der moderne Designerbau des Traditionsweinguts über den Presshäusern des Orts ist Lounge, Weinbar, Vinothek und Restaurant (Do ab 16, Fr–So 10–24 Uhr; Hauptgericht 10–24 €) und bietet 6 moderne Zimmer mit Panoramaterrasse. DZ 100–115 €. Mailberg 154, ✆ 0676-84901579, www.hagn-weingut.at.

Heurige **Offene Kellertür**, im Juli/Aug. hat in Mailberg tägl. ab 15 Uhr ein Heuriger geöffnet. Falls doch nicht, kann man es in der Kellertrift von **Obritz**, 2,5 km nordwestlich, oder in den Kellergassen von **Nappersdorf** bzw. **Dürnleis**, ca. 7 km südlich, versuchen.

Weinviertel → Karte hintere Umschlagklappe

Eine der schönsten des Landes – die Kellergasse in Wildendürnbach

Laaer Ebene, Dreiländereck, Leiser Berge

Die brettflache, fruchtbare Landschaft um **Laa an der Thaya** ist geprägt von Weizen-, Zwiebel- und Sonnenblumenfeldern. Im Osten ist sie begrenzt von markanten Erhebungen, die in **Staatz** und **Falkenstein** von mächtigen Ruinen bekrönt sind. Dazwischen gibt es Schlösser, Museen, Kellergassen und ein ideales Terrain für Radwege. Die östlich anschließende Grenzregion um die Weinstadt **Poysdorf** nennt sich Dreiländereck. Im Süden geht die Laaer Ebene in Hügelland über und erhebt sich dann zum Naturpark der **Leiser Berge**, die im 491 m hohen Buschberg, der höchsten Erhebung des Weinviertels, gipfeln. **Mistelbach** ist das Zentrum des östlichen Weinviertels.

Laa an der Thaya

6200 Einwohner, 183 m

Eine moderne Therme, die einzige Bierbrauerei des Weinviertels und eine Handvoll historischer Bauten bietet die Stadt an der tschechischen Grenze, die von den Babenbergern im Jahre 1220 gegründet wurde.

Laa ist Verkehrsknotenpunkt und wirtschaftliches Zentrum im oberen Weinviertel. Über die Staatzer Straße B 46, die die Stadt im Osten umfährt, gelangt man in 24 km nach Mistelbach und über die verkehrsbelastete Laaer Straße B 6 in 46 km nach Korneuburg. Auf der Ostbahnstrecke verkehren Schnellbahnzüge bis Wien. Außerhalb der Stadt liegen Industriebetriebe, darunter *Brantner Fahrzeugbau*, der Kippanhänger produziert, und die weltgrößte Zitronensäurefabrik *Jungbunzlauer*. Laa heißt „an der Thaya", der Fluss rinnt aber heute auf tschechischer Seite vorbei, lediglich ein kanalisierter Thaya-Mühlbach fließt mitten durch die Stadt.

Vor der Thayaregulierung 1830 lag Laa in sumpfigen Auwäldern. Diese boten Schutz vor Feinden, die an der Grenze zahlreich waren. Die Schweden im 16. Jahrhundert sowie Napoleon und die Preußen im 19. Jh. verwüsteten die Stadt dennoch. Ein Aufschwung kam ab Mitte des 19. Jh., als sich Laa zu einem Umschlagplatz für Getreide entwickelte. Nach 1945 lag die Stadt am Eisernen Vorhang, bis am 21. 12. 1989 die Außenminister von Österreich und der damaligen Tschechoslowakei vor laufenden Kameras bei Laa den Grenzstacheldraht durchschnitten. Seit der Eröffnung der Therme 2002 haben sich die Gästezahlen verzehnfacht.

Sehenswertes

Stadtplatz mit Rathäusern: Den weiten, 240 x 120 m großen Platz beherrscht das prächtige, mit bunten Ziegeln gedeckte und mit einem verspielten Uhrturm bekrönte *Rathaus* (1899) im Stil der Neorenaissance. Unweit davon steht die *Pest-* oder *Mariensäule* (1680), etwas weiter der *Pranger* von 1575 mit einer Rolandfigur und dem Maß der Laaer Elle am Säulenschaft. Das *Alte Rathaus* gegenüber stammt im Kern aus dem 13. Jh., im Obergeschoss ist das *Südmährermuseum Thayaland* mit einer volkskundlichen Sammlung und einer Dokumentation zur Vertreibung der Südmährer 1945 untergebracht (April bis Ende Okt. So 14–17 Uhr, Eintritt 4 €, www.suedmaehrischesheimatmuseum.at).

Pfarrkirche St. Veit: Die spätromanische Pfeilerbasilika am östlich gelegenen Kirchenplatz erhielt 1700 ein barockes Portal. Innen sticht der barocke Hochaltar mit einer dramatischen Darstellung des Martyriums des heiligen Veit ins Auge. Den begrünten Kirchenplatz ziert eine schöne *Dreifaltigkeitssäule* (1710).

Kutschenmuseum: Etwa 100 restaurierte historische Pferdekutschen (Landauer, Mylords, Wiener Fiaker, Postkutschen, Jagdwagen) und Schlitten sowie nostalgische Reiseutensilien sind in dieser Privatsammlung, einer der größten ihrer Art in Europa, zu sehen.

1. April bis 31. Okt. Sa/So 14–17 Uhr. Eintritt 6,50 € oder NÖ-Card. Bürgerspitalgasse 4, ✆ 0664-6588392, www.kutschenmuseum-laa.at.

Laaer Burg: Letzter imposanter Rest der ab 1850 abgetragenen Stadtmauern ist die zinnenbekrönte Burgruine in der Nordostecke der Stadt. Sie wird zurzeit restauriert, Innenhof und runder Butterfassturm sind bereits begehbar.

Basis-Infos

Information **Tourismusbüro**, im Erdgeschoss des Rathauses liegen Prospekte aus, Auskunft nur Mo–Fr 7.30–16 Uhr. Stadtplatz 43, ✆ 02522-250129, www.laa.at, www.landumlaa.at.

Hin und weg **Bahn**: mind. 1x stündl. via Mistelbach nach Wien Hauptbahnhof.

Baden **Therme Laa**, zwischen Stadtplatz und Bahnhof. Weiträumige Anlage mit mehreren Becken drinnen und draußen (28–36 °C), Familien-Textilsauna, Ruhezonen und eigenem Kinderland mit Riesenrutsche. SB-Restaurant, Saunabar. Gegen Aufpreis Zutritt in die großzügige Saunawelt. Tägl. 9–22 Uhr, am Wochenende viel Betrieb. Tageskarte 25 €, Kind 16,70 €; 3-Std.-Karte sowie ab 18 Uhr 17,50 bzw. 13,20 €. Saunaaufpreis 8 €, ab 18 Uhr 4,50 €. Thermenplatz 1, ✆ 02522-84700570, www.therme-laa.at.

Einkaufen **Bauernladen Laa**, frische Produkte aus der Region, u. a. Sauergemüse, Teigwaren, Öle. Mo–Sa 8–12, Di–Fr auch 15–18 Uhr. Stadtplatz 62. ■

Führungen **Hubertus Bräu**, Laa erhielt 1454 das Braurecht, es ist eines der ältesten Österreichs. 1847 erwarb es die Familie Kühtreiber, die bis heute mit Laaer Wasser das *Hubertus*-Bier braut. Brauereiführungen

Weinviertel → Karte hintere Umschlagklappe

jeden Do um 19 Uhr (6 € mit Kostprobe), Treffpunkt Hubertusgasse 1.

Radeln Ab dem Hotel Therme Laa sind die vier **Fahrradrundtouren** „Hallo Nachbar", „Schlossgeist", „Veltliner" und „Naturjuwelen" (38–76 km) ausgeschildert, Infos unter www.landumlaa.at, Rubrik „Radvergnügen". Räder werden im Tourismusbüro (2 €/Tag), E-Bikes im Hotel Therme (19 €/Tag) verliehen.

Veranstaltungen **Zwiebelfest**, Mitte Aug., dreitägiges Volksfest am Stadtplatz rund um die Laaer Zwiebel. www.zwiebelfest.at.

Übernachten/Essen & Trinken

Hotel/Gasthöfe/Privatzimmer

****S **Therme Laa Hotel & Spa**, von Stararchitekt Wilhelm Holzbauer entworfener Holz-Glas-Bau mit hoteleigenem Spa-Bereich und Glasbrücke zur öffentlichen Therme. 122 geräumige Designzimmer und Suiten, sehr freundliches Personal. Zwei Restaurants mit guter Küche zu gehobenen Preisen. DZ 200 €–290 €, Suite bis 350 €, mit Halbpension nur 20 € mehr. Thermenplatz 3, ✆ 02522-847000, www.therme-laa.at.

Diese prachtvolle Dreifaltigkeitssäule ziert den Laaer Kirchenplatz

*** **Gasthaus mit Gästehaus Bsteh**, 5 km westlich an der B 45 Richtung Horn. Empfehlenswerter Wirtshauskulturbetrieb mit ambitionierter Regionalküche zu fairen Preisen. Spezialität ist das Znaimer Gulasch. Innenhofgarten unter Kastanien. Tägl. außer Di, So nur mittags geöffnet. 5 nette Zimmer, DZ 74 €. Wulzeshofen 57–58, ✆ 02527-203, www.bsteh.at.

Frühstückspension Schließelberger, 4 hellmoderne Zimmer mit Terrasse in einem Neubau 300 m von der Therme entfernt. DZ 60 €. Joh.-Brahms-Gasse 3, ✆ 0664-8622517, www.zimmer-laa.at.

Gästehaus Thermenblick, neuerbaute Pension neben der Therme mit 4 geschmackvollen Zimmern, Leihrädern und Liegewiese. DZ 70–82 €. Mühlweg 15, ✆ 0650-6603091, www.thermenblicklaa.at.

Weiler, von außen ein simples Dorfgasthaus beim Kreisverkehr südlich der Therme. Im Gast- und Schankraum wird Wirtshauskost serviert, im Restaurantbereich die kreativ verfeinerte Regionalküche von Martin Weiler. Schöner Innenhofgarten. Hauptgericht 10–28 €. Mi/Do 10–15/17.30–22, Fr/Sa 10–22, So/Di 10–15 Uhr. Staatsbahnstr. 60, ✆ 02522-2379, www.weilerlaa.at.

Café/Bar/Lokal **Stoiber**, Bäckerei-Konditorei gegenüber dem Rathaus mit Gastgarten. Frühstück, sehr gutes Eis, köstliche Mehlspeisen. Mo–Sa 6.30–19.30, So ab 7.30 Uhr. Stadtplatz 7.

WeinStein, Vinothek-Weinbar im alten Rathaus. Regionale Weine zu Ab-Hof-Preisen, dazu kalte Schmankerl. Fr/Sa 17–24 Uhr. Stadtplatz 17, www.weinstein-laa.at.

Schwarzer Peter, rustikales Bierlokal unweit der Therme. Hausbier, Pizzafladen, Burger und Riesenbrote. Do–Sa 18–24, So 17–23 Uhr. Hubertusgasse 4.

Umgebung von Laa

Kellerviertel „Loamgrui" in Unterstinkenbrunn: Der Ort mit dem lustigen Namen (4 km südwestlich von Laa an der B 6) ist bekannt für sein dorfartig angeordnetes Ensemble von 80 Presshäusern samt einzigartigen Vordächern südlich außerhalb des Orts.

Veranstaltungen Adventmarkt, am 1. Adventswochenende Sa/So 12–19 Uhr.

Heuriger Buschenschank Gass, direkt in der Loamgrui. Febr.–Nov. 7x geöffnet (Fr/Sa ab 17, So ab 15 Uhr). ✆ 0800-4001710354, www.weingut-gass.at.

Burgruine Staatz

100 m hoch ragt zwischen Laa und Poysdorf ein vulkanförmiger, föhrenbestandener Kalkkegel aus dem Umland: der Staatzer Berg (Foto S. 238). Er gehört zu jener Kette an markanten Hügeln, die vom Waschberg bei Korneuburg über die Leiser Berge und Falkenstein bis nach Südmähren reicht. Es handelt sich um sogenannte Durchspießungsklippen, die vor 17 Millionen Jahren während der Alpenbildung aus dem Untergrund nach oben gepresst wurden und heute isoliert in der Molassezone „schwimmen". Als Aussichtspunkte waren sie begehrte Bauplätze für Burgen. Jene von Staatz wurde vermutlich im 12. Jh. erbaut. Seit der Zerstörung durch die Schweden 1645 ist sie eine Ruine und mit ihren Wehrmauer- und Turmresten sowie der fabelhaften Rundumsicht ein beliebtes Ausflugsziel. Ein aufgelassener Steinbruch am Fuß der Klippe wird heute als *Felsenbühne* für Open-Air-Konzerte und -Musicals genutzt.

Ruine Ganzjährig frei zugänglich. Führungen (Dauer ca. 1 Std.) Mai–Okt. So 15 Uhr, Treffpunkt beim Schlosskeller. Beitrag 4 €, Kind 2 €. ✆ 0664-5566398.

Felsenbühne Musicalaufführungen Mitte Juli bis Mitte Aug. Do–So. ✆ 0676-4622050, www.felsenbuehne-staatz.at.

Einkaufen ZART Pralinen & Café, eine Holländerin kreiert in einem Stadel am Fuß der Klippe feinste Pralinen, in einem kleinen Café kann man sie verkosten. Burgring 17, Mi, Fr, Sa und am 1. und 3. So im Monat 14–18 Uhr. www.staatzerschokolade.at.

Übernachten/Heuriger Weinbauernhof Vier Jahreszeiten Fröschl, in Ortsmitte. Vier nach Jahreszeiten gestaltete, gemütliche Zimmer mit Balkon. DZ 50–54 €. Familie Fröschl öffnet 4x im Jahr am Sportplatz einen kleinen Heurigen. 2134 Staatz, Am Hufeisen 3, ✆ 02524-3500, www.gaestezimmer-froeschl.at.

„Loamgstettn" Ameis: 4 km östlich von Staatz Richtung Poysdorf (B 219) lohnt dieses südöstlich außerhalb des Orts gelegene, besonders idyllische Kellerdorf mit 89 weiß getünchten Presshäusern einen Besuch.

Schloss Loosdorf: Am Rande von Loosdorf (4 km südwestlich von Staatz), inmitten eines hügeligen Parkareals steht ein barock-klassizistisches Landschloss. Johann Fürst von Liechtenstein ließ es ab 1794 errichten, seit 1834 ist es im Besitz der Grafen Piatti, die hier eine biologische Land- und Forstwirtschaft betreiben. Die angebaute spätbarocke Schlosskirche wird als Pfarrkirche genutzt. Im *Schlossmuseum* ist eine der größten Zinnfigurensammlungen des Landes zu sehen mit rund 14.000 kleinen Soldaten, dazu mit Empiremöbeln und Seidentapeten ausgestattete Prunkräume und das Scherbenzimmer, in dem die Bruchstücke der während der russischen Besatzung nach 1945 mutwillig zerstörten Porzellansammlung nach Manufakturen geordnet aufgehäuft sind. Einen Abstecher wert ist die 1800 ebenfalls von

Weinviertel → Karte hintere Umschlagklappe

Johann Fürst von Liechtenstein erbaute *Hanselburg* im Wald 1,5 km südöstlich des Schlosses, eine romantische künstliche Ruine (beschildert an der Straße Loosdorf – Frättingsdorf).

Schlossmuseum Mai–Okt. jeden 1. So 14–17 Uhr und nach Voranmeldung. Eintritt 5 €, Kind 2,50 €. ✆ 02524-8222, www.schloss-loosdorf.at.

Einkaufen **Hofladen Biobeerengarten Hummel**, Him-, Heidel-, Andenbeeren und Weinviertler Kiwi pur oder zu Marmeladen, Bränden usw. verarbeitet. Juni–Okt. tägl. 15–19 Uhr, sonst nur Mi und Sa. 2133 Loosdorf 26, www.biobeerengarten.at. ■

Schloss Kirchstetten: 10 km östlich von Laa trifft man nördlich von Neudorf bei Staatz auf ein weiteres Landschloss, dessen barockes Aussehen auf Johann Bernhard Fischer von Erlach zurückgeht. Prunkstück ist der Festsaal mit einem Deckenbild von Franz Anton Maulbertsch (1752) und vier großen Porträts der Bauherren, der Familie Suttner an den Stirnseiten. Bertha von Suttner, Österreichs Friedensnobelpreisträgerin von 1905, hat ihre Verwandten hier mehrmals besucht und im Schlosspark an ihren Schriften gearbeitet (Denkmal im Park). Von einem geplanten Luxushotel ist nach der Pleite des Investors ein riesiger viergeschossiger Rohbau übrig, der an der Rückseite des Schlosses vor sich hindämmert.

Im Maulbertsch-Saal und im Ehrenhof werden von Juli bis Okt. Opern (im Kleinstformat) und Konzerte aufgeführt. Ab 90 Min. vor Veranstaltungsbeginn ist das Schloss für Besichtigungen geöffnet. Am 2. Adventswochenende findet ein romantischer Adventmarkt statt. ✆ 02523-831415, www.schloss-kirchstetten.at.

Kellergasse Galgenberg in Wildendürnbach: Eine Besonderheit ist der nördlich von Wildendürnbach (3 km nördlich von Kirchstetten) gelegene, von Weinreben überzogene Galgenberg (256 m, im heimischen Dialekt „Golingbiri" genannt), um den sich auf halber Höhe eine Kellergasse mit 184 Presshäusern windet (Foto S. 270). Getoppt wird das malerische Ensemble durch den Kirchturm auf dem Gipfel des Hügels. Dieser war 1971 bei der Sprengung des baufälligen örtlichen Gotteshauses wundersamerweise unversehrt geblieben und wurde hier aufgestellt.

Heurige **Offene Kellertür**, im Juli/Aug. hat Do–So ab 15 Uhr jeweils ein Heuriger geöffnet.

Radeln Wildendürnbach ist von Laa aus auf der beschilderten **Veltliner Radroute** in 13 km zu erreichen.

Falkenstein

440 Einwohner, 325 m

Der traditionsreiche Winzerort 16 km östlich von Laa mit seiner mächtigen Ruine und der schönen Kellergasse ist ein beliebtes Postkartenmotiv des Weinviertels. Schon die Lage inmitten der hügeligen Weingartenlandschaft ist bezaubernd.

Überragt wird das Straßendorf von der *Pfarrkirche St. Jakobus* (achteckiger frühgotischer Turm, frühbarocke Fassade) und der mächtigen *Burgruine Falkenstein*, die auf einer mit Reben bepflanzten Kalkklippe (415 m) thront. Die Mauern sind Reste einer im 11. Jahrhundert errichteten Festung, die wie die Thayaburgen des Waldviertels die Grenze nach Norden sicherte. Im 16. Jh. wurde sie zum Renaissanceschloss erweitert und 1645 von den Schweden zerstört. Im Sommer kann man die Ruine samt einer Dokumentation über die in ihrem Verlies zur Reformationszeit inhaftierten Anhänger der Täuferbewegung besichtigen. Der 20-minütige Aufstieg von der Ortsmitte lohnt allein wegen der fabelhaften Aussicht.

An der Südseite des Orts zieht sich die schön revitalisierte und mit moderner Kunst geschmückte *Kellergasse „Oagossn"* mit 65 Presshäusern den Hang hinauf.

Falkenstein ist einer der bekanntesten Weinorte des Weinviertels

Am Ende führt der Fahrweg links weiter zu einem Rastplatz mit dem berühmten „Riedenblick" auf Falkenstein (Gehzeit ca. 20 Min.).

Information Gemeindeamt, Prospekte, Wanderkarten. Mo–Fr 8–12 Uhr. ✆ 02554-85340, www.falkenflug.at.

Burgruine 1. April bis 31. Okt. tägl. 10–18 Uhr. Eintritt 3 €, Kind 2 €. Führung (ab 8 Pers.) Sa/So 15, So auch 16.30 Uhr (pro Pers. zusätzlich 2 €). ✆ 02554-85340.

Kellergassenführungen April–Okt. jeden Mi 16 Uhr, Treffpunkt bei der Alten Presse; 5 €/Pers. inkl. Kostprobe.

Wandern Auf 7 Themenwegen (Start jeweils am Rathaus, Länge 2–16 km) kann man den Weinort und seine Umgebung kennenlernen, am interessantesten ist der sog. **Kleine Falkenflug** (7 km, Gehzeit 2 Std.).

Übernachten/Heurige **Weinhof Luckner**, renommierter Winzer mitten im Ort mit 5 hellen Vollholzzimmern. DZ 54 €. 2162 Falkenstein 80, ✆ 02554-85539, www.weinhof-luckner.at.

Weingut Stadler, topmoderner Bau westlich der Ortsmitte mit Heurigenbetrieb „13° zur Burgruine" (warme und kalte Gerichte, Terrasse mit Burgblick, geöffnet in ungeraden Monaten Fr–So ab 15 Uhr) und 5 schönen Zimmern. DZ 74–100 €. Stürzenbühel 104, ✆ 02554-85417, www.weingut-stadler.com.

Dürnbergs Schmitt'n, netter Heuriger in den uralten Mauern der Dorfschmiede, innovative warme und kalte Küche, tolle Weine. April–Okt. tägl ab 13 Uhr, sonst nur Sa/So. Kirchengasse 58, ✆ 0660-5611626, www.duernberg.at.

Salomon, das bio-vegane Weingut hat in der Kellergasse von März bis Dez. Sa ab 14 Uhr offene Kellertüren, dazu gibt es kalte (vegane) Schmankerl. www.weingut-salomon.at. ■

››› Unser Tipp: **Sieben:Schläfer**, Café-Bar-Restaurant in einem Presshaus in der Kellergasse. Frühstück, Snacks, Mittagsmenü, kleine Wochenkarte mit raffinierten Gerichten. Hervorragende Bierauswahl. Do–So 9–0 Uhr, So nur bis 20 Uhr. ✆ 0664-1502323, www.7schlaefer.at. ‹‹‹

Wanderung 8: Rund um Falkenstein → S. 303
Auf einem Panoramaweg durch die hügelige Landschaft

Weinviertel → Karte hintere Umschlagklappe

Poysdorf

5400 Einwohner, 225 m

In der Weinstadt und Sekthochburg Österreichs dreht sich alles um den Rebensaft: in den Kellergassen, auf dem Weinmarkt, bei den Winzerfesten, in der „Wein- und Traubenwelt" und in den zahlreichen Heurigen.

Poysdorf liegt direkt an der Brünner Straße (B 7), dem wichtigsten Verkehrsweg zwischen Wien und der zweitgrößten Stadt Tschechiens. Bis zur Fertigstellung des Nordabschnitts der Weinviertel-Autobahn A 5 voraussichtlich Ende 2017 quälen sich täglich noch Tausende Lkw mitten durch die Stadt. „Brünnerstraßler" war lange Zeit auch der Name für den säurebetonten („reschen") Weißwein der Region, der heute nur mehr als Sektgrundwein, wofür er speziell geeignet ist, verwendet wird. Alle namhaften Sekthersteller Österreichs greifen auf diesen Wein zurück, vor allem auf die Sorten Grüner Veltliner und Welschriesling; die lokalen Weinbauern nutzen ihn zur Erzeugung hervorragender Winzersekte. Heute erhält man anstelle des Brünnerstraßlers den gehobenen Qualitätswein *Weinviertel DAC*, ein Grüner Veltliner mit würzig-pfeffrigem Geschmack.

Erster Anlaufpunkt in Poysdorf ist der Weinmarkt mit der Gästeinfo direkt an der B 7 (großer Parkplatz). Hier ist auch der Eingang zur *Wein- und Traubenwelt Vino Versum* (s. u.). Auf der anderen Seite der Straße breitet sich die *Kellergstetten* aus, ein Kellerrundplatz mit zweigeschossigen Presshäusern, ganzjährig geöffneten Heurigen und der Gstettenbühne *Poydium* mit einem dichten Kulturprogramm (www.poydium.at). Überragt wird das Ensemble von der rosaroten, frühbarocken *Pfarrkirche St. Johannes* (1635). Im Norden schließt an die Gstetten die *Kellergasse Radyweg* an, die längste in Poysdorf. Sie führt durch einen von Akazien überwachsenen Hohlweg hinaus in die Weingärten und zum Golfplatz im Norden der Stadt.

Sehenswertes

Wein- und Traubenwelt Vino Versum: Der Rundgang (mit Audioguide) durch das Areal des Erlebnismuseums beginnt mit der *Traubenhalle*, in der sich – ausgehend vom Poysdorfer Stadtwappen mit den biblischen Kundschaftern – interaktive (Spiel-)Stationen dem Mythos Traube widmen. Im Ecksteinhaus gegenüber zeigt ein Traubenkino historische Aufnahmen von der Weinlese. Eine alte Kellerröhre führt unter der Brünner Straße hindurch zum barocken Bürgerspital, wo im Obergeschoss anhand zahlreicher Funde und Preziosen die Poysdorfer Stadtgeschichte erzählt wird. Winzerfeste und -bräuche sind im Erdgeschoss dargestellt, hinzu kommen jährliche Sonderausstellungen. Im Freigelände gibt es u. a. einen Schauweingarten, Weinpressen, eine Naturkegelbahn und Presshäuser zu sehen.

Palmsonntag bis 15. Nov. tägl. 10–18 Uhr. Eintritt 9,50 € inkl. Kostprobe, Kind 5 €, Familie 18 €. NÖ-Card 1x gültig. Brünner Str. 28 (Zutritt über Weinmarkt), ✆ 02552-20371, www.weinundtraubenwelt.at.

Oldtimermuseum: Die kleine Ausstellung in der früheren Ferkelmarkthalle zeigt schön restaurierte Auto-Unikate (Steyr-Opel, Puch 500), alte Traktoren, Motorräder, Sportwagen und im Obergeschoss nostalgische Radio- und Fernsehgeräte. Von Mai bis Oktober werden jeden Samstag Traktorwanderungen mit Oldtimern angeboten (Voranmeldung im Weinmarkt, 45 €/Traktor).

April bis Ende Okt. So 13.30–17.30 Uhr. Eintritt 2,50 € oder NÖ-Card. Liechtensteinstr. 68. ✆ 0644-5622674, www.oldtimerclub-poysdorf.at.

Wallfahrtskirche Maria Bründl: Die 3 km westlich Richtung Staatz unweit der B 219 stehende Kirche wurde um 1750 nach Plänen des italienischen Barockbaumeisters Donato Felice d'Allio errichtet. Der namensgebende Brunnen, dessen Wasser Augenleiden heilen soll, befindet sich hinter der Kirche.

Information **Gästeinformation** im Weinmarkt. Tägl. 9–18, März–Okt. bis 19 Uhr. 2170 Poysdorf, Brünner Straße 28, ✆ 02552-20371, www.poysdorf.at.

Hin und weg **Bus 431**: Mo–Fr 7x tägl. via Mistelbach nach Wien Floridsdorf, Sa 2x tägl.

Baden Badeteich am westlichen Stadtrand, Eintritt frei.

Einkaufen **Weinmarkt**, Weine, Winzersekte und Traubensäfte von 30 Poysdorfer Winzern zu Ab-Hof-Preisen. Tägl. 9–18, März–Okt. bis 19 Uhr. www.weinmarkt-poysdorf.at.

Golf **Veltlinerland Golf**, 18-Loch-Anlage in den Weingärten am nördlichen Stadtrand. Greenfee 60–70 €, www.golf-veltlinerland.com.

Kellergassenführungen April bis 15. Nov. Di/Sa 16 Uhr, Juni–Aug. 17 Uhr. 7 €/Pers. inkl. 2 Weinproben. Treffpunkt Vino Versum.

Veranstaltungen **Poysdorfer Weinparade**, am Pfingstsamstag, Österreichs größte Regionalweinverkostung. **Bezirkswinzerfest**, 4 Tage im Sept. in der Kellergstetten.

Übernachten **** **Veltlin**, gepflegtes Golfhotel der Familie Mewald in den Weingärten am nördlichen Stadtrand, 10 Gehminuten außerhalb. 31 nach Rebsorten benannte moderne Zimmer, viele mit Balkon. Restaurant „Gaudium vini" mit guter Küche (kein Ruhetag), Sauna. DZ 135–185 €, Suiten bis 215 €. Golfplatz 9, ✆ 02552-20606, www.hotelveltlin.at.

**** **Eisenhuthaus**, stilvoll revitalisierter und um einen modernen Zubau ergänzter Renaissancehof von 1540 in der Stadtmitte. Schöner Arkadeninnenhof. 7 individuell eingerichtete Zimmer. Café und Backstube im Haus. DZ 110 €. Oberer Markt 10, ✆ 02552-2194, www.eisenhuthaus.com.

**** **Genießerhof Haimer**, gepflegter Winzerhof im Stadtzentrum mit schönem Innenhof. 17 geräumige, stilvoll-elegante Zimmer, 5 davon mit Terrasse. Sehr freundlicher Service. DZ 108–122 €. Geöffnet Mitte März bis Mitte Dez. Körnergasse 14, ✆ 02552-29465, www.haimer.at.

Zur Reblaus, 3 nette, gemütliche Zimmer in einem Winzerhof westlich der Stadtmitte. DZ 64–78 €. Brunngasse 71, ✆ 0664-73864656, www.zur-reblaus.at.

Camping **Veltlinerland**, kleiner Wiesenplatz mit 20 Stellflächen am westlichen Stadtrand beim Badeteich. Gut ausgestattet, Waschmaschine, Gaststätte. 2 Pers., Auto, Zelt 19 €. Geöffnet Mai bis Ende Okt. Laaer Str. 106, ✆ 0664-9793265, www.poysdorf.at.

Essen & Trinken **Gaudium Vini** → Hotel Veltlin

Wein.Küche Neustifter, gemütlich-rustikales Lokal im Weingut mit warmen und kalten Heurigenspezialitäten aus regionalen Zutaten. Freundliches junges Team. April–Nov. 4x ausg'steckt (Fr ab 17, Sa/So ab 11 Uhr). Am Golfplatz 3, ✆ 0680-1174567, www.weingut-neustifter.at.

Heuriger Modliba, ausgebautes Presshaus am Rande der Kellergstetten, ganzjährig Fr–So ab 15 Uhr, ✆ 02552-3755.

Wino, top bestückte Vinothek mit Ab-Hof-Preisen in einem alten Weinkeller an der Ortsdurchfahrt, im Obergeschoss moderne Weinbar mit kleinen Schmankerln und schöner Terrasse nach hinten. Mo/Do 17–23, Fr–So 10–13, Fr/Sa 17–23 Uhr. Brünnerstr. 20c, ✆ 0664-9903240, www.wino.at.

Café Konditorei Eisenhuthaus, hausgemachte Mehlspeisen, Snacks, Tagesgerichte, große Weinauswahl. Tägl. 7–20, So erst ab 8 Uhr. Oberer Markt 10.

Weingut Rieder, moderner Glas-Holzbau in einsamer Lage am Rand der Weingärten in Kleinhadersdorf, 3 km westlich von Poysdorf; kalte Heurigenjause, gute Weine. Febr.–Nov. 6x ausg'steckt (Do–So 16 Uhr). ✆ 0664-2029765, www.riederwein.at.

Umgebung von Poysdorf

„Verrucktes Dorf" Herrnbaumgarten: Schon an den mehrsprachigen Ortstafeln merkt man, dass in „Master's Tree Garden", einem Weinbauort 5 km nordöstlich

Weinviertel → Karte hintere Umschlagklappe

von Poysdorf, der Humor zu Hause ist. In geballter Ladung findet er sich im skurrilen *Nonseum* in der Ortsmitte, wo der „Verein zur Verwertung von Gedankenüberschüssen“ verteilt auf zwei Gebäude und einen Garten über 400 vollkommen nutzlose Erfindungen präsentiert, u. a. einen FKK-Koffer, einen Zebrastreifen zum Ausrollen, eingelegte Glühbirnen, eine Sitzungsbrille und historische Knopflöcher. Wer Sinn für hintergründigen Humor hat, ist hier richtig. Gleich nebenan gibt es noch eine *Museumsgreißlerei* von 1877, ein *Küchenmuseum* mit einer Originalküche aus den 1960ern und eine große Vinothek.

Nonseum & Museen Palmsonntag bis Allerheiligen Do–Fr 13–18, Sa/So 10–18 Uhr. Eintritt 8,50 € (inkl. Weinprobe in der Vinothek), Kind 3,50 €, Familie 18 €. NÖ-Card gültig. Poysbrunner Str. 9, ✆ 02555-2737, www.nonseum.at.

Übernachten Weingut Bohrn, 2 moderne Genießer-, ein Landhauszimmer und 2 rustikale Ferienwohnungen beim freundlichen Winzer. Garten mit Swimmingpool. DZ 56–88 €, Fewo (2 Pers.) 54 €. Hauptstr. 65, ✆ 0664-4803600, www.weingut-bohrn.at.

In Herrnbaumgarten, wo sonst?

Heuriger Offene Kellertüren, von Juni bis Mitte Sept. hat täglich jeweils ein Winzer im Ort ab 16 Uhr geöffnet.

Erdstallmuseum am Kapellenberg Althöflein: 8 km östlich von Poysdorf erhebt sich außerhalb von Großkrut ein kreisrunder Hügel mit einer Kapelle und Kellergassen drumherum. In seinem Inneren verbirgt sich ein 270 m langes, vermutlich im 12./13. Jahrhundert angelegtes System an Erdstollen, sog. *Erdställen*. Es ist die größte zusammenhängende Erdstallanlage Mitteleuropas. Über ein kleines, in einem Weinkeller eingerichtetes Museum, das einen Überblick über die Anlage und Forschungsarbeiten bietet, ist sie zugänglich. Bis heute weiß man nicht, welchem Zweck die Erdställe dienten – waren sie Verstecke, Lager oder kultische Stätten?
März–Nov. jeden 3. Sa/So im Monat 15 Uhr, Eintritt 4 €. ✆ 02556-5383, kulturamkapellenberg.grosskrut.at.

Liechtenstein-Schloss Wilfersdorf

10 km südlich von Poysdorf stößt man in dem 1000-Einwohner-Ort Wilfersdorf (an der B 7) auf ein Schloss, das seit 1436 im Besitz der Familie Liechtenstein ist. Es wird als Stammschloss der jetzigen Fürsten von Liechtenstein bezeichnet, denn ihre Familienlinie leitet sich von Gundaker (1580–1658) ab, der hier residierte. Sein Aussehen erhielt das Schloss 1713–21 durch Anton Ospel, der die damalige Wasserburg in ein vierflügeliges Barockschloss umbaute. Von diesem sind aber nur mehr der Westflügel und Nebentrakte erhalten. Letztere dienen als Verwaltungssitz des fürstlichen Guts- und Forstbetriebs, der in Niederösterreich 7500 Hektar

Acker- und Waldfläche bewirtschaftet. Den sanierten Westflügel hat die Gemeinde gepachtet und im 1. Stock eine *Ausstellung* zur Familiengeschichte der Liechtensteiner eingerichtet. Zu sehen gibt es eine große Stammtafel, Schlossmodelle, eine Kopie der Hauskrone, Militaria, Dokumentationen über den Gutsbetrieb, die Hofkellerei und die südmährischen Liechtensteinschlösser Eisgrub (Lednice) und Feldsberg (Valtice), die nur 2 bzw. 7 km hinter der tschechischen Grenze liegen. Im Schlosskeller sind ein Heuriger und eine Vinothek untergebracht, in einem Nebentrakt ein *Heimatmuseum* mit Funden aus der Urgeschichte, kirchlichen und volkskundlichen Stücken und einem alten Kaufmannsladen.

500 m vom Schloss entfernt steht die spätbarocke *Pfarrkirche St. Nikolaus*, in deren Gruft (nicht zugänglich) Fürst Gundaker begraben ist. 300 m hinter der Kirche beginnt der von den Liechtensteinern 1674 gestiftete *Wilfersdorfer Kreuzweg* mit fünf Stationen. Sein oberes Ende ist die Grabkapelle am Friedhof, eine Nachbildung des Heiligen Grabes von Jerusalem.

Schloss 1. April bis 1. Nov. Di–So 10–16 Uhr. Eintritt 6 €, Kind 2,50 €. NÖ-Card gültig. 2193 Wilfersdorf, Hauptstr. 1, ✆ 02573-335615, www.liechtenstein-schloss-wilfersdorf.at.

Einkaufen/Essen & Trinken **Schlossheuriger & Vinothek**, abwechselnd von regionalen Winzern betrieben. Mitte März bis Ende Okt. fast durchgehend geöffnet (Fr/Sa ab 16, So ab 15 Uhr). Hauptstr. 1, ✆ 02573-335615.

Hofkellerei, die moderne Vinothek des fürstlichen Weinguts ist 500 m vom Schloss entfernt. Mo–Fr 7.30–12, 12.30–16.30 Uhr. Brünnerstr. 8, www.hofkellerei.at.

Gastwirtschaft Neunläuf, netter Wirtshauskulturwirt unweit vom Schloss. Mix aus altem Wirtshaus und modernem Lokal, auf den Teller kommt Hausmannskost und verfeinerte Küche. Schöner Gastgarten. Mi–So 8–23, So nur bis 20 Uhr. Küche mittags und abends. Wienerstr. 4, ✆ 02573-25999, www.neunlaeuf.at.

Veranstaltungen **Schlossfestival Willfersdorf**, Ende Juni/Anfang Juli, Open-Air-Operette vor dem Schloss. ✆ 02573-23660, www.schlossfestival.at.

Weinviertel → Karte hintere Umschlagklappe

Mistelbach an der Zaya

11.100 Einwohner, 228 m

Der Hauptort des östlichen Weinviertels ist Verkehrsknotenpunkt, Schulzentrum und Behördensitz. Kulturelle Highlights sind das Museumszentrum und die Puppentheatertage im Oktober.

Die Silhouette der Stadt prägt die große *Pfarrkirche St. Martin* auf dem früheren Burg- und heutigen Kirchenberg. Der spätgotische Bau aus dem 15. Jahrhundert wurde barockisiert und birgt eine Sandsteinmadonna von 1410. Ihm zur Seite steht ein romanischer *Rundkarner* (1200) mit einem schönen Tympanonrelief, auf dem zwei Drachen um einen Menschen kämpfen. Das Zentrum von Mistelbach bildet der westlich des Kirchenbergs gelegene, langgezogene *Hauptplatz*. Seine Nordseite beherrscht das neoklassizistische *Rathaus* (1901), vor dem eine barocke *Dreifaltigkeitssäule* aufragt; sie wurde 1680 nach der Pest errichtet. Links vom Rathaus führt die Museumsgasse zum *Barockschlössl* von 1724, das mit seinem modernen Glasanbau für Ausstellungen genutzt wird. Wenige Schritte weiter trifft man auf den modernen *Stadtsaal*, dem wichtigsten Schauplatz der Puppentheatertage (→ Veranstaltungen).

Museumszentrum: Das Areal einer ehemaligen Pflugfabrik 1 km nördlich des Hauptplatzes wurde 2007 in ein Kulturzentrum umgestaltet. Um eine zentrale Piazza reihen sich zwei Museen: Das **MAMUZ Museum Mistelbach**, das (als Ergänzung zum nahen MAMUZ Schloss Asparn) jährlich wechselnde Sonderausstellungen zu urgeschichtlichen Themen zeigt. MAMUZ steht für *M*istelbach-*A*sparn-*Mu*seums-*Z*entrum. Das **nitsch museum** ist das erste monografische Museum für den österreichischen Aktionskünstler Hermann Nitsch (geb. 1938), der im nahen Prinzendorf an der Zaya lebt und mit dem Orgien-Mysterien-Theater weltbekannt wurde. Sein Werk – Fotos, Filme, Aktionsrelikte wie blutbefleckte Hemden, Messgewänder, Schüttbilder – wird in Wechselausstellungen gezeigt.

Palmsonntag bis Ende Nov. Di–So 10–17 Uhr, das *nitsch museum* öffnet bereits im Februar. Eintritt (alle Museen inkl. MAMUZ Asparn) 10 €, Kind 3 €, bis 18 J. 8 €, NÖ-Card gültig. Waldstr. 44–46, www.mamuz.at, www.nitschmuseum.at.

Dionysos-Weg und Weinviertelfries: Vom Museumsparkplatz führt der mit Erlebnisstationen versehene, 800 m lange Themenweg durch Äcker und Weingärten hinauf zum Weinviertelfries „Gemischter Satz", einem 2005 neben die Landesstraße nach Eibesthal platzierten Kunstobjekt. Dabei handelt es sich um einen blau-weißen Container, der an eine Schnellbahngarnitur erinnert (Foto S. 34) und im Inneren den Weinviertelfries birgt, eine 32 m lange Fotocollage von Heinz Cibulka über das Leben der Region.

KulturLandschaft Paasdorf: Noch mehr Kunst in freier Natur gibt es in Paasdorf, 4 km südwestlich von Mistelbach (an der B 40). In den hügeligen Feldern südwestlich des Dorfs (Wegweiser in der Ortsmitte) verteilen sich beiderseits eines Güterweges fünf Kunstobjekte. Es beginnt mit einem *Bodenornament* (2000; Maria Hahnenkamp) neben einem alten Bildstock, dann folgen das *Windwürfelhaus* (1998, Eva Afuhs), das aus zwei großen Roheisenwürfeln besteht, und ein *Klangatoll* (1996, Andrea Sodomka, Martin Breindl). Nach dem 2 m hohen *Mahnmal für verlorene Artenvielfalt* (1997, Ingeborg Strobl) kommt man zum spektakulärsten Werk, die *Entdeckung der Korridore* (1995) von Prinzgau/Podgorschek, auch bekannt als „Paasdorfer Autobahn". Es ist eine fiktive Ausgrabungsstätte, in der eine Autobahn freigelegt wurde – sehenswert!

Seltenhammer, schöner, gemütlicher Heuriger mit Innenhof, warme Gerichte und Wildspezialitäten. 5x jährl. ausg'steckt (Do–So ab 16 Uhr). 2130 Paasdorf, Schlosszeile 13, ✆ 0676-5701340, www.seltenhammer-weine.at.

Information Prospekte liegen im Rathaus und im Museumszentrum aus. www.mistelbach.at.

Hin und weg **Bahn**: 1–2x stündl. nach Wien Hbf., 1x stündl. nach Laa/Thaya; die Haltestelle Mistelbach Stadt liegt zentraler.

Veranstaltungen **Sommerszene**, Mitte Juni bis Mitte Aug., Urlaubsflair am Sportplatz mit Konzerten, Partys und Kulinarischem aus aller Welt. www.sommerszene-mistelbach.at.

Internationale Puppentheatertage, Ende Okt., über 100 Vorstellungen mit Marionetten, Hand- und Stabpuppen (seit 1979). www.puppentheatertage.at.

Übernachten **** **Hotel Zur Linde**, Traditionsbetrieb gegenüber dem Bahnhof. 22 gediegen-rustikale Zimmer, teils mit Balkon. Sauna. DZ 100–104 €. Josef Dunkl Str. 8, ✆ 02572-2409, www.zur-linde.at.

Restaurants/Cafés **Zur Linde**, kulinarischer Fixpunkt der Region, Karl Polaks solide Küche ist mit einer Haube prämiert. Hauptgericht 11–26 €, preiswerte 3-Gänge-Mittagsmenüs. Mo–Sa 11–14 und 18–21, So 11–14 Uhr. Bahnstr. 49, ✆ 02572-2409.

Harlekin, Alt-Wiener Kaffeehauscharme, neben Mehlspeisen, Kaffee und Wein gibt es Suppen, Woks, Curry, garnierte Salate & Burger, auf regionale Zutaten wird viel Wert gelegt. Tägl. 9–24 Uhr. Bahnstr. 5, www.cafe-harlekin.at.

Bäckerei-Bistro Heindl, für die schnelle Stärkung tagsüber. Mo–Sa 7–19, So 14–18 Uhr. Hauptplatz 27.

Hynek, die Konditorei ist berühmt für ihre handgeformten Trüffel. Do/Fr 10–18, Sa 10–13 Uhr. Hafnerstr. 7, www.hynek.at.

Imbiss/Heuriger **Hofmann**, beim bekannten Weinviertler Fleischer gibt es Mo–

Fr günstige Mittagsmenüs. Mo–Fr 7–18, Sa 7–12 Uhr. Hauptplatz 25, www.weinviertler-fleischerei.at.

BauernArnt, unweit vom Museumszentrum; der Heurige wird von der Winzerschule und 5 Winzern abwechselnd betrieben. Ganzjährig Mo–Fr ab 16 Uhr, Sa/So ab 15 Uhr. Winzerschulgasse 50, www.bauern arnt.at.

Asparn an der Zaya

900 Einwohner, 222 m

Der Markt 7 km nordwestlich von Mistelbach ist bekannt für das Urgeschichtemuseum des Landes Niederösterreich, das im örtlichen Renaissanceschloss, einem dreiflügeligen Bau mit zwei Ecktürmen (15.–18. Jh.) untergebracht ist und nach umfassender Neugestaltung nun **MAMUZ Schloss Asparn** heißt. Der neue Name wurde nötig, weil es neben der Urgeschichte jetzt auch Frühgeschichte und Mittelalterarchäologie präsentiert: 40.000 Jahre Menschheitsgeschichte von der Steinzeit bis ins Frühmittelalter werden auf drei Stockwerken mit interaktiven Stationen und anhand von Funden aus Niederösterreich dargestellt. Höhepunkte aus der Steinzeit sind die Venus von Falkenstein, eine Rekonstruktion der Zwillinge vom Wachtberg bei Krems und eine Flöte aus Rentierknochen. Prunkstück aus dem Mittelalter ist der Schatzfund von Wiener Neustadt aus vergoldetem Silber. Ein neues Forscherlabor gibt zudem Einblick in die Arbeit der Archäologen.

Schloss Asparn

Im Freigelände im Schlosspark gibt es inmitten von Acker- und Gartenflächen originalgetreue Nachbauten von Wohnhäusern und Werkstätten aus der Stein-, Bronze- und Eisenzeit zu bestaunen. Darunter ist eine Brotbackhütte, die schon Generationen von Schulkindern mit hartem Urgeschichtsbrot beglückt hat.

An das Schloss schließt die gotische, später barockisierte *Pfarrkirche* an, die über einen Gang mit dem ehemaligen, 1624 gegründeten Minoritenkloster verbunden ist. Dieses beherbergt ein **Weinlandmuseum** mit Objekten zur Weinviertler Volkskultur, zu Landwirtschaft, Handwerk und Gewerbe. Im einstigen Gutshof des Schlosses direkt gegenüber ist ein Theater- und Filmzentrum zuhause, der **Filmhof Wein4tel**.

Hin und weg **Bus**: Mo–Fr 1x stündl. nach Mistelbach, Sa/So nie. **Schienentaxi**: Vom 1. Mai bis 26. Okt. verkehrt Sa/So 6x tägl. eine alte Motordraisine von der Haltestelle Mistelbach-Interspar nach Asparn und zurück. www.schienentaxi.at.

MAMUZ Palmsonntag bis Ende Nov. Di–So 10–17 Uhr. Eintritt 10 €, Kind 3 €, 15–18 J. 8 €, NÖ-Card gültig. 2515 Asparn/Zaya, Schlossgasse 1, ✆ 02577-84180, www.mamuz.at.

Veranstaltungen **Filmhof Festival**, Mitte Juni bis Mitte Sept., Kabarett, eine eigene Theaterproduktion und Kinoabende. ✆ 0664-5066949, www.filmhof.at.

Weinlandmuseum Mai bis Ende Okt. Sa/So 13–17 Uhr. Eintritt 2,50 €.

Weinviertel → Karte hintere Umschlagklappe

Essen & Trinken Restaurant Café Cine, im Filmhof; Hausmannskost, dazu Burger, Wildschweingerichte und Pizza, die Zutaten kommen aus der Region. Lauschiger Gastgarten unter einer alten Platane. Mi–Sa 10–24 Uhr, Di/So nur bis 18/20 Uhr, Nov. bis April Di Ruhetag und Mi–Sa erst ab 17 Uhr. ✆ 0676-7617969, www.filmhof.at.

Naturpark Leiser Berge

In seiner Mitte schwingt sich das Weinviertel zu den Hügeln der Leiser Berge auf. Sie sind mit Eichenmischwald und Schwarzföhren bewachsen und geologisch Teil der Kalkklippenzone, die sich von der Donau bis nach Südmähren zieht. Ihr höchster Punkt ist der *Buschberg* (491 m), der mit der großen, weißen Radarkuppel schon von weitem zu erkennen ist. 1970 wurde das rund 4000 Hektar große Gebiet als Naturpark unter Schutz gestellt. Die landschaftliche Besonderheit sind die steppenartigen Trockenrasen auf dem Höhenrücken zwischen Buschberg und Oberleis, auf denen Wacholder, Kuhschelle, rosa Kornnelke und gelber Mauerpfeffer gedeihen. Die Trockenrasen wurden schon in der Jungsteinzeit als Weiden genutzt, heute helfen Schafe als natürliche Rasenmäher gegen die Verbuschung. Nur rund 50 km von Wien entfernt, sind die Leiser Berge ein beliebtes Tagesausflugsziel.

Information www.leiserberge.com

Hin und weg NostalgieExpress Leiser Berge: Mai bis Ende Okt. jeden Sa 1x vormittags von Wien-Praterstern via Korneuburg nach Ernstbrunn und abends zurück; an vier Terminen mit Dampflok. Ab Ernstbrunn Transfer mit dem **Naturparkbus** zum Wildpark, nach Oberleis, zum Buschberg, nach Michelstetten und Asparn, Retourbus mit Bahnanschluss. Ticket (Bahn & Bus) 22 €, Kind 11 €. NÖ-Card 1x gültig. www.regiobahn.at.

Einkaufen Bauernmarkt Simonsfeld, revitalisierter Bauernhof 2 km südlich von Ernstbrunn; Bauern aus der Region verkaufen ihre Produkte (Gemüse, Brot, Käse, Wein, Schnaps, Honig ...). April–Okt. Sa 9–12, 14–18 Uhr, Nov./Dez. Sa 9–15 Uhr. www.bauernmarkt-simonsfeld.at. ■

Wandern Der „Klassiker" der Leiser Berge startet in Oberleis, alle Zwischenziele sind ausgeschildert. Es geht hinauf zur Aussichtswarte, auf Römerweg und Römerbrücke hinunter in die Ortschaft Au, von dort durch einen Hohlweg wieder hinauf auf den Höhenrücken mit den Steppenrasen und weiter zum Buschberg (1¼ Std.). Auf dem Höhenrücken geht es zunächst wieder zurück, dann über den Schulberg mit der Skulpturenwiese hinab nach Klement und von dort zum Ausgangspunkt zurück. Gesamtgehzeit 3½ Std.

Michelstetten: Das idyllische 220-Einwohner-Dorf liegt in einem Kessel an den nördlichen Abhängen des Buschbergs und besitzt eines der ältesten Gotteshäuser des Weinviertels, die wuchtige, spätromanische **Wehrkirche St. Veit** (12. Jh.). Im Kern geht sie auf eine karolingische Turmburg zurück, die nur über eine Leiter zugänglich war – in der Mitte der Westfassade ist der zugemauerte Eingang noch auszumachen. Chor und Apsis kamen im 13. Jahrhundert hinzu, letztere ist mit frühgotischen Fresken (Christus und die zwölf Apostel) verziert.

Gegenüber der Kirche lädt in der früheren Volksschule das unterhaltsame Erlebnismuseum **Michelstettner Schule** zu einer Zeitreise durch die Schulgeschichte von der Antike bis in die Gegenwart und zu einem Rundgang durch sechs Unterrichtsfächer. Historische Klassenzimmer mit alten Schulutensilien und interaktive Stationen lassen einen wieder zum Abc-Schützen werden.

Schulmuseum April bis Ende Okt. Sa/So 10–17 Uhr. Eintritt 8 €, Kind 3 €, NÖ-Card; mit Führung 12/10 €. 2515 Michelstetten, Schulberg 1, ✆ 0664-2166161, www.michelstettnerschule.at.

Essen & Trinken Gasthaus Achter, bodenständiger Wirtshauskulturwirt am Dorfplatz, hier steht der Chef noch persönlich am Herd. Das Fleisch kommt aus eigener Schlachtung. Mo/Do Ruhetag. ✆ 02525-236.

Der Buschberg ist die höchste Erhebung im Weinviertel

Buschberg (491 m): 10 Gehminuten dauert der Aufstieg über die Forststraße auf den höchsten Weinviertler Gipfel, ausgehend vom großen Parkplatz an der Landesstraße zwischen Niederleis und Gnadendorf. Der bewaldete Hauptgipfel ist von der Radarkuppel der zivilen Flugsicherung besetzt, unterhalb steht die **Buschberghütte**, mit 480 m die niedrigstgelegene Hütte des ÖAV. Nicht verpassen darf man das **Gipfelkreuz** auf dem aussichtsreichen südlichen Vorgipfel, dessen Kegelform von seiner Vergangenheit als frühmittelalterliche Wallburg zeugt. Von hier erblickt man auch den östlichen Nebengipfel mit der kleinen Radarkuppel der militärischen Luftsicherung.

Buschberghütte: rustikale Berghütte mit alpinem Charme, kalte und warme Küche. April–Sept. Mi–Mo 10–22, sonst Do–Mo 10–19 Uhr, ✆ 0699-10210671.

Aussichtswarte Oberleiser Berg (457 m): Vom Weiler Oberleis (Abzweigung von der B 6), der nur aus einer Handvoll Häuser, darunter die romanisch-gotische *Wallfahrtskirche Maria Oberleis* besteht, erreicht man in wenigen Gehminuten das Gipfelplateau des Oberleiser Berges mit dem 23 m hohen, hölzernen Aussichtsturm (herrliche Rundumsicht). Bereits in der Jungsteinzeit vor 6000 Jahren war die baumfreie Anhöhe bewohnt, im 3. Jh. v. Chr. bestand hier eine mit einem Ringwall befestigte Keltensiedlung, im 4./5. Jh. n. Chr. sogar ein germanischer Königssitz. Im Inneren des Aussichtsturms ist eine Dokumentation über die Ausgrabungen zu sehen.

1. April bis 30. Okt. Sa/So 13–18, So auch 10–12 Uhr. Eintritt 1,50 €, Kind 0,80 €.

Wildpark Ernstbrunn in Dörfles: Im nördlichen Teil des Parks von *Schloss Ernstbrunn* (Privatbesitz), das auf einem steilen Kalkfelsen oberhalb thront, kann man Hirsche, Mufflons, Wildschweine, Gämsen, Steinböcke und auch Ziegen, Esel und Schafe beobachten. Die artgerechten Gehege sind zum Teil begehbar. Im angegliederten *Wolfsforschungszentrum WSC* (www.wolfscience.at) leben vier handaufgezogene Wolfsrudel und Hunde, deren Beziehungen zueinander und zum Menschen hier erforscht werden. Dabei darf man die Wissenschaftler bei der Arbeit beobachten.

Palmsonntag bis 1. Nov. Di–So 9–17 Uhr, sonst nur So 10–16 Uhr. Eintritt 6,20 €, Kind 3,80 €. Führungen durch das WSC Sa/So 14 Uhr, Aufpreis 7 bzw. 4 €, ✆ 02576-2785, www.wildpark-ernstbrunn.at.

Weinviertel → Karte hintere Umschlagklappe

An der March und im südlichen Weinviertel

Zwei Flüsse bilden die Ostgrenze des Weinviertels: Im Norden trennt die Thaya auf 17 km Österreich und Tschechien und mündet am Dreiländereck bei Hohenau in die March, die südwärts bis zur Donau die Grenze zur Slowakei bildet. Beides sind Tieflandflüsse, die von bedeutenden Augebieten, den **March-Thaya-Auen**, begleitet werden. Touristischer Höhepunkt des südlichen Weinviertels ist das **Museumsdorf Niedersulz**. Die leichtwellige weite Landschaft zieren Kellergassen, Weingärten und – überraschenderweise – Erdölpumpen. Gegen Süden wird das Weinviertel begrenzt vom Wiener Stadtrand und einer Geländekante, dem urzeitlichen Donauufer, die das Marchfeld nach Süden abtrennt.

Die March-Thaya-Auen

Die Auen entlang von Thaya und March gehören zu den bedeutendsten Aulandschaften Mitteleuropas. Sie sind geprägt von weitflächigen Feucht- und Überschwemmungswiesen sowie Altarmen, in denen sich Biber, Ziesel, Silberreiher und Sumpfschildkröte wohlfühlen und Kormorane ihre Brutplätze finden. Ein besonders wertvoller Altarm ist das *Hufeisen in Sierndorf*, vom Marchdamm aus kann man es umrunden. In den Auwäldern leben uralte Baumriesen aus harten Hölzern, wie Esche, Eiche und Ulme, hier gedeihen tropenähnliche Wasserwälder mit Weiden und Pappeln. Graureiher nisten gerne in den für die Marchwiesen typischen Kopfweiden, die durch das Abschneiden der Weideruten entstehen. Der 7,5 km lange Rundweg *„Von Weiden und Wein"* (ab Bahnhof Drösing) widmet sich diesem Thema.

Zwischen Februar und April werden die Flussauen regelmäßig überschwemmt und verwandeln sich in einen riesigen, über 2 km breiten See, den man am besten vom Marchdamm aus sieht. Von April bis Ende August erblüht die Auenlandschaft in allen Farben.

Information ✆ 02535-31161, www.marchthayaauen.at.

Führungen „Auf den Spuren des Bibers", jeden 1. So im Monat von März bis Juni und Sept. bis Dez. Treffpunkt 14 Uhr, Gasthaus Zobl in Drösing. ✆ 0699-11538717.

Hohenau an der March

2650 Einwohner, 155 m

Der Markt im Dreiländereck an der Mündung der March in die Thaya zieht sich beiderseits der B 49 entlang. Sein Wahrzeichen ist ein freistehender barocker **Glockenturm** (1711) an der nördlichen Ortseinfahrt mit einem Glockenspiel, das um 10, 12 und 15 Uhr ertönt. In der Ortsmitte, an der Hauptstraße 12, widmet sich das **Museum Hohenau** der Heimatgeschichte, der Kaiser-Ferdinand-Nordbahn, die durch Hohenau führt, und dem Filmschauspieler Oskar Sima (1896-1969), der hier geboren wurde.

Ostern bis 1. Nov. So/So 14–17 Uhr. Eintritt 2 €, www.museumhohenau.at.

Seit 2005 führt von Hohenau eine Stahlfachwerkbrücke über die March in die Slowakei (tägl. 5–24 Uhr), am Beginn der Zufahrtsstraße erinnert **Landmark** (2005) von *KirpicsenkoKlose*, ein großer Metallring mit dreisprachigen Zitaten und

Ausgängen Richtung Prag, Bratislava und Wien, an die Osterweiterung der EU im Jahre 2004. Von hier südwärts bis Ringelsdorf erstrecken sich die aus den Absetz- und Kühlbecken der 1867–2006 betriebenen Zuckerfabrik entstandenen Feuchtgebiete, die für Wasser- und Watvögeln wichtige Brut- und Rastplätze und Ersatz für jene Lebensräume sind, die in den 1950ern durch die Marchregulierung verloren gingen. Zur Beobachtung der Tiere (über 230 Arten wurden gezählt) gibt es **„vogel. schau.plätze"**: ein Beobachtungsturm am großen Kühlteich, Beobachtungsverstecke an den Anlandebecken und rund 1,5 km südlich eine Beringungsstation, in der durchziehende Vögel zur Erforschung ihrer Zugrouten planmäßig beringt werden (Juli–Okt. Fr–So 7–19, Mo bis 10 Uhr, www.auring.at).

Hin und weg Bahn: mind. 1x stündl. nach Wien Hbf.

Kanu **Kanu Fritz** verleiht von Juni bis Okt. Kanus und organisiert Touren auf Thaya und March, z. B. Strecke Hohenau–Dürnkrut (5 Std.) für 43 € pro Kanu (1–3 Pers.). ✆ 0664-4241971, www.kanu-fritz.at.

Radeln **March Panorama Radweg**, die markierte, fast durchgehend asphaltierte Tour verbindet Hohenau mit den südlicheren Marchgemeinden Jedenspeigen, Stillfried und Angern (35 km). Sie ist Teil des KTM-Radweges und führt fast ohne Steigungen an Kellergassen, Schlössern und vielen Aussichtspunkten vorbei. Alle Orte haben Bahnanschluss (inkl. Radtransport).

Vogelbeobachtung in Hohenau

Heuriger Am **Kellerberg** mit den sechs kleinen Kellergassen am nordwestlichen Ortsrand hat ganzjährig Do–So ab 16 Uhr mindestens ein Keller geöffnet.

Dürnkrut und Jedenspeigen

Die Namen der beiden 2 km voneinander entfernten Orte sind mit einer der größten Ritterschlachten des Mittelalters verbunden. 60.000 Mann sollen beteiligt gewesen sein, als am 26. August 1278 Rudolf I. von Habsburg den böhmischen König Ottokar Přemysl besiegte und so den Aufstieg der Habsburger zur europäischen Großmacht einleitete (→ Geschichte S. 21). Ottokars Heer wurde in die Flucht geschlagen, viele Ritter sollen dabei in der March ertrunken sein. Ottokar selbst wurde angeblich von eigenen Adeligen erschlagen. Ein großer **Gedenkstein** an der B 49 zwischen den beiden Orten erinnert an die Schlacht (Foto S. 21). Im **Schloss Jedenspeigen**, einem Renaissancebau mit Arkadenhof, ist eine kleine Ausstellung über die Bedeutung und den Verlauf der Schlacht zu sehen.

Mitte Mai bis 26. Okt. Sa 12–17, So 10–17 Uhr. Eintritt 5 € oder NÖ-Card. ✆ 02536-8468, www.jedenspeigen.at.

Stillfried an der March

300 Einwohner, 154 m

Stillfried, auf einer Geländekante an der historischen Bernsteinstraße gelegen, ist einer der am längsten besiedelten Orte Niederösterreichs. Hier wurden 30.000 Jahre alte Steinzeitwaffen von Mammutjägern ausgegraben, ebenso eisenzeitlicher Schmuck, die bronzezeitliche Stillfrieder Tasse, Stücke aus der Römerzeit und Kerne der ältesten kultivierten Weintraube Mitteleuropas aus dem 10./9. Jahrhundert v. Chr. Ausgewählte Originalfunde werden in dem kleinen Museum **Zentrum für Urzeit** gezeigt, das in der alten Volksschule untergebracht ist. Vom Museum aus führt ein urgeschichtlicher Wanderweg zur spätbronzezeitlichen Wallanlage, der bedeutendsten Fundstelle.

Museum April–Okt. Sa/So 13.30–17.30 Uhr, Juni–Sept. auch am Mi. Eintritt 5 € oder NÖ-Card. Hauptstr. 23, ✆ 0676-6113979, www.museumstillfried.at.

Hin und weg Bahn: mind. 1x stündl. nach Hohenau bzw. Wien Hbf.

Heurige Bio-Weingut Staringer, rustikal-moderner Buschenschank am Stillfrieder Kellerberg („Köllaberi") unterhalb der Kirche, draußen sitzt man unter Nussbäumen. Kalte Heurigenspezialitäten, gute Bio-Weine. 7x im Jahr ausg'steckt (tägl. ab 15 Uhr). Quadengasse 186, ✆ 0664-4902450, www.weingut-staringer.at. ■

Weingut Küssler, gemütliches Lokal mit Sommerterrasse in der Kellergasse Grub, 2 km nördlich von Stillfried. 6x im Jahr ausg'steckt (tägl. ab 15 Uhr). Ebenthalerstr. 45, ✆ 02283-2818, www.kuessler.at.

Mannersdorf an der March

400 Einwohner, 154 m

1 km südlich von Stillfried liegt der reizvolle *Rochusberg* mit 129 Weinkellern in sieben übereinander liegenden Reihen. Ganz oben steht die schon von weitem sichtbare *Rochuskapelle* (1648), ein Rundtempel im Stil der italienischen Renaissance, auch *Wutzelburg* genannt. Von ihr genießt man eine grandiose Aussicht über die Marchauen bis zu den Karpaten, ins Weinviertel und ins Marchfeld. Weine aus Mannersdorf sind für ihre hervorragende Qualität bekannt.

Hin und weg Bahn: mind. 1x stündl. nach Hohenau und Wien Hbf. Haltestelle in Angern, 1 km südlich.

Heuriger Buschenschank am Rochusberg J & J Minkowitsch, schönes Lokal mit Garten knapp unterhalb der Rochuskapelle. Kalte Heurigenspezialitäten und eigene Top-Weine. 5x im Jahr ausg'steckt (Fr/Mo ab 17, Sa/So ab 15 Uhr, So auch 9.30–12 Uhr). Am Rochusberg 40, ✆ 02283-2362, www.minkowitsch.at.

Museumsdorf Niedersulz

Das Ensemble aus rund 80 originalgetreu wieder aufgebauten Weinviertler Gebäuden vergangener Jahrhunderte ist eines der schönsten Freilichtmuseen Österreichs und eines der beliebtesten Ausflugsziele des Weinviertels.

Abgeschieden, aber über die A 5 (Abfahrt Hochleithen) schnell zu erreichen, liegt das Museumsdorf rund 40 km außerhalb von Wien. Das Gelände betritt man durch ein modernes Eingangsgebäude in Form eines großen Rahmens. Die im Weinviertel und in Südmähren abgetragenen und hier originalgetreu wieder aufgebauten Gebäude wurden als Dorf wie vor 200 Jahren zusammengestellt: In der *Dorfzeile* gibt es bildhübsche Weinviertler Haken-, Seit- und Streckhöfe mit Taubenkobel, Holzstadel und Werkstätten, in denen an Wochenenden altes Handwerk, wie die Wagnerei, die Bernsteindrechslerei oder die Arbeit eines Schusters, vorgeführt wird. Rund um den *Dorfplatz* reihen sich Marienkapelle, Pfarrhof, Schüttkasten und ein Dorfwirtshaus in einem alten herrschaftlichen Jägerhaus mit Salettl und Gastgarten, in dem man sich mit regionalen Schmankerln täglich stärken kann. Ein Friedhof, eine Kellergasse mit Vinothek (Sa/So 13–18 Uhr), eine Schule und ein von echten Haustieren bewohnter Bauernhof fehlen auch nicht.

Die Häuser sind mit originalen Möbeln ausgestattet bzw. beherbergen volkskundliche Sammlungen (Schlitten, Bauernmöbel, Ziegel u. a.) oder Dokumentationen. Umrahmt sind sie von schönen Bauerngärten und Wildpflanzen, in einem eigenen Garten werden alte Obstsorten gezüchtet. Brauchtumsveranstaltungen wie Kirtage und Weinfeste beleben das Dorf, das schon für zahlreiche Werbespots und Filme als Kulisse diente.

Museumsdorf Mitte April bis 1. Nov. tägl. 9.30–18 Uhr, Eintritt 12 €, bis 18 J. frei. NÖ-Card 1x gültig. Führungen (60 Min.) Sa/So 14 Uhr, So auch 11 Uhr, Aufpreis 4 €. 2224 Niedersulz 250, ✆ 02543-333, www.museumsdorf.at.

Hin und weg **Bus 420**: Mo–Sa 2x, So 1x tägl. von Wien Floridsdorf Bhf. nach Niedersulz und zurück.

Übernachten **Gästehaus Stur**, 5 schöne, modern-rustikale Zimmer beim Winzer im Nachbarort 4 km südlich, ruhige Innenhoflage. DZ 60–74 €. 2223 Hohenruppersdorf, Obere Hauptstr. 11, ✆ 02574-8484, www.winzerhaus-stur.at.

„Lebender Bauernhof" im Museumsdorf

Weinlodge, 5 geschmackvolle, geräumige Zimmer und Appartements beim Biowinzer 5 km südwestlich von Niedersulz. Ruhige Lage. Leihräder gratis. DZ 80–100 €. 2223 Martinsdorf, Winzerstr. 52, ✆ 02574-8428, www.weinlodge.at. ■

Umgebung von Niedersulz

Nexinger Schweiz und Muschelberg: 3 km westlich von Niedersulz befindet sich das kleine, 1802 im englischen Tudorstil erbaute *Schloss Nexing*, das Mittelpunkt eines Gutsbetriebs mit 14 Fischteichen ist. Direkt dahinter entstand 1802 auf einem Steinbruchareal ein romantischer Landschaftspark, von dem noch verschlungene Wege, eine Brücke und ein Aussichtspunkt erhalten sind. Wegen seiner bis zu 20 m hohen Felsen heißt er auch *Nexinger Schweiz*. Sieht man sich die Felsen genauer an, erkennt man, dass sie nur aus fossilierten Muscheln und Schnecken bestehen. Diese wurden hier im Urmeer vor 12 Millionen Jahren abgelagert und haben Nexing unter Geologen weltweit bekannt gemacht.

Die Nexinger Schweiz ist von April bis Okt. Sa/So tagsüber frei zugänglich. Tageskarten zum Angeln (25 €) im Gasthof „Oase am Teich". www.fischertraum.at.

Erdöl im Weinviertel

Das Landschaftsbild am südlichen und östlichen Rand des Weinviertels ist mitunter etwas kurios: Hingewürfelt in die von Ackerfurchen und Weinreben durchzogenen sanften Hügeln verrichten rund 500 baumhohe Erdölfördersonden ihre Arbeit. Ständig nickend holen sie für die Österreichische Mineralölverwaltung (OMV) an die 800.000 Tonnen Erdöl und Erdgas pro Jahr aus mehreren Tausend Metern Tiefe. Gehäuft treten diese Pferdekopfpumpen rund um Neusiedl an der Zaya auf, ebenso um Zistersdorf und zwischen Prottes und Matzen, wo sich das mit 100 km^2 größte zusammenhängende Ölfeld Mitteleuropas befindet. Bis zu 15 % des österreichischen Bedarfs können mit den hier gewonnen Mengen gedeckt werden. Bis 1918 bezog Österreich sein Erdöl aus Galizien (heutige Westukraine), das damals zum Habsburgerreich gehörte. Erst 1930 gelang es im heutigen Österreich Erdölvorkommen zu erschließen, zunächst in Zisterdorf, ab 1943 in **Neusiedl an der Zaya**. Dort (an der B 48 zwischen Wilfersdorf und Hohenau) erinnern sieben als Industriedenkmale geschützte und mit Kunstobjekten verzierte Gittertürme an die früheren „Wälder" der Fördertürme in der Region. Heute sind fast nur Bohrsonden im Einsatz. In **Prottes**, wo rund 160 Erdöl- und Erdgassonden in Betrieb sind, kann man sich auf einem 4,5 km langen **Erdöl- und Erdgaslehrpfad**, der als Rundweg durch Weinberge führt, über das Thema informieren. 150 Exponate sind zu bestaunen, darunter aktive Ölförderpumpen, Bohrgestänge und imposante Geräte, wie ein Raupentraktor aus den 1950ern und fahrbare Bohranlagen. Angeschlossen ist ein kleines Museum (Ostern bis 1. Nov. So 9.30–11.30/14–16 Uhr, ✆ 02282-2182, www.prottes.at).

Kellergassen im Norden von Wien

Kellergassen in Pillichsdorf und Großengersdorf: 6 km nördlich der Wiener Stadtgrenze und 3 km östlich der B 7 (Eibesbrunn) trifft man in Pillichsdorf auf eine der größten Kellergassen des Weinviertels. Auf rund 500 m steigt sie in sonniger Südhanglage leicht an, zu beiden Seiten gesäumt von Nussbäumen, Robinien und rund 240 Presshäusern. Eine Besonderheit sind die zweigeteilten Kellertüren – die gitterförmige dient der Belüftung. Ein beliebtes *Kellergassenfest* findet jährlich am zweiten Septemberwochenende statt. 3 km östlich befindet sich eine auf vielen Prospekten abgebildete Kellergasse. Sie zieht sich eine Geländekante entlang und hat Presshäuser nur auf der nach Süden weisenden Seite.

Hin und weg Bahn: 1x stündl. von Wien Praterstern mit Umsteigen in Obersdorf.

Heurige In beiden Kellergassen hat ganzjährig Fr–So ab 16 Uhr jeweils mindestens ein Heuriger geöffnet.

Kellerberg und Himmelkeller in Kronberg: Direkt von der B 7 (nördlich von Wolkersdorf) zu erreichen ist dieser interessante Kellerberg, ein früherer Burghügel. Die Kellergasse beginnt knapp unterhalb der Kirche und führt kreisförmig bergauf, vorbei an Bildstöcken und Weinkellern mit barocken Steinfassaden. Oben auf dem Kellerberg befindet sich der *Himmelkeller*, eine Art Mikrokosmos und Weinviertler Gesamtkunstwerk, geschaffen vom Grafiker und Künstler Hermann Bauch (1929–2006); es umfasst 10 Gebäude, darunter einen Konzertstadel, ein Weinmuseum samt riesiger barocker Weinpresse, Atelier und Mosaikwerkstätte, ein Kellerlabyrinth aus elf verbundenen Lösskellern und eine Kellerkapelle.

Himmelkeller Mai bis Ende Okt. tägl. ab 13.30 Uhr. Führungen So, Mo, Di um 15 Uhr. Eintritt 8 €. ✆ 0699-17442265, www.himmelkeller.at.

Essen & Trinken Buchingers Gasthaus Zur Alten Schule, 2 km südlich von Kronberg bzw. unweit der Abfahrt Wolkersdorf Nord von der A 5. Der bekannte Haubenkoch Manfred Buchinger machte aus der alten Dorfschule von Riedenthal einen gemütlichen Wirtshauskulturbetrieb, in dem er regionale und internationale Küche zu gemäßigten Preisen kombiniert (Hauptgericht 9–27 €). Do–So 11–15.30, 17.30–23 Uhr. Wolkersdorfer Str. 6, ✆ 02245-82500, www.buchingers.at.

Was haben Sie entdeckt?

Was war ihr Lieblingswirtshaus, in welchem Hotel haben Sie sich wohl gefühlt, welchen Heurigen würden Sie wieder besuchen? Wenn Sie Kritik, Verbesserungsvorschläge, Anregungen oder Empfehlungen zu diesem Buch haben, lassen Sie es uns bitte wissen.

Schreiben Sie an: Barbara Reiter und Michael Wistuba
Stichwort „Wachau · Waldviertel · Weinviertel"
c/o Michael Müller Verlag GmbH | Gerberei 19, D – 91054 Erlangen
reiter_barbara@michael-mueller-verlag.de

Weinviertel → Karte hintere Umschlagklappe

Thayabrücke im Nationalparkort Hardegg

Kleiner Wanderführer

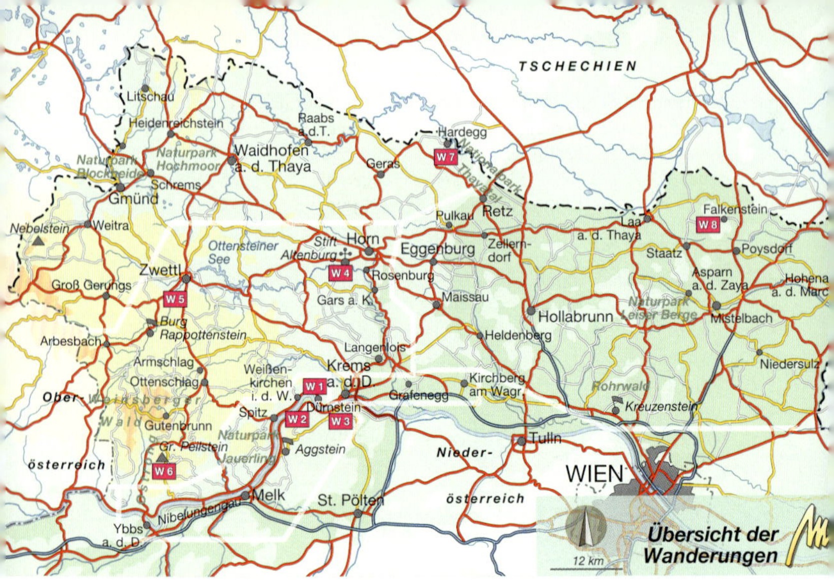

Kleiner Wanderführer

Die Region bietet vielfältigste Möglichkeiten: gemütliche Spaziergänge durch Weingärten und Kellergassen, leichte Touren zu Burgruinen und Aussichtswarten, romantische Wege an Wasserfällen und Flusstälern entlang, spannende Klettertouren an den Felsen der Wachau, Gipfelstürme auf die „Tausender" des Waldviertels, tagelange Weit- und Pilgerwanderwege …

Gerade im Bereich des Weitwanderns hat sich in den letzten Jahren in Österreich viel getan. Nach deutschem Vorbild wurden in außeralpinen Gebieten zahlreiche regionale, gut begehbare Weitwanderwege geschaffen. Man reagiert damit auf die wachsende Outdoor-Begeisterung und hofft mithilfe dieses sanften Tourismus auf eine Steigerung der Nächtigungszahlen entlang der Routen. Zum einen wurden bestehende Wege neu beschildert, wie 2006 der *Thayatalweg 630* vom Nebelstein nach Retz (ca. 180 km, www.weitwanderwege.com) oder 2015 der *Weg entlang der Lainsitz* von Karlstift nach Litschau (www.luznice.eu). Der *Kremstalweg 625* (90 km) und der *Ysper-Weitental-Rundweg 22* (121 km) sind bis 2017 dran.

Wiederbelebt und mit einer stilisierten Jakobsmuschel markiert wurde der 153 km lange **Jakobsweg Weinviertel** von Drasenhofen an der tschechischen Grenze über Poysdorf, Mistelbach, Stockerau und den Wagram bis Krems. Detaillierte Infos dazu findet man unter www.jakobsweg-weinviertel.at. Der Pilgerweg setzt sich gegenüber von Krems fort in dem 50 km langen **Jakobsweg Göttweig-Melk**, an den der **Jakobsweg Südliches Waldviertel** bis Persenbeug anschließt (31 km, Infos unter www.donau.com in der Rubrik „Ausflug/Jakobsweg").

Vorzeigeprojekt ist der 2010 eröffnete **Welterbesteig Wachau**, der bestehende Forst- und Güterwege (und wenige reine Fußwege) zu einem 180 km langen, leichten Höhenrundweg um die Wachau verknüpft. Er beginnt in Krems, ist in 14 Etappen unterteilt, in beide Richtungen beschildert und mit einem „W" samt Welle markiert. Die meisten Etappen enden im Tal, wo es Unterkünfte, Versorgungsmöglichkeiten und öffentliche Verkehrsmittel gibt. Eine Ergänzung ist die 90 km lange, beschaulichere **Jauerling-Runde**, die in Spitz startet und mit einem stilisierten Berggipfel markiert ist. Detaillierte Infos zu beiden Wegen bietet www.welterbesteig.at.

Seit 2014 gibt es den **Weitwanderweg Nibelungengau** als Bindeglied zwischen dem oberösterreichischen Donausteig (von Passau nach Sarmingstein) und dem Welterbesteig. Die schönere, 80 km lange Nordroute führt überwiegend aussichts- und abwechslungsreich durch die Hänge oberhalb der Donau, die 30 km lange Südroute verläuft meist auf Treppelwegen (österr. für Treidelwege) am Flussufer.

Im Folgenden sind **8 Wanderungen** mit Kartenskizzen und den wichtigsten Infos zu Ausgangspunkt, Wegverlauf, Besonderheiten, Einkehrmöglichkeiten und Erreichbarkeit mit öffentlichen Verkehrsmitteln beschrieben. Mithilfe der Wanderübersichtskarte (→ S. 292) kann man sie rasch lokalisieren. Im Reiseteil des Buches gibt es weitere Vorschläge für Spaziergänge und Touren, die auch ohne detaillierte Beschreibung gegangen werden können.

Wanderzeit Auf schneefreien, trockenen Wegen und Steigen kann auch im Winter gewandert werden.

Wegbeschilderung Die Wanderwege sind großteils nach dem Schweizer System beschildert, d. h. gelbe Wegweiser mit Angaben in schwarzer Schrift zu Wanderziel und Gehzeit, wenn nötig ergänzt um farbige Punkte für den Schwierigkeitsgrad (blau = leicht, rot = mittel, schwarz = schwer).

Wanderkarten/Wanderführer Für die Region gibt es folgende Wander- und Freizeitkarten von *Freytag & Berndt* im Maßstab 1:50.000, ca. 9 €: WK 071 – Wachau-Welterbesteig-Nibelungengau, WK 073 – NP Thayatal-Znaim-Retz, WK 074 – Kamptal-Zwettl-Krems, WK 075 – Nördl. Waldviertel, WK 076 – Nebelstein-Gmünd-Weitra, WK 015 – Westl. Weinviertel, WK 014 – Östl. Weinviertel.

Von *Kompass* gibt es die Wanderkarten (Maßstab 1:50.000, 10 €) WK 207 – Wachau-Kamptal, WK 203 – Waldviertel-Kamptal-Wachau, WK 204 – Weinviertel.

Für den **Welterbesteig** (inkl. Jauerling-Runde) kann man auf www.welterbesteig.at eine kostenlose Wanderkarte bestellen oder sich einen *Rother Wanderführer* oder *Hikeline Wanderführer* von Esterbauer zulegen (beide 2014, je 15 €). Vom *ÖAV* gibt es einen Wanderführer für den **Thayatalweg** (8 €).

Rother Wanderführer gibt es für die Wachau, das Weinviertel und das Waldviertel (alle 2013, ca. 15 €), *KOMPASS Wanderführer* nur für die Wachau mit Maria Taferl (2012, ca. 13 €).

Ausrüstung Wichtig sind feste Schuhe mit griffiger, rutschfester Sohle; eine bequeme Hose, eine Jacke zum Schutz

Unterwegs am Welterbesteig

gegen Regen, Wind und Kälte bzw. eine Kopfbedeckung als Sonnenschutz. Hilfreich sind Teleskopwanderstöcke. Im Rucksack sollten ausreichend Flüssigkeit und Müsliriegel oder Traubenzucker für den kleinen Hunger nicht fehlen.

Wanderung 1: Starhembergwarte, Kanzel und Vogelbergsteig

Charakteristik: Die mittelschwere Rundtour durch die felsigen Flanken oberhalb von Dürnstein ist eine der beliebtesten der Wachau, sie bietet landschaftliche Reize und fabelhafte Tiefblicke. Für den Vogelbergsteig sind gutes Schuhwerk und Trittsicherheit erforderlich. **Gehzeit**: 3 Std. **Länge**: ca. 5 km. **Einkehr**: Fesslhütte **4** (April–Okt. Di–So 9.30–18 Uhr, ✆ 02732-41277). **Ausgangspunkt**: Dürnstein, Parkplatz Ost (Bushalt WL 1, Touristinformation → S. 99).

Wegbeschreibung: Vom Startpunkt **1** zwischen Parkplatz Ost und Touristinformation über die Bundesstraße und geradeaus Richtung Altstadt. Gleich nach dem Kremser Tor **2** rechts über hohe Steinstufen den *Eselsteig* bergauf Richtung Ruine, bis man nach 20 Min. **3** in den von rechts kommenden Fahrweg (sog. leichtere Variante) mündet. Links weiter durch das nördliche **Tor der Burgmauer**, dahinter folgt man der grünen Markierung. Auf einem felsigen Pfad durch schöne Eichen- und Kiefernwälder (stets links haltend) gelangt man nach rund 40 Min. zur im Wald gelegenen **Fesslhütte** **4** und in einem kurzen Abstecher bergauf zu dem 1883 erbauten romantischen Mauertürmchen der **Starhembergwarte** (564 m, Donautalblick).

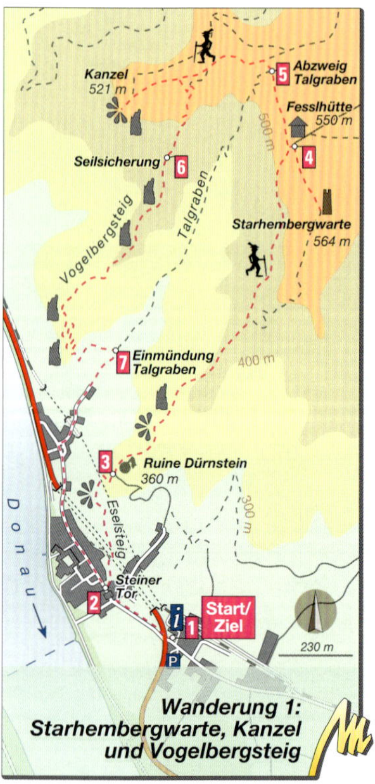

Für den Rückweg nach Dürnstein folgt man den Wegweisern zur Dürnsteiner Kanzel, ignoriert nach 5 Min. die Abzweigung in den Talgraben **5** und hält sich kurz darauf an der „Kreuzung Vogelbergsteig“ (542 m) links. 10 Min. sind es bis zum steil abfallenden Aussichtsplatz der **Dürnsteiner Kanzel** (521 m) mit fabelhaftem Tiefblick ins Donautal. Nun wieder 5 Min. zurück, bis an einer roten Markierung rechts der **Vogelbergsteig** beginnt, dem man nun folgt. An Felsgebilden, weiteren herrlichen Aussichtsplätzen und einer kurzen, mit Seil gesicherten Stelle **6** vorbei geht es ständig (teils im Zick-Zack) bergab. Nach einer knappen Stunde mündet der Steig in den **Talgraben** **7**. Talauswärts führt ein Fahrweg, dann eine Asphaltstraße hinab zur Hauptstraße am nördlichen Ende der Dürnsteiner Altstadt, auf der man nach links in 15 Min. den Ausgangspunkt erreicht.

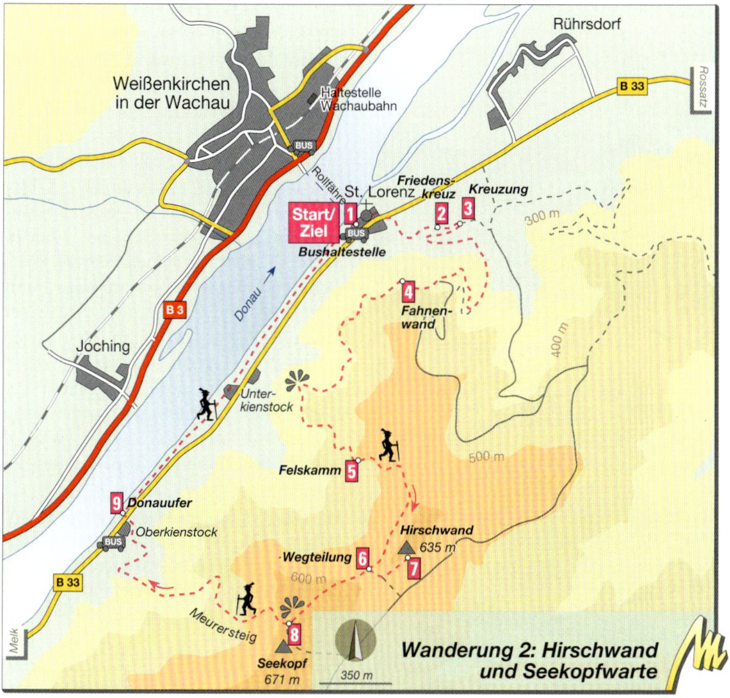

Wanderung 2: Hirschwand und Seekopfwarte

Charakteristik: Mittelschwere Rundwanderung am Südufer der Donau, begleitet von großartigen Ausblicken, imposanten Felsformationen und knorrigen Eichenwäldern. Der Mini-Klettersteig auf die Hirschwand erfordert Klettersteig-Erfahrung. **Gehzeit**: 4 Std. **Länge**: ca. 8 km. **Einkehr**: unterwegs keine Einkehrmöglichkeit. **Ausgangspunkt**: St. Lorenz (Bushalt WL 2; April–Okt. Rollfähre nach Weißenkirchen → S. 111).

Wegbeschreibung: Direkt gegenüber der Bushaltestelle (Richtung Melk) in St. Lorenz **1** beginnt ein schmaler Pfad, der „Zuweg Welterbesteig", auf dem man durch den Wald und die Steinige Ries steil bergauf steigt. Nach 10 Minuten erreicht man das *Mahnmal Friedenskreuz* (2016, Martin Krenn) mit einem fabelhaften Tiefblick ins Donautal (Rastbank) **2**. Danach führt der Pfad kurz leicht bergab den Hang entlang bis zur „Kreuzung St. Lorenz" (229 m) **3**. Hier folgt man dem Wegweiser

Am Klettersteig auf der Hirschwand

„Hirschwand" (Nr. 8, gelb bzw. rot markiert), links geht es auf einem breiten Karrenweg bergauf. Nach einer langgezogenen Kehre nach rechts erreicht man die Felsen der **Fahnenwand** 4. Der Weg führt nun 45 Min. weiter bergauf und bergab durch steile, teils abschüssige Hänge mit eindrucksvollen Felsgebilden, imposanten Tiefblicken zur Donau und über einen Felskamm 5. Ab hier sind es noch rund 20 Min. bis zur „Kreuzung Hirschwand" auf einem Sattel 6. Nur für schwindelfreie, trittsichere Klettersteig-Erfahrene lohnt sich links der 10-minütige Abstecher (grün-blau markiert) zum 30 m hoch aufragenden Felsgipfel der **Hirschwand** (635 m, 7), der von zwei Seiten auf Klettersteigen erklommen werden kann und schöne Ausblicke bietet. Wieder zurück geht es entlang des grün bezeichneten Wegs (Welterbesteig) in 10 Min. zur Aussichtswarte am **Seekopf** (671 m, 8). Von hier steigt man über die vielen Kehren des rot bezeichneten **Meurersteigs**, vorbei an Steinmännchen, durch den Wald und vorbei an weiteren Felsen in 1 Std. wieder zum Donauufer bei Oberkienstock hinab 9. Nun rechts und auf dem Radweg neben der Uferstraße bzw. ab Unterkienstock auf dem Treppelweg (österr. für Treidelweg) bis St. Lorenz zurück (etwa alle 2 Std. befährt Bus WL 2 die Strecke Oberkienstock–St. Lorenz).

Blick auf Weißenkirchen

Wanderung 3: Auf der Römerstraße zur Ferdinandswarte

Charakteristik: Die einfache Rundwanderung vereint einen der schönsten Aussichtspunkte der Wachau und Spuren der alten Römer. **Gehzeit**: 1½ Std. **Länge**: ca. 4,5 km. **Einkehr**: unterwegs keine, das Weingut Graf am Start- bzw. Zielpunkt hat 5x im Jahr (tägl. ab 16 Uhr) ausg'steckt (✆ 02732-82743, www.weingut-graf.at). **Ausgangspunkt**: Mauternbach, 1,5 km westlich von Mautern (→ S. 114), öffentlich erreichbar mit Bus WL 2 im Zweistundentakt ab Krems bzw. Mautern.

Wegbeschreibung: Los geht es am Parkplatz 1 gegenüber dem Weingut Graf in **Mauternbach**, die Bushaltestelle liegt 500 m östlich. 50 m oberhalb des Weinguts beginnt rechts der Straße der rot bezeichnete Weg zur Ferdinandswarte. Er passiert den untersten Abschnitt einer **Römerstraße**, die einst als Stichstraße von Süden zum Donaulimes führte, die Gleisrillen (eingemeißelt, damit die Fahrzeuge nicht abgleiten) sind noch zu erkennen. Durch Weingärten und am Rand eines Eichen-

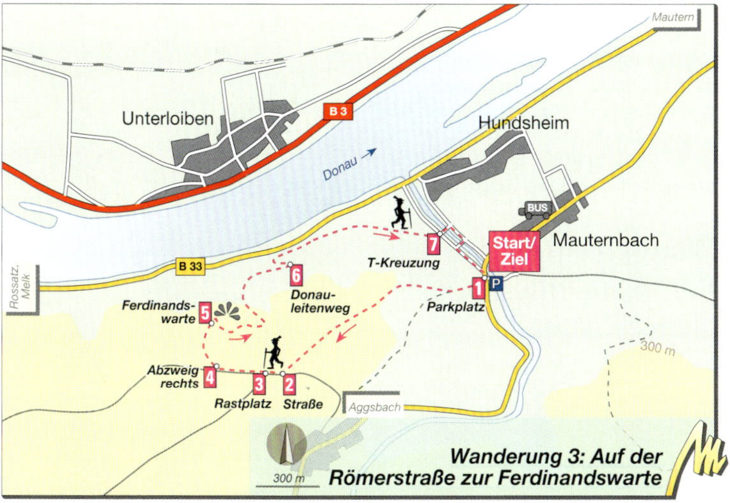

walds entlang geht es bis zu einer Straße **2**, die Teil des Welterbesteigs ist. An der Weggabelung kurz darauf (mit Rastplatz und Pilgerkreuz) **3** hält man sich rechts, verlässt aber nach wenigen Metern die Straße **4** und quert rechter Hand auf einem unmarkierten, aber ausgetretenen Pfad das Feld und erreicht durch lichten, als Naturdenkmal geschützten Traubeneichenwald bergauf die **Ferdinandswarte** (**5** → S. 114). Von dort erfolgt der Abstieg in steilen Kehren (blau markiert) über die **Donauleiten**. Der Pfad mündet nach 30 Min. in den **Donauleitenweg** (**6**, grüner

Die Ferdinandswarte ist ein lohnenswertes und einfaches Wanderziel

Wegweiser). Nun geht es rechts weiter an Obstgärten entlang bis zu einer T-Kreuzung **7**. Hier biegt man rechts in die Sackgasse (Verkehrsschild), überquert nach dem Haus den Bach auf einer kleinen Holzbrücke und erreicht über einen Pfad bergauf und entlang des **Beierlwegs** wieder den Ausgangspunkt.

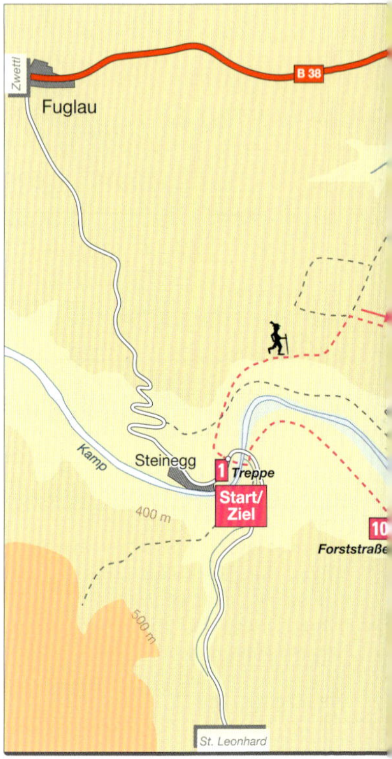

Wanderung 4: Kampschlingen und Ödes Schloss

Charakteristik: Die leichte, aber lange Runde erschließt die Naturschönheiten im weitgehend unberührten Mittleren Kamptal (→ S. 164). Insektenschutz sollte im Sommer mit ins Gepäck, bei Hochwasser ist die Tour nicht begehbar. **Gehzeit**: 4½ Std. **Länge**: ca. 14 km. **Einkehr**: unterwegs keine, am Ausgangs- bzw. Endpunkt der Gasthof Dunkler „Zur Neuen Welt" mit schattigem Gastgarten am Kampufer (Di Ruhetag, ✆ 02987-2270). **Ausgangspunkt**: Steinegg (von der B 38 in Fuglau 4 km westlich von Altenburg abzweigen). Kein Busverkehr nach Steinegg. Eine Alternative ist die Bahnanreise bis Rosenburg, ab dem Bahnhof ist ein Wanderweg Richtung Steinegg beschildert (30 Min. bis zum Kraftwerk **7**).

Wegbeschreibung: Gegenüber vom Gasthof Dunkler steigt man über eine schmale Treppe **1**, die direkt am Straßenrand beginnt, nach oben, auf schmalem Steig geht es weiter steil bergan und dann, dem Wegweiser „Kamptal-Seenweg 620" folgend, durch das Waldgebiet **In der Sulz** bis zu einer Schotterstraße **2**. Links auf dieser bis zu einer Wegkreuzung (45 Min., **3**), wo der Weg von Stift Altenburg einmündet. Nun rechts weiter auf einer Forststraße, leicht bergab folgt nach 20 Min. rechter Hand (beschildert, **4**) der lohnenswerte Abstecher (15 Min.) hinauf zu den kärglichen Mauerresten des im 13. Jh. erbauten **Öden Schlosses** **5**, das über einer Kampschlinge mit grandiosem Tiefblick thront. Zurück auf der Forststraße geht es bergab zum Kampufer **6** und dann auf schmalem, mitunter sumpfigem Steig 3 km um den **Umlaufberg** (352 m),

Start- und Endpunkt der Tour

teils an der alten Tiergartenmauer von Stift Altenburg entlang bis zur barocken ehemaligen Rauschermühle und dem alten **Kraftwerk Rosenburg** (1¼ Std., **7**), das ausgebaut werden soll. Dort quert man auf einem Betonsteg den Kamp und gelangt auf grün markiertem Weg bergauf zu einer Gabelung **8**. Ab hier folgt man dem rot markierten Weg Richtung Steinegg (alle andersfarbig markierten Abzweige ignorieren), es geht im Wald bergab und bergauf, am einsam im Wald stehenden Kletterfelsen „Hängender Stein" und an Felskanzeln hoch über dem Kamp durch die **Bründlleiten** und schließlich an einer großen Lichtung **9** vorbei, zuletzt (ab **10**) auf einer Forststraße zum Ausgangspunkt zurück.

Wanderung 5: Auf den Spuren von Hundertwasser am Kamp entlang

Charakteristik: Viel begangene, einfache Runde durch das zauberhafte Obere Kamptal, die mit einem verblockten Flusslauf, schönen Badeplätzen, einem Minigipfel, alten Mühlen und felsdurchsetztem Wald begeistert. **Gehzeit**: 3¼ Std. **Länge**: ca. 8,5 km. **Einkehr**: unterwegs keine. **Ausgangspunkt**: Bei der Uttissenbachmühle zwischen Gschwendt und Uttissenbach, 7 km südwestlich von Zwettl (Abzweig von der B 38). Keine Busverbindung.

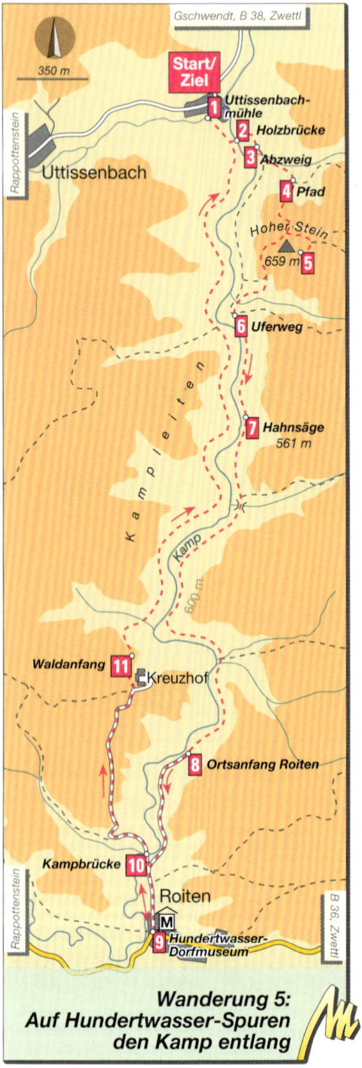

Wanderung 5: Auf Hundertwasser-Spuren den Kamp entlang

Wegbeschreibung: Auf einer Forststraße westlich der Utissenbachmühle (Wegweiser „Hunderwasserweg 55“ **1**) erreicht man nach 300 m eine Holzbrücke über den Kamp **2**, die man überquert. Hier beginnt das geschützte **Obere Kamptal** (→ S. 179), wo sich bald einladende Badestellen auf Sandbänken auftun. Bei der nächsten Verzweigung **3** teilt sich der Hundertwasserweg in zwei Varianten, man folgt jener links bergauf. Kurz danach zweigt rechts ein Pfad **4** ab Richtung **Hoher Stein** (659 m, **4**). Seinen Felsengipfel erreicht man auf einem kurzen Abstecher, zum Gipfelkreuz **5** führen Eisenklammern, Aussicht gibt es keine (Gehzeit ab Utissenbachmühle 30 Min.). Vom Abstecher zurück geht es nun, sich links haltend, auf einem Waldweg hinab zum Uferweg **6**, der stets dem Kamp mit seinen riesigen Granitblöcken flussaufwärts folgt. Vorbei an der bunt bemalten, grasbewachsenen **Hahnsäge** **7**, die einst Friedenreich Hundertwasser gehörte, erspäht man nach weiteren 1¼ Std. die ersten Häuser von **Roiten** **8** und kommt 500 m entlang der Asphaltstraße geradeaus weiter zum **Hundertwasser-Dorfmuseum** (→ S. 179, **9**). Auf gleichem Weg geht es 400 m zurück bis zur Kampbrücke **10**, die man überquert und dann auf der Asphaltstraße bis hinauf zum **Kreuzhof** (640 m) steigt. Diesen lässt man rechts liegen, geht leicht bergab in das linke Waldstück hinein **11** und weiter abwärts bis zum Kamp, dem man auf bequemem Uferweg bis zum Ausgangspunkt folgt (Rückweg ab Roiten 1½ Std.).

Wanderung 6: Zu den Aussichtsgipfeln am Ostrong

Charakteristik: Leichte Höhenwanderung auf schattigen Forststraßen und Waldwegen über den markanten Bergrücken im Südlichen Waldviertel. Schöne Ausblicke vom Großen und Kleinen Peilstein. **Gehzeit**: 4½ Std. **Länge**: ca. 13 km. **Einkehr**: unterwegs keine, am Ausgangs- bzw. Endpunkt empfiehlt sich die Wirtshausbrauerei Haselböck (→ S. 195). **Ausgangspunkt**: Münichreith am Ostrong (→ S. 194). Keine geeignete Busverbindung.

Wegbeschreibung: Der als Nr. 51 markierte **„Kaiserstein-Peilstein-Rundwanderweg“** beginnt bei der kleinen gelben Johanneskapelle mitten im Ort **1** (Parkplatz gegenüber). Auf der Straße geht man an der Volksschule vorbei Richtung **Altwaldhäusl**, quert die Umfahrungsstraße und zweigt vor den Häusern links in einen Güterweg ab (**2**, Wegweiser). Durch den Wald bergauf bis zu einer Forststraße **3**, die rund 20 Min. bis zum Unterstand „Scheidanger“ **4** leicht ansteigt. Dort (Wegweiser) rechts in den Wald hinein und wenig steil bergan bis zum Rastplatz beim **Kaiserstein** (935 m, 1 Std., **5**), der aber keine Aussicht bietet. Weiter in gemütlichem Bergab und Bergauf den bewaldeten Kamm des Ostrong entlang, kommt man nach 40 Min. an einer schönen Lagerwiese vorbei **6** und nach weiteren 20 Min. zum **Großen Peilstein** (1061 m, **7**), der höchsten Erhebung des südlichen Waldviertels mit einer fantastischen Aussicht. Rechts weiter ein Stück abwärts folgt dann der mit einem Kreuz markierte Felsengipfel des **Kleinen Peilsteins** (1042 m, **8**) mit ebenfalls herrlichem Ausblick. Danach stets den Wegweisern „Münichreith, Nr. 51“ folgend bergab, ab **9** auf einer langen, etwas langweiligen Forststraße und schließlich an den Häusern von Altwaldhäusl vorbei zum Ausgangspunkt zurück.

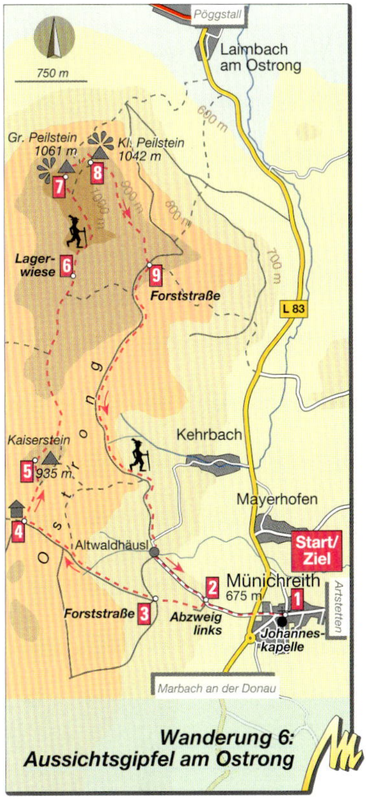

Wanderung 6: Aussichtsgipfel am Ostrong

Wanderung 7: Im Nationalpark Thayatal

Charakteristik: Mittelschwere Wanderung durch ein wildromantisches Flusstal, bei der man auch an Burgruinen vorbeikommt. Gutes Schuhwerk erforderlich, bei Hochwasser nicht begehbar. **Gehzeit**: 4½ Std. **Länge**: ca. 14 km. **Einkehr**: Gasthaus Thayabrücke **3** (→ S. 236), Café im Nationalparkhaus. **Ausgangspunkt**: Hardegg Nationalparkhaus (→ S. 237). Busverbindung nach Retz.

Wegbeschreibung: Vom **Nationalparkhaus** **1** zur Landstraße und auf dieser 200 m links Richtung Hardegg, bis vor eine Linkskurve. Dort geradeaus zum Wanderweg („Kirchensteig“) und auf diesem durch den Wald hinab nach **Hardegg** **2** und vor dem Uhrturm rechts hinunter zur **Thayabrücke** **3**. Man bleibt auf der österreichischen Seite und folgt dem teils felsigen Flussufer auf dem *Thayatalweg Nr. 1* bzw. **Gabrielensteig**, auf dem es nach rund 30 Min. steil nach oben zu einer Wegkreuzung geht **4**. Von hier lohnt sich der 15-minütige Abstecher auf dem *Einsiedlerweg Nr. 2* links hinab (an zwei schönen Aussichtspunkten vorbei) zum Rastplatz

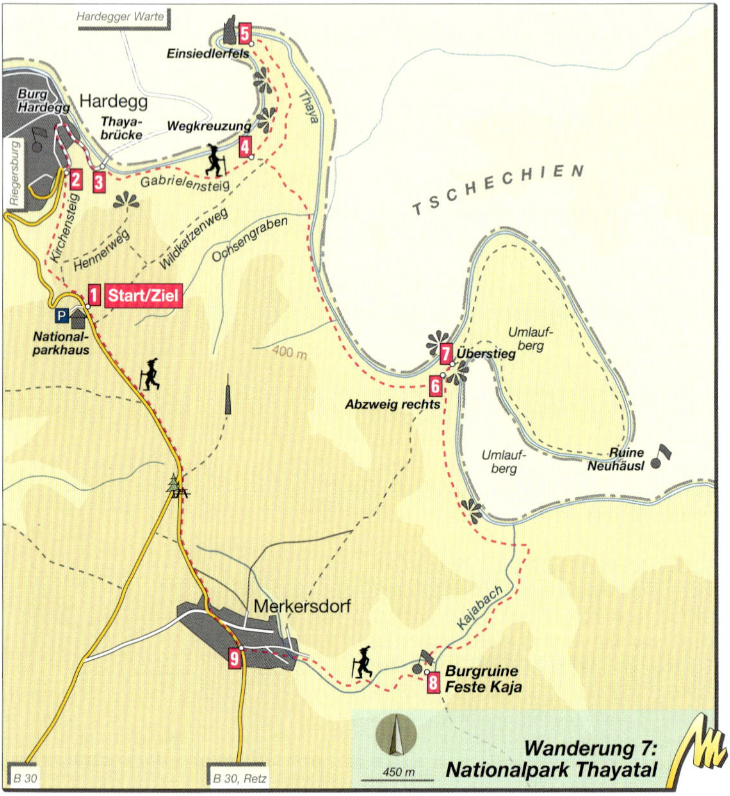

am Thayaufer, wo sich der **Einsiedlerfelsen** **5** mit einer einstigen Einsiedlerhöhle hoch oben in der Felswand befindet. Zurück an der Weggabelung **4** wieder auf dem *Thayatalweg Nr. 1* links Richtung Merkersdorf. Durch den Ochsengraben zur Thaya hinab und dann auf schmalem, steinigem Weg rund 30 Min. am Ufer entlang. Vor den Fischerhütten zweigt man rechts ab **6** und steigt steile 10 Min. hinauf zum 300 m hohen **Überstieg** **7** mit einem Aussichtspunkt. Die engen Schlingen der Thaya bilden hier zwei gegenüberliegende, die Orientierung verwirrende Umlaufberge. Hinter dem Überstieg, durch den man den *Weg rund um den Umlaufberg Nr. 1a* (Gehzeit 1 Std.) abkürzt, geht es erneut hinab zum Flussufer, dem man nun auf einer Forststraße folgt. Bald bietet sich ein schöner Blick auf die tschechische **Ruine Neuhäusl** auf dem zweiten Umlaufberg. Stets den Wegweisern Richtung Merkersdorf folgend, erreicht man die Mündung des Kajabaches, biegt hier rechts ab und gelangt durch das Kajabachtal ca. 50 Min. nach dem Überstieg zur **Burgruine Feste Kaja** (→ S. 237, **8**) und vom Ruinenparkplatz über die Straße nach **Merkersdorf** **9**. Die letzten 30 Min. zurück zum Nationalparkhaus sind etwas reizlos, auf dem asphaltiertem Fahrradweg neben der Landesstraße geht es mitten durch Ackerland.

In den Hügeln von Falkenstein lässt es sich schön wandern

Wanderung 8: Rund um Falkenstein

Charakteristik: Die leichte Rundwanderung bietet von allem etwas: Themenwege, eine Burgruine, eine Kellergasse und mehrere Aussichtspunkte. **Gehzeit**: 2¾ Std. **Länge**: ca. 11 km. **Einkehr**: unterwegs keine, zahlreiche Lokale in Falkenstein (→ S. 275). **Ausgangspunkt**: Rathaus in Falkenstein (→ S. 275). Keine geeigneten Busverbindungen.

Wegbeschreibung: Links vom **Rathaus** **1**, einem schönen Renaissancebau, über die Kirchen- und Herrengasse bergauf und unterhalb der imposanten Pfarrkirche vorbei bis zur rechts von der Straße gelegenen **Marien**- oder **Lourdesgrotte** **2**. Auf dem etwas altmodischen **Weinlehrpfad** bis zu einer Anhöhe (auf der Rückseite des schönen Falkensteiner Kalvarienbergs) mit Rastplatz und **Reblausskulptur** **3**. Ab hier folgt man nun bis zur Burgruine dem blau markierten Weg „An den Klippen des Urmeeres", zunächst links bergauf durch die Ried Pfarrgarten, direkt entlang der Weinreben. Auf der Forststraße **4**, auf die man bald trifft, geht es zunächst links weiter; kurz darauf **5** auf einem Güterweg nach rechts zum **Höllenstein** (391 m, Sender) und auf einem Pfad zum 300 m weiter nördlich gelegenen **Stoamandl** **6**, einer 3 m hohen Felsformation. Die blaue Markierung leitet in einem Bogen zurück und bis zu einer Verzweigung **7**, von der es hinauf zur **Burgruine Falkenstein** (**8**, 415 m → S. 274) geht. Zurück bis zur Weggabelung **7**, geht es links weiter auf dem gelb markierten Wanderweg „Großer Falkenflug", der in einem großen Linksbogen um den Ort führt, zunächst durch den Wald zum **Grübelkreuz** (406 m, **9**), dort links bis **Landmann**, wo man die Landstraße nach Laa kreuzt. 700 m weiter **10** ignoriert man die Abzweigungen nach rechts und hält sich links Richtung **Galgenberg**, dessen Sendemast (425 m, Rastbank, schöne Aussicht) man

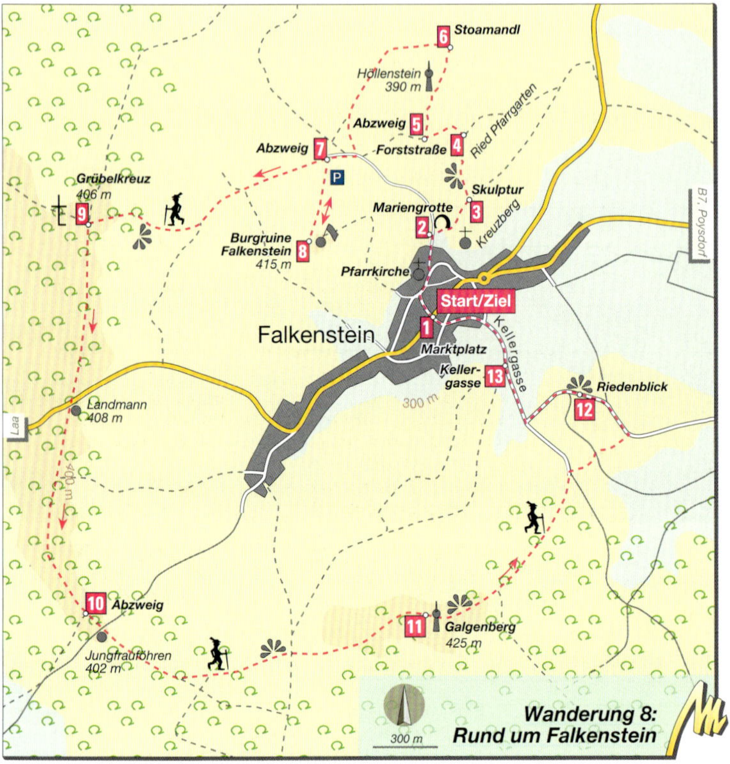

30 Min. später nach einem kurzen Stück bergauf erreicht 11. Danach geht es im Wald allmählich bergab, schließlich führt der Große-Falkenflug-Weg hinaus in die Felder und zum **Riedenblick** 12, einem bekannten Fotoplatz. Auf der Asphaltstraße hinab in die schöne **Falkensteiner Kellergasse** 13 und weiter abwärts bis zum Ausgangspunkt.

Was haben Sie entdeckt?

Was war ihr Lieblingswirtshaus, in welchem Hotel haben Sie sich wohlgefühlt, welchen Heurigen würden Sie wieder besuchen? Wenn Sie Kritik, Verbesserungsvorschläge, Anregungen oder Empfehlungen zu diesem Buch haben, lassen Sie es uns bitte wissen.

Schreiben Sie an: Barbara Reiter und Michael Wistuba
Stichwort „Wachau · Waldviertel · Weinviertel"
c/o Michael Müller Verlag GmbH | Gerberei 19, D – 91054 Erlangen
reiter_barbara@michael-mueller-verlag.de

Register

Moderne Weinarchitektur: Das Loisium in Langenlois

Die in diesem Reisebuch enthaltenen Informationen wurden von den Autoren nach bestem Wissen erstellt und von ihnen und dem Verlag mit größtmöglicher Sorgfalt überprüft. Dennoch sind, wie wir im Sinne des Produkthaftungsrechts betonen müssen, inhaltliche Fehler nicht mit letzter Gewissheit auszuschließen. Daher erfolgen die Angaben ohne jegliche Verpflichtung oder Garantie der Autoren bzw. des Verlags. Autoren und Verlag übernehmen keinerlei Verantwortung bzw. Haftung für mögliche Unstimmigkeiten. Wir bitten um Verständnis und sind jederzeit für Anregungen und Verbesserungsvorschläge dankbar.

ISBN 978-3-89953-965-3

Aktuelle Infos zu unseren Titeln, Hintergrundgeschichten zu unseren Reisezielen sowie brandneue Tipps erhalten Sie in unserem regelmäßig erscheinenden Newsletter, den Sie im Internet unter **www.michael-mueller-verlag.de** kostenlos abonnieren können.

Was haben Sie entdeckt?

Was war ihr Lieblingswirtshaus, in welchem Hotel haben Sie sich wohl gefühlt, welchen Heurigen würden Sie wieder besuchen? Wenn Sie Kritik, Verbesserungsvorschläge, Anregungen oder Empfehlungen zu diesem Buch haben, lassen Sie es uns bitte wissen.

Schreiben Sie an: Barbara Reiter und Michael Wistuba
Stichwort „Wachau · Waldviertel · Weinviertel"
c/o Michael Müller Verlag GmbH | Gerberei 19, D – 91054 Erlangen
reiter_barbara@michael-mueller-verlag.de

myclimate
shape our future

Klimaschutz geht uns alle an.

Der Michael Müller Verlag verweist in seinen Reiseführern auf Betriebe, die regionale und nachhaltig erzeugte Produkte bevorzugen. Seit Januar 2015 gehen wir noch einen großen Schritt weiter und produzieren unsere Bücher klimaneutral. Dies bedeutet: Alle Treibhausgasemissionen, die bei der Produktion der Bücher entstehen, werden durch die Ausgleichszahlung an ein Klimaprojekt von myclimate kompensiert.

Plan Vivo
Carbon management and rural livelihoods

Der Michael Müller Verlag unterstützt das Projekt »Kommunales Wiederaufforsten in Nicaragua«. Bis Ende 2016 ermöglicht der Verlag in einem 7 ha großen Gebiet (entspricht ca. 10 Fußballfeldern) die Wiederaufforstung. Dadurch werden nicht nur dauerhaft über 2.000 t CO_2 gebunden. Vielmehr werden auch die Lebensbedingungen der lokalen Bevölkerung deutlich verbessert.

In diesem Projekt arbeiten kleinbäuerliche Familien zusammen und forsten ungenutzte Teile ihres Landes wieder auf. Eine vergrößerte Waldfläche wird Wasser durch die trockene Jahreszeit speichern und Überschwemmungen in der Regenzeit minimieren. Bodenerosion wird vorgebeugt, die Erde bleibt fruchtbarer. Mehr über das Projekt unter **www.myclimate.org**

myclimate ist einer der weltweit führenden Anbieter im Bereich der freiwilligen CO_2-Kompensation. myclimate Klimaschutzprojekte erfüllen höchste Qualitätsstandards und vermeiden Treibhausgase, indem fossile Treibstoffe durch alternative Energiequellen ersetzt werden. Das Projekt »Kommunales Wiederaufforsten in Nicaragua« ist zertifiziert von Plan Vivo, einer gemeinnützigen Stiftung, die schon seit über 20 Jahren im Bereich Walderhalt und Wiederaufforstung tätig ist und für höchste Qualitätsstandards sorgt.

www.michael-mueller-verlag.de/klima

myclimate
neutral
Drucksache